EDIÇÕES BESTBOLSO

O negociador

Frederick Forsyth nasceu na Inglaterra em 1938. O escritor iniciou sua carreira como jornalista e obteve notoriedade a partir de seu trabalho como correspondente estrangeiro, que lhe possibilitou conhecer profundamente os meandros da política internacional. Após dois anos cobrindo a guerra civil em Biafra, na Nigéria, Forsyth decidiu escrever seu primeiro livro de ficção: *O dia do Chacal*, publicado em 1970. Os romances que envolvem espionagem e política internacional são a sua especialidade, conseqüência do jornalismo investigativo que se reflete em toda sua obra.

EDIÇÕES BESTBOLSO

O Negociador

Frederick Forsyth nasceu na Inglaterra em 1938. O escritor iniciou a carreira como jornalista e obteve notoriedade a partir de seu trabalho como correspondente estrangeiro que lhe possibilitou conhecer profundamente os meandros da política internacional. Após dois anos cobrindo a guerra civil em Biafra, na Nigéria, Forsyth decidiu escrever seu primeiro livro de ficção, O dia do Chacal, publicado em 1970. Os romances que envolvem espionagem e política internacional são a sua especialidade, consequência do seu mesmo investigativo que se reflete em toda sua obra.

Frederick Forsyth

O NEGOCIADOR

Tradução de
AULYDE SOARES RODRIGUES

5ª edição

RIO DE JANEIRO – 2017

CIP-Brasil. Catalogação-na-fonte
Sindicato Nacional dos Editores de Livros, RJ.

Forsyth, Frederick, 1938-

F839n   O negociador / Frederick Forsyth; tradução de Aulyde Soares Rodrigues.
5ª ed.   – 5ª edição – Rio de Janeiro: BestBolso, 2017.

Tradução de: The Negotiator
ISBN 978-85-7799-004-7

1. Crimes políticos e ofensas – Ficção. 2. Seqüestros – Ficção. 3. Ficção inglesa. I. Rodrigues, Aulyde Soares, 1922- . II. Título.

    CDD – 823
07-2669   CDU – 821.111-3

O negociador, de autoria de Frederick Forsyth.
Título número 005 das Edições BestBolso.
Quinta edição impressa em maio de 2017.

Título original:
THE NEGOTIATOR

Copyright © 1989 by Frederick Forsyth.
Publicado mediante acordo com Ed Victor Ltd., Londres, Inglaterra.
Copyright da tradução © by Distribuidora Record de Serviços de Imprensa S.A. Direitos de reprodução da tradução cedidos para Edições BestBolso, um selo da Editora Best Seller Ltda. Distribuidora Record de Serviços de Imprensa S.A. e Editora Best Seller Ltda. são empresas do Grupo Editorial Record.

O negociador é uma obra de ficção. Nomes, personagens, fatos e lugares são frutos da imaginação do autor ou usados de modo fictício. Qualquer semelhança com fatos reais ou qualquer pessoa, viva ou morta, é mera coincidência.

www.edicoesbestbolso.com.br

Ilustração e design de capa: Tita Nigrí

Todos os direitos reservados. Proibida a reprodução, no todo ou em parte, sem autorização prévia por escrito da editora, sejam quais forem os meios empregados.

Direitos exclusivos de publicação em língua portuguesa para o Brasil em formato bolso adquiridos pelas Edições BestBolso um selo da Editora Best Seller Ltda.
Rua Argentina 171 – 20921-380 – Rio de Janeiro, RJ – Tel.: (21) 2585-2000 que se reserva a propriedade literária desta tradução.

Impresso no Brasil

ISBN 978-85-7799-004-7

*Para os homens
das Forças Especiais
do mundo livre*

Lista de personagens

Os americanos

John Cormack *Presidente dos Estados Unidos*
Michael Odell *Vice-presidente dos Estados Unidos*
James Donaldson *Secretário de Estado*
Morton Stannard *Secretário da Defesa*
Bill Walters *Secretário da Justiça*
Hubert Reed *Secretário do Tesouro*
Brad Johnson *Conselheiro de Segurança Nacional*
Don Edmonds *Diretor do FBI*
Philip Kelly *Diretor-assistente da Divisão de Investigação Criminal do FBI*
Kevin Brown *Diretor-assistente auxiliar da DIC, FBI*
Lee Alexander *Diretor da CIA*
David Weintraub *Diretor-assistente (Operações) da CIA*
Quinn *O Negociador*
Duncan McCrea *Agente de campo novato da CIA*
Irving Moss *Renegado expulso da CIA*
Sam Somerville *Agente de campo do FBI*
Charles Fairweather *Embaixador americano, Londres*
Patrick Seymour *Consultor jurídico, Embaixada americana, Londres*
Lou Collins *Agente de ligação da CIA, Londres*
Cyrus Miller *Magnata do petróleo*
Melville Scanlon *Magnata armador*

Peter Cobb *Industrial de armamentos*
Ben Salkind *Industrial de armamentos*
Lionel Moir *Industrial de armamentos*
Creighton Burbank *Diretor do Serviço Secreto*
Robert Easterhouse *Consultor autônomo de segurança e especialista em Arábia Saudita*
Steve Pyle *Gerente-geral do Banco de Investimento da Arábia Saudita*
Andy Laing *Funcionário do Banco de Investimento da Arábia Saudita*
Simon *Estudante americano no Balliol College, Oxford*

Os britânicos

Margaret Thatcher *Primeira-ministra*
Sir Harry Marriott *Secretário do Interior*
Sir Peter Imbert *Comissário, Polícia Metropolitana*
Nigel Cramer *Comissário-assistente do Departamento de Operações Especiais (OE), Polícia Metropolitana*
Com. Peter Williams *Oficial de Investigação do Departamento de Operações Especiais (OE), Polícia Metropolitana*
Julian Hayman *Freelance, Presidente da companhia de segurança*

Os russos

Mikhail Gorbachev *Secretário-geral do Partido Comunista da União Soviética (PCUS)*
Vladimir Kriuchkov *Diretor do KGB*
Major Kerkorian *Residente do KGB em Belgrado*

Vadim Kirpichenko *Chefe-assistente do Primeiro Diretório do KGB*
Ivan Koslov *Marechal da URSS, chefe do pessoal do Estado-Maior soviético*
General Zemskov *Chefe do Planejamento, Estado-Maior soviético*
Andrei *Agente de campo do KGB*

Os europeus

De Kuyper *Assassino profissional belga*
Van Eyck *Diretor, Walibi Theme Park, Bélgica*
Dieter Lutz *Jornalista de Hamburgo*
Hans Moritz *Cervejeiro de Dortmund*
Horst Lenzlinger *Comerciante de armas de Oldenburg*
Werner Bernhardt *Ex-mercenário do Congo*
Tio de Groot *Chefe de polícia provincial holandês*
Inspetor-chefe Dykstra *Detetive provincial holandês*

Prólogo

O sonho voltou novamente, pouco antes da chuva. Ele não ouviu nada. Durante o sono, o sonho apossou-se dele.

Outra vez a clareira, na floresta da Sicília, bem acima de Taormina. Ele saiu da floresta e caminhou lentamente para o centro do clarão, conforme combinado. Segurava a maleta na mão direita. No meio da clareira ele parou, colocou a maleta no chão, voltou seis passos e se ajoelhou. Tudo como o combinado. A maleta continha um bilhão de liras.

Haviam levado seis semanas para negociar o resgate da criança, menos tempo do que em muitos casos anteriores. Às vezes levavam meses. Durante seis semanas ele trabalhou ao lado do especialista dos Carabinieri de Roma – outro siciliano, mas do lado do bem – e foi orientado sobre procedimentos táticos. O oficial dos Carabinieri falava o tempo todo. Finalmente, foi acertado o resgate da filha do joalheiro de Milão, seqüestrada na casa de verão da família, perto da praia de Cefalu. Quase 1 milhão de dólares depois do pedido inicial, de cinco vezes essa importância, finalmente a Máfia concordou.

Um homem apareceu na outra extremidade da clareira, barba por fazer, forte, mascarado e com uma espingarda lupara* a tiracolo. Levava a menina de 10 anos

---

*Fuzil de caça italiano utilizado nos homicídios praticados por mafiosos (*N. do E.*)

pela mão. Ela estava descalça, assustada e pálida, mas parecia ilesa. Pelo menos fisicamente. Os dois caminharam na sua direção, e ele podia ver os olhos do bandido fixos atrás da máscara, mas disfarçou e desviou o olhar para a floresta.

O mafioso inclinou-se sobre a maleta e, com rispidez, mandou a menina ficar parada. Ela obedeceu. Mas olhava para seu salvador com olhos negros e enormes. Falta pouco agora, garota, fique firme, meu bem.

O bandido examinou o dinheiro na maleta até ter certeza de que não fora enganado. O homem alto e a menina se entreolharam. Ele piscou um olho, ela respondeu com a tentativa de um sorriso. O bandido fechou a maleta e começou a recuar, olhando para a frente. Ele chegou à entrada da floresta quando tudo aconteceu.

Não era o Carabinieri de Roma, e sim o bobo da cidade. Houve um estampido seco de tiro de rifle e o bandido com a maleta cambaleou e caiu. Obviamente, seus amigos estavam escondidos atrás dos troncos das árvores. Começaram a atirar. Num segundo a clareira foi cortada pelo tiroteio. Ele gritou "Abaixe-se!" em italiano, mas ela não ouviu; ou então entrou em pânico e tentou correr para ele. Levantando-se com rapidez, ele correu e se atirou no espaço de seis metros que o separava da menina.

Quase conseguiu. Lá estava ela, quase ao alcance das pontas dos dedos da sua mão direita preparada para puxá-la para baixo, para a segurança da relva. Ele percebia o medo naqueles olhos enormes, os dentinhos na boca aberta, gritando... e então a rosa de um vermelho muito vivo abriu-se na frente do vestido fino de algodão. Ela caiu como se tivesse levado um soco nas costas, e ele se lembrava de ter deitado sobre a menina, cobrindo o pequeno corpo até o fim do tiroteio, e a fuga dos mafiosos pela floresta. Lembrava-se de ficar ali sentado, acalentando o corpo inerte nos braços, chorando e gritando palavras incompreensíveis que os policiais, bastante atrasados, não compreendiam.

– Não, não, meu Deus, não outra vez...

1

Novembro de 1989

Naquele ano o inverno chegou mais cedo. No fim do mês, os primeiros flocos de neve, trazidos pelo vento cortante das estepes de noroeste, deslizavam por cima dos telhados, como que medindo as defesas de Moscou.

O quartel do Estado-Maior soviético, um edifício de pedra cinzenta da década de 1930, fica na Frunze Ulitsa nº 19, de frente para o seu anexo mais moderno de oito andares, do outro lado da rua. Da janela do bloco antigo, o chefe do Estado-Maior soviético olhava para as rajadas frias num estado de espírito tão sombrio quanto o frio que se aproximava.

O marechal Ivan K. Koslov tinha 67 anos, dois além da idade da aposentadoria compulsória, mas na União Soviética, como em toda parte, aqueles que faziam as regras nem sonhavam com a possibilidade de aplicá-las *a si mesmos*. No começo do ano, para surpresa de muitos, ele havia sucedido ao veterano marechal Akhromeyev na hierarquia militar. Os dois eram diferentes em tudo. Akhromeyev era um intelectual, pequeno e muito magro; Koslov, um gigante com farta cabeleira branca, um autêntico militar, filho, neto e sobrinho de militares. Embora, antes da promoção, fosse apenas um chefe auxiliar de terceira classe, passou à frente de dois superiores, que foram discretamente aposentados. Ninguém tinha dúvidas sobre o motivo que o levara ao alto posto; de 1987 a 1989 ele havia supervisionado discreta e eficientemente a retirada das tropas soviéticas do Afeganistão, uma manobra realizada sem alarde, sem grandes derrotas e nem (o que era mais importante) perda de prestígio público, mesmo com os lobos de Alá rosnando nos seus calcanhares durante todo o tempo, até o caminho de Salang. A operação aumentou sensivelmente seu prestígio em Moscou, chamando a atenção do secretário-geral.

Contudo, mesmo tendo cumprido seu dever e conseguido o posto de marechal, fez uma promessa a si mesmo: nunca mais conduziria seu amado exército soviético numa retirada, pois, apesar de seu bem-sucedido esforço, o Afeganistão fora uma derrota. A ameaça de outra derrota era a causa de sua expressão sombria, enquanto olhava através do vidro as pequenas partículas de gelo que desciam em camadas horizontais, batendo na janela.

O ponto central da sua preocupação era o relatório sobre a mesa, encomendado por ele mesmo ao seu mais brilhante protegido, um jovem general-de-divisão que trouxera de Cabul para seu estado-maior. Kaminsky era um estudioso, um profundo pensador e um gênio em organização, e o marechal deu a ele o segundo posto mais importante no campo da logística. Como todos os homens com experiência de combate, Koslov sabia melhor do que ninguém que não se ganham batalhas com coragem, sacrifício, nem com generais inteligentes, mas sim com o equipamento certo, no lugar certo, no tempo certo, e com antecedência.

Ainda lembrava com amargura ter visto, aos 18 anos, a *Blitzkrieg* alemã, magnificamente equipada, esmagar as defesas de sua terra natal, enquanto o Exército Vermelho – desfalcado ao máximo pelos expurgos de Stalin em 1938, e equipado com verdadeiras peças de museu – procurava deter a torrente. Seu pai morreu lutando para manter uma difícil posição em Smolensk, enfrentando os ferozes regimentos *Panzer* de Guderian com rifles obsoletos. Na próxima vez, ele jurou, teriam o equipamento adequado e em grande quantidade. Grande parte da sua carreira militar foi dedicada a esse objetivo, e agora era o chefe das cinco armas da URSS: Exército, Marinha, Força Aérea, Forças Estratégicas de Lançamentos de Foguetes e Defesa Aérea. Todas elas sofriam a ameaça de uma futura derrota devido ao relatório de trezentas páginas que estava sobre a mesa.

No seu apartamento próximo de Kutuzovsky Prospekt, Koslov lera o relatório duas vezes na noite anterior, e outra vez naquela manhã, após chegar ao escritório às sete horas e retirar o fone do gancho. Voltou com passos largos para a cabeceira da grande mesa de conferência em forma de T e releu as últimas páginas do relatório.

SUMÁRIO. A previsão da exaustão das reservas de petróleo no planeta nos próximos trinta anos não é o fator principal, mas o fato de que a União Soviética sem dúvida estará sem petróleo dentro de sete ou oito anos. A comprovação está na tabela de reservas, apresentada neste relatório e nos números da coluna denominada proporção da RP. A razão entre reserva-produção é calculada tomando-se a produção anual de uma nação produtora de petróleo e dividindo esse número pelas reservas conhecidas desta nação, geralmente indicadas em bilhões de barris.

O valor da produção, no fim de 1985 – cálculo ocidental, infelizmente, porque ainda dependemos da informação ocidental para saber exatamente o que está acontecendo na Sibéria, apesar dos meus contatos com a indústria petrolífera –, mostra que naquele ano produzimos 4,4 bilhões de barris de petróleo cru, o que nos dá 14 anos de reservas para extração – presumindo-se uma produção igual no mesmo período. Mas é um cálculo otimista, uma vez que a nossa produção – e portanto o consumo das reservas – foi obrigatoriamente ampliada entre os últimos sete e oito anos.

O motivo do aumento da demanda reside em duas áreas. Uma delas é o aumento da produção industrial, especialmente na área de bens de consumo, exigido pelo Politburo desde o início das novas reformas econômicas. A outra é a ineficiência dessas indústrias, não só as tradicionais, mas também as novas, no uso do petróleo. Nossa indústria manufatureira, de um modo geral, é muito ineficiente no uso da energia, e em muitas áreas o emprego de maquinaria obsoleta tem um efeito negativo. Por exemplo, um carro russo pesa três vezes mais do que seu equivalente americano – não, como alegam, por causa dos nossos invernos rigorosos; mas porque nossas fundições de aço não são capazes de produzir metal de espessura suficientemente leve. Desta forma, para fabricar um carro, despendemos de maior quantidade de energia elétrica produzida pelo petróleo do que o Ocidente, logo, o carro russo consome mais gasolina que os carros ocidentais.

ALTERNATIVAS. Os reatores nucleares produzem 11% da eletricidade da URSS e nossos planejadores contavam com uma produção de mais de 20% para o ano 2000. Até mesmo Chernobil. Infelizmente, 40% da nossa força nuclear era gerada por usinas iguais a Chernobil. Desde o acidente, a maioria delas foi fechada para "modificações" – é improvável que sejam reabertas – e outras que foram planejadas tiveram sua construção interrompida. Como resultado, nossa produção nuclear, em termos de porcentagem, desceu para sete e continua caindo.

Temos a maior reserva de gás natural do mundo, mas o problema é que, em sua maior parte, o gás está localizado na extrema Sibéria e atualmente não compensa retirá-lo do solo. Precisamos – e não temos – de uma vasta infra-estrutura de gasodutos e redes para transportar o gás da Sibéria até nossas cidades, fábricas e usinas geradoras.

Devemos nos lembrar de que, no começo dos anos 70, quando os preços do petróleo sofreram uma incrível elevação após a guerra do Yom Kippur, nós nos oferecemos para suprir a Europa Ocidental com gás natural a longo prazo, por meio de gasodutos. Isso teria permitido a construção da rede de suprimento de que precisamos, por intermédio do financiamento inicial que os europeus estavam dispostos a nos conceder. Mas como a América não seria beneficiada, os Estados Unidos boicotaram a iniciativa com a ameaça de sanções comerciais de grande alcance contra todos os que cooperassem conosco, e o projeto morreu. Hoje, após o chamado "degelo", esse projeto talvez fosse politicamente aceitável, mas no momento o preço do petróleo no Ocidente está relativamente baixo, e eles não precisam do nosso gás. Quando a escassez mundial de petróleo elevar novamente o preço no Ocidente a ponto de eles recorrerem a nós, será tarde demais para a União Soviética.

Sendo assim, nenhuma das alternativas funcionaria na prática. O gás natural e a energia nuclear não nos salvarão. A grande maioria das nossas indústrias e dos parceiros que dependem de nós para obter energia está indissoluvelmente ligada aos combustíveis de origem petrolífera e às fontes produtoras.

OS ALIADOS. Um breve aparte para mencionar nossos aliados da Europa Central, os Estados que a propaganda ocidental chama de nossos "satélites". Mesmo que sua produção conjunta – especialmente do pequeno campo romeno de Ploesti – seja de 173 milhões de barris por ano, é uma gota no oceano em comparação às suas necessidades. O restante vem dos nossos campos, e é um dos elos que os unem a nós. É verdade que, para aliviar a demanda da nossa produção, sancionamos algumas negociações de intercâmbio entre eles e o Oriente Médio. Mas se algum dia chegarem a ser independentes de nós na produção do petróleo, e, portanto, dependentes do Ocidente, será uma questão de tempo, de pouco tempo, perdermos a Alemanha Oriental, a Polônia, a Tchecoslováquia e até a Romênia para o campo capitalista. Para não mencionar Cuba.

CONCLUSÃO...

O marechal Koslov ergueu os olhos para o relógio de parede. Onze horas. A cerimônia no aeroporto começaria dali a pouco. Decidira não comparecer. Não pretendia prestar homenagens aos americanos. Levantou-se, espreguiçou-se e voltou para a janela com o relatório na mão. Estava ainda classificado como ultra-secreto e agora Koslov compreendia que devia continuar assim. Era explosivo demais para passar de mão em mão no prédio do Estado-Maior.

Há algum tempo, qualquer oficial do Estado-Maior que redigisse um relatório tão realista como o de Kaminsky teria sua carreira medida minuciosamente, mas Ivan Koslov, embora fanático ortodoxo em quase todas as áreas, jamais desencorajava a franqueza. Era talvez a única característica que apreciava no secretário-geral. Embora não suportasse as idéias modernistas do homem, como dar televisão aos camponeses e máquinas de lavar para as donas de casa, tinha de admitir que todos podiam dizer o que pensavam a Mikhail Gorbachev sem ganhar uma passagem só de ida para a Iacútia, na Sibéria.

O relatório era um choque para ele. Sabia que a economia desde a introdução da *perestroika* – a reestruturação – não estava pior do que antes, mas como soldado sempre vivera dentro da hierarquia militar, e os militares tinham prioridade nos recursos, *material* e tecnológicos, sendo a única área da vida soviética capaz de praticar o controle de qualidade. Pouco ligava para o fato de os secadores de cabelos serem letais e os sapatos civis permeáveis; não era problema seu. E agora ali estava uma crise da qual nem os militares escapariam. Sabia que o golpe final estava na conclusão do relatório. De pé, ao lado da janela, continuou a leitura.

CONCLUSÃO. As perspectivas que se apresentam são quatro, e todas extremamente sombrias.

(1) Podemos continuar nossa produção de petróleo atual, certos de que esgotaremos os recursos dentro de, no máximo, oito anos, e, então, entrar no mercado como compradores. Faremos isso no pior momento possível, quando os preços mundiais do petróleo iniciarão sua alta impiedosa e inevitável, a caminho de níveis impossíveis. Comprar nessas condições, nem que seja para suprir apenas parte das nossas necessidades do produto, implicará o uso de todas as nossas reservas de moeda forte, do ouro da Sibéria e dos lucros do comércio de diamantes, e não sobrará nada para a importação dos cereais e da maquinaria de alta

tecnologia, que é a viga mestra da obsessão do Politburo pela modernização industrial.

Não poderemos amenizar nossa posição com negociações de intercâmbio. Mais de 55% do petróleo mundial está nos países do Oriente Médio, cujas necessidades domésticas são pequenas em relação às suas fontes, e eles darão as regras, outra vez. Infelizmente, com exceção dos armamentos e da matéria-prima, os produtos soviéticos não interessam ao Oriente Médio o suficiente para a possibilidade de um intercâmbio favorável. Teremos de pagar em dinheiro, o que não podemos fazer.

Por fim, existe o risco estratégico da dependência de qualquer fonte externa para nosso petróleo, especialmente quando consideramos as características e o comportamento histórico dos cinco Estados do Oriente Médio em questão.

(2) Podemos reparar e atualizar nossos centros de produção atuais, para maior eficiência, diminuindo assim o índice de consumo sem perda do benefício. Nossos meios de produção estão obsoletos, malconservados, e nosso potencial de recuperação dos principais reservatórios constantemente avariados pelo excesso de extração diária. (Por exemplo, a preços atuais, estamos gastando "em nossos melhores campos" 3 dólares para evitar perda de 1 dólar na produção. Nossas refinarias consomem em média três vezes mais energia para produzir uma tonelada do produto final do petróleo do que suas equivalentes americanas.) Teríamos de reformar todos os nossos campos de extração, refinarias e infra-estruturas dos oleodutos para comercializar nosso petróleo por mais uma década. Seria preciso

começar agora e os recursos necéssários são astronômicos.

(3) Podemos empregar todos os esforços na correção e atualização da tecnologia da extração do petróleo marítimo. O Ártico é nossa área mais promissora para a descoberta de novas jazidas, mas as dificuldades para extração são muito maiores que as da Sibéria, não existe uma infraestrutura de oleodutos poço-usuário e o próprio programa de exploração está com um atraso de cinco anos. Aqui também, os recursos necessários seriam muitos.

(4) Podemos voltar ao gás natural, do qual, como já foi dito, possuímos as maiores reservas do mundo, praticamente ilimitadas. Mas teríamos de investir recursos maciços para extração, tecnologia, mão-de-obra especializada, infra-estrutura de dutos e a conversão de centenas de milhares de fábricas para o uso dessa fonte de energia.

Finalmente, devemos considerar de onde viriam os recursos mencionados nas opções 2, 3 e 4. Dada a necessidade de usar nossas divisas estrangeiras para importar cereais para alimento do nosso povo, e o compromisso do Politburo de gastar o restante para a importação de alta tecnologia, os recursos, aparentemente, deverão ser procurados no nosso próprio país. De acordo com o compromisso do Politburo com a modernização industrial, a tentação óbvia será a de voltar-se para a área das verbas militares.

Respeitosamente, Camarada Marechal,
PYOTR V. KAMINSKY, General-de-divisão

O marechal Koslov praguejou em voz baixa, fechou o dossiê e olhou para a rua. A fina chuva de gelo tinha parado, mas o vento continuava cortante. Via os pedestres, muito pequenos ali do oitavo andar, segurando com força as *shapkas** nas cabeças, os protetores de orelhas abaixados, inclinados para a frente, caminhando apressados pela rua Frunze.

Há quase 45 anos, quando tinha apenas 22, e era ainda tenente da divisão de Fuzileiros Motorizados, Koslov entrara com a tropa de assalto em Berlim, sob o comando de Chuikov, e subira no telhado da chancelaria de Hitler para arrancar do mastro a última bandeira com a suástica que ainda restava na capital. Vários livros de história traziam sua fotografia nesse momento. Desde então, galgara com esforço, um por um, os degraus da hierarquia, servindo na Hungria durante a revolta de 1956, no rio Ussuri, na fronteira com a China, na tropa de ocupação na Alemanha Oriental, depois de volta ao Comando do Extremo Oriente, em Khabarovsk, Alto Comando do Sul, em Baku, e daí para o Estado-Maior. Cumprira seu dever, suportando as noites geladas nos postos mais remotos do império; divorciou-se da mulher que se recusara a acompanhá-lo e enterrou outra, que morreu no Extremo Oriente. A filha casou-se com um engenheiro de minas, não com um militar como ele esperava, e o filho se recusara a juntar-se a ele no Exército. Passou 45 anos vendo o Exército soviético crescer até se tornar a melhor força combatente do mundo, dedicando-se à defesa da *Rodina* – a Mãe-Pátria – e à destruição dos seus inimigos.

Como muitos tradicionalistas, acreditava que algum dia aquelas armas que as massas trabalhadoras haviam

---

*Gorros russos. (*N. do E.*)

fabricado para ele e para seus homens seriam usadas, e não ia permitir que qualquer conjunto de circunstâncias ou grupo de homens anulasse seu amado Exército enquanto estivesse no comando. Era totalmente leal ao Partido – não estaria onde estava se não fosse –, mas se qualquer pessoa, até mesmo os homens que lideravam o Partido agora, pensava que podia cancelar bilhões de rublos do orçamento militar, Koslov teria de repensar sua lealdade a esses homens.

Quanto mais refletia sobre as últimas páginas do relatório em suas mãos, mais se convencia de que Kaminsky, com toda a sua inteligência, deixara passar uma quinta opção possível. Se a União Soviética pudesse assumir o controle de uma fonte já existente de grande quantidade de petróleo cru, um território atualmente fora das suas fronteiras... Se pudesse importar com exclusividade esse petróleo cru por um preço compatível com seus meios, isto é, determinado por ela... e fazer isso antes que se esgotassem suas reservas de petróleo...

Pôs o relatório sobre a mesa de conferências e atravessou a sala até o mapa-múndi que cobria metade da parede oposta a janelas. Estudou-o atentamente, enquanto os minutos se aproximavam do meio-dia. Seus olhos sempre dirigiam-se ao mesmo pedaço de terra. Finalmente, voltou para a mesa, tornou a ligar o interfone e chamou seu auxiliar.

– Peça ao general Zemskov para vir falar comigo... agora – disse ele.

Sentado na cadeira de espaldar alto diante de sua mesa, pegou o controle remoto da televisão e ligou o aparelho. O Channel I apareceu na tela, a prometida transmissão ao vivo de Vnukovo, o aeroporto VIP fora de Moscou.

O Air Force One, avião presidencial americano, estava abastecido e pronto para taxiar. O novo Boeing 747, que substituíra os antigos e obsoletos 707 desde o começo do ano, fazia a viagem Moscou–Washington sem escalas, o que o velho modelo 707 jamais conseguira. Os homens do Transporte Aéreo Militar encarregados da guarda e manutenção do serviço de transporte do presidente, sediados na Base Aérea de Andrews, guardavam o aparelho para o caso de algum russo muito entusiasmado tentar se aproximar o bastante para colocar algo no avião ou dar uma olhada no seu interior. Mas os russos continuavam a se comportar como perfeitos cavalheiros, como haviam feito durante os três dias da visita.

A alguns metros da ponta da asa do avião estava armado um palanque, dominado por um pódio no centro, onde o secretário-geral do Partido Comunista da União Soviética, Mikhail Gorbachev, terminava seu discurso. A seu lado, sem chapéu, o cabelo cinzento despenteado pela brisa gelada, estava o visitante John J. Cormack, presidente dos Estados Unidos da América. Ladeando os chefes de Estado, estavam 12 outros membros do Politburo.

Diante do palanque estava a guarda de honra formada por membros da Milícia, a polícia civil do Ministério do Interior, e homens do Diretório dos Guardas da Fronteira do KGB. Para acrescentar um toque civil à cerimônia, duzentos engenheiros, técnicos e funcionários do aeroporto reuniam-se numa parte mais afastada da praça. Para o orador, porém, o foco principal era a bateria de câmeras de televisão, fotógrafos e jornalistas, entre as duas guardas de honra. Aquela era uma ocasião muito importante.

John Cormack, logo após sua surpreendente vitória nas eleições de novembro, antes mesmo de tomar posse havia sugerido que gostaria de um encontro com o líder soviético e estava disposto a ir a Moscou. Mikhail Gorbachev concordou imediatamente com a visita e, para sua satisfação, verificou, nos três dias do encontro, que aquele americano alto, reservado, humano e culto, era um homem com quem, como dizia a Sra. Thatcher, "era possível negociar".

Assim, contrariando a opinião dos seus conselheiros em segurança e ideologia, concordara com o pedido pessoal do presidente, permitindo que o americano se dirigisse à população soviética num programa de televisão ao vivo, sem que seu discurso fosse submetido à aprovação prévia do governo. Praticamente nenhum programa da televisão soviética é "ao vivo". Quase tudo é cuidadosamente revisado, preparado, vetado ou finalmente liberado para o consumo da população.

Antes de concordar com o estranho pedido de Cormack, Mikhail Gorbachev consultou os especialistas em televisão. Tão surpresos quanto ele, fizeram notar no entanto que, para começar, ele seria compreendido por uma pequena parte dos cidadãos soviéticos, até que fosse liberada a tradução do discurso (que poderia ser suspensa caso ele se excedesse de algum modo) e, em segundo lugar, o discurso podia ser transmitido num *loop* de oito ou dez segundos, o que faria que fosse ouvido alguns segundos após sua leitura (tanto no som quanto no vídeo) e, se fosse necessário, podiam cortar rapidamente uma parte da transmissão. Finalmente, ficou acertado que se o secretário-geral desejasse algum corte, bastaria passar o dedo indicador no queixo que os técnicos fariam o restante. Isso, é claro, não se aplicava às três equipes de televisão americanas, nem à BBC da Grã-Bretanha, mas o material dessas estações jamais chegaria à população russa.

Terminando seu discurso com expressões de boa-fé para com os americanos e afirmando sua esperança de paz entre as duas nações, Mikhail Gorbachev voltou-se para o visitante. John Cormack levantou-se. O russo apontou para o microfone e sentou-se ao lado do palanque, não no centro, atrás do orador. O presidente dirigiu-se ao microfone. Não tinha nenhum texto escrito. Ergueu a cabeça, olhou diretamente para a câmera da TV soviética e começou a falar:

– Homens, mulheres e crianças da União Soviética, ouçam bem o que vou dizer...

No seu escritório, o marechal Koslov inclinou-se bruscamente para a frente na cadeira, olhando para a tela. No palanque, Mikhail Gorbachev ergueu as sobrancelhas por uma fração de segundo. Na cabine atrás da câmera de TV soviética, um jovem que podia passar por aluno de Harvard pôs a mão sobre o microfone e murmurou uma pergunta para o funcionário do governo ao seu lado, que balançou a cabeça negativamente. John Cormack não estava falando em inglês. Fazia o seu discurso em russo fluente.

John Cormack não falava russo, mas antes da viagem havia decorado, na privacidade do seu quarto na Casa Branca, um discurso de quinhentas palavras em russo, usando fitas gravadas e orientação para conseguir fluência e pronúncia perfeitas. Mesmo para um ex-professor da Ivy League era um feito notável.

– Há cinqüenta anos este país, sua amada terra natal, foi invadido durante uma guerra. Seus homens lutaram e morreram como soldados ou viveram como lobos na floresta. Suas mulheres e crianças abrigaram-se nos porões, alimentando-se com restos de comida. Milhões pereceram. Sua terra foi devastada. Embora isso jamais tenha acontecido no meu país, dou-lhes a minha palavra, posso compreender o quanto este povo odeia a guerra.

"Durante 45 anos, nós, americanos, e vocês, russos, temos tentado manter distância, erguendo muros entre nossas nações, certos de que cedo ou tarde um ou outro seria o agressor. E erguemos montanhas... montanhas de aço, de canhões, de tanques, de navios, aviões e bombas. E os muros da mentira erguem-se mais alto para justificar essas montanhas de aço. Alguns dizem que precisamos dessas armas porque algum dia, com elas, nos destruiremos mutuamente.

"*Noh, ya skazhu: my po-idyom drugim putyom.*"

O espanto era quase paupável entre a audiência em Vnukovo. Ao falar "mas eu digo: devemos/precisamos seguir outro caminho", o presidente Cormack repetia uma frase de Lenin, conhecida em todas as escolas russas. Na Rússia, a palavra *putya* significa uma estrada, um caminho, uma direção a ser tomada. Ele continuou o jogo de palavras, voltando ao sentido de "estrada".

— Refiro-me à estrada do desarmamento gradual, a estrada da paz. Temos um só planeta para todos, um belo planeta. Podemos viver nele juntos, ou juntos nele morrer.

A porta do escritório do marechal Koslov foi aberta e fechada silenciosamente. Um homem de cinqüenta e poucos anos, outro protegido de Koslov e o homem mais importante de sua equipe de planejamento, ficou de pé junto à porta, olhando para a tela no canto da sala. O presidente americano terminava seu discurso.

— Não será um caminho fácil. Há pedras e buracos. Mas no fim da estrada estão a paz e a segurança para os dois países. Pois se cada um de nós tiver armas suficientes para a própria defesa, mas não suficientes para atacar, e se isso puder ser verificado mutuamente, passaremos aos nossos filhos e netos um mundo verdadeiramente livre daquele terrível temor com o qual convivemos durante os últimos cinqüenta anos. Se caminharem por essa estrada ao meu lado, eu, para o bem da América, caminharei com vocês. Com essa promessa, Mikhail Gorbachev, estendo lhe a mão.

O presidente Cormack voltou-se para Gorbachev com a mão direita estendida. O russo, um experiente especialista em relações públicas, não teve alternativa senão levantar-se e estender a sua. Então, com um largo sorriso, abraçou o americano com o braço esquerdo.

Os russos são estranhos, capazes de grande paranóia e xenofobia, e ao mesmo tempo, de grandes demonstrações afetivas. Os trabalhadores do aeroporto foram os primeiros a quebrar o silêncio. Primeiro as palmas ardentes, depois os brados de aprovação, e em poucos segundos os gorros de pele começaram a voar quando os civis, em geral muito bem ensaiados para tais ocasiões, manifestaram-se espontaneamente, fugindo às regras do controle preestabelecido. Os homens da Milícia os acompanharam. Segurando os rifles com a mão esquerda, na posição de "descansar", acenaram os bonés cinzentos com faixa vermelha, erguidos acima das cabeças.

Os homens do KGB olharam para seu chefe ao lado do palanque, o general Vladimir Kriuchkov, diretor do KGB. Hesitante a princípio, quando o Politburo se levantou ele fez o mesmo, aplaudindo. Os Guardas da Fronteira interpretaram isso como um sinal (erroneamente, como souberam mais tarde) e juntaram-se à Milícia na ovação. Em outros lugares, em cinco diferentes fusos horários, oito milhões de homens e mulheres soviéticos faziam a mesma coisa.

— *Chort voz'mi...* — O marechal Koslov desligou a televisão com o controle remoto.

— Nosso amado secretário-geral — murmurou o general-de-divisão Zemskov.

O marechal acenou a cabeça afirmativamente, várias vezes. Primeiro, as previsões assustadoras do relatório Kaminsky, e agora isso. Levantou-se, foi até a mesa e apanhou o relatório.

— Leve isto e leia — disse ele. — É material ultra-secreto e deve continuar assim. Existem somente duas cópias e uma delas está comigo. Leia com atenção, especialmente o que Kaminsky diz na conclusão do relatório.

Zemskov fez um gesto de assentimento. A julgar pela expressão sombria do general, não era um relatório comum. Há dois anos, quando ainda era coronel, fora observado pelo marechal durante sua visita ao posto de comando na Alemanha Oriental para assistir aos exercícios.

Os exercícios consistiam no confronto de duas forças. O Grupo das Forças Soviéticas na Alemanha, de um lado, e o Exército Nacional do Povo da Alemanha Oriental, do outro. Os alemães faziam o papel de forças americanas invasoras e nos exercícios anteriores haviam derrotado seus irmãos de armas, os soviéticos. Mas dessa vez os russos os cercaram, seguindo o plano de Zemskov. Assim que alcançou seu alto posto na Frunze Ulitsa, o marechal Koslov mandou chamar o brilhante estrategista para fazer parte de sua equipe. Agora levou-o até o grande mapa na parede.

— Quando terminar a leitura, prepare um suposto plano especial de contingência que deverá ser, na verdade, um plano detalhado, até o último homem, com armas e munições para a invasão e ocupação militar de um país estrangeiro. Terá o prazo de 12 meses.

O general-de-divisão Zemskov ergueu as sobrancelhas.

– Não acha que é muito tempo, camarada marechal? Tenho à minha disposição...

– Não tem à disposição mais do que seus olhos, suas mãos e seu cérebro. Não consultará ninguém, não trocará impressões com ninguém. Cada item de informação que precisar deve ser obtido por meio de subterfúgios. Vai trabalhar sozinho, sem ajuda. Levará meses, e no fim haverá apenas um original do seu trabalho, nenhuma cópia.

– Compreendo. E o país...?

O marechal bateu com a mão no mapa.

– Este. Um dia esta terra será nossa.

HOUSTON, a capital americana da indústria petrolífera e, segundo alguns, do comércio mundial do petróleo, é uma cidade estranha, pois não tem um, mas dois centros importantes. A leste ficam os centros comercial, bancário e industrial, que aparecem a distância como um grupo de arranha-céus cintilantes, torres que se erguem na planície monótona do Texas para o azul pálido do céu. A oeste fica o Galeria, o gigantesco shopping center, com lojas, restaurantes e centros de lazer na mesma área que as torres Post Oak, Westin e Transco.

Os dois corações da cidade são separados por 6 quilômetros e meio de subúrbios com casas térreas e parques, como pistoleiros preparados para o duelo pela supremacia.

O centro econômico é dominado em sua arquitetura pela torre mais alta, a do Texas Commerce, com 75 andares de mármore cinzento e vidro cinza-escuro, a mais alta estrutura a oeste do Mississippi. A segunda é a torre do Banco Allied, uma espiral de 65 andares de vidro espelhado verde. Ao redor das duas torres erguem-se vinte outros arranha-céus de designers variados: bolos de noiva neogóticos, lápis de vidro espelhado e outras esquisitices.

Um pouco mais baixa do que a do Banco Allied fica a torre da Pan-Global, cujos últimos dez andares são ocupados pelos construtores e proprietários do prédio, a Companhia de Petróleo Pan-Global, vigésima oitava na lista das maiores petrolíferas dos Estados Unidos e nono lugar em Houston. Com um ativo total de 3,25 bilhões de dólares, a Pan-Global era superada apenas pela Shell, pela Tenneco, Conoco, Enron, Coastal, Texas Eastern, Transco e Pennzoil. Mas diferia de todas por pertencer ao seu antigo fundador e ser controlada por ele. Tinha acionistas e uma diretoria, mas o dono mantinha o controle e ninguém podia restringir seu poder dentro da companhia.

Doze horas depois de o marechal Koslov incumbir seu oficial de planejamento da organização de um plano, e a oito fusos horários a oeste de Moscou, Cyrus V. Miller estava no seu escritório na suíte de cobertura do prédio onde morava, diante da janela de vidro espelhado que ia do assoalho ao teto, olhando para oeste. A 6 quilômetros, através da bruma fria do fim de novembro, a torre da Transco parecia devolver seu olhar. Cyrus Miller ficou ali de pé por algum tempo, depois atravessou a sala coberta pelo tapete espesso até sua mesa e concentrou-se outra vez no relatório.

Quarenta anos antes, quando começou a prosperar, Miller aprendera que informação é poder. Saber o que está acontecendo e, mais importante, o que vai acontecer, dá ao homem maior poder do que o dinheiro ou até mesmo um cargo político. Foi nessa época que criou dentro da sua organização a Divisão de Pesquisas e Estatística, escolhendo para trabalhar nela os analistas mais brilhantes e criativos que se formavam nas universidades do país. Com o advento do computador, equipou essa divisão com o mais moderno banco de dados, onde era armazenado um imenso compêndio informativo sobre petróleo e outras indústrias, comércio, desempenhos da economia nacional, tendências do mercado, descobertas científicas e pessoas – centenas de milhares de pessoas de todas as camadas sociais que poderiam algum dia ser úteis a ele.

O relatório sobre sua mesa era de Dixon, um jovem formado pela Universidade Estadual do Texas, bastante sagaz, empregado por Miller há dez anos e que havia crescido com a companhia. Pelo salário que recebia, pensou Miller, o analista não procurava dourar a pílula no seu relatório. Miller apreciava isso. Leu pela quinta vez a conclusão de Dixon.

O resultado, senhor, é que o mundo livre simplesmente está ficando sem petróleo. No momento isso não é sentido pela vasta massa do povo americano, devido ao plano de sucessivos governos para manter a ficção de que a situação atual do "petróleo barato" vai continuar para sempre.

A prova da "exaustão" está na tabela das reservas mundiais de petróleo anexada a este relatório. Das 41 nações produtoras de petróleo atualmente, apenas dez têm reservas comprovadas que ultrapassam a previsão dos trinta anos. Mesmo assim, esse quadro é otimista. O cálculo baseia-se na suposição de que a produção continue nos níveis atuais. O fato é que o consumo – e conseqüentemente a extração – aumentará, e quando as reservas menores se esgotarem o restante terá de aumentar sua extração para compensar essa falta. É mais seguro calcular vinte anos para o esgotamento total em todas as nações produtoras de petróleo, exceto em dez delas.

Não há nenhuma possibilidade de as forças alternativas de energia chegarem a tempo de salvar a situação. Nas três próximas décadas será petróleo ou morte econômica para o mundo livre.

A posição americana caminha rapidamente para a catástrofe. Quando as nações da OPEP aumentaram o preço do petróleo de 2 dólares para 40 dólares o barril, o governo dos Estados Unidos sensatamente incentivou as indústrias domésticas a explorar, descobrir, extrair e refinar o máximo possível os nossos recursos naturais. Desde a autodestruição da OPEP e o aumento da produção da Arábia Saudita, em 1985, Washington simplesmente passou a se banhar no petróleo artificialmente barato do Oriente Médio, deixando que a indústria doméstica murchasse ainda em botão. Essa falta de visão vai ter como resultado uma terrível colheita.

A resposta da América ao petróleo barato foi o aumento da demanda, maior importação de matéria-prima e produtos e diminuição da produção doméstica, uma parada total na exploração, fechamento de refinarias e um índice de desemprego maior que o de 1932. Mesmo que a América começasse agora com um programa intensivo, investimento maciço e incentivos federais em grande escala, precisaríamos de dez anos para reconstruir a equipe técnica, remanufaturar ou mobilizar a maquinaria e executar o trabalho para manejar nossa total dependência do Oriente Médio. Até o momento, nada indica que Washington pretenda encorajar esse ressurgimento da produção nacional de petróleo.

Existem três motivos para isso – todos equivocados.

(a) O novo petróleo americano custaria 20 dólares o barril para ser *encontrado*, ao passo que o petróleo saudita e do Kuwait custa 10 a 12 centavos o barril para ser produzido, e 16 dólares para ser comprado por nós. Presume-se que essa situação continue para sempre. Mas não continuará.

(b) Presume-se que os árabes, especialmente os sauditas, continuarão a comprar dos Estados Unidos grande quantidade de armas, tecnologia, produtos e serviços para sua infra-estrutura social e de defesa, reciclando assim seus petrodólares conosco. Não acontecerá. Sua infra-estrutura está praticamente completa e não sabem mais onde gastar os dólares. Além disso, suas negociações recentes (1986 e 1988) com a Grã-Bretanha para a compra dos Tornados nos colocou em segundo plano como fornecedores de armamentos.

(c) Presume-se que os reinos e sultanatos do Oriente Médio são aliados fiéis que jamais se voltarão contra nós, jamais elevarão novamente os preços e seus governantes atuais ficarão para sempre no poder. Quanto ao primeiro ponto, a chantagem evidente que fizeram com a América, de 1973 até fins de 1985, demonstra onde está sua lealdade, e quanto ao segundo, numa região instável como o Oriente Médio, *qualquer regime pode ser derrubado até o fim desta semana.*

Cyrus Miller olhou para o relatório com a testa franzida. Não gostava do que acabara de ler, mas sabia que era verdade. Como produtor e refinador doméstico de petróleo, nos últimos quatro anos passara por momentos difíceis (na sua opinião) e nem todo o *lobby* a favor da indústria do petróleo feito em Washington conseguira persuadir o Congresso a conceder autorização para exploração de petróleo na Reserva Ecológica do Alasca, o local mais promissor para isso no país. Cyrus odiava Washington e todos os políticos.

Consultou o relógio. Quatro e meia. Apertou o botão no console embutido na mesa e no outro lado da sala um painel de madeira deslizou silenciosamente para o lado, revelando uma tela de TV em cores de 26 polegadas. Ligou na CNN para ver a principal manchete do dia.

O Air Force One pairou sobre a pista da Base Andrews, nos arredores de Washington, como se estivesse suspenso no céu, até o trem de aterrissagem tocar suavemente o asfalto, de volta ao solo americano. Enquanto o aparelho diminuía a velocidade e taxiava na pista de um quilômetro e meio na direção do prédio do aeroporto, a imagem foi substituída pelo rosto do apresentador, que contava mais uma vez a história do discurso do presidente antes da sua partida de Moscou há 12 horas.

Como para provar a narração, a equipe de produção da CNN, nos dez minutos até a parada do Boeing, retransmitiu o discurso que o presidente Cormack fizera em russo, com legendas em inglês, as imagens dos funcionários do aeroporto e os homens da Milícia aplaudindo com entusiasmo, e finalmente o abraço cheio de emoção de Mikhail Gorbachev no líder americano. Os olhos cinzentos e opacos de Cyrus Miller nem piscaram, escondendo, mesmo na privacidade do seu escritório, o ódio pelo cavalheiro da Nova Inglaterra que praticamente tomara a presidência de assalto e que caminhava na direção de um *degelo* com a Rússia com maior decisão do que o próprio Reagan ousara. Quando o presidente Cormack apareceu na porta do avião e soaram os primeiros acordes do *Hail to the Chief*, Miller, com ar de desprezo, apertou o botão, desligando o aparelho.

– Sacana, amante de comunas – resmungou ele, voltando à leitura do relatório.

Na verdade, o prazo de vinte anos para o esgotamento do petróleo em 31 dos 41 centros produtores do mundo é irrelevante. As altas de preços começarão em dez anos, ou menos. Um relatório recente da Universidade de Harvard prevê um preço em excedente de 50 dólares o barril (isto é, dólares de 1989) antes de 1999, comparados aos 16 dólares por barril de hoje. O relatório foi vetado, mas erra por excesso de otimismo. A perspectiva do efeito desses preços junto ao público americano é terrível. O que farão os americanos quando tiverem de pagar 2 dólares por um galão de gasolina? Como reagirá o fazendeiro quando souber que não poderá alimentar seus porcos ou colher seus cereais, ou mesmo aquecer sua casa nos rigorosos invernos do norte? Estamos nos direcionando para uma revolução social.

Mesmo que Washington venha a autorizar uma revitalização maciça do esforço de produção do petróleo, temos ainda apenas cinco anos de reservas. A situação da Europa é pior. A não ser pela pequena Noruega (um dos dez países com mais de trinta anos de reservas, porém, de produção marítima muito pequena) a Europa tem três anos de reservas. Os países da bacia do Pacífico dependem inteiramente do petróleo importado e têm excedente em moeda forte. Resultado? Excetuando o México, a Venezuela e a Líbia, estaremos todos procurando a mesma fonte de suprimento – os seis produtores do Oriente Médio.

Irã, Iraque, Abu Dhabi e a Zona Neutra têm petróleo, mas dois deles são maiores do que os outros oito juntos – a Arábia Saudita e seu vizinho Kuwait serão a chave para a OPEP. Com uma produção atual de 1,3 bilhão de barris por ano, e uma parcela da produção mundial que deve elevar-se enquanto os outros 31 produtores esgotarem suas reservas, um por um, a Arábia Saudita controlará o preço mundial do petróleo, e por conseguinte a América.

Com as altas de preço previstas, em 1995 a América terá uma despesa de importação de 450 milhões de dólares diários – pagável à Arábia Saudita e ao Kuwait. O que significa que os fornecedores do Oriente Médio provavelmente serão os donos das indústrias dos Estados Unidos para as quais fornecem. A América, apesar do seu desenvolvimento, tecnologia, padrão de vida e poder militar, ficará econômica, financeira, estratégica e portanto politicamente na dependência de uma nação pouco populosa, atrasada, seminômade, corrupta e caprichosa, que não poderemos controlar.

Cyrus Miller fechou a pasta do relatório, recostou-se na cadeira e olhou para o teto. Se alguém tivesse a coragem de dizer que politicamente ele tendia para a direita radical, Cyrus negaria com veemência. Embora eleitor tradicional do Partido Republicano, jamais se interessara por política a não ser na medida em que interferia na indústria do petróleo. O que interessava em seu partido político era o patriotismo. Miller amava o Texas, seu estado adotivo e seu país com uma intensidade que, por vezes, o emocionava.

O que não percebia era que, aos 77 anos, amava uma América idealizada, uma América anglo-saxônia, protestante, branca, com valores tradicionais e puro chauvinismo. Não que tivesse algo contra judeus, católicos, espanhóis ou negros, ele garantia ao Todo-Poderoso, nas suas várias preces diárias – tinha oito empregadas de língua espanhola na sua mansão em Hill Country, nos arredores de Austin, para não mencionar vários negros trabalhando nos jardins – desde que eles soubessem seus lugares.

Olhou para o teto tentando lembrar-se de um nome. O nome do homem que conhecera dois anos antes numa convenção de produtores de petróleo em Dallas, um homem que morava e trabalhava na Arábia Saudita. Haviam conversado por pouco tempo, mas Cyrus ficara impressionado. Lembrava-se claramente da aparência do homem. Com pouco menos de 1,80m de altura, um pouco mais baixo do que ele, compacto, tenso como uma mola esticada, quieto, observador, pensativo, um homem com enorme experiência de Oriente Médio. Mancava um pouco, apoiado numa bengala com castão de prata, e lidava com computadores. Quanto mais pensava, mais Miller se lembrava. Haviam falado sobre computadores, os méritos dos seus Honeywells, e o homem demonstrara preferência pelo IBM. Depois de alguns minutos, Miller ligou para sua divisão de pesquisa e descreveu o que lembrava do sujeito.

– Descubra quem é ele – ordenou.

JÁ ERA NOITE na costa sul da Espanha, a chamada Costa del Sol. Embora fora da temporada turística, os 100 quilômetros da costa, de Málaga até Gibraltar, estavam iluminados por um colar de luzes que, visto das montanhas, devia parecer uma cobra de fogo serpenteando por Torremolinos, Mijas, Fuengirola, Marbella, Estepona, Puerto Duquesa e seguindo até La Línea e a Rocha. Os faróis de carros e caminhões passavam, iluminando a estrada Málaga–Cádiz, que atravessava a planície entre as montanhas e as praias.

Nas montanhas, próximo da extremidade oeste, entre Estepona e Puerto Duquesa, fica o distrito vinhateiro do sul da Andaluzia, onde é produzido não o vinho de Jerez, a oeste, mas um vinho tinto forte e saboroso. O centro dessa área é a pequena cidade de Manilva, a apenas 8 quilômetros da costa, mas com uma vista panorâmica do oceano, ao sul. Manilva é circundada por um grupo de pequenas vilas, quase aldeias, habitadas por aqueles que plantam nas encostas e cuidam das vinhas.

Numa delas, Alcántara del Río, os homens voltavam dos campos, cansados, o corpo dolorido depois de um longo dia de trabalho. A colheita da uva já terminara, mas as vinhas precisavam ser podadas e preparadas para o inverno e era um trabalho pesado, especialmente para as costas e os ombros. Assim, antes de voltar para suas casas, quase todos paravam na única cantina da cidadezinha para beber e conversar.

Alcántara del Río tinha pouco mais do que paz e tranqüilidade. A pequena igreja pintada de branco, com seu padre tão decrépito quanto ela, servia à população rezando missa para mulheres e crianças, lamentando a ausência dos homens, que nas manhãs de domingo preferiam o bar. As crianças freqüentavam a escola de Manilva. Além das quarenta e poucas casas térreas pintadas de branco, havia o Bar Antonio, agora cheio de trabalhadores do campo. Alguns trabalhavam para cooperativas sediadas a quilômetros da cidade. Outros eram donos da terra, trabalhavam muito e viviam modestamente, dependendo da colheita e do preço oferecido pelos compradores nas cidades.

O homem alto foi o último a entrar. Cumprimentou os outros com uma inclinação da cabeça e sentou na sua cadeira habitual, no canto do bar. Era bem mais alto do que os outros, magro, tinha quarenta e poucos anos, rosto de traços marcados e olhos cheios de humor. Alguns camponeses o chamavam de *señor*, mas Antonio, aproximando-se com a garrafa de vinho e o copo, tinha mais intimidade.

– *Muy buenas noches, amigo. Va bien?*

– *Ola*, Tonio – disse o homem. – *Sí, va bien.*

Voltou-se ao ouvir o som da televisão que ficava acima do bar. Era o noticiário e os homens silenciaram para ouvir. O apresentador descreveu brevemente a partida do presidente Cormack da Rússia. A imagem mostrou então Vnukovo e o presidente no início do seu discurso. A TV espanhola não usava legendas, mas sim tradução simultânea para o espanhol. Os homens no bar escutavam atentamente. Quando John Cormack terminou e estendeu a mão para Gorbachev, a câmera (era a equipe da BBC, fazendo a cobertura para todas as estações da Europa) focalizou os trabalhadores do aeroporto, depois os homens da Milícia, em seguida os do KGB. O apresentador espanhol voltou. Antonio virou-se para o homem alto.

– *Es un buen hombre, el Señor Cormack* – ele disse, com um grande sorriso, batendo com força nas costas do homem alto, congratulando-o como se ele fosse propriedade do homem da Casa Branca.

– *Sí* – disse o homem pensativamente. – *Es un buen hombre.*

CYRUS V. MILLER não nascera rico. Provinha de uma família de fazendeiros pobres do Colorado e quando menino viu a pequena propriedade do pai ser comprada por uma companhia mineradora e devastada pelas máquinas. Convencido de que quando não é possível derrotá-los o melhor é juntar-se a eles, o jovem entrou para a Escola de Mineração em Denver, Colorado, terminando o curso em 1933 apenas com um diploma e a roupa do corpo. Na universidade, Cyrus sentira-se mais fascinado pelo petróleo do que pelas rochas e resolveu seguir para o sul, para o Texas. Era ainda a época dos exploradores autônomos, quando as concessões não dependiam de consentimento legal nem das preocupações ecológicas.

Em 1936, ele descobriu um arrendamento barato cedido pela Texaco e calculou que estavam cavando no lugar errado. Convenceu um traficante de ferramentas a se juntar a ele e conseguiu um empréstimo no banco dando como garantia a terra que havia arrendado. A fornecedora de material para campos de petróleo exigiu também garantias pelo restante do equipamento necessário e três meses depois o poço jorrou – em abundância. Cyrus comprou a parte do sócio, arrendou sua maquinaria e adquiriu outras concessões. Com o começo da guerra, em 1941, todos os seus poços estavam produzindo o máximo e ele ficou rico. Mas queria mais, e assim como havia previsto a entrada dos Estados Unidos na guerra, em 1939, viu algo em 1944 que despertou seu interesse. Um britânico chamado Frank Whittle inventara um motor para aviões, sem hélice e com enorme potencial de força. Cyrus perguntou a si mesmo qual seria o combustível usado nesse motor.

Em 1945, descobriu que a Boeing/Lockheed havia adquirido os direitos do motor a jato de Whittle, e que o combustível não era gasolina de alta octagem, mas um querosene de baixa qualidade. Investindo grande parte do seu capital numa refinaria de baixa tecnologia e de ações de pouco valor na Califórnia, aproximou-se da Boeing/Lockheed, que por coincidência começava a se cansar da arrogância condescendente das principais companhias de petróleo na sua procura pelo novo combustível. Miller ofereceu sua refinaria e juntos desenvolveram o novo combustível para aviões a jato – o AVTUR. A refinaria de baixa tecnologia de Miller era exatamente do que precisavam para produzir o AVTUR, e tão logo conseguiram as primeiras amostras a guerra na Coréia começou. Com aviões de caça Sabre, que superavam os Migs chineses, havia chegado a era do jato. A Pan-Global entrou em órbita e Miller voltou para o Texas.

Casou-se também. Maybelle era pequenina comparada ao marido, mas era ela quem dirigia a casa – e Cyrus – durante os trinta anos de casamento, e ele gostava demais da mulher. Não tiveram filhos – Maybelle achava que era pequena demais e muito frágil para ter filhos – e ele aceitou, feliz por render-se a mais uma de suas vontades. Quando ela morreu, em 1980, Cyrus ficou inconsolável. Foi quando descobriu Deus. Não se filiou a nenhuma religião ordenada, apenas a Deus. Começou a falar com o Todo-Poderoso e descobriu que o Senhor respondia, aconselhando-o pessoalmente sobre o melhor modo de aumentar sua fortuna e servir ao Texas e aos Estados Unidos. Provavelmente escapou à sua atenção o fato de que o conselho divino era sempre aquele que ele queria ouvir, e que o Criador compartilhava todo seu chauvinismo, preconceitos e intolerâncias. Continuou a evitar o estereótipo do texano, preferindo não fumar, beber moderadamente, ser casto, conservador no que vestia e nas suas opiniões, eternamente cortês e um homem que abominava linguagem de baixo calão.

Seu interfone tocou discretamente.

– Sabe o homem cujo nome o senhor queria, Sr. Miller? Quando o senhor o conheceu ele trabalhava para a IBM na Arábia Saudita. A IBM confirma que deve ser o mesmo homem. Deixou a companhia e é agora consultor autônomo. Seu nome é Easterhouse – coronel Robert Easterhouse.

– Localize-o – disse Miller. – Mande buscá-lo. Não importa quanto custe. Traga-o para mim.

2

Novembro de 1990

O marechal Koslov observava impassível os quatro homens sentados à mesa de conferência em forma de T. Todos liam as pastas marcadas Ultra-Secreto que tinham à frente, todos eram homens nos quais podia confiar, tinha de confiar – pois sua carreira, e talvez mais do que isso, estava em jogo.

À sua esquerda estava o chefe-adjunto do Estado-Maior (Sul), que trabalhava com ele em Moscou mas era encarregado geral da região da URSS com suas populosas repúblicas muçulmanas e das fronteiras com a Romênia, Turquia, Irã e Afeganistão. Ao lado dele sentava-se o chefe do Alto Comando do Sul sediado em Baku, que voara para Moscou pensando tratar-se de uma reunião de rotina do Estado-Maior. Mas não havia nada de rotineiro naquela reunião. Antes de ir para Moscou, há sete anos, como primeiro-adjunto, o próprio Koslov fora comandante em Baku, e o homem que lia agora o Plano Suvorov devia a ele sua promoção.

Diante deles havia outros dois homens, também concentrados na leitura. Mais próximo do marechal sentava-se aquele cuja lealdade e engajamento seriam de vital importância para o sucesso do plano – o chefe-adjunto do GRU, o departamento de informações das forças armadas soviéticas. Em eterno desacordo com seu maior rival, o KGB, o GRU era responsável por todo o serviço secreto militar interno e externo, contra-espionagem e segurança interna dentro das forças armadas. Mais importante para o Plano Suvorov, o GRU controlava as forças especiais, as

Spetsnaz, cuja cooperação para o início do plano – se fosse posto em prática – seria crucial. Foram as *Spetsnaz* que, no inverno de 1979, aterrissaram no aeroporto de Cabul, atacaram o palácio presidencial, assassinaram o presidente afegão e instalaram no governo o testa-de-ferro Babrak Kamal, que imediatamente publicou um apelo dirigido às forças soviéticas para que invadissem o país e acabassem com os "distúrbios".

Koslov o escolhera porque o chefe do GRU era um antigo membro do KGB infiltrado no Estado-Maior, e ninguém duvidava que ele passava constantemente aos seus companheiros do KGB qualquer informação prejudicial ao Alto Comando. O homem do GRU havia atravessado Moscou de carro para a reunião, vindo do prédio de sua organização, situado ao norte do aeroporto central.

Ao lado do chefe do GRU estava o homem lotado no quartel-general nos subúrbios do norte, cujos homens seriam também de importância vital para o Suvorov – o comandante da *Vozdushna-Desantnye Voiska*, ou Força Aérea de Assalto. Os pára-quedistas da *VDV* teriam que descer nas 12 cidades mencionadas no Suvorov e tomar conta delas para a ponte aérea que formariam.

Não era necessário, nessa fase, convocar a Defesa Aérea da Pátria, a *Voiska PVO*, uma vez que a Rússia não estava para ser invadida, nem as Forças dos Foguetes Estratégicos, pois não seriam necessárias. Quanto aos Fuzileiros Motorizados, artilharia e blindados, o Alto Comando do Sul tinha o suficiente para a execução do plano.

O homem do GRU terminou de ler e ergueu os olhos. Fez menção de falar, mas o marechal levantou a mão e continuaram em silêncio até que os outros terminassem a leitura. A reunião havia começado três horas antes, quando os quatro leram uma versão resumida do relatório original de Kaminsky sobre petróleo. A preocupação com que leram as conclusões e previsões do relatório era acentuada pelo fato de que nos últimos 12 meses várias delas haviam se concretizado.

Já *havia* cortes na distribuição de petróleo. Algumas manobras foram "reprogramadas" (canceladas) por falta de gasolina. As usinas nucleares *não* foram reabertas, os campos da Sibéria produziam pouco mais do que o de costume e a exploração no Ártico continuava desorganizada por falta de tecnologia, mão-de-obra especializada e fundos. *Glasnost, perestroika* e entrevistas coletivas com a imprensa iam muito bem, mas para transformar a Rússia num país eficiente precisariam de muito mais do que isso.

Após uma breve troca de opiniões sobre o relatório, Koslov havia entregue as quatro pastas com o Plano Suvorov, preparado em nove meses, a partir de novembro, pelo general-de-divisão Zemskov. O marechal havia estudado o plano durante três meses, até convencer-se de que a situação ao sul das suas fronteiras deixava seus oficiais subalternos mais suscetíveis a aceitar a ousadia do plano. Agora, terminada a leitura, eles ergueram os olhos na expectativa. Ninguém queria ser o primeiro a falar.

— Muito bem — disse o marechal Koslov cautelosamente. — Comentários?

— Bem — começou o chefe do Estado-Maior —, sem dúvida nos daria uma fonte de petróleo suficiente para um suprimento normal até a primeira metade do próximo século.

— Essa é a jogada final — disse Koslov. — O que me dizem da viabilidade? — Olhou para o homem do Alto Comando do Sul.

— A invasão e a conquista... sem problema — disse o general de quatro estrelas de Baku. — O plano é brilhante sob esse ponto de vista. A resistência inicial pode ser anulada com facilidade. Quanto a governar os filhos-da-puta depois disso... São completamente doidos... teremos de tomar medidas extremamente severas.

– Isso pode ser providenciado – disse Koslov suavemente.

– Teremos de usar tropas russas étnicas – disse o pára-quedista.

– De qualquer modo, *nós* as usamos, com ucranianos. Acho que todos sabem que não podemos usar nossas divisões das repúblicas muçulmanas.

Um murmúrio de assentimento. O homem do GRU ergueu os olhos.

– Às vezes me pergunto se podemos ainda usar as divisões muçulmanas para alguma coisa. Esse é um dos motivos que me faz gostar do Plano Suvorov. Poderíamos anular a disseminação do fundamentalismo islâmico nas nossas repúblicas do sul. Destruir a fonte. Meus homens do sul são de opinião que, em caso de guerra, não poderemos contar com as divisões muçulmanas de modo algum.

O general de Baku concordou plenamente.

– Malditos árabes – rosnou ele. – Estão ficando cada vez piores. Em vez de defender o sul, passo metade do tempo resolvendo disputas religiosas em Tashkent, Samarkand e Ashkhabad. Ficaria muito feliz em atacar o maldito partido de Alá em sua própria casa.

– Então – resumiu o marechal Koslov –, temos três fatores a favor. O plano é possível por causa da fronteira extensa e desguarnecida e do caos que reina na região. Teríamos petróleo por mais meio século e poderíamos exterminar os pregadores fundamentalistas de uma vez por todas. Alguma opinião contra?

– O que me diz da reação do Ocidente? – perguntou o general dos pára-quedistas. – Os americanos podem começar a Terceira Guerra Mundial por causa disso.

– Não acredito – respondeu o homem do GRU, que tinha mais experiência a respeito do Ocidente do que qualquer outro, tendo estudado o assunto durante anos. – Os políticos americanos são profundamente dependentes da opinião pública, e para a maioria dos americanos hoje em dia, nada de mau que aconteça aos iranianos é castigo suficiente. É assim que os americanos, em geral, vêem a situação atualmente.

Os quatro conheciam bem a história recente do Irã. Com a morte do aiatolá Khomeini, após um período de lutas políticas internas, o poder havia passado às mãos do sanguinário juiz islâmico Khalkhali – que foi visto exibindo com satisfação os corpos de americanos encontrados no deserto, depois da malograda tentativa de salvar os reféns da embaixada dos Estados Unidos.

Khalkhali procurou proteger sua frágil ascendência instigando a instalação de outro reino de terror dentro do Irã, usando para isso as temidas Gasht-e-Sarallah (as "Patrulhas de Sangue").

Finalmente, quando a mais violenta dessas guardas revolucionárias ameaçou fugir de seu controle, ele a enviou para o exterior para uma série de atrocidades terroristas contra cidadãos e propriedades dos Estados Unidos no Oriente Médio e na Europa, uma campanha que havia durado quase seis meses.

Por ocasião da reunião dos cinco militares soviéticos para planejar a invasão e a ocupação do Irã, Khalkhali era odiado tanto pelos iranianos – que finalmente haviam se fartado do Terror Santo –, quanto pelo Ocidente.

– Eu acho – disse o homem do GRU – que se resolvermos enforcar Khalkhali, os americanos nos fornecerão a corda. Washington talvez se ofenda com nossa entrada no país, mas os deputados e senadores, ouvindo as massas, aconselharão o presidente a não interferir. E não esqueçam: somos considerados grandes amigos dos americanos atualmente.

Koslov compartilhou das risadas discretas de zombaria.

– Nesse caso, de onde virá a oposição? – perguntou ele.

– Acredito – disse o general do GRU – que não será de Washington, se apresentarmos à América o *fait accompli*. Mas estou quase certo de que virá da Novaya Ploshchad. O homem da Stavropol recusará o plano imediatamente.

(Novaya Ploshchad, ou Nova Praça, é a sede, em Moscou, do Comitê Central, e a menção da Stavropol era pouco lisonjeira para o secretário-geral Mikhail Gorbachev, que havia pertencido a ela.)

Os cinco soldados concordaram, balançando a cabeça sombriamente. O homem do GRU reforçou sua observação.

– Nós todos sabemos que há 12 meses, desde que aquele maldito Cormack se tornou o grande pop star em Vnukovo, equipes dos dois ministérios da Defesa estudam os detalhes para um grande tratado de desarmamento parcial. Gorbachev visitará a América dentro de duas semanas para assinar o acordo e assim liberar recursos suficientes para desenvolver nossa indústria doméstica de petróleo. Enquanto ele acreditar que pode conseguir petróleo por esse meio, por que prejudicaria seu adorado tratado com Cormack dando sinal verde para a invasão do Irã?

– E se ele obtiver o tratado, o Comitê Central o ratificará? – perguntou o general de Baku.

– Atualmente o comitê está nas mãos dele – resmungou Koslov. – Nos últimos dois anos quase toda a oposição foi afastada.

A reunião terminou com essa nota pessimista porém resignada. As cópias do Plano Suvorov foram recolhidas e guardadas no cofre do marechal, os generais voltaram aos seus postos, preparados para guardar segredo, observar e esperar.

DUAS SEMANAS mais tarde, Cyrus Miller também estava em reunião, mas com um único homem, amigo e colega de muitos anos. Ele e Melville Scanlon eram amigos desde a Guerra da Coréia, quando o jovem Scanlon, um empresário de Galveston entusiasmado, investira suas parcas economias em alguns pequenos navios petroleiros. (Naquela época, todos os petroleiros eram pequenos.)

Miller tinha um contrato de fornecimento do seu novo combustível para a Força Aérea americana – a entrega deveria ser feita no porto do Japão de onde o combustível seria transportado por petroleiros da Marinha para a Coréia do Sul, então em guerra. Miller deu o contrato a Scanlon e o homem fez maravilhas, conduzindo suas "banheiras enferrujadas" pelo canal do Panamá, apanhando o AVTUR na Califórnia e transportando-o pelo do Pacífico. Usando os mesmos navios para transportar matéria-prima e produtos do Texas antes de mudar a carga e partir para o Japão, Scanlon manteve suas embarcações carregadas o tempo todo e Miller recebeu matéria-prima e equipamento suficiente para fabricar o AVTUR. Três tripulações de petroleiros haviam desembarcado no Pacífico, mas nenhuma pergunta foi feita a respeito, e os dois homens ganharam muito dinheiro quando Miller finalmente foi obrigado a ceder seu know-how aos "maiorais".

Scanlon tornou-se um grande corretor e transportador mundial de petróleo, especialmente do Golfo Pérsico para a América. A partir de 1981, sofreu um revés quando os sauditas insistiram para que toda sua carga do golfo fosse transportada por navios de bandeira árabe, uma providência que só conseguiram pôr em prática no que se referia à participação do petróleo cru, isto é, o pouco que pertencia ao país produtor e não à companhia produtora de petróleo.

Mas era precisamente pela participação no petróleo cru que Scanlon fazia o transporte saudita para a América. Teve de abandonar essa atividade, vendendo ou arrendando seus petroleiros aos sauditas e ao Kuwait a preços irrisórios. Scanlon sobreviveu, porém não morria de amores pela Arábia Saudita. Mas ainda possuía alguns petroleiros que faziam a rota do golfo para os Estados Unidos, transportando especialmente petróleo cru da Aramco, que conseguia escapar da exigência de "bandeira árabe".

Miller estava na frente da sua janela panorâmica favorita olhando para Houston, lá embaixo. Estar tão acima da humanidade dava uma sensação quase divina. Na outra extremidade da sala, recostado na poltrona de couro, Scanlon batia levemente com os dedos no relatório que acabara de ler. Como Miller, ele também sabia que o petróleo cru do golfo acabava de atingir o preço de 20 dólares o barril.

— Concordo com você, meu amigo. De modo algum a sobrevivência dos Estados Unidos da América pode depender totalmente daqueles miseráveis. Que diabo Washington pensa que está fazendo? Serão todos cegos?

— Não haverá ajuda de Washington, Mel – disse Miller calmamente. – Se quiser mudar algo nesta vida, tem de fazer sozinho. Não foi o que aprendemos do modo mais difícil?

Mel Scanlon enxugou a testa com o lenço. Apesar do ar-condicionado do escritório, tinha tendência a suar profusamente. Ao contrário de Miller, vestia-se como o texano tradicional – chapéu Stetson, gravatas de cadarços de sapatos, prendedores de gravata navajos, cintos de fivela e botas com salto. Infelizmente não parecia nem um pouco um homem de fronteira, pois era pequeno e gordo, mas a aparência de homem bom e simples disfarçava um cérebro astuto.

– Não vejo como seria possível mudar essas reservas de lugar – resmungou ele. – Os campos de petróleo de Hasa ficam na Arábia Saudita.

– Não, não é para mudar a localização geográfica, mas o controle político desses campos – disse Miller – e, conseqüentemente, a possibilidade de ditar o preço do petróleo saudita e do mundo todo.

– Controle político? Você quer dizer passar o controle para outro bando de *ayrabs*?

– Não, para nós – disse Miller. – Para os Estados Unidos da América. Para que nosso país possa sobreviver, precisamos controlar o valor do petróleo mundial, determinando um preço que podemos pagar, e isso significa controlar o governo em Riyad. Este pesadelo de ficar à mercê de um bando de pastores de cabras já durou muito. Precisa ser mudado e Washington não o fará. Mas isto aqui pode efetuar essa mudança.

Apanhou uma pasta de papéis sobre a mesa. Não havia nada escrito na capa. O rosto de Scanlon se contraiu.

– Não me venha com outro relatório, Cy – protestou.

– Leia – insistiu Miller. – Pode ampliar seus conhecimentos.

Scanlon suspirou e folheou os papéis da pasta. O título da primeira página dizia apenas:

DESTRUIÇÃO E QUEDA DA CASA DE SAUD

– Puta merda – disse Scanlon.

– Não – corrigiu Miller calmamente. – Santo Terror. Leia.

ISLÃ. A religião do Islã (que significa "submissão" à vontade de Deus) foi criada pelos ensinamentos do profeta Maomé por volta do ano 622 d.C. e hoje tem de 800 milhões a 1 bilhão de adeptos. Ao contrário do cristianismo, não possui sacerdotes. Os líderes religiosos são leigos respeitados por suas qualidades morais ou intelectuais. A doutrina de Maomé está contida no Corão.

SEITAS. Noventa por cento dos muçulmanos pertencem ao ramo sunita (ortodoxo). A minoria mais importante é a dos xiitas (sectários). A diferença principal é que os sunitas seguem a doutrina escrita do Profeta, chamada hadith (tradição), ao passo que os xiitas obedecem e atribuem infalibilidade divina ao seu líder do momento (o Iman). Os baluartes xiitas são o Irã (100%) e Iraque (55%). Seis por cento dos sauditas são xiitas, uma minoria odiada e perseguida, cujo líder está refugiado e atua especialmente nas vizinhanças dos campos petrolíferos de Hasa.

FUNDAMENTALISMO. Enquanto os fundamentalistas sunitas limitam-se a apenas existir, o verdadeiro lar do fundamentalismo encontra-se na seita xiita. Esta seita dentro da seita pressupõe absoluta devoção ao Corão como interpretado pelo finado aiatolá Khomeini, que não foi substituído.

HEZB' ALLAH. No Irã, o verdadeiro credo fundamentalista é seguido pelos militares ou por fanáticos que se intitulam "O Partido de Deus", ou Hezb' Allah.

Em qualquer outro lugar os fundamentalistas operam sob designações diferentes, mas neste estudo serão sempre chamados Hezb' Allah.

OBJETIVOS E CREDOS. A filosofia básica consiste em conduzir todo o Islã, e finalmente todo o mundo, de volta à submissão e à vontade de Alá, interpretada e exigida por Khomeini. Para atingir esse objetivo, existem diversos requisitos, três dos quais são de interesse para nosso estudo: todos os governos muçulmanos existentes são ilegítimos porque não se baseiam na submissão incondicional à Alá, isto é, à Khomeini; qualquer coexistência entre um governo muçulmano secular e o Hezb'Allah é inconcebível; é dever divino do Hezb' Allah punir com a morte todos aqueles que fazem mal ao Islã no mundo inteiro, mas especialmente os heréticos dentro do Islã.

MÉTODOS. Há muito tempo o Hezb' Allah decretou que, para alcançar seu objetivo, não terá misericórdia, compaixão, pena, nenhum impedimento, nenhum remorso – mesmo a ponto do martírio de seus membros. Chamam a isso de o Santo Terror.

PROPOSTA. Inspirar, unir, ativar, organizar e ajudar os fanáticos xiitas no massacre dos seiscentos membros dirigentes e controladores da Casa de Saud, destruindo assim a dinastia e o governo em Riyad, que será então substituído por um principezinho preparado para aceitar uma progressiva ocupação militar americana dos campos petrolíferos de Hasa e fixar o preço do petróleo cru "sugerido" pelos Estados Unidos.

– Quem diabo escreveu isto? – perguntou Scanlon, interrompendo a leitura da primeira parte.

– Um homem que tem sido meu consultor nos últimos meses – disse Miller. – Gostaria de conhecê-lo?

– Está aqui?

– Lá fora. Chegou há dez minutos.

– É claro – disse Scanlon. – Vamos dar uma olhada neste maníaco.

– Agora mesmo – disse Miller.

A FAMÍLIA CORMACK, muito antes de o professor John Cormack deixar a vida acadêmica e entrar para a política como senador pelo estado de Connecticut, possuía uma casa de veraneio na ilha de Nantucket. Ele e a jovem esposa haviam passado as férias na ilha pela primeira vez quando John era ainda professor, trinta anos antes de Nantucket ficar na moda como Martha's Vineyard e Cape Cod, e encantaram-se com a simplicidade da vida no lugar.

Situada a leste de Martha's Vineyard, ao largo da costa de Massachusetts, Nantucket tinha então a tradicional aldeia de pescadores, o cemitério índio, ventos fortes e praias douradas, algumas casas de férias e pouco mais. Havia terrenos a preços acessíveis e o jovem casal economizou para comprar um lote de um hectare em Shawkemo, ao longo da faixa de Children's Beach e na margem da lagoa conhecida como "o refúgio". Neste lugar John Cormack construiu sua casa de madeira, com tábuas chanfradas por toda volta, telhas de madeira, móveis rústicos, tapetes de pele e colchas de retalhos.

Mais tarde houve mais dinheiro e fizeram algumas melhorias e construíram alguns anexos. Quando, 12 meses atrás, ele foi para a Casa Branca e disse que pretendia passar as férias de verão em Nantucket, foi como se um furacão tivesse atingido a antiga casa de praia. Especialistas chegaram de Washington, olharam com horror o desconforto, a falta de segurança e de comunicações. Voltaram e disseram: "sim, Sr. Presidente, está bem, mas teremos de construir acomodações para cem homens do Serviço Secreto, um heliporto, vários bangalôs para hóspedes, estenógrafos e precisamos também de empregados domésticos – de modo algum Myra Cormack podia continuar a fazer as camas –, oh, e talvez instalar uma ou duas antenas parabólicas para o pessoal das comunicações". O presidente Cormack desistiu das férias.

Então, em novembro, resolveu apostar no homem de Moscou e convidou Mikhail Gorbachev para um arriscado fim de semana em Nantucket. O russo adorou.

Seus guardas do KGB ficaram tão confusos quanto os homens do Serviço Secreto, mas os dois líderes apenas mandaram que se acalmassem. Os dois governantes, agasalhados, protegidos do vento cortante do Nantucket Sound (o russo dera de presente ao americano um *shapka* de zibelina), passearam longamente pelas praias com o KGB e o Serviço Secreto americano atrás deles, com homens escondidos na relva seca murmurando nos comunicadores, um helicóptero sobrevoando a praia, lutando contra o vento, e um barco da guarda costeira balançando no mar revolto, ao largo da baía.

Ninguém tentou matar ninguém. Os dois homens chegaram à cidade de Nantucket de surpresa e os pescadores mostraram a eles as lagostas e os mariscos que acabavam de apanhar. Gorbachev admirou o produto da pescaria, muito risonho e animado, depois tomaram uma cerveja no bar da praia e voltaram a pé para Shawkemo, parecendo, lado a lado, um buldogue e uma cegonha.

À noite, depois das lagostas grelhadas na casa de madeira, os especialistas em Defesa dos dois lados juntaram-se a eles, com os intérpretes, e elaboraram os pontos principais do tratado, fazendo a minuta do comunicado.

Na terça-feira receberam a imprensa – nos dias anteriores, repórteres compararam e analisaram fotografias e palavras, afinal de contas, *isto* era a América, mas na terça-feira o batalhão oficial chegou. Ao meio-dia, os dois homens apareceram na varanda da casa e o presidente leu o comunicado. Anunciava a intenção firme de apresentar ao Comitê Central e ao Congresso um acordo radical e de vasto alcance para o desarmamento parcial dos dois países e do mundo todo. Alguns problemas estavam ainda para ser estudados e resolvidos, um trabalho para os técnicos, e os detalhes específicos sobre os tipos de armamentos – a quantidade que deveria ser desmontada, arquivada, destruída ou desativada – seriam anunciados mais tarde. O presidente Cormack falou de paz com honra, paz com segurança e paz com boa vontade. O secretário Gorbachev assentia vigorosamente com a cabeça, ouvindo a tradução. Ninguém mencionou naquele momento, embora a imprensa tivesse relatado extensivamente mais tarde, que com o déficit orçamentário dos Estados Unidos, o caos econômico da URSS e a crise iminente do petróleo nenhuma superpotência poderia continuar a corrida armamentista.

A TRÊS MIL quilômetros de distância, em Houston, Cyrus V. Miller desligou a televisão e olhou para Scanlon.

– Esse homem vai nos deixar nus – disse ele com fúria contida. – Esse homem é perigoso. Esse homem é um traidor.

Controlou-se e foi até a mesa, ligando o interfone.

– Louise, por favor, mande o coronel Easterhouse entrar.

Alguém disse um dia: todos os homens sonham, porém os mais perigosos são os que sonham de olhos abertos. O coronel Robert Easterhouse estava na elegante sala de espera do prédio da Pan-Global olhando pela janela a vista panorâmica de Houston. Mas os olhos azul-claros viam o céu abaulado e as areias amareladas do Nejd, e ele sonhava em controlar a renda dos campos petrolíferos de Hasa em benefício da América e de toda a humanidade.

Nascido em 1945, tinha três anos quando seu pai aceitou a cadeira de professor na Universidade Americana em Beirute. A capital libanesa era um paraíso naquele tempo: elegante, cosmopolita, rica e segura. Ele estudou numa escola árabe durante algum tempo, com companheiros franceses e árabes. Quando a família voltou para Idaho, Easterhouse tinha 13 anos e falava três línguas: inglês, francês e árabe.

De volta à América achou os colegas de escola superficiais, frívolos e assustadoramente ignorantes, obcecados por rock-and-roll e um jovem cantor chamado Presley. Zombavam das suas histórias de cedros balouçantes, dos fortes das Cruzadas e da fumaça que espiralava das fogueiras nos acampamentos drusos, nas montanhas do Chouf. Assim, ele refugiou-se nos livros, e não se contentava com nada menos do que *Os sete pilares da sabedoria*, de T.E. Lawrence. Aos 18 anos, em vez de ir para a universidade e sair com garotas, alistou-se como voluntário no 82º Airborne e estava no campo de treinamento quando Kennedy foi assassinado.

Durante dez anos foi pára-quedista, com três períodos no Vietnã, voltando com as últimas forças, em 1973. Quanto mais alto o número de baixas, mais fácil conseguir promoções, e Easterhouse era o coronel mais jovem do 82º Airborne quando um acidente estúpido, fora da guerra, o invalidou para o serviço. Tratava-se de um exercício de salto no deserto. A zona de aterrissagem devia ser plana e arenosa, o vento uma brisa de cinco nós. Como sempre, os "maiorais" se enganaram. O vento estava a mais de trinta nós na superfície do solo. Os homens foram atirados contra rochas e em desfiladeiros. Três mortos e 27 feridos.

A radiografia mostrou, mais tarde, os ossos da perna esquerda de Easterhouse espalhados como fósforos caídos da caixa, sobre veludo negro. Ele assistiu pela televisão do hospital a retirada embaraçosa dos últimos remanescentes americanos da embaixada em Saigon – um abrigo, como ele sabia, desde a ofensiva Tet. Ainda no hospital, leu um livro sobre computadores e compreendeu que aquelas máquinas eram a estrada para o poder – um meio de corrigir a loucura do mundo e levar ordem e sanidade ao caos e à anarquia, se fossem bem usadas.

Deu baixa no Exército, voltou a estudar e formou-se em informática, trabalhou na Honeywell durante três anos e depois passou para a IBM. Era o ano de 1981, o poder do petrodólar dos sauditas estava no auge. A Aramco contratou a IBM para a construção de sistemas de computadores de alta segurança a fim de controlar a produção, fluxo, exportação e, especialmente, *royalties* devidos ao seu monopólio de operação na Arábia Saudita. Falando árabe fluentemente e um verdadeiro gênio em computadores, Easterhouse era o homem ideal. Passou cinco anos protegendo os interesses da Aramco na Arábia Saudita, especializando-se em sistemas de segurança contra fraude e peculato, monitorados por computadores. Em 1986, com o colapso do cartel da OPEP, o poder passou para as mãos dos consumidores. Os sauditas sentiram-se ameaçados e procuraram o gênio dos computadores que falava sua língua e conhecia seus costumes, pagando uma fortuna para que começasse a trabalhar como autônomo para eles, em vez de para a IBM e para a Aramco.

Easterhouse conhecia o país e sua história como um nativo. Quando garoto já se entusiasmava com as histórias do Fundador, o saqueador e nômade xeque Abdul Aziz Saud, que percorria o deserto para atacar a fortaleza de Musmak em Riyad, iniciando sua marcha para o poder. Eastherhouse encantava-se com a astúcia de Abdul Aziz nos trinta anos de luta para conquistar as 37 tribos do interior, unindo o Nedj ao Hejaz e ao Hadramut, casando com as filhas dos inimigos vencidos e formando uma nação – ou o que parecia ser uma nação. Então ele viu a realidade, e sua admiração transformou-se em desilusão, desprezo e ódio.

Seu trabalho na IBM envolvia a prevenção e detecção de fraudes nos sistemas de computadores criados por gênios americanos, monitorar a tradução da produção operacional de petróleo para a linguagem contábil e, finalmente, fazer balancetes de bancos, criando sistemas de segurança absoluta que podiam ser integrados no conjunto do tesouro saudita. A devassidão e a corrupção espantosa despertaram seu espírito basicamente puritano, e Easterhouse convenceu-se de que algum dia seria o instrumento destruidor de toda essa loucura e corrupção provocadas por um acidente espúrio da vida que dera tamanha riqueza e poder a um povo como aquele. Ele, Easterhouse, seria o restaurador da ordem, o homem que iria corrigir o louco desequilíbrio do Oriente Médio, fazendo com que aquela dádiva de Deus que era o petróleo fosse usada primeiro a serviço do Mundo Livre, e depois para todos os povos da Terra.

Poderia ter usado suas habilidades e conhecimentos para fazer imensa fortuna com o petróleo, tal como os príncipes, mas sua moralidade não permitia. Assim, para realizar seu sonho, precisava do apoio de homens poderosos, ajuda, financiamento. Então foi chamado por Cyrus

Miller para destruir o edifício da corrupção e entregar o petróleo à América. Tudo o que tinha a fazer era convencer aqueles texanos bárbaros de que era o homem certo.

– Coronel Easterhouse? – foi interrompido nos seus pensamentos pela voz suave de Louise. – O Sr. Miller vai recebê-lo agora, senhor.

Levantou-se, ficou parado por alguns segundos, apoiando-se na bengala, até a dor abrandar; depois acompanhou-a ao escritório de Miller. Quando a porta se fechou, Easterhouse o cumprimentou respeitosamente e foi apresentado a Scanlon.

Miller foi direto ao assunto:

– Coronel, gostaria que meu amigo e colega fosse convencido, como eu fui, da viabilidade de sua idéia. Respeito o julgamento dele e gostaria que tomasse parte no nosso plano.

Scanlon apreciou o cumprimento. Easterhouse percebeu que era uma mentira. Miller não respeitava o julgamento de Scanlon, mas iam precisar dos navios dele para importar secretamente o armamento necessário para o golpe de Estado. Tratou Scanlon com respeito.

– Leu meu relatório, senhor? – perguntou.

– Ah, sim, aquela parte sobre os tais Hez-Boll-Ah. Sim. Negócio complicado, uma porção de nomes esquisitos. Como acha que podem ser usados para derrubar a monarquia e, o mais importante, entregar os campos de Hasa para a América?

– Sr. Scanlon, não se pode controlar os campos de petróleo de Hasa e transportar seu produto para a América sem controlar o governo em Riyad, a centenas de quilômetros de distância. Esse governo deve ser substituído por um regime testa-de-ferro, completamente dirigido por conselheiros americanos. A América não pode derrubar a Casa de Saud abertamente... a reação árabe seria violenta. Meu plano consiste em incitar a realização desse golpe por meio de um pequeno grupo de xiitas fundamentalistas, dedicados ao Santo Terror. A idéia de que partidários de Khomeini controlam a península da Arábia Saudita provocará ondas de pânico em todo o mundo árabe. De Omã, ao sul, passando pelos Emirados, até Kuwait, Síria, Iraque, Jordânia, Líbano, Egito e Israel, imediatamente ouviremos pedidos para a intervenção americana a fim de salvá-los do Santo Terror.

"Passei dois anos instalando um sistema de computadores para segurança interna na Arábia Saudita e sei que esse grupo do Santo Terror existe e é liderado por um Iman que devota ao rei, a seu grupo de irmãos, à máfia interna – chamada Al-Fahd –, e a toda a família de três mil jovens príncipes que formam a dinastia, um ódio verdadeiramente patológico. O Iman os denunciou publicamente como as prostitutas do Islã, profanadores dos lugares santos, Meca e Medina. Ele é um fugitivo, mas posso mantê-lo a salvo até precisarmos dos seus serviços, apagando do computador central todas as informações a seu respeito. Também tenho meios de entrar em contato com ele... um ex-membro da Mutawain, a onipresente e odiada polícia religiosa.

– Nesse caso, de que servirá entregar a Arábia Saudita a esses ioiôs? – perguntou Scanlon. – Com a renda da Arábia Saudita, de 300 milhões de dólares por dia... Diabo, eles vão criar um verdadeiro caos.

– Exatamente. É algo que o mundo árabe não pode tolerar. Todos os países da região, exceto o Irã, pedirão a intervenção americana. Washington será maciçamente pressionada para enviar sua Força de Deslocamento Rápido para a base preparada de Omã, na península de

Mussandam, e daí para a capital, Riyad, além de Daran e Bahrein, para garantir a segurança dos campos de petróleo, antes que sejam destruídos para sempre. Depois teremos de permanecer lá, para que o fato não se repita.

– E esse cara, o Iman? – perguntou Scanlon. – O que acontece com ele?

– Ele morre – disse Easterhouse calmamente. – E será substituído por um pincipezinho da Casa, ausente do massacre por ter sido protegido e escondido na minha casa a tempo de salvar sua vida. Eu o conheço bem: estudou no Ocidente, é a favor da América, fraco, vacilante e bêbado. Mas vai legitimar os apelos dos outros árabes com o seu, que será transmitido pelo rádio da nossa embaixada em Riyad. Como único sobrevivente da dinastia, pode pedir a intervenção americana para restaurar a legitimidade do seu governo. Então será nosso homem para sempre.

Scanlon pensou por alguns minutos. Voltou ao seu tipo característico.

– O que sobra para nós? Não estou falando dos Estados Unidos, quero dizer *nós*.

Miller não esperou que Easterhouse respondesse. Conhecia Scanlon e sabia como ele ia reagir.

– Mel – interveio Miller –, se esse pincipezinho reinar em Riyad, aconselhado em cada minuto do dia pelo coronel, assistiremos ao fim do monopólio da Aramco. Veremos novos contratos, embarques, importação, refino. E adivinhe quem será o primeiro da lista?

Scanlon assentiu, balançando a cabeça.

– Quando pretendem realizar esse... evento?

– Deve saber que o ataque à fortaleza de Musmak ocorreu em janeiro de 1902. A posse do novo reinado foi em 1932. Daqui a 15 meses, na primavera de 1992, o rei e sua corte celebrarão o nonagésimo aniversário do primeiro, e o jubileu de diamante do reinado. Estão planejando uma festa de 1 bilhão de dólares para o mundo todo. O novo estádio coberto está sendo construído. Estou encarregado de todos os sistemas de segurança computadorizados... portões, portas, janelas, ar-condicionado. Uma semana antes da grande noite haverá um ensaio geral com a presença dos seiscentos membros principais da Casa de Saud, vindos dos quatro cantos do mundo. Programarei para esse momento o ataque dos Santos Terroristas. As portas serão fechadas por meio do computador com todos lá dentro. Os quinhentos soldados da Guarda Real receberão munição defeituosa, importada com fuzis de assalto necessários para que os Hezb'Allah façam o trabalho nos seus navios.

— E quando terminar? – perguntou Scanlon.

— Quando estiver terminado, Sr. Scanlon, não existirá mais a Casa de Saud. Nem o grupo de terroristas. Pois o estádio será incendiado e as câmeras continuarão filmando até derreterem. Então, o novo aiatolá, o autoconsagrado Iman vivo, herdeiro da mente e da alma de Khomeini, anunciará seus planos, pela televisão, ao mundo que acaba de testemunhar a tragédia no estádio. Acredito que isso dará início aos apelos de intervenção.

— Coronel – disse Cyrus Miller –, de quanto vão precisar?

— Para começar o planejamento prévio imediatamente, 1 milhão de dólares. Mais tarde, 2 milhões para compras no exterior e subornos em moeda forte. Dentro da Arábia Saudita... nada. Posso obter fundos dos rivais locais, alguns bilhões para todas as compras internas e subornos.

Miller fez um gesto afirmativo. O estranho visionário estava pedindo uma ninharia pelo que ia fazer.

– Vou providenciar o dinheiro, senhor. Por favor, espere lá fora um pouco mais. Quero que venha jantar em minha casa.

O coronel Easterhouse foi até a porta e parou.

– Há, ou pode haver, um problema. O único fator que não podemos controlar, na minha opinião. O presidente Cormack, aparentemente, é um homem dedicado à paz, e pelo que observei em Nantucket, investe atualmente num novo tratado com o Kremlin. Aliança que talvez não sobreviva ao nosso golpe na Arábia Saudita. Um homem como ele é capaz de proibir o envio da Força de Deslocamento Rápido.

Depois que o coronel saiu, Scanlon praguejou e Miller franziu a testa.

– Ele pode estar certo, você sabe, Cy. Meu Deus, se ao menos Odell estivesse na Casa Branca...

Embora escolhido pessoalmente por Cormack para vice-presidente de sua chapa, Michael Odell era também texano, um homem de negócios que fizera a própria fortuna e muito mais inclinado para a direita do que Cormack. Miller, num gesto incomum, voltou-se e segurou Scanlon pelos ombros.

– Mel, tenho rezado ao Senhor por aquele homem constantemente. E pedi um sinal. Agora, com o que disse o coronel, Ele me enviou o sinal. Cormack deve desaparecer.

AO NORTE de Las Vegas, a capital do jogo, no Nevada, situa-se a extensa Base Nellis da Força Aérea, onde o jogo não consta da agenda. A base de 3.758 hectares abriga o maior campo de teste de armas secretas dos Estados Unidos, o Tonapah Range, onde qualquer aeronave particular que penetre o espaço aéreo dos 1.004.256 hectares durante um teste, provavelmente receberá apenas um aviso antes de ser derrubada.

Numa manhã clara e fria de dezembro, dois grupos de homens desceram de um comboio de limusines para assistir ao primeiro teste e à primeira demonstração de uma arma ultra-secreta. O primeiro grupo era formado pelos fabricantes do Veículo de Lançamento Múltiplo por Foguete, que era a base do sistema, e estavam acompanhados por homens das duas corporações associadas que haviam construído os foguetes e os programas eletrônicos de vôo incorporados à arma. Como a maioria das máquinas modernas, o DESPOT, o mais novo destruidor de tanques, não era simples, mas compreendia uma rede de sistemas complexos, vindos de três empresas diferentes.

Cobb era o chefe executivo e o maior acionista da Zodiac VBC Inc., uma companhia especializada em Veículos Blindados de Combate, daí as iniciais que acompanhavam seu nome. Para ele e para sua companhia, tudo dependia de o DESPOT, cuja fabricação levara sete anos, ser ou não adquirido pelo Pentágono. Cobb não tinha dúvidas. O DESPOT estava anos à frente do sistema Pave Tiger da Boeing e do mais novo Tacit Rainbow. Ele sabia que reagia à preocupação mais premente dos planejadores da OTAN – isolar a primeira onda de ataque dos tanques soviéticos, na planície central da Alemanha.

Seus colegas eram Moir, da Pasadena Avionics, na Califórnia, que havia fabricado os componentes Kestrel e Goshawk, e Salkind, das Indústrias ECK, no Vale do Silício, perto de Palo Alto, Califórnia. Ambos tinham grande interesse, tanto pessoal quanto comercial, na aceitação e compra do DESPOT pelo Pentágono. As Indústrias ECK tinham também uma parte na fabricação da infra-estrutura do bombardeiro B2 Stealth para a Força Aérea, mas esse era um projeto já aceito.

A equipe do Pentágono chegou duas horas mais tarde, quando tudo estava pronto para o teste. Eram 12 ao todo, incluindo dois generais, e formavam o grupo técnico, cuja recomendação seria vital para a decisão do Pentágono. Quando estavam todos sentados sob o toldo, diante da bateria de câmeras de televisão, começou o teste.

Moir fez um gesto de surpresa. Convidou os espectadores a se virar nas suas cadeiras e observar o deserto próximo. Era uma vasta extensão plana e vazia. Ficaram intrigados. Moir apertou um botão no console a seu lado. A poucos metros de onde estavam, o chão do deserto começou a se abrir. Uma enorme garra metálica estendeu-se para a frente, dando impulso. Da areia onde tinha se enterrado, imune a aviões de combate e ao radar voltado para baixo, apareceu o DESPOT.

Um grande bloco de aço cinzento com rodas e trilhos, sem janelas, independente, autônomo, à prova de qualquer ataque direto, a não ser de artilharia pesada ou uma grande bomba, à prova de ataque nuclear, de gás e de germes, saiu do túmulo feito por ele mesmo e começou a trabalhar.

Os quatro homens dentro dele ligaram os motores que transmitiam energia aos sistemas, abriram as telas de aço que cobriam as escotilhas de vidro reforçado e estenderam para fora sua antena parabólica, que os avisaria de qualquer ataque iminente, além das antenas sensoras, que os ajudariam a direcionar os mísseis. A equipe do Pentágono ficou impressionada.

– Vamos supor – disse Cobb – que a primeira onda de tanques soviéticos cruzasse o rio Elba, na Alemanha Ocidental, por meio das várias pontes existentes e um grande número de pontes militares estendidas durante a noite. As forças da OTAN tentariam deter a primeira onda. Temos o suficiente para combatê-los. Mas a segunda onda, muito maior, surgiria do seu esconderijo nas florestas da Alemanha Oriental e se dirigiria para o Elba. Esses tanques romperiam as linhas de defesa, dirigindo-se para a fronteira da França. Os DESPOTS, dispostos e enterrados numa linha norte–sul em toda a Alemanha, receberiam suas ordens. Encontrar, identificar, destruir.

Apertou outro botão e uma portinhola se abriu na parte superior do veículo blindado. Dela, numa rampa, saiu um foguete parecido com um lápis. Um tubo com 2,5 metros de comprimento e 32 centímetros de diâmetro. Ligou a ignição do seu pequeno motor de foguete e voou para o céu azul pálido onde desapareceu de vista. Os homens voltaram para suas telas, onde uma câmera de TV de alta definição acompanhava o Kestrel. A 45 metros, seu motor turboventilador de alta derivação foi ligado, o foguete se apagou e continuou seu caminho, agora com duas asas curtas e reforçadas e nadadeiras na cauda, para guiá-lo. O foguete em miniatura começou a voar como um avião, subindo no espaço. Moir apontou para uma grande tela de radar. O ponteiro girava no disco, mas nenhuma imagem se acendia na tela.

– O Kestrel é feito de fibra de vidro – disse Moir com orgulho. – O motor é feito com derivados de cerâmica, resistente ao calor e não detectável pelo radar. Com um pouco de tecnologia Stealth, vocês verão que ele é totalmente invisível... ao olho humano ou a qualquer máquina. Sua captação no radar é a de um pequeno pássaro. Menor. Um pássaro pode ser detectado pelo radar ao bater as suas asas. O Kestrel não bate as asas, e este radar é muito mais sofisticado que o dos soviéticos.

Numa guerra, o Kestrel, um veículo de profunda penetração, podia se infiltrar de 300 a 800 quilômetros atrás das linhas inimigas. Neste teste alcançou a altitude operacional de 5 mil metros, desviou-se a 1.500 metros para baixo e começou a circular lentamente, o que dá dez horas de duração a 100 nós. Começou também a olhar para baixo – eletronicamente. Os sensores de distância entraram em funcionamento. Como uma ave predadora examinou o terreno abaixo dele, cobrindo um círculo na superfície, de 112 quilômetros de diâmetro.

Seus radares infravermelhos fizeram o rastreamento, depois consultou o radar de faixa milimétrica.

– Está programado para atacar somente quando o alvo emite calor, é feito de aço e está em movimento – disse Moir. – O alvo deve emitir calor suficiente que o identifique como um tanque, não como um carro, caminhão ou trem. Não atacará uma fogueira, uma casa aquecida nem um veículo estacionado, porque estão imóveis. Não atacará refletores em ângulo pela mesma razão, nem tijolos, madeira ou borracha, porque não se trata de aço. Agora, vejam a área do alvo nesta tela, cavalheiros.

Voltaram-se para a tela gigante, cuja imagem era transmitida por uma câmera de TV a 160 quilômetros de distância. Uma grande área fora "preparada" como um cenário externo de Hollywood. Havia árvores artificiais, casas de madeira, caminhões estacionados e carros. Tanques de borracha começaram a andar lentamente, puxados por fios invisíveis. Havia fogueiras, acesas com gasolina, com chamas altas. Então, um único tanque real começou a se mover, controlado pelo rádio. A cinco mil metros, o Kestrel o descobriu e reagiu imediatamente.

– Cavalheiros, aqui está o novo fator revolucionário, do qual nos orgulhamos com muita razão. Nos sistemas anteriores, o caçador atirava-se para baixo, sobre o alvo, destruindo-se com ele e arruinando toda aquela dispendiosa tecnologia. Muito ineficiente economicamente. O Kestrel não faz isso, ele chama um Goshawk. Vejam o DESPOT.

Todos se voltaram outra vez, a tempo de ver a rápida passagem do foguete, o míssil de um metro de comprimento, o Goshawk, que agora obedecia o chamado do Kestrel e se dirigia para o alvo. Salkind tomou a palavra:

— O Goshawk vai subir a 35 mil metros, dar uma volta e descer novamente. Quando passar pelo Kestrel, o veículo dirigido por controle remoto transmitirá a informação final sobre o alvo para o Goshawk. O computador a bordo do Kestrel dará a posição do alvo quando o Goshawk atingir zero metro dos 20 centímetros mais próximos. O Goshawk atacará dentro desse círculo. Está descendo agora.

Entre casas, cabanas, caminhões, carros, fogueiras, refletores enfiados na areia da área do alvo, e também entre os tanques de borracha, o tanque de aço (um velho Abrams Mark Um) seguia roncando como se estivesse numa guerra. Viram uma rápida centelha e foi como se o Abrams tivesse sido atingido por um punho enorme. Quase em câmera lenta, ele desmoronou, os lados explodiram para fora, o canhão virou para cima, apontando acusadoramente para o céu, e ele se transformou numa bola de fogo. Sob o toldo, todos soltaram ao mesmo tempo o ar que prendiam nos pulmões.

— Quanta força de tiro você tem no nariz daquele Goshawk? – perguntou um dos generais.

— Nenhuma – disse Salkind. – O Goshawk é como uma pedra. Desce a cerca de 16 mil quilômetros por hora. Além do receptor para detectar a informação do Kestrel e do pequeno radar para seguir instruções na direção do alvo nos últimos 5 quilômetros, não possui nenhuma tecnologia.

Por isso é tão barato. Mas o efeito de 10 quilos de aço com ponta de tungstênio, a essa velocidade, atingindo um tanque, é como... bem, como dar um tiro de espingarda de chumbo nas costas de uma barata à queima-roupa. Aquele tanque aparou o equivalente a dois trens Amtrak, desgovernados a 160 quilômetros por hora. Foi completamente amassado.

O teste continuou por mais duas horas. Os fabricantes provaram que podiam reprogramar o Kestrel durante o vôo. Se ordenassem o ataque a estruturas de aço com água dos dois lados e terra nas duas extremidades, ele destruiria pontes. Se alterassem a especificação da caça, destruiria trens, barcos ou colunas de caminhões em movimento. Se estivessem em movimento. Quando parados, o Kestrel não sabia se era um caminhão de aço ou um pequeno barracão. Mas seus sensores podiam penetrar a chuva, nuvens, neve, granizo, geada, neblina e o escuro. Os grupos separaram-se quase no fim da tarde e o comitê do Pentágono preparou-se para entrar nas limusines que os levariam a Nellis, e depois ao avião para Washington.

Um dos generais estendeu a mão para os fabricantes.

– Como um homem da divisão de tanques – disse ele –, nunca vi nada tão assustador em toda a minha vida. Tem meu voto. A rua Frunze vai ficar doente de preocupação. Ser caçado por homens é terrível, mas ser caçado por aquele maldito robô... porra, é um pesadelo.

A última palavra foi de um civil:

– Cavalheiros, é brilhante. O melhor sistema RPV de ataque de profundidade, destruidor de tanques, do mundo. Mas devo dizer: se esse tratado de Nantucket for efetivado, acho que jamais o compraremos.

Cobb, Moir e Salkind, no carro que os levou de volta a Las Vegas, compreenderam que Nantucket os ameaçava –

assim como a milhares de outros que faziam parte do complexo da indústria de armamentos – com a ruína comercial e pessoal.

NA VÉSPERA de Natal ninguém trabalhava em Alcántara del Río, mas bebia-se muito e até tarde. Quando Antonio finalmente fechou o bar, passava de meia-noite. Alguns clientes moravam ali mesmo na cidade, outros voltaram de carro ou a pé para as casas espalhadas nas encostas das colinas. Por isso José Francisco, chamado de Paco, passava devagar pela casa do estrangeiro alto, feliz, sem sentir dor alguma, apenas um peso na bexiga. Sentindo que não podia seguir caminho sem se aliviar, virou para o muro de pedra do pátio onde estava o minijipe Seat Terra, abriu o zíper da calça e concentrou-se no segundo grande prazer solitário do homem. Lá em cima, na casa, o homem alto dormia e mais uma vez teve o pesadelo que o havia levado àquela cidadezinha.

Encharcado de suor, reviveu tudo pela centésima vez. Sem acordar, abriu a boca e gritou "NÃO... não...!"

Lá embaixo, Paco ergueu um pé e caiu de costas na estrada, molhando sua melhor calça de domingo. Então, levantou-se e correu, a urina descendo pelas pernas, o zíper ainda aberto, seu membro exposto ao ar fresco. Se o estrangeiro grande e forte ia ficar violento, então ele, José Francisco Echevarría, pela graça de Deus, não pretendia ficar por perto. O homem era delicado e falava bem o espanhol, mas havia algo estranho nele.

EM MEADOS de janeiro, um jovem estudante pedalava sua bicicleta pela St. Giles Street, na velha cidade britânica de Oxford, pensando no encontro que teria com o novo tutor e feliz com seu primeiro dia no Balliol College. Vestia calça de veludo grosso e jaqueta acolchoada com capuz, o bastante para se proteger contra o frio, mas fizera questão de usar, por cima da roupa, a capa negra de calouro da Universidade de Oxford. A capa rumorejava ao vento. Mais tarde saberia que a maior parte dos alunos não a usava, a não ser para as refeições no Hall. Mas, como calouro, orgulhava-se muito dela. Teria preferido morar na universidade, mas sua família alugara para ele uma grande casa com sete quartos, numa transversal da Woodstock Road. Passou pelo Martyr's Memorial e entrou na Magdalen Street.

Atrás dele parou uma caminhonete que o seguia sem que ele tivesse notado. Havia três homens dentro dela, dois na frente e um atrás. Este último inclinou-se para a frente.

– A Magdalen é de acesso restrito. Carros não são permitidos. Você deve continuar a pé.

O homem no banco do carona praguejou em voz baixa e desceu do carro. Com passo rápido, abriu caminho entre os transeuntes, sem perder de vista o rapaz da bicicleta. Por ordem do homem no banco traseiro, o carro virou para a direita, entrando na Beaumont Street, depois à esquerda, na George Street. Parou ao chegar na outra extremidade da Magdalen no momento exato em que o ciclista apareceu. O estudante desmontou da bicicleta na Broad Street, no outro lado do cruzamento, e o carro continuou parado. O terceiro homem apareceu no fim da Magdalen, o rosto vermelho por causa do vento. Olhou em volta, viu o carro e dirigiu-se a ele.

– Maldita cidade! – observou ele. – Cheia de ruas de mão única e áreas proibidas para carros!

O homem no banco traseiro deu uma risada abafada.

– Por isso os estudantes usam bicicletas. Talvez fosse melhor arranjarmos uma.

– Continue vigiando – disse o motorista, sério.

O homem ao seu lado calou-se e ajeitou a arma que trazia sob o braço.

O estudante com a bicicleta observava uma cruz de pedra no meio da Broad Street. Seu guia turístico dizia que naquele lugar, em 1555, dois bispos, Latimer e Ridley, haviam sido queimados por ordem da católica rainha Maria I. Quando as chamas o atingiram, o bispo Latimer disse em voz alta para seu companheiro de martírio: "Acalme-se, Ridley, e comporte-se como um homem. Hoje, pela graça de Deus, acenderemos uma vela na Inglaterra que jamais será apagada."

Ele se referia a vela da religião protestante, mas a resposta do bispo Ridley não foi registrada porque ele já estava em chamas. Um ano depois, no mesmo lugar, em 1556, o arcebispo Cranmer teve o mesmo destino. As chamas da pira chamuscaram a porta do Balliol College, a poucos metros de distância. Mais tarde, a porta foi retirada e instalada na entrada do Quadrilátero Interior, onde as marcas do fogo são perfeitamente visíveis até hoje.

– Olá – disse alguém ao lado do rapaz alto e magro. Era uma moça pequena, com olhos escuros e brilhantes e gorducha como uma perdiz. – Sou Jenny. Acho que temos o mesmo tutor.

O calouro de 21 anos, que estava em Oxford no programa de intercâmbio, após dois anos em Yale, sorriu para ela.

– Oi, sou Simon.

Entraram na universidade sob o arco, ele empurrando a bicicleta. No dia anterior ele tinha ido à universidade para conhecer o Mestre, mas de carro. No meio da entrada, ainda sob o arco, foram interceptados pela figura amistosa, porém implacável, de Tim Ward-Barber.

– Novo na universidade, certo, senhor? – ele perguntou.

– Bem, sim – disse Simon. – É o meu primeiro dia.

– Ótimo, então, trate de aprender a primeira regra da vida aqui. Nunca, em nenhuma circunstância, mesmo bêbados, dopados ou sonolentos, carregamos, empurramos ou pedalamos nossas bicicletas sob o arco na direção do Quadrilátero. Encoste sua bicicleta na parede junto com as outras, por favor.

Nas universidades há chanceleres, diretores, mestres, bedéis, deões, secretários, professores, leitores, companheiros e outros, numa imensa variedade de hierarquia. Mas o chefe dos porteiros é extremamente importante. Como suboficial do 16º dos Lanceiros, Tim havia enfrentado alguns soldados na época que prestou serviço. Quando os dois voltaram, fez um gesto afirmativo com ar benigno e disse:

– Acho que estão com o Dr. Keen, no canto do Quadrilátero, no alto da escada.

Quando chegaram à sala do professor de história medieval, atulhada de livros e papéis, apresentaram-se, Jenny chamando-o de "professor" e Simon de "senhor". O Dr. Keen sorriu, olhando para os dois por cima dos óculos.

– Muito bem – disse ele alegremente. – Duas coisas, e só duas, eu não permito. Uma delas é desperdiçar seu tempo e o meu, a outra é me chamar de senhor. Dr. Keen é ótimo, depois passamos para Maurice. A propósito, Jenny, também não sou professor. Professores têm cadeiras e, como pode ver, eu não tenho, pelo menos nenhuma decente.

Com um gesto mostrou a coleção de móveis semidestruídos e pediu que ficassem à vontade. Simon escolheu uma Queen Anne sem pernas, sentando-se a poucos centímetros do chão, e juntos começaram a falar sobre Jan Hus e a revolução dos hussitas na Boêmia medieval. Simon deu um largo sorriso. Sabia que ia gostar de Oxford.

QUINZE DIAS mais tarde, por pura coincidência, Cyrus Miller sentou-se ao lado de Lionel Cobb durante um jantar para levantamento de fundos, em Austin, Texas. Ele detestava esses eventos e geralmente os evitava. Este era para um político local e Miller sabia que deveria se fazer notar no mundo da política, junto aos que lhe poderiam ser úteis algum dia. Estava disposto a ignorar o homem ao seu lado, pois ele não estava no negócio de petróleo, até o momento em que Cobb deixou claro que se opunha ao tratado de Nantucket e ao homem por trás dele: John Cormack.

– Aquele maldito tratado precisa ser impedido – disse Cobb. – É preciso que o Congresso se recuse a ratificá-lo.

As últimas notícias diziam que o tratado estava nos estágios finais de preparação. Seria assinado pelos embaixadores dos dois países, em Washington e Moscou. No mês de abril seria ratificado pelo Comitê Central, em Moscou; em outubro, após o recesso de verão, seria apresentado ao Congresso, antes do fim do ano.

– Acha que o Congresso *vai* recusar? – perguntou Miller, cauteloso. O industrial da Defesa olhou sombriamente para seu quinto copo de bebida.

– Não – disse ele. – A verdade é que o desarmamento sempre é do agrado da população e, além do mais, Cormack tem carisma e popularidade suficientes para levar adiante o tratado, usando apenas a força da sua personalidade. Não suporto o cara, mas é um fato.

Miller admirou o realismo do homem.

– Conhece os termos do tratado? – perguntou.

– O suficiente – disse Cobb. – Determina o corte de dezenas de bilhões nas armas defensivas. Nos dois lados da Cortina de Ferro. Falam em quarenta por cento... bilateral, é claro.

– Muitas pessoas pensam como você? – perguntou Miller.

Cobb estava bêbado demais para acompanhar a linha do interrogatório.

– Só a indústria da Defesa, toda ela – disse, cabisbaixo. – Prevemos o fechamento de várias indústrias com perdas totais, pessoais e comerciais.

– Humm... É uma pena que Michael Odell não seja nosso presidente – disse Miller.

O homem da Zodiac Inc. deu uma risada áspera.

– Oh, que sonho! Todos sabem que ele é contra esses cortes. Mas vai continuar como vice e Cormack como presidente.

– Será mesmo? – perguntou Miller em voz baixa.

Na última semana do mês, Cobb, Moir e Salkind foram convidados por Miller para jantar com ele e Scanlon numa suíte luxuosa do Hotel Remington, em Houston. Bebendo conhaque e café, Miller conduziu a conversa para a possibilidade de uma longa permanência de John Cormack na Casa Branca.

– Ele tem de sair – disse Miller.

Os outros concordaram, balançando as cabeças afirmativamente.

– Não quero me envolver com assassinato – disse Salkind apressadamente. – De qualquer modo, devemos nos lembrar de Kennedy. O efeito de sua morte foi o envio ao Congresso de todos os itens da legislação dos direitos civis que ele mesmo não conseguiu fazer passar. Totalmente contraproducente. E foi Johnson, por incrível que pareça, quem transformou tudo em lei.

– Concordo – disse Miller. – Esse curso de ação é inconcebível. Mas deve haver um meio de obrigá-lo a renunciar.

– Diga um – desafiou Moir. – Como se pode provocar algo assim? O homem é à prova de fogo. Não existem escândalos na sua vida. O partido tratou de se certificar disso antes de escolher Cormack como candidato.

– Deve haver algo – insistiu Miller. – Algum ponto fraco. Nós temos a determinação, os contatos, o dinheiro. Precisamos de alguém para elaborar um plano.

– Que tal o nosso homem, o coronel? – perguntou Scanlon.

Miller balançou a cabeça.

– Ele sempre vai considerar qualquer presidente dos Estados Unidos o seu comandante. Não, outro homem... que deve estar em algum lugar...

O que Miller pretendia encontrar era um renegado. Astuto, cruel, inteligente e leal apenas ao dinheiro.

3

MARÇO DE 1991

A penitenciária federal El Reno, oficialmente chamada "Instituto Correcional Federal", fica 50 quilômetros a noroeste de Oklahoma City. Reno é, formalmente, um dos mais severos regime de todas as prisões da América, é o que chamam, na gíria criminal, de uma "cana dura". Na madrugada fria, em meados de março, uma pequena porta foi aberta no meio do portão principal e um homem passou por ela, saindo da prisão.

De estatura mediana, gordo, com a palidez da prisão, sem dinheiro e com muita amargura, o homem olhou em volta (não havia muito para ver), e começou a caminhar na direção da cidade. Na torre da guarda, olhos invisíveis para ele o observaram meio desinteressados durante algum tempo, depois voltaram-se para outro lado. Outros olhos, dentro de um carro estacionado, o observavam com muito mais atenção. A limusine estava a uma distância discreta do portão principal, o suficiente para que sua placa não pudesse ser vista. O homem que olhava pelo vidro traseiro do carro abaixou o binóculo e disse em voz baixa:

– Está vindo para cá.

Dez minutos depois, o homem gordo passou pelo carro, olhou para ele e continuou a andar. Mas era um profissional treinado e suas antenas de alarme foram ativadas. Estava a uns cem metros do carro quando o motor foi ligado e a limusine parou ao lado dele. Um sujeito jovem, atlético, atraente, desceu para a calçada.

– Sr. Moss?

– Quem quer saber?

– Meu patrão. Ele quer falar com o senhor.

– Não tem nome, esse seu chefe? – disse o homem gordo.

O outro sorriu.

– Ainda não, senhor. Mas temos um carro aquecido, um avião particular, e não lhe faremos nenhum mal. Vamos falar francamente, Sr. Moss, tem algum lugar para ficar?

Moss pensou. O carro e o homem não cheiravam à CIA nem ao FBI, seus inimigos figadais. E não, não tinha para onde ir. Entrou para o banco traseiro, o jovem sentou-se ao seu lado e a limusine não seguiu para Oklahoma City, mas para o aeroporto Wiley Post, a noroeste.

Em 1966, com 25 anos, Irving Moss era um agente subalterno (GS 12) da CIA, recém-chegado dos Estados Unidos, servindo como membro do programa Fênix da CIA no Vietnã. Naquele tempo as Forças Especiais, os Boinas-Verdes, começavam a entregar seu programa até então bem-sucedido de corações-e-mentes no delta do Mekong ao exército vietnamita, que preferia *persuadir* os camponeses a não dar ajuda aos vietcongues, com métodos menos hábeis e menos humanos. O pessoal do Fênix devia trabalhar em conjunto com o exército sul-vietnamita, enquanto os Boinas-Verdes ocupavam-se cada vez mais das missões de procura e destruição, geralmente, levando ao exército sul-vietnamita prisioneiros ou meros suspeitos para interrogatório, sob a proteção do pessoal do Fênix. Foi quando Moss descobriu seu gosto secreto e seu verdadeiro talento.

Quando jovem preocupara-se com sua abstinência sexual, e lembrava com amargura as zombarias de que fora alvo na adolescência. Intrigava-o porém o fato de que, nos anos 1950 – uma época de relativa inocência entre os adolescentes – ficava imediatamente excitado quando ouvia um grito humano. Para um homem desse tipo, as selvas discretas e indiferentes do Vietnã eram uma verdadeira caverna de Aladim repleta de prazeres. Sozinho com sua unidade vietnamita de retaguarda, conseguiu o posto de principal interrogador dos suspeitos, ajudado por dois cabos sul-vietnamitas iguais a ele.

Foram três anos maravilhosos para Moss, que terminaram certo dia, em 1969, quando um sargento dos Boinas-Verdes, alto e forte, saiu inesperadamente da selva, o sangue escorrendo do seu braço esquerdo, enviado por seu comandante para ser socorrido na retaguarda. O jovem guerreiro olhou por alguns segundos para o trabalho de Moss, voltou-se sem uma palavra e amassou com um soco certeiro o nariz do interrogador. Os médicos em Danang fizeram o melhor possível, mas os ossos do septo estavam tão amassados que Moss teve de ir para o Japão. Mesmo assim, a cirurgia plástica só conseguiu um nariz largo e achatado, e o interior estava tão avariado que até agora ele respirava sibilando asperamente, especialmente quando ficava nervoso.

Moss nunca mais viu o sargento, mas o caso não foi comunicado oficialmente. Moss conseguiu encobrir tudo e continuou com a Agência. Até 1983. Nesse ano, participou da organização do movimento dos contras em Honduras, supervisionando uma série de campos na selva, em toda a fronteira com a Nicarágua, de onde os contras, muitos deles ex-funcionários do governo despótico do ditador Somoza, realizavam missões esporádicas na terra que antes haviam governado. Certo dia, um desses grupos voltou com um garoto de 13 anos, não-sandinista, apenas um camponês.

O interrogatório foi feito numa clareira, na selva, a quatrocentos metros do acampamento dos contras, mas no ar quente e parado os gritos ensandecidos do garoto podiam ser ouvidos perfeitamente. Ninguém dormiu. Nas primeiras horas da manhã, o silêncio chegou afinal. Moss voltou para o campo como se estivesse dopado, atirou-se na cama e mergulhou num sono profundo. Dois comandantes nicaragüenses saíram em silêncio, entraram na selva, voltaram vinte minutos depois e pediram uma entrevista com o comandante. O coronel Rivas os recebeu em sua tenda, onde redigia relatórios à luz de um sibilante lampião. Os dois guerrilheiros conversaram com ele por alguns minutos.

— Não podemos trabalhar com esse homem — concluiu o primeiro. — Falamos com os rapazes. Eles concordam, coronel.

— *Es un malsano* — disse o outro. — *Un animal.*

O coronel Rivas suspirou. Fora membro do esquadrão da morte de Somoza e muitas vezes arrastara da cama alguns sindicalistas e descontentes. Presenciara algumas execuções, participara de outras. Mas crianças... Pegou o rádio. Não queria se expor a um motim ou a uma deserção em massa. Logo após o nascer do sol, o helicóptero militar americano desceu no seu campo e dele saiu um homem moreno e atarracado, o novo chefe designado pela CIA para a Seção da América Latina, que fazia uma viagem de reconhecimento na região da qual era encarregado. Rivas acompanhou o americano ao local do interrogatório e minutos depois estavam de volta.

Moss acordou com alguém chutando o pé da sua cama de campanha. Ergueu os olhos e viu um homem de uniforme verde de combate olhando para ele.

— Moss, você está fora — disse o homem.

— Quem, diabo, é você? — perguntou Moss.

O homem se identificou.

— Um *deles* — replicou Moss com desprezo.

— Certo, um *deles*. E você está fora. Fora de Honduras e fora da Agência. — Mostrou um papel.

— Isto não é de Langley — protestou Moss.

— Não — disse o homem. — Vem de mim mesmo. *Eu* venho de Langley. Pegue o que lhe pertence e suba naquele helicóptero. Trinta minutos depois, David Weintraub observou o helicóptero levantar vôo para o céu matinal. Em Tegucigalpa, Moss foi recebido pelo chefe do posto, frio e formal, que o acompanhou até o avião para Miami e Washington. Moss nunca mais voltou a Langley. No aeroporto Nacional de Washington, recebeu seus papéis e a ordem de desaparecer. Durante cinco anos, sempre muito requisitado, trabalhou para diversos ditadores, cada vez menos palatáveis, no Oriente Médio e na América Central, e então começou a organizar o tráfico de drogas para Noriega, do Panamá. Um grande erro. A agência antidrogas dos Estados Unidos pôs seu nome na lista dos alvos principais.

Em 1988, Moss passava pelo aeroporto de Heathrow, em Londres, quando os britânicos guardiães da lei, com sua habitual cortesia, o convidaram para uma conversa particular. A "conversa" era sobre uma metralhadora encontrada em sua mala. As providências normais de extradição foram tomadas com inusitada rapidez, e três semanas depois Moss desembarcava em solo americano. Foi julgado e condenado a três anos. Como réu primário podia ter sido enviado para uma penitenciária menos severa. Mas enquanto esperava a sentença, dois homens haviam almoçado discretamente no exclusivo Metropolitan Club, em Washington.

Um era atarracado e chamava-se Weintraub, agora diretor-assistente de Operações da CIA. O outro era Oliver "Buck" Revell, um enorme ex-aviador naval e agora diretor-assistente executivo (Investigações) do FBI. Fora também um grande jogador de futebol americano na juventude, mas não por tempo suficiente para que amassassem seu cérebro. Muita gente no Edifício Hoover garantia que ele ainda funcionava muito bem. Quando Revell terminou seu bife, Weintraub mostrou-lhe uma pasta e algumas fotografias. Revell fechou a pasta e disse simplesmente:

– Compreendo.

Mas sem que outros compreendessem, Moss pagou sua sentença em El Reno, entre os mais cruéis assassinos, estupradores e extorsionários que cumpriam sentenças naquela época. Quando saiu, tinha um ódio patológico pela CIA, pelo FBI, pelos britânicos... e isso apenas para começar.

No aeroporto de Wiley Post, a limusine cruzou o portão principal sem nenhuma formalidade e parou perto de um Learjet. Além do número de registro, que Moss memorizou imediatamente, o aparelho não tinha logotipo. Em vinte minutos estava no ar, na direção sul, levemente a oeste. Moss sabia a direção exata orientando-se pelo sol matinal. Sabia que estavam indo para o Texas.

Nos arredores de Austin, onde começa o que os texanos chamam de Hill Country, o dono da Pan-Global tinha sua casa de campo, um rancho de 6.000 hectares no sopé das montanhas. A mansão dava para sudeste com vistas panorâmicas da grande planície texana até a distante Galveston e o golfo. Além de alojamentos para empregados, casas de hóspedes, piscina e estande de tiro, a propriedade possuía uma pista de pouso particular, onde o Learjet aterrissou antes do meio-dia.

Moss foi conduzido a um bangalô de jacarandá, deram-lhe meia hora para tomar banho, fazer a barba e mudar de roupa. Depois o levaram até a mansão, para um escritório fresco com móveis forrados de couro. Dois minutos depois, estava diante de um homem alto, idoso, de cabelos brancos.

— Sr. Moss? – disse o homem. – Sr. Irving Moss?

— Sim, senhor – respondeu Moss. Farejava dinheiro, muito dinheiro.

— Meu nome é Miller – disse o homem. – Cyrus V. Miller.

ABRIL

A reunião foi na Sala do Gabinete, na extremidade do corredor, depois da sala do secretário particular, ao lado do Salão Oval. Como outras pessoas, o presidente Cormack surpreendeu-se com o tamanho exíguo do Salão Oval na primeira vez em que ali entrou. A Sala do Gabinete, com a mesa octogonal sob o retrato de George Washington feito por Stuart, tinha mais espaço para espalhar papéis e apoiar os cotovelos.

Naquela manhã, John Cormack convidou seu círculo de amigos íntimos e conselheiros de confiança para estudar a redação final do tratado de Nantucket. Os detalhes estavam resolvidos, os procedimentos de verificação checados, os especialistas haviam colaborado relutantemente – ou não concordado, no caso de dois generais e três funcionários do Pentágono que haviam se demitido –, mas Cormack queria a última palavra da sua equipe interna.

Cormack estava com 60 anos, no auge da sua capacidade intelectual e política, desfrutando abertamente a popularidade e a autoridade de um cargo que jamais esperara alcançar. Quando houve a crise no Partido Republicano, no verão de 1988, o diretório procurou alguém para apresentar como candidato. Encontraram aquele representante de Connecticut no Congresso, de família rica e tradicional da Nova Inglaterra, que havia investido o patrimônio familiar numa série de fundos de investimento para lecionar na Universidade de Cornell, até entrar para a política como representante de Connecticut, com quase 40 anos.

Pertencendo à ala liberal do partido, John Cormack era praticamente desconhecido no país. Os amigos íntimos sabiam que era um homem decidido, honesto e humano, e garantiram ao diretório do partido que estava "limpo" como a neve. Não era conhecido na televisão – agora um atributo indispensável para qualquer candidato – mas mesmo assim o escolheram. Para a imprensa ele era um candidato sem chances. Então, após quatro meses de campanha improvisada, o desconhecido inverteu o jogo. Deixando de lado a tradição, ele olhava diretamente para a câmera e dava respostas diretas a todas as perguntas, o que sempre foi considerado como a melhor receita para o desastre. Chegou a ofender alguns – quase todos de direita –, mas, de qualquer modo, não tinham candidato melhor para votar. Contudo, havia agradado muitos outros. Protestante, com um nome típico do Ulster, insistiu, como condição para aceitar a candidatura, em escolher o vice-presidente, Michael Odell, um legítimo irlandês-americano, e católico, do Texas.

Eram completamente diferentes. Odell pendia muito mais para a direita do que Cormack e fora governador do seu estado. Cormack, porém, gostava e confiava no mascador de chiclete de Waco. A chapa deu certo. Foi eleito, por pequena margem, o homem que a imprensa (erroneamente) gostava de comparar a Woodrow Wilson, o último professor/presidente da América, e seu companheiro de chapa, que disse abertamente para Dan Rather, com seu sotaque acentuado de texano:

– Nem sempre concordo com meu amigo John Cormack, mas, que diabo, isto é a América, e eu esgano qualquer um que disser que ele não tem o direito de dizer o que pensa.

E funcionou. A combinação do homem direto da Nova Inglaterra, de fala decidida e persuasiva, com o homem típico do sudoeste, conquistou os votos dos hispano-americanos e dos irlandeses e os levou à vitória. Desde sua posse, Cormack deliberadamente incluía Odell nas tomadas de decisão do mais alto nível. Agora sentavam-se frente a frente para discutir os itens do tratado que, Cormack sabia, Odell não aprovava. Dos dois lados do presidente estavam quatro outros amigos íntimos: Jim Donaldson, secretário de Estado, Bill Walters, secretário da Justiça, Hubert Reed, do Tesouro, e Morton Stannard, da Defesa.

Ao lado de Odell estavam Brad Johnson, um talentoso negro do Missouri, que fizera palestras sobre defesa na Universidade Cornell e era agora conselheiro da Segurança Nacional, e Lee Alexander, diretor da CIA, que havia substituído o juiz Bill Webster poucos meses depois de Cormack tomar posse. Ele estava presente porque se os soviéticos violassem algum dos termos do tratado, a América precisaria ser informada rapidamente por intermédio dos seus satélites e do serviço de espionagem bem posicionado em terra.

Os oito homens liam os termos finais do tratado, convencidos de que era um dos acordos mais controvertidos que os Estados Unidos jamais haviam assinado. Já havia uma vigorosa oposição da direita e da indústria bélica. Em 1988, no governo Reagan, o Pentágono concordara com o corte de 33 bilhões de dólares de gastos para produzir um orçamento da defesa num total de 299 bilhões. Para o período fiscal de 1990 até 1994, todos os departamentos receberam ordem de cortar as despesas *planejadas* em 37,1 bilhões de dólares, 41,3 bilhões, 45,3 bilhões e 50,7 bilhões, respectivamente. Mas isso apenas limitaria o *crescimento* das despesas em 2% ao ano. O tratado de Nantucket previa grandes *decréscimos* nos gastos com defesa, e se os cortes anteriores haviam provocado problemas, Nantucket ia provocar um verdadeiro furor.

A diferença era que, como acentuava Cormack repetidamente, os cortes anteriores no crescimento da despesa não haviam sido planejados com base em cortes correspondentes na URSS. Em Nantucket, Moscou concordara com uma redução sem precedentes nas suas forças. Além disso, Cormack sabia que as superpotências tinham pouca escolha. Desde a posse, ele e Reed vinham lutando contra o crescimento em espiral do orçamento e com os déficits comerciais. Caminhavam para uma situação incontrolável que ameaçava a prosperidade não só dos Estados Unidos, mas de todo o Ocidente. As análises dos especialistas informavam que a URSS estava nas mesmas condições, por motivos diferentes, e Cormack expôs a situação diretamente a Mikhail Gorbachev. Eu preciso cortar as despesas e você precisa diversificar. O russo encarregou-se dos demais países do Pacto de Varsóvia; Cormack convenceu a OTAN – primeiro os alemães, depois os italianos, os membros menores e finalmente os britânicos. Estes eram os termos gerais do tratado:

A URSS concorda em reduzir seu contingente atual na Alemanha Oriental, a força potencial de invasão na direção ocidental na planície central da Alemanha, à metade das suas 21 divisões de combate em todas as categorias. Não serão dispersadas, mas retiradas para além da fronteira russo-polonesa e não voltarão para o Ocidente. São todas divisões de primeiro escalão. Acima de tudo, a URSS reduzirá o número de homens de todo o Exército em 40% do número atual. Comentários, pediu o presidente. Stannard, do Pentágono, que compreensivelmente tinha as maiores reservas contra o tratado – a imprensa já havia insinuado sua demissão – ergueu os olhos.

– Para os soviéticos esta é a essência do tratado, porque o Exército é seu serviço principal – disse ele, citando diretamente o presidente da Junta de Chefes do Estado-Maior, mas sem admitir a citação. – Para o homem comum parece fantástico. Na Alemanha Ocidental todos pensam assim. Mas não é tão bom quanto parece.

"Para começar, a URSS não pode manter suas atuais 177 divisões de linha sem fazer uso extensivo dos grupos étnicos do Sul, isto é, os muçulmanos, e sabemos que estão ansiosos para se livrar deles. Além disso, o que assusta realmente nossos planejadores não é o poderoso Exército soviético; é um exército com a metade do tamanho, porém profissionalizado. Um pequeno exército profissional é muito mais eficiente do que um grande número de homens semi-idiotas, que é exatamente o que eles têm agora.

– Mas se voltarem para a URSS – opinou Johnson –, não podem atacar a Alemanha Ocidental. Lee, se as tropas se movimentarem via Polônia para a Alemanha Oriental, é possível que não tomemos conhecimento dessa manobra?

– Não – disse o chefe da CIA com autoridade. – Além dos satélites, que podem ser enganados por caminhões e trens cobertos, nós e os britânicos temos outros meios para descobrir qualquer movimento de tropas na Polônia. Que diabo, os alemães orientais também não querem que sua região se transforme em zona de guerra. Provavelmente eles mesmos nos contariam.

– Muito bem, e nós, do que desistimos? – perguntou Odell.

Johnson respondeu.

– De alguns homens, não muitos. Os russos retiram 10 divisões com 15 mil homens cada uma. Nós temos 326 mil homens na Europa Ocidental. Reduzimos para menos de 300 mil pela primeira vez, desde 1945. São 25 mil nossos contra 150 mil deles, a proporção ainda está a nosso favor. Seis para um, e estávamos com quatro para um.

– Sim – disse Stannard –, mas temos de concordar também em não ativar nossas duas novas divisões pesadas, uma de carros blindados, a outra de infantaria mecanizada.

– Economia de custos, Hubert? – perguntou o presidente, com voz calma.

Costumava deixar que os outros falassem, ouvia com atenção, fazia alguns comentários sucintos e pertinentes e então decidia. O secretário do Tesouro apoiava o tratado de Nantucket. Facilitaria muito o balanço dos seus livros.

– Três bilhões e meio a divisão blindada, 3,4 bilhões a infantaria – disse ele –, mas são apenas custos iniciais. Depois disso, economizaremos 300 milhões de dólares por ano em custos correntes. E agora que a fabricação do DESPOT está parada, outros 17 bilhões de dólares correspondentes às 300 unidades projetadas.

– Mas o DESPOT é o melhor sistema destruidor de tanques do mundo – protestou Stannard. – Diabo, precisamos dele!

– Para destruir tanques que foram recuados para leste de Brest-Litovsky? – perguntou Johnson. – Se reduzirem à metade os tanques que têm na Alemanha Oriental, podemos detê-los com o que já temos: os aviões A-10 e as unidades terrestres de tanques. Além disso, podemos construir mais defesas estacionárias com parte do que economizaremos. Isso é permitido pelo tratado.

– Os europeus gostam da idéia – disse Donaldson, do Departamento de Estado, com voz tranqüila. – Não precisam reduzir o número de homens, mas verão as divisões soviéticas desaparecerem da frente dos seus olhos. Parece-me que ganhamos terreno.

– Consideremos a batalha naval – sugeriu Cormack.

A URSS concordava em destruir, sob supervisão, metade da sua frota de submarinos; todos os seus submarinos atômicos das classes Hotel, Eco e Novembro, e todos os movidos a motor elétrico-diesel, das classes Juliet, Foxtrot, Whiskey, Romeu e Zulu. Mas, como Stannard acentuou, esses submarinos nucleares já estavam obsoletos e não ofereciam segurança, com vazamentos constantes de nêutrons e raios gama, e os outros eram de desenho muito antigo. Depois disso, os russos podiam concentrar seus recursos e seus melhores homens nos Sierra, Mike e Akula, muito melhores tecnicamente, e portanto mais perigosos.

Contudo, ele concordava que 158 submarinos eram uma grande quantidade de metal e que os alvos de guerra anti-submarina da América seriam drasticamente reduzidos, simplificando o trabalho de conduzir comboios até a Europa se algo viesse a estourar um dia.

Todos sabiam que os submarinos a ser destruídos eram do tipo de ataque antinavios. Os submarinos equipados com mísseis, os *boomers*, não eram mencionados no tratado, em parte porque armas nucleares constavam dos termos do tratado das forças nucleares, de 1989, sucessor do tratado INF de 1988, e em parte porque os *boomers* da Rússia não eram "sérios", na linguagem do Departamento da Marinha. O armamento nuclear da Rússia sempre foi especialmente terrestre por uma razão especificamente russa. A Grã-Bretanha e a América deixam seus capitães de submarinos navegar de um lado para o outro durante meses e meses, sem se identificar nem informar sobre sua posição. Confiam nos capitães. Apesar da presença a bordo dos submarinos dos seus controladores políticos, os detestados *zampolits*, Moscou não ousa fazer isso. Assim, a cada 24 horas os submarinos russos levantam uma antena e gritam: "Estamos aqui, mamãe." Os americanos, agradecidos, anotam a posição e os perseguem.

Finalmente, Moscou concordava em destruir o primeiro dos quatro aviões de transporte Kiev, já construído, e desistir da fabricação – uma concessão de pouca importância, já que os Kiev eram caros demais para serem mantidos.

O item mais dispendioso em qualquer orçamento de guerra é o do grupo de transporte. Começa com um orçamento de 4 bilhões de dólares, subindo para 80 aviões a 30 milhões cada, 40 milhões se acrescentarmos os sistemas de armamentos. Segue-se então uma verdadeira tela protetora formada por destróieres equipados com mísseis, fragatas e helicópteros anti-submarinos, além de submarinos de ataque e detectores de submarinos Orion P-3, formando um círculo mais extenso. Pelo tratado de Nantucket, os Estados Unidos poderiam conservar os navios de transporte recém-lançados, *Abraham Lincoln* e *George Washington*, mas teriam de se desfazer do *Midway* e do *Coral Sea* (já condenado, mas com sua destruição adiada para que entrasse no tratado), mais os segundos em idade, o *Forrestal* e o *Saratoga*, com suas duas alas de pouso. Essas alas, uma vez desativadas, exigiriam três ou quatro anos para voltar a condições de combate.

– Os russos vão dizer que eliminaram 18% de nossa possibilidade de ataque à sua terra natal – resmungou Stannard – e desfizeram-se de apenas 158 submarinos, que, de qualquer modo, eram de manutenção muito cara.

Mas o Gabinete, verificando aquela economia de um mínimo de 20 bilhões de dólares por ano, metade em pessoal, metade em material, concordava com os cortes na Marinha, contra a oposição de Odell e Stannard. O ponto-chave era a Força Aérea. Cormack sabia que para Gorbachev era a questão crucial. No total, a América saía ganhando em terra e no mar, uma vez que não pretendia ser a agressora, queria apenas garantir que a URSS não a agredisse.

Mas, ao contrário de Stannard e Odell, Cormack e Donaldson sabiam que muitos cidadãos soviéticos acreditavam que algum dia o Ocidente se lançaria sobre a Mãe-Pátria, incluindo seus líderes.

Nos termos do acordo de Nantucket, o Ocidente interromperia a fabricação do avião de combate TFX, ou F-18, e o projeto conjunto do avião de caça de função múltipla, europeu, para a Itália, Alemanha Ocidental, Espanha e Grã-Bretanha. Moscou interromperia a fabricação do Mig-33. Eliminaria também o Blackjack, a versão Tupolev do bombardeiro americano B-1 e 50% dos seus aviões-tanques, reduzindo maciçamente a ameaça aérea ao Ocidente.

— Como saberemos que não vão construir o Backfire em outro lugar? — perguntou Odell.

— Teremos inspetores oficiais na fábrica Tupolev — disse Cormack. — Dificilmente poderão construir outra fábrica Tupolev em outro lugar. Certo, Lee?

— Certo, Sr. Presidente — disse o diretor da CIA. Depois de uma pausa, continuou: — Além disso, temos homens na diretoria da Tupolev.

— Ah — observou Donaldson, impressionado. — Como diplomata, não quero saber.

Os outros sorriram. Todos sabiam que Donaldson era muito austero.

O presidente Cormack era tradicionalista no que dizia respeito ao tratamento entre membros do governo. Não gostava do uso dos nomes de batismo nos primeiros encontros. Chamava pelo primeiro nome os seus colegas do Gabinete, mas todos o tratavam de Sr. Presidente. Em particular, apenas Odell, Reed, Donaldson e Walters podiam chamá-lo de John. Ele os conhecia há muito tempo.

O maior inconveniente para a América nos termos do acordo relativo à Força Aérea era o abandono do bombardeiro

"Stealth" B-2A, um avião de potencial revolucionário, construído para não ser detectado pelo radar e para atirar suas bombas onde e quando quisesse. Os russos estavam muito assustados com ele. Para Mikhail Gorbachev, era a única concessão dos Estados Unidos que, se negada, impediria a ratificação do tratado de Nantucket. Tornava desnecessária também a despesa de um *mínimo* de 300 bilhões de rublos para a reconstrução do sistema de defesa aérea da URSS, o Voiska-PVO de que tanto se orgulhavam, destinado a detectar qualquer ataque iminente. Era *esse* dinheiro que ele queria desviar para a nova indústria e tecnologia do petróleo.

Para a América, o "Stealth" era um projeto de 40 bilhões de dólares, o que representava uma grande economia, mas seu cancelamento custaria cinqüenta mil empregos na indústria de armamentos e parte do dinheiro economizado teria de ser usada para a criação de novas indústrias para compensar o desequilíbrio social.

– Talvez seja melhor continuarmos como estamos e levar os sacanas à falência sugeriu Odell.

– Michael – disse Cormack delicadamente –, então eles teriam de declarar a guerra.

Doze horas depois, o gabinete aprovou o acordo de Nantucket e teve início o trabalho cansativo de tentar convencer o Congresso, a indústria, as finanças, a imprensa e o público de que era algo bom. Isso é democracia. Cem bilhões de dólares seriam cortados do orçamento da Defesa.

MAIO

Em meados de maio, os cinco homens que haviam jantado no Remington Hotel em janeiro, por sugestão de Miller resolveram formar o Grupo Álamo, em memória dos que, em 1836, haviam lutado pela independência do Texas no Álamo, contra as forças mexicanas do general Sant'Anna. O projeto para derrubar o reino de Saud foi chamado de Plano Bowie, em homenagem ao lutador de faca Jim Bowie, morto no Álamo. O plano de desestabilização do presidente Cormack por meio de uma campanha caluniosa paga, feita através dos lobbies, da imprensa, da população e do Congresso, recebeu o nome de plano Crockett, em homenagem a Davy Crockett, pioneiro e combatente dos índios, também morto no Álamo. Agora estavam reunidos para estudar o relatório de Irving Moss sobre o modo de ferir John Cormack a ponto de torná-lo suscetível aos pedidos de renúncia do cargo. Era o plano Travis, nome do comandante do forte Álamo.

— Determinadas partes deste relatório me dão arrepios — disse Moir, batendo com a mão na pasta.

— A mim também — observou Salkind. — As últimas quatro páginas. Precisamos ir tão longe?

— Cavalheiros, amigos — disse Miller com sua voz forte –, compreendo perfeitamente sua preocupação, sua aversão, porém peço que considerem o que está em jogo. Não apenas nós, toda a América corre perigo mortal. Viram os termos propostos por aquele judas da Casa Branca. Retirar todas as defesas da nossa terra para fazer a vontade do anticristo de Moscou. Esse homem precisa desaparecer antes que destrua nosso amado país, levando todos à ruína. Vocês, especialmente, ameaçados de falência total. E o Sr. Moss garantiu que não haverá necessidade de aplicar o que está descrito nas últimas quatro páginas. Cormack deixará a presidência antes disso.

Irving Moss, vestido de branco, estava na outra extremidade da mesa, calado. Havia determinadas partes do seu plano que não constavam do relatório, idéias que só podia mencionar particularmente a Miller. Respirou pela boca para evitar o silvo do seu nariz defeituoso. E então, de repente, Miller espantou a todos.

– Amigos, vamos procurar a orientação d'Aquele que tudo compreende. Vamos orar juntos.

Ben Salkind olhou rapidamente para Peter Cobb, que se limitou a erguer as sobrancelhas. Cyrus Miller apoiou as mãos espalmadas sobre a mesa, fechou os olhos e ergueu o rosto para o teto. Não era homem de abaixar a cabeça, nem mesmo quando falava com o Todo-Poderoso. Afinal, eram confidentes íntimos.

– Senhor – disse o magnata do petróleo –, ouvi nossa prece, ouvi os filhos sinceros e leais desta terra gloriosa, vossa criação e confiada à nossa guarda. Guiai nossas mãos, amparai nossos corações, ensinai-nos a coragem para realizar a tarefa que temos pela frente e que, temos certeza, conta com vossa bênção. Ajudai-nos a salvar este vosso país escolhido e vosso povo escolhido...

Continuou assim por alguns minutos, depois ficou em silêncio durante algum tempo. Quando abaixou a cabeça e olhou para os cinco homens, seus olhos ardentes tinham a convicção do verdadeiro crente.

– Cavalheiros, Ele falou. Está conosco na nossa tarefa. Devemos prosseguir, não recuar, por nosso país e nosso Deus.

Os outros não tiveram outra escolha senão concordar com um aceno da cabeça. Uma hora mais tarde, Irving Moss teve uma conversa particular com Miller, no escritório. Explicou que havia dois componentes vitais que ele, Moss, não podia arranjar. Um era um objeto complexo de alta tecnologia soviética. O outro era uma fonte secreta no interior do grupo mais fechado da Casa Branca. Explicou por quê. Miller assentiu pensativo.

– Vou providenciar ambos – disse ele. – Tem seu orçamento e um sinal do que vai receber pelo trabalho. Prossiga com o plano sem demora.

JUNHO

O coronel Easterhouse foi recebido por Miller na primeira semana de junho. Estava muito ocupado na Arábia Saudita, mas o chamado era urgente e ele voou de Jeddah para Nova York, via Londres, e tomou a conexão direta para Dallas. Um carro o esperava na pista de aterrissagem e levou-o ao aeroporto particular W.P. Hobby, a sudeste da cidade, onde embarcou no Learjet que o deixou no rancho que ainda não conhecia. O relatório do seu trabalho era otimista e foi bem recebido.

Podia afirmar que seu contato na Polícia Religiosa ficara entusiasmado com a idéia de uma mudança de governo em Riyad. Ele havia se comunicado com o Iman fugitivo dos xiitas fundamentalistas, após Easterhouse ter-lhe revelado o esconderijo. O fato de o Iman não ter sido traído provava que o seu contato na Polícia Religiosa merecia confiança.

O Iman ouvira a proposta – sem que fossem citados nomes, já que jamais aceitaria se soubesse que cristãos, como Easterhouse, agiriam como instrumentos da vontade de Alá – e também ficara entusiasmado.

– O caso, Sr. Miller, é que os fanáticos de Hezb' Allah até agora não se dispuseram a tomar o prêmio óbvio que é a Arábia Saudita, limitando-se à tentativa falha de atacar, dominar e anexar o Iraque. Sua paciência deve-se ao temor de que, se procurarem derrubar a Casa de Saud, provocarão uma reação violenta dos Estados Unidos, até agora indecisos. Sempre acreditaram que, no momento certo, a Arábia Saudita cairá em suas mãos. Ao que parece, o Iman acredita que a próxima primavera... a festa do jubileu de diamante está agora definitivamente marcada para abril... será o momento certo escolhido por Alá.

"Durante as festividades, enormes delegações das 37 tribos principais do país convergirão para Riyad, a fim de prestar homenagem à casa real. Entre elas estarão as tribos da região de Hasa, os homens que trabalham nos campos de petróleo, quase todos da seita xiita. Disfarçados entre eles estarão duzentos assassinos escolhidos do Iman, desarmados até que suas armas e munição, importadas secretamente por meio de um dos petroleiros de Scanlon, sejam distribuídas.

Easterhouse finalmente informou que um importante oficial egípcio – o grupo consultivo dos militares no Egito desempenhava um papel vital em todos os níveis técnicos do Exército saudita – afirmara que, se seu país, com seus milhões de habitantes e pouco dinheiro, tivesse acesso ao petróleo saudita depois do golpe, ele garantiria a entrega da munição defeituosa à guarda real, que ficaria incapacitada de defender seus senhores. Miller assentiu pensativamente.

– Bom trabalho, coronel – disse ele e então mudou de assunto. – Diga-me, qual será a reação dos soviéticos a esta tomada da Arábia Saudita pelos americanos?

– Perturbação extrema, suponho – disse o coronel.

– O bastante para pôr um fim ao tratado de Nantucket, do qual agora conhecemos todos os termos? – perguntou Miller.

– Acredito que sim – disse Easterhouse.

– Que grupo dentro da União Soviética teria mais motivos para se opor a todos os termos do tratado e desejar que seja recusado?

— O Estado-Maior — disse o coronel sem hesitação. — A posição dos chefes do Estado-Maior, na União Soviética, é igual à dos nossos chefes do Estado-Maior e da indústria de defesa reunidos. O tratado reduzirá em 40% seu poder, seu prestígio, seu orçamento e seus números. Evidentemente, não vão gostar disso.

— Estranhos aliados — murmurou Miller. — Existe algum meio de fazer um contato discreto?

— Eu... tenho alguns conhecimentos — disse Easterhouse cautelosamente.

— Quero que faça uso deles — ordenou Miller. — Diga-lhes apenas que interesses poderosos nos Estados Unidos não vêem com bons olhos o tratado de Nantucket, acreditam que possa ser torpedeado no lado americano e gostariam de conversar a respeito.

O reino da Jordânia não é especialmente a favor dos soviéticos, mas o rei Hussein há muito tempo segue uma estrada perigosa para permanecer no trono, em Amã, e ocasionalmente tem comprado armas dos russos, embora sua legião árabe, a Hashemita, esteja equipada quase que exclusivamente com armas ocidentais. Contudo, existe uma equipe militar consultiva soviética composta de trinta homens em Amã, liderada pelo adido militar da embaixada russa. Easterhouse, certa vez, quando assistia a um teste de armamentos soviéticos no deserto, a leste de Aqaba, representando seus patrões sauditas, havia conhecido esse homem. Quando voltou dos Estados Unidos, Easterhouse fez uma parada em Amã.

O adido militar, coronel Kutuzov — que Eaterhouse tinha certeza de pertencer ao GRU —, ocupava ainda seu posto e os dois jantaram juntos. O americano ficou assombrado com a rapidez da reação. Duas semanas depois, foi procurado em Riyad e informado de que determinados cavalheiros ficariam muito felizes em encontrar seus "amigos" em circunstâncias de grande discrição. Deram a Easterhouse um grosso guia com instruções de viagem, que ele enviou por mensageiro para Houston, sem abrir.

JULHO

A Iugoslávia é o mais displicente dos países comunistas no que se refere a turistas, tanto que vistos de entrada podem ser conseguidos sem muita formalidade logo que se chega ao aeroporto de Belgrado. Em meados de julho, cinco homens chegaram à capital do país de avião, vindos de direções diferentes, em vôos diferentes. Viajaram pelas linhas aéreas normais que partiam de Paris, Roma, Viena, Londres e Frankfurt. Como eram todos americanos, não precisavam de vistos para nenhuma dessas cidades. Todos pediram e receberam vistos para uma semana de turismo em Belgrado, um na parte da manhã, dois na hora do almoço e dois no meio da tarde. Todos disseram ao funcionário que os entrevistou que pretendiam caçar javalis e veados no famoso pavilhão de caça de Karadjordjavo, uma antiga fortaleza no Danúbio, muito procurada por ocidentais ricos e que havia recebido o vice-presidente George Bush. A caminho do pavilhão de caça, todos afirmaram, ao receber os vistos, que passariam uma noite no superluxuoso Hotel Petrovaradin, em Novy Sad, a 80 quilômetros a noroeste de Belgrado. E cada um tomou um táxi para o hotel.

Os funcionários que concediam o visto foram substituídos na hora do almoço, assim apenas um dos americanos foi visto pelo agente Pavlic, que era um agente secreto a soldo do KGB. Duas horas depois de Pavlic deixar o posto, um relatório de rotina assinado por ele chegou à mesa do residente soviético no seu escritório da embaixada, no centro de Belgrado.

Pavel Kerkorian não se sentia bem. Deitara-se muito tarde na noite anterior – não inteiramente no cumprimento do dever, mas sua mulher era gorda e estava sempre se queixando, e Kerkorian achava irresistíveis as carnes firmes das jovens bosnianas – e naquele dia tivera um almoço muito pesado, inteiramente no cumprimento do dever, com um membro beberrão do Comitê Central da Iugoslávia que ele esperava recrutar. Quase deixou de lado o relatório de Pavlic. Os americanos chegavam em grande número na Iugoslávia nesses dias – era impossível verificar todos. Mas havia algo naquele nome. Não no sobrenome, bastante comum, mas onde havia visto o nome Cyrus antes?

Ele o encontrou novamente uma hora depois no seu escritório. Um número atrasado da revista *Forbes* publicava um artigo sobre Cyrus V. Miller. Por acasos como esses o destino é muitas vezes decidido. Não fazia sentido, e o armênio musculoso, major do KGB, gostava do que fazia sentido. Por que um homem com quase 80 anos, conhecido como um anticomunista quase patológico, viria caçar javalis na Iugoslávia, viajando em aviões comerciais comuns quando era suficientemente rico para caçar o que quisesse na América do Norte viajando no seu jato particular? Chamou dois homens de sua equipe, jovens recémchegados de Moscou, esperando que não fizessem uma confusão com o caso. (Como ele havia declarado a um homem da CIA recentemente num coquetel, não se conseguem bons auxiliares atualmente. O homem da CIA concordou plenamente.)

Os jovens agentes de Kerkorian falavam servo-croata, mas mesmo assim ele recomendou que confiassem no motorista, um iugoslavo que conhecia bem a cidade. Naquela noite eles telefonaram de uma cabine telefônica do Hotel Petrovaradin, o que deixou o major furioso, pois o telefone provavelmente tinha escuta dos iugoslavos. Mandou que os dois fossem para outro lugar.

Kerkorian ia sair do escritório quando eles voltaram a telefonar, agora de uma humilde estalagem a alguns quilômetros de Novy Sad. Não havia só um americano, mas cinco, informaram. Talvez tivessem se encontrado no hotel, mas pareciam se conhecer. Dinheiro havia mudado de mãos na recepção e eles conseguiram cópias das três primeiras páginas dos passaportes. Os americanos seriam apanhados de manhã por um microônibus e conduzidos a um pavilhão de caça, disseram os agentes, indagando para onde deviam ir agora. Fiquem aí, disse Kerkorian, sim, a noite toda. Quero saber aonde eles vão e com quem se encontram.

É bem feito, pensou ele, voltando para casa. Esses rapazinhos levam uma vida muito fácil. Provavelmente não era nada, mas daria aos novatos um pouco de experiência. Na tarde seguinte, eles voltaram cansados, barba por fazer, mas triunfantes. O que contaram deixou Kerkorian estupefato. Um microônibus havia chegado na hora marcada e levado os cinco americanos. O guia estava à paisana, mas parecia definitivamente militar – e russo. Em vez de se dirigir para o pavilhão de caça, o carro levou os cinco americanos de volta a Belgrado e então entrou direto na Base Aérea Batajnica. Não apresentaram os passaportes no portão principal – o guia os fez passar pela barreira apresentando cinco passes que tirou do bolso do paletó.

Kerkorian conhecia Batajnica – uma grande base aérea iugoslava situada a 20 quilômetros a noroeste de Belgrado, que definitivamente não constava do programa turístico dos americanos. Entre outras características, a base tinha um movimento constante de transportes militares soviéticos que traziam suprimentos para o enorme grupo consultivo militar soviético na Iugoslávia. Isso significava que havia uma equipe de engenheiros russos dentro da base, e um deles trabalhava para ele. O homem era encarregado do controle de carga. Dez horas mais tarde, Kerkorian enviou um relatório relâmpago para Yazenevo, no quartel-general do Primeiro Diretório do KGB, a divisão de espionagem externa. Foi diretamente para a mesa do chefe-assistente do Primeiro Diretório, general Vadim Kirpichenko, que, após fazer várias perguntas para a divisão interna da URSS, enviou um relatório detalhado para seu diretor, o general Chebrikov.

O relatório de Kerkorian informava que os cinco americanos foram conduzidos diretamente do microônibus para um transporte a jato Antonov 42 que acabava de chegar de Odessa com carga e que retornou imediatamente. Um relatório posterior do residente de Belgrado dizia que os americanos voltaram no mesmo transporte 24 horas depois, passaram outra noite no Hotel Petrovaradin e deixaram a Iugoslávia sem ter caçado nenhum javali. Kerkorian foi elogiado por sua vigilância.

AGOSTO

O calor estendia-se sobre a Costa do Sol como um cobertor. Nas praias os turistas reviravam-se na areia como bifes na grelha, assando corajosamente enquanto tentavam adquirir um bronzeado naquelas duas preciosas semanas, mas um tom vermelho de camarão era o máximo que iriam conseguir. O céu era de um azul tão pálido que parecia quase branco, e mesmo a habitual brisa marinha declinara para uma simples aragem.

A oeste, o grande molar que era o Rochedo de Gibraltar projetava-se na névoa quente, bruxuleando na sua extensão de 10 quilômetros; as pálidas rampas de concreto construídas pelos Engenheiros Reais, a fim de recolher água da chuva para abastecimento das cisternas subterrâneas, estendiam-se como cicatrizes no flanco do rochedo.

Nas colinas atrás da praia de Casares, o ar era um pouco mais fresco, mas não muito; o alívio só vinha realmente ao alvorecer e um pouco antes do pôr-do-sol, portanto os trabalhadores nos vinhedos de Alcántara del Río levantavam às 4 horas para produzir seis horas, antes que o sol os expulsasse para a sombra. Após o almoço eles iam cochilar na tradicional *siesta* espanhola até as 17 horas, voltando ao trabalho até que a luz se extinguisse, por volta das 20 horas.

Debaixo do sol as uvas cresciam e maduravam. A colheita não seria agora, mas deveria ser boa este ano. No seu bar, Antonio, como de hábito, trouxe a garrafa de vinho para o estrangeiro e sorriu radiante.

– *Será bien, la cosecha?* – perguntou.

– Sim – disse o homem alto com um sorriso. – Este ano a colheita será muito boa. Vou poder pagar minhas contas de bar.

Antonio explodiu em gargalhadas. Todo mundo sabia que o estrangeiro possuía sua própria terra e costumava pagar suas contas na ficha.

DUAS SEMANAS mais tarde, Mikhail Gorbachev não tinha a menor vontade de brincar. Embora fosse um homem de boa índole, com fama de possuir senso de humor e tratar delicadamente seus subordinados, podia também mostrar um temperamento explosivo, como quando era instruído pelos ocidentais sobre itens de direitos civis ou quando um subordinado o desapontava. Sentado à sua mesa no sétimo e último andar do prédio do Comitê Central, em Novaya Ploschad (Praça Nova), Gorbachev olhava furioso para os relatórios espalhados à sua frente.

A sala era estreita e longa, 18x6m, com a mesa do secretário-geral numa das extremidades, de frente para a porta. Gorbachev senta-se de costas para a parede, todas as janelas ficam à esquerda da sua mesa e recobertas por cortinas de renda com xales laterais de veludo. No centro da sala está a mesa de conferências com a qual a mesa do secretário forma a parte superior da letra T.

Ao contrário dos seus antecessores, ele preferia uma decoração clara e arejada. A mesa de conferência, como a dele, é de faia clara, com oito cadeiras confortáveis de cada lado. Nessa mesa estavam espalhados os relatórios selecionados por seu amigo e colega, o ministro do Exterior Eduard Shevardnadze, que o havia chamado com urgência do seu feriado na praia em Yalta, na Criméia. Gorbachev pensava furioso que preferia estar tomando banho de mar com sua neta Aksaina e não, ali sentado em Moscou, lendo aquele lixo.

Mais de seis anos já haviam passado desde o dia gelado de março em 1985, quando Chernenko finalmente tivera de deixar o cargo e ele subira com rapidez quase desconcertante – embora tivesse planejado e se preparado para isso – ao degrau mais alto. Seis anos durante os quais tentara agarrar pela nuca o país que tanto amava e fazê-lo voltar-se para a última década do século XX, colocando-o em posição de enfrentar, competir em termos iguais com o Ocidente capitalista, e, no fim, triunfar.

Como todos os russos devotados ao seu país, admirava o Ocidente, ao mesmo tempo ressentindo-se com tudo que ele representava: a prosperidade, o poder financeiro, a segurança quase arrogante. Ao contrário da maioria dos russos, não estava preparado para aceitar o fato de que o seu país jamais mudaria; nem aceitar a corrupção, a preguiça, a burocracia e a letargia como partes do sistema, pois sempre haviam existido e sempre existiriam. Mesmo quando jovem sentia que era capaz de efetuar mudanças com seu dinamismo e energia, se tivesse uma oportunidade. Isso foi seu estímulo, a força propulsora durante todos aqueles anos de estudo e de trabalho para o partido, em Stavropol, a certeza de que um dia chegaria sua vez.

A primeira providência foi a limpeza no Partido, afastando os reacionários e toda a madeira apodrecida – bem, quase todos. Agora tinha certeza de que governava o Politburo e o Comitê Central. Seus auxiliares controlavam as secretarias dispersas do Partido através das repúblicas da União e compartilhavam da sua convicção de que a URSS só poderia competir com o Ocidente se fosse economicamente forte. Por isso, a maior parte de suas reformas relacionava-se com a economia e não com a moral.

Comunista convicto, acreditava que seu país já havia conquistado a superioridade moral – não precisava mais provar isso. Mas não tinha ilusões quanto às forças econômicas dos dois campos. Agora, com a crise do petróleo, da qual estava perfeitamente a par, precisava de recursos maciços para investir na Sibéria e no Ártico, o que significava cortes em outras áreas, e o levava a Nantucket e ao confronto inevitável com os militares do seu país.

Como todos os líderes soviéticos, sabia que as três colunas mestras do poder eram o Partido, o Exército e o KGB, e que ninguém podia enfrentar dois deles ao mesmo tempo. Bastava estar em desacordo com seus generais. Ser apunhalado pelas costas pelo KGB era intolerável. Os relatórios sobre sua mesa, selecionados da imprensa ocidental pelo ministro do Exterior e traduzidos, eram inconvenientes num momento em que a opinião pública americana podia ainda influir na decisão do Congresso, levando-o a rejeitar o acordo de Nantucket e insistir na fabricação e uso do desastroso (para a Rússia) bombardeiro "Stealth".

Pessoalmente não tinha grande simpatia pelos judeus que queriam deixar a Mãe-Pátria que lhes dera tudo. Mikhail Gorbachev não era anti-russo no que se referia a dissidentes e opositores do regime. Mas se irritava com o fato de ter sido feita deliberadamente, e sabia quem estava por trás de tudo. Ressentia-se ainda com o maldoso videoteipe que criticava as compras de sua mulher em Londres, há três anos, e que circulava no circuito de Moscou. Sabia quem estava por trás daquilo também. As mesmas pessoas. O predecessor do homem que fora chamado e que devia chegar a qualquer momento.

Bateram na porta à direita da estante de livros, na outra extremidade da sala. Seu secretário particular olhou para ele e balançou a cabeça num gesto afirmativo. Gorbachev ergueu a mão pedindo "um minuto".

Voltou para sua mesa, sentando-se na frente dos três telefones e do suporte de ônix de cor creme para canetas. Então acenou afirmativamente. O secretário abriu a porta.

— Camarada Diretor, o Camarada Secretário-Geral — anunciou o jovem, retirando-se imediatamente.

O visitante estava com uniforme completo, é claro, e Gorbachev esperou que ele atravessasse todo o comprimento da sala sem uma palavra. Então levantou-se e mostrou com um gesto os papéis espalhados na mesa de conferências.

O general Vladimir Kriuchkov, diretor do KGB, fora amigo íntimo e protegido do seu predecessor, cujas idéias compartilhava, o reacionário ultraconservador Viktor Chebrikov. O secretário-geral incluíra Chebrikov no grande expurgo conduzido por ele no outono de 1988, livrando-se assim do seu último oponente no Politburo. Mas não teve alternativa senão indicar o primeiro-assistente, Kriuchkov, para seu sucessor. Uma expulsão era suficiente, duas seriam um massacre. Há limites, até mesmo para Moscou.

Kriuchkov olhou para os papéis e ergueu uma sobrancelha. Filho-da-puta, pensou Gorbachev.

— Não havia necessidade desse show na televisão — disse Gorbachev, como sempre indo diretamente ao assunto.
— Seis unidades de TV ocidentais, oito repórteres de rádio e vinte caçadores de escândalos dos jornais e revistas, metade deles americanos. Tivemos uma cobertura menor nos Jogos Olímpicos de 1980.

Kriuchkov ergueu uma sobrancelha.

— Os judeus estavam fazendo uma manifestação ilegal, meu caro Mikhail Gorbachev. Eu estava de férias na ocasião. Mas meus homens do Segundo Diretório agiram de modo certo, acredito. Aquela gente não obedeceu ao comando de dispersar e meus homens usaram os métodos habituais.

— Estavam na rua. Era da alçada da Milícia.

— Um grupo de subversivos. Faziam propaganda anti-soviética. Veja as faixas. Isso é da alçada do KGB.

— E a presença maciça da imprensa estrangeira?

O chefe do KGB deu de ombros.

– Esses enxeridos estão em toda a parte.

Sim, quando são avisados por telefone, pensou Gorbachev. Imaginou se devia se valer desse acontecimento para afastar Kriuchkov, mas desistiu da idéia. Seria necessário todo o Politburo para despedir o chefe do KGB, e o motivo jamais seria o espancamento de um bando de judeus. Mas Gorbachev estava contrariado e ia dizer o que pensava. Fez isso em cinco minutos. Kriuchkov ouviu em silêncio, os lábios cerrados. Não gostava de ser censurado por aquele homem mais moço, porém seu superior. Gorbachev estava de pé agora na frente da mesa. Os dois eram da mesma altura, fortes e atarracados. Os olhos de Gorbachev, como sempre, fixavam-se nos do homem com firmeza. E então Kriuchkov cometeu um erro.

Tinha no bolso um relatório do homem do KGB em Belgrado, acrescido de algumas informações espantosas enviadas por Kirpichenko para o chefe do Primeiro Diretório. Certamente era importante e devia ser mostrado ao secretário-geral. Que se dane, pensou amargamente o chefe do KGB, ele pode esperar. Assim, o relatório de Belgrado foi suprimido.

SETEMBRO

Irving Moss estava instalado em Londres, mas antes de deixar Houston combinara um código pessoal com Cyrus Miller. Sabia que os monitores da Agência Nacional de Segurança em Fort Meade estavam sempre no ar, interceptando bilhões de palavras de chamadas telefônicas do estrangeiro e que bancos de computadores as examinavam a fim de detectar qualquer item de interesse. Para não falar do pessoal do GCHQ, a agência de Inteligência britânica, os russos e qualquer pessoa que pudesse instalar um posto de escuta. Mas o volume do tráfego comercial é tão vasto que só passa pelo exame quando algo parece definitivamente suspeito. O código de Moss baseava-se em listas de preços variados, passando entre o ensolarado Texas e a sombria Londres. Apanhou a lista de preços, riscou palavras, deixou os números e, de acordo com a data no calendário, decifrou, consultando o bloco do qual só ele e Cyrus tinham cópia.

Nesse mês obteve três informações. Que o objeto de tecnologia russa de que precisava estava nos últimos estágios de preparação e seria entregue dentro de 15 dias. Que a fonte de informação que havia pedido na Casa Branca estava instalada, comprada e paga para fazer o serviço. E que devia agora prosseguir com o plano Travis conforme combinado. Queimou as folhas de papel e deu um largo sorriso. Seus honorários baseavam-se no planejamento, ativação e sucesso. Agora podia exigir a segunda parte do pagamento.

OUTUBRO

O período de aulas de outono na Universidade de Oxford é de oito semanas, e como os estudiosos gostam de obedecer os preceitos da lógica elas são chamadas Primeira Semana, Segunda Semana, Terceira Semana e assim por diante. Depois do oitavo período, há várias atividades – especialmente atléticas, teatrais e de debates – na Nona Semana. Um grande número de estudantes comparece antes do início do período para preparar seus estudos, instalar-se ou começar os treinos, no período chamado de Semana Zero.

No dia 2 de outubro, primeiro dia da Semana Zero, houve uma revoada de pássaros madrugadores no Vincent's

Club, o bar preferido de atletas/estudantes, entre eles Simon, o jovem alto e magro que se preparava para seu terceiro e último período em Oxford no programa de intercâmbio. Uma voz jovial disse às suas costas:

– Olá, jovem Simon. Voltou cedo?

Era o brigadeiro John De'Ath, tesoureiro do Jesus College e do Clube Atlético, que incluía a equipe de corrida rústica. Simon deu um largo sorriso.

– Sim, senhor.

– Vamos perder os quilos ganhos nas férias de verão, certo? – disse o oficial aposentado da Força Aérea, sorrindo também. Bateu de leve na barriga inexistente do jovem. – Ótimo. Você é nossa esperança de dar uma sova em Cambridge em dezembro, em Londres.

Todos sabiam que a grande rival desportiva de Oxford era Cambridge, o confronto principal em qualquer competição.

– Pretendo começar uma série de corridas matinais para voltar à forma, senhor – disse Simon.

Realmente Simon iniciou um treino rigoroso, correndo de manhã bem cedo, começando com 7 quilômetros e chegando a 15, durante a semana. Na manhã de quarta-feira, dia 9, saiu de casa em Woodstock Road, na zona sul de Summertown, ao norte de Oxford, e pedalou sua bicicleta em direção ao centro da cidade. Passou ao largo do Martyr's Memorial e da igreja de Sta. Maria Madalena, entrou à esquerda na Broad Street, passou pela porta da sua faculdade, Balliol, continuou por Holywell e Longwall até High Street. Entrou outra vez à esquerda, chegando à grade de ferro do Magdalen College.

Desceu da bicicleta, atou-a com a corrente à grade de ferro e começou a correr. Atravessou a ponte Magdalen, o

Cherwell e desceu para St. Clement, no Plain. Agora dirigia-se para leste. Às 6h30, o sol começava a se erguer à sua frente e Simon tinha 6 quilômetros para vencer antes de passar os subúrbios de Oxford.

Passou por New Headington para atravessar a pista dupla Ring Road, pela ponte de aço que levava a Shotover Hill. Ninguém corria àquela hora. Simon estava praticamente sozinho na rua. No fim da Old Road chegou à subida da colina e sentiu a dor do corredor de longa distância. As pernas musculosas subiram a colina e desceram para Shotover Plain. Terminado o asfalto, Simon entrou na trilha cheia de buracos com a água da chuva empoçada nas valas. Passou para a relva lateral, o prazer da grama macia sob os pés, atravessando a barreira da dor, aumentando a sensação de liberdade da corrida.

Atrás dele, o carro anônimo apareceu do meio das árvores, percorreu o fim do asfalto e começou a pular e sacudir na estrada esburacada. Os homens dentro do carro conheciam o caminho e estavam fartos dele. Quinhentos metros de estrada de terra, ladeada por pedras cinzentas, até o reservatório, depois voltando para o asfalto para a descida até a cidadezinha de Wheatley, passando pelo povoado de Littleworth.

A cem metros do reservatório a estrada de terra se estreitava e um freixo enorme inclinava-se sobre o caminho. Ali estava estacionado o furgão de entregas escondido no mato ao lado da estrada. Era um Ford Transit verde, antigo, que tinha nos dois lados os dizeres "Produtos do Pomar Barlow". Nada fora do comum. No começo de outubro, os carros do Barlow percorriam toda a região entregando as maçãs de Oxfordshire aos vendedores de frutas e legumes. Quem olhasse para a parte de trás do furgão – invisível para os homens do carro, pois o furgão de entregas estava de frente para eles – veria as caixas de maçãs empilhadas. Mas ninguém podia saber, na verdade, que as caixas eram pintadas na parte interna das duas janelas da porta traseira.

O furgão de entregas estava com o pneu dianteiro direito vazio. O carro fora levantado pelo macaco e um homem soltava a roda para trocar o pneu, inclinado sobre seu trabalho. Simon corria na relva do outro lado da vala e continuou seu caminho.

Quando passou pela frente do furgão, dois fatos aconteceram com rapidez espantosa. As portas traseiras foram abertas e dois homens encapuzados, com roupas negras de corrida, saltaram, atiraram-se sobre Simon, jogando-o no chão. O homem com a chave de roda voltou-se e endireitou o corpo. Estava de chapéu e também usava máscara, e a chave de roda não era uma chave de roda e sim uma metralhadora portátil Skorpion, de fabricação tcheca. Imediatamente ele abriu fogo, estilhaçando o pára-brisa do carro de passeio a vinte metros de distância.

O motorista do carro, atingido no rosto, morreu na hora. O carro derrapou e o motor calou. O homem no banco traseiro reagiu como um gato, abrindo a porta, atirando-se para fora, rolando o corpo duas vezes e colocando-se em posição de tiro. Atirou duas vezes com seu Smith & Wesson 9mm. O primeiro tiro a uns trinta centímetros além do alvo, o segundo uns três metros aquém, pois enquanto ele atirava, a rajada contínua da Skorpion o atingiu no peito. Não teve a menor chance.

O homem no banco da frente saiu do carro um segundo depois do seu companheiro. A porta estava aberta e ele tentava atingir o homem da metralhadora, disparando através da janela, quando três balas atravessaram seu escudo, atingindo-o na barriga e atirando-o violentamente para trás. Em cinco segundos o homem voltava para o banco ao lado do motorista do furgão. Os outros dois haviam atirado o estudante para o compartimento de carga, trancando as portas por fora. O carro saiu de cima do macaco, deu uma ré na entrada do reservatório, fez meia-volta e seguiu pela estrada de terra, na direção de Wheatley.

O agente do Serviço Secreto estava morrendo aos poucos, mas tinha muita coragem. Arrastando-se lenta e agonizantemente, voltou para o carro, agarrou o microfone sob o painel e com voz rouca transmitiu sua última mensagem. Não se preocupou com senhas e códigos, nem com as regras da transmissão. Seu fim estava próximo. Cinco minutos mais tarde, quando chegou socorro, ele estava morto. Sua mensagem foi a seguinte: "Socorro... precisamos de ajuda aqui. Alguém acaba de seqüestrar Simon Cormack."

4

Na esteira da mensagem do agente secreto agonizante vários fatos começaram a acontecer com rapidez crescente. O seqüestro do filho único do presidente ocorreu às 7h05. A chamada de socorro foi registrada às 7h07. Embora ele tenha usado uma faixa "dedicada" (exclusiva), falou abertamente. Por sorte, nenhuma pessoa não-autorizada ouvia a faixa da polícia naquela hora. O chamado foi ouvido em três lugares.

Na casa alugada e isolada em Woodstock Road estavam os outros dez homens da equipe do Serviço Secreto encarregados de guardar o filho do presidente durante seu ano em Oxford. Oito dormiam ainda, só dois estavam de pé, incluindo o do turno da noite que escutava a freqüência exclusiva.

O diretor do Serviço Secreto, Creighton Burbank, desde o começo fora contrário àquela viagem de estudos do filho do presidente. Engolindo suas objeções, Burbank requisitou uma equipe de cinqüenta homens para Oxford.

Mais uma vez John Cormack cedera ao pedido do filho – dê um tempo pra mim, papai. Vou parecer um touro premiado numa feira de gado, se ficar com cinqüenta guarda-costas atrás de mim – e finalmente a equipe foi reduzida a 12 homens. A embaixada em Londres alugou uma casa grande e isolada ao norte de Oxford, colaborando durante meses com as autoridades britânicas, e contratou três empregados de confiança dos britânicos, um jardineiro, um cozinheiro e uma empregada doméstica. A intenção era fazer com que Simon Cormack pudesse aproveitar normalmente aquele ano como estudante na Inglaterra.

A equipe tinha sempre um mínimo de oito homens em serviço, quatro nos fins de semana. Trabalhavam aos pares em três turnos, cobrindo 24 horas por dia na casa, e dois deles acompanhavam Simon sempre que ele saía. Os homens ameaçaram se demitir se não fosse permitido o porte de armas, e a lei proibia estrangeiros de portar armas em solo britânico. Chegaram a um acordo típico: fora da casa, um sargento armado da Divisão Especial estaria sempre no carro. Tecnicamente os americanos estariam operando sob suas ordens e podiam usar armas. Era uma solução fictícia, mas os homens da Divisão Especial local de Oxfordshire eram ótimos guias e as relações tornaram-se muito amistosas. O sargento britânico foi o homem que tentou sair do banco traseiro do carro, empunhando sua arma, sendo morto em Shotover Plain.

Segundos após o chamado de socorro do homem agonizante, a casa em Woodstock Road encheu-se de gritos e agitação, e os outros membros do Serviço Secreto entraram em dois carros, dirigindo-se para Shotover Plain. O caminho do treino de Simon estava claramente marcado e todos o conheciam. O encarregado do turno da noite ficou na casa com outro homem e deu dois telefonemas. Um para Washington, para a casa de Creighton Burbank, que dormia ainda, quatro horas mais cedo que o horário de Londres. O outro foi para o consultor legal da embaixada americana em Londres, que estava fazendo a barba em sua casa, em St. John's Wood.

O consultor legal numa embaixada americana é sempre um representante do FBI, e em Londres esse posto é muito importante. A comunicação entre as agências mantenedoras da lei dos dois países é constante. Patrick Seymour havia substituído Darrell Mills há dois anos, dava-se bem com os britânicos e gostava do seu trabalho. Sua reação imediata foi uma palidez extrema e uma ligação à prova de escuta para Donald Edmonds, diretor do FBI, que também dormia na sua residência em Chevy Chase.

O segundo a ouvir o chamado de socorro foi um carro-patrulha da Polícia do Vale do Tâmisa, a força que policiava os antigos condados de Oxfordshire, Berkshire e Buckinghamshire. Embora a equipe americana e seu acompanhante da Divisão Especial estivessem sempre perto de Simon Cormack, a PVT fazia questão de ter um carro a uma distância máxima de um quilômetro, numa base de "chamado de emergência". O carro-patrulha estava ligado na freqüência exclusiva, passando por Headington no momento da chamada, e percorreu um quilômetro em cinqüenta segundos. Mais tarde, comentou-se que o sargento e o motorista deviam ter passado pelo local e saído em perseguição aos seqüestradores. Uma solução em retrospecto. Com três corpos na estrada de terra de Shotover, eles pararam para ver se podiam socorrer alguém e conseguir alguma descrição dos homens. Tarde demais para as duas opções.

O terceiro ponto de escuta foi o quartel-general da PVT, na cidadezinha de Kidlington. A policial Janet Wren ia terminar o seu plantão noturno às 7h30 e bocejava, quando a voz rouca com sotaque americano estalou nos seus fones de ouvido. Ficou tão surpresa que, por uma fração de segundo, pensou que era uma brincadeira. Então, consultou uma lista e digitou algo no computador à sua esquerda. A tela logo mostrou uma série de instruções que a jovem, terrivelmente assustada, começou a seguir à risca.

Depois de um longo tempo de colaboração, um ano atrás, entre a PVT, a Scotland Yard e o Ministério do Interior britânico, a embaixada dos Estados Unidos e o Serviço Secreto, a operação conjugada de proteção a Simon Cormack foi denominada Operação Yankee Doodle. Os processos de rotina foram computadorizados, assim como os que deviam ser seguidos em uma variedade de contingências – como uma briga de bar, acidente rodoviário, manifestação política, doença do filho do presidente ou viagem para outro condado fora de Oxford. A policial Wren ativou o código "seqüestro" e o computador estava respondendo.

Dentro de minutos o oficial de dia estava ao lado dela, pálido e preocupado, e logo começou a dar uma série de telefonemas. Um foi para o superintendente do Departamento de Investigações Criminais que informou seu colega, o superintendente da Divisão Especial. O homem em

Kidlington também telefonou para o subchefe de polícia (Operações), que no momento devorava dois ovos cozidos em sua casa. Ele ouviu com atenção e imediatamente deu uma série de ordens acompanhadas de perguntas.

— Onde exatamente?

— Shotover Plain, senhor — disse o inspetor-chefe de Kidlington. — Delta Bravo está na cena do seqüestro. Examinaram um carro particular que saía de Wheatley, interrogaram duas outras pessoas que estavam correndo e uma senhora com um cachorro, do lado de Oxford. Os dois americanos estão mortos, assim como o sargento Dunn.

— Meu Deus — disse o subchefe de Operações. Aquilo ia ser o maior acontecimento de sua carreira e como responsável pelo setor mais delicado do trabalho policial, era seu dever dar uma solução ao caso. Não podia cometer erros. Não seriam aceitáveis. Entrou imediatamente em atividade.

— Mande um mínimo de cinqüenta homens uniformizados para o local, imediatamente. Estacas, martelos e cordões. Quero o local isolado... agora. Todos os peritos que temos. E barreiras de estrada. É uma estrada com duas saídas, não é?... Eles saíram pelo lado de Oxford?

— Delta Bravo diz que não — respondeu o homem. — Não sabemos qual foi o intervalo de tempo entre o ataque e o chamado do americano. Mas foi pequeno. Delta Bravo estava na estrada e diz que ninguém passou por ele vindo de Shotover. As marcas dos pneus nos dirão, a estrada é lamacenta.

— Concentre as barreiras de norte a sul no lado leste — disse o subchefe.

— Deixe o chefe de polícia comigo. Já mandaram meu carro?

– Deve estar aí agora – disse o outro. Estava. O subchefe de Operações olhou pela janela da sala de estar e viu o carro, que normalmente devia apanhá-lo quarenta minutos mais tarde, parando na frente da casa.

– Quem já foi para o local? – perguntou.

– O DIC, a DE, os peritos e agora os homens uniformizados – disse o homem de Kidlington.

– Tire todos os detetives dos casos em que estão trabalhando e mande começar a investigação – disse o subchefe. – Vou direto para Shotover.

– Extensão das barreiras? – perguntou o oficial de dia no quartel-general.

O subchefe pensou por um momento. Barreiras em estrada são mais fáceis de ordenar que realizar. Os condados do interior, todos muito históricos e densamente povoados, possuem um labirinto de ruas estreitas, estradas secundárias e de terra ligando uma cidade à outra, povoados e aldeias que constituem o campo. Caso se estenda a rede por uma área muito grande, o número de estradas secundárias multiplica-se para centenas; se fosse uma área muito pequena, a distância que os seqüestradores teriam de percorrer para escapar da rede diminuía.

– Nos limites de Oxfordshire – disse o subchefe.

Desligou o telefone e fez uma ligação para seu superior, o chefe de polícia. Em todas as forças policiais dos condados britânicos, o policiamento de rotina compete ao subchefe de Operações. O chefe de polícia pode ou não conhecer o trabalho policial, sua tarefa é mais política, moral, é cuidar da imagem pública e da ligação com Londres. O subchefe consultou o relógio enquanto discava o número. Eram 7h31.

O chefe da Polícia do Vale do Tâmisa morava numa bela reitoria reformada, na cidadezinha de Bletchingdon.

Foi da sala do café-da-manhã para seu escritório, limpando geléia dos lábios, para atender o telefone. Quando ouviu a notícia, esqueceu o café. Muita gente teria sua manhã perturbada naquele dia 9 de outubro.

— Compreendo — disse ele, ouvindo os detalhes conhecidos até aquele momento. — Sim... continue. Eu... vou telefonar para Londres.

Sobre sua mesa de trabalho havia vários telefones. Um era uma linha especial e muito particular para o escritório do secretário da Divisão F-4 do Ministério do Interior da Grã-Bretanha, que dirige as forças policiais metropolitana e dos condados. Naquela hora o funcionário público não estava no escritório, mas o chamado foi transferido para sua casa em Fulham, Londres. O burocrata disse um palavrão, deu dois telefonemas e dirigiu-se imediatamente para o grande prédio branco em Queen Anne's Gate, ao lado da Victoria Street, onde ficava seu ministério.

Um dos telefonemas que deu foi para o oficial de dia na Divisão F-4, ordenando que tirasse de sua mesa tudo que se referisse a outros assuntos e que todo seu pessoal fosse acordado e levado para o escritório imediatamente. Não explicou por quê. Não sabia ainda quantas pessoas estavam a par do massacre de Shotover Plain, mas como um bom funcionário do governo não pretendia aumentar o número, se pudesse evitar.

O outro telefonema era obrigatório. Foi para o subsecretário permanente, o mais antigo funcionário do governo de todo o Ministério do Interior. Felizmente, os dois homens moravam no centro de Londres, não a quilômetros de distância, e estavam no prédio do ministério às 7h51. Sir Harry Marriott, secretário do Partido e ministro do Interior do governo Conservador, chegou às 8h04, sendo informado dos detalhes. Sua reação imediata foi telefonar para Downing Street nº10 e insistir em falar pessoalmente com a Sra. Thatcher.

O telefone foi atendido pelo secretário particular – existem inúmeros secretários em Whitehall, a sede da administração britânica. Alguns, na realidade, são ministros, outros funcionários públicos, outros ainda ajudantes particulares e alguns fazem serviço de secretário. Charles Powell pertencia ao penúltimo grupo. Sabia que a primeira-ministra, no escritório particular ao lado, estava trabalhando há uma hora, despachando pilhas de documentos, bem antes que muitos dos seus colegas tivessem tirado os pijamas. Era costume dela. Powell sabia também que Sir Harry era um dos amigos mais chegados e mais íntimos da primeira-ministra. Informou-a do telefonema e ela atendeu imediatamente.

– Primeira-ministra, preciso vê-la. Agora. Preciso ir a Whitehall imediatamente.

Margaret Tatcher franziu a testa. A hora e o tom eram estranhos.

– Venha então, Harry – disse ela.

– Três minutos – disse a voz no telefone.

Sir Harry Marriott desligou. Lá embaixo, seu carro esperava para o percurso de quinhentos metros. Eram ainda 8 horas.

ERAM QUATRO seqüestradores. O atirador, sentado ao lado do motorista, ajeitou a metralhadora no chão do carro, entre seus pés, e tirou o capuz de lã. Usava uma peruca e um bigode. Pôs também óculos sem lentes com armação grossa. O motorista, líder do grupo, também usava peruca e uma barba postiça. Eram disfarces provisórios, porque teriam de viajar vários quilômetros sem chamar atenção.

Na parte de trás do furgão, os outros dois tentavam dominar Simon Cormack, que se defendia violentamente. Não foi problema. Um dos homens era enorme e simplesmente segurou o jovem americano num abraço de urso enquanto o outro, magro e musculoso, aplicava o chumaço de algodão embebido em éter. O furgão saiu da estrada de terra aos solavancos, afastando-se do reservatório, e entrou na estrada asfaltada secundária, na direção de Wheatley, e os sons lá atrás cessaram quando o filho do presidente caiu inconsciente.

A estrada descia atravessando Littleworth, com as pequenas casas espalhadas, e depois continuava numa reta até Wheatley. Passaram por um carrinho elétrico que fazia a entrega do tradicional litro de leite fresco e cem metros mais adiante o motorista notou, de passagem, que um entregador de jornais olhava para eles. Saindo de Wheatley, entraram na rodovia principal A40, que leva a Oxford, voltaram e percorreram quinhentos metros na direção da cidade, depois viraram para a direita entrando na estrada secundária B4027, que atravessava as cidadezinhas de Forest Hill e Stanton St. John.

O furgão atravessou as duas cidades em velocidade normal, passou pelo cruzamento em New Inn Farm e seguiu para Islip. Porém, um quilômetro e meio após New Inn, logo depois de Fox Covert, virou na direção de um portão de fazenda, à esquerda. O homem ao lado do motorista saltou e abriu o cadeado do portão com uma chave que tirou do bolso – tinham substituído o cadeado do fazendeiro dez horas antes – e o furgão entrou no caminho de terra. Dez metros adiante, chegaram ao celeiro abandonado de madeira atrás de um grupo de árvores que os seqüestradores haviam revistado duas semanas antes. Eram 7h16.

O dia clareava e os quatro homens trabalharam rapidamente. O homem da metralhadora abriu as portas do celeiro e tirou o grande Volvo escondido ali desde a meia-noite. O furgão verde entrou, o motorista desceu e tirou do carro a Skorpion e as máscaras. Verificou a parte da frente do furgão, certificando-se de que não haviam esquecido nada, e bateu a porta. Os outros dois abriram as portas traseiras do furgão, tiraram o inconsciente Simon Cormack lá de dentro e o colocaram na espaçosa mala do Volvo, preparada com orifícios para entrada de ar. Os quatro homens tiraram as roupas negras de corrida sob as quais usavam respeitáveis ternos de passeio, colarinhos, camisas e gravatas. Não tiraram as perucas, os bigodes, nem os óculos. As malhas de corrida também foram enfiadas na mala, a Skorpion no chão, sob o banco traseiro do Volvo, escondida sob um cobertor.

O motorista do furgão e líder dos seqüestradores sentou-se no Volvo e esperou. O homem magro colocou as cargas no furgão e o gigante fechou as portas do celeiro. Os dois entraram atrás no Volvo, que atravessou o portão, dirigindo-se para a estrada. O homem da metralhadora fechou o portão atrás do carro, retirou o cadeado e recolocou o do fazendeiro, com a corrente enferrujada. O Volvo deixou marcas na lama, mas isso não podia ser evitado. Eram pneus comuns que logo seriam trocados. O homem sentou-se ao lado do motorista e o Volvo seguiu para o norte. Eram 7h22. O subchefe de Operações estava nesse momento dizendo "meu Deus".

Os seqüestradores foram na direção noroeste, atravessando a cidade de Islip, entraram na grande reta que é a rodovia A421, fazendo uma volta de noventa graus na direção de Bicester. Passaram pela agradável cidadezinha comercial a nordeste de Oxfordshire em marcha normal e entraram na A421 para a cidade de Buckingham. Logo depois de Bicester um grande Range Rover da polícia apareceu atrás deles. Um dos homens na parte de trás resmungou um aviso e estendeu a mão para a Skorpion. O motorista mandou o homem ficar quieto e continuou em velocidade permitida. A cem metros uma placa dizia: "Bem-vindo a Buckinghamshire." A divisa do condado. Quando chegou na placa, o Range Rover diminuiu a marcha, desviou para o acostamento e começou a descarregar barreiras de aço para fechar a estrada. O Volvo continuou na mesma marcha e logo desapareceu. Eram 8h05. Em Londres, Sir Harry Marriott apanhava o telefone e ligava para Downing Street.

A PRIMEIRA-MINISTRA é uma senhora extremamente humana, muito mais do que os cinco homens que a precederam no cargo. Embora possa permanecer mais calma do que qualquer um deles sob extrema pressão, não é imune às lágrimas. Mais tarde, Sir Harry contou à sua mulher que, quando deu a notícia, os olhos da Sra. Thatcher encheram-se de lágrimas, ela cobriu o rosto com as mãos e murmurou: "Oh, meu Deus, pobre homem."

— Ali estávamos nós — contou Sir Harry para Debbie —, enfrentando a maior crise com os ianques desde Suez, e seu primeiro pensamento foi para o pai. Não para o filho, veja bem, para o pai.

Sir Harry não tinha filhos e não ocupava o posto atual em janeiro de 1982, portanto, ao contrário do secretário de gabinete aposentado, Robert Armstrong, que não teria ficado surpreso, não fora testemunha da angústia de Margaret Thatcher quando seu filho foi dado como desaparecido no rali Paris–Dacar, no deserto da Argélia. Então, na privacidade da noite, ela havia chorado aquela dor pura e muito especial da mãe ou do pai cujo filho está em perigo. Mark Thatcher foi encontrado vivo por uma patrulha, seis dias depois.

Quando ela levantou a cabeça, já dominada a emoção, apertou um botão no interfone.

– Charlie, quero que dê um telefonema pessoal para o presidente Cormack. Eu vou falar. Diga ao pessoal da Casa Branca que é urgente e não pode esperar. Sim, *é claro* que sei que horas são em Washington.

– Temos o embaixador americano, através do secretário do Exterior – sugeriu Sir Harry Marriott. – Ele podia... talvez...

– Não, eu mesma farei isso – insistiu a primeira-ministra. – Harry, por favor, mobilize o COBRA. Quero informações de hora em hora.

Não há nada de especialmente quente sobre a chamada Linha Quente entre Downing Street e a Casa Branca. Na verdade é uma conexão telefônica exclusiva, via satélite, mas com *scramblers** que não podem ser anulados, instalados em cada extremidade, para garantir a privacidade. Uma Linha Quente em geral leva cinco minutos para completar a ligação. Margaret Thatcher empurrou os papéis para um lado, olhou para fora, através das janelas à prova de bala do seu escritório particular, e esperou.

SHOTOVER PLAIN estava literalmente fervendo. Os dois homens do carro-patrulha Delta Bravo sabiam como evitar a invasão de estranhos no local e caminhavam cautelosamente, mesmo quando examinaram os três corpos para

---

*Misturador de freqüências. (*N. do E.*)

verificar se havia algum sinal de vida. Não havia nenhum, e eles os deixaram em paz. Uma investigação pode ser prejudicada no seu início quando alguém destrói, mesmo inadvertidamente, provas que seriam de grande importância para a medicina legal ou quando um pé descuidado enterra na lama uma cápsula vazia, destruindo as impressões digitais.

Os policiais uniformizados haviam isolado toda a estrada de terra, desde Littleworth, descendo a colina para leste, atravessando a ponte de aço e a Ring Road entre Shotover e Oxford City. Dentro dessa área, os peritos procuravam qualquer pista que houvesse. Descobriram que o sargento britânico da OE havia atirado duas vezes; um detector de metais tirou a bala da lama, que estava na frente dele – o sargento caíra para a frente, de joelhos, atirando enquanto caía. Não conseguiram encontrar a outra bala. Devia ter atingido um dos seqüestradores, disseram nos seus relatórios. (Não atingira, mas eles não sabiam disso.)

Encontraram as cápsulas vazias da Skorpion, 28 ao todo, todas na mesma poça d'água. Foram fotografadas separadamente onde estavam, apanhadas com pinças e colocadas em sacolas de plástico para o laboratório. Um dos americanos continuava caído sobre o volante do carro, o outro, no lugar onde morreu, ao lado da porta do carona, as mãos ensangüentadas nos três orifícios de bala em sua barriga, o microfone balançando ao lado. Tudo foi fotografado de todos os ângulos antes de ser removido. Os corpos foram para a enfermaria Radcliffe, enquanto o patologista do Ministério do Interior dirigia-se rapidamente de Londres para lá.

As marcas na lama eram importantes, mostravam o lugar em que Simon Cormack havia caído com os dois homens sobre ele, os desenhos das solas dos sapatos dos seqüestradores – o exame revelou que eram do tipo mais comum, impossível de ser identificado – e as marcas dos pneus do veículo da fuga, logo identificado como uma espécie de furgão. E havia o macaco mecânico, novo em folha, comprado em qualquer loja de autopeças. Como as cápsulas da Skorpion, não tinha impressões digitais.

Trinta detetives faziam o "trabalho de campo" – monótono mas vital, que conseguiu as primeiras descrições. A duzentos metros do reservatório, no caminho que levava a Littleworth, havia duas pequenas casas. A moradora de uma delas ouviu, quando fazia chá, alguns "estouros" na estrada, mais ou menos às 7 horas, mas não viu nada. Um homem em Littleworth viu um furgão verde logo depois desse horário, indo na direção de Wheatley. Os detetives encontraram o entregador de jornal e o leiteiro pouco antes das 9 horas – o garoto na escola, o leiteiro tomando seu café-da-manhã.

Foi a melhor testemunha. Ford Transit, verde claro, muito usado, com o logotipo da Barlow nos dois lados. O diretor da Barlow confirmou que não tinham nenhum furgão fazendo entrega na área àquela hora. Tudo combinava. A polícia tinha o veículo da fuga e transmitiu um alerta em todos os pontos. Sem explicar o motivo, apenas para encontrarem o furgão. Ninguém associou o furgão com o celeiro incendiado na estrada de Islip... não ainda.

Outros detetives foram à casa em Summertown, investigando de porta em porta as casas de Woodstock Road e vizinhanças. Alguém havia visto algum carro estacionado, furgão, ou qualquer outro veículo? Seguiram a rota da corrida de Simon até o centro de Oxford e a outra extremidade da cidade. Cerca de vinte pessoas declararam *ter visto* o jovem seguido por homens num carro – mas era sempre o carro do Serviço Secreto.

Às 9 horas, o subchefe de Operações reconheceu aquela sensação familiar. Não haveria uma solução rápida, não teriam acasos felizes, não fariam nenhuma prisão imediata. Fossem quem fossem os homens, estavam longe. O chefe de polícia, com uniforme completo, juntou-se a ele em Shotover Plain e observou as equipes de investigação do local.

— Aparentemente, Londres quer tomar conta do caso — disse o chefe de polícia.

O subchefe resmungou algo. Era uma censura, mas ao mesmo tempo tirava de suas costas uma responsabilidade dos diabos. O inquérito sobre o passado seria duro, mas falhar no futuro...

— Parece que Whitehall acha que eles saíram da nossa jurisdição, você compreende. Os poderes querem que a Metropolitana se encarregue agora. A imprensa já sabe?

O subchefe balançou a cabeça.

— Ainda não, senhor. Mas não vão ficar quietos por muito tempo. É algo grande demais.

Ele não sabia que a mulher que passeava com seu cachorro, afastada da cena pelos homens do Delta Bravo, às 7h16, viu dois dos três corpos, correu para casa assustada e contou para o marido. Tampouco sabiam que ele trabalhava como gráfico do *Oxford Mail*. Embora fosse apenas um gráfico, achou que devia contar o fato ao editor, quando chegou ao trabalho.

O TELEFONEMA de Downing Street foi atendido pelo oficial de dia no centro de comunicações da Casa Branca, situado no segundo subsolo do prédio do executivo, a Ala Oeste, ao lado da Sala de Situação. Foi registrado às 3h34 da manhã, hora de Washington. Quando soube de quem se tratava, o oficial de comunicações corajosamente concordou em telefonar para o agente secreto em serviço na mansão, àquela hora.

O homem do Serviço Secreto patrulhava o corredor central naquele momento, próximo dos apartamentos particulares no segundo andar. Atendeu quando o telefone na sua mesa, na frente do elevador dourado da primeira família dos Estados Unidos, tocou discretamente.

— Ela quer o quê? — murmurou ele ao telefone. — Será que aqueles britânicos sabem que horas são aqui?

Escutou outra vez. Não se lembrava da última vez que alguém havia acordado um presidente àquela hora. Talvez em algum caso de guerra, imaginou ele. Talvez fosse isso agora. Ia se complicar com Burbank se não compreendesse a informação. Por outro lado... a primeira-ministra britânica em pessoa...

— Vou desligar agora, telefono depois — disse ele para o homem de comunicações.

Informaram Londres que tinham ido acordar o presidente, que deviam esperar na linha. Esperaram.

O guarda do Serviço Secreto, Lepinsky, passou pelas portas duplas, entrou na sala de estar da Ala Oeste e parou diante da porta do quarto do presidente Cormack. Respirou fundo e bateu levemente. Nenhuma resposta. Experimentou a maçaneta. A porta não estava trancada. Certo de que estava arriscando sua carreira, entrou. Na grande cama de casal viu os dois vultos adormecidos, sabia que o presidente estava do lado da janela. Na ponta dos pés foi até a cama, identificou o paletó de pijama creme escuro e sacudiu o ombro do presidente.

— Sr. Presidente, quer acordar, por favor, senhor?

John Cormack acordou, identificou o homem um tanto intimidado, de pé ao lado da cama, olhou para a mulher e não acendeu a luz.

— Que horas são, Sr. Lepinsky?

— Pouco mais de 3h30, senhor. Desculpe-me... mas a primeira-ministra britânica está ao telefone. Ela diz que não pode esperar. Desculpe-me, Sr. Presidente.

John Cormack pensou por um momento, e então pôs as pernas para fora da cama, com cuidado para não acordar Myra. Lepinsky entregou-lhe um roupão. Depois de quase três anos na presidência, Cormack conhecia muito bem a primeira-ministra. Estivera com ela duas vezes na Inglaterra – na segunda, uma parada de duas horas quando voltou de Vnukovo – e ela havia feito duas visitas aos Estados Unidos. Eram ambos pessoas decididas, entendiam-se bem. Se ela estava ao telefone devia ser importante. Ele podia recuperar o sono perdido em outra hora.

— Volte ao corredor central, Sr. Lepinsky – murmurou ele. – Não se preocupe, agiu bem. Vou atender o telefone no meu escritório particular.

O escritório do presidente – havia vários, mas só um na ala da família – fica entre o quarto de dormir e o Salão Oval Amarelo que está situado sob a rotunda central. Como as do quarto, as janelas do escritório dão para os jardins da Pennsylvania Avenue. Cormack fechou a porta de comunicação, acendeu a luz, piscou os olhos várias vezes, sentou à sua mesa e apanhou o telefone. Em dez segundos, Margaret Thatcher estava na linha.

— Alguém já entrou em contato com o senhor?

Sentiu um aperto no estômago.

— Não... ninguém. Por quê?

— Acredito que o Sr. Edmonds e o Sr. Burbank já saibam. Sinto muito por ser a primeira...

Então ela contou. O presidente apertava o fone contra o ouvido e olhava sem ver para as cortinas das janelas. Sua boca estava seca e não conseguia engolir. Ouvia as frases...

tudo, mas estavam fazendo de tudo... a melhor equipe da Scotland Yard... não poderiam escapar... Ele disse sim, muito obrigado, e desligou. Era como se tivesse levado um murro no peito. Pensou em Myra, dormindo ainda. Tinha de contar a ela. Ia ser terrível.

— Oh, Simon — murmurou ele. — Simon, meu filho.

Sabia que não podia ficar sozinho. Precisava de um amigo para tomar as providências enquanto ele cuidava de Myra. Depois de alguns minutos, chamou o telefonista e disse com voz muito calma:

— Chame o vice-presidente Odell, por favor. Sim, agora.

Em sua residência, no Observatório Naval, Michael Odell foi acordado do mesmo modo, por um homem do Serviço Secreto. O chamado foi inequívoco e não explicado. Por favor, venha imediatamente à mansão. Segundo andar. O escritório. Agora, Michael, agora, por favor.

Quando o presidente desligou, o texano fez o mesmo. Coçou a cabeça e desembrulhou um chiclete de hortelã. Ajudava-o a se concentrar. Pediu o carro e começou a se vestir. Odell era viúvo e dormia sozinho, portanto não precisava se preocupar em acordar ninguém. Dez minutos depois, com calça esporte, sapatos e uma suéter sobre a camisa, estava na limusine, olhando para as costas do motorista da Marinha ou para as luzes noturnas de Washington, até aparecer o grande vulto iluminado da Casa Branca. Evitou o pórtico e a entrada do sul, ambos grandiosos demais, e entrou para o corredor do térreo pela porta menor, do lado oeste. Mandou o chofer esperar, não ia demorar. Estava enganado. Eram 4h07.

AS CRISES de alto nível, na Grã-Bretanha, são da alçada de um comitê convocado rapidamente, cujos membros variam de acordo com a natureza do caso. Mas o lugar da reunião é sempre o mesmo. Quase sempre é na Sala de Instruções do escritório do Gabinete, um salão tranqüilo, com ar-condicionado, no segundo subsolo, sob o escritório do Gabinete, ao lado de Downing Street. Esses comitês são conhecidos pela sigla COBRA.

Sir Harry Marriott e seus auxiliares em uma hora haviam tirado os "corpos" escolhidos, como ele dizia, de suas casas, dos seus trens para a cidade ou dos seus diversos e espalhados escritórios, reunindo-os na sala do Gabinete. Às 9h56 ele sentou-se na cabeceira da mesa de reuniões.

O seqüestro era evidentemente um ato criminoso e da alçada da polícia, que era subordinada ao Ministério do Interior. Mas nesse caso havia várias outras ramificações. Além do Ministério do Interior, estava presente um ministro de Estado do Ministério das Relações Exteriores, que tentaria se manter em comunicação com o Departamento de Estado, em Washington e, portanto, com a Casa Branca. Além disso, se Simon Cormack tivesse sido levado para a Europa, sua participação seria vital politicamente. O Serviço Secreto britânico, o MI-6, ou "A Firma", era subordinado ao Ministério das Relações Exteriores e seu trabalho consistia em verificar a possibilidade de envolvimento de grupos terroristas estrangeiros. Seu representante viera do outro lado do rio, de Century House, e devia prestar contas ao "chefe".

Também subordinado ao Ministério do Interior, separado da polícia, havia o Serviço de Segurança, MI-5, a divisão de contra-espionagem com um interesse mais do que passageiro no terrorismo, na medida em que afetava a Grã-Bretanha internamente. Seu homem viera de Curzon Street, em Mayfair, onde informações sobre candidatos prováveis já estavam sendo eliminadas às dezenas e um

133

número de "infiltrados" contatados, para responder a uma pergunta especial e explosiva: quem?

Estava presente um funcionário graduado do Ministério da Defesa, encarregado do regimento de Serviços Aéreos Especiais, em Hereford. No caso de localizarem rapidamente Simon Cormack e seus seqüestradores e desenvolver-se uma situação de "fortaleza" (de cerco), o SAE poderia ser convocado para o resgate do refém, uma das suas complexas especialidades. Ninguém precisava saber que a tropa em prontidão permanente de meia hora – neste caso, de acordo com a rota, o sétimo batalhão, os homens de queda livre do esquadrão B – discretamente havia passado para Alerta Âmbar (dez minutos) e sua retaguarda de alerta, de duas horas, passara para sessenta minutos.

Havia um representante do Ministério dos Transportes, que controlava os portos e aeroportos da Grã-Bretanha. Trabalhando com a Guarda Costeira e a Alfândega, esse departamento instalaria um alerta geral dos portos, pois a primeira preocupação era manter Simon Cormack dentro do país, no caso de os seqüestradores terem outras idéias. Ele já havia se comunicado com o Departamento de Comércio e Indústria, que explicou que o exame de todas as cargas seladas e encaixotadas que saíam do país era praticamente impossível. Contudo, qualquer avião particular, iate ou navio de passageiros, pesqueiro, barco a motor que tentasse sair com grande carregamento a bordo, ou alguém numa maca, ou simplesmente drogado e inconsciente, despertaria mais do que um simples interesse da Guarda Costeira ou da Alfândega.

Entretanto, o homem-chave estava à direita de Sir Harry: Nigel Cramer.

Ao contrário das delegacias de polícia dos condados e autoridades policiais, a força policial de Londres, a Polícia

Metropolitana, conhecida como "Met", não é liderada por um chefe de polícia, mas por um comissário, sendo a maior força no país. O comissário, neste caso Sir Peter Imbert, é auxiliado por quatro comissários-assistentes, cada um encarregado de um dos quatro departamentos. Abaixo deles está o de Operações Especiais, ou OE.

O OE tem 13 divisões, numeradas de 1 a 14, excluindo a quinta, que, não se sabe por que, não existe. Entre as 13 estão o Esquadrão Secreto, o Esquadrão de Crimes Graves, o Esquadrão de Vôo e o Esquadrão de Crimes Regionais. Além da Divisão Especial (contra-espionagem), a Divisão de Informação Criminal (OE 11) e a Divisão Antiterrorista (OE 13).

O homem designado por Sir Peter Imbert para representar a Met no comitê COBRA era o comissário-assistente do departamento OE, Nigel Cramer. A partir daquele momento, seus relatórios seriam feitos em duas direções. Para a chefia cima, ao seu comissário-assistente e ao próprio comissário-chefe e, lateralmente, ao comitê COBRA. Em sua direção fluiriam as informações do oficial das Investigações, o OI, que, por sua vez, estaria fazendo uso de todas as divisões e esquadrões do departamento, na medida das necessidades.

Só uma decisão política pode se impor à Met numa força provinciana, mas a primeira-ministra já havia tomado essa decisão, justificada pela suspeita de que Simon Cormack poderia estar agora fora da área do Vale do Tâmisa, e Sir Harry Marriott acabava de informar o chefe de polícia sobre essa decisão. Os homens de Cramer já estavam nas vizinhanças de Oxford.

Havia dois indivíduos não-britânicos, convidados a se juntar ao COBRA. Um era Patrick Seymour, o homem do FBI na embaixada, o outro era Lou Collins, o oficial de ligação da CIA, com base em Londres. Sua inclusão era mais do que apenas cortesia. Estavam presentes a fim de manter suas organizações a par do nível de esforço realizado em Londres para resolver o ultraje, e talvez para contribuir com qualquer informação que seus homens pudessem conseguir.

Sir Harry abriu a reunião com um breve relatório dos fatos conhecidos até o momento. O seqüestro já tinha três horas de duração. Nessa circunstância, ele considerava necessárias duas suposições. Uma, que Simon Cormak fora levado para fora de Shotover Plain e estava agora em algum lugar secreto. A segunda, que os seqüestradores eram terroristas que não haviam ainda feito contato com as autoridades.

O homem do MI-6 informou que seus subordinados estavam tentando contatar vários agentes infiltrados em grupos terroristas conhecidos da Europa, na esperança de identificar o grupo responsável pelo seqüestro. Esse trabalho tomaria alguns dias.

– Esses agentes infiltrados levam uma vida muito perigosa – acrescentou ele. – Não podemos simplesmente telefonar e mandar chamar Jimmy. Encontros secretos serão realizados em vários lugares durante a próxima semana, para ver se conseguimos uma pista.

O homem do MI-5 disse que seu departamento estava fazendo o mesmo com os grupos, dentro do país, que podiam estar envolvidos ou saber de algo. Duvidava que os seqüestradores fossem de um deles. Além do IRA e do INLA – irlandeses – as Ilhas Britânicas tinham seu quinhão de malfeitores, mas o nível de cruel profissionalismo demonstrado em Shotover Plain parecia excluir a atuação dos descontentes que geralmente só faziam barulho. Contudo, seus agentes infiltrados nesses grupos seriam também ativados.

Nigel Cramer informou que as primeiras pistas provavelmente seriam obtidas pelo laboratório da polícia ou de uma testemunha ocasional ainda não interrogada.

– Sabemos como o furgão era usado – disse. – Um Ford Transit pintado de verde, velho, tendo nos dois lados o logotipo, muito conhecido em Oxfordshire, da companhia Barlow. Foi visto atravessando Wheatley, na direção leste, afastando-se da cena do crime, uns cinco minutos depois do seqüestro. E não era um furgão da Barlow, isso já foi confirmado. A testemunha não viu o número da placa. Obviamente está sendo realizado um trabalho maciço de busca de outras pessoas que tenham visto o furgão, notado a direção que seguia, ou que possam descrever os homens dentro dele. Aparentemente havia dois, no banco da frente, vultos vagos atrás dos vidros fechados, mas o leiteiro acha que um tinha barba.

"Foram entregues ao laboratório um macaco mecânico, perfeitas marcas de pneus do furgão... o pessoal do Vale do Tâmisa determinou o lugar exato em que estava estacionado... e uma coleção de cápsulas vazias, aparentemente de uma metralhadora portátil. Tudo isso está sendo enviado aos especialistas do Exército em Fort Halstead, assim como as balas que forem retiradas dos corpos dos dois agentes do Serviço Secreto e do sargento Dunn, da Divisão Especial de Oxford. Fort Halstead nos dirá exatamente, mas à primeira vista parece se tratar de munição do Pacto de Varsóvia. Quase todos os grupos terroristas da Europa, exceto o IRA, usam armas do Bloco Oriental.

"A equipe de laboratório da polícia em Oxford é muito boa, mas vou levar todas as peças encontradas, na cena do crime ou nas vizinhanças, para nossos laboratórios em Fulham. O Vale do Tâmisa continuará a procurar testemunhas.

"Portanto, cavalheiros, temos quatro linhas de investigação. O furgão da fuga, testemunhas na cena do crime ou nas vizinhanças, tudo que os seqüestradores deixaram e, outra tarefa para o pessoal do Vale do Tâmisa, procurar qualquer pessoa que tenha sido vista observando a casa de Woodstock Road. Aparentemente... – olhou para os dois americanos – Simon Cormack, todas as manhãs, fazia o mesmo caminho, à mesma hora, durante alguns dias.

Nesse momento o telefone tocou. Era para Cramer. Ele atendeu, fez várias perguntas, escutou por alguns minutos e depois voltou para a mesa.

– O comandante Peter Williams, chefe da OE 13, a Divisão Antiterrorista, foi designado por mim para atuar como chefe das investigações. Era ele ao telefone. Acho que encontramos o furgão.

O proprietário da Fazenda Whitehill, perto de Fox Covert, na estrada de Islip, chamou os bombeiros às 8h10 quando viu a fumaça que saía do celeiro quase em ruínas na sua fazenda. Ficava numa planície perto da estrada, a quinhentos metros da sua casa, e ele raramente ia até lá. O fazendeiro viu as chamas consumindo a estrutura de madeira, fazendo desmoronar primeiro o telhado, depois as paredes.

Quando os bombeiros estavam "esfriando as cinzas", viram o que parecia ser os restos de um furgão sob a madeira queimada. Isso foi às 8h41. O fazendeiro afirmou que não havia nenhum veículo no celeiro. Temendo que houvesse alguém – ciganos, ambulantes ou até excursionistas – dentro do furgão, os bombeiros resolveram retirar a madeira queimada de cima do carro. Logo que possível, olharam para dentro do furgão. Não havia nenhum corpo. Mas era definitivamente um Transit.

Ao voltar para o quartel dos bombeiros, um oficial inteligente ouviu no rádio que a Polícia do Vale do Tâmisa procurava um Transit, presumivelmente usado em uma "ação que envolvia armas de fogo", naquela manhã. Ele telefonou para Kidlington.

– Temo que esteja destruído – disse Cramer. – Pneus provavelmente queimados, impressões digitais apagadas. Contudo, os números do bloco do motor e do chassi não são afetados pelo fogo. Meu pessoal da Seção de Veículos já está a caminho. Se restou alguma coisa... e quero dizer *qualquer coisa*... descobriremos.

A Seção de Veículos da Scotland Yard pertence ao Esquadrão de Crimes Graves, parte do Departamento Operações Especiais.

O COBRA continuou reunido, mas alguns dos principais participantes saíram para prosseguir seu trabalho, deixando em seu lugar subordinados que os informariam de qualquer novidade. Um membro menos graduado do Ministério do Interior assumiu a presidência.

NUM MUNDO perfeito, que não existe, Nigel Cramer teria preferido manter a imprensa fora do caso, pelo menos por algum tempo. Às 11 horas, Clive Empson, do *Oxford Mail*, estava em Kidlington fazendo perguntas sobre o tiroteio e as mortes em Shotover Plain ao nascer do sol. Três fatos o deixaram surpreso. Um foi que o levaram imediatamente ao superintendente dos detetives, que perguntou quem o havia informado da ocorrência. Ele se recusou a dizer. O segundo foi a atmosfera de medo que envolvia os agentes menos graduados no quartel da Polícia do Vale do Tâmisa. O terceiro foi o fato de não ter recebido nenhuma ajuda. Para as duas mortes – a mulher do gráfico só vira dois corpos – normalmente a polícia pediria a cooperação da imprensa e faria uma declaração, para não dizer uma entrevista coletiva.

De volta a Oxford ele meditou sobre tudo aquilo. Um "causas naturais" seria mandado para o necrotério da cidade. Mas um tiroteio significava as instalações mais sofisticadas da enfermaria de Radcliffe. Por acaso ele estava namorando uma enfermeira de Radcliffe; ela não estava na seção de "corpos", mas talvez conhecesse alguém que trabalhasse lá.

Na hora do almoço foi informado de que havia grande movimento em Radcliffe. Havia três corpos no necrotério, dois aparentemente de americanos e um de um policial britânico; fora chamado um patologista de Londres e alguém da embaixada americana. Clive Empson ficou intrigado.

O corpo de um soldado da base próxima de Upper Heyford podia fazer com que um membro uniformizado da Força Aérea americana comparecesse à enfermaria, um turista morto justificaria a presença de membros da embaixada americana, mas por que Kidlington não dizia nada? Pensou em Simon Cormack que, como todos sabiam, estava estudando na Inglaterra, e fora ao Balliol College, para encontrar uma bela estudante galesa chamada Jenny.

Ela confirmou que Simon Cormack não havia comparecido à aula naquele dia, mas não parecia preocupada. Provavelmente ele estava se matando de correr, treinando para a competição. Correr? Sim, ele é a maior esperança para derrotar Cambridge em dezembro. Corre brutalmente todas as manhãs. Geralmente em Shotover Plain.

Clive Empson sentiu como se tivesse levado um pontapé na barriga. Acostumado à idéia de passar a vida fazendo a cobertura de pequenos casos para o *Oxford Mail*, de repente via as luzes brilhantes de Fleet Street chamando-o. Quase acertou, mas pensou que Simon Cormack tinha sido morto a tiros. Foi essa a informação que enviou a um dos principais jornais de Londres naquela tarde, o que provocaria uma declaração do governo.

PESSOAS BEM INFORMADAS em Washington costumavam confidenciar aos seus amigos britânicos que dariam seu braço direito para ter um sistema de governo igual ao deles.

O sistema britânico é relativamente simples. A rainha é o chefe de Estado e permanece no seu lugar. O chefe do governo é o primeiro-ministro, sempre o líder do partido que vence as eleições gerais. Isto tem duas vantagens. O chefe executivo da nação não pode estar em total desacordo com uma maioria do partido político da oposição, no Parlamento (o que facilita uma legislação necessária, embora nem sempre popular) e o primeiro-ministro, empossado depois de vencer as eleições, é quase sempre um político hábil e experiente em *nível nacional*, e provavelmente um ex-ministro do Gabinete na administração anterior. A experiência, o know-how, o conhecimento dos processos e de como fazer com que aconteçam, está sempre presente.

Londres era uma terceira vantagem. Por trás dos políticos existe uma quantidade de funcionários graduados do governo que provavelmente serviram tanto na administração anterior como na imediatamente anterior também. Com um máximo de 100 anos entre uma dezena deles, esses "mandarins" são de grande ajuda para os novos vencedores. Eles sabem o que aconteceu na última vez e por que; eles têm os registros, sabem onde estão as minas terrestres.

Em Washington, o presidente, no fim do seu mandato, leva quase tudo com ele – a experiência, os conselheiros e os registros, ou pelo menos aqueles que algum coronel genial não colocou no picador de papel. O recém-chegado começa frio, geralmente com experiência de governo somente em nível estadual, trazendo sua equipe de conselheiros que podem estar tão "frios" quanto ele, e sem saber ao certo quais são as bolas de futebol e quais as minas. Esse é um dos motivos por que algumas pessoas importantes de Washington acabam mancando permanentemente.

Assim, quando o espantado vice-presidente Odell saiu da mansão e atravessou a Ala Oeste, às 5 horas daquela manhã de outubro, compreendeu que não estava certo do que devia fazer nem a quem perguntar.

– Não posso enfrentar isso sozinho, Michael – dissera o presidente. – Tentarei continuar a cumprir meus deveres de presidente. Continuo no Salão Oval, mas não posso presidir o comitê de solução da crise. Estou por demais envolvido... Traga meu filho de volta para mim, Michael.

Odell era muito mais emotivo do que John Cormack. Nunca havia visto o amigo acadêmico, sempre tão seco, demonstrar tanta perturbação, e jurou que traria Simon de volta. Cormack voltou para o quarto onde o médico da Casa Branca administrava sedativos à chorosa primeira-dama.

Odell estava agora na cadeira central da mesa da Sala do Gabinete. Pediu café e começou a dar telefonemas. O seqüestro fora na Grã-Bretanha; isso era no estrangeiro, ele precisava do secretário de Estado. Telefonou para Jim Donaldson e o acordou. Não disse o motivo, apenas que fosse imediatamente à sala do Gabinete. Donald protestou. Estaria lá às 9 horas.

– Jim, se manda para cá agora. É uma emergência. E não telefone para o presidente. Ele não pode atender seu telefonema e pediu-me para resolver isto.

Quando era governador do Texas, assuntos estrangeiros sempre foram um livro fechado para Odell. Mas estava em Washington como vice-presidente o tempo necessário para ter adquirido muitas informações sobre os negócios estrangeiros, e aprendeu muito. Aqueles que o julgavam pela linguagem de vaqueiro que ele gostava de usar faziam-lhe uma enorme injustiça, geralmente para grande arrependimento mais tarde. Michael Odell não havia conquistado a confiança e o respeito de um homem como John Cormack por ser tolo. Na verdade, era muito inteligente.

Telefonou para Bill Walters, o secretário de Justiça, chefe político do FBI. Walters estava acordado e vestido, pois havia recebido um telefonema de Don Edmonds, diretor do FBI. Walters já sabia.

– Estou a caminho, Michael – disse ele. – Quero que Don Edmonds vá comigo. Vamos precisar da experiência do FBI neste caso. Além disso, o homem de Don em Londres o mantém informado de hora em hora. Precisamos de relatórios atuais. Certo?

– Mais do que certo – disse Odell com alívio. – Traga Edmonds.

Quando o grupo ficou completo, às 6 horas, incluía também Hubert Reed, do Tesouro (responsável pelo Serviço Secreto), Morton Stannard, o secretário da Defesa, Brad Johnson, conselheiro nacional da Segurança, e Lee Alexander, diretor da CIA. Aguardando estavam Don Edmonds, do FBI, Creighton Burbank, do Serviço Secreto, e o diretor-adjunto de Operações da CIA.

Lee Alexander sabia que, embora fosse diretor, seu cargo na Agência era de indicação política, não de carreira. O homem que dirigia toda a área operacional da Agência era o diretor-adjunto de Operações, David Weintraub, que esperava do lado de fora com os outros.

Don Edmonds estava com um dos seus funcionários graduados. Três diretores-assistentes executivos funcionam sob as ordens do diretor do FBI, chefiando respectivamente os serviços de Manutenção da Lei, Administração e Investigações. O diretor-assistente para Investigações, Buck Revell, estava doente, de licença. Dentro de Investigações havia três divisões – Inteligência, Relações Internacionais (ao qual pertencia Patrick Seymour, em Londres) e Investigação Criminal. Edmonds trouxe para a reunião o diretor-assistente da DIC, Philip Kelly.

– É melhor que estejam todos presentes – sugeriu Brad Johnson –, pois no momento eles sabem mais do que nós.

Todos concordaram. Mais tarde, os especialistas formariam o Grupo de Administração da Crise, que se reuniu na Sala de Situação, no andar inferior, ao lado do centro de comunicações, por conveniência e privacidade. Mais tarde ainda, os homens do Gabinete uniram-se a eles, quando as teleobjetivas da imprensa começaram a incomodá-los através das janelas da sala do Gabinete e do Jardim das Rosas.

Primeiro falou Creighton Burbank, um homem furioso que culpou abertamente os britânicos pelo desastre. Comunicou toda a informação obtida por sua equipe em Summertown, um relatório completo que cobria todos os fatos conhecidos até a partida de Simon da Woodstock Road, naquela manhã, e tudo que seus homens mais tarde viram e ouviram em Shotover Plain.

– Dois de meus homens estão mortos – disse ele, furioso –, e tenho de falar com duas viúvas e três órfãos. Tudo porque aqueles filhos-da-puta não sabem como fazer uma operação de segurança. Quero que fique registrado, cavalheiros, que meu Serviço repetidamente pediu a Simon Cormack para não passar um ano no exterior, e que eu quis enviar cinqüenta homens, não uma dúzia.

– Muito bem, você estava certo – disse Odell, procurando acalmá-lo.

Don Edmonds acabava de falar longamente ao telefone com o homem do FBI em Londres, Patrick Seymour. Relatou tudo que devia ser registrado, até o encerramento da primeira reunião do COBRA comandada pelo escritório do Gabinete.

– O que exatamente acontece num caso de seqüestro? – perguntou Reed suavemente.

De todos os conselheiros graduados do presidente Cormack presentes, Hubert Reed era, de modo geral, o menos capaz de enfrentar a luta política interna geralmente associada com o poder em Washington.

Era um homem baixo e tranqüilo, cuja aparência indefesa, até de insegurança, era acentuada pelos óculos enormes e redondos. Havia herdado uma fortuna e começara na Wall Street como administrador de um fundo de pensão numa grande corretora. Com grande faro para investimentos, aos 50 anos era um líder das finanças, e nos anos anteriores havia administrado os fundos financeiros da família Cormack, de onde resultou a amizade entre os dois homens.

Seu gênio para finanças fez com que John Cormack o convidasse para Washington onde, no Tesouro, conseguira manter o déficit orçamentário dentro de certos limites.

Desde que o assunto fosse finanças, Hubert Reed estava à vontade; só quando era informado de alguma operação "decisiva" da Agência de Combate às Drogas, ou do Serviço Secreto, ambos subagências do Tesouro, seu desconforto era total.

Don Edmonds olhou para Kelly. Ele era o caçador de criminosos naquela sala.

– Normalmente, a não ser que os seqüestradores e seu esconderijo possam ser imediatamente identificados, eles entram em contato e exigem resgate. Depois disso, tentamos negociar a devolução do refém. É claro que as investigações continuam para tentar localizar o esconderijo dos criminosos. Se falharem, ficamos reduzidos à negociação.

– Neste caso, por quem? – perguntou Stannard.

Houve silêncio. Os Estados Unidos têm um dos mais sofisticados sistemas de alarme do mundo. Seus cientistas criaram sensores infravermelhos capazes de detectar o calor de um corpo a vários quilômetros acima da superfície terrestre; sensores de ruídos que podem ouvir a respiração de um rato a um quilômetro de distância; sensores de movimento e de luz para detectar um toco de cigarro num espaço interno. Mas nenhum sistema em todo esse arsenal compara-se ao sistema de sensores TCR que opera em Washington. Já estava em atividade há duas horas e encaminhava-se agora para o ponto mais alto de desempenho.

– Precisamos de alguém na Inglaterra – disse Walters –, não podemos deixar tudo nas mãos dos britânicos. Devemos mostrar que estamos fazendo algo, algo positivo, para trazer de volta aquele garoto.

– Diabo, tem razão – explodiu Odell. – Podemos dizer que eles perderam o rapaz, embora o Serviço Secreto insista em dizer que a polícia britânica ficou um tanto afastada... – Burbank olhou para ele, furioso. – Temos força para isso. Podemos insistir em particivar da investigação.

– Não podemos mandar uma equipe do Departamento de Polícia de Washington para substituir a Scotland Yard na jurisdição deles – observou o secretário de Justiça Walters.

– Muito bem, e a negociação? – perguntou Brad Johnson.

Os profissionais continuaram em silêncio. Johnson estava abertamente violando as regras do TCR, que significa Tire o Cu da Reta.

Odell falou, para disfarçar a hesitação geral.

– Se chegarmos às negociações – perguntou ele –, quem é o melhor negociador de reféns do mundo?

– Em Quantico – sugeriu Kelly –, temos o Grupo de Ciência do Comportamento do FBI. Encarrega-se das negociações de seqüestros aqui na América. São os melhores que temos...

– Eu disse o melhor do mundo – repetiu o vice-presidente.

– O negociador com maior número de tentativas bem-sucedidas de resgate de reféns do mundo – disse Weintraub com voz calma – é um homem chamado Quinn. Eu o conheço, ou pelo menos o conheci.

Dez pares de olhos voltaram-se para o homem da CIA.

– Fale sobre ele – comandou Odell.

– É americano – disse Weintraub. – Quando deu baixa no Exército foi trabalhar para uma companhia de seguros em Hartford. Dois anos depois foi transferido para Paris como chefe de todas as operações na Europa. Casouse, teve uma filha. A mulher francesa e a filha morreram num acidente de carro nas vizinhanças de Orléans. Ele começou a beber, foi despedido de Hartford, recuperou-se e voltou a trabalhar para uma empresa da Lloyd's de Londres, especializada em segurança pessoal, e daí passou para a negociação de reféns.

"Se bem me lembro, trabalhou dez anos nesse lugar, de 1978 a 88. Então aposentou-se. Até então havia negociado pessoalmente ou, quando havia problema de idioma, com ajuda de intérpretes, cerca de 12 resgates bem-sucedidos em toda a Europa. Como sabem, a Europa é a capital dos seqüestros do mundo desenvolvido. Acho que ele fala três línguas além do inglês e conhece a Grã-Bretanha e a Europa como a palma da mão.

— Acha que é o homem para nós? – perguntou Odell. – Poderia se encarregar deste caso para os Estados Unidos?

Weintraub ergueu os ombros.

— Perguntou quem era o melhor do mundo, Sr. Vice-Presidente – disse ele.

Muitos assentiram com um gesto de alívio.

— Onde está ele agora? – perguntou Odell.

— Acho que no sul da Espanha, senhor. Temos tudo registrado nos arquivos em Langley.

— Vá buscá-lo, Sr. Weintraub – disse Odell. – Traga para cá esse tal de Quinn. Por mais difícil que seja.

ÀS SETE HORAS daquela noite, as primeiras notícias chegaram às telas de TV como uma bomba. Na TV espanhola um apresentador muito falante comunicou à atônita população os acontecimentos daquela manhã perto da cidade de Oxford. Os homens no bar do Antonio, em Alcántara del Río, ouviam em silêncio. Antonio serviu um copo de vinho por conta da casa para o homem alto.

– *Mala cosa* – disse ele amistosamente.

O homem alto não tirou os olhos da tela.

– *No es mi asunto* – disse ele estranhamente.

DAVID WEINTRAUB partiu da Base Aérea de Andrews, nos arredores de Washington, às 10 horas, hora de Washington, num VC2OA, a versão militar do Gulfstream Três. Com os tanques cheios, seus dois motores Rolls Royce Spey 511 tinham autonomia de 6.624 quilômetros com reservas de trinta minutos. Cruzou o Atlântico diretamente, a uma altitude de 43 mil pés, numa velocidade de 777 quilômetros por hora, em sete horas e meia, com um bom vento de popa.

Com seis horas de diferença, eram 11h30 quando aterrissou na Rota, a base aérea da Marinha americana, no outro lado da baía de Cádiz, Andaluzia, Weintraub embarcou imediatamente no helicóptero da Marinha Sea Sprite SH2F, que partiu para a costa antes mesmo que tivesse tempo para se sentar. O lugar do encontro era a vasta e plana praia de Casares, onde o homem enviado de Madri o esperava com um carro da Divisão. Era um jovem impetuoso e brilhante, Sneed, recém-saído da escola de treinamento da CIA em Camp Peary, Virgínia, que procurava impressioná-lo. Weintraub suspirou.

Atravessaram cautelosamente Manilva, o ativo Sneed por duas vezes perguntando o caminho, e encontraram Alcántara del Río depois da meia-noite. A *casita* caiada, fora da cidade, foi mais difícil de encontrar, mas um morador amistoso mostrou o caminho.

Estava escuro quando a limusine parou e Sneed desligou o motor. Desceram do carro, examinaram a casa às escuras e Sneed experimentou a maçaneta da porta. Não estava trancada. Entraram diretamente na sala de estar fresca e arejada do primeiro andar. À luz da lua Weintraub viu uma sala masculina – tapetes de pele sobre lajotas, poltronas, uma velha mesa de jantar de carvalho espanhol, uma estante de livros tomando toda a parede.

Sneed começou a procurar o interruptor da luz. Weintraub viu os três lampiões a óleo e compreendeu que o rapaz estava perdendo tempo. Devia haver um gerador a óleo diesel nos fundos, que fornecia eletricidade para cozinhar e para o banho, provavelmente desligado no fim do dia. Sneed continuava em sua procura. Weintraub deu um passo à frente. Sentiu a ponta da faca logo abaixo da orelha direita e ficou imóvel. O homem tinha descido do quarto pela escada de lajotas sem fazer um som.

– Já faz muito tempo desde Son Tay, Quinn – disse Weintraub em voz baixa.

A ponta da faca afastou-se da sua jugular.

– O que disse, senhor? – perguntou Sneed cautelosamente, na outra extremidade da sala. Um vulto moveu-se sobre as lajotas, um fósforo foi aceso e o lampião sobre a mesa iluminou a sala com sua luz acolhedora. Sneed deu um salto. O major Kerkorian, de Belgrado, certamente adoraria o jovem agente.

– Viagem cansativa – disse Weintraub. – Posso sentar?

Quinn estava com um pano enrolado na cintura, como um sarongue oriental. O peito nu era musculoso e rijo. Sneed olhou boquiaberto para as cicatrizes.

– Eu estou fora, David – disse Quinn, sentando-se ao lado da mesa, de frente para Weintraub. – Estou aposentado.

Empurrou um copo e a jarra de barro com vinho tinto para Weintraub, que serviu-se, bebeu e fez um gesto apreciativo. Vinho tinto rascante. Jamais veria as mesas dos ricos. Vinho de camponeses e de soldados.

– Por favor, Quinn.

Sneed ficou atônito. Diretores de Operações não diziam "por favor". Davam ordens.

– Não vou – disse Quinn.

Sneed aproximou-se da luz do lampião com o paletó aberto, deixando ver a arma que levava num coldre de cintura. Quinn nem olhou para ele, seus olhos fixos em Weintraub.

– Quem é esse cretino? – perguntou com voz suave.

– Sneed – disse Weintraub com firmeza –, vá verificar os pneus do carro.

Sneed saiu. Weintraub suspirou.

– Quinn, aquele negócio em Taormina. A garota. Nós sabemos. Não foi culpa sua.

– Não entende que estou fora? Acabou. Sua viagem foi inútil. Arranje outra pessoa.

– Não há outra pessoa. Os britânicos têm gente, pessoal capacitado. Washington diz que precisamos de um americano. Não temos ninguém que se compare a você para agir na Europa.

– Washington quer livrar a própria cara – disse Quinn secamente. – É o que sempre faz. Precisam de um bode expiatório se algo sair errado.

– É, pode ser – admitiu Weintraub. – Pela última vez, Quinn. Não por Washington, não pelas instituições, nem mesmo pelo garoto. Pelos pais. Eles precisam do melhor. Eu disse ao comitê que você é o melhor.

Quinn olhou à sua volta, examinando suas poucas mas valiosas posses como se nunca mais fosse vê-las.

– Eu tenho um preço – disse ele, finalmente.

– Diga quanto – pediu Weintraub.

– Quero que colham minhas uvas. Que façam a colheita.

Minutos mais tarde, os dois saíram da casa. Quinn carregando uma mochila, vestido com calça negra, camisa, calçando tênis sem meias. Sneed abriu a porta do carro. Sentaram-se os dois na frente, Weintraub na direção.

— Você fica aqui — disse ele para Sneed. — Mande colher as uvas dele.

— Mandar fazer o quê?

— Você ouviu. Vá à cidade de manhã, contrate alguns homens e mande colher as uvas do homem. Avisarei a Divisão em Madri que está tudo certo.

Usou o rádio do carro para chamar o Sea Sprite que pairava sobre a praia Casares quando eles chegaram. Embarcaram e voaram na noite aveludada para Rota e Washington.

5

David Weintraub ficou apenas vinte horas fora de Washington. No vôo de oito horas da base da Rota até a Andrews, ele ganhou seis em fusos horários, aterrissando na pista militar da base de Maryland às 4 horas. Durante esse tempo dois governos, em Washington e em Londres, haviam ficado praticamente em estado de sítio.

Poucas coisas são tão impressionantes quanto as forças combinadas da imprensa mundial quando agem sem nenhuma restrição. O apetite é insaciável, a metodologia, brutal.

Aviões dos Estados Unidos para Londres, ou para qualquer outro aeroporto britânico, voavam lotados, desde a porta até os toaletes, pois todos os membros da imprensa americana que se prezavam enviaram equipes para a capital da Inglaterra. Ao chegar, ficavam desesperados; precisavam dar notícias de minuto em minuto e não tinham nada para dizer. Londres e a Casa Branca resolveram, de comum acordo, manter as declarações originais. Claro que estas não chegavam perto da realidade.

Repórteres e equipes de TV vigiavam a casa de Woodstock Road como se as portas fossem se abrir, dando passagem ao jovem desaparecido. Mas elas ficaram fechadas depois que a equipe do Serviço Secreto, cumprindo ordens de Creighton Burbank, retirou tudo e se preparou para partir.

O magistrado encarregado da investigação em Oxford, fazendo uso de seus poderes, conforme determinado na Seção 20 da Emenda da Lei dos Magistrados, liberou os corpos dos dois agentes logo que o patologista terminou seu exame. Tecnicamente foram liberados para o embaixador Charles Fairweather, representando os parentes mais próximos. Na realidade foram conduzidos por um funcionário da embaixada à base da Força Aérea americana em Upper Heyford, onde uma guarda de honra acompanhou os caixões até um avião de transporte para a Base Andrews, acompanhada por outros dez agentes que quase foram esmagados pelos repórteres quando deixaram a casa em Summertown.

Voltaram para os Estados Unidos, foram recebidos por Creighton Burbank e teve início o longo inquérito para saber o que tinha saído errado. Não tinham nada mais a fazer na Inglaterra.

Mesmo depois da casa em Oxford ser fechada, um pequeno grupo desanimado de repórteres continuou a postos para o caso de acontecer algo, o que quer que fosse, no local. Outros procuravam na cidade universitária as pessoas que haviam conhecido Simon Cormack – professores, colegas, funcionários, barmen, atletas. Dois outros estudantes americanos, embora cursassem faculdades diferentes, tiveram de se esconder. A mãe de um deles, descoberta na América, foi bastante bondosa e declarou que ia levar o filho de volta para a segurança de Miami. Apareceu no noticiário e ela foi convidada para um programa local de televisão.

O corpo do sargento Dunn foi entregue à família e a Polícia do Vale do Tâmisa providenciou um funeral com todas as honras.

Todas as provas de laboratório foram levadas para Londres. As armas e munições foram enviadas ao Real Laboratório de Análises e Desenvolvimento de Blindados, em Fort Halstead, nos arredores de Sevenoaks, Kent, onde a munição da Skorpion foi imediatamente identificada, acentuando a possibilidade do envolvimento de terroristas europeus. Essa conclusão não foi revelada ao público.

O resto do material seguiu para o laboratório da Polícia Metropolitana em Fulham, Londres. Hastes de relva amassadas manchadas de sangue, pedaços de barro seco, moldes das marcas de pneus, o macaco mecânico, marcas de sapatos, as balas extraídas das vítimas e fragmentos de vidro do pára-brisas do carro do Serviço Secreto. Antes da noite do primeiro dia, Shotover Plain parecia varrida com um aspirador.

O carro foi transportado por um caminhão para a Seção de Veículos do Esquadrão de Crimes Graves, mas o Transit retirado do celeiro incendiado era muito mais importante. Especialistas trabalharam entre a madeira queimada do celeiro, saindo de lá negros com a fuligem. A corrente enferrujada e quebrada do fazendeiro foi retirada do portão como se fosse de uma casca de ovo, mas só descobriram que fora serrada por uma serra comum de ferro. A melhor pista eram as marcas dos pneus do carro de passeio que saiu da fazenda depois da troca.

O furgão Transit chegou a Londres dentro de um engradado e foi desmontado peça por peça. As placas eram falsas, mas os criminosos foram muito cautelosos; deviam pertencer a um furgão do mesmo ano.

O furgão fora preparado, regulado e abastecido por um mecânico muito hábil – isso pelo menos podiam dizer. Tinham tentado raspar os números do chassi e do motor com um maçarico elétrico que podia ser comprado em qualquer loja de ferragens. Mas não conseguiram. Os números são impressos em profundidade e o exame espectroscópico revelou a impressão profunda no interior do metal.

O computador central em Swansea informou o número original de registro e o nome do último proprietário. O computador informou que ele morava em Nottingham. O endereço foi visitado. Ele não morava mais lá. Não tinha deixado o novo endereço. Foi dado um alarme geral para a busca do homem... discretamente.

Nigel Cramer informava o comitê COBRA de hora em hora, e seus membros passavam a informação a seus vários departamentos. Langley autorizou Lou Collins, seu representante em Londres, a admitir que eles também estavam procurando entrar em contato com todos os agentes infiltrados nos grupos terroristas europeus. Eram muitos. Os serviços de contra-espionagem e antiterroristas dos países que abrigavam esses grupos ofereciam também toda a ajuda possível. A caçada era sem dúvida extensa e minuciosa, mas não tinham nenhuma pista importante – ainda.

E os seqüestradores não haviam feito contato. Desde o começo, as linhas telefônicas estavam sobrecarregadas. Para a Kidlington, para Scotland Yard, a embaixada americana em Grosvenor Square, departamentos do governo. Foi requisitado pessoal extra para a central telefônica. Uma coisa não se podia negar – a população britânica estava realmente tentando ajudar. Todas as chamadas eram verificadas, quase todas as outras investigações criminais foram para a gaveta. Entre os milhares de telefonemas estavam os dos maníacos, dos fanáticos, dos mórbidos, dos otimistas, dos esperançosos, dos que de fato ajudavam e dos simplesmente malucos.

O primeiro filtro era a linha dos operadores das mesas telefônicas. Depois vinha o grupo de centenas de policiais que ouviam atentamente e concordavam que o objeto em forma de charuto no céu podia ser importante, e o assunto seria levado à atenção da primeira-ministra em pessoa. Finalmente, havia os policiais graduados que entrevistavam pessoas com informações realmente "possíveis". Entre esses estavam dois motoristas matinais que tinham visto o furgão verde entre Wheatley e Stanton St. John. Mas tudo terminava no celeiro.

Nigel Cramer havia resolvido alguns casos no seu tempo. Começara como policial de ronda, passara para o trabalho de detetive, onde continuava há trinta anos. Sabia que criminosos deixam pistas. Sempre que tocamos em algo, deixamos um vestígio. Um bom policial pode encontrar esses vestígios, especialmente com a tecnologia moderna, se procurar com atenção. Mas levava tempo – o que ele não tinha. Já havia trabalhado sob grande pressão, mas nunca como neste caso.

Sabia também que, apesar de toda a tecnologia do mundo, o detetive bem-sucedido era o detetive de sorte.

Quase sempre havia pelo menos um fator, em qualquer caso, que se podia atribuir à sorte, boa para o detetive, má para o criminoso. Se funcionava ao contrário, o criminoso certamente escapava. Era possível, porém, criar a própria "sorte", por isso deu ordens a todas as suas equipes para não deixar passar nada, absolutamente nada, por mais louca e fútil que parecesse. Mas após 24 horas começou a pensar, como seus colegas do Vale do Tâmisa, que esse não seria um "caso rápido". Os criminosos haviam escapado sem deixar pistas e encontrá-los seria um trabalho de muita paciência.

Havia outro fator – o refém. O fato de ser filho do presidente era um assunto político, não policial. O filho do jardineiro era igualmente um ser humano. Caçando um homem com um saco de dinheiro roubado ou um assassino, o policial ia direto ao alvo. Em caso de reféns, a caçada precisava ser muito discreta. Se os seqüestradores fossem por demais acuados, apesar do seu investimento de tempo e dinheiro no crime, podiam desistir e fugir, deixando um refém morto. Foi o que ele disse ao sombrio comitê pouco antes da meia-noite, hora de Londres. Uma hora mais tarde, na Espanha, David Weintraub tomava um copo de vinho com Quinn. Cramer, o policial britânico, não sabia nada disso. Ainda.

A Scotland Yard sem dúvida admite, confidencialmente, que seu relacionamento com a imprensa é melhor do que parece. Em pequenos assuntos costumam irritar-se mutuamente, mas quando se trata de algo sério, editores e proprietários geralmente concordam em usar de discrição. "Sério" significa um caso no qual a vida humana ou a segurança nacional estão em jogo. Por isso alguns casos de seqüestro são conduzidos sem nenhuma publicidade, embora os editores conheçam a maior parte dos detalhes.

Neste caso, por causa do faro aguçado do repórter de Oxford, a raposa já estava desentocada e fugindo. A imprensa britânica pouco podia fazer para usar de discrição. Mas Sir Peter Imbert, o comissário, conferenciou pessoalmente com oito proprietários, vinte editores, os diretores das duas redes de televisão e de 12 estações de rádio. Argumentou que, fosse o que fosse o que a imprensa estrangeira publicasse ou dissesse, provavelmente os seqüestradores, escondidos em algum lugar da Grã-Bretanha, estariam atentos ao rádio britânico, vendo a televisão britânica e lendo jornais britânicos. Pedia que não fossem publicadas reportagens insinuando que a polícia estava fechando o cerco e que o ataque à fortaleza deles era iminente. Era o tipo de notícia que podia provocar pânico, levando-os a matar o refém e tentar a fuga. Todos concordaram.

Eram as primeiras horas do dia em Londres. Muito longe, ao sul, um VC2OA pairava sobre os Açores escuros, a caminho de Washington.

NA VERDADE, os seqüestradores *estavam* escondidos. Passando por Buckingham na manhã anterior, o Volvo havia atravessado a rodovia M1 a leste de Milton Keynes, virando para o sul na direção de Londres, entrando no tráfego pesado que se dirigia para a capital àquela hora e perdendo-se no meio dos caminhões de carga e dos carros de moradores de Buckinghamshire, Bedfordshire e Hertfordshire. Ao norte de Londres, o Volvo passou para a M25, a grande rodovia que circunda a capital numa área de 40 quilômetros do centro da cidade. Da M25, as estradas que fazem a ligação entre Londres e os subúrbios espalham-se como raios de uma roda.

O Volvo tomou uma dessas estradas e antes das 10 horas entrou na garagem de uma casa isolada, na avenida ladeada de árvores, a um quilômetro e meio de uma pequena cidade, a menos de 60 quilômetros, em linha reta, da Scotland Yard. A casa fora bem escolhida, nem tão isolada a ponto de sua compra chamar atenção, nem próxima demais de vizinhos curiosos. A três quilômetros da casa, o líder dos seqüestradores mandou que os outros três se abaixassem dentro do carro. Os dois que estavam atrás cobriram-se com um cobertor. Quem estivesse por perto veria um único homem, com terno de passeio e barba, entrando na garagem da sua casa.

A porta da garagem abria e fechava automaticamente de dentro do carro, por meio de controle remoto. Só quando ela se fechou o chefe permitiu que os outros aparecessem e descessem do carro. A garagem fazia parte da casa, com uma porta dando diretamente para o interior.

Os quatro vestiram novamente as roupas negras de corrida e os capuzes, antes de abrirem a mala do carro. Simon Cormack estava atordoado, a visão fora de foco, e esfregou os olhos quando a luz da lanterna incidiu sobre eles. Antes que pudesse acomodar a vista, cobriram-lhe a cabeça com um pano negro. Ele não viu nenhum dos seqüestradores.

Atordoado, foi conduzido para o porão da casa, que estava preparado. O chão de concreto branco estava limpo, a lâmpada no teto protegida por vidro inquebrável, uma cama de aço pregada no chão, o vaso sanitário com tampa de plástico. A porta tinha dois cadeados e uma portinhola que se abria para fora.

Os homens não o trataram com brutalidade; apenas colocaram o jovem na cama e o gigante o segurou enquanto os outros prendiam um dos seus tornozelos com uma algema de aço, não apertada a ponto de provocar gangrena, mas o suficiente para que não pudesse escapar. A outra foi mais apertada. Através dela passava uma corrente de aço de três metros presa com cadeado. A outra extremidade da corrente já estava presa ao pé da cama. Os homens não disseram uma palavra.

Só depois de meia hora ele tirou o capuz. Não sabia se os homens continuavam no quarto, embora tivesse ouvido uma porta fechando-se e cadeados sendo trancados. Suas mãos estavam livres, mas Simon tirou o capuz lentamente. Não foi espancado, ninguém gritou. Finalmente estava livre do pano que cobria seus olhos. Piscou reagindo à luz, depois olhou em volta. Sua memória estava nublada. Lembrava-se de correr na relva macia, de um furgão verde, um homem trocando o pneu, dois vultos vestidos de negro correndo para ele, o ruído ensurdecedor dos tiros, o impacto, a sensação de peso sobre o corpo e a relva na boca.

Lembrava-se das portas abertas do furgão, de ter tentado gritar, agitando braços e pernas, os colchões dentro do furgão, o homem enorme imobilizando-o, algo doce e com cheiro forte na sua boca e depois... nada. Até aquele momento. Até aquele quarto. Então o medo chegou. E a solidão, o isolamento completo.

Tentou ser corajoso, mas as lágrimas de medo encheram seus olhos e desceram pelo rosto.

— Oh, papai – murmurou. – Papai, desculpe-me. Ajude-me.

SE WHITEHALL estava tendo problemas com a onda de telefonemas e curiosidade da imprensa, a pressão na Casa Branca era duas vezes maior. A primeira declaração oficial sobre o caso foi feita em Londres, às 19 horas, após terem avisado a Casa Branca, uma hora antes, que não podiam evitá-la. Mas eram duas da tarde em Washington e a reação da imprensa americana foi verdadeiramente frenética.

Craig Lipton, o assessor de imprensa da Casa Branca, passou uma hora na Sala do Gabinete, com o comitê, sendo instruído sobre o que deveria dizer. O problema era que tinham muito pouco a declarar, O fato do seqüestro podia ser confirmado, bem como a morte dos dois agentes secretos. Podiam dizer que o filho do presidente era um ótimo atleta, especialista em corrida rústica, e que estava treinando quando foi seqüestrado.

Claro que isso não ia adiantar. Não existe uma percepção mais brilhante dos fatos que a de um jornalista ofendido. Creighton Burbank, embora decidido a não criticar o presidente nem culpar Simon, deixou bem claro que não permitiria que sua divisão fosse crucificada com a acusação de falha na proteção, quando havia especificamente exigido mais homens para a guarda de Simon. Chegaram a um acordo que não ia enganar ninguém.

Jim Donaldson acentuou o fato de que, como secretário de Estado, precisava manter relações com Londres, e qualquer atrito entre as duas capitais não ajudaria no caso e poderia até mesmo prejudicar. Insistiu para que fosse também destacada a morte do sargento britânico. Isso foi feito, embora a assessoria de imprensa da Casa Branca tenha dado pouca importância.

Lipton enfrentou uma imprensa irritada depois das 16 horas e fez sua declaração. Apareceu ao vivo na televisão, suas palavras foram transmitidas pelo rádio. Assim que terminou de falar, começaram as perguntas. Lipton alegou que não podia responder. Foi como se uma vítima no Coliseu romano dissesse aos leões que era magra demais para ser devorada. O barulho aumentou. Muitas perguntas perdiam-se na confusão, mas algumas chegavam aos cem milhões de americanos, plantando as sementes. A Casa Branca culpava os britânicos? Bem, não... Por que não, eles não estavam encarregados da segurança? Bem, estavam, mas... Então a Casa Branca culpava o Serviço Secreto? Não exatamente... Por que havia apenas dois homens guardando o filho do presidente, o que ele fazia correndo quase sozinho numa área isolada? Era verdade que Creighton Burbank havia pedido demissão? Os seqüestradores já haviam se comunicado? A esta última ele podia tranqüilamente responder "não", mas estava sendo quase obrigado a contornar as instruções recebidas para a entrevista. Esse era o caso. Os repórteres farejam um porta-voz esquivo como farejam um queijo limburgo.

Finalmente, Lipton refugiou-se atrás do biombo, encharcado de suor e resolvido a voltar para Grand Rapids. O deslumbramento de trabalhar na Casa Branca perdia o brilho rapidamente. Os repórteres e articulistas dos jornais iam dizer o que queriam, independentemente das suas respostas. Ao cair da noite, o tom da imprensa era marcadamente hostil à Grã-Bretanha.

Na embaixada britânica, na Massachusetts Avenue, o adido de imprensa, que conhecia o método TCR, fez uma declaração. Expressando a consternação e o choque do seu país com o ocorrido, ele escorregou em dois pontos. Disse que a Polícia do Vale do Tâmisa havia desempenhado um papel muito discreto na guarda do filho do presidente, atendendo ao pedido específico dos americanos, e que o sargento Dunn fora o único a atirar duas vezes nos seqüestradores, tendo dado sua vida para isso. Não era o que todos queriam, mas serviu para um parágrafo da declaração. Serviu também para enfurecer Creighton Burbank. Os dois homens sabiam que o pedido feito pelos americanos, a insistência para que os britânicos se mantivessem em segundo plano, partira de Simon Cormack, por intermédio do seu pai, mas nenhum deles podia dizer isso.

O Grupo de Administração da Crise, os profissionais, esteve reunido durante o dia todo no porão da Sala de Situação, monitorando o fluxo de informação recebida do COBRA, de Londres, e informando os outros departamentos quando necessário. A NSA* intensificou o controle de todos os telefonemas para a Inglaterra e da Inglaterra, para o caso de os seqüestradores fazerem uma chamada via satélite. Os cientistas de comportamento do FBI, em Quantico, elaboraram uma lista de retratos psicológicos de seqüestradores e uma relação do que os seqüestradores de Cormack podiam fazer ou não, além de listas do que as autoridades americanas deviam ou não fazer. O pessoal de Quantico esperava ser chamado e voou *em massa* para Londres. Estavam perplexos com a demora, embora nenhum deles tivesse atuado na Europa antes.

Na Sala do Gabinete o comitê ministerial sobrevivia à custa de nervos, café e antiácidos. Era a primeira grande crise daquele governo e os políticos de meia-idade aprendiam do modo mais difícil a primeira regra da condução de uma crise. Vai custar muito sono, portanto procure dormir sempre que possível. De pé desde as 4 horas, os membros do Gabinete permaneciam acordados à meia-noite.

Àquela hora, o VC20A sobrevoava o Atlântico, bem a oeste dos Açores, a três horas e meia da terra e quatro horas da aterrissagem. No espaçoso compartimento de popa, dois veteranos, Weintraub e Quinn, dormiam. Um pouco mais atrás, dormiam também os três tripulantes que haviam pilotado o jato até a Espanha, enquanto a tripulação suplente levava o avião para casa.

National Security Agency (Agência de Segurança Nacional Norte-americana). (*N. do E.*)

Os homens na Sala do Gabinete estudavam as informações obtidas sobre o homem chamado Quinn nos arquivos de Langley, complementadas com as do Pentágono. Nascera numa fazenda em Delaware, diziam os arquivos. Perdera a mãe aos 10 anos. Tinha agora 46 anos. Entrara para a infantaria com 18 anos, em 1963, sendo transferido dois anos depois para as Forças Especiais e, quatro meses mais tarde, para o Vietnã, onde passara cinco anos.

– Ao que parece ele jamais usa o primeiro nome – queixou-se Reed, do Tesouro. – Diz aqui que até seus íntimos o chamam de Quinn. Apenas Quinn. Estranho.

– Ele é estranho – observou Bill Waters, que já havia lido mais adiante. – Diz também que detesta violência.

– Nada de estranho nisso – disse Jim Donaldson, o advogado de New Hampshire que era secretário de Estado. – *Eu* também detesto a violência.

Ao contrário do seu predecessor George Schultz, que, ocasionalmente, deixava escapar algum palavrão, Jim Donaldson era um homem de educação muito aprimorada, uma característica que muitas vezes provocava piadas irônicas de Michael Odell.

Magro e anguloso, mais alto do que John Cormack, parecia um flamingo a caminho de um enterro, e usava infalivelmente o terno completo cinzento escuro, relógio de bolso de ouro com corrente e colarinho branco muito engomado. Odell, deliberadamente, quando queria provocar o austero advogado de Nova Jersey, mencionava certas funções corporais que faziam Donaldson franzir o nariz fino com cara de nojo. Sua atitude em relação à violência igualava seu desprezo para com a vulgaridade.

– Sim – disse Walters –, mas ainda não leram a página 18.

Donaldson e Michael Odell leram a página citada, O vice-presidente assobiou baixinho.

– Ele fez *isso?* – perguntou. – Deviam ter dado a medalha do Congresso para o cara.

– É preciso haver testemunhas para conferir a medalha do Congresso – observou Walters. – Como pode ver, apenas dois homens sobreviveram ao encontro no Mekong, e Quinn carregou o outro nas costas por 60 quilômetros. Então o homem morreu dos ferimentos recebidos, no hospital militar em Da Nang.

– Contudo – disse Hubert Reed, satisfeito –, ele conseguiu uma medalha de prata, duas de bronze e cinco *Purple Hearts.* – Como se fosse mais divertido ser ferido quando se ganham muitas medalhas.

– Com as medalhas de campanha, o homem deve ter quatro fileiras de condecorações na túnica – disse Odell, pensativo. – Não diz aqui como ele e Weintraub se conheceram.

Não dizia. Weintraub tinha agora 54 anos, oito a mais do que Quinn. Entrara para a CIA com 24, recém-formado em 1961, fizera seu treinamento na Fazenda, o apelido do Camp Peary no Rio York, Virgínia, e fora para o Vietnã como oficial provincial GS12 em 1965, quando o jovem boina-verde chamado Quinn chegou de Fort Bragg.

Durante 1961 e 1962, dez equipes A das Forças Especiais americanas estiveram na província de Darlac organizando aldeias fortificadas estratégicas com os camponeses, usando a teoria "*oil-spot*" desenvolvida pelos britânicos para derrotar as guerrilhas comunistas na Malásia, fazendo com que fosse negado aos terroristas locais de apoio, suprimentos, esconderijos seguros, informação e dinheiro. Os americanos chamavam essa operação política de corações-e-mentes. Sob orientação das Forças Especiais, o plano funcionara.

Em 1964, Lyndon Johnson subiu ao poder. O Exército exigiu da CIA a devolução do controle das Forças Especiais. Conseguiu. Foi o fim da operação corações-e-mentes, embora levasse mais dois anos para entrar em colapso definitivo. Weintraub e Quinn conheceram-se durante esses dois anos. O homem da CIA encarregava-se de obter informações sobre os vietcongues, o que fazia com grande habilidade e astúcia, desprezando os métodos de homens como Irving Moss (que ele não chegou a conhecer, pois estavam em regiões diferentes no Vietnã), mesmo sabendo que esses métodos costumavam ser usados no programa Fênix, do qual fazia parte.

As Forças Especiais aos poucos foram retiradas do programa nas aldeias e enviadas para missões de localizar e destruir nas profundezas da selva. Os dois conheceram-se num bar, tomando cerveja. Quinn tinha 21 anos e estava há um ano no Vietnã. Ambos partilhavam a convicção de que o Alto Comando do Exército não venceria aquela guerra apenas com artilharia. Weintraub simpatizou muito com o jovem e destemido soldado. Talvez fosse autodidata, mas possuía um cérebro de primeira e falava vietnamita fluentemente, algo raro entre os militares. Continuaram a manter contato. A última vez que Weintraub viu Quinn foi durante o ataque a Son Tay.

— Diz aqui que o cara esteve em Son Tay – declarou Michael Odell com sua fala arrastada. – Que safado!

— Com uma ficha dessas, como é que nunca chegou a oficial? – disse Morton Stannard. – O Pentágono tem muita gente com o mesmo tipo de condecorações no Vietnã, mas foram promovidos na primeira oportunidade.

David Weintraub podia ter esclarecido isso, mas estava ainda a sessenta minutos da aterrissagem. Após recuperar o controle das Forças Especiais, os militares ortodoxos, que detestavam aquela divisão porque não a compreendiam, aos poucos limitaram ao mínimo o seu papel, nos seis anos até 1970, entregando o programa corações-e-mentes, bem como as missões de localizar e destruir, para o Exército vietnamita do Sul – com terríveis resultados.

Contudo, os Boinas-Verdes continuaram, tentando conduzir a luta no Vietnã por meio de astúcia e tática, e não por bombardeios maciços e destruição que só serviam para aumentar o número de recrutas dos vietcongues. Havia projetos como Omega, Sigma, Delta e Blackjack. Quinn estava no Delta, comandado por "Charging Charlie" Beckwith, que, mais tarde, em 1977, organizou a Força Delta em Fort Bragg e pediu a Quinn para voltar de Paris para o Exército.

O problema com Quinn era que ele considerava ordens como pedidos. Às vezes não concordava. E preferia operar sozinho. Nada disso era uma boa recomendação para um oficial. Após seis meses foi promovido a cabo, depois de dez meses a sargento. Então voltou a ser soldado raso, depois sargento, depois soldado raso... sua carreira era como um ioiô.

– Acho que a resposta à sua pergunta, Morton – disse Odell –, está bem aqui. O negócio depois de Son Tay. – Deu uma risada abafada. – O cara arrebentou o queixo de um general.

O grupo 5 das Forças Especiais finalmente deixou o Vietnã em 31 de dezembro de 1970, três anos antes da completa retirada militar, incluindo o coronel Easterhouse, e cinco anos antes da retirada embaraçosa, pelo telhado da embaixada, do último americano no país. Son Tay foi em novembro de 1970.

Relatórios diziam que havia um grande número de prisioneiros americanos em Son Tay, a 33 quilômetros de Hanói. Foi decidido que as Forças Especiais deviam libertá-los. Era uma operação complexa e ousada. Os 58 voluntários saíram de Fort Bragg, Carolina do Norte, passando pela Base Elgin da Força Aérea, na Flórida, para treinamento de combate na selva. Exceto um. Precisavam de alguém que falasse vietnamita fluentemente. Weintraub, encarregado da parte de informações da operação, disse que conhecia o homem. Quinn juntou-se ao grupo na Tailândia e voaram juntos para Hanói.

A operação foi comandada pelo coronel Arthur "Bull" Simons, mas o grupo ponta-de-lança que entrou diretamente no campo de prisioneiros estava sob as ordens do capitão Dick Meadows. Quinn estava com eles. Foi informado por um atônito guarda norte-vietnamita, segundos após terem aterrissado, de que os americanos haviam sido removidos do campo – há duas semanas. Os soldados das Forças Especiais voltaram intactos, com pequenos ferimentos superficiais.

De volta à base, Quinn explodiu com Weintraub, criticando o péssimo trabalho de informação. O homem da CIA protestou, dizendo que os informantes sabiam que os americanos tinham sido removidos e contado para o general-comandante. Quinn entrou no Clube dos Oficiais, foi até o bar e partiu o queixo do general. Evidentemente, foi expulso. Um bom advogado de defesa pode arruinar uma carreira por algo assim. Quinn passou a soldado raso – outra vez – e voltou para casa com os outros. Uma semana depois, pediu baixa e foi trabalhar com seguros.

– O homem é um rebelde – disse Donaldson com desagrado, fechando a pasta. – E um solitário, um desgarrado e, além de tudo, violento. Acho que cometemos um erro.

– Ele tem também uma ficha sem precedentes de negociações em seqüestros – observou o secretário de Justiça Bill Walters. – Diz aqui que sabe como lidar com seqüestradores, usando muita habilidade e astúcia. Quatorze casos bem-sucedidos na Irlanda, França, Holanda, Alemanha e Itália. Resolvidos por ele sozinho ou sob sua orientação.

– Tudo o que queremos – disse Odell – é que ele traga Simon Cormack de volta, ileso. Para mim pouco importa se ele esmurra generais ou fode carneiros.

– Por favor – pediu Donaldson. – A propósito, eu esqueci. Por que ele abandonou o trabalho?

– Aposentou-se – disse Brad Johnson. – Houve algo com uma garota morta na Sicília há três anos. Recebeu o soldo de desligamento do Exército, vendeu suas apólices e comprou terras no sul da Espanha.

Um ajudante do centro de comunicações enfiou a cabeça na porta. Eram 4 horas. Estavam acordados há 24 horas.

– Weintraub e seu acompanhante acabam de aterrissar em Andrews – informou ele.

– Traga-os para cá sem demora – ordenou Odell –, e chame o DCI, o diretor do FBI e o Sr. Kelly também, quando eles chegarem.

Quinn vestia ainda a roupa com que saíra da Espanha, agora com uma suéter que tirou da mochila. A calça quase negra, parte do seu único terno, servia para ir à missa em Alcántara del Río, pois nas aldeias da Andaluzia ainda usavam roupas pretas para a missa. Mas estava muito amarrotada. O suéter vira dias melhores e há três dias Quinn não se barbeava.

Os membros do comitê estavam com melhor aparência. Roupas de baixo, camisas e ternos passados haviam sido enviados de suas casas distantes. Os banheiros ficavam ao lado da sala de reuniões. Weintraub não parou e foram direto de Andrews para a Casa Branca. Quinn parecia um rejeitado do bando de Butch Cassidy.

Weintraub entrou na frente, afastou-se um pouco para dar passagem a Quinn e fechou a porta. Os políticos de Washington olharam para Quinn em silêncio. O homem alto, sem uma palavra, foi até a cadeira na extremidade da mesa, sentou-se sem ser convidado e disse:

– Eu sou Quinn.

O vice-presidente Odell pigarreou.

– Sr. Quinn, nós o chamamos aqui porque estamos pensando em encarregá-lo das negociações para o resgate de Simon Cormack.

Quinn fez um gesto afirmativo. Certamente não o haviam trazido de tão longe para discutir futebol.

– Estão a par das últimas notícias de Londres? – perguntou ele.

Essa entrada prática e direta no assunto foi um alívio para o comitê. Brad Johnson empurrou uma folha de telex sobre a mesa para Quinn, que a estudou em silêncio.

– Café, Sr. Quinn? – perguntou Hubert Reed. Normalmente o secretário do Tesouro não servia café, mas levantou-se e foi até a cafeteira elétrica num canto da sala. Muito café já fora tomado.

– Preto – disse Quinn, lendo. – Eles não fizeram contato ainda?

Não precisava dizer quem eram "eles".

– Não – disse Odell. Silêncio total. – É claro que tivemos centenas de telefonemas falsos. Alguns na Inglaterra.

Só em Washington registramos 1.700. Os maníacos estão se divertindo.

Quinn continuou a ler. Weintraub o havia informado dos pontos principais, durante a viagem. Ele estava verificando apenas o que acontecera depois disso. Era pouca coisa.

– Sr. Quinn, tem idéia de quem possa ter feito isso? – perguntou Donaldson.

Quinn ergueu os olhos.

– Cavalheiros, há quatro tipos de seqüestradores. Apenas quatro. O melhor, do nosso ponto de vista, seriam os amadores. Não planejam bem. Se conseguem realizar o seqüestro, deixam pistas. Geralmente podem ser localizados. Ficam nervosos à toa, o que pode ser perigoso. Quase sempre as equipes de resgate conseguem dominá-los e trazer o refém ileso. Mas estes não são amadores.

Ninguém falou. Todos ouviam com atenção.

– Os piores são os maníacos, gente como o bando de Manson. Inacessíveis, ilógicos. Não querem nada material, matam por prazer. A boa notícia é que esta gente não me cheira a maníacos. Os preparativos foram meticulosamente feitos; o treinamento, exato.

– E os outros dois? – perguntou Bill Walters.

– Dos outros dois, os piores são os fanáticos, políticos ou religiosos. Às vezes é impossível satisfazer suas exigências... literalmente. Eles procuram glória, publicidade, acima de tudo. Têm uma Causa. Alguns estão dispostos a morrer por ela, todos matam por ela. Para nós a Causa pode parecer absurda, mas não para eles. E não são idiotas, apenas repletos de ódio pelas instituições e, portanto, por suas vítimas, que pertencem a elas. Matam para mostrar quem são, não em autodefesa.

– E o quarto tipo? – perguntou Morton Stannard.

— O criminoso profissional – disse Quinn sem hesitar. – Eles querem dinheiro... essa é a parte mais fácil. Investiram muito na operação e agora esse investimento é representado pelo refém. Não costumam destruir esse investimento facilmente.

— E esta gente? – perguntou Odell.

— Seja quem for, essa gente tem uma grande desvantagem, que pode funcionar bem ou não. Os *tupamaros* da América Central e do Sul, a Máfia siciliana, a N'Drangheta da Calábria, os montanheses da Sardenha ou os Hezb'Allah do sul de Beirute... todos operam dentro de um ambiente nativo e seguro. Não precisam matar porque não têm pressa. Podem esperar para sempre. Essa gente está escondida na Grã-Bretanha. Um ambiente hostil... para eles. Portanto, já estão submetidos a grande tensão. Devem querer negociar rapidamente e fugir, o que é bom. Mas podem ser atormentados pelo temor de serem descobertos, desistir e fugir. Deixando um cadáver para nós. Isso é mau.

— Negociará com eles? – perguntou Reed.

— Se for possível. Se fizerem contato, alguém tem de negociar.

— Fico furioso só de pensar em dar dinheiro para esse lixo – disse Philip Kelly, da Divisão Criminal do FBI.

Os membros do FBI tinham origens diversas. Kelly havia saído do Departamento de Polícia de Nova York.

— Os criminosos profissionais costumam ser mais misericordiosos do que os fanáticos? – perguntou Brad Johnson.

— Nenhum seqüestrador é misericordioso – disse Quinn secamente. – É o crime mais sujo de todos. Nossa esperança é a cobiça deles.

Michael Odell olhou para os companheiros. Houve uma série de gestos afirmativos.

– Sr. Quinn, está disposto a negociar a liberdade deste rapaz?

– Se os seqüestradorcs fizerem contato, sim. Sob certas condições.

– É claro. Pode dizer.

– Eu não trabalho para o governo dos Estados Unidos. Quero sua cooperação em tudo, mas trabalho para os pais. Só para eles.

– De acordo.

– Opero em Londres, não aqui. Estamos longe demais. Não quero nenhuma publicidade, nenhuma citação do meu nome. Quero um apartamento particular com as linhas telefônicas necessárias. E tenho prioridade no processo da negociação... isso precisa ser autorizado por Londres. Não quero a inimizade da Scotland Yard.

Odell olhou para o secretário de Estado.

– Acho que podemos convencer o governo britânico a fazer essa concessão – disse Donaldson. – Eles têm primazia na investigação, que continuará paralelamente a qualquer negociação direta. Mais alguma coisa?

– Eu opero a meu modo e decido como essa gente deve ser tratada. Pode haver pagamento em dinheiro. O dinheiro deve estar à minha disposição. Meu trabalho consiste em reaver o garoto. Só isso. Depois que ele estiver livre, podem caçar os seqüestradores até os confins do mundo.

– Oh, caçaremos – afirmou Kelly com sombria ameaça.

– Dinheiro não é problema – disse Hubert Reed. – Deve compreender que não haverá limite ao que estamos dispostos a pagar.

Quinn ficou calado, mesmo sabendo que dizer isso aos seqüestradores seria o pior modo de tratar do caso.

173

– Não quero interferências, nada de seguir pistas, nada de iniciativa privada. E, antes de partir, quero falar com o presidente Cormack. Em particular.

– Está falando do presidente dos Estados Unidos – disse Lee Alexander.

– E também o pai do refém – replicou Quinn. – Preciso de informações sobre Simon Cormack que só ele pode me dizer.

– Ele está profundamente abalado – disse Odell. – Não pode ser poupado?

– Minha experiência é de que os pais geralmente desejam falar com alguém, mesmo um estranho. Talvez especialmente um estranho. Confiem em mim.

Mas Quinn sabia que não podia esperar isso deles. Odell suspirou.

– Vou ver o que posso fazer. Jim, quer avisar Londres de que Quinn está indo para lá? Diga que é o que queremos. Alguém precisa arranjar roupas para ele. Sr. Quinn, quer usar um dos banheiros no corredor para se lavar um pouco? Vou telefonar para o presidente. Qual é o transporte mais rápido para Londres?

– O Concorde que sai de Dulles dentro de três horas – disse Weintraub sem hesitar.

– Arranje um lugar nele – pediu Odell, levantando-se. Todos se levantaram.

NIGEL CRAMER tinha novidades para o comitê COBRA em Whitehall, às 10 horas. O Departamento de Trânsito em Swansea tinha uma pista. Um homem semelhante ao antigo dono desaparecido do furgão Transit havia comprado e registrado outro furgão, um Sherpa, há um mês. Agora tinham um endereço, em Leicester. O comandante Williams, chefe da OE 13 e membro da equipe oficial de investigação, estava a caminho, no helicóptero da polícia. Se o homem não tinha mais o furgão, devia ter vendido a alguém. Não fora dada nenhuma queixa de roubo do Transit.

Depois da conferência, Sir Harry Marriott falou em particular com Cramer.

– Washington quer se encarregar das negociações, se houver alguma – disse ele. – Estão mandando seu homem para isso.

– Sr. Secretário, insisto em dizer que a Met deve ter primazia em todas as áreas – replicou Cramer. – Quero encarregar dois homens da Divisão de Informação Criminal para as negociações. Não estamos em território americano.

– Sinto muito – disse Sir Harry –, mas tenho de indeferir seu pedido. Já consegui a permissão de Downing Street. Se eles querem assim, achamos que devemos concordar.

Cramer ficou ofendido, mas seu protesto estava feito. A perda da primazia nas negociações só servia para reforçar mais do que nunca sua determinação de terminar aquele seqüestro encontrando os seqüestradores por meio do trabalho dos seus detetives.

– Posso perguntar quem é o homem, Sr. Secretário do Interior?

– Parece que se chama Quinn.

– Quinn?

– Sim, já ouviu falar nele?

– Certamente, Sr. Secretário. Ele trabalhava para uma empresa da Llyods. Pensei que estava aposentado.

– Bem, Washington diz que está de volta. Ele é bom?

– Excelente. Fez ótimo trabalho em cinco países, incluindo a Irlanda há alguns anos. Eu o conheci nesse caso da Irlanda... a vítima era um cidadão britânico, um comerciante seqüestrado por renegados do IRA.

175

Cramer sentiu alívio. Temia algum teórico do comportamento, que ficaria espantado ao ver que os britânicos dirigiam em mão invertida.

– Esplêndido – disse Sir Harry. – Então acho que devemos concordar de boa vontade. Nossa completa cooperação, certo?

O secretário do Interior, que também conhecia o método TCR – embora pronunciando e escrevendo de modo diferente dos americanos – não ficou descontente com a exigência de Washington. Afinal, se algo saísse errado...

QUINN FOI conduzido ao escritório particular no segundo andar da mansão uma hora após sair da Sala do Gabinete. Odell o levou pessoalmente, não pelos caminhos com cercas vivas do Jardim das Rosas, onde as magnólias desfolhadas encolhiam-se no frio de outono, pois as teleobjetivas estavam assentadas para o jardim a meio quilômetro de distância, e sim por um corredor subterrâneo e pela escada que levava ao corredor do primeiro andar da mansão.

O presidente Cormack trajava um terno escuro e parecia muito cansado, com linhas de tensão em volta da boca, olheiras acentuadas de insônia no rosto pálido. Depois do aperto de mãos fez um sinal ao vice-presidente, que se retirou.

Pediu a Quinn que sentasse e se acomodou à sua mesa de trabalho. Um mecanismo defensivo que erguia uma barreira, evitando que perdesse o controle. Ia falar, mas Quinn antecipou-se.

– Como está a Sra. Cormack?

Não "a primeira-dama". Apenas a Sra. Cormack, sua mulher. O presidente sobressaltou-se.

– Oh, está dormindo. Foi um choque terrível. Está sob sedativos. – Uma pausa. – Já passou por isso antes, Sr. Quinn?

– Muitas vezes, senhor.

– Muito bem, como pode ver, por detrás da pompa e circunstância, apenas um homem, um homem muito preocupado.

– Sim, senhor. Eu sei. Por favor, fale-me de Simon.

– Simon? Falar o quê?

– Como ele é. Como acha que está reagindo a... isto. Por que tiveram o primeiro filho tão tarde?

Ninguém na Casa Branca ousaria fazer essa pergunta. John Cormack olhou para o homem no outro lado da mesa. Ele era alto, mas Quinn não perdia para seu 1,90m. Terno cinzento elegante, gravata listrada, camisa branca – tudo emprestado, mas o presidente não sabia disso. Rosto barbeado, bronzeado de sol. Traços fortes, olhos calmos acinzentados, uma impressão de força e paciência.

– Tão tarde? Bem, não sei. Eu me casei com 30 anos, Myra tinha 21. Eu era um jovem professor... pensamos em começar uma família depois de dois ou três anos. Mas não aconteceu. Esperamos. Os médicos disseram que não havia nenhum motivo... Então, depois de dez anos de casamento, chegou Simon. Eu estava com quarenta, Myra com 31. Nunca tivemos outro filho... só Simon.

– O senhor o ama muito, certo?

O presidente Cormack olhou surpreso para Quinn. A pergunta era totalmente inesperada. Sabia que Odell vivia completamente afastado dos filhos crescidos, mas jamais lhe ocorreu pensar no quanto amava seu único filho. Levantou-se e foi sentar na beira de uma cadeira, muito mais perto de Quinn.

– Sr. Quinn, ele é a lua e o sol para mim, para nós dois. Traga-o de volta para nós.

– Fale sobre a infância dele, quando era bem pequeno. *177*

O presidente ergueu-se de um salto.

– Tenho uma fotografia – disse ele, triunfante. Foi até um gabinete e voltou com uma fotografia num porta-retrato. Mostrava um garotinho forte na praia, com calção de banho, segurando um balde e uma pá. O pai orgulhoso, agachado atrás dele, sorria satisfeito.

– Foi tirada em Nantucket, em 1975. Eu acabava de ser eleito para o Congresso em New Haven.

– Fale sobre Nantucket – disse Quinn suavemente.

O presidente Cormack falou durante uma hora. Aparentemente o ajudava. Quando Quinn levantou-se para sair, John Cormack entregou a ele uma folha de papel com um número escrito.

– É meu telefone particular. Poucas pessoas o conhecem. Pode se comunicar comigo de dia ou de noite... – Estendeu a mão. – Boa sorte, Sr. Quinn. Que Deus o acompanhe. – Tentava se controlar.

Quinn fez um gesto afirmativo e saiu depressa. Já vira antes o efeito, o terrível efeito.

Enquanto Quinn estava ainda no banheiro, Philip Kelly tinha voltado para o edifício Edgar J. Hoover, onde sabia que seu diretor-assistente o aguardava. Ele e Kevin Brown tinham muito em comum, por isso insistira naquele encontro.

Quando chegou ao escritório, o diretor já estava lá, lendo as informações sobre Quinn. Kelly indicou a pasta com a cabeça e sentou-se.

– Então, esse e o nosso grande homem. O que você acha?

– Foi muito corajoso em combate – concedeu Brown. – Em outras situações, um espertalhão. A única coisa que aprecio nele é o nome.

– Bem – disse Kelly –, eles o contrataram passando por cima do chefe do FBI. Don Edmonds não fez objeção. Talvez esteja pensando que se tudo acabar mal... Seja como for, o engraçadinho que arranjou isso violou pelo menos três estatutos dos Estados Unidos. O FBI ainda tem a jurisdição, mesmo tendo acontecido em território britânico. E não quero este ioiô operando por conta própria, sem supervisão, não importa quem dê ordens em contrário.

– Certo — concordou Brown.

– O homem do FBI em Londres é Patrick Seymour. Você o conhece?

– Ouvi falar nele – resmungou Brown. – Parece que é muito amigo dos britânicos. Talvez um pouco demais.

Kevin Brown viera da força policial de Boston, um irlandês, como Kelly, cuja admiração pelos britânicos podia ser escrita num selo postal e ainda sobrava espaço. Não que gostasse do IRA. Havia prendido dois traficantes de armas que negociavam com o IRA, que teriam ido para cadeia se não fosse a decisão do tribunal.

Era um homem da lei à antiga e não suportava criminosos de nenhuma espécie. Recordava ainda sua infância num bairro pobre de Boston, e ouvia de olhos arregalados as histórias que a avó contava de gente morrendo com a boca verde de tanto comer capim durante a grande fome de 1849, e os enforcamentos e fuzilamentos de 1916. Para ele a Irlanda, um país que não conhecia, era uma terra de névoa e suaves colinas verdes, animada pelos violinos e pelos cantores, onde poetas como Yeats e O'Faoláin vagavam e compunham seus versos. Sabia que Dublin era cheia de bares aconchegantes, onde gente pacata tomava cerveja ao redor de fogões a carvão, lendo as obras de Joyce e O'Casey.

Ouvira dizer que Dublin tinha o pior problema de drogas entre adolescentes de toda a Europa, mas sabia que não passava de propaganda de Londres. Ouvira primeiros-ministros irlandeses em solo americano pedindo que não mandassem mais dinheiro para o IRA. Bem, as pessoas tinham direito às próprias opiniões. E Kevin tinha a dele. O fato de ser um caçador de criminosos não implicava gostar das pessoas, que, para ele, eram perseguidoras eternas da terra dos seus antepassados. No outro lado da mesa, Kelly tomou uma decisão.

— Seymour é íntimo de Buck Revell, que está afastado, doente. O diretor me encarregou do caso do ponto de vista do FBI. E não quero este Quinn fora do meu controle. Quero que escolha uma boa equipe e vá para Londres no vôo do meio-dia. Chegarão algumas horas depois do Concorde, mas não tem importância. Instale sua base na embaixada... direi a Seymour que você é o encarregado, apenas para este caso de emergência.

Brown levantou-se, satisfeito.

— Mais uma coisa, Kevin. Quero um agente especial perto de Quinn. O tempo todo, dia e noite. Se aquele cara der um arroto, eu quero saber.

— Tenho a pessoa certa para isso — disse Brown sombriamente. — Um bom agente, tenaz e inteligente. Além disso, com boa aparência. Agente Sam Somerville. Vou dar as instruções agora mesmo.

Em Langley, David Weintraub imaginava quando poderia dormir outra vez. Na sua ausência o trabalho havia se acumulado. Grande parte referia-se ao fichário de todos os grupos terroristas conhecidos da Europa — informações atualizadas, os agentes infiltrados, paradeiro conhecido dos líderes, possíveis incursões na Grã-Bretanha nos últimos quarenta dias... só a lista dos assuntos era uma relação interminável. Assim, foi o chefe da seção européia quem deu instruções a McCrea.

– Vai conhecer Lou Collins, da nossa embaixada – disse ele –, mas ele estará nos passando informações fora do círculo privado. Precisamos de alguém vigiando esse Quinn. Temos de identificar os seqüestradores e não ficarei descontente se fizermos isso antes dos britânicos. E especialmente antes do FBI. Claro que os britânicos são amigos, mas quero este caso para a Agência. Se os seqüestradores forem estrangeiros, isso nos dará uma vantagem. Temos melhores informações sobre os estrangeiros do que o FBI, talvez até do que os britânicos. Se Quinn farejar algo, alguma pista sobre os seqüestradores, e o demonstrar, você nos informa.

O agente McCrea ficou maravilhado. Um GS12 com dez anos de trabalho na Agência, desde seu recrutamento no exterior – seu pai era um comerciante na América Central – havia sido designado duas vezes para o exterior, mas nunca para Londres. A responsabilidade era enorme, mas valia a pena.

– Pode confiar em m...m...mim, senhor.

Quinn fez questão de não ser acompanhado ao aeroporto Dulles por nenhuma pessoa conhecida da imprensa. Deixou a Casa Branca num carro simples, dirigido por seu acompanhante, um agente do Serviço Secreto. Quinn abaixou-se no banco traseiro quando passaram pelo grupo da imprensa em Alexander Hamilton Place, na extremidade leste do complexo da Casa Branca, o ponto mais distante da Ala Oeste. Os repórteres olharam para o carro, não viram nada de importante e não prestaram mais atenção.

No aeroporto Dulles, Quinn passou pelo portão de embarque com seu acompanhante, que fez questão de ir com ele até o Concorde e ergueu as sobrancelhas ao mostrar seu cartão de identificação da Casa Branca para o controle de passaportes. Pelo menos serviu para alguma coisa.

Quinn foi ao free shop e comprou vários artigos de toalete, camisas, gravatas, cuecas, meias, sapatos, uma capa de chuva, uma valise e um pequeno gravador com uma dúzia de pilhas e fitas. Quando chegou a hora de pagar, ele apontou para o agente do Serviço Secreto com o polegar.

— Meu amigo aqui acerta tudo com o cartão de crédito — disse ele.

O insistente jovem deixou-o na porta do Concorde. A comissária de bordo britânica levou Quinn até sua poltrona na frente do avião, dando-lhe a atenção que dava a todos os passageiros. Quinn sentou-se no lugar ao lado do corredor. Alguns momentos depois, alguém ocupou a poltrona no outro lado do corredor. Quinn olhou para a mulher. Cabelos louros curtos e brilhantes, mais ou menos 35 anos. O uniforme que usava era um pouco severo demais para seu corpo, e os saltos um pouco baixos demais.

O Concorde virou para a pista, fez uma pausa, estremeceu e lançou-se para a frente. O nariz de ave de rapina se ergueu, as garras das rodas traseiras perderam contato, o solo lá embaixo sofreu uma inclinação de 45 graus e Washington desapareceu rapidamente.

Havia mais uma coisa. Duas pequenas marcas na lapela da mulher, o tipo de marcas deixadas por um alfinete. O tipo de alfinete que prende um crachá de identificação. Quinn inclinou-se para ela.

— De que departamento você é?

A mulher sobressaltou-se.

— O que foi que disse?

— O FBI. Em qual departamento do FBI você trabalha?

Ela teve o encanto de corar. Mordeu o lábio enquanto pensava. Muito bem, tinha de acontecer, mais cedo ou mais tarde.

– Sinto muito, Sr. Quinn. Meu nome é Somerville. Agente Sam Somerville. Disseram...

– Tudo bem, Srta. Sam Somerville, sei o que disseram...

O aviso de não fumar apagou-se. Os fumantes na parte de trás acenderam seus cigarros. Uma comissária de bordo serviu champanha. O homem de negócios ao lado da janela, à esquerda de Quinn, ficou com o último copo. A comissária se virou para voltar ao seu posto. Quinn a fez parar, desculpou-se, pegou a bandeja de prata das mãos dela, tirou a pequena toalha bordada e ergueu a bandeja à altura dos olhos. No reflexo examinou os outros passageiros. Levou alguns segundos. Então, agradeceu à comissária intrigada e devolveu a bandeja.

– Quando as luzes dos cintos de segurança se apagarem, acho melhor dizer àquele cara de Langley, na fila 21, para vir sentar seu rabo aqui – disse à agente Sam Somerville.

Cinco minutos depois, ela voltou com o jovem. Corado e desculpando-se, ele ajeitava os cabelos louros, ensaiando um largo sorriso.

– Sinto muito, Sr.Quinn. Não pretendia me intrometer. Só que eles me disseram...

– É, eu sei. Sente-se. – Mostrou a poltrona vazia na fila da frente. – Uma pessoa que não suporta fumaça de cigarro chama atenção sentada lá atrás.

– Oh – o jovem, desapontado, obedeceu.

Quinn olhou para fora. O Concorde deslizava sobre a costa da Nova Inglaterra, preparando-se para ligar o supersônico. Mal tinha saído da América e as promessas já estavam sendo quebradas. Eram 10h15 na Costa Leste e 3h15, hora de Londres, e estavam a três horas de Heathrow.

6

Simon Cormack passou as primeiras 24 horas de cativeiro em completo isolamento. Os entendidos explicam que isso faz parte do processo de amaciamento, uma longa oportunidade para o refém pensar na sua solidão e na sua impotência. Também o tempo necessário para sentir fome e cansaço. Um refém bem disposto, preparado para discutir e fazer queixas, até mesmo elaborar um plano de fuga, representa problemas para os seqüestradores. A vítima reduzida à impotência fica pateticamente grata a qualquer pequeno favor, sendo muito mais fácil ser manejada.

Às 10 horas do segundo dia, mais ou menos no momento em que Quinn entrava na Sala do Gabinete, em Washington, Simon cochilava agitado quando ouviu o estalido da portinhola. Ergueu os olhos e viu que alguém o observava. A cama ficava bem distante da porta, e mesmo que esticasse ao máximo a corrente que o prendia não poderia fugir à vigilância dos seqüestradores.

Segundos depois ouviu o ruído dos dois cadeados. A porta abriu-se apenas alguns centímetros e uma mão com luva negra apareceu. Segurava um cartão branco, no qual estava escrita uma mensagem, ou instrução, com letras maiúsculas. QUANDO OUVIR TRÊS BATIDAS PONHA O CAPUZ. DIGA SE COMPREENDEU.

Ele esperou, sem saber o que devia fazer. O homem sacudiu o cartão, impaciente.

– Sim – disse ele –, compreendi. Três batidas na porta e ponho o capuz.

O cartão foi retirado e substituído por outro. DUAS BATIDAS E PODE TIRAR O CAPUZ OUTRA VEZ. QUALQUER TRUQUE... VOCÊ MORRE.

– Compreendi – disse ele.

O cartão desapareceu, a porta se fechou. Mais alguns segundos e ouviu três batidas fortes. Obedientemente, Simon apanhou o capuz grosso e negro que estava sobre a cama. Enfiou na cabeça, ajeitando-o até abaixo dos ombros, pôs as mãos sobre os joelhos e esperou, tremendo de medo. Não ouviu nenhum ruído, apenas teve a sensação de que alguém com sapatos macios entrava na cela.

O seqüestrador usava roupa negra que o cobria dos pés à cabeça, mais o capuz, apenas com os olhos visíveis, apesar de Simon não poder vê-lo. Instruções do chefe. O homem colocou algo perto da cama e afastou-se. Simon ouviu a porta sendo fechada, o ruído dos cadeados, as duas batidas. Lentamente tirou o capuz. No chão estava uma bandeja de plástico, com um prato, faca, garfo e copo também de plástico. A comida era salsicha, vagem, bacon e um pedaço de pão. Em um copo, havia água.

Simon estava faminto. Não comia desde a noite anterior ao seqüestro, e sem pensar disse em voz alta, para a porta: "Obrigado." No mesmo instante ficou furioso com o que acabava de dizer. Não devia estar agradecendo àqueles miseráveis. Na sua inocência não sabia que a "síndrome de Estocolmo" começava a se manifestar, aquela estranha empatia que se forma entre a vítima e seus perseguidores, fazendo com que sua fúria se volte contra as autoridades que permitiram o seqüestro e aquela situação, e não contra os seqüestradores.

Comeu tudo, bebeu a água devagar com grande satisfação e adormeceu. Uma hora mais tarde, o processo foi repetido para a retirada da bandeja. Simon usou o balde pela quarta vez, voltou para a cama e pensou em sua família e no que estaria fazendo por ele.

ENQUANTO ESTAVA ali deitado, pensando, o comandante Williams voltou de Leicester para Londres e foi direto ao escritório do comissário-assistente Cramer, na Nova Scotland Yard. Convenientemente, a Yard, sede da Met, fica apenas a quatrocentos metros do escritório do Gabinete.

O antigo dono do Transit fora levado à delegacia de Leicester para interrogatório, um homem assustado e, como concluíram, inocente. Disse que seu furgão Transit não fora vendido nem roubado – mas inutilizado numa batida, há dois meses. Como ele estava de mudança na época, esqueceu de informar o Centro de Licenciamento, em Swansea.

Passo a passo, o comandante Williams verificou a história. O homem, que fornecia artigos para construções, fora apanhar duas lareiras de mármore no sul de Londres. Ao fazer uma curva perto da demolição de onde as lareiras haviam sido retiradas, bateu de frente num removedor de terra. O removedor de terra ganhou. O furgão Transit, ainda com sua pintura azul original, se acabou. Embora a avaria se localizasse na altura do radiador, o chassi ficou empenado.

Ele voltou para Nottingham, a companhia de seguros examinou o Transit numa empresa local de reformas de carros, verificou que não podia ser consertado mas negou-se a pagar o seguro, porque a perda não era total e porque fora ele o culpado da colisão. Aborrecido, o homem aceitou 20 libras pelo Transit inutilizado, fechando o negócio por telefone com a empresa de reformas e não voltando a Londres.

– Alguém o pôs de novo na estrada – disse Williams.

– Ótimo – observou Cramer. – Isso quer dizer que morderam a isca. O laboratório disse que alguém trabalhara no chassi com uma solda elétrica. A pintura com tinta verde fora feita em cima do azul original, à base de celulose. Um trabalho malfeito com *spray*. Descubra quem fez e a quem eles venderam o carro.

– Vou a Balham – disse Williams –, onde fica a oficina mecânica.

Cramer voltou ao trabalho, havia muitas informações de uma dezena de equipes diferentes. Quase todos os exames de laboratório estavam concluídos e eram brilhantes. O problema era que não bastavam. As balas retiradas dos corpos combinavam com as cápsulas da Skorpion, o que era de esperar. Não haviam encontrado nenhuma outra testemunha em Oxford. Os seqüestradores não deixaram impressões digitais e nenhuma outra pista além das marcas dos pneus do carro de passeio. As marcas do furgão eram inúteis – tinham o furgão, embora semidestruído pelo fogo. Ninguém vira os homens perto do celeiro. As marcas do carro de passeio foram identificadas quanto ao modelo e marca, mas eram idênticos aos milhões de carros daquele tipo.

Uma dúzia de equipes fazia uma verificação discreta sobre as propriedades alugadas nos últimos seis meses com espaço e privacidade adequados para um seqüestro. A Met fazia o mesmo em Londres para o caso de os criminosos terem se escondido na cidade. Isso significava a verificação de milhares de contratos de aluguel. Os negócios a dinheiro e pagamento adiantado tinham primazia na lista, e havia centenas deles. Uma dezena de ninhos de amor, dois alugados por celebridades nacionais, foram descobertos.

Informantes do submundo eram pressionados para revelar o que quer que tivessem ouvido sobre planejamento de algum grande golpe; ou sobre "escória" ou "faces", a gíria para criminosos conhecidos, que tivessem saído subitamente de circulação. O submundo estava sendo revirado de cabeça para baixo, mas por enquanto nada tinha sido descoberto.

Na mesa de Cramer havia uma pilha de relatórios sobre pessoas que "viram" Simon Cormack e que iam do plausível ao possível até o lunático, e estavam sendo verificados. Outra pilha era de transcrições de mensagens telefônicas dizendo que estavam com o filho do presidente dos Estados Unidos. Novamente algumas eram completamente malucas, outras pareciam aceitáveis. No caso dessas últimas, as pessoas foram tratadas seriamente e foi pedido que mantivessem contato. Mas Cramer intuía que os verdadeiros seqüestradores estavam ainda mantendo silêncio, fazendo as autoridades suar. Era o mais hábil a ser feito.

Uma sala especial fora preparada no subsolo para a equipe especializada da Divisão de Informação Criminal, os negociadores usados nos seqüestros na Grã-Bretanha, que esperavam o contato verdadeiro, conversando calmamente com os falsos. Vários deles já haviam sido apanhados e seriam julgados no tempo devido.

Nigel Cramer foi até a janela e olhou para baixo. A calçada da Victoria Street estava repleta de repórteres – cada vez que ia a Whitehall passava direto por eles com os vidros do carro levantados. Assim mesmo ouvia as perguntas gritadas. A assessoria de imprensa da Met estava ficando louca.

Olhou para o relógio e suspirou. Se os seqüestradores demorassem mais tempo para fazer contato, o americano Quinn provavelmente se encarregaria da negociação. Sua autoridade fora suplantada e Cramer não gostava disso. Leu o relatório sobre Quinn, emprestado por Lou Collins, da CIA, e passou duas horas com o executivo de operações da Lloyd's, que havia empregado Quinn e seus talentos estranhos mas eficientes durante dez anos. O que ficou sabendo sobre o homem provocou sentimentos conflitantes. Quinn era bom, mas não ortodoxo. Nenhuma força policial gosta de trabalhar com um independente, por mais talentoso que seja. Resolveu não ir receber Quinn em Heathrow. Preferia vê-lo mais tarde e apresentá-lo aos dois inspetores-chefes que o ajudariam nas negociações – se chegassem a isso. Estava na hora de voltar para Whitehall e fazer seu relatório para o COBRA – tinha pouco a dizer. Não, este caso definitivamente não seria de solução rápida.

O CONCORDE, voando numa corrente de vento favorável, chegou a Londres 15 minutos antes da hora prevista, às 18 horas. Quinn apanhou sua pequena valise e entrou no túnel a caminho da área de desembarque, acompanhado por Somerville e McCrea. A alguns metros da entrada do túnel, dois homens grisalhos com ternos cinzentos esperavam pacientemente. Um adiantou-se.

– Sr. Quinn? – perguntou em voz baixa.

Quinn fez um gesto afirmativo. O homem não mostrou um cartão de identidade ao estilo americano, certo de que sua aparência e modos indicavam que representava as autoridades.

– Estávamos à sua espera, senhor. Se quiser me acompanhar... Meu companheiro pode levar sua mala.

Sem esperar nenhuma objeção, seguiu pelo túnel, desviou-se do grupo de passageiros na entrada do corredor principal e entrou numa sala pequena com apenas um número na porta. O homem mais alto, com o rótulo de ex-oficial subalterno do Exército estampado no rosto, cumprimentou Quinn com um aceno amistoso e apanhou a valise. No escritório, o homem calado examinou rapidamente o passaporte de Quinn e os dos "seus assistentes", tirou um carimbo do bolso externo, carimbou os três e disse:

– Bem-vindo a Londres, Sr. Quinn.

Saíram do escritório por outra porta e desceram alguns degraus até o carro que os esperava. Mas se Quinn pensou que ia diretamente para Londres, enganou-se. Foram diretamente para a sala VIP. Quinn entrou e olhou sombriamente em volta. "Muito discreto", ele diria. Nada chamativo. Lá estavam representantes da embaixada americana, do Ministério do Interior britânico, Scotland Yard, Ministério do Exterior, CIA, FBI e – ao que ele sabia – de Woolworths e da Coca-Cola. Tudo levou vinte minutos.

A fila de carros para Londres foi pior ainda. Ele foi na frente numa limusine americana de meio quarteirão de comprimento com uma flâmula no capô. A escolta de motocicletas abriu caminho entre o tráfego do começo da noite. Atrás ia Lou Collins, dando carona – e instruções – para seu companheiro da CIA, Duncan McCrea. Dois carros mais atrás estava Patrick Seymour, que fazia o mesmo para Somerville. Os britânicos nos seus Rovers, Jaguars e Granadas fechavam o cortejo.

Entraram na rodovia M4 a caminho de Londres, passaram para a Circular Norte e seguiram pela Finchley Road. Logo depois de Lords, o primeiro carro entrou no Regent's Park, seguiu pelo Círculo Externo por algum tempo e passou por um grande portão, recebendo a continência dos guardas de segurança.

Durante a viagem Quinn olhava para as luzes da cidade que conhecia tão bem, tal como tantas outras no mundo. Nada comentou, até que o ministro-conselheiro, muito emproado, resolveu se calar também. Quando o carro se dirigia para a entrada iluminada de uma mansão suntuosa,

Quinn falou. Ou melhor, ordenou. Inclinando-se para a frente – era grande a distância entre o banco traseiro e as costas do motorista – ele disse no ouvido do homem:

– Pare o carro.

O motorista, da marinha americana, ficou tão surpreso que obedeceu com rapidez. O carro que vinha atrás não foi tão rápido. Ouviram o ruído dos vidros quebrados dos faróis dianteiros e traseiros. Mais atrás, o motorista do Ministério do Interior, para evitar a colisão, levou o carro para cima da cerca de Rododendros. A procissão parou como uma sanfona. Quinn desceu do carro e olhou para a mansão. Um homem estava de pé no último degrau do pórtico.

– Onde estamos? – perguntou Quinn, que sabia muito bem onde estava.

O diplomata saiu apressado do carro. Eles o haviam avisado sobre Quinn. Mas não acreditou, até aquele momento. Outros saíam dos carros e se aproximavam deles.

– Winfield House, Sr. Quinn. Aquele é o embaixador Fairweather, que está à sua espera. Tudo está preparado. O senhor tem uma suíte... tudo está preparado.

– Pois despreparem – disse Quinn. Abriu a mala do carro, apanhou sua valise e começou a andar na direção do portão.

– Aonde vai, Sr. Quinn? – perguntou o diplomata em tom lamentoso.

– Voltar para a Espanha – respondeu Quinn, de longe.

Lou Collins estava na frente dele. Havia falado com Weintraub pela linha secreta enquanto o Concorde estava ainda no ar. "Ele é um sacana esquisito," dissera Weintraub, "mas dê o que ele pedir."

– Temos um apartamento – disse ele em voz baixa. – Muito discreto, muito isolado. Nós o usamos às vezes para o primeiro interrogatório de desertores do bloco soviético.

E para visitantes de Langley. O diretor de Operações costuma se hospedar nele.

– Endereço – pediu Quinn.

Collins disse. Uma rua secundária em Kensington. Quinn agradeceu com um aceno da cabeça e continuou a andar. Um táxi passava pelo Círculo Externo. Quinn o chamou, deu o endereço e desapareceu.

Levaram 15 minutos para desfazer a confusão na entrada da mansão. Finalmente, Lou Collins levou McCrea e Somerville no seu carro até Kensington.

Quinn pagou o táxi e examinou o bloco de apartamentos. De qualquer forma, iam colocar escutas onde quer que ele ficasse. Pelo menos, sendo propriedade da Companhia, tudo já devia estar instalado, evitando uma porção de desculpas sobre redecoração. O número dado por Collins ficava no terceiro andar. Quinn tocou a campainha e um subalterno da Companhia atendeu. O zelador.

– Quem é você? – perguntou ele.

– Eu entro – disse Quinn, passando por ele – e você sai.

Examinou a sala de estar, o quarto principal e os outros dois, menores. O zelador falava agitado ao telefone. Passaram o chamado para o carro de Lou Collins e o homem se acalmou. Mal-humorado, fez as malas. Collins e os dois cães de caça chegaram três minutos depois de Quinn, que já havia escolhido o quarto principal para seu uso. Patrick Seymour tinha seguido Collins. Quinn observou os quatro.

– Esses dois precisam morar comigo? – perguntou, indicando com um movimento da cabeça a agente especial Somerville e McCrea.

– Escute, seja razoável, Quinn – disse Collins. – Estamos tentando resgatar o filho do presidente. Todos querem saber o que acontece. Não ficarão satisfeitos com menos. Os grandes não vão permitir que more sozinho aqui como um monge, sem dar nenhuma informação.

Quinn pensou no assunto.

– Muito bem, o que vocês dois sabem fazer além de espionar?

– Podemos ser úteis, Sr. Quinn – implorou McCrea. – Comprar coisas... fazer outros trabalhos.

Com o cabelo engomado, o constante sorriso tímido e inseguro, parecia ter muito menos do que seus 34 anos, muito mais um universitário do que um agente da CIA. Sam Somerville aproveitou a deixa.

– Sou boa cozinheira – disse ela. – Agora que esnobou a residência e toda a criadagem, vai precisar de alguém para fazer sua comida. Aqui onde estamos, de qualquer modo, seria um agente.

Pela primeira vez, desde que se haviam encontrado, um largo sorriso apareceu nos lábios de Quinn. Somerville achou que transformara completamente a expressão do enigmático veterano.

– Tudo bem – disse ele para Collins e Seymour. – De qualquer modo vocês vão grampear todos os quartos e telefones. Fiquem com os dois quartos menores.

Os dois agentes entraram no corredor e Quinn voltou-se para Collins e Seymour novamente.

– Mas chega. Nada de outros hóspedes. Preciso falar com a polícia britânica. Quem é o encarregado?

– Comissário-assistente Cramer. Nigel Cramer. O número um do Departamento Operações Especiais. O senhor o conhece?

– O nome não me é estranho – disse Quinn.

O telefone tocou. Collins atendeu, escutou, cobriu o bocal com a mão.

– É Cramer. Está em Winfield House. Devia se comunicar com o senhor e acaba de saber da mudança de planos. Quer vir até aqui. OK?

Quinn assentiu com um gesto. Collins voltou a falar ao telefone, transmitindo a permissão. Cramer chegou num carro da polícia sem identificação, vinte minutos mais tarde.

– Sr. Quinn? Nigel Cramer. Já nos encontramos uma vez, rapidamente.

Entrou no apartamento com ar desconfiado. Não sabia da existência daquela "casa segura" da Companhia. Mas sabia que quando aquele caso terminasse a CIA passaria para outro lugar.

Quinn lembrou-se de Cramer quando o viu.

– Irlanda, há alguns anos. O caso Don Tidey. Estava na Divisão Antiterrorista então.

– OE 13, isso mesmo. Tem boa memória, Sr. Quinn. Acho que precisamos conversar.

Foram para a sala de estar, sentaram um de frente para o outro. Quinn, com um gesto largo, indicou que a sala certamente estava grampeada. Lou Collins podia ser um cara legal, mas nenhum *espião* é tão legal assim. O policial britânico fez um gesto afirmativo. Compreendeu que na realidade estava em território americano, no coração da sua própria capital, mas o que tinha a dizer constaria do seu relatório para o COBRA.

– Deixe que eu, como dizem na América, ponha as cartas na mesa, Sr. Quinn. Foi garantida à Met completa primazia na investigação deste crime. Seu governo concordou. Até agora não tivemos nenhum resultado conclusivo, mas é cedo ainda e estamos trabalhando intensamente.

Quinn assentiu com a cabeça. Havia trabalhado em salas grampeadas antes, muitas vezes, e falado em telefones com escuta. Era sempre um esforço manter uma conversa normal. Compreendeu que Cramer falava para a escuta, daí seu pedantismo.

– Pedimos prioridade no processo de negociação e nos foi negado, a pedido de Washington. Tenho de aceitar, mas não tenho de gostar disso. Fui instruído também para dar toda a cooperação que a Met e o nosso governo podem oferecer. O senhor a terá. Dou minha palavra.

– Fico muito grato por isso, Sr. Cramer – disse Quinn. Sabia que estava sendo excessivamente formal, mas em algum lugar os discos estavam girando.

– Então, o que exatamente o senhor deseja?

– Primeiro o histórico. O último relatório que li foi em Washington... – Verificou a hora. Oito da noite em Londres. – Há mais de sete horas. Os seqüestradores ainda não fizeram contato?

– Ao que sabemos não – disse Cramer. – Tivemos telefonemas, é claro. Alguns obviamente falsos, outros não tão óbvios, uma dezena realmente plausível. Nesses últimos pedimos algum elemento que prove que realmente estão com Simon Cormack...

– Como? – perguntou Quinn.

– Com uma pergunta. Algo sobre seus nove meses em Oxford que é difícil de descobrir. Ninguém voltou a telefonar com a resposta.

– Quarenta e oito horas não é fora do comum para o primeiro contato – disse Quinn.

– Concordo. Talvez se comuniquem pelo correio, uma carta ou uma fita gravada, e nesse caso a encomenda deve estar a caminho. Ou por telefone. Se vier pelo correio, traremos para cá, depois que nossos laboratórios examinarem o papel, o envelope, o papel de embrulho e a carta, para impressões digitais, saliva ou outras pistas. É justo, não é? Não tem facilidades para esses exames aqui.

– Perfeitamente justo – disse Quinn.

– Mas se o primeiro contato for por telefone, como quer que seja feito, Sr. Quinn?

Quinn explicou. Um anúncio no noticiário das dez, pedindo que quem estivesse com Simon Cormack que se comunicasse com a embaixada americana, somente com a embaixada e somente por intermédio dos números dados. Um grupo de operadores de mesa telefônica no subsolo da embaixada faria a seleção das chamadas obviamente falsas e deveria passar as possibilidades para o apartamento.

Cramer olhou para Collins e Seymour, que assentiram com um movimento da cabeça. Instalariam a mesa telefônica de linhas múltiplas para a primeira seleção, na embaixada, dentro de uma hora e meia, antes do noticiário. Quinn continuou.

– Seu pessoal de telecomunicações pode localizar qualquer chamado da embaixada, talvez fazer algumas prisões de falsos seqüestradores suficientemente idiotas para não usarem um telefone público ou que fiquem muito tempo na linha. Não acredito que os verdadeiros cometam esse erro.

– Concordo – disse Cramer. – Até aqui têm sido muito espertos para isso.

– A transferência da chamada deve ser feita sem interrupção e apenas para um dos telefones do apartamento. São três ao todo, certo?

Collins confirmou com um gesto. Um era a linha direta para seu escritório, que, de qualquer modo, ficava no prédio da embaixada.

– Usem esse – disse Quinn. – Quando eu tiver feito contato com os verdadeiros seqüestradores, se chegarmos a isso, quero dar a eles um número, uma linha exclusiva, só para mim.

– Vou conseguir essa linha dentro de noventa minutos – disse Cramer. – Um número nunca usado antes. É claro que teremos de grampeá-la, mas não vai ouvir nenhum som. Finalmente, gostaria que dois detetives ficassem aqui com o senhor, Sr. Quinn. São bons e experientes. Ninguém pode ficar acordado 24 horas por dia.

– Sinto muito, mas não aceito – disse Quinn.

– Seriam de grande ajuda – insistiu Cramer. – Se os seqüestradores forem britânicos, terá o problema da pronúncia regional, palavras de gíria, sinais de tensão ou desespero nas vozes deles, pequenos detalhes que só outro britânico pode perceber. Eles não dirão nada, apenas ouvirão.

– Podem ouvir na mesa telefônica – disse Quinn. – De qualquer modo, vocês estarão gravando tudo. Deixe que seja ouvido pelos especialistas de linguagem, acrescentem seus comentários sobre minha péssima atuação e batam na minha porta com os resultados. Mas eu trabalho sozinho.

Cramer comprimiu os lábios. Mas tinha suas ordens. Levantou-se para sair. Quinn levantou-se também.

– Eu o acompanho até o carro – disse ele.

Todos sabiam o que isso significava – a escada não tinha escuta. Na porta, Quinn indicou com um gesto que Seymour e Collins deviam ficar onde estavam. Relutantemente, obedeceram. Na escada, ele murmurou no ouvido de Cramer.

– Sei que não gosta das coisas como estão. Também não estou no sétimo céu. Tente confiar em mim. Não vou perder esse garoto de modo algum. Vocês ouvirão cada maldita sílaba dita no telefone. Minha própria gente vai me ouvir até no banheiro. O apartamento é uma verdadeira cabine de rádio.

– Tudo bem, Sr. Quinn, terá tudo que eu possa oferecer. É uma promessa.

– Mais uma coisa... – Estavam na calçada ao lado do carro da polícia. – Não os assuste. Se telefonarem, ou se ficarem na linha um pouco mais de tempo, nada de carros da polícia voando para a cabine telefônica...

– Sabemos disso, Sr. Quinn. Mas teremos homens à paisana a caminho da origem do telefonema. Serão muito discretos, quase invisíveis. Mas se conseguirmos a placa de um carro... uma descrição física... isso pode nos dar alguns dias de vantagem.

– Não deixe que os vejam – avisou Quinn. – O homem na cabine telefônica estará sob tremenda pressão. Não queremos que cortem o contato. Isso provavelmente significaria que vão fugir para a árvore mais alta, deixando um cadáver para nós.

Cramer assentiu com um gesto, os dois homens apertaram as mãos e o policial entrou no carro.

Trinta minutos depois, chegaram os técnicos, nenhum uniformizado, todos com cartões de identificação da Telecom. Quinn os recebeu amistosamente, sabendo que eram do MI-5, o serviço de segurança. Eram bons e trabalhavam com rapidez. Na verdade, quase todo o trabalho era feito nas linhas de Kensington, o que facilitava.

Um dos técnicos desatarraxou a base do telefone da sala e ergueu levemente a sobrancelha. Quinn fingiu não ter notado. Quando tentava inserir um grampo, o homem encontrou outro já instalado. Ordens são ordens. Colocou o seu ao lado do americano, estabelecendo um novo relacionamento anglo-americano em miniatura. Às 21h30 Quinn tinha sua linha exclusiva, ultraprivada (no que dizia respeito ao público) na qual podia falar com o verdadeiro seqüestrador se ele viesse a falar com alguém. A segunda linha foi ligada permanentemente à mesa telefônica da embaixada, para as chamadas "possíveis". A terceira ficou para chamadas do apartamento para fora.

Outros homens trabalhavam no subsolo da embaixada em Grosvenor Square. As linhas já existiam e foram todas usadas. Dez jovens, americanas e britânicas, esperavam.

A terceira operação foi na telefônica de Kensington, onde a polícia instalou um escritório para as chamadas transferidas para a linha exclusiva de Quinn. Uma vez que a central de Kensington era uma das novas instalações eletrônicas, precisariam somente de oito a dez segundos para localizar a chamada. Na saída da central, os telefonemas transferidos para a linha exclusiva teriam mais duas escutas ligadas, uma para o centro de comunicações do MI-5 em Cork Street, Mayfair, a outra para o subsolo da embaixada americana que, depois que o seqüestrador estivesse isolado, seria transferida da mesa telefônica para um posto de escuta.

O técnico americano de Lou Collins chegou trinta segundos depois que o grupo dos britânicos saiu para remover todos os grampos instalados, substituindo-os pelos seus. Assim, quando Quinn falava fora do telefone, só os americanos ouviam.

– Bela tentativa – observou Seymour para seu companheiro do MI-5, uma semana mais tarde, quando tomavam um drinque no Brooks' Club.

ÀS 22 HORAS, a apresentadora da ITN, Sandy Gall, olhou para a câmera quando a música do carrilhão do Big Ben terminou e deu o aviso aos seqüestradores. Os números que deviam ser usados ficaram na tela durante o noticiário sobre o seqüestro de Simon Cormack, que era pouca coisa, mas foi lido assim mesmo.

Na sala de estar de uma casa silenciosa, a 65 quilômetros de Londres, quatro homens calados e tensos assistiam ao noticiário. O líder traduzia rapidamente para o francês, para dois deles. Um era belga, o outro, corso. O quarto não precisava de tradução. Seu inglês falado era bom, mas com o acentuado sotaque africâner da sua terra natal, a África do Sul.

Os dois europeus não falavam nada de inglês, e o líder proibira todos de sair da casa até o fim da operação. Só ele saía e voltava, sempre através da garagem interna, sempre no Volvo de passeio que tinha agora placas e pneus novos – as placas originais e legítimas. Ele nunca saía sem a peruca, a barba, o bigode e óculos escuros. Durante suas ausências, os outros tinham ordens para não aparecer, nem chegar perto das janelas, e certamente não abrir a porta.

Quando o noticiário passou para a situação do Oriente Médio, um dos europeus fez uma pergunta. O líder balançou negativamente a cabeça.

– *Demain* – disse ele em francês. – Amanhã cedo.

MAIS DE DUZENTOS telefonemas foram feitos para o subsolo da embaixada naquela noite. Todos foram recebidos cautelosa e cordialmente, mas apenas sete transferidos para Quinn. Ele atendeu com voz amiga e jovial, chamando o interlocutor de "amigo" ou "meu chapa", explicando que infelizmente "sua gente" precisava passar por toda aquela formalidade cansativa para verificar se a pessoa realmente *tinha* Simon Cormack, cuidadosamente pedindo que conseguissem a resposta a uma simples pergunta e tornar a telefonar. Durante um intervalo, entre as 3 horas e o nascer do sol, ele cochilou.

Sam Somerville e Duncan McCrea passaram a noite toda com ele. Sam mencionou sua "representação" amistosa no telefone.

— Nem começou ainda — disse ele, calmamente. Mas a tensão já havia começado. Os dois jovens a sentiam.

Logo depois da meia-noite, tendo tomado o Jumbo do meio-dia, hora de Washington, Kevin Brown e uma equipe escolhida de oito agentes do FBI chegaram a Heathrow. Avisado com antecedência, Patrick Seymour, furioso, estava à espera deles. Informou seu superior sobre as últimas notícias até as 23 horas, quando tinha saído para o aeroporto. Incluíam a instalação de Quinn no ninho de águia escolhido por ele, não em Winfield House, e a situação das linhas telefônicas.

— Eu sabia que ele era um espertalhão — resmungou Brown ao saber da confusão na entrada de Winfield House. — Temos de segurar esse sacana, do contrário ele vai usar uma porção de truques. Vamos até a embaixada. Dormiremos em camas de lona no subsolo. Se aquele ioiô peidar, eu quero ouvir, em alto e bom som.

Seymour gemeu silenciosamente. Ouvira falar de Kevin Brown e podia passar muito bem sem sua visita. Agora, pensou ele, seria pior do que temia. Quando chegaram à embaixada, à 1h30, o 160º telefonema estava sendo atendido.

OUTRAS PESSOAS também pouco dormiram naquela noite. Duas delas eram o comandante Williams, da OE 13, e um homem chamado Sidney Sykes. Passaram a noite na sala de interrogatório do posto policial em Wandsworth, no sul de Londres. O segundo agente presente era o chefe da Seção de Veículos do Esquadrão de Crimes Graves, cujos homens haviam descoberto Sykes.

Na opinião do ladrão pé-de-chinelo Sykes, os dois homens no outro lado da mesa faziam grande pressão, e no fim da primeira hora ele estava morrendo de medo. Depois disso, as coisas pioraram.

A Seção de Veículos, baseada numa descrição do fornecedor de materiais para construção de Leicester, descobriu a empresa que fizera o serviço no Transit, depois do seu abraço letal no removedor de terra. Uma vez determinado que o veículo estava com o chassi empenado, e portanto inutilizado, a companhia o ofereceu de volta ao dono. Como o preço do frete até Leicester era maior que o valor do carro avariado, o homem recusou a oferta. A equipe da oficina vendeu o Transit para Sykes como ferro velho, pois ele tinha um negócio de carros inutilizados em Wandsworth. A equipe de busca da Seção de Veículos passou um dia inteiro revistando o ferro-velho de Sykes.

Encontraram três quartos de barril de óleo de motor sujo e negro, de cujas profundezas retiraram 24 placas de carro, 12 pares perfeitamente combinados, todas feitas no ferro-velho de Sykes e todas tão genuínas quanto uma nota de 3 libras. Sob as tábuas do assoalho do sujo escritório de Sykes encontraram um maço com trinta documentos de registro de veículos, todos de carros e caminhões que só existiam no papel.

O negócio ilegal de Sykcs consistia em adquirir veículos acidentados, declarados inúteis pelas agências de seguro, dizer ao dono que ele, Sykes, se encarregava de avisar à agência de Swansea que o veículo só existia agora como um monte de ferro velho e, depois, informar exatamente o contrário – que havia comprado o veículo do último dono. O computador de Swansea registrava então esse "fato". Se o carro realmente estivesse inutilizado, Skyes estava simplesmente comprando a documentação legítima, que podia então ser aplicada a um veículo da mesma marca e tipo, "puxado" de algum estacionamento pelos dedos leves dos auxiliares de Sykes. Com novas placas, que combinavam com os documentos de registro do carro inutilizado, o carro roubado era então revendido. O toque final consistia em raspar os números originais do chassi e do bloco do motor, gravar outros e passar bastante graxa e terra para enganar o comprador. Claro que isso não enganaria a polícia, mas todos os negócios eram feitos com dinheiro vivo e Sykes podia negar que alguma vez tivesse visto o carro ilegal, muito menos vendido.

Uma variação do golpe era pegar um furgão como o Transit, em bom estado, a não ser pelo chassi empenado, cortar a parte avariada, substituí-la por barrotes de ferro e devolver o carro à estrada. Ilegal e perigoso, mas esses carros e furgões provavelmente fariam alguns milhares de quilômetros antes de caírem aos pedaços.

Em vista das declarações do fornecedor de material para construção, e da empresa de reforma de carros que vendera o Transit como ferro-velho por 20 libras com os números verdadeiros do chassi e do motor, e informado sobre o uso que fora feito do furgão, Sykes compreendeu que estava encrencado e resolveu falar.

O homem que comprou o Transit, lembrou Sykes, após vasculhar por algum tempo a memória, estava andando pelo seu ferro-velho um dia, seis semanas atrás, e quando Sykes perguntou o que ele procurava, disse que queria um furgão barato. Por sorte, Sykes acabava de restaurar o chassi do Transit e mudado a cor para verde. Uma hora depois, o furgão saía do seu ferro-velho e ele recebia 300 libras em dinheiro. Nunca mais viu o homem. As 15 notas de 20 libras há muito tinham desaparecido.

— Descrição? — perguntou o comandante Williams.

— Estou tentando, estou tentando — implorou Sykes.

– Pois tente – disse Williams. – Vai facilitar muito o restante da sua vida.

Altura média, peso médio. Quarenta e poucos anos. Rosto e maneiras rudes. Não tinha uma voz "elegante" e não era natural de Londres. Cabelo vermelho, mas podia ser peruca. Além disso, usava chapéu, apesar do calor do final de agosto. Bigode, mais escuro que o cabelo – podia ser falso, mas muito bom. E óculos escuros. Não óculos de sol, mas pintados de azul, com aros de chifre.

Os três homens passaram mais duas horas com o desenhista da polícia. O comandante Williams levou o desenho para a Scotland Yard pouco antes do café-da-manhã e mostrou-o a Nigel Cramer, que o levou ao comitê COBRA às 9 horas. O problema era que aquele rosto podia ser de qualquer pessoa. E aí a pista terminava.

– Sabemos que outro mecânico, melhor do que Sykes, trabalhou no furgão depois dele – disse Cramer ao comitê – e um pintor de placas fez o logotipo da Barlow nos dois lados. O furgão deve ter sido guardado em algum lugar, uma garagem com material de solda. Mas se fizermos um apelo público, os seqüestradores irão saber e ficarão nervosos. Aí desistem, fogem e deixam Simon Cormack morto.

Resolveram mandar a descrição para todos os postos policiais do país, sem informar a imprensa nem o público.

ANDREW "ANDY" LAING passou a noite examinando transações bancárias, cada vez mais perplexo, até que, um pouco antes do nascer do dia, a perplexidade cedeu lugar à certeza crescente de que era aquilo mesmo e não havia outra explicação.

Andy Laing era chefe da equipe de Crédito e Marketing da filial de Jeddah do BIAS, Banco de Investimento da Arábia Saudita, uma instituição criada pelo governo saudita para manejar a maior parte das astronômicas quantias de dinheiro que circulam naquele país.

Embora propriedade do Estado e com uma diretoria formada quase toda de sauditas, a maior parte do pessoal do BIAS é de estrangeiros contratados, e quem mais contribui com material humano é o banco americano Rockman-Queens, de Nova York, para o qual Laing trabalhava.

Ele era jovem, ativo, consciencioso e ambicioso, ávido para fazer uma boa carreira no meio bancário e desfrutar seu tempo na Arábia Saudita. O salário era melhor do que em Nova York, tinha um belo apartamento, várias namoradas entre a grande comunidade de expatriados de Jeddah, não se preocupava com as restrições à bebida e dava-se bem com seus colegas de trabalho.

Embora o banco de Riyad fosse a sede do escritório central do BIAS, a filial mais movimentada era a de Jeddah, a capital comercial e financeira da Arábia Saudita. Normalmente, ele saía do prédio branco cheio de ameias, que mais parecia um forte da Legião Estrangeira do que um banco, e caminhava até o Hyatt Regency para um drinque, antes das 18 horas. Porém precisava terminar mais duas pastas e preferia fazer isso agora, em vez de deixar para o dia seguinte. Ficou no banco mais uma hora.

Assim, permanecia em sua mesa quando o velho mensageiro árabe passou com o carrinho cheio de impressos do computador do banco, distribuindo-os pelos escritórios dos executivos, para serem vistos no dia seguinte. Aqueles papéis traziam os relatórios das transações dos vários departamentos do banco naquele dia. Pacientemente, o velho colocou os impressos na mesa de Laing, inclinou a cabeça e saiu. Laing despediu-se do homem com um alegre *Shukran* – orgulhava-se de tratar bem os empregados sauditas – e continuou seu trabalho.

Quando terminou, viu os papéis ao seu lado e resmungou. O velho havia deixado os papéis errados, os relatórios de depósitos e retiradas de todas as principais contas do banco. Eram da alçada do diretor de Operações, não de Crédito e Marketing. Laing os apanhou e foi para o escritório do diretor de Operações, o Sr. Amin, seu colega do Paquistão.

No caminho, olhou para as folhas que levava e algo lhe chamou a atenção. Parou, voltou para sua mesa e começou a examinar os relatórios, página por página. Em todos encontrou o mesmo padrão. Ligou seu computador para verificar as contas de dois clientes. Sempre o mesmo padrão.

Às primeiras horas da manhã, Laing não tinha mais dúvida. O que estava vendo só podia ser uma enorme fraude. As coincidências eram por demais estranhas. Levou os relatórios para a mesa do Sr. Amin e resolveu tomar um avião para Riyad na primeira oportunidade, para uma entrevista pessoal com seu companheiro americano, o gerente-geral Steve Pyle.

ENQUANTO LAING voltava para casa pelas ruas escuras de Jeddah, a oito fusos horários a oeste o comitê da Casa Branca ouvia as palavras do Dr. Nicholas Armitage, um psiquiatra muito experiente na ciência do comportamento que acabava de chegar da mansão pela Ala Oeste.

— Cavalheiros, por enquanto posso dizer que o choque afetou muito mais a primeira-dama que o presidente. Ela continua medicada, sob a supervisão do seu médico particular. O presidente, sem dúvida, tem a mente mais forte, mas receio que a tensão evidente esteja provocando os sinais reveladores do trauma paterno pós-seqüestro.

— Que sinais são esses, *Doc*? — perguntou Odell sem cerimônia.

O psiquiatra, que não gostava de ser interrompido, o que nunca acontecia quando dava aula, pigarreou.

– Devem compreender que nesses casos a mãe pode aliviar a tensão por meio das lágrimas, até da histeria. O pai geralmente sofre mais, experimentando, além da ansiedade pelo filho seqüestrado, um profundo sentimento de culpa, a convicção de que foi responsável de algum modo, de que devia ter feito mais, devia ter tomado maiores precauções, devia ter sido mais cuidadoso.

– Isso é perfeitamente ilógico – protestou Morton Stannard.

– Não estamos falando de lógica – disse o médico. – Falamos dos sintomas do trauma, agravado pelo fato de o presidente ser... muito chegado ao filho. Na verdade, de amá-lo muito. Acrescente-se a isso a sensação de impotência, a incapacidade de fazer algo. Até agora, é claro, sem contato com os seqüestradores, ele nem sabe se o filho está vivo ou morto. É cedo ainda, mas a situação não vai melhorar.

– Esses seqüestros podem durar semanas – disse Jim Donaldson. – Esse homem é nosso chefe executivo. Que mudanças devemos esperar?

– A tensão diminuirá um pouco quando e se for feito o primeiro contato e tivermos prova de que Simon está vivo – disse o Dr. Armitage. – Mas o alívio será de pouca duração. Com o passar dos dias, a deterioração é mais acentuada. Instala-se a tensão de alto nível, conduzindo à irritabilidade. Virá a insônia... que pode ser resolvida com medicamentos. Finalmente, o desinteresse pela profissão exercida pelo pai...

– Neste caso, governar o maldito país – disse Odell.

– E falta de concentração, perda de memória nos assuntos do governo. Em uma palavra, cavalheiros, metade ou talvez uma parte maior da mente do presidente vai se voltar para o filho, e outra parte estará preocupada com a mulher. Em alguns casos, mesmo depois do resgate bem-sucedido da criança, os pais necessitam de meses, até anos de terapia pós-trauma.

— Em outras palavras – disse o secretário de Justiça Bill Walters –, temos meio presidente, talvez menos.

— Ora, o que é isso? – disse o secretário do Tesouro Reed. – Este país teve presidentes na mesa de operação, completamente incapacitados no hospital, antes disso. Devemos apenas nos encarregar de tudo, dirigir como ele queria que fosse dirigido, perturbar nosso amigo o mínimo possível.

Seu otimismo provocou fraca reação. Brad Johnson levantou-se.

— Por que aqueles sacanas não fazem contato? – perguntou. – Já se passaram quase 48 horas.

— Pelo menos já temos nosso negociador a postos, esperando o primeiro telefonema – disse Reed.

— E temos uma forte presença em Londres – acrescentou Walters. – O Sr. Brown e sua equipe do FBI chegaram há duas horas.

— Que diabo a polícia londrina está fazendo? – resmungou Stannard. – Por que não pode encontrar aqueles sacanas?

— Como o homem disse, só se passaram 48 horas, nem isso ainda – observou o secretário de Estado Donaldson. – A Grã-Bretanha não é tão grande quanto os Estados Unidos, mas, com 54 milhões de habitantes, existem muitos bons esconderijos. Lembram-se de quanto tempo o Exército Simbionês de Libertação ficou com Patty Hearst, com todo o FBI atrás deles? Meses.

– Sejamos realistas, companheiros – disse Odell com sua fala arrastada. – O problema é este: não podemos fazer mais nada.

Esse *era* o problema. Ninguém podia fazer nada.

O RAPAZ de quem falavam passava sua segunda noite no cativeiro. Embora ele não soubesse, um guarda ficava no corredor, fora da sua cela, durante a noite toda. O porão da casa de subúrbio podia ser feito de concreto armado, mas se ele resolvesse gritar, os seqüestradores estavam preparados para amordaçá-lo. Simon não cometeu esse erro. Resolvido a dominar o medo e comportar-se com dignidade na medida do possível, fez alguns exercícios físicos sob a vigilância do olho na portinhola. Simon não tinha relógio – não levava relógio quando corria – e começava a perder a noção do tempo. A lâmpada estava sempre acesa, mas quando imaginou que devia ser meia-noite – enganando-se em duas horas – deitou-se, cobriu a cabeça com o cobertor fino para evitar a claridade da lâmpada e dormiu. Nesse momento, os últimos 12 telefonemas falsos estavam sendo feitos para a embaixada do seu país, a 65 quilômetros dali, em Grosvenor Square.

KEVIN BROWN e sua equipe de oito homens não estavam com sono. Sob o efeito da fadiga da travessia do Atlântico, seus relógios biológicos funcionavam ainda no horário de Washington, cinco horas menos do que a hora de Londres.

Brown insistiu para que Seymour e Collins mostrassem toda a central telefônica no subsolo da embaixada e o posto de escuta, onde, no escritório na extremidade do complexo, os engenheiros americanos – com permissão dos britânicos – haviam instalado alto-falantes de parede para transmitir os sons gravados pelos vários grampos do apartamento de Kensington.

– Existem dois grampos na sala – explicou Collins com relutância. Não via por que tinha de explicar as técnicas da Companhia ao homem do FBI, mas recebera ordens e, de qualquer modo, o apartamento de Kensington estava "queimado", do ponto de vista operacional. – Quando um funcionário graduado de Langley usa o apartamento, claro que a escuta é desativada. Mas para interrogar um soviético dissidente, achamos que microfones invisíveis inibem menos do que um gravador ligado sobre a mesa. A sala de estar era a área principal do interrogatório. Mas há mais dois no quarto maior... Quinn está dormindo nele, mas não no momento, como pode ouvir... e outros nos dois quartos e na cozinha. Por uma questão de respeito pela Srta. Samerville e por nosso agente McCrea, desativamos os dois quartos menores. Mas se Quinn tiver alguma conversa particular em um deles, podemos reativar, ligando aqui e aqui.

Indicou dois botões no console central. Brown fez um gesto afirmativo.

– De qualquer modo, se ele falar com um deles, longe dos grampos, é claro que nos informarão, certo?

Collins e Seymour fizeram um gesto afirmativo.

– Para isso estão lá – acrescentou Seymour.

– Então temos três telefones no apartamento – continuou Collins. – Um é a nova linha exclusiva. Quinn fará uso dela quando tiver certeza de que fala com os verdadeiros seqüestradores, nada mais que isso. Todas as conversas nessa linha serão interceptadas na central de Kensington, pelos britânicos, e transmitidas por este alto-falante. Segundo, ele tem uma extensão direta desta sala, que está usando agora para atender o que supõe ser um alarme falso, mas que pode não ser. Essa conexão passa também pela central de Kensington. E aqui está a terceira linha, uma ligação comum para dar e receber telefonemas, também interceptada mas que provavelmente não será usada, a não ser que ele queira ligar para fora.

– Quer dizer que os britânicos também estão escutando tudo isso? – perguntou Brown, carrancudo.

– Só as linhas telefônicas – disse Seymour. – Precisamos da cooperação deles com os telefones... as centrais pertencem a eles. Além disso, podem nos ajudar com padrões vocais, defeitos da fala, sotaques regionais. E, naturalmente, a localização da chamada tem de ser feita por eles, a partir da central de Kensington. Não temos uma linha sem escuta do apartamento para este subsolo.

Collins tossiu.

– Temos sim – disse ele –, mas só funciona para os grampos internos. Temos dois apartamentos naquele prédio. Tudo que é captado pelos grampos internos é passado por fios também internos para nosso apartamento no porão. Tenho um homem lá, agora. No porão, as palavras são misturadas pelo *scrambler*, transmitidas por ondas de rádio ultracurtas para cá, recebidas, desmisturadas e passadas para as linhas.

– A transmissão de rádio é só de um quilômetro? – perguntou Brown.

– Senhor, minha agência se dá muito bem com os britânicos. Mas nenhum serviço secreto do mundo transmite informação ultra-secreta por linhas que passam sob uma cidade que não controlam.

Brown gostou.

– Então os britânicos podem ouvir as conversas telefônicas, mas não o que se diz no apartamento.

Na verdade, ele estava enganado. Quando o MI-5 soube da existência do apartamento, que seus dois inspetores-chefes não tiveram permissão de ficar com Quinn e que seus grampos haviam sido removidos, calculou que devia haver um segundo apartamento americano no prédio, para enviar os interrogatórios dos soviéticos dissidentes ao controle da CIA em algum outro local. Em uma hora, o exame das fichas do prédio revelou o pequeno conjugado no subsolo. À meia-noite, uma equipe de encanadores encontrou os fios conectores que passavam pelo sistema de aquecimento central e puxaram uma extensão do pequeno apartamento, cujo morador recebeu ordens insistentes para tirar umas férias, ajudando assim Sua Majestade. Quando o dia nasceu, todo mundo estava escutando todo mundo.

O homem de Collins da INFEL (Informação Eletrônica), a postos no console, tirou o fone dos ouvidos.

– Quinn acabou de falar – disse ele. – Agora vão conversar. Quer ouvir, senhor?

– É claro – disse Brown.

O engenheiro passou a conversa da sala de estar de Kensington do fone de ouvido para o alto-falante de parede. Ouviram a voz de Quinn.

– ... seria ótimo. Obrigado, Sam. Leite e açúcar.

– Acha que ele vai ligar outra vez, Sr. Quinn? (McCrea)

– Não. Plausível, mas não me cheira ao homem certo. (Quinn)

Os homens no subsolo da embaixada voltaram-se para sair da sala. Várias camas de lona haviam sido armadas nos escritórios próximos. Brown pretendia trabalhar o tempo todo. Designou dois dos seus oito homens para o turno da noite. Eram 2h30.

As mesmas conversas, no telefone e na sala de estar, foram ouvidas e gravadas no centro de comunicações do MI-5, em Cork Street. Na central telefônica de Kensington, a polícia ouviu apenas a conversa ao telefone, localizando a chamada dentro de oito segundos – feita da cabine próxima de Paddington – e enviando um agente à paisana do posto policial de Paddington Green, que ficava a duzentos metros da cabine. Ele deteve um velho com uma história de doença mental.

Às 9 horas do terceiro dia, uma das jovens em Grosvenor Square atendeu outro telefonema. A voz era inglesa, áspera e seca.

– Ligue para o Negociador.

A moça empalideceu. Ninguém havia usado essa palavra antes. Ela disse com voz suave:

– Fazendo a ligação, senhor.

Quinn segurou o fone afastado do ouvido. A voz da moça era um sussurro.

– Alguém quer falar com o Negociador. Só isso.

Meio segundo depois, a ligação estava feita. A voz profunda e calma de Quinn disse nos alto-falantes.

– Oi, meu chapa, quer falar comigo?

– Se quiser Simon Cormack de volta, vai ter de pagar. Muito. Agora escute...

– Não, amigo, você escuta. Já atendi uma dúzia de telefonemas falsos hoje. Você sabe quantos malucos há no mundo, certo? Portanto, faça-me um favor, só uma simples pergunta...

Em Kensington, conseguiram localizar a chamada em oito segundos. Hitchin, Hertfordshire... uma cabine pública na... estação de trens. Cramer conseguiu localizar, na Yard, trinta segundos depois. O posto policial de Hitchins foi mais lento. Seu homem saiu de carro trinta segundos mais tarde, desceu a dois quarteirões da estação um minuto depois e chegou na esquina, perto da cabine, 141 segundos depois do começo da chamada. Tarde demais. O homem falara durante trinta segundos e já estava a três quarteirões de distância, perdido no meio da multidão matinal.

McCrea olhou espantado para Quinn.

— O senhor desligou o telefone na cara do homem — disse ele.

— Tive de desligar — replicou Quinn. — Quando eu terminasse já estaríamos fora do tempo.

— Se continuasse — disse Sam Somerville —, a polícia podia tê-lo apanhado.

— Se for o homem, quero que fique confiante, não assustado... ainda — disse Quinn, encerrando a conversa.

Ele parecia perfeitamente descansado. Seus companheiros estavam tensos ao máximo, olhando para o telefone, esperando que tocasse outra vez. Quinn sabia que o homem não podia chegar a outra cabine antes de duas horas. Tinha aprendido há muito tempo, em combate: quando você não pode fazer nada além de esperar, relaxe.

Em Grosvenor Square, Kevin Brown, acordado por um dos seus homens, correu para o posto de escuta a tempo de ouvir o fim da conversa de Quinn.

— ... é o nome daquele livro? Você encontra a resposta e me telefona de novo. Estou esperando, meu chapa. Até logo.

Collins e Seymour juntaram-se a Brown e os três ouviram o playback. Depois passaram para o alto-falante de parede e ouviram a reclamação de Sam Somerville.

— Certo — resmungou Brown.

Ouviram a resposta de Quinn.

— Cretino — disse Brown. — Mais dois minutos e eles pegavam o sacana.

– Pegavam um – observou Seymour. – Os outros ainda estão com o garoto.

– Pois peguem um e façam com que diga onde estão escondidos – disse Brown. Bateu o punho gordo com força na palma da outra mão.

– Provavelmente eles têm um limite de tempo. Usamos isso quando algum membro da nossa rede é apanhado. Se não aparecer no esconderijo, digamos, dentro de noventa minutos, levando em conta o tráfego, os outros sabem que foi apanhado. Matam o garoto e desaparecem do mapa.

– Escute, senhor, esses homens não têm nada a perder – acrescentou Seymour, irritando mais ainda Brown. – Mesmo que entrem aqui e devolvam Simon, vão pegar prisão perpétua. Mataram dois agentes e um tira britânico.

– Acho bom que esse Quinn saiba o que está fazendo – disse Brown, saindo da sala.

DERAM TRÊS batidas fortes na porta da cela de Simon Cormack às 10h15. Ele colocou o capuz. Quando tirou, viu o cartão encostado na parede, ao lado da porta.

> Quando você era pequeno, passando férias em Nantucket, sua tia Emily costumava ler para você trechos do seu livro favorito. Que livro era esse?

Simon ficou olhando para o cartão. Uma onda de alívio o envolveu. Alguém estava em contato. Alguém tinha falado com seu pai, em Washington. Alguém lá fora estava tentando resgatá-lo. Esforçou-se para evitar as lágrimas, mas elas encheram seus olhos. Alguém espiava pela portinhola. Simon fungou, não tinha lenço. Pensou na tia Emily, irmã mais velha do seu pai, empertigada nos seus longos vestidos de algodão, levando-o para passear na praia, fazendo-o sentar na rede e lendo sobre animaizinhos que falavam como gente e se comportavam como perfeitos cavalheiros. Fungou outra vez e gritou a resposta para a portinhola, que se fechou. A porta foi aberta alguns centímetros, a mão enluvada apareceu e retirou o cartão.

O HOMEM com a voz áspera telefonou novamente à 13h30. A transferência para a linha de Quinn foi imediata. O chamado foi localizado em 11 segundos – uma cabine num shopping em Milton Keynes, Buckinghamshire. Quando o policial à paisana, da força de Milton Keynes, chegou à cabine e olhou em volta, o homem já havia partido há dez segundos. No telefone, ele não perdeu tempo.

– O livro – disse ele – chama-se *The Wind in the Willows*.

– OK, amigo, você é o homem com quem eu queria falar. Agora, tome nota deste número, desligue e telefone de outra cabine. É uma linha exclusiva. 370-0040. Por favor, mantenha contato. Até logo.

Quinn desligou. Dessa vez, ergueu a cabeça e falou para a parede:

– Collins, pode informar Washington que temos nosso homem. Simon está vivo. Eles querem conversar. Pode desmontar a central telefônica na embaixada.

Eles o ouviram muito bem. Todos ouviram. Collins usou sua linha exclusiva, em código, para falar com Weintraub em Langley, e Weintraub contou para Odell, que contou para o presidente. Em minutos, as jovens telefonistas em Grosvenor Square foram dispensadas. Houve um último telefonema, uma voz chorosa, lamentosa.

– Somos o Exército Proletário de Libertação. Temos Simon Cormack. A não ser que a América destrua todas suas armas nucleares...

A voz da telefonista soou doce como mel.

– Benzinho – disse ela –, vá se foder.

– Você fez outra vez – disse McCrea. – Desligou na cara dele.

– Ele está certo – disse Sam. – Essa gente pode ser desequilibrada. Esse tipo de tratamento não pode irritá-lo, fazendo com que maltrate Simon Cormack?

– É possível – disse Quinn –, mas espero estar certo e acho que estou. Não me parece terrorista político. Estou rezando para que seja apenas um assassino profissional.

Os dois ficaram atônitos.

– O que há de tão bom num assassino profissional? – perguntou Sam.

– Não muito – admitiu Quinn, que parecia estranhamente aliviado –, mas um profissional trabalha só por dinheiro. E por enquanto não recebeu nada.

7

O seqüestrador só voltou a telefonar às 18 horas. Durante o intervalo de espera, Sam Somerville e Duncan McCrea quase não tiraram os olhos do telefone, rezando para que, fosse ele quem fosse, voltasse a telefonar.

Quinn era o único que parecia capaz de relaxar. Deitou-se no sofá da sala, tirou os sapatos e começou a ler um livro. *Anábase*, de Xenofonte, informou Sam em voz baixa no telefone do seu quarto. Ele trouxe da Espanha.

– Nunca ouvi falar – resmungou Brown, no subsolo da embaixada.

– É sobre táticas militares – esclareceu Seymour –, escrito por um general grego.

Brown grunhiu. Sabia que os gregos eram membros da OTAN, mas isso era tudo.

A polícia britânica estava muito ocupada. As cabines telefônicas, uma na pequena e provinciana cidade de Hitchin, na extremidade norte de Hertfordshire, a outra na vasta parte nova da cidade, em Milton Keynes, foram visitadas por discretos homens da Scotland Yard, que levantaram as impressões digitais. Havia dezenas delas, mas embora não soubessem, nenhuma pertencia ao seqüestrador, que havia usado luvas cirúrgicas cor de carne.

Interrogatórios discretos foram feitos nas vizinhanças das duas cabines para verificar se alguém fora visto usando o telefone nas horas dos telefonemas. Ninguém tinha notado, não na hora exata. As duas cabines faziam parte de um conjunto de três ou quatro e eram constantemente usadas. Além disso, nos dois casos, o movimento era grande.

Cramer resmungou.

– Ele está usando a hora do rush. De manhã e na hora do almoço.

As fitas gravadas com a voz do homem foram levadas a um professor de filologia, especialista em padrões da fala e origens dos sotaques, mas Quinn havia falado quase todo o tempo e o acadêmico balançou a cabeça.

– Ele está usando várias folhas de lenço de papel ou um pano fino sobre o bocal do telefone – explicou o professor. – Primitivo, mas muito eficiente. Não vai enganar os osciladores do padrão da fala, mas eu, como as máquinas, preciso de mais material para definir o padrão.

O comandante Williams prometeu levar mais material quando o homem tornasse a ligar. Durante o dia, seis casas foram vigiadas discretamente. Uma em Londres, as outras cinco nos condados do interior. Todas eram alugadas, todas com contrato de seis meses. Ao cair da noite, duas foram liberadas, a do francês, funcionário de um banco, casado e com dois filhos, que tinha um emprego legítimo na filial londrina do Société Générale, e a do professor alemão que fazia trabalho de pesquisa no Museu Britânico.

Até o fim da semana duas outras foram liberadas, mas o mercado de imóveis produzia uma corrente contínua de residências "possíveis". Todas seriam verificadas.

– Se os criminosos compraram uma casa – disse Cramer ao comitê COBRA –, ou pediram emprestada a algum proprietário de boa fé, nossa tarefa torna-se impossível. No último caso não teremos nenhuma pista. No primeiro, o volume de compras de casas no Sudeste, em qualquer ano, simplesmente exigirá todos os nossos recursos durante meses.

Pessoalmente, Nigel Cramer concordava com o argumento de Quinn (ouvido na gravação) de que o homem parecia mais um criminoso profissional do que um terrorista político. Contudo, continuaram os estudos sobre os dois tipos de violadores da lei, e continuariam até o fim. Mesmo que fossem criminosos do submundo, deviam ter adquirido a metralhadora tcheca de algum grupo terrorista. Os dois mundos às vezes se encontravam e faziam negócios.

Se a polícia britânica estava sobrecarregada de trabalho, o problema da equipe americana no subsolo da embaixada era falta do que fazer. Kevin Brown andava de um lado para o outro na sala, como um leão enjaulado. Quatro dos seus homens estavam nas camas de lona, os outros quatro vigiavam a luz que se acenderia quando o único telefone exclusivo no apartamento em Kensington, cujo número o seqüestrador tinha agora, fosse usado. A luz acendeu às 18h02.

Para espanto de todos, Quinn deixou o telefone tocar quatro vezes. Então atendeu, falando primeiro.

– Oi. Ainda bem que telefonou.

– Como eu já disse, se quiser Simon Cormack vivo, vai pagar bastante. – A mesma voz, profunda, áspera, rouca, abafada por lenços de papel.

– OK, vamos conversar – disse Quinn amavelmente. – Olhe, meu nome é Quinn. Só Quinn. Pode me dar um nome?

– Vá se foder.

– Ora, vamos, não seu nome verdadeiro. Nenhum de nós é tolo. Qualquer nome. Só para eu poder dizer "oi, Smith, ou Jones..."

– Zack – disse a voz.

– Z-a-c-k? Está certo. Escute, Zack, não deve falar mais de vinte segundos, está bem? Não sou mágico. Os espiões estão escutando e localizando. Telefone daqui a duas horas e a gente conversa outra vez. OK?

– Tá – disse Zack, desligando.

Os mágicos da central de Kensington conseguiram a localização em sete segundos. Outra cabine pública, no centro comercial de Great Dunmow, condado de Essex, 14 quilômetros a oeste da rodovia M11, que ligava Londres a Cambridge. Como das outras duas vezes, norte de Londres. Uma pequena cidade, com um pequeno posto policial. O agente à paisana chegou ao grupo de três cabines oito segundos depois do fim da ligação. Tarde demais. Àquela hora, quando as lojas eram fechadas e os pubs se abriam, havia grande movimento, mas ninguém que parecesse furtivo, ninguém com uma peruca vermelha, bigode e óculos azuis. Zack havia escolhido a terceira hora do rush, o começo da noite, não escuro ainda, pois quando escurece as cabines são iluminadas.

No subsolo da embaixada Kevin Brown explodiu.

– Que diabo, de que lado Quinn pensa que está? – perguntou. – Está tratando o sacana como o petisco do mês.

Seus quatro agentes concordaram, balançando a cabeça ao mesmo tempo.

Em Kensington, Sam e Duncan McCrea faziam a mesma pergunta. Quinn, deitado no sofá, limitou-se a erguer os ombros e continuou sua leitura. Ao contrário dos novatos, sabia que precisava fazer duas coisas: tentar penetrar na mente do homem no outro lado da linha e tentar ganhar a confiança do animal.

Já tinha quase certeza de que Zack não era tolo. Pelo menos até aquele momento havia cometido poucos erros, do contrário já estaria preso. Portanto, devia saber que os telefonemas eram monitorados e localizados. Quinn não dissera nada que ele já não soubesse. O fato de dar, voluntariamente, um conselho favorável à segurança de Zack não ensinava ao homem nada que ele estivesse fazendo sem instruções.

Quinn estava apenas lançando os alicerces da ponte, por mais repugnante que fosse a tarefa, colocando os primeiros tijolos no relacionamento com o assassino que, ele esperava, fariam o homem acreditar que ambos compartilhavam do mesmo objetivo – uma troca – e que as autoridades eram na verdade o vilão da história.

Nos anos passados na Inglaterra, Quinn havia aprendido que, para os ouvidos britânicos, o sotaque americano pode parecer o mais amigável do mundo. Algo a ver com a fala arrastada. Mais amistosa do que o tom apocopado dos britânicos. Ele havia acentuado seu sotaque um pouco além do normal. Era de vital importância não dar a Zack a impressão de que "o desprezava" ou que zombava dele. Importante também era não dar a perceber o quanto detestava o homem que crucificava um pai e uma mãe a 5 mil quilômetros de distância. Quinn foi tão persuasivo que enganou Kevin Brown.

Mas não Cramer.

– Eu gostaria que ele fizesse o sacana falar mais tempo – disse o comandante Williams. – Um dos nossos colegas do condado pode chegar a vê-lo, ou o carro que está usando.

Cramer balançou a cabeça.

– Ainda não – disse ele. – O problema é que esses detetives de polícia das pequenas cidades não são agentes treinados para seguir pessoas. Quinn vai tentar aumentar o tempo da conversa mais tarde, de modo que Zack não perceba.

Zack não telefonou naquela noite, só na manhã seguinte.

ANDY LAING tirou o dia de folga e tomou um avião da linha doméstica saudita para Riyad, onde pediu e conseguiu uma entrevista com o gerente-geral, Steve Pyle.

O bloco dos escritórios do BIAS na capital saudita não se parecia em nada com um forte da Legião Estrangeira, como em Jeddah. O banco gastara muito dinheiro nas instalações, construindo uma torre de mármore amarelo-claro, arenito e granito brilhante. Laing atravessou o vasto pátio central, no térreo, onde o único som era o dos seus passos sobre o mármore e a queda d'água das fontes.

Mesmo em meados de outubro, o calor lá fora era escaldante, mas o pátio parecia um jardim na primavera. Depois de trinta minutos foi conduzido ao escritório do gerente-geral no último andar, uma suíte tão luxuosa que o próprio presidente do Rockman-Queens, numa rápida visita seis meses atrás, confessou que era mais imponente do que sua cobertura em Nova York.

Steve Pyle era um executivo grande e jovial que se orgulhava de tratar paternalmente seus auxiliares de todas as nacionalidades. O rosto levemente corado indicava que, embora o reino da Arábia Saudita fosse "seco" no nível da rua, seu pequeno bar era bem sortido.

Cumprimentou Laing amavelmente, mas com certa surpresa.

– O Sr. Al-Haroun não me avisou da sua visita, Andy – disse ele. – Eu teria mandado um carro esperá-lo no aeroporto.

O Sr. Al-Haroun era o gerente de Jeddah, patrão saudita de Laing.

– Eu não o informei, senhor. Apenas tirei um dia de folga. Acho que temos um problema no banco que devo trazer ao seu conhecimento.

– Andy, Andy, meu nome é Steve, certo? Estou feliz que tenha vindo. Então, qual é o problema?

Laing não havia levado os impressos do computador com ele. Se algum funcionário em Jeddah estivesse envolvido na falcatrua, retirar os papéis alertaria o culpado. Mas tinha muitas anotações. Passou uma hora explicando a Pyle o que havia encontrado.

– Não pode ser coincidência, Steve – argumentou ele. – Esses números só podem ser explicados como uma enorme fraude bancária.

À medida que Laing explicava seu problema, a jovialidade de Steve Pyle desaparecia. Estavam sentados nas confortáveis poltronas de couro espanhol, ao lado da mesa de centro baixa, de bronze batido. Pyle levantou-se e foi até a parede de vidro fosco que proporcionava uma vista espetacular de vários quilômetros do deserto. Finalmente, voltou para perto da mesa. O largo sorriso reapareceu, ele estendeu a mão.

– Andy, você é um jovem muito observador. Muito brilhante. E leal. Aprecio isso. Gostei que tivesse me procurado com esse... problema. – Acompanhou Laing até a porta. – Agora, quero que deixe isso comigo. Não pense mais no caso. Eu me encarregarei dele pessoalmente. Acredite, você vai longe.

Andy Laing deixou o prédio e voltou para Jeddah sentindo-se extremamente virtuoso. Fizera o certo. O gerente-geral acabaria com a fraude. Depois que ele saiu, Steve Pyle tamborilou com os dedos sobre a mesa por algum tempo, depois deu um único telefonema.

O QUARTO TELEFONEMA de Zack, segundo na linha exclusiva, foi dado às 8h45. Foi localizado em Royston, no extremo norte de Hertfordshire, onde o condado faz divisa com Cambridge. O policial que chegou ao local dois minutos depois estava com noventa segundos de atraso. E não encontraram impressões digitais.

– Quinn, vamos encurtar o negócio. Quero 5 milhões de dólares imediatamente. Notas usadas de pequeno valor.

– Puxa, Zack, é um bocado de dinheiro. Sabe quanto isso *pesa*?

Uma pausa. Zack foi apanhado de surpresa com a referência ao peso do dinheiro.

– É isso aí, Quinn. Não discuta. Qualquer truque e podemos mandar uns dois dedos da mão do garoto para convencer vocês.

Em Kensington, McCrea correu para o banheiro com ânsia de vômito. Na pressa, tropeçou na mesa de centro.

— Quem está com você? — perguntou Zack.

— Um espião — disse Quinn. — Sabe como é. Esses cretinos não iam me deixar em paz, certo?

— Eu falei sério.

— Ora, Zack, não precisa fazer isso. Nós dois somos profissionais, não somos? Vamos continuar assim. Fazemos o que temos de fazer, nada mais, nada menos. O tempo acabou, desligue o telefone.

— Trate de arranjar o dinheiro, Quinn.

— Preciso falar com o pai sobre isso. Telefone daqui a 24 horas. A propósito, como está o garoto?

— Muito bem. Até agora. — Zack desligou e saiu da cabine. A ligação durara 31 segundos.

Quinn desligou também. McCrea voltou para a sala.

— Se fizer isso outra vez — disse Quinn suavemente —, ponho vocês dois para fora daqui. Que se danem a CIA e o FBI.

McCrea, embaraçado, parecia a ponto de chorar.

No subsolo da embaixada, Brown olhou para Collins.

— Seu homem se atrapalhou — disse ele. — Afinal, que barulho foi aquele na linha?

Sem esperar resposta, apanhou a linha direta do subsolo para o apartamento. Sam Somerville atendeu e explicou sobre a ameaça de mandar os dedos decepados e o tropeção de McCrea na mesa. Quando ela desligou, Quinn disse:

— Quem era?

— O Sr. Brown — respondeu ela formalmente. — Sr. Kevin Brown.

— Quem é ele? — quis saber Quinn.

Sam olhou nervosamente para a parede.

— Diretor-assistente interino da Divisão de Investigação Criminal do FBI — respondeu Sam, sabendo que estavam ouvindo.

Quinn fez um gesto de irritação. Sam ergueu os ombros.

Ao meio-dia houve uma conferência no apartamento. A opinião geral era de que Zack só telefonaria na manhã seguinte, dando tempo aos americanos para que estudassem sua exigência.

Kevin Brown compareceu com Collins e Seymour. Nigel Cramer levou com ele o comandante Williams. Quinn não conhecia ainda Brown e Williams.

— Pode dizer a Zack que Washington concorda — disse Brown. — Recebemos a resposta há vinte minutos. Detesto isso, mas eles concordaram. Cinco milhões de dólares.

— Mas eu não concordo — replicou Quinn.

Brown olhou para ele como se não pudesse acreditar no que ouvia.

— Oh, você não concorda, Quinn. *Você* não concorda. O governo dos Estados Unidos concorda, mas o Sr. Quinn não. Posso saber por quê?

— Porque é extremamente perigoso concordar com a primeira exigência de um seqüestrador — disse Quinn calmamente. — Faça isso e ele começa a pensar que devia ter pedido mais e que, de algum modo, foi enganado. Se for um psicopata, fica furioso. Só tem uma pessoa em quem descarregar sua fúria, o refém.

— Acha que Zack é um psicopata? — perguntou Seymour.

— Pode ser e pode não ser — disse Quinn. — Mas um dos seus companheiros talvez seja. Mesmo que Zack seja o chefe... e pode não ser... psicopatas tendem a se descontrolar.

— Nesse caso, o que aconselha? — perguntou Collins.

Brown bufou com desprezo.

— É muito cedo ainda — disse Quinn. — A melhor chance que Simon Cormack tem de continuar vivo e ileso depende dos seqüestradores acreditarem em duas coisas.

Que estão tirando da família o máximo que pode pagar e que só verão o dinheiro se devolverem Simon vivo e em perfeito estado. Não vão chegar a essas conclusões em segundos. Além disso, a polícia ainda pode ter sorte e encontrá-los.

– Concordo com o Sr. Quinn – disse Cramer. – Pode levar umas duas semanas. Parece duro, mas é melhor do que estragar tudo e ter como resultado um erro de julgamento e um refém morto.

– Qualquer tempo a mais que possa me dar eu agradeço – disse o comandante Williams.

– Então, o que digo para Washington? – perguntou Brown.

– Diga a eles – respondeu Quinn calmamente – que me pediram para negociar o resgate de Simon e que estou tentando fazer isso. Se quiserem me tirar do caso, tudo bem. Só precisam comunicar ao presidente.

Collins tossiu. Seymour olhou para o chão. A reunião foi encerrada.

Quando Zack tornou a ligar, Quinn desculpou-se.

– Escute, tentei falar pessoalmente com o presidente Cormack. Não consegui. O homem está sob efeito de sedativos a maior parte do tempo. Quero dizer, está vivendo num inferno...

– Pois abrevie esse sofrimento e me arranje o dinheiro – disse Zack, irritado.

– Eu tentei, juro por Deus. Olhe, cinco milhões é demais. Ele não tem todo esse dinheiro... tudo está investido em fundos e leva tempo para transformar em dinheiro vivo. O negócio é este: posso arranjar novecentos mil dólares, bem depressa...

– Sem essa – disse a voz no telefone. – Vocês, ianques, sempre conseguem arranjar dinheiro. Posso esperar.

– Certo, certo, eu sei – disse Quinn, ansioso. – Você está a salvo. Ninguém está conseguindo nenhuma pista, pelo menos até agora. Se ao menos diminuísse um pouco a quantia... O garoto está bem?

– Está.

Quinn percebeu que o homem estava pensando.

– Tenho de perguntar isto, Zack. Os sacanas estão me pressionando. Pergunte ao garoto o nome do seu cachorro de estimação, o que ele ganhou de um amigo quando tinha dez anos. Só para sabermos que ele está bem. Não custa nada para você e me ajuda muito.

– Quatro milhões – disse Zack secamente. – É a última palavra.

Ele desligou o telefone. A chamada era de St. Neots, uma cidadezinha ao sul de Cambridge, ao norte da divisa com Bedfordshire. Ninguém foi visto saindo da cabine, uma das muitas instaladas fora da agência central do correio.

– O que você está fazendo? – perguntou Sam, curiosa.

– Escalando a pressão – disse Quinn, sem maiores explicações.

O que Quinn havia compreendido dias atrás era que nesse caso ele possuía um trunfo nem sempre acessível aos negociadores. Bandidos nas montanhas da Sardenha ou na América Central podiam negociar durante meses ou anos, se quisessem. Nenhuma batida militar, nenhuma patrulha policial poderia encontrá-los nas montanhas cheias de cavernas e mato. O único perigo para eles eram os helicópteros, nada mais.

Naquele canto da Inglaterra, densamente povoado, Zack e seus homens estavam em território sujeito às leis, portanto hostil. Quanto mais tempo permanecessem no esconderijo, maior seria, pela lei das probabilidades, o perigo de serem identificados e localizados. Sendo assim, a pressão atuando sobre *eles* seria no sentido de terminar o negócio e ir embora. O truque consistia em fazer com que acreditassem que haviam ganhado a partida, conseguido o melhor resgate possível e que portanto não precisavam matar o refém antes de fugir.

Quinn contava com os outros homens de Zack – a polícia sabia, pelos exames feitos no local do seqüestro, que havia pelo menos quatro homens no grupo –, todos confinados no esconderijo. Ficariam impacientes, atormentados pela claustrofobia, exigiriam do líder uma solução rápida, exatamente o argumento que Quinn estava usando. Pressionado dos dois lados, Zack ficaria tentado a aceitar o que pudessem oferecer e fugir. Mas isso só aconteceria quando a pressão sobre o grupo atingisse um grau muito maior.

Deliberadamente, Quinn havia plantado certas idéias na mente de Zack. Que ele era o bonzinho, tentando de todos os modos possíveis apressar a negociação, mas obstruído pelas instituições – lembrando a cara de Kevin Brown, perguntava a si mesmo se isso era completamente falso –, e que Zack estava seguro... até agora. Significando o contrário. Quanto mais o sono de Zack fosse atormentado por pesadelos de uma batida da polícia, melhor para todos.

O professor de lingüística declarou que Zack devia ter quarenta ou cinqüenta e poucos anos e que, definitivamente, era o líder do grupo. Não hesitava nas respostas, indicando que não precisava consultar outra pessoa antes de resolver. Pertencia à classe trabalhadora, não tinha instrução formal e era quase certo que vinha da área de Birmingham. Mas seu sotaque nativo fora atenuado devido a longos períodos fora de Birmingham, possivelmente no exterior.

Um psiquiatra tentou fazer o retrato psicológico do homem. Certamente estava sob pressão, que aumentava com o prolongamento das conversações. Sua animosidade contra Quinn diminuía sensivelmente. Estava acostumado com violência – não havia hesitação nem estranheza em sua voz quando falou em cortar os dedos de Simon Cormack. Por outro lado, tinha a mente lógica e era astuto, desconfiado, mas não medroso. Um homem perigoso, mas não era louco. Nem psicopata nem "político".

Esses relatórios foram enviados a Nigel Cramer, que os levou ao comitê COBRA. Cópias foram mandadas imediatamente para Washington, diretamente para o comitê da Casa Branca. Outras chegaram ao apartamento em Kensington. Quinn leu os relatórios e depois os passou para Sam.

– O que eu não entendo – disse ela ao terminar a leitura – é por que escolheram Simon Cormack. A família do presidente é rica, mas deve haver outros rapazes americanos ricos na Inglaterra.

Quinn, que havia pensado nisso quando olhava para a tela da televisão num bar, na Espanha, olhou rapidamente para ela mas não disse nada. Sam esperou uma resposta que não foi dada. Isso a irritou. E intrigou também. Com o passar dos dias, Quinn a intrigava cada vez mais.

NO SÉTIMO DIA do seqüestro e o quarto desde o primeiro telefonema, a CIA e o SIS* britânico suspenderam a investigação dos seus agentes infiltrados na rede de organizações terroristas da Europa. Ninguém sabia da compra de uma Skorpion por intermédio desses grupos, e tinham quase certeza de que não havia nenhum terrorista político

---

230 *Serviço de Inteligência britânico. (N. do E.)

envolvido no seqüestro. Entre os grupos investigados estavam o IRA e o INLA, ambos irlandeses, nos quais a CIA e o SIS tinham agentes infiltrados cujas identidades não pretendiam revelar mutuamente, a Facção do Exército Vermelho Alemão, sucessora do Baader-Meinhof, as Brigadas Vermelhas italianas, a Action Directe francesa, o ETA basco-espanhol e o CCC belga. Havia grupos menores e mais estranhos, porém sem recursos para montar uma operação como aquela.

Zack voltou no dia seguinte. O telefonema foi dado de uma cabine de um posto de gasolina na rodovia M11, ao sul de Cambridge. Foi localizada e identificada em oito segundos, mas o policial à paisana levou sete minutos para chegar. Em meio ao grande movimento de carros e pessoas que passavam, não esperavam que o homem ainda estivesse lá.

— O cachorro – disse ele rapidamente – chamava-se Mister Spot.

— Puxa, obrigado, Zack – disse Quinn. – Cuide bem do garoto que concluiremos o negócio muito antes do que espera. E tenho novidades. Os assistentes do Sr. Cormack podem arranjar 1,2 milhão de dólares, afinal. Dinheiro vivo, e bem depressa. Aceite, Zack...

— Vá se foder – grunhiu a voz no telefone.

Mas Zack tinha pressa, seu tempo estava acabando. Baixou para 3 milhões de dólares. E desligou.

— Por que não aceita, Quinn? – perguntou Sam.

Ela estava sentada na ponta da cadeira. Quinn levantou-se para ir ao banheiro. Ele sempre se lavava, vestia, tomava banho, usava o banheiro ou comia logo depois do telefonema de Zack. Sabia que por algum tempo o homem não faria contato.

– Não é só uma questão de dinheiro – disse Quinn, saindo da sala. – Zack ainda não está pronto. Vai começar a pedir mais outra vez, pensando que foi enganado. Quero solapar um pouco mais sua confiança, quero pressionar mais.

– E o que me diz da pressão sobre Simon Cormack? – disse Sam quando Quinn já estava no corredor.

Ele parou e voltou para a porta da sala.

– É – disse, com ar sombrio –, e sobre a mãe e o pai. Não esqueci. Mas nesses casos os criminosos precisam acreditar, acreditar realmente que o espetáculo acabou. Do contrário, ficam zangados e descarregam no refém. Já vi isso antes. O melhor mesmo é ir devagar e com calma e não investir como um ataque de cavalaria. Quando não se consegue resolver tudo em 48 horas, com uma prisão rápida, entramos numa guerra de atrito, os nervos do seqüestrador contra os do negociador. Se ele não consegue nada, fica louco; se consegue depressa demais, acha que cometeu um erro e seus companheiros pensarão do mesmo modo. Então fica furioso, o que é prejudicial para o refém.

Cramer ouviu essas palavras no gravador e fez um gesto afirmativo. Em dois casos em que estivera envolvido, foi exatamente o que aconteceu. No primeiro, o refém foi recuperado vivo e bem, no outro foi liquidado por um psicopata furioso e ofendido.

As mesmas palavras foram ouvidas "ao vivo" no subsolo da embaixada americana.

– Bobagem – disse Brown. – Ele tem um acordo, pelo amor de Deus! Devia exigir a volta do garoto agora. Quero pegar aqueles babacas pessoalmente.

– Se eles fugirem, deixe o caso para a Met – aconselhou Seymour. – Eles os encontrarão.

– É, e um tribunal britânico os condenará à prisão perpétua numa penitenciária confortável. Sabe o que isso significa aqui? Quatorze anos com redução de sentença. Besteira. Escute aqui, moço, ninguém, ninguém faz isso com o filho do meu presidente e fica impune. Um dia isto será assunto do FBI, como devia ser agora. E vou me encarregar do caso... segundo as regras de Boston.

Nigel Cramer foi ao apartamento naquela noite. Não havia nenhuma novidade. Quatrocentas pessoas discretamente entrevistadas, quase quinhentas afirmações de "terem visto os homens" verificadas, 160 casas e apartamentos discretamente checados. Nada.

O DIC* de Birmingham examinou seus arquivos até cinqüenta anos atrás à procura de criminosos com história de violência que tivessem deixado a cidade há muito tempo. Encontraram oito "possíveis" – todos foram investigados e descartados. Mortos, na prisão ou comprovadamente em outro lugar que não Londres.

Um dos recursos da Scotland Yard, pouco conhecido do público, é o banco de vozes. Por meio da moderna tecnologia, as vozes podem ser reduzidas a uma série de altos e baixos num gráfico, representando o modo como a pessoa inala, exala, usa tons e variações sonoras, forma as palavras e as pronúncias. O padrão traçado no oscilógrafo é como uma série de impressões digitais. Pode ser comparado e, se houver uma amostra no arquivo, identificado.

Geralmente sem que eles saibam, muitos criminosos conhecidos têm suas vozes arquivadas no banco de vozes. Autores de telefonemas obscenos, informantes anônimos e outros têm sido detidos e "gravados" na sala de interrogatório. Zack simplesmente não existia.

---

*Departamento de Investigação Criminal. (*N. do E.*)

As pistas fornecidas pelo laboratório também eram sem valor – as cápsulas vazias, as balas, pegadas e marcas de pneus dormiam nos laboratórios da polícia, recusando revelar outros segredos.

– Num raio de 70 quilômetros fora de Londres, incluindo a capital, existem oito milhões de moradias – disse Cramer. – Mais escoadouros secos, armazéns, jazigos, criptas, túneis, catacumbas e prédios abandonados. Tivemos um assassino e estuprador chamado Pantera Negra que praticamente morou numa série de minas abandonadas, sob um parque público. Ele levava as vítimas para seu esconderijo. Finalmente... nós o pegamos. Sinto, Sr. Quinn, mas continuamos a procura.

No oitavo dia a tensão era palpável no apartamento de Kensington. Os dois jovens sentiam mais. Se Quinn sentia também, pouco demonstrava. Passava muito tempo deitado na cama, entre os telefonemas e instruções, olhando para o teto, tentando penetrar na mente de Zack para manobrar melhor o próximo telefonema. Quando devia fechar o negócio, como combinar a troca?

McCrea continuava amável, mas visivelmente cansado. Demonstrava agora uma devoção quase canina por Quinn, sempre pronto para qualquer tarefa, fazendo café, contribuindo para o serviço do apartamento.

No nono dia, Sam pediu permissão para fazer compras. Kevin Brown telefonou de Grosvenor Square e concordou com relutância. Sam saiu do apartamento, a primeira vez em quase 15 dias, tomou um táxi para Knightsbridge e passeou durante quatro horas gloriosas pela Harvey Nicholls e pela Harrods, onde comprou uma bonita bolsa de pele de crocodilo.

Quando ela voltou, os dois homens admiraram a bolsa. Sam tinha também um presente para cada um. Uma caneta folheada a ouro para McCrea e um suéter de cashmere para Quinn. O jovem agente da CIA ficou emocionado e agradecido. Quinn vestiu o suéter e lhe deu um dos seus raros mas luminosos sorrisos. Foi o único momento descontraído que os três passaram naquele apartamento.

EM WASHINGTON, no mesmo dia, o comitê de administração da crise ouvia sombriamente as palavras do Dr. Armitage.

— Estou cada vez mais preocupado com a saúde do presidente — declarou o médico para o vice-presidente, o conselheiro de Segurança, o secretário de Justiça, três secretários e os diretores da CIA e do FBI. — Já houve períodos de tensão no governo antes, e sempre haverá. Mas este caso é pessoal e muito mais profundo. A mente humana, bem como o corpo, não está equipada para suportar esses níveis de ansiedade durante muito tempo.

— Como ele está fisicamente? — perguntou Bill Walters.

— Extremamente cansado, tomando medicamentos para dormir à noite, o que nem sempre consegue. Envelhecendo a olhos vistos.

— E mentalmente? — perguntou Morton Stannard.

— Os senhores o viram tentando dirigir os assuntos normais do governo — lembrou Armitage. Todos assentiram sombriamente. — Está perdendo o controle, sua concentração diminui rapidamente, a memória está falha.

Morton Stannard fez um gesto de assentimento e simpatia, mas seus olhos velados traíam muito mais. Dez anos mais novo que Donaldson ou Reed, o secretário da Defesa era um ex-banqueiro de Nova York, um operador cosmopolita com gosto por boa comida, vinhos finos e arte impressionista francesa. Trabalhando com o Banco Mundial adquirira a fama de negociador calmo e eficiente, um homem difícil de ser convencido, como descobriram os países do Terceiro Mundo que procuravam créditos sem possibilidade de pagamento, saindo com as mãos vazias.

Stannard havia deixado sua marca no Pentágono nos dois últimos anos como um homem que exigia eficiência, com a idéia firme de que o contribuinte americano deve receber do Departamento de Defesa o valor do imposto pago. Fez inimigos entre os militares de alta patente e grupos de pressão da indústria armamentista. Veio então Nantucket, que modificou algumas alianças dos dois lados do Potomac. Stannard tomou o lado dos fabricantes de armas e do chefe do Estado-Maior, contra os cortes sumários nos orçamentos.

Enquanto Michael Odell lutava contra Nantucket baseado na intuição, as prioridades de Stannard relacionavam-se também com a negociação do poder e a influência na hierarquia de Washington, e sua oposição a Nantucket não se baseava inteiramente em proposições filosóficas. Quando perdeu sua causa junto ao Gabinete, ficou impassível, como estava impassível agora, ouvindo o médico descrever a deterioração do seu presidente.

— Pobre homem, meu Deus, pobre homem — murmurou Hubert Reed, do Tesouro.

— O que agrava o problema — concluiu o psiquiatra — é o fato de o presidente não demonstrar suas emoções. Não é emotivo. Externamente, quero dizer. Internamente... é claro que todos nós somos. Todas as pessoas normais, pelo menos. Mas ele guarda tudo, não grita, não se lamenta. A primeira-dama é diferente. Não sofre as pressões do cargo e aceita melhor os medicamentos. Mesmo assim, acho que sua condição é tão grave, se não pior. Trata-se de seu único filho. E seu estado é mais um fator de pressão sobre o presidente.

O médico deixou oito homens muito preocupados, quando voltou para a mansão.

MAIS POR CURIOSIDADE do que qualquer outro motivo, Andy Laing resolveu ficar no escritório duas noites mais tarde, na filial de Jeddah do Banco de Investimento da Arábia Saudita, e consultou seu computador. Ficou assombrado com o que viu.

A falcatrua continuava. Quatro transações haviam sido efetuadas depois de sua conversa com o gerente-geral, que podia ter acabado tudo com um telefonema. A conta do ladrão estava repleta de dinheiro, tudo desviado dos fundos públicos sauditas. Laing sabia que o peculato não era assunto estranho aos cargos burocráticos na Arábia Saudita, mas aquelas quantias eram enormes, suficientes para financiar uma grande operação comercial ou qualquer outro tipo de transação.

Compreendeu com horror que Steve Pyle, um homem que ele respeitava, devia estar envolvido. Não seria a primeira vez que um funcionário graduado do banco era "subornado". Mas mesmo assim era um choque. E pensar que havia revelado sua descoberta diretamente ao culpado! Passou o restante da noite no seu apartamento, inclinado sobre a máquina de escrever. Acontece que Laing fora contratado não em Nova York, mas em Londres, a maior filial do banco fora daquela cidade americana, onde trabalhava o principal contador interno para Operações no exterior. Laing conhecia seu dever. Enviou seu relatório para esse funcionário, anexando quatro folhas impressas do computador como prova das suas declarações.

Se tivesse sido um pouco mais esperto, teria mandado o relatório pelo correio normal. Mas o serviço era lento e nem sempre confiável. Pôs o envelope no malote do banco, que costumava ser levado por mensageiro diretamente de Jeddah para Londres. Costumava. Mas desde a sua visita a Riyad, uma semana atrás, o gerente-geral havia determinado que toda a correspondência do malote de Jeddah passasse por Riyad. No dia seguinte, Steve Pyle examinou a correspondência do malote, retirou o relatório de Laing, liberou o restante e leu com atenção o que Laing tinha para contar. Ao terminar, apanhou o telefone e discou um número local.

– Coronel Easterhouse, temos um problema aqui. Acho que devemos nos encontrar.

NOS DOIS LADOS do Atlântico, a imprensa dissera tudo que havia a dizer e então repetiu, uma e outra vez, sem parar. Especialistas variados, de professores de psiquiatria a médiuns, ofereciam suas análises e conselhos às autoridades. Especialistas em espiritismo comunicavam-se com o mundo do além – em sessões privadas – e recebiam diversas mensagens, todas contraditórias. Choviam ofertas individuais e de instituições para pagar o resgate, por mais elevado que fosse. A televisão mostrava pregadores frenéticos, vigílias eram feitas nas igrejas e nos degraus da catedral.

Os exibicionistas estavam em plena atividade. Centenas deles ofereciam-se para substituir Simon Cormack, certos de que a troca jamais seria efetuada. No décimo dia após o primeiro telefonema de Zack para Quinn, em Kensington, surgiu um novo fator nas transmissões para a população americana.

Um evangelista do Texas, cujos cofres haviam recebido uma doação inesperadamente generosa das companhias de petróleo, declarou que tivera uma visão de inspiração divina. O ato criminoso contra Simon Cormack, portanto contra seu pai, o presidente, e portanto contra os Estados

Unidos, era obra dos comunistas. Não havia dúvida: A mensagem divina foi usada brevemente pelas redes nacionais de noticiário. Os primeiros tiros do Plano Crockett foram disparados, as primeiras sementes plantadas.

Sem o uniforme sóbrio de trabalho, que não usava desde a sua primeira noite no apartamento, a agente especial Sam Somerville tornava-se uma mulher bastante atraente. Por duas vezes na sua carreira usaram sua beleza para ajudar num caso. Na primeira, havia saído várias vezes com um funcionário graduado do Pentágono, para culminar com um desmaio simulado, por excesso de bebida, no apartamento dele. Pensando que ela estava inconsciente, o homem dera um telefonema comprometedor, que provou que estava "arranjando" contratos para a Defesa em favor de certos fabricantes, e recebendo uma boa comissão de acordo com os lucros.

No outro caso, aceitara jantar com um chefe mafioso e conseguira instalar um microfone no banco da limusine do homem. O que o FBI ouviu então foi suficiente para prender o mafioso, sob a acusação de vários crimes federais.

Kevin Brown sabia disso quando a escolhera, entre os agentes do FBI, como o "sabujo" que a Casa Branca insistia que fosse enviado a Londres para vigiar o Negociador. Esperava que Quinn se deixasse impressionar como os outros homens e, assim enfraquecido, confiasse a Sam Somerville as intenções mais secretas que os microfones não detectavam.

Mas não contavam com a inversão de papéis. Na décima primeira noite no apartamento de Kensington, Sam e Quinn encontravam-se no corredor que levava do banheiro à sala. O espaço mal dava para dois. Impulsivamente, Sam Somerville passou os braços pelo pescoço de Quinn e beijou-o na boca. Há uma semana queria fazer isso. Não ficou desapontada nem foi rejeitada, e sim surpreendida com a intensidade e duração da resposta de Quinn.

O abraço durou alguns minutos, enquanto McCrea, sem saber de nada, estava às voltas com uma frigideira na cozinha. A mão bronzeada e firme de Quinn acariciou os cabelos louros e brilhantes da jovem. Sam sentiu que aquela carícia eliminava ondas de tensão e cansaço do seu corpo.

— Quanto tempo mais, Quinn? – ela murmurou.

— Não muito – disse ele. – Alguns dias, se tudo correr bem. Talvez uma semana.

Voltaram para a sala e quando McCrea os chamou para comer nada notou.

O CORONEL EASTERHOUSE atravessou mancando o tapete espesso do escritório de Pyle e olhou pela janela, tendo deixado o relatório de Laing sobre a mesa de centro. Pyle o observava, preocupado.

— Acho que esse jovem pode prejudicar bastante os interesses do nosso país aqui – disse Easterhouse em voz baixa. – Inadvertidamente, é claro. Tenho certeza de que é uma pessoa conscienciosa. Contudo...

Particularmente, ele estava muito mais preocupado do que demonstrava. Seu plano para o massacre e destruição da Casa de Saud de alto a baixo estava na metade, e muito sensível ao fracasso.

O Iman dos xiitas fundamentalistas estava refugiado, a salvo da polícia, uma vez que todo o arquivo do computador central da segurança fora apagado, sumindo com os nomes de todos os seus contatos, amigos, partidários e seus possíveis paradeiros. O fanático da Polícia Religiosa Mutawain manteve o contato. O recrutamento entre os xiitas estava em progresso, os entusiasmados voluntários sabendo apenas que seriam preparados para um ato de glória eterna a serviço do Iman, e portanto de Alá.

A construção da nova arena prosseguia dentro do prazo previsto. As imensas portas, janelas, entradas laterais e o sistema de ventilação eram controlados por um computador central, programado com um sistema inventado por Easterhouse. Os planos para manobras do deserto, com o fim de afastar da capital, na noite do ensaio, o maior número possível do efetivo militar da Arábia Saudita, estavam em andamento. Um general-de-divisão egípcio e dois oficiais de blindados palestinos estavam a seu serviço e preparados para substituir a munição distribuída entre a Guarda Real por munição defeituosa, na noite em questão.

As submetralhadoras americanas Piccolo, com munição adequada, chegariam por via marítima no início do ano, e tudo estava pronto para seu armazenamento e preparo antes de serem distribuídas aos xiitas. Como havia prometido a Cyrus Miller, só precisou dos dólares americanos para as compras externas. As contas internas seriam ajustadas em *riyals*.

Não foi essa a história que ele contou a Steve Pyle. O gerente-geral do BIAS ouvira falar de Easterhouse e de sua invejável influência junto à família real, e dois meses antes, ao receber o convite para jantar, sentira-se lisonjeado. A identificação forjada de agente da CIA, mostrada por Easterhouse, o impressionou mais ainda. Pensar que aquele homem não era um franco-atirador, mas trabalhava realmente para seu próprio governo. E pensar que só Steve Pyle sabia disso.

— Há rumores de um plano em andamento para derrubar a casa real — dissera Easterhouse naquele jantar. — Nós descobrimos e informamos o rei Fahd. Sua Majestade concordou num esforço conjunto das suas forças de segurança e da Companhia para desmascarar os culpados.

Pyle havia parado de comer, a boca aberta de espanto. Contudo, era perfeitamente possível.

– Como sabe, o dinheiro compra qualquer coisa neste país, incluindo informação. E o dinheiro de que precisamos e os fundos da polícia de segurança não podem ser desviados, porque talvez existam conspiradores dentro da polícia. Conhece o príncipe Abdul?

Pyle fizera um gesto afirmativo. O primo do rei, o ministro das Obras Públicas.

– Ele é meu elemento de ligação, designado pelo rei – dissera o coronel. – O príncipe concordou que os fundos necessários para penetrar na conspiração sejam fornecidos pelo seu orçamento pessoal. Não preciso dizer que o mais alto escalão em Washington faz questão absoluta de que nada aconteça a este governo amigo.

Desse modo o banco, sob a forma de um único funcionário bastante crédulo, concordou em participar na criação do fundo. O que Easterhouse fez foi conseguir acesso ao computador comercial do Ministério das Obras Públicas e programá-lo para quatro novas instruções.

Uma consistia em alertar o terminal de computador de Easterhouse sempre que o ministério desse uma ordem de retirada para pagar um fornecedor. A quantia nessas ordens, numa base mensal, era sempre enorme. Na área de Jeddah, o ministério estava abrindo estradas, construindo escolas, hospitais, portos de grande calado, estádios esportivos, pontes, conjuntos residenciais e blocos de apartamentos.

A segunda instrução era para acrescentar 10% a todos os contratos e transferir esses 10% para sua conta particular, na filial de Jeddah do BIAS. As terceira e quarta instruções eram protetoras. Se o ministério pedisse o saldo da sua conta no BIAS, seu próprio computador daria o total, mais 10%. Por fim, se fosse interrogado diretamente, negaria qualquer conhecimento e apagaria a memória. Até aquele momento, o saldo total da conta de Easterhouse era de 4 bilhões de *riyals*.

O que Laing notou foi o fato estranho de que cada vez que o BIAS, seguindo instruções do ministério, fazia uma transferência de crédito para uma empresa contratada, uma transferência igual a exatamente 10% daquela quantia saía da conta do Ministério para uma conta numerada do mesmo banco.

O golpe de Easterhouse era apenas uma variação da falcatrua da quarta caixa registradora, e só seria descoberto por ocasião da auditoria geral do Ministério na próxima primavera. A fraude baseia-se na história do dono de bar americano que, embora seu bar estivesse sempre cheio, convenceu-se de que seu lucro era de 25% a menos do que devia ser. Contratou o melhor detetive particular da cidade, que instalou-se no quarto acima do bar, fez um furo no assoalho e passou uma semana deitado de bruços, vigiando o bar embaixo. Finalmente, ele fez seu relatório: sinto muito ter de dizer isto, mas seus empregados do bar são honestos. Cada centavo e cada dólar colocado naquele balcão vai para suas quatro caixas registradoras. O que quer dizer com quatro caixas registradoras?, perguntou o dono do bar. Eu só instalei três!

– Não queremos que nada aconteça a esse jovem – disse Easterhouse –, mas se ele vai ter esse tipo de atitude, se se recusa a ficar calado, não seria mais prudente transferi-lo de volta para Londres?

– Não é tão fácil. Por que ele iria sem protestar? – perguntou Pyle.

— Certamente – disse Easterhouse –, ele pensa que sua correspondência chegou a Londres. Se Londres o chamar... é o que pode dizer a ele... irá como um cordeirinho. Basta dizer que Londres deseja sua volta. Motivos: não se adapta ao lugar, foi descortês com os empregados e prejudicou a moral dos colegas. A prova está nas suas mãos. Se ele fizer as mesmas alegações em Londres, apenas estará provando seu julgamento.

Pyle ficou encantado. Cobria todas as contingências.

QUINN TINHA bastante experiência para saber que havia não um, mas dois microfones no seu quarto. Levou uma hora para encontrar o primeiro, outra hora para descobrir o segundo. A grande luminária de mesa de bronze tinha um orifício de um milímetro na base. Não havia necessidade daquele orifício. O pescoço móvel ficava ao lado da base. O orifício estava bem embaixo dele. Mastigou por alguns minutos um chiclete – um dos vários dados pelo vice-presidente Odell para sua viagem através do Atlântico – e enfiou o chiclete mascado no orifício.

No subsolo da embaixada o homem da INFEL que estava de serviço voltou-se do seu console e chamou um agente do FBI. Logo depois, Brown e Collins chegaram ao posto de escuta.

— Um dos microfones do quarto apagou – disse o engenheiro. – O que está na base da luminária de mesa. Acusa defeito.

— Falha mecânica? – perguntou Collins. Apesar das garantias dos fabricantes, a tecnologia tinha o hábito de enguiçar a intervalos regulares.

— Pode ser – disse o homem da INFEL. – Não podemos saber com certeza. Parece vivo. Mas o nível de som da recepção está perto de zero.

– Será que ele o descobriu? – perguntou Brown. – Colocou algo no orifício? Esse sacana é muito esperto.

– Pode ser – disse o técnico. – Quer que alguém vá verificar?

– Não – replicou Collins. – De qualquer modo, ele nunca fala no quarto. Só fica deitado, pensando. E temos o outro, na tomada da parede.

Naquela noite, 12 dias depois do primeiro telefonema, Sam foi ao quarto de Quinn, na extremidade oposta do quarto ocupado por McCrea. A porta abriu-se com um estalido.

– O que foi isso? – perguntou um dos homens do FBI, compartilhando com o técnico o turno da noite. O técnico deu de ombros.

– O quarto de Quinn. Maçaneta da porta, uma janela. Talvez ele tenha ido ao banheiro. Ou precise de ar fresco. Nenhuma voz, está vendo?

Quinn estava deitado, silencioso, no quarto quase escuro, fracamente iluminado pelas luzes de rua de Kensington. Estava imóvel, olhando para o teto, usando apenas seu sarongue. Quando ouviu o estalido da porta virou a cabeça. Sam ficou parada sem dizer nada. Ela também sabia da existência dos microfones. Sabia que seu quarto não tinha escuta, mas ficava perto do quarto de McCrea.

Quinn virou as pernas para fora da cama, amarrou o sarongue e levou um dedo aos lábios. Saiu da cama sem fazer barulho, apanhou seu gravador da mesa-de-cabeceira, ligou-o e o colocou ao lado de uma tomada elétrica no rodapé, a três metros da cama.

Sempre sem fazer o menor ruído, apanhou a poltrona do canto, virou-a de cabeça para baixo e a ajeitou sobre o gravador, encostada na parede, enchendo com travesseiros os espaços onde os braços da poltrona não chegavam até o papel de parede.

A poltrona formava os quatro lados de uma caixa vazia, os outros dois lados eram o assoalho e a parede. Dentro da caixa estava o gravador.

— Podemos conversar agora — murmurou ele.

— Não quero conversar — murmurou Sam, estendendo os braços.

Quinn carregou-a para a cama. Sentada, Sam tirou a camisola. Quinn deitou-se ao lado dela. Dez minutos depois faziam amor.

No subsolo da embaixada, o técnico e dois homens do FBI ouviam os sons vindos da tomada de parede a 3 quilômetros de distância.

— Ele está dormindo — disse o técnico.

Os três homens ouviam a respiração ritmada de um homem profundamente adormecido, gravada na noite anterior com o gravador sob o travesseiro de Quinn. Brown e Seymour chegaram ao posto de escuta. Nada esperavam de novo naquela noite. Zack tinha telefonado durante o rush das 18 horas — estação de Bedford, ninguém o vira.

— Não entendo — disse Patrick Seymour — como aquele cara pode dormir sob tanta pressão. Há duas semanas que só consigo uns leves cochilos, e tenho a impressão de que nunca mais vou dormir. Ele deve ter cordas de piano em lugar de nervos.

O técnico bocejou e fez um gesto afirmativo. Em geral, seu trabalho para a Companhia, na Grã-Bretanha e na Europa, não exigia muitas noites em claro, certamente não desse modo, noite após noite.

— É, bem que eu queria estar fazendo o mesmo que ele.

Sem uma palavra, Brown voltou para o escritório que era sua base. Estava há quase 14 dias naquela maldita cidade, cada vez mais convencido de que a polícia britânica não chegaria a lugar nenhum e que Quinn estava bancando o engraçadinho com um rato que não deveria pertencer à raça humana. Muito bem, Quinn e seus amigos britânicos podiam se preparar para um chá de cadeira até o inferno congelar, mas sua paciência estava esgotada. Decidiu reunir sua equipe pela manhã e ver se um pouco de trabalho de detetive à moda antiga podia produzir uma pista. Não seria a primeira vez em que uma poderosa força policial deixava escapar um pequeno detalhe importante.

8

Quinn e Sam passaram quase três horas abraçados, amando-se ou conversando em voz baixa. Foi ela quem mais falou, sobre sua vida, sua carreira no FBI. Preveniu Quinn também contra o irritante Kevin Brown, que a escolhera para essa missão e que estava baseado em Londres com uma equipe de oito para "ficar de olho em tudo".

Sam havia mergulhado num sono profundo e sem sonhos, a primeira vez em que dormia bem nos últimos 15 dias, quando Quinn a acordou.

– É uma fita de três horas – murmurou ele. – Vai terminar em 15 minutos.

Ela o beijou mais uma vez, vestiu a camisola e voltou para seu quarto na ponta dos pés. Quinn desencostou a poltrona da parede, resmungou um pouco para o microfone na tomada, desligou o gravador, voltou para a cama e dormiu para valer. Os sons gravados em Grosvenor Square eram de um homem adormecido mudando de posição, sem acordar. O técnico e os dois homens do FBI olharam para o console e voltaram ao jogo de cartas.

Zack telefonou às 9h30. Parecia mais brusco e hostil do que na véspera, um homem cujos nervos começavam a entrar em pane, um homem sobre o qual a pressão aumentava e que decidira exercer alguma pressão também.

— Muito bem, seu sacana, agora escute. Chega de papo furado. Estou cheio. Aceito seus malditos 2 milhões de dólares, mas é definitivo. Se pedir mais qualquer coisa, vou mandar dois dedos para vocês. Vou usar martelo e formão na mão direita do moleque, e aí vamos ver se Washington continua gostando de você depois disso...

— Fica frio, Zack — implorou Quinn, ansioso. — Você conseguiu. Você venceu. A noite passada eu disse a eles para arranjarem os 2 milhões de dólares ou eu caio fora. Pô, você acha que está cansado? Eu nem durmo mais, esperando seus telefonemas...

Zack pareceu acalmar-se com a idéia de que havia alguém com os nervos mais abalados do que ele.

— Mais uma coisa — grunhiu ele. — Nada de dinheiro. Nada de dinheiro vivo. Vocês, seus sacanas, vão tentar grampear a valise. Diamantes. Tem de ser assim...

Falou durante mais dez segundos e desligou. Quinn não anotou nada. Não precisava. Tudo estava sendo gravado. O telefonema foi localizado numa das três cabines públicas em Saffron Walden, uma cidade mercantil na região oeste de Essex, ao lado da rodovia M11, Londres – Cambridge. Em três minutos o policial à paisana passou pelas cabines, mas estavam todas vazias. O homem fora engolido pela multidão.

NESSE MOMENTO, Andy Laing almoçava na cantina dos executivos da filial de Jeddah do BIAS, com seu amigo e colega paquistanês, o Sr. Amin, gerente de Operações.

– Estou muito intrigado, meu amigo – disse o jovem paquistanês. – O que está acontecendo?

– Não sei – respondeu Laing. – Diga você.

– Sabe o malote diário que sai daqui para Londres? Mandei uma carta urgente para Londres, com alguns documentos anexos. Precisava de resposta rápida. Quando vou receber?, eu me pergunto. Por que não chegou? Pergunto o motivo à seção de correspondência, não respondem. Eles me dizem algo muito estranho.

Laing pôs o garfo e a faca no prato.

– O que dizem, amigo?

– Dizem que tudo está atrasado. Toda a correspondência daqui para Londres está sendo desviada para o escritório de Riyad um dia antes de seguir para Londres.

Laing perdeu o apetite. Sentia algo na boca do estômago que não era fome.

– Há quanto tempo disseram que estão fazendo isso?

– Há uma semana, eu acho.

Laing saiu da cantina e foi para seu escritório. Havia uma mensagem na mesa do gerente da filial, Sr. Al-Haroun. O Sr. Pyle queria vê-lo em Riyad imediatamente.

Laing tomou o avião doméstico da Saudia do meio da tarde. Passou toda a viagem se recriminando. Claro, era tarde para se arrepender, mas devia ter mandado a carta para Londres pelo correio comum... Estava endereçada pessoalmente ao contador-chefe, e uma carta com esse destinatário, com sua letra no envelope, certamente se destacaria entre todas as outras espalhadas sobre a mesa de Steve Pyle. Entrou no escritório de Pyle logo após o banco ter fechado as portas para o público.

NIGEL CRAMER fez uma visita a Quinn na hora do almoço, horário de Londres.

– Fechou a troca em 2 milhões de dólares – disse ele.

Quinn balançou a cabeça, assentindo.

— Meus parabéns — disse Cramer. — Treze dias é um tempo curto para este tipo de trabalho. A propósito, meu psiquiatra escutou o telefonema desta manhã. Ele acha que o homem fala sério, e está sob grande pressão para cair fora.

— Ele vai ter de agüentar mais alguns dias — disse Quinn. — Nós todos, aliás. Ouviram que pediu diamantes em vez de dinheiro. Isso demora. Alguma pista do esconderijo?

Cramer balançou a cabeça negativamente.

— Temo que não. Todas as casas alugadas foram verificadas. Ou não estão em nenhuma casa, ou compraram uma. Ou pediram emprestada.

— Não há possibilidade de verificar as compras? — perguntou Quinn.

— Receio que não. O número de propriedades vendidas e compradas no sudeste da Inglaterra é enorme. Há milhares e milhares que pertencem a estrangeiros, a empresas estrangeiras ou companhias cujos representantes... advogados, bancos etc... trataram do negócio. Como este apartamento, por exemplo.

Uma indireta para Lou Collins e para a CIA, que estavam ouvindo.

— A propósito, falei com um dos nossos homens no distrito de Hatton Garden. Ele falou com um contato que está no mercado de diamantes. Seja quem for, seu homem entende do assunto. Ou um dos seus amigos entende. O que ele pediu é fácil de comprar e fácil de vender. E é leve. Cerca de um quilo, talvez um pouco mais. Já pensou na troca?

— É claro — disse Quinn. — Gostaria de me encarregar dela. Mas sem microfones escondidos... eles provavelmente pensarão nisso. Não acredito que levem Simon ao encontro, assim ele ainda pode ser morto se houver algum truque.

– Não se preocupe, Sr. Quinn. Lógico que gostaríamos de agarrar os caras, mas compreendo seu problema. Não vai haver nenhum truque de nossa parte, nenhum gesto heróico.

– Muito obrigado – disse Quinn.

Os dois homens trocaram um aperto de mão e Cramer foi fazer seu relatório para o comitê COBRA.

KEVIN BROWN passou a manhã trancado no seu escritório no subsolo da embaixada. Quando as lojas abriram, mandou que dois dos seus homens fossem comprar alguns itens. Um mapa em ampla escala da área ao norte de Londres, abrangendo 80 quilômetros em todas as direções, uma folha de plástico liso, alfinetes para marcar o mapa, canetas hidrográficas de várias cores. Reuniu sua equipe de detetives e cobriu o mapa com o plástico.

– Muito bem, vamos olhar para essas cabines telefônicas que o rato tem usado. Chuck, vá lendo uma a uma.

Chuck Moxon examinou sua lista.

– Primeiro telefonema: Hitchin, condado de Hertfordshire.

– Certo, temos Hitchin bem... aqui. – Espetou um alfinete em Hitchin.

Zack dera oito telefonemas em 13 dias – o nono era iminente. Um a um, os alfinetes foram espetados no ponto de origem de cada chamada. Pouco antes das 10 horas, um dos dois homens do FBI do posto de escuta colocou a cabeça na fresta da porta.

– Ele acabou de telefonar. Ameaçando cortar os dedos de Simon com um formão.

– Que droga! – praguejou Brown. – Aquele idiota do Quinn vai estragar tudo! Eu sabia. De onde ele telefonou?

– De um lugar chamado Saffron Walden – informou o jovem.

Quando os nove alfinetes estavam colocados, Brown fez um traço, delimitando o perímetro da área marcada. O desenho era irregular, abrangendo partes de cinco condados. Então, ele apanhou uma régua e ligou as extremidades opostas. No centro aproximado surgiu uma rede de linhas entrecruzadas. A sudeste, o ponto extremo era Great Dunmow, Essex; ao norte era St. Neots, Cambridgeshire; e a oeste Milton Keynes, em Buckinghamshire.

– A área mais densa das linhas cruzadas fica aqui – disse Brown, apontando –, bem a leste de Biggleswade, condado de Bedfordshire. Nenhum telefonema dessa área. Por quê?

– Muito perto da base? – sugeriu um dos homens.

– Pode ser, pode ser. Escutem, quero que se encarreguem dessas cidades do campo, Biggleswade e Sandy, as duas mais próximas do centro geográfico da rede. Vão até lá e visitem todos os corretores de imóveis que têm escritórios nessas cidades. Finjam que são clientes em perspectiva, procurando alugar uma casa isolada para escrever um livro ou algo assim. Ouçam o que eles dizem... talvez alguma casa desse tipo que vai ser desocupada muito em breve, talvez uma casa que podiam ter cedido há três meses, mas que foi alugada para outra pessoa. Compreenderam?

Os homens fizeram sinal de que tinham compreendido.

– Devemos informar o Sr. Seymour que vamos sair? – perguntou Moxon. – Quero dizer, talvez a Scotland Yard tenha estado nessa área.

– Deixe o Sr. Seymour comigo – replicou Brown. – Nós nos damos muito bem. E os tiras talvez tenham estado lá e deixado passar algo. Talvez sim, talvez não. Vamos verificar.

STEVE PYLE recebeu Laing, procurando manter sua jovialidade habitual.

– Eu... bem... eu o chamei, Andy, porque acabo de receber um pedido para que faça uma visita a Londres. Parece que pode ser o começo de uma promoção na sua carreira.

– Claro – disse Laing. – Será que esse pedido de Londres tem algo a ver com o envelope e o relatório que mandei e que nunca chegou, porque foi interceptado aqui mesmo neste escritório?

Pyle abandonou toda a pretensa jovialidade.

– Muito bem. Você é esperto, talvez esperto demais. Mas esteve se metendo em assuntos que não lhe dizem respeito. Procurei avisá-lo, mas você teve de continuar brincando de detetive. Está certo, vou ser sincero com você. *Eu* o estou transferindo para Londres. Você não serve para trabalhar aqui, Laing. Não estou satisfeito com seu trabalho. Vai voltar. Isso é tudo. Tem sete dias para pôr em ordem sua mesa. Sua passagem está comprada. Sete dias a partir de hoje.

Se Andy Laing fosse mais velho, mais amadurecido, sem dúvida teria feito o jogo com maior frieza. Mas estava furioso com a idéia de que um homem da importância de Pyle pudesse estar roubando o dinheiro de um cliente para uso próprio. E tinha a ingenuidade e a impaciência da juventude, a convicção de que o Bem triunfaria. Quase na porta, voltou-se.

– Sete dias? Tempo suficiente para você acertar tudo com Londres? Não tem perigo. Vou voltar sim, mas amanhã.

Conseguiu tomar o último avião da noite para Jeddah. Quando chegou, foi diretamente para o banco. Guardava o passaporte na primeira gaveta da sua mesa com outros documentos importantes – roubos nos apartamentos de europeus em Jeddah são comuns e o banco era mais seguro. Pelo menos devia ser. O passaporte tinha desaparecido.

NAQUELA NOITE houve uma acalorada discussão entre os seqüestradores.

– Abaixem suas malditas vozes – sibilou Zack várias vezes. – *Baissez les voix, merde.*

Ele sabia que os homens estavam quase no limite da paciência. Era sempre arriscado usar aquele tipo de material humano. Depois da excitação eufórica do seqüestro perto de Oxford, ficaram confinados dia e noite numa casa, tomando cerveja em lata comprada por Zack em supermercados das redondezas, escondendo-se, ouvindo a campainha da porta tocar e tocar até o visitante desistir. A tensão nervosa era grande, e aqueles homens não tinham recursos mentais para se refugiar na leitura ou no pensamento. O corso ouvia programas de música pop em francês, o dia todo, intercalado com notícias de última hora. O sul-africano assobiava desafinadamente durante horas e horas, sempre a mesma música, *Sarie Marais*. O belga via televisão sem entender uma palavra. Preferia os desenhos animados.

A discussão era sobre o fato de Zack ter aceitado dois milhões de dólares pelo resgate, encerrando as negociações com o homem chamado Quinn.

O corso reclamava e, como ambos falavam francês, o belga concordava com ele. O sul-africano estava cheio de tudo aquilo, queria ir para casa e concordava com Zack. O argumento principal do corso era que podiam continuar as negociações interminavelmente. Zack, certo de que isso era impossível, sabia também que seria criada uma situação perigosa se dissesse que eles começavam a fraquejar e não agüentariam mais do que alguns dias de tédio e inatividade.

Portanto, procurou acalmá-los, dizendo que todos tinham trabalhado brilhantemente e seriam muito ricos dentro de poucos dias. A idéia de tanto dinheiro finalmente os tranqüilizou. Para Zack era um alívio a discussão não ter acabado em agressão física. Ao contrário dos três homens, seu problema não era o tédio, mas o excesso de tensão. Sempre que dirigia o grande Volvo naquelas rodovias movimentadas sabia que uma verificação casual da polícia, uma pequena batida, um momento de desatenção e o policial estaria debruçado na janela do seu carro, intrigado com o fato de estar usando bigode falso e peruca vermelha. O disfarce servia para uma rua movimentada, mas não para um exame a pouca distância.

Cada vez que entrava numa cabine telefônica, imaginava algo dando errado, a localização mais rápida da chamada, o policial à paisana a poucos metros recebendo o alarme no rádio portátil e dirigindo-se para a cabine. Zack tinha uma arma e certamente a usaria para escapar. Se isso acontecesse, teria de abandonar o Volvo, sempre estacionado a alguns metros da cabine, e fugir a pé. Algum idiota na rua podia tentar impedir sua fuga. Estava chegando ao ponto de sentir náuseas quando via um policial andando pela rua movimentada que sempre escolhia.

– Leve o jantar do garoto – disse para o sul-africano.

Simon Cormack estava há 15 dias naquela cela do porão e há 13 dera a resposta sobre a tia Emily, uma prova de que seu pai estava tentando resgatá-lo. Compreendia agora o que era o confinamento solitário e se perguntava como certas pessoas conseguiam sobreviver meses, até anos, àquele tipo de prisão. Pelo menos nas prisões ocidentais os presos tinham material para escrever, livros, às vezes televisão, algo com que se ocupar. Simon não tinha nada. Mas tinha grande força de vontade e estava resolvido a não se entregar.

Fazia ginástica diariamente, obrigando-se a dominar a letargia do prisioneiro, fazendo flexões dez vezes por dia, correndo num só lugar dezenas de vezes. Vestia ainda o conjunto de moleton, meias, cueca e camiseta, e cheirava a suor pela falta de banho. Usava o balde com tampa cuidadosamente para não sujar o chão, e agradecia o fato de os homens o retirarem de dois em dois dias.

A comida era sem sabor, quase sempre frituras ou frios, mas alimentava. Naturalmente não tinha aparelho de barba e usava agora bigode e barba ralos. O cabelo crescido ele tentava pentear com os dedos. Pediu, e depois de algum tempo recebeu, um balde com água fria e uma esponja. Pela primeira vez compreendeu o quanto um homem pode ser grato à oportunidade de se lavar. Tirava toda a roupa, abaixando a cueca até a corrente presa ao tornozelo, para não molhar, e passava a esponja umedecida com força no corpo todo, tentando se manter limpo. Era como uma transformação. Mas não tentou fugir. Era impossível partir a corrente, a porta era sólida e trancada por fora.

Entre os exercícios, procurava manter a mente ocupada. Recitava todos os versos que podia lembrar, fingia estar ditando uma autobiografia para uma estenógrafa invisível, recordando tudo que havia acontecido nos seus 21 anos. E pensava na sua casa, em New Haven, em Yale e na Casa Branca. Pensava na mãe e no pai e imaginava como estariam. Se ao menos pudesse dizer a eles que estava bem, em boa forma, considerando as circunstâncias... Três batidas fortes na porta. Simon apanhou o capuz e o enfiou na cabeça. Hora do jantar. Ou seria o café-da-manhã?

NAQUELA MESMA noite, quando Simon Cormack já estava dormindo e Sam Somerville se aninhava nos braços de Quinn, com o gravador respirando perto da tomada da parede, a cinco fusos horários para oeste, o comitê da Casa Branca estava reunido. Além dos membros do Gabinete e chefes de departamentos, estavam presentes também Philip Kelly, do FBI, e David Weintraub, da CIA.

Ouviram as gravações da conversa de Zack com Quinn, a voz áspera do criminoso britânico e a fala arrastada e calma do americano tentando acalmá-lo, como vinham ouvindo diariamente há quase duas semanas.

Quando Zack terminou, Hubert Reed disse, pálido e chocado:

— Meu Deus, formão e martelo! O homem é um animal!

— É, sabemos disso – observou Odell. – Pelo menos agora temos um acordo sobre o resgate. Dois milhões de dólares. Em diamantes. Alguma objeção?

— Nenhuma – disse Donald Johnson. – Este país pode pagar facilmente pela vida do filho do presidente. Só me admira que tenha levado duas semanas.

— Na verdade, segundo me disseram, foi pouco tempo – disse o secretário da Justiça Bill Walters.

Don Edmonds, do FBI, fez um gesto afirmativo.

– Vão querer ouvir novamente o restante, as gravações do apartamento? – perguntou o vice-presidente Odell.

Ninguém queria.

– Juiz, e a respeito do que o Sr. Cramer, da Scotland Yard, disse para Quinn? Algum comentário do seu pessoal?

Don Edmonds olhou de lado para Philip Kelly e respondeu pelo FBI.

– Nossa gente em Quantico concorda com seus colegas britânicos – disse ele. – Este Zack está nos limites da sua resistência, quer fechar o negócio, fazer a troca. A tensão começa a aparecer na sua voz, e provavelmente é a causa das ameaças. Concordam também com os analistas em outro ponto. Quinn parece ter estabelecido uma espécie de empatia cautelosa com este animal, Zack. Aparentemente, sua tática para criar a imagem do homem que tenta ajudar Zack... por isso as negociações estenderam-se por duas semanas – olhou de relance para Jim Donaldson –, fazendo de todos nós, aqui e em Londres, os vilões que criam problemas. Funcionou. Zack demonstra certa confiança em Quinn, em mais ninguém. Isso pode ser crucial para o processo da troca. Pelo menos é o que estão dizendo os analistas da voz e os psiquiatras do comportamento.

– Meu Deus, que trabalho procurar agradar um lixo daqueles! – observou Jim Donaldson.

David Weintraub, que olhava para o teto, baixou os olhos para o secretário de Estado. Para manter aqueles políticos nos seus altos cargos, ele podia ter dito, mas não disse, ele e sua gente às vezes tinham de tratar com criaturas nojentas como Zack.

– Muito bem, gente – disse Odell. – Então vamos fazer negócio. Pelo menos está outra vez nas mãos dos americanos, por isso vamos apressar isso. Pessoalmente, acho que esse Sr. Quinn fez um belo trabalho. Se ele conseguir trazer o garoto de volta a salvo e ileso, devemos um favor a ele. Agora, diamantes. Onde os conseguiremos?

– Nova York – disse Weintraub. – O centro dos diamantes do país.

– Morton, você é de Nova York. Tem algum contato discreto que possa localizar rapidamente? – perguntou Odell ao ex-banqueiro Morton Stannard.

– Claro – respondeu ele. – Quando eu estava no Rock-man-Queens, tínhamos vários clientes no comércio de diamantes. Muito discretos... têm de ser. Quer que eu me encarregue disso? E o dinheiro?

– O presidente insistiu em pagar o resgate do próprio bolso, não admite outra opção – disse Odell. – Mas não acho que devemos nos preocupar com esses detalhes. Hubert, será que o Tesouro pode fazer um empréstimo pessoal, até que o presidente possa conseguir o dinheiro?

– Sem problema – disse Hubert Reed. – Você terá o dinheiro, Morton.

A reunião foi encerrada. Odell precisava falar com o presidente, na mansão.

– O mais depressa possível, Morton – disse ele. – Dois ou três dias no máximo.

Foram, na verdade, mais sete dias.

SÓ NA MANHÃ seguinte Andy Laing conseguiu uma entrevista com o Sr. Al-Haroun, gerente da filial. Mas sua noite não foi perdida.

O Sr. Al-Haroun desculpou-se delicadamente, como só um árabe educado sabe se desculpar num confronto com um ocidental irado. Ele sentia muito tudo aquilo, sem dúvida uma situação infeliz cuja solução estava nas mãos de Alá, o misericordioso. Nada lhe daria maior prazer do que devolver o passaporte ao Sr. Laing, que ele havia guardado durante aquela noite por ordem do Sr. Pyle. Foi até o cofre e os dedos finos e morenos retiraram o passaporte verde americano, devolvendo-o ao dono.

Laing acalmou-se, agradeceu com o mais formal e cortês *Ashkurak* e retirou-se. Só quando chegou ao escritório teve a idéia de examinar o passaporte.

Na Arábia Saudita, além do visto de entrada, os estrangeiros precisam de um visto extra. O de Laing, antes sem limite de validade, fora cancelado. O carimbo do escritório de controle da imigração de Jeddah era perfeitamente genuíno. Sem dúvida, pensou ele amargamente, o Sr. Al-Haroun tinha algum amigo naquele escritório. Afinal, era assim que se procedia naquele lugar.

Certo de que não havia nada a fazer, Andy Laing resolveu tomar providências. Lembrou-se de uma conversa que tivera há algum tempo com o diretor de Operações, o Sr. Amin.

— Amin, meu amigo, não me disse certa vez que tinha um parente no Serviço de Imigração aqui?

Amin não desconfiara da pergunta.

— Sim, é verdade. Um primo.

— Em que divisão ele trabalha?

— Ah, não aqui, meu amigo. Está em Daran.

Daran não ficava perto de Jeddah, no mar Vermelho, mas no extremo leste, na outra extremidade do país, no golfo da Arábia. De manhã, Andy Laing telefonou para o Sr. Zulfiqar Amin, em Daran.

— Fala aqui o Sr. Steve Pyle, gerente-geral do Banco de Investimento da Arábia Saudita – disse ele. – Um dos meus auxiliares está tratando de negócios em Daran, no momento. Precisa tomar um avião para Bahrein esta noite, para um assunto urgente. Infelizmente disse que seu visto de saída expirou. O senhor sabe como este é um procedimento demorado quando feito pelos canais normais... Estava pensando se, uma vez que seu primo é um funcionário tão bem conceituado entre nós... O Sr. Laing é um homem muito generoso...

Na hora do almoço, Andy Laing foi ao seu apartamento, arrumou a mala e tomou o avião da Saudia das 15 horas para Daran. O Sr. Zulfiqar Amin estava à sua espera. A concessão do novo visto levou duas horas e custou 1.000 *riyals*.

O Sr. Al-Haroun notou a ausência do gerente de Crédito e Marketing mais ou menos quando Laing entrava no avião para Daran. Telefonou para o aeroporto de Jeddah, mas para a seção de partidas para o exterior. Nem sinal do Sr. Laing. Intrigado, telefonou para Riyad. Pyle perguntou se era possível "bloquear" qualquer viagem aérea de Laing, mesmo dentro do país.

– Caro colega, sinto muito, mas isso não é possível – disse o Sr. Al-Haroun, que detestava desapontar as pessoas. – Mas posso perguntar ao meu amigo se ele embarcou em algum vôo doméstico.

Laing foi localizado em Daran no momento em que cruzava a fronteira na rodovia para o emirado vizinho de Bahrein. Ali embarcou sem problemas num avião da British Airways em escala do vôo Maurício–Londres. Ignorando que ele havia obtido um novo visto, Pyle esperou até a manhã seguinte, e então pediu ao pessoal do banco em Daran para verificar o que Laing estava fazendo na cidade. A investigação levou três dias, e não encontraram nada.

TRÊS DIAS depois de ser encarregado pelo comitê de Washington da compra dos diamantes exigidos por Zack, o secretário da Defesa informou que o negócio levaria mais tempo do que haviam previsto. O dinheiro estava liberado, mas não era esse o problema.

– Escutem – disse ele –, não sei nada sobre diamantes. Mas meus contatos no negócio... estou usando três, todos homens muito discretos e compreensivos... disseram que o número de pedras neste caso é muito grande.

"O seqüestrador exige também pedras variadas, não lapidadas, de um quinto de quilate a meio quilate cada uma, qualidade média. Essas pedras, segundo me disseram, custam de 250 a 300 dólares o quilate. Por segurança, estão calculando o preço máximo de 250 dólares. Estamos falando de uns oito mil quilates.

– Então, qual é o problema? – perguntou Odell.

– Tempo – disse Morton Stannard. – A um quinto de quilate por pedra, seriam 40 mil pedras. A meio quilate, 16 mil pedras. Com pesos variados, digamos 25 mil pedras. É muita quantidade para ser conseguida tão rápido. Três homens estão comprando furiosamente, e tentando não despertar suspeitas.

– Qual é o máximo de tempo calculado? – perguntou Brad Johnson. – Quando estarão prontas para entrega?

– Mais um dia, talvez dois – disse o secretário da Defesa.

– Continue pressionando, Morton – resmungou Odell. – Temos o acordo. Não podemos manter o garoto e o pai nessa espera por muito tempo mais.

– Assim que estiverem reunidas, pesadas e autenticadas, eu entrego – disse Stannard.

NA MANHÃ seguinte, Kevin Brown recebeu um telefonema particular de um dos seus homens, na embaixada.

– Acho que achamos algo, chefe – disse o agente, nervoso.

– Não diga nada mais nesta linha aberta, rapaz. Venha para cá agora mesmo e me conte pessoalmente.

O agente chegou a Londres ao meio-dia. Sua história era mais do que interessante.

A leste das cidades de Biggleswade e Sandy, as duas cortadas pela rodovia Al de Londres para o norte, o condado de Bedfordshire faz divisa com Cambridgeshire. A área é servida por estradas secundárias tipo "B" e outras menores, rurais, não há cidades grandes e é quase toda agrícola. Na área da divisa do condado existem apenas alguns pequenos povoados com antigos nomes ingleses, como Potton, Tadlow, Wrestlingworth e Gamlingay.

Entre dois desses povoados, fora da área mais movimentada, fica uma velha casa de fazenda, em parte destruída pelo fogo, mas com uma ala ainda mobiliada e habitável, num vale, e com acesso por uma única trilha de terra.

Dois meses atrás, o agente havia descoberto, a casa fora alugada por um pequeno grupo de supostos "amantes da natureza", que queriam voltar à vida simples e fazer seus trabalhos artesanais, cerâmica e cestos.

– O caso – disse o agente – é que pagaram o aluguel em dinheiro, aparentemente não vendem cerâmica nem cestos, mas têm dois jipes escondidos nos celeiros. E não se relacionam com ninguém.

– Como é o nome do lugar? – perguntou Brown.

– Green Meadow Farm, chefe.

– Muito bem, podemos fazer algo antes da noite chegar, se nos apressarmos. Vamos dar uma olhada nessa Green Meadow Farm.

Duas horas antes do anoitecer, Kevin Brown e o agente deixaram o carro na entrada da trilha e seguiram a pé. Guiados pelo agente, aproximaram-se com extrema cautela, usando as árvores como proteção, até alcançarem o fim do bosque, acima do vale. Dali arrastaram-se por dez metros até a beira da colina e olharam para baixo. Lá estava a casa da fazenda, a ala incendiada negra na luz da tarde de outono, uma luz fraca, como de um lampião a óleo, numa das janelas da outra ala.

Um homem forte saiu da casa e foi até um dos três celeiros. Dez minutos depois, voltou para a casa da fazenda. Brown examinou o conjunto de construções com seu possante binóculo. Na estrada de terra, à esquerda deles, surgiu um potente jipe japonês, com tração nas quatro rodas. Parou na frente da casa e um homem desceu. Olhou atentamente em volta, examinando a borda do vale. Não viu nenhum movimento.

— Diabo – disse Brown. – Cabelo vermelho, óculos.

O homem do jipe entrou na casa e saiu alguns segundos depois com o homem forte, agora levando um grande cão *rottweiler*. Os dois foram até o mesmo celeiro visitado pelo grandalhão e saíram depois de dez minutos. O homem forte levou o jipe para outro celeiro e fechou a porta.

— Cerâmica rústica uma ova – disse Brown. – Tem alguma coisa ou alguém naquele maldito celeiro. Cinco contra um como é um rapaz.

Voltaram arrastando-se para o bosque. A tarde estava no fim.

— Apanhe um cobertor da mala do carro – disse Brown. – E fique aqui. Vigie a noite toda. Volto com os homens antes do nascer do sol... se é que o sol aparece neste maldito país.

No outro lado do vale, deitado no galho de um carvalho gigante, estava um homem imóvel, usando um uniforme de camuflagem. Ele também tinha um binóculo potente e notou os movimentos entre as árvores no lado oposto ao que se encontrava. Quando Kevin Brown e seu agente entraram no bosque, ele tirou um pequeno rádio do bolso e falou rapidamente por alguns segundos. Era o dia 28 de outubro, décimo nono dia do seqüestro de Simon Cormack e décimo sétimo desde o primeiro telefonema de Zack para o apartamento em Kesington.

ELE TELEFONOU outra vez naquela noite, desaparecendo depois dentre a multidão apressada do centro de Luton.

— Que diabo está acontecendo, Quinn? Já se passaram três malditos dias.

— Ei, não esquenta, Zack. São os diamantes. Isso leva algum tempo para ser arranjado. Eu apressei o pessoal lá de Washington... quero dizer, entrei de sola. Estão agindo o mais depressa que podem, mas que diabo, Zack, são 25 mil pedras, todas boas, todas anônimas... isso leva um pouco de tempo...

— Bem, diga a eles que têm mais dois dias, Depois disso vão receber o garoto dentro de um saco. Diga isso a eles.

Desligou. Os especialistas, mais tarde, disseram que os nervos dele estavam extremamente tensos. Estava chegando ao ponto de ser capaz de descarregar sua frustração em Simon, por pensar que estava sendo enganado.

KEVIN BROWN e seus homens eram bons e estavam armados. Avançaram de dois em dois, das quatro direções pelas quais a fazenda podia ser alcançada. Duas duplas pela estrada de terra, escondendo-se atrás das árvores. As outras três duplas saíram das árvores e desceram para o vale em completo silêncio. Era a hora que precede o nascer do sol, quando a luz é mais incerta, quando as defesas da presa estão baixas, a hora do caçador.

A surpresa foi total. Chuck Moxon e seu companheiro tomaram o celeiro suspeito. Moxon tirou a tranca da porta, seu companheiro rolou no chão, para dentro do celeiro, levantando-se com a arma em punho. Além do gerador a gasolina, algo que parecia um forno de cerâmica, e uma banca com apetrechos de laboratório, não havia ninguém no celeiro. Os outros homens e Brown, que invadiram a casa, tiveram mais sorte.

Duas duplas entraram pelas janelas, quebrando o vidro e o batente no mergulho. Ficaram de pé sem uma pausa e foram direto para os quartos no andar superior.

Brown e os outros dois homens entraram pela porta da frente. A fechadura foi arrebentada com um único golpe de marreta e estavam dentro da casa.

Ao lado das brasas da lareira na longa cozinha, o homenzarrão dormia numa cadeira. Era o encarregado da vigilância noturna, mas o tédio e o cansaço o haviam vencido. Ouvindo o barulho na porta da frente, levantou da cadeira e estendeu a mão para a espingarda calibre.12 sobre a mesa de pinho. Quase conseguiu. O grito de "pare" vindo da porta e o homem grande apontando um Colt .45 diretamente para seu peito o fizeram ficar imóvel. Cuspiu para o lado e ergueu as mãos lentamente.

No andar superior, o homem ruivo estava na cama com a única mulher do grupo. Acordaram quando as janelas e a porta foram quebradas no andar de baixo. A mulher gritou, o homem correu para a porta do quarto e encontrou o primeiro agente do FBI no topo da escada. Estavam muito próximos para usar armas de fogo. Os dois rolaram juntos no chão, no escuro, e lutaram até que o outro americano pudesse ver quem era quem e dar uma coronhada na nuca do homem ruivo.

O quarto membro do grupo da fazenda foi tirado do quarto piscando de sono alguns segundos depois. Era um jovem magro com cabelo liso e seboso. Todos os homens de Brown portavam lanternas. Em dois minutos examinaram todos os outros quartos e verificaram que não havia mais ninguém na casa. Kevin Brown mandou levar todos para a cozinha e os lampiões foram acesos. Brown olhou para os prisioneiros com ódio.

— Muito bem, onde está o garoto? — perguntou.

Um dos seus homens olhou pela janela.

— Chefe, temos companhia.

Cerca de cinqüenta homens desciam para o vale dirigindo-se para a casa da fazenda. Vinham de todos os lados, todos com botas, todos vestidos de azul, uns dez segurando cães pastores pelas correias. Numa das construções externas da fazenda, o *rottweiler* latiu, furioso com a invasão. Um jipe Range Rover branco com marcas azuis surgiu da trilha e parou a dez metros da porta quebrada. Um homem de meia-idade, com uniforme azul, a túnica cintilante de botões e insígnias prateados e quepe de oficial, desceu do jipe. Entrou na casa sem uma palavra, foi até a cozinha e olhou para os quatro prisioneiros.

— Muito bem, nós os entregamos a vocês agora – disse Brown. — Ele está aqui, em algum lugar. E esses babacas sabem onde.

— Quem são vocês exatamente? – disse o homem uniformizado.

— Oh, é claro – Kevin Brown tirou do bolso sua credencial do FBI.

O inglês a devolveu após um cuidadoso exame.

— Escute aqui – disse Brown –, o que nós fizemos...

— O que vocês fizeram, Sr. Brown – disse o chefe de polícia de Bedfordshire com gélida fúria –, foi arruinar a maior operação antidrogas que este país já conseguiu armar e que agora, provavelmente, jamais será efetuada. Esta gente é arraia-miúda e um químico. Os peixes grandes e sua carga eram esperados a qualquer dia. Agora, por favor, quer voltar para Londres?

NESSA MESMA hora, Steve Pyle estava no escritório do Sr. Al-Haroun em Jeddah, tendo voado para a costa depois de um telefonema alarmante.

— O que exatamente ele levou? — perguntou Pyle pela quarta vez.

O Sr. Al-Haroun deu de ombros. Aqueles americanos eram piores que os europeus, sempre com pressa.

— Infelizmente, não sou especialista no manejo dessas máquinas — disse ele —, mas meu vigia noturno aqui diz que...

Voltou-se para o vigia noturno saudita e falou com ele em árabe. O homem respondeu, mostrando o tamanho de alguma coisa com os dois braços abertos estendidos para a frente.

— Ele diz que na noite em que devolvi o passaporte do Sr. Laing, devidamente alterado, o jovem passou quase todo tempo na sala do computador e saiu antes do nascer do dia com uma grande quantidade de impressos. Voltou para trabalhar no horário normal, sem os papéis.

Steve Pyle voltou para Riyad muito preocupado. Ajudar seu governo e seu país era uma coisa, mas isso não ia aparecer numa auditoria interna. Pediu um encontro urgente com o coronel Easterhouse.

O arabista ouviu calmamente, balançando a cabeça várias vezes num gesto afirmativo.

— Acha que ele já chegou em Londres? — perguntou.

— Não sei como faria isso, mas onde poderia estar?

– Hummm. Posso ter acesso ao seu computador central por algum tempo?

O coronel passou duas horas na frente do console do computador central em Riyad. O trabalho não era difícil, uma vez que tinha todos os códigos de acesso. Quando terminou, todos os registros haviam sido apagados e um registro novo iniciado.

NIGEL CRAMER recebeu um relatório de Bedford por telefone no meio da manhã, muito antes de chegar o relatório escrito. Telefonou para Patrick Seymour na embaixada, fervendo de raiva. Brown e sua equipe permaneciam na estrada do sul.

– Patrick, sempre tivemos um bom relacionamento, mas isto é ultrajante. Quem ele pensa que é? Onde diabo ele pensa que está?

Seymour estava numa posição dificílima. Há três anos trabalhava para manter uma excelente cooperação entre o FBI e a Yard, herdada de Darrell Mills. Fez cursos na Inglaterra e organizou visitas dos agentes graduados da Metropolitana ao prédio Hoover, para formar aquele tipo de relacionamento direto que, em caso de crise, evita muita burocracia.

– O que exatamente estava acontecendo naquela fazenda? – perguntou.

Cramer, acalmando-se, contou. A Yard tivera uma informação, meses atrás, de que uma grande rede de tráfico de drogas estava organizando uma nova e importante operação na Inglaterra. Depois de paciente investigação, identificaram a fazenda como a base dos traficantes. Homens do Esquadrão Secreto do seu Departamento de Operações Especiais vigiavam o lugar há semanas, ajudados pela polícia de Bedford. O homem que queriam era um neozelandês, rei da heroína, procurado em vários países, mas escorregadio como uma enguia. A boa notícia era a seguinte: ele devia chegar a qualquer momento com um grande carregamento de coca para processar, retalhar e distribuir; a má notícia era que agora nem chegaria perto da fazenda.

— Sinto muito, Patrick, mas tenho de pedir ao secretário do Interior que chamem o homem de volta a Washington.

— Muito bem, faça o que tem de fazer – disse Seymour. Ao desligar, pensou, "vá em frente".

Cramer tinha outra tarefa, mais urgente ainda. Evitar que a história aparecesse em qualquer publicação, rádio ou televisão. Naquela manhã teve de recorrer à boa vontade de vários proprietários e editores dos meios de comunicação.

O COMITÊ de Washington recebeu o relatório de Seymour durante sua primeira reunião do dia, às 7 horas.

— Escutem, ele tinha uma pista de primeira e a seguiu – protestou Philip Kelly.

Don Edmonds o advertiu com um olhar.

— Ele devia cooperar com a Scotland Yard – disse o secretário de Estado Jim Donaldson. – Não nos convém prejudicar nossas relações com as autoridades britânicas no momento. Que diabo vou dizer a Sir Harry Marriott quando me perguntar sobre essa história de Brown?

— Olhem – disse o secretário do Tesouro Reed –, por que não sugerir um acordo? Brown pecou por excesso de zelo e nós sentimos muito. Mas acreditamos que Quinn e os britânicos podem garantir o resgate de Simon Cormack agora. Quando isso acontecer, precisaremos de um grupo forte para escoltar o garoto de volta. Devemos conceder mais alguns dias a Brown e sua equipe para esse trabalho. Digamos, até o fim da semana?

Donaldson assentiu com um gesto.

– É, Sir Harry talvez aceite isso. A propósito, como está o presidente?

– Reagindo bem – disse Odell. – Quase otimista. Eu disse a ele há uma hora que Quinn conseguiu outra prova de que Simon está vivo e aparentemente bem... é a sexta vez que Quinn exige essa prova do seqüestrador. O que me diz dos diamantes, Morton?

– Prontos no fim da tarde – respondeu Morton Stannard.

– Providenciem para que um avião esteja pronto para partir rapidamente – ordenou o vice-presidente Odell.

O secretário de Defesa Stannard fez um gesto afirmativo, tomando notas.

ANDY LAING conseguiu finalmente sua entrevista com o contador interno, logo depois do almoço daquele dia. O homem era americano e acabava de voltar de uma inspeção de três dias nas filiais européias do banco.

Ele ouviu com expressão grave e crescente consternação o que o jovem funcionário de Jeddah tinha a dizer, e examinou os impressos do computador sobre sua mesa com olhos experientes. Depois, recostou-se na cadeira, estufou as bochechas e soltou o ar ruidosamente.

– Meu Deus, são acusações muito sérias, sem dúvida. E sim, parecem comprovadas. Onde está hospedado em Londres?

– Ainda tenho meu apartamento em Chelsea – informou Laing. – Estou lá desde que cheguei. Felizmente os meus inquilinos mudaram-se há duas semanas.

O contador anotou o endereço e o telefone de Laing.

– Tenho de consultar o gerente-geral daqui, talvez o presidente, em Nova York. Antes de acusarmos Steve Pyle. Fique perto do telefone por alguns dias.

O que nenhum dos dois sabia era que o malote matinal de Riyad continha uma carta confidencial de Steve Pyle para o gerente-geral de Operações no Exterior, em Londres.

A IMPRENSA britânica cumpriu a palavra, mas a rádio Luxemburgo fica em Paris e para os ouvintes franceses a história de um desentendimento importante entre seus vizinhos anglo-saxões era boa demais para não ser contada.

Nunca descobriram de onde partira a notícia, sabiam apenas que havia chegado por um telefonema anônimo. Mas o escritório em Londres verificou e confirmou o fato de que a extrema discrição da polícia de Bedford era suficiente para credenciar a história. Não tinham muitas notícias espetaculares naquele dia e a história foi contada no noticiário das 16 horas.

Quase ninguém ouviu na Inglaterra, mas o corso sim. Deu um longo assobio de espanto e foi procurar Zack. O inglês escutou atentamente, fez várias perguntas em francês e empalideceu de raiva.

Quinn já sabia, o que foi bom, porque teve tempo de preparar uma resposta caso Zack telefonasse. Ele telefonou, logo depois das 19 horas, tremendo de fúria.

– Seu sacana mentiroso! Disse que não ia haver nenhum truque da polícia, nem de ninguém. Você mentiu para mim...

Quinn protestou, dizendo que não sabia do que Zack estava falando – seria falso demais saber todos os detalhes sem ouvir a história. Zack contou em três frases furiosas.

— Mas isso não tem nada a ver com você – gritou Quinn. – Os caras entenderam mal, como sempre. Foi uma batida da agência antidrogas que saiu errada. Você sabe como são esses Rambos da agência antidrogas... eles fizeram tudo. Não estavam procurando você, estavam procurando cocaína. Um homem da Scotland Yard esteve aqui há uma hora e estava danado. Pelo amor de Deus, Zack, você conhece a imprensa. Se acreditar neles, Simon foi visto em oitocentos lugares diferentes, e você já foi apanhado umas cinqüenta vezes...

Era plausível. Quinn contava com o fato de Zack estar há três semanas lendo bobagens e mentiras nos jornais, tendo um enorme desprezo pela imprensa. Numa cabine telefônica, na estação de ônibus de Linslade, Zack se acalmou. Seu tempo no telefone estava acabando.

— É melhor que não seja verdade, Quinn, muito melhor – disse ele, desligando.

Sam Somerville e Duncan McCrea estavam pálidos de medo quando Quinn acabou de falar no telefone.

— Onde estão aqueles malditos diamantes? – perguntou Sam.

Mas ia acontecer algo pior. Como a maior parte dos países, a Grã-Bretanha tem uma série de programas de rádio na hora do café-da-manhã, um misto de conversa inconseqüente do apresentador, música, notícias de última hora e trivialidades por telefone. As notícias são as últimas retiradas das agências, editadas apressadamente por subeditores novatos e colocadas sob o nariz do apresentador. O ritmo do programa não permite a verificação atenta e checagem das notícias, como fazem os repórteres experientes dos noticiários.

Quando um americano telefonou para a mesa de imprensa do programa "Bom Dia", da City Radio, a chamada foi atendida por uma estagiária que mais tarde admitiu, em prantos, que nem sonhara em duvidar quando o homem afirmou ser assessor de imprensa da embaixada americana, querendo passar um informe verdadeiro. A notícia foi ao ar, lida pela voz nervosa do comunicador, setenta segundos depois do telefonema.

Nigel Cramer não ouviu, mas sua filha adolescente sim.

— Papai — disse ela, da cozinha —, vai pegar os homens hoje?

— Pegar quem? — perguntou o pai, vestindo o sobretudo no hall. Seu carro oficial o esperava.

— Os seqüestradores... você sabe.

— Duvido. Por que pergunta?

— Foi o que deu no rádio.

Alguma coisa atingiu Cramer no estômago. Deu meia-volta e foi até a cozinha. A filha passava manteiga numa torrada.

— O que exatamente deu no rádio? — perguntou ele com voz tensa.

Ela contou. O resgate de Simon Cormack seria efetuado naquele dia e as autoridades tinham certeza de que todos os seqüestradores seriam apanhados. Cramer correu para o carro, pegou o rádio e começou a fazer uma série de chamadas frenéticas, enquanto seguia para seu escritório.

Tarde demais. Zack não ouviu o programa, mas o sul-africano sim.

9

Zack telefonou mais tarde que de costume, às 10h20. Se na véspera estava zangado com a batida na fazenda de Bedfordshire, agora estava quase histérico de raiva.

Nigel Cramer tivera tempo de avisar Quinn, telefonando do seu carro, enquanto se dirigia com toda pressa para a Scotland Yard. Quando Quinn desligou o telefone, foi a primeira vez que Sam o viu abalado. Começou a andar pelo apartamento em silêncio. Os outros dois o observavam assustados. Tinham ouvido o telefonema de Cramer e sentiam que tudo ia fracassar, de algum modo, em algum lugar.

Esperando que o telefone tocasse, sem saber se os seqüestradores tinham ouvido a notícia no rádio ou não, nem como reagiriam no caso afirmativo, Sam sentia náuseas de tensão. Quando o telefone afinal tocou, Quinn atendeu com calma e seu habitual bom humor. Zack não se preocupou com preâmbulos.

— Está certo, desta vez você estragou tudo, seu ianque filho-da-puta. Pensa que sou idiota, é isso que pensa? Muito bem, o idiota é você, meu chapa. Porque vai ficar com cara de idiota quando enterrar o corpo de Simon Cormack...

O choque e espanto de Quinn foram perfeitamente representados.

— Zack, do que está falando? O que aconteceu?

— Não venha com essa — gritou o seqüestrador, erguendo a voz rouca. — Se não ouviu as notícias, então pergunte aos seus chapas da polícia. E não finja que é tudo mentira, veio da sua embaixada nojenta...

Quinn convenceu Zack a contar o que ouvira, embora já soubesse. Contar a história acalmou um pouco Zack, e o tempo estava passando.

– Zack, é uma mentira, uma invenção. Qualquer troca só pode ser feita entre nós dois, companheiro. Sozinhos e desarmados. Nada de microfones, nada de truques, nem polícia, nem soldados. Seus termos, seu lugar, sua hora. É o único modo que eu aceito.

– Sei, tudo bem, mas é tarde demais. Sua gente quer um cadáver, pois é o que vai ter.

Zack ia desligar. Pela última vez. Quinn sabia que, se isso acontecesse, tudo estaria acabado. Dias, semanas mais tarde, alguém, em algum lugar, entraria numa casa ou num apartamento, um faxineiro, um zelador, um corretor de imóveis, e lá estaria ele. O filho único do presidente, morto com um tiro na cabeça, ou estrangulado, o corpo em decomposição...

– Zack, por favor, só mais alguns segundos...

O suor escorria pelo rosto de Quinn, a primeira vez que demonstrava a tensão maciça que se acumulara nele durante aqueles dias. Quinn sabia o quanto estava perto do desastre.

Na central de Kensington, um grupo de técnicos da Telecom e policiais olhavam para os monitores e ouviam a raiva que chegava pela linha. Em Cork Street, sob as calçadas da elegante Mayfair, quatro homens do MI-5 estavam pregados às suas cadeiras, imóveis, ouvindo a fúria que saía do alto-falante e inundava a sala, e a fita rodava silenciosamente, sem parar.

No subsolo da embaixada, em Grosvenor Square, estavam dois técnicos da INFEL, três agentes do FBI, Lou Collins, da CIA, e o representante do FBI, Patrick Seymour. A notícia da transmissão matinal levara todos aos seus postos, antecipando exatamente o que ouviam agora.

O fato de todas as estações de rádio do país, incluindo a City Radio, estarem há duas horas negando a notícia transmitida na hora do café, era irrelevante. Todos sabiam disso. "Vazamentos" na segurança podem ser negados por toda a vida – não muda nada. Como disse Hitler, a grande mentira é aquela em que todos acreditam.

– Por favor, Zack, espere que eu fale pessoalmente com o presidente Cormack. Só mais 24 horas. Não vá jogar tudo fora depois de todo esse tempo. O presidente tem autoridade para expulsar esses cretinos daqui e deixar tudo só com nós dois. Só nós dois... somos os únicos capazes de fazer a coisa certa. Tudo que peço, depois de vinte dias, é mais um dia... Vinte e quatro horas, Zack, me dê apenas isso...

Houve uma pausa na linha. Em algum lugar, nas ruas de Aylesbury, Buckinghamshire, um jovem detetive da polícia dirigia-se tranqüilamente para as cabines telefônicas.

– Amanhã a esta hora – disse Zack finalmente, desligando.

Saiu da cabine e acabava de virar a esquina quando o policial à paisana apareceu de uma rua transversal e olhou para o grupo de cabines. Todas estavam vazias. Deixou de ver Zack por oito segundos.

Quinn pôs o fone no gancho, foi até o longo sofá, deitou de costas, com as mãos cruzadas sob a cabeça, e olhou para o teto.

– Sr. Quinn – disse McCrea, hesitante.

Apesar de Quinn repetir que ele podia esquecer o "senhor", o tímido jovem da CIA insistia em tratá-lo como se fosse seu professor.

– Cale a boca – disse Quinn sem rodeios.

O pobre McCrea, que ia perguntar se Quinn queria café, foi para a cozinha e preparou três xícaras assim mesmo. O telefone "comum" tocou. Era Cramer.

— Bem, nós ouvimos a conversa – disse ele. – Como está se sentindo?

— Arrasado – disse Quinn. – Alguma novidade sobre a fonte da notícia?

— Nada ainda – respondeu Cramer. – A subeditora que atendeu o telefone ainda está no posto policial de Holborn. Ela jura que era a voz de um americano, mas como pode saber? Jura que o homem parecia genuinamente oficial, sabia o que devia dizer. Quer uma transcrição da transmissão?

— É um pouco tarde, agora – disse Quinn.

— O que vai fazer? – perguntou Cramer.

— Rezar um pouco. Vou pensar em algo.

— Boa sorte. Tenho de ir a Whitehall agora. Mantenho contato.

A embaixada fez contato antes. Seymour. Parabenizando Quinn pelo modo como havia manejado a situação... se pudermos fazer algo... Aquele era o problema, pensou Quinn. Alguém estava fazendo demais. Mas não chegou a dizer isso.

Estava tomando café quando de repente sentou no sofá e ligou para a embaixada. Atenderam imediatamente no subsolo. Seymour outra vez.

— Quero uma ligação direta, numa linha segura, para o vice-presidente Odell – disse ele. – E quero agora.

— Ah, escute, Quinn. Washington está sendo informada sobre o que acontece aqui. Logo terão a gravação. Acho que devemos esperar que ouçam tudo para depois discutir...

— Falo com Michael Odell dentro de dez minutos, ou chamo na linha aberta – disse Quinn cautelosamente.

Seymour pensou por um instante. A linha aberta não era segura. A Agência de Segurança Nacional interceptaria a chamada com seus satélites; o GCHQ* britânico também, assim como os russos...

– Vou ligar para ele e pedir para falar com você – disse Seymour.

Dez minutos depois, Michael Odell estava na linha. Eram 6h15 em Washington e ele se encontrava em casa, no Observatório Naval. Mas estava acordado há meia hora.

– Quinn, que diabo está acontecendo aí? Acabo de ouvir uma bobagem sobre um telefonema falso para uma estação de rádio...

– Sr. Vice-Presidente – disse Quinn –, tem um espelho por perto?

Uma pausa cheia de espanto.

– Sim, acho que tenho.

– Se olhar para ele, vai ver seu nariz no meio do rosto, certo?

– Escute, que negócio é esse? Sim, posso ver o nariz no meu rosto.

– Tão certo quanto o que o senhor está vendo é o fato de que Simon Cormack vai ser assassinado dentro de 24 horas...

Deixou que as palavras ficassem gravadas na mente do homem extremamente abalado, sentado na beirada da sua cama, em Washington.

– A não ser...

– Tudo bem, Quinn, fale claro.

– A não ser que eu tenha aquele pacote com diamantes, valor de mercado dois milhões de dólares, aqui,

---

*Centro de controle de comunicação do governo. (*N. do E.*)

nas minhas mãos ao nascer do dia, hora de Londres, amanhã. Este telefonema foi gravado. Bom dia, Sr. Vice-Presidente.

Quinn desligou.

Na outra extremidade da linha, o vice-presidente dos Estados Unidos usou durante algum tempo uma linguagem que o teria feito perder os votos da Maioria Moral, se suas palavras fossem ouvidas por aqueles cidadãos. Quando terminou o desabafo, chamou a telefonista.

— Ligue para Morton Stannard — disse ele. — Na casa dele, onde estiver. Simplesmente *ligue para ele*.

ANDY LAING ficou surpreso por ter sido chamado ao banco tão depressa. A entrevista foi marcada para as 10 horas e ele chegou dez minutos antes. Foi conduzido não ao escritório do contador interno, mas ao do gerente-geral. O contador estava presente. Obedecendo a um gesto do gerente, sentou-se na cadeira diante da mesa, sem uma palavra. O homem levantou-se então, foi até a janela, olhou por alguns momentos os pináculos da cidade, voltou-se e falou. Seu tom era grave e gelado.

— Sr. Laing, ontem o senhor veio ver meu colega aqui, após sair da Arábia Saudita usando meios extremos, e fez sérias alegações a respeito da integridade do Sr. Steve Pyle.

Laing ficou preocupado. Sr. Laing? Onde estava o "Andy"? No banco todos se tratavam pelos primeiros nomes. Era parte da atmosfera familiar aconselhada pela sede de Nova York.

— E trouxe uma grande quantidade de impressos de computador para provar o que descobri — disse ele cautelosamente, mas sentindo um frio no estômago. Algo estava errado. O gerente-geral eliminou com um gesto a importância das provas apresentadas.

– Ontem também recebi uma longa carta de Steve Pyle. Hoje conversamos demoradamente por telefone. Está perfeitamente claro para mim, e para o contador interno aqui, que o senhor é um vigarista e peculatário.

Laing não podia acreditar no que ouvia. Olhou para o contador, procurando ajuda. O homem olhou para o teto.

– Eu tenho a história – disse o gerente-geral. – Toda a história. A *verdadeira* história.

Para o caso de Laing não conhecer os fatos, contou a verdade como a conhecia. Laing havia praticado um desfalque, tirando dinheiro da conta de um cliente, o ministro de Obras Públicas. Não uma grande quantia, em termos de Arábia Saudita, mas o bastante, 1% de cada pagamento feito às firmas contratadas pelo ministério. O Sr. Amin infelizmente não havia notado, mas o Sr. Al-Haroun percebeu a falcatrua e alertou o Sr. Pyle.

O gerente-geral em Riyad, num excesso de lealdade, tentara proteger a carreira de Laing, insistindo apenas na devolução do dinheiro para a conta do ministro, o que agora estava feito.

A resposta de Laing a esse gesto de extrema solidariedade do colega de trabalho, furioso por ter perdido o dinheiro, foi passar a noite na filial do banco em Jeddah, falsificando os registros para "provar" que uma quantia muito maior fora desviada com a cooperação do próprio Steve Pyle.

– Mas a fita gravada que eu trouxe – protestou Laing.

– Falsificada, é claro. Temos os registros verdadeiros aqui. Esta manhã mandei que nosso computador verificasse o de Riyad. Os registros verdadeiros estão aqui, na minha mesa. Mostram claramente o que aconteceu. O 1% que roubou já foi devolvido. Nada mais está faltando. A reputação do banco na Arábia Saudita foi preservada, graças a Deus, ou melhor, graças a Steve Pyle.

– Mas não é verdade – protestou Laing com voz estridente. – O golpe que Pyle e seu sócio anônimo estavam tramando era de *10%* das contas do ministro.

O gerente-geral olhou impassível para Laing e depois para as provas recém-chegadas de Riyad.

– Al – perguntou ele –, você vê algum registro de 10% a menos nas contas?

O contador balançou a cabeça negativamente.

– De qualquer modo, seria absurdo – disse ele. – Com esse dinheiro em jogo, 1% podia ser ignorado num grande ministério. Mas nunca 10%. A auditoria anual, que será feita em abril, na certa descobriria o golpe. Então, onde você ia ficar? Numa imunda cadeia saudita para sempre. Supomos que o governo saudita ainda estará no poder em abril, certo?

O gerente-geral deu um sorriso gelado. Isso era óbvio.

– Não – concluiu o contador –, para mim é um caso liquidado. Steve Pyle não fez um favor somente a nós todos, mas especialmente ao senhor, Sr. Laing. Ele o salvou de uma longa pena de prisão.

– O que, acredito, o senhor provavelmente merece – disse o gerente-geral. – Seja como for, não é da nossa alçada fazer isso. E não podemos nos expor ao escândalo. Fornecemos auxiliares contratados a muitos bancos do Terceiro Mundo e um escândalo seria prejudicial aos nossos negócios. Mas o senhor, Sr. Laing, não pertence mais ao banco. A carta de demissão está na sua frente. É claro que não vai receber indenização nem carta de referências. Agora, por favor, retire-se.

Laing sabia que era uma sentença. Nunca mais poderia trabalhar em um banco, em nenhum lugar do mundo. Sessenta segundos depois, estava na calçada de Lombard Street.

EM WASHINGTON, Morton Stannard ouvira a fúria de Zack no gravador sobre a mesa da Sala de Situação, onde o comitê se reunia agora para evitar as teleobjetivas que espionavam constantemente as janelas da Sala do Gabinete.

As notícias veiculadas em Londres de que a troca era iminente, verdadeiras ou não, haviam galvanizado o frenesi da imprensa em Washington. Desde o raiar do dia a Casa Branca estava sendo assediada por telefonemas, e mais uma vez o assessor de imprensa ficava sem saber o que dizer.

Quando a gravação chegou ao fim, os oito homens presentes permaneceram em silêncio, chocados.

– Os diamantes – resmungou Odell. – Onde diabo estão eles?

– Estão prontos – disse Stannard imediatamente. – Peço desculpas por meu excesso de otimismo antes. Não sei nada sobre o assunto... pensei que seria possível conseguir em menos tempo. Mas estão prontos... um pouco menos de 25 mil pedras variadas, todas autênticas, no total de um pouco mais de 2 milhões de dólares.

– Onde estão? – perguntou Hubert Reed.

– No cofre do chefe do escritório do Pentágono, em Nova York, o setor que dirige os sistemas de compras da Costa Leste. Por motivos óbvios, é um cofre extremamente seguro.

– E o transporte para Londres? – perguntou Brad Johnson. – Sugiro que usemos uma das nossas bases na

Inglaterra. Não queremos problemas com a imprensa em Heathrow, ou algo parecido.

– Dentro de uma hora devo me encontrar com um especialista da Força Aérea – disse Stannard. – Ele dirá qual o meio mais seguro de fazer o transporte.

– Precisamos de um carro da Companhia à espera, no aeroporto, para levá-los ao apartamento de Quinn – disse Odell. – Lee, você se encarrega disso. Afinal, é seu departamento.

– Não tem problema – disse Lee Alexander, da CIA. – Lou Collins irá pessoalmente esperar o avião na base aérea.

– Amanhã ao nascer do dia, hora de Londres – disse o vice-presidente. Em Londres, em Kensington, ao nascer do dia. Já sabemos os detalhes da troca?

– Não – respondeu o diretor do FBI. – Sem dúvida, Quinn planejará os detalhes com nossos homens.

A Força Aérea dos Estados Unidos sugeriu o uso de um caça a jato de um só lugar para cruzar o Atlântico, um Eagle F-15.

– Tem autonomia quando equipado com dispositivo FAST (Fuel and Sensor Tactial – sensor tático e de combustível) – disse o general da Força Aérea para Morton Stannard, no Pentágono. – A encomenda deve ser entregue na base da Guarda Aérea Nacional, em Trenton, no máximo até as 14 horas.

O piloto escolhido para a missão foi um tenente-coronel experiente, com mais de sete mil horas de vôo no F-15. Durante a manhã, o Eagle, em Trenton, foi preparado como nunca antes, e os dispositivos FAST colocados nos compartimentos de ar, de bombordo e estibordo. Esses dispositivos não aumentavam a velocidade do Eagle sendo, na verdade, tanques de combustível de grande autonomia.

Vazio, o Eagle leva 16.500 litros de combustível, com uma autonomia de 4.630 quilômetros; os 2.500 litros extras em cada dispositivo FAST aumentam essa autonomia para 5.550 quilômetros.

Na sala de navegação, o coronel Bowers estudava o plano de vôo enquanto almoçava um sanduíche. De Trenton à base americana de Upper Heyford, fora da cidade de Oxford, eram 4.227 quilômetros. A meteorologia informou sobre a força dos ventos à altitude escolhida de 1.700 metros e ele calculou que podia fazer a viagem em 5,4 horas, voando a Mach.95, e teria uma sobra de 2.150 litros de combustível.

Às 14 horas, um grande avião-tanque KC 135 levantou vôo da Base Andrews, em Washington, para o encontro com o Eagle a 15 mil metros de altitude sobre a Costa Leste.

Em Trenton houve ainda um pequeno atraso. O coronel Bowers estava com seu traje de vôo às 15 horas, pronto para partir, quando a longa limusine negra do escritório do Pentágono em Nova York passou pelo portão. Um funcionário civil, acompanhado por um general da Força Aérea, entregou uma pasta simples de executivo e uma folha de papel com o número da combinação.

Nesse momento, outra limusine sem identificação entrou na base, e houve uma conversa rápida entre os dois grupos de oficiais. Finalmente, a pasta e o papel foram levados das mãos do coronel Bowers para o banco traseiro de um dos carros.

A pasta foi aberta e o conteúdo, um embrulho de veludo negro, de 20 x 25cm, transferido para outra pasta. Foi essa que entregaram ao impaciente coronel.

Aviões de caça interceptores não transportam carga, mas haviam preparado um espaço sob o banco do piloto, especialmente para a pasta. O coronel levantou vôo às 15h31.

Subiu rapidamente a 15 mil metros, chamou o avião-tanque e encheu ao máximo os tanques do F-15 para a viagem até Londres. Depois de abastecer, subiu para 17 mil metros, acertou o curso para Upper Heyford e aumentou a força do jato para Mach.95, logo abaixo da zona de tremor que marca a barreira do som. Apanhou o vento de popa de oeste, como esperava, sobre Nantucket.

Enquanto tinha lugar a conferência na pista, em Trenton, um Jumbo da linha comercial levantava vôo de Kennedy para Heathrow, Londres. Na classe especial viajava um jovem alto e bem vestido que tomou o avião no aeroporto Kennedy, vindo de Houston. Trabalhava para uma importante companhia de petróleo em Houston, a Pan-Global, e considerava um privilégio ter sido escolhido por seu patrão, o próprio dono da companhia, para uma missão tão secreta.

Não que soubesse o que levava no envelope no bolso superior do paletó, que ele não entregou à comissária. Nem queria saber. Sabia apenas que continha documentos de grande importância comercial para a companhia, que não podiam ser enviados pelo correio, por telex ou pelo malote comercial.

Suas instruções eram claras, e ele as havia repetido muitas vezes. Devia ir a um determinado endereço num determinado dia – o dia seguinte – a uma hora determinada. Não devia tocar a campainha, apenas colocar o envelope na caixa de correspondência, voltar ao aeroporto de Heathrow e depois para Houston. Cansativo, mas simples. Ele não tomou nenhum aperitivo; era a hora do coquetel, o jantar ia demorar um pouco, e o jovem olhou pela janela do avião.

Quando se voa de oeste para leste, no inverno, a noite chega com rapidez. Depois de duas horas no ar o céu estava arroxeado e as estrelas perfeitamente visíveis. Lá em cima, o jovem notou um pontinho de fogo vermelho voando entre as estrelas, seguindo a mesma direção do Jumbo. Ele não sabia e nunca soube que estava vendo a descarga a jato do Eagle F-15 do coronel Bowers. Os dois homens seguiam para a capital britânica em missões diferentes, nenhum deles sabendo o que transportava.

O coronel chegou primeiro. Aterrissou em Upper Heyford na hora, 1h55, hora local, perturbando o sono dos habitantes da cidadezinha próxima quando fez a última volta para tomar campo. A torre informou onde devia taxiar e por fim o Eagle parou dentro de um brilhante círculo de luzes no interior do hangar, cujas portas foram fechadas assim que o piloto desligou os motores. Quando ele abriu a cobertura da cabine, o comandante da base aproximou-se do avião, acompanhado por um civil. O civil foi o primeiro a falar:

— Coronel Bowers?

— Eu mesmo, senhor.

— Tem uma encomenda para mim?

— Tenho uma pasta. Sob meu banco.

Ele espreguiçou-se, relaxando os músculos, e desceu para o chão do hangar pela escada de aço. Que modo particular de ver Londres, pensou. O civil galgou a pequena escada e apanhou a pasta. Estendeu a mão para o código da combinação. Dez minutos depois, Lou Collins estava na limusine da Companhia, a caminho de Londres. Chegou ao apartamento em Kensington às 4h10. As luzes estavam acesas, ninguém dormira naquela noite. Quinn, na sala de espera, tomava café.

Collins colocou a pasta na mesa de centro, consultou o papel e abriu as fechaduras. Retirou o volume chato, quase quadrado, envolto em veludo, e o entregou a Quinn.

– Nas suas mãos ao nascer do dia – disse ele.

Quinn sopesou o pacote. Pouco mais de um quilo, um quilo e meio talvez.

– Quer abrir? – perguntou Collins.

– Não é preciso – respondeu Quinn. – Se forem vidro ou falsos, apenas uma parte deles verdadeira, alguém provavelmente liquidará Simon Cormack.

– Ninguém faria isso – disse Collins. – São verdadeiros, sem dúvida. Acha que ele vai telefonar?

– Reze para que telefone – disse Quinn.

– E a troca?

– Teremos de combinar hoje.

– Como vai fazer, Quinn?

– A meu modo.

Quinn saiu da sala para tomar banho e se vestir. Para muita gente, aquele último dia de outubro ia ser bastante tenso.

O JOVEM de Houston aterrissou às 6h45, hora de Londres, com uma pequena valise contendo objetos de toalete. Passou rapidamente pela alfândega, chegando à sala de desembarque do Edifício nº 3. Consultou o relógio, verificando que tinha três horas de espera. Tempo para usar o banheiro, lavar-se, tomar café e depois pegar um táxi até o centro do West End de Londres.

Às 9h55 estava na porta de um edifício alto e tranqüilo a um quarteirão da Great Cumberland Place, no distrito de Marble Arch. Cinco minutos adiantado. Suas instruções eram para fazer tudo na hora exata. No outro lado da rua, um homem o observava de dentro de um carro, mas ele não sabia disso. Andou de um lado para o outro durante cinco minutos e às 10 horas em ponto colocou o grosso envelope na caixa de correspondência do prédio. Não havia nenhum porteiro para apanhá-lo. O envelope ficou sobre o tapete, ao lado da porta. Certo de que havia seguido as instruções, o jovem americano caminhou até Bayswater Road e tomou um táxi para Heathrow.

Assim que o jovem virou a esquina, o homem desceu do carro, atravessou a rua e entrou no prédio. Ele morava ali há algumas semanas. Estava no carro apenas para certificar-se de que o mensageiro correspondia à descrição que havia recebido e que ninguém o seguia.

O homem apanhou o envelope, tomou o elevador para o oitavo andar, entrou no seu apartamento e abriu o envelope. Leu o conteúdo com ar satisfeito, sua respiração ruidosa, o ar sibilando nas passagens defeituosas do nariz. Irving Moss tinha agora o que deviam ser suas instruções finais.

NO APARTAMENTO em Kensington a manhã passava em silêncio. A tensão era quase palpável. No centro telefônico, em Cork Street, em Grosvenor Square, os homens sentavam-se inclinados sobre suas máquinas, esperando que Quinn dissesse algo, ou McCrea, ou Sam Somerville. O silêncio continuava. Quinn deixara bem claro que se Zack não telefonasse, tudo estaria acabado. Teriam de começar a busca cuidadosa de uma casa abandonada e um corpo.

E Zack não telefonou.

ÀS 10H30, Irving Moss saiu do seu apartamento em Marble Arch, tirou o carro alugado do estacionamento e dirigiu-se para a estação de Paddington. A barba que deixara crescer em Houston, durante os preparativos, mudava o formato do seu rosto. Tinha um passaporte canadense, uma falsificação perfeita que permitiu sua entrada sem problemas na República da Irlanda e de lá, pela balsa, para a Inglaterra. A carteira de motorista, também canadense, foi usada para alugar um carro popular com contrato a longo prazo. Há semanas estava morando discretamente em Marble Arch, um dos milhões de estrangeiros na capital britânica.

Era um agente com muita experiência, capaz de desaparecer em qualquer cidade do mundo. Além disso, conhecia Londres. Sabia como tudo funcionava na grande capital, aonde ir para obter o que queria. Tinha contatos no submundo, era bastante esperto para não cometer enganos que atraem a atenção das autoridades para um estrangeiro.

A carta de Houston era uma atualização das suas instruções, com detalhes não contidos nas mensagens em código trocadas com Houston sob a forma de listas de preços do mercado. Havia também instruções adicionais na carta, mas a parte mais interessante era o relatório de dentro da Casa Branca sobre a deterioração sofrida pelo presidente Cormack nas três últimas semanas.

Finalmente, havia também o tíquete para o depósito de bagagem da estação de Paddington, algo que só podia cruzar o Atlântico em mãos. Como tinha ido de Londres para Houston, ele não sabia e nem queria saber. Não precisava saber. O importante era estar com o tíquete agora. Às 11 horas, ele o usou.

O pessoal da estação não estranhou. Durante o dia centenas de volumes, maletas e valises eram depositadas, e retiradas. Só depois de três meses, volumes não reclamados eram retirados das prateleiras e abertos, para identificação. O tíquete apresentado naquela manhã pelo homem calado, com capa de chuva de gabardine, era igual a todos os outros. O funcionário procurou nas prateleiras, encontrou o item numerado, uma pequena valise de fibra, e entregou-a ao homem. O depósito era pago antecipadamente. À noite, o funcionário não se lembrava mais da transação.

Moss levou a valise para o apartamento, arrombou as fechaduras baratas e examinou o conteúdo. Estava tudo ali, como haviam prometido. Consultou o relógio. Tinha três horas antes de sair para a missão.

Havia uma casa, numa rua tranqüila na extremidade de um bairro residencial a menos de 60 quilômetros do centro de Londres. Na hora determinada ele passaria de carro pela frente da casa, como fazia de dois em dois dias nas últimas semanas, e a posição do vidro da janela do seu carro –, fechado, entreaberto, completamente aberto – informava ao observador o que ele precisava saber. Nesse dia, pela primeira vez, o vidro estaria completamente abaixado. Inseriu um dos vídeos sadomasoquistas comprados na cidade – material altamente pornográfico, mas ele sabia onde comprar – na televisão e acomodou-se para uns momentos de diversão.

Andy Laing saiu do banco quase em estado de choque. Poucos homens passam pela experiência de ver toda a sua carreira, construída durante anos de esforço e trabalho duro, feita em pedaços aos seus pés. A primeira reação é de incompreensão, a segunda, de indecisão.

Laing vagou sem destino pelas ruas estreitas e pátios que se escondem entre o tráfego barulhento da cidade, o quilômetro quadrado mais antigo do mundo comercial e bancário. Passou pelos muros de mosteiros em que no passado ecoavam os cânticos dos franciscanos, dominicanos e carmelitas; pelas associações em que os mercadores costumavam se reunir para discutir os negócios do mundo enquanto Henrique VIII executava suas mulheres no outro lado da rua, na Torre; passou pelas graciosas igrejas projetadas por Wren depois do grande incêndio de 1666.

Os homens que andavam apressados por aquelas ruas – e o número crescente de mulheres jovens e atraentes – pensavam nos preços das ações, em comprar na alta ou na baixa, num pequeno movimento no mercado financeiro que podia ser algo passageiro ou o começo de uma nova tendência. Usavam computadores em vez de canetas, mas o resultado dos seus esforços era o mesmo, há séculos – comércio, compra e venda do que era feito por outras pessoas. Um mundo que havia capturado a imaginação de Andy Laing dez anos atrás, quando estava se formando, um mundo no qual jamais tornaria a entrar.

Almoçou frugalmente num bar da rua chamada Frades de Muletas, onde os monges antigamente coxeavam com uma das pernas amarrada nas costas, sofrendo dor para a maior glória de Deus, e resolveu o que ia fazer.

Terminou de tomar café e pegou o metrô para seu apartamento-estúdio na Beaufort Street, Chelsea, onde prudentemente guardara fotocópias das provas trazidas de Jeddah. Um homem que nada tem a perder pode ser muito perigoso. Laing resolveu escrever toda a história, do começo ao fim, incluir cópias do material do computador, que ele sabia ser genuíno, e mandar uma para cada membro do Conselho Bancário em Nova York. Os endereços podiam ser encontrados no *Who's Who* americano.

Não via motivos para sofrer em silêncio. Steve Pyle que se preocupe um pouco, para variar, pensou. Enviou uma carta para o gerente-geral em Riyad, informando sobre o que pretendia fazer.

Finalmente, Zack telefonou às 13h20, no auge do rush da hora do almoço, enquanto Laing terminava seu café e Moss deliciava-se com um novo filme sobre maus-tratos a crianças vindo de Amsterdã. Zack, como sempre, estava numa das quatro cabines instaladas na parede dos fundos dos correios de Dunstable, norte de Londres.

Quinn esperava desde o nascer do sol, de banho tomado e vestido. Nesse dia o sol apareceu realmente, brilhante no céu azul com uma sugestão de frio no ar. McCrea e Sam nem pensaram em perguntar se ele estava com frio, mas Quinn vestiu a calça jeans, camisa, suéter e a jaqueta de couro.

— Quinn, este é o último telefonema...

— Zack, meu chapa, estou olhando para uma vasilha de frutas, uma vasilha grande. E quer saber de uma coisa? Está cheia de diamantes, até em cima, brilhando e cintilando como se fossem vivos. Vamos combinar tudo, Zack. Vamos combinar agora.

A imagem mental criada por Quinn fez com que Zack fosse direto ao assunto.

— Certo — disse a voz ao telefone —, as instruções são estas...

— Não, Zack. Vamos fazer as coisas ao meu modo ou tudo vai pelos ares...

Nos postos de Kensington, Cork Street e Grosvenor Square, os homens ouviam num silêncio atônito. Ou Quinn sabia exatamente o que estava fazendo, ou queria que o seqüestrador desligasse o telefone. Quinn continuou, sem uma pausa:

— Posso ser um escroto, Zack, mas sou o único escroto nesta maldita encrenca em quem você pode confiar. Precisa confiar em mim. Tem um lápis?...

— Tenho. Agora escute, Quinn...

— Você escuta, companheiro. Quero que vá para outra cabine e telefone daqui a quarenta segundos para este número: 370-1204. Agora vá...

A última palavra foi um grito de ordem. Sam Somerville e Duncan McCrea declararam mais tarde, no interrogatório, que ficaram tão espantados quanto os que escutavam na linha. Quinn desligou o telefone, agarrou a valise – os diamantes estavam ainda dentro dela, não na vasilha de frutas – e saiu do apartamento. Voltou-se, já com a porta aberta, e rugiu:

– Fiquem aqui.

A surpresa, o grito, a autoridade naquele comando, pregou os dois nas cadeiras durante cinco segundos vitais. Quando chegaram na porta, ouviram a chave girando do lado de fora. Aparentemente, fora colocada naquela posição antes do amanhecer.

Quinn evitou o elevador e começou a descer as escadas quando o primeiro grito de McCrea atravessou a porta, acompanhado por um estalido da fechadura. Entre os ouvintes instalava-se o caos que logo passaria a verdadeiro pandemônio.

– Que diabo ele está fazendo? – murmurou um policial para outro na central de Kensington. A resposta foi um erguer de ombros. Quinn descia correndo os três lances de escada do prédio. O interrogatório demonstrou mais tarde que o americano no apartamento do porão não fez nenhum movimento porque não fazia parte do seu trabalho. Seu trabalho consistia em gravar as vozes vindas do apartamento, codificar, transmitir para Grosvenor Square, onde seriam decodificadas e digeridas pelos homens no subsolo. Portanto, ele ficou onde estava.

Quinn atravessou o saguão de entrada 15 segundos após ter desligado o telefone. O porteiro britânico, na sua cabine, ergueu os olhos, acenou com a cabeça e voltou para seu *Daily Mirror*. Quinn empurrou a porta da frente, que abria para fora, fechou-a, encaixou sob a porta e o batente a cunha que fizera na privacidade do banheiro e firmou-a com um forte pontapé. Então, atravessou a rua correndo, esquivando-se dos carros.

— O que quer dizer com *ele se foi*? — gritou Kevin Brown no posto de escuta em Grosvenor Square. Ele estava sentado no posto desde cedo, esperando, como todos os outros, britânicos e americanos, o telefonema de Zack que talvez fosse o último. A princípio, os sons de Kensington eram apenas confusos. Ouviram o telefone ser desligado, ouviram Quinn gritar "Fiquem aqui", depois uma série de batidas, gritos confusos de McCrea e Somerville, depois batidas regulares como se alguém estivesse chutando uma porta.

Sam Somerville voltou para a sala, gritando para os microfones:

— Ele se foi. Quinn se foi!

A pergunta de Brown foi ouvida no posto de escuta, mas não por Somerville. Freneticamente, Brown apanhou o telefone que o ligava à agente especial em Kensington.

— Agente Somerville — rugiu ele quando Sam atendeu. — Vá atrás dele.

Nesse momento, o quinto pontapé de McCrea partiu a fechadura da porta. Ele desceu correndo as escadas, acompanhado por Sam. Ambos estavam de chinelos.

A *DELICATÉSSEN* no outro lado da rua, cujo telefone Quinn havia obtido na lista telefônica de Londres, no apartamento, chamava-se Bradshaw, o nome do primeiro dono, mas pertencia agora a um cavalheiro hindu chamado Sr. Patel. Quinn havia observado o homem, arrumando as frutas na calçada ou desaparecendo lá dentro para atender um cliente.

Quinn chegou à calçada oposta ao apartamento 33 segundos após desligar o telefone. Desviando-se de dois pedestres, entrou na loja como um furacão. O telefone ficava no balcão do caixa, ao lado da registradora, e atrás dela estava o Sr. Patel.

– Aqueles garotos estão roubando suas laranjas – disse Quinn, sem nenhuma cerimônia.

Nesse momento, o telefone tocou. Entre o telefone e as laranjas roubadas, o Sr. Patel reagiu como um bom guzerate e correu para fora. Quinn tirou o fone do gancho.

A central de escuta de Kensington reagiu com presteza e o interrogatório demonstrou que fizera o melhor possível. Mas perderam grande parte dos quarenta segundos devido à surpresa, e depois tiveram um problema técnico. Seu localizador estava "preso" à linha exclusiva do apartamento. Sempre que havia um chamado para aquele número, a mesa eletrônica acompanhava a linha em sentido inverso para localizar a chamada. Então, o computador dava o número de origem do telefonema e o local. Entre seis e dez segundos.

Tinham uma "chave" no primeiro número usado por Zack, mas quando ele mudou de cabine, mesmo que fosse para uma ao lado da primeira, em Dunstable, eles o perderam. Pior, ele estava chamando agora outro número em Londres, ao qual não estavam ligados. A única vantagem era que o número ditado por Quinn para Zack pertencia à central de Kensington. Ainda assim, os localizadores teriam de recomeçar tudo, seus mecanismos de localizar chamadas percorrendo freneticamente os vinte mil números da central. Conseguiram a escuta do telefone do Sr. Patel cinqüenta segundos depois de Quinn ter ditado, e então puseram a "chave" no primeiro número, em Dunstable.

– Anote este número, Zack – disse Quinn, sem preâmbulos.

– Que diabo está acontecendo? – rugiu Zack.

– 935-3215 – disse Quinn, apressado. – Pegou?

Uma pausa, enquanto Zack escrevia.

– Agora nós dois vamos acertar tudo, Zack. Eu despistei todos. Só você e eu, os diamantes em troca do garoto. Nenhum truque, tem minha palavra. Telefone para esse número dentro de sessenta minutos, e de noventa minutos, se não responder na primeira vez. Não tem escuta.

Quinn desligou. Na escuta, ouviram as palavras: "... minutos e noventa minutos se não responder na primeira vez. Não tem escuta".

– O sacana deu outro número – disse o técnico em Kensington para os dois policiais da Metropolitana que estavam ao seu lado. Um deles já telefonava para a Yard.

Quinn saiu da quitanda e viu Duncan McCrea no outro lado da rua, tentando abrir a porta presa com a cunha de madeira. Sam estava atrás dele, gesticulando. O porteiro foi ajudá-los, coçando a cabeça. Dois carros passaram no outro lado. Uma motocicleta aproximava-se de onde Quinn estava. Ele desceu para a rua, bem na frente da moto, com os braços erguidos, a pasta na mão esquerda. O homem freou, desviou para o lado, derrapou e parou deslizando na rua.

– Ei, que negócio...

Quinn, dando um sorriso afável, curvou o corpo para a frente. O golpe curto e violento na altura dos rins completou o trabalho. O jovem de capacete caiu para a frente. Quinn o tirou da moto, passou a perna direita sobre o banco, ligou a marcha e o motor. Quando partiu, a mão de McCrea ficou a dez centímetros da sua jaqueta de couro.

McCrea permaneceu parado na rua, triste e desanimado. Sam aproximou-se dele. Entreolharam-se, depois voltaram correndo para o apartamento. O modo mais rápido para se comunicar com Grosvenor Square era voltar ao terceiro andar.

– Certo, é isso – disse Brown, cinco minutos mais tarde, depois de ouvir McCrea e Somerville ao telefone. – Vamos encontrar aquele escroto. Esse é o nosso trabalho agora.

Outro telefone tocou. Era Nigel Cramer, da Scotland Yard.

– O seu Negociador deu um golpe – disse ele, secamente. – Pode me dizer como? Tentei o apartamento, o telefone está ocupado.

Brown contou tudo em trinta segundos. Cramer resmungou. Continuava ressentido com o caso de Green Meadow Farm e sempre estaria, mas os acontecimentos anulavam agora seu desejo de se ver livre de Brown e sua equipe.

– Sua gente conseguiu o número da placa da moto? – perguntou ele. – Posso dar uma chamada de busca geral.

– Melhor ainda – disse Brown com satisfação. – A valise que ele carrega. Contém um rastreador.

– Contém *o quê*?!

– Embutido, não pode ser detectado. A última palavra nesse tipo de aparelho – disse Brown. – Foi instalado nos Estados Unidos e a pasta do Pentágono foi trocada pela nossa, antes de ser colocada no avião, ontem à noite.

– Entendo – disse Cramer pensativo. – E o receptor?

– Bem aqui disse Brown. – Chegou no vôo comercial ao nascer do dia. Um dos meus homens foi apanhá-lo em Heathrow. Alcance de 3 quilômetros, portanto precisamos nos mexer. Quero dizer, agora mesmo.

– Desta vez, Sr. Brown, quer, por favor, manter contato com os carros-patrulha da Met? O senhor não efetua prisões nesta cidade. Eu cuido disso. Seu carro tem rádio?

– É claro.

– Fique com a linha aberta, por favor. Ficamos na escuta e nos juntaremos ao senhor quando informar a sua localização.

– Sem problema, dou minha palavra.

A limusine da embaixada saiu de Grosvenor Square sessenta segundos depois. Chuck Moxon na direção, o homem ao seu lado operando o receptor de rastreamento, uma televisão em miniatura, só que na tela, em vez da imagem, havia apenas um ponto de luz. Quando a antena instalada na calha acima da porta do passageiro ouvia o ruído emitido pelo transmissor de rastreamento na pasta de Quinn, uma linha era traçada do ponto até o perímetro da tela. O motorista do carro teria de manobrar de modo a fazer com que a linha na tela estivesse sempre em linha reta com a frente do carro. Estaria então seguindo a direção do rastreador. O aparelho na pasta seria ativado por controle remoto de dentro da limusine.

Seguiram rapidamente por Park Lane, atravessaram Knightsbridge e entraram em Kensington.

– Ative – disse Brown.

O homem apertou um botão. A tela não respondeu.

– Continue ativando a cada trinta segundos, até conseguirmos contato – ordenou Brown. – Chuck, comece a rodar por Kensington.

Moxon entrou na Cromwell Road, depois seguiu para o sul pela Gloucester Road, na direção de Old Brompton Road. A antena pegou um sinal.

– Está atrás de nós, seguindo para o norte – disse o companheiro de Moxon. – Distância: cerca de 2 quilômetros.

Trinta segundos depois, Moxon voltava por Cromwell Road, na direção norte, seguindo Exhibition Road para o Hyde Park.

— Bem em frente, para o norte — disse o homem com o receptor de rastreamento.

— Informe aos rapazes de azul que o localizamos — disse Brown.

Moxon informou à embaixada por rádio, e na metade de Edgeware Road um Rover da Metropolitana apareceu atrás deles.

No banco traseiro, com Brown, estavam Collins e Seymour.

— Qual é a diferença de tempo? — perguntou Seymour.

— Lembra-se daquela confusão na entrada de Winfield House, há três semanas? Quinn saiu 15 minutos antes, mas chegou a Kensington apenas três minutos antes de nós. Não posso vencer um táxi londrino na hora do rush. Ele parou em algum lugar e fez os preparativos.

— Quinn não podia ter planejado isto três semanas atrás — objetou Seymour. — Ele não sabia o que ia acontecer.

— Não precisava — disse Collins. — Você leu a ficha dele. Tem tempo suficiente de combate para preparar posições de retirada se algo não der certo.

— Ele entrou à direita em St. John's Wood — disse o operador.

No cruzamento de Lord's, o carro da polícia emparelhou com o deles, com o vidro abaixado.

— Ele está indo para o norte — disse Moxon, apontando para Finchley Road. Outro carro juntou-se a eles e seguiram para o norte, por Swiss Cottage e Mill Hill. A distância diminuiu para trezentos metros e eles procuravam no tráfego à frente um homem alto numa pequena moto, sem capacete.

Passaram por Mill Hill Circus, a cem metros atrás do receptor, e subiram para Five Ways Corner. Então compreenderam que Quinn devia ter trocado de veículo. Passaram por duas motos que não emitiram nenhum sinal e outras duas motos possantes passaram por eles com o mesmo resultado. O rastreador que procuravam continuava à sua frente. Quando o receptor deu a volta em Five Corners e entrou na A1 para Hertfordshire, viram que o alvo era agora um Volkswagen Golf GTI com teto solar, cujo motorista usava um gorro de pele cobrindo a cabeça e as orelhas.

A PRIMEIRA coisa que Cyprian Fothergill conseguiu lembrar sobre os acontecimentos daquele dia foi que estava indo para seu encantador chalé no campo, atrás de Borehamwood, quando um enorme carro negro passou por ele, deu uma rápida guinada e parou na frente do seu carro, obrigando-o a dar uma freada violenta e parar no acostamento. Em poucos segundos, três homens grandes, contou ele mais tarde aos amigos boquiabertos no clube, desceram e rodearam seu carro, apontando-lhe armas imensas. Então, um carro de polícia parou atrás, depois outro, e quatro tiras encantadores desceram e disseram para os americanos – bem, deviam ser americanos, e eram *enormes* – para guardar suas armas, do contrário seriam desarmados.

Quando se refez do espanto – a essa altura era o centro das atenções no bar do clube – um dos americanos arrancou-lhe o gorro de pele da cabeça e gritou "Muito bem, cabeça de merda, onde está ele?", enquanto um dos tiras retirava do banco traseiro do Volks uma pasta que ele passou uma hora convencendo-os de que nunca tinha visto antes.

O americano grande e grisalho, que parecia o chefe do grupo do carro negro, arrancou a pasta das mãos do tira e olhou dentro dela. Estava vazia – depois de tudo aquilo estava vazia. Tanto barulho por uma pasta vazia... Bem, a essa altura os americanos praguejavam como soldados, usando linguagem que ele, Cyprian, nunca ouvira antes e esperava nunca mais ouvir. Então, entrou em cena o sargento britânico, completamente do outro mundo...

Às 14h25, o sargento Kidd voltou ao seu carro-patrulha para atender os chamados insistentes no rádio.

– Tango Alfa... – começou ele.

– Tango Alfa, aqui é o comissário-assistente Cramer. Quem está falando?

– Sargento Kidd, senhor. Divisão F.

– O que tem aí, sargento?

Kidd olhou para o Volks encurralado, para seu motorista apavorado, para os três homens do FBI que examinavam a pasta-executivo vazia, dois outros ianques, um pouco afastados, olhando esperançosamente para o céu, e três de seus colegas tentando obter declarações.

– Uma pequena confusão, senhor.

– Sargento Kidd, ouça com atenção. Vocês capturaram um americano muito alto que acaba de roubar 2 milhões de dólares?

– Não, senhor – disse Kidd. – Capturamos um cabeleireiro muito *gay* que acaba de molhar as calças.

– O que quer dizer... desapareceu? – O brado, grito ou berro, numa variedade de tons e sotaques, dentro de uma hora enchia o apartamento de Kensington, a Scotland Yard, Whitehall, o Ministério do Interior, Downing Street, Grosvenor Square e a Ala Oeste da Casa Branca. – Ele não pode simplesmente desaparecer!

Mas tinha desaparecido.

10

Quinn jogou a pasta no banco do Golf trinta segundos após virar a esquina da rua do apartamento. Quando Collins lhe entregara a pasta, antes do amanhecer, e ele a abrira, não vira nenhum sinal do dispositivo de rastreamento, mas não esperara mesmo encontrar. Os técnicos do laboratório certamente não deixariam nenhum indício do seu trabalho. Quinn resolveu agir por intuição, como se tivessem colocado algo para descobrir o lugar do seu encontro com Zack.

Enquanto esperava um sinal abrir, enfiou o pacote com os diamantes no bolso interno da sua jaqueta de couro, fechou o zíper e olhou em volta. O Golf estava parado perto dele. O homem na direção, com seu gorro de peles, não notou nada.

Seiscentos metros mais adiante, Quinn abandonou a moto. Sem o capacete exigido por lei logo atrairia a atenção de um policial. Diante do Brompton Oratory tomou um táxi, mandou seguir para Marylebone e desceu em George Street, seguindo a pé.

Levava nos bolsos tudo que fora possível tirar do apartamento sem despertar a atenção. Seu passaporte americano e carteira de motorista, que sem dúvida não teriam valor quando dessem o alerta para sua captura, algum dinheiro britânico da bolsa de Sam, seu canivete com várias lâminas e um alicate encontrado no armário de ferramentas. Numa loja de Marylebone High Street comprou um par de óculos sem grau com armação grossa; depois, numa loja de roupas masculinas, um chapéu de tweed e uma capa de chuva de algodão.

Fez compras também numa confeitaria, numa loja de ferragens e numa casa de artigos para viagem. Consultou o relógio. Cinqüenta e cinco minutos desde que havia desligado o telefone na quitanda do Sr. Patel. Entrou em Blandford Street e encontrou a cabine telefônica que procurava na esquina de Chiltern Street, uma das duas que existiam naquele lugar. Escolheu a segunda, cujo número havia memorizado três semanas atrás e ditado para Zack do apartamento. O telefone tocou em cima da hora marcada.

— E então, seu sacana, que diabo está tramando?

Zack estava desconfiado, confuso e furioso.

Com frases curtas e precisas, Quinn explicou o que havia feito. Zack ouviu em silêncio.

— Você está dizendo a verdade? — perguntou. — Porque, se não estiver, o garoto ainda vai acabar dentro de um saco de necrotério.

— Escute, Zack. Francamente, pouco me importa que peguem você ou não. Só uma coisa me importa, nada mais. Devolver o garoto à família, vivo e ileso. E tenho no bolso da minha jaqueta dois milhões de dólares em diamantes brutos que devem interessar a você. Bem, eu me livrei dos cães de caça porque não paravam de interferir, querendo bancar os espertos. Então, quer combinar a troca ou não?

— O tempo acabou — disse Zack. — Vou sair daqui.

— Acontece que estou falando de uma cabine pública em Marylebone — disse Quinn —, mas está certo em não confiar. Telefone para este mesmo número esta noite, com todos os detalhes. Eu irei sozinho e desarmado, com as pedras, a qualquer lugar. Como sou um fugitivo agora, telefone depois que anoitecer. Digamos, às 20 horas.

— Está certo — resmungou Zack. — Esteja aí.

Nesse momento, o sargento Kidd pegava o rádio do seu carro para atender o chamado de Nigel Cramer. Minutos depois, todos os postos policiais na área da Metropolitana recebiam a descrição de um homem e instruções para todos os policiais ficarem de olhos bem abertos, localizar mas não se aproximar, informar a central de polícia e seguir o suspeito sem interferir. Nenhum nome acompanhava a descrição, nem o motivo pelo qual o homem era procurado.

Saindo da cabine, Quinn voltou a pé por Blandford Street, até o Hotel Blackwoods. Era o tipo de estalagem antiga, numa rua secundária de Londres, que por algum motivo não fora comprada e saneada pelas grandes cadeias de hotéis, um prédio coberto de hera com vinte quartos, lambris de madeira e janelas de sacada com a lareira de tijolos acesa na área de recepção e tapetes cobrindo as tábuas irregulares do assoalho. Quinn aproximou-se da mulher de aparência agradável que estava atrás do balcão.

— Oi — disse ele com o mais largo dos seus sorrisos.

Ela ergueu os olhos e sorriu também. Alto, chapéu de tweed, capa de chuva e valise de pele de bezerro — um turista americano típico.

— Boa tarde, senhor, posso ajudá-lo?

— Bem, ora, espero que sim, senhorita, tenho certeza que pode. Sabe, acabo de chegar dos Estados Unidos pela sua British Airways... minha favorita de sempre... e sabe o que eles fizeram? Perderam minha bagagem, sim senhora, mandaram tudo para Frankfurt por engano...

A moça franziu a testa, preocupada.

— Mas, veja bem — continuou ele —, vão me devolver tudo dentro de 24 horas, no máximo. Mas meu problema é que todos os detalhes da minha viagem estavam na pequena valise e, acredite, não consigo lembrar de modo nenhum em que hotel tenho reserva. Passei uma hora com aquela dona da companhia aérea procurando nomes de hotéis em Londres... sabe quantos existem? Mas não consegui lembrar, só vou saber quando devolverem minha valise. Assim, resumindo, tomei um táxi para a cidade e o motorista disse que este hotel é muito bom... será que... por acaso tem um quarto que eu possa usar por uma noite? A propósito, sou Harry Russell...

A moça estava encantada. O homem alto parecia tão desolado com a perda da bagagem, com sua impossibilidade de lembrar o nome do hotel onde devia se hospedar... Ela ia muito ao cinema e ele se parecia um pouco com o cavalheiro que estava sempre pedindo aos outros para ajudá-lo, mas falava como o homem com a peninha engraçada no chapéu, do seriado *Dallas*. Nem lhe passou pela cabeça duvidar dele, ou pedir uma identificação. O Blackwoods normalmente não aceitava hóspedes sem bagagem nem reserva, mas perder a bagagem *e* não conseguir lembrar o nome do hotel, tudo por causa da companhia aérea britânica... Ela examinou a lista de vagas. A maioria dos hóspedes era de conhecidos das províncias e alguns residentes permanentes.

— Temos só um, Sr. Russell, pequeno e nos fundos, infelizmente...

— Está ótimo, jovem. Oh, posso pagar em dinheiro, troquei alguns dólares no aeroporto...

— Amanhã de manhã, Sr. Russell — ela apanhou uma antiga chave de bronze. — No fim da escada, segundo andar.

Quinn subiu a escada de degraus irregulares, encontrou o número 11 e entrou. Pequeno, limpo e confortável. Tirou a roupa, ficando só de cueca, acertou o despertador comprado na loja de ferragens para as 18 horas e dormiu.

– MUITO BEM, para que ele fez isso? – perguntou o secretário do Interior, Sir Harry Marriott. Cramer acabava de contar a história no escritório do secretário. Sir Harry Marriott tivera uma conversa de dez minutos ao telefone com Downing Street, e a senhora residente naquele endereço não estava muito satisfeita.

– Creio que ele achou que não podia confiar em ninguém – disse Cramer com delicadeza.

– Espero que não se refira a nós – retrucou o ministro. – Fizemos todo o possível.

– Não, nós não – respondeu Cramer. – Ele estava a ponto de combinar a troca com aquele tal de Zack. Num caso de seqüestro é a fase mais perigosa. Deve ser conduzida com a maior diplomacia. Depois daqueles dois "vazamentos" de informação privada em programas de rádio, um francês e outro britânico, acho que ele achou melhor tratar do assunto sozinho. Não podemos permitir isso, é claro. Temos de encontrá-lo, Sr. Secretário.

Cramer continuava ressentido por ter sido privado da prioridade no processo de negociação e relegado à investigação.

– Não entendo como ele conseguiu escapar – queixou-se o secretário do Interior.

– Se eu tivesse dois dos meus homens naquele apartamento, ele não teria escapado – lembrou Cramer.

– Bem, isso agora é passado. Encontre o homem, mas discretamente, sem alarde.

O secretário do Interior era de opinião que se Quinn pudesse resgatar Simon Cormack sozinho, tudo estava ótimo. A Grã-Bretanha podia então despachar os dois para a América o mais depressa possível. Mas se os americanos iam atrapalhar tudo, que o fracasso fosse deles, não seu.

307

NESSA MESMA HORA, Irving Moss recebeu um telefonema de Houston. Anotou a lista dos preços de produtos em oferta para as hortas do Texas, desligou o telefone e decifrou a mensagem. Então assobiou, atônito. Quanto mais pensava no caso, mais se convencia de que só precisava fazer pequenas modificações no seu plano.

DEPOIS DO fiasco na estrada perto de Mill Hill, Kevin Brown chegou furioso ao apartamento de Kensington. Patrick Seymour e Lou Collins estavam com ele. Os três interrogaram exaustivamente seus agentes durante algumas horas.

Sam Somerville e Duncan McCrea explicaram com detalhes o que acontecera naquela manhã, como tudo tinha corrido, e garantiram que não haviam previsto nada parecido. McCrea, como sempre, convenceu com suas desculpas.

– Se ele restabeleceu contato com Zack por telefone está completamente fora de controle – disse Brown. – Se estiverem usando o sistema de cabine telefônica para cabine telefônica, os britânicos jamais poderão estabelecer uma escuta. Não sabemos o que estão tramando.

– Talvez estejam combinando a troca de Simon Cormack pelos diamantes – disse Seymour.

– Quando tudo acabar, vou pegar aquele espertalhão – rosnou Brown.

– Se ele voltar com Simon Cormack – disse Collins –, nós todos ficaremos felizes em carregar suas malas até o aeroporto.

Ficou combinado que Somerville e McCrea continuariam no apartamento para o caso de Quinn telefonar. As três linhas telefônicas ficariam abertas e com escuta. Os três homens voltaram para a embaixada, Seymour para se informar com a Scotland Yard sobre os progressos da busca, que era dupla agora, os outros para esperar e escutar.

QUINN ACORDOU às 18 horas, lavou-se e se barbeou com os artigos de toalete comprados em High Street, jantou frugalmente e às 19h50 seguiu a pé, percorrendo os duzentos metros até a cabine telefônica em Chiltern Street. Uma senhora idosa estava na cabine, mas saiu quando o relógio marcava 19h55. Quinn entrou e ficou de costas para a rua, fingindo consultar as listas telefônicas, até o aparelho tocar, às 20h02.

— Quinn?

— Eu mesmo.

— Você talvez esteja dizendo a verdade sobre se livrar deles, talvez não. Se for um truque, vai pagar caro.

— Nada de truques. Diga aonde devo ir e quando.

— Dez horas da manhã, amanhã. Telefono para este número às 9 horas e digo aonde. Vai ter o tempo exato para chegar na hora marcada. Meus homens estarão vigiando o lugar desde a madrugada. Se os tiras aparecerem, ou o Serviço Secreto, se houver qualquer movimento por perto, vamos saber e desapareceremos. Simon Cormack estará morto no próximo telefonema. Você jamais nos verá, mas nós o veremos e qualquer outra pessoa. Se está tentando me enganar, diga isso a seus companheiros. Podem pegar um de nós, ou dois, mas será tarde demais para o garoto.

— Tudo bem, Zack. Vou sozinho. Sem truques.

— Nada de dispositivos eletrônicos, nada de rastreadores, nada de microfones. Vamos revistar você. Se estiver "grampeado", o garoto morre.

— Como eu disse, sem truques. Só eu e os diamantes.

— Esteja nessa cabine às 9 horas.

Um estalido e a linha zumbiu. Quinn voltou para o hotel. Assistiu à televisão por algum tempo, então esvaziou sua valise de mão e trabalhou durante duas horas com o que comprara naquela tarde. Cochilou um pouco antes do nascer do dia e levantou-se às 7 horas, quando o despertador tocou.

A encantadora recepcionista estava de serviço quando ele desceu, às 8h30. Quinn usava os óculos de aros grossos, chapéu de tweed e a capa abotoada até o pescoço. Explicou que precisava ir a Heathrow para apanhar sua bagagem, e gostaria de pagar a diária.

Às 8h45, atravessou a rua e foi para a cabine telefônica. Não podia haver velhas senhoras desta vez. Ficou na cabine durante quinze minutos, até o telefone tocar às 9 horas em ponto. A voz de Zack estava rouca de tensão.

— Jamaica Road, Rotherhithe — disse ele.

Quinn não conhecia aquela área, mas sabia para que lado ficava. As velhas docas, uma parte convertida em conjuntos de casas elegantes e apartamentos de jovens executivos que trabalhavam na cidade, mas ainda com uma parte de cais e armazéns abandonados e em ruínas.

— Continue.

Zack deu o itinerário. De Jamaica Road, entrar numa rua que levava ao Tâmisa.

— É um armazém de aço, térreo, aberto dos dois lados. O nome Babbidge ainda está escrito na porta. Deixe o táxi no começo da rua. Siga a pé sozinho. Entre pela porta sul. Caminhe até o centro do armazém e espere. Se alguém o seguir, não aparecemos.

O telefone foi desligado. Quinn saiu da cabine e jogou a valise vazia de pele de bezerro numa lata de lixo. Procurou um táxi. Nada. Era a hora do rush matinal. Conseguiu um dez minutos depois, em Marylebone High, e desceu na estação do metrô de Marble Arch. Àquela hora um táxi levaria séculos para atravessar as ruas sinuosas da cidade velha e cruzar o Tâmisa até Rotherhithe.

Tomou o metrô que ia para leste, para o Bank, depois a Linha Norte sob o Tâmisa, para London Bridge. Era uma estação central, com táxis na entrada. Chegou a Jamaica Road 55 minutos depois do telefonema de Zack.

A rua indicada era estreita, suja, e estava deserta. De um lado armazéns de chá abandonados, prontos para serem demolidos, dando para o rio. Do outro, fábricas também abandonadas e galpões de aço prensado. Sabia que o vigiavam de algum lugar. Andou no meio da rua. O armazém de aço com o nome desbotado de Babbidge sobre uma das portas ficava no fim da rua. Quinn entrou.

Sessenta metros de comprimento por vinte e cinco de largura. Correntes enferrujadas pendiam de ganchos no teto, o chão era de cimento, sujo pelos detritos de anos de abandono. A porta pela qual entrou era estreita e não dava passagem para veículos. A que ficava na outra extremidade era suficientemente larga para dar passagem a um caminhão. Quinn foi até o centro do armazém e parou. Tirou os óculos e o chapéu, jogando-os para um lado. Não ia mais precisar deles. Ou saía dali com um acordo pela troca de Simon Cormack, ou de qualquer modo ia precisar de uma escolta policial.

Esperou uma hora, quase completamente imóvel. Às 11 horas o grande Volvo apareceu na outra extremidade do armazém e dirigiu-se lentamente para ele, parando a poucos metros, com o motor ligado. Havia dois homens na frente, com capuzes, apenas os olhos aparecendo nas aberturas.

Quinn sentiu, mais do que ouviu, o barulho de sapatos de tênis no cimento atrás dele e olhou calmamente por sobre o ombro. Um terceiro homem estava parado. Roupa preta de moleton sem nenhuma marca, capuz cobrindo a cabeça. Estava alerta, pés firmes no chão, a metralhadora portátil a tiracolo, mas pronta para ser usada caso necessário.

A porta do passageiro do Volvo foi aberta e um homem desceu. Altura média, nem gordo nem magro. Ele chamou:

— Quinn?

A voz de Zack. Inconfundível.

— Trouxe os diamantes?

— Estão aqui.

— Entregue.

— Trouxe o garoto, Zack?

— Não seja tolo. Acha que vou trocá-lo por um saco de vidro? Vamos examinar as pedras primeiro. Leva tempo. Um pedaço de vidro, uma pedra falsa... está acabado. Se estiver tudo em ordem, você recebe o garoto.

— Foi o que pensei. Não vai funcionar.

— Não brinque comigo, Quinn.

— Não estou brincando, Zack. Preciso ver o garoto. Você pode receber pedaços de vidro... não vai receber, mas quer ter certeza. Também posso receber um cadáver.

— Não vai receber.

— Mas quero ter certeza. Por isso tenho de ir com vocês.

Por trás da máscara, Zack olhou para Quinn como se não acreditasse no que acabava de ouvir. Deu uma risada áspera.

— Está vendo o homem atrás de você? Uma palavra e ele acaba com você. E aí levamos as pedras.

— Podem tentar — admitiu Quinn. — Já viu um destes?

Abriu a capa até embaixo, tirou uma coisa que trazia dependurada na cintura e ergueu-a, mostrando.

Zack estudou Quinn e aquilo preso no seu peito, sobre a camisa. Praguejou em voz baixa, mas violentamente.

Do esterno até a cintura, o corpo de Quinn estava coberto por uma caixa plana de madeira própria para bombons de licor. Os bombons e a tampa da caixa haviam sido retirados. O fundo da caixa formava um recipiente plano, preso com esparadrapo ao seu peito.

No centro estava o pacote de veludo com os diamantes, ladeado por dois blocos de 250 gramas de uma substância pegajosa de cor bege. Um fio elétrico verde claro estava enfiado num dos blocos de massa, a outra ponta ligada a um pregador de roupa que Quinn segurava na mão esquerda. Passava por um pequeno orifício na madeira do pregador, aparecendo na parte superior, onde ele se abria e fechava.

Na caixa de bombons também havia uma pilha PP3 de nove volts, ligada a outro fio verde claro. De um lado, o fio verde ligava os dois blocos de substância bege à pilha; do outro, estava ligado ao lado oposto do pregador. A parte superior do pregador era mantida aberta por um toco de lápis. Quinn dobrou os dedos da mão. O pedaço de lápis caiu no chão com um pequeno estalido.

– É falso – disse Zack, sem muita convicção. – Isso não é de verdade.

Com a mão direita, Quinn tirou um pedaço da substância bege, enrolou entre os dedos e jogou para Zack rente ao chão. O criminoso abaixou-se, apanhou a bola de massa e cheirou. O cheiro de maçapão encheu suas narinas.

– Semtex – disse ele.

– Isso é tcheco – observou Quinn. – Prefiro RDX.

Zack sabia que todos os explosivos gelatinosos tinham o cheiro e a aparência do inofensivo maçapão. Mas acabava aí a semelhança. Se seu homem abrisse fogo, todos morreriam. Havia explosivo suficiente naquela caixa para destruir todo o chão do armazém, arrancar o telhado e espalhar os diamantes no outro lado do Tâmisa.

— Sabia que você era um filho-da-puta – disse Zack. — O que você quer?

— Eu apanho o lápis, coloco onde estava, entro na mala do carro e você me leva para ver o garoto. Ninguém me seguiu, ninguém vai nos seguir. Não posso reconhecer vocês, nem agora nem nunca. Estão seguros. Quando eu vir o garoto vivo, desmonto esta coisa e entrego as pedras. Vocês verificam se são boas e, quando estiverem satisfeitos, vão embora. Eu e o garoto continuamos presos. Vinte e quatro horas depois, você dá um telefonema anônimo. Os tiras vêm nos libertar. É limpo, simples, e vocês podem escapar.

Zack parecia indeciso. Não era o seu plano, mas Quinn estava com a vantagem, e ele sabia disso. Enfiou a mão no bolso lateral da calça de moleton e tirou uma caixa negra.

— Mantenha suas mãos e esse pregador abertos. Vou revistá-lo para ver se não tem microfones.

Aproximou-se de Quinn e passou o detetor de circuitos pelo corpo dele, da cabeça aos pés. Qualquer circuito elétrico ativo, como o de um rastreador ou um microfone, faria o detetor emitir um apito estridente. A pilha da bomba estava inativa, caso contrário a pasta original que continha os diamantes teria ativado o detetor.

— Tudo bem – disse Zack. Ficou a um metro de Quinn, que sentia o cheiro do suor do homem. – Você está limpo. Ponha o lápis no lugar e entre na mala.

Quinn obedeceu. A última luz que viu foi antes de a porta da mala se fechar. Havia orifícios para entrada de ar no chão da mala feitos para Simon Cormack há três semanas.

Era abafado mas suportável, apesar do tamanho de Quinn, desde que ele ficasse em posição fetal, o cheiro forte de amêndoas quase provocando náuseas.

O carro fez meia-volta, o homem armado correu e entrou atrás. Os três tiraram os capuzes e as camisetas de moleton, sob as quais usavam camisas, gravatas e paletós. As camisetas ficaram atrás, sobre a metralhadora Skorpion. Então, o carro saiu silenciosamente do armazém, Zack dirigindo agora, e seguiu para o esconderijo.

Uma hora e meia depois, chegaram à garagem interna da casa a 60 quilômetros de Londres. Zack dirigiu o tempo todo na velocidade permitida, os companheiros rígidos e silenciosos nos seus lugares. Para os dois homens era a primeira vez que saíam da casa em três semanas.

Quando a porta da garagem se fechou, os três vestiram as camisetas e colocaram os capuzes, e um deles entrou na casa para avisar o quarto. Só quando estavam prontos Zack abriu o porta-mala do Volvo. Quinn tinha os músculos enrijecidos e piscou para acomodar a vista à luz elétrica da garagem. Havia tirado o lápis do pregador e o segurava entre os dentes.

– Tudo bem, tudo bem – disse Zack. – Não é preciso nada disso. Vamos mostrar o garoto. Mas use isto para atravessar a casa.

Estendeu um capuz sem aberturas para Quinn, que fez um gesto afirmativo. Zack o colocou na cabeça dele. Podiam tentar dominá-lo, mas numa fração de segundo Quinn deixaria que o pregador se fechasse. Eles o conduziram pela casa, com a mão esquerda estendida para o lado, desceram por um corredor curto e depois alguns degraus para o porão. Quinn ouviu três batidas fortes numa porta e uma pausa. A porta se abriu com um rangido e ele foi *315* empurrado para dentro de um quarto. Ficou ali sozinho, ouvindo o ruído de cadeados sendo abertos.

– Pode tirar o capuz – disse Zack. Estava falando pela portinhola da cela. Quinn tirou o capuz com a mão direita. Estava num porão vazio, chão de cimento, paredes de concreto, talvez uma adega adaptada para outro fim. Numa cama de aço encostada na parede oposta estava sentado um rapaz magro, a cabeça e os ombros cobertos por um capuz. Duas batidas na porta. Como que obedecendo a um comando, o rapaz na cama tirou o capuz.

Simon Cormack olhou espantado para o homem alto perto da porta, a capa aberta, segurando um pregador de roupa na mão esquerda erguida. Quinn olhou para o filho do presidente.

– Oi, Simon, você está bem, garoto? – Uma voz de casa.

– Quem é você? – murmurou.

– Bem, o negociador. Estávamos preocupados com você. Está tudo bem?

– Sim, sim, estou... ótimo.

Três batidas na porta. Simon pôs o capuz. A porta se abriu. Zack apareceu. Com capuz. Armado.

– Muito bem, aí está ele. Agora, os diamantes.

– Claro – disse Quinn. – Você cumpriu o trato, vou cumprir também.

Recolocou o toco de lápis entre as "mandíbulas" do pregador e o soltou, ficando dependurado da sua cintura pelos fios. Tirou a capa e o esparadrapo que prendia a caixa. Do centro ele retirou o pacote de veludo com as pedras e o estendeu para Zack. O seqüestrador apanhou-o, passando para o homem atrás dele. Sua arma continuava apontada para Quinn.

– Fico com a bomba também – disse ele. – Não vai explodir a casa para sair daqui.

Quinn dobrou os fios e os arrumou, com o pregador no espaço antes ocupado pelo pacote de veludo. Retirou os fios da substância bege. Os fios não tinham detonadores nas extremidades. Quinn tirou um pedaço da substância bege de um dos blocos e levou à boca.

— Jamais gostei de maçapão — disse ele. — É doce demais para mim.

Zack olhou para o conjunto de itens caseiros que tinha na mão.

— Maçapão?

— O melhor que Marylebone Street pode oferecer.

— Eu devia te matar, Quinn.

— Devia, mas espero que não o faça. Não há necessidade, Zack. Já tem o que queria. Como eu disse, os profissionais matam quando precisam matar. Examine os diamantes em paz, organize sua fuga, deixe nós dois aqui até você telefonar para a polícia.

Zack trancou a porta com os cadeados. Falou pela portinhola.

— Tenho de admitir, ianque. Você tem coragem.

Então, a portinhola se fechou. Quinn voltou-se para Simon e tirou o capuz da cabeça dele. Sentou-se ao lado do rapaz.

— Agora acho melhor eu dizer como estão as coisas. Mais algumas horas, se tudo correr bem, estaremos fora daqui, a caminho de casa. A propósito, sua mãe e seu pai mandam todo o seu amor.

Despenteou um pouco mais o cabelo do rapaz. Os olhos de Simon Cormack encheram-se de lágrimas e ele começou a chorar incontrolavelmente. Tentou enxugar com a manga da camisa, mas não adiantou. Quinn passou um braço pelos ombros magros e lembrou-se daquele dia, há tanto tempo, na selva às margens do Mekong. A primeira vez em que entrara realmente em combate. Lembrou-se de como sobrevivera, quando todos os outros tinham morrido, e como, depois, sentiu o puro alívio das lágrimas que pareciam nunca mais acabar.

Quando Simon parou de chorar e iniciou um bombardeio de perguntas sobre sua casa e sua família, Quinn teve oportunidade de olhar bem para ele. Barbado, com bigode, sujo, mas em boa forma. Os homens haviam alimentado o prisioneiro e tiveram a decência de arranjar roupa limpa, camisa, jeans e um cinto largo de couro com fivela de metal – roupa de acampamento, mas adequada para o frio de novembro.

Pareciam estar discutindo lá em cima. Quinn ouvia vagamente vozes exaltadas, em especial a de Zack. Não dava para entender as palavras, mas o tom era de briga. O homem estava zangado. Quinn franziu a testa. Não havia verificado as pedras – não possuía conhecimento suficiente para distinguir diamantes verdadeiros dos falsos – mas agora rezava para que ninguém tivesse cometido a estupidez de misturar pedras falsas com as verdadeiras.

Mas esse não era o motivo da discussão. Minutos depois, as vozes se acalmaram. Num quarto do segundo andar – os seqüestradores geralmente evitavam o primeiro andar durante o dia, apesar das cortinas pesadas que protegiam as janelas – o sul-africano estava sentado a uma mesa levada para aquele fim. A mesa estava coberta por um lençol, o pacote de veludo aberto e vazio sobre a cama e os quatro homens olhavam com reverência para a pequena montanha de diamantes brutos.

Com uma espátula, o sul-africano começou a "retalhar" a pilha em outras menores, depois menores ainda, até formar 25 pequenos montículos. Com um gesto, mandou que Zack escolhesse um. Zack deu de ombros, escolheu um do meio – cerca de mil pedras das 25 mil sobre a mesa.

Sem uma palavra, o sul-africano começou a pegar as outras 24 pilhas com a espátula, colocando-as uma a uma numa sacola de lona grossa com um cordão para apertar na parte de cima. Então, dirigiu a luz forte de uma lâmpada para a mesa, tirou do bolso uma lupa de joalheiro, uma pinça e levou a primeira pedra para perto da luz.

Alguns segundos depois, ele grunhiu e fez um gesto afirmativo, colocando o diamante examinado na sacola de lona. Levou seis horas para examinar as pedras todas.

Os seqüestradores haviam escolhido bem. Diamantes da melhor qualidade, mesmo pequenos, em geral são "providos" de certificado quando entregues ao mercado pela Organização Central de Vendas que dirige o comércio mundial de diamantes, pela qual passam 85% das pedras que vêm das minas para o mercado. A própria URSS, com sua extração na Sibéria, procura não quebrar esse cartel lucrativo. Pedras maiores, de qualidade inferior, costumam ser vendidas com certificado de origem.

Mas, escolhendo pedras variadas, de qualidade média, de um quinto a meio quilate, os seqüestradores situavam-se numa área do comércio praticamente impossível de ser controlada. Essas pedras são o filé mignon dos fabricantes e vendedores de jóias no mundo todo, e mudam de mãos em embalagens com centenas de pedras de cada vez sem certificado de origem. Qualquer fabricante de jóias podia honestamente aceitar uma entrega de várias centenas, especialmente se oferecidas com 10 ou 15% de desconto sobre o preço do mercado. Transferidas para o engaste da jóia, circundando as pedras maiores, simplesmente desapareciam nos registros do comércio.

Se fossem genuínos. O diamante bruto não brilha como a pedra cortada e polida que aparece no fim do processo. Parece um pedaço de vidro sem brilho, com superfície opaca e leitosa. Mas não pode ser confundido com vidro por um examinador com o mínimo de habilidade e experiência.

A superfície dos diamantes verdadeiros possui uma textura especial, em forma de sabão, imune à água. Quando um pedaço de vidro é mergulhado na água, as gotas do líquido permanecem alguns segundos sobre sua superfície. No diamante, elas escorrem imediatamente, deixando a pedra completamente seca.

Além disso, sob uma lupa, o diamante tem uma cristalografia nitidamente triangular na superfície. O sul-africano procurava esse padrão, para certificar-se de que não haviam impingido vidro de garrafa lixado ou o outro principal substituto, zircônia cúbica.

ENQUANTO ELE trabalhava, o senador Bennett R. Hapgood levantou-se no palanque erguido para a cerimônia ao ar livre, no Hancock Center, no coração de Austin, e olhou satisfeito para a multidão.

À sua frente, ele via a cúpula do Capitólio do Estado do Texas, o segundo em tamanho do país, depois do Capitólio de Washington, cintilando com o sol da manhã. A multidão podia ser maior, considerando a maciça publicidade paga daquele importante lançamento, mas a imprensa – local, estadual e nacional – estava presente e isso o agradava.

Ergueu as mãos na saudação de vitória dos lutadores de boxe para agradecer o aplauso da claque, após a apresentação elogiosa do seu nome. Enquanto continuava a cantoria das animadoras de torcida e as pessoas sentiam-se na obrigação de acompanhar a música, ele balançou a cabeça com um ar simulado de descrença para tanta honra e ergueu as mãos abertas com as palmas voltadas para o povo, indicando que um insignificante senador do Oklahoma não era digno daquela ovação.

Quando os aplausos diminuíram, ele segurou o microfone e começou a falar. Não usava anotações. Havia ensaiado as palavras muitas vezes desde que recebera o convite para inaugurar o novo movimento que logo conquistaria a América, e ser seu primeiro presidente.

— Meus amigos, meus compatriotas americanos... em qualquer parte do mundo.

Embora os presentes fossem quase todos texanos, ele se dirigia a uma audiência muito maior, por meio das câmeras de televisão.

— Podemos vir de diferentes partes desta grande nação. Podemos ter antepassados diferentes, caminhar por caminhos diferentes, ter esperanças diferentes, temores e aspirações. Mas de algo compartilhamos, onde quer que estejamos, o que quer que façamos: somos todos homens, mulheres e crianças, patriotas desta grande terra...

Todos concordavam com a afirmação e os aplausos atestavam isso.

— E acima de tudo nós queremos que nossa nação seja forte... — mais aplausos — e orgulhosa... — verdadeiro êxtase.

Ele falou durante uma hora. Os noticiários da noite em todo o país usaram cerca de trinta segundos a dois minutos, de acordo com os gostos. Quando terminou e sentou-se, com a brisa mal despenteando seus cabelos brancos como a neve, penteados com secador e escova e borrifados com fixador, acima do rosto bronzeado de homem da fronteira, o movimento dos Cidadãos para uma América Forte (CAF) estava realmente lançado.

Em termos gerais visando à regeneração do orgulho e da honra nacionais por meio da força – ignorando o fato de que nenhum dos dois havia de fato degenerado visivelmente – o CAF destinava-se especificamente a se opor a Nantucket, integralmente, e a exigir que o tratado fosse repudiado pelo Congresso.

O inimigo do orgulho e da honra através da força estava clara e inegavelmente identificado. Era o comunismo, ou seja, o socialismo, que ia desde a assistência médica social, passando pelo seguro-desemprego, até o aumento dos impostos. Aqueles simpatizantes do comunismo que procuravam enganar a população americana com o controle de armamentos não foram identificados, mas insinuados. A campanha devia ser conduzida em todos os níveis – departamentos regionais, blocos informativos de orientação publicitária, *lobbying* junto ao eleitorado e comícios de verdadeiros patriotas que falariam contra o tratado e seu genitor – uma referência indireta ao homem extremamente abalado, na Casa Branca.

Quando a multidão foi convidada para o churrasco servido na periferia do parque, fruto da generosidade de um filantropo e patriota local, o Plano Crockett, a segunda parte da campanha para desestabilizar John Cormack e levá-lo à renúncia, estava lançado.

QUINN E O FILHO do presidente passaram uma noite inquieta no porão. O rapaz deitou-se na cama por insistência de Quinn, mas não conseguia dormir. Quinn, sentado no chão, encostado na parede, teria cochilado se não fosse pelas perguntas de Simon.

– Sr. Quinn?

– É Quinn. Só Quinn.

– Viu meu pai? Pessoalmente?

– É claro. Ele me falou sobre sua tia Emily... e Mr. Spot.

– Como ele estava?

– Preocupado, é claro. Foi logo depois do seqüestro.

– Viu minha mãe?

– Não, ela estava com o médico da Casa Branca. Preocupada, mas bem.

– Eles sabem que estou bem?

– Há dois dias eu os informei que você estava vivo. Procure dormir.

– Certo... Quando acha que vamos sair daqui?

– Depende. De manhã, eu espero, eles vão deixar a casa e fugir. Se derem um telefonema vinte horas depois, a polícia britânica estará aqui dentro de minutos. Depende de Zack.

– Zack? Ele é o chefe?

– Isso mesmo.

Às 2 horas, o rapaz extremamente tenso afinal esgotou suas perguntas e dormiu. Quinn ficou acordado, esforçando-se para identificar os sons abafados que vinham lá de cima. Eram quase 4 horas quando ouviu três batidas na porta.

Simon girou as pernas para fora da cama e murmurou: "Os capuzes." Os dois enfiaram os capuzes que os impediam de ver os seqüestradores. Zack entrou na cela com dois homens. Cada um levava um par de algemas. Com um gesto indicou os dois prisioneiros, que foram virados de costas e algemados.

O que não sabiam era que o exame dos diamantes terminara satisfatoriamente para os seqüestradores antes da meia-noite. Os quatro homens passaram o restante da noite limpando a casa toda. Toda superfície que podia ter impressões digitais foi esfregada, todos os sinais da sua presença apagados. Não se preocuparam em tirar a cama pregada ao chão, no porão, nem se desfizeram da corrente que prendera Simon por mais de três semanas. Sua preocupação não era que o lugar fosse algum dia identificado como o esconderijo dos seqüestradores, mas impedir que os seqüestradores fossem identificados.

Tiraram as correntes do tornozelo de Simon e levaram os dois para o andar de cima, atravessaram a casa e entraram na garagem. O Volvo os esperava. A mala estava cheia com os objetos dos seqüestradores. Quinn foi obrigado a deitar no chão do carro, coberto por um cobertor. Não era confortável, mas ele estava otimista.

Se os seqüestradores pretendessem matar os dois, o porão seria o lugar ideal. Sua sugestão fora deixá-los lá, para que a polícia os libertasse depois de um telefonema do exterior. Evidentemente não seria assim. Imaginou, e estava certo, que os homens não queriam que o esconderijo fosse descoberto, pelo menos não agora. Ficou deitado no chão do carro, procurando respirar do melhor modo possível sob o grosso capuz.

Percebeu quando fizeram Simon deitar no banco traseiro, também coberto por um cobertor. Os dois homens menores entraram atrás, sentando na ponta do banco, na frente do corpo magro de Simon, com os pés em cima de Quinn. O gigante sentou-se no lugar do passageiro, Zack na direção.

A um comando do chefe, os quatro retiraram os capuzes e as camisas de moleton e os jogaram no chão da garagem pelas janelas do carro. Zack ligou o motor e abriu a porta com o controle remoto. Saiu de ré, deu meia-volta e partiu. Ninguém viu o carro. Estava escuro ainda, faltavam duas horas para o nascer do dia.

O carro seguiu sem parar durante duas horas. Quinn não tinha idéia de onde estava, nem para onde ia. Mais ou menos às 6 horas (mais tarde ficou determinado que faltavam alguns minutos para as seis) o carro diminuiu a marcha e parou. Ninguém tinha falado durante a viagem. Todos sentavam-se rígidos nos seus lugares, com ternos e gravatas, em silêncio. Quando pararam, Quinn ouviu que abriam a porta traseira e os dois pares de pés que estavam em cima dele foram retirados. Alguém o arrastou pelos pés para fora do carro. Sentiu a relva molhada sob as mãos algemadas, sabia que estava no acostamento de uma estrada, em algum lugar. Ergueu-se com dificuldade sobre os joelhos, depois ficou de pé. Ouviu os dois homens entrando no carro e a batida da porta.

– Zack – gritou ele. – E o garoto?

Zack estava de pé na estrada ao lado da porta do motorista, olhando para ele por cima da capota do carro.

– Quinze quilômetros mais adiante – disse ele –, ao lado da estrada, assim como você.

Ouviu o ronronar do motor potente e o barulho do cascalho sob as rodas. Então, o carro partiu. Quinn sentiu o frio da manhã de novembro através da camisa. Assim que o carro partiu, começou a trabalhar.

O trabalho pesado nos vinhedos o ajudara a manter a forma. Tinha os quadris estreitos, como os de um homem 15 anos mais novo, e braços compridos. Quando tinham posto as algemas, Quinn retesara os músculos para garantir o maior espaço possível quando os relaxasse. Empurrando as algemas para baixo até onde elas chegavam, passou os braços presos para baixo das nádegas. Sentou na relva, levou os pulsos até a parte de trás dos joelhos, tirou os sapatos e passou as pernas entre os braços algemados, uma de cada vez. Com os pulsos agora na frente do corpo, tirou o capuz.

A estrada era longa, reta e completamente deserta naquela hora que precedia o nascer do sol. Respirou fundo o ar frio e puro e olhou em volta à procura de alguma casa. Nenhuma. Calçou os sapatos, levantou-se e começou a correr ao lado da estrada na direção tomada pelo carro.

Após correr 3 quilômetros, chegou a um posto de gasolina à esquerda, pequeno, com bombas antigas manuais, e um pequeno escritório. Com três pontapés abriu a porta e achou o telefone numa prateleira atrás da cadeira do empregado do posto. Ergueu o fone com as duas mãos, inclinou a cabeça para ter certeza de que estava ligado, pôs o fone sobre a prateleira, discou 01 para Londres e depois a linha exclusiva do apartamento.

EM LONDRES, o caos levou três segundos para entrar em funcionamento. Um técnico britânico na central de Kensington saltou da cadeira e começou a procurar uma "chave" para o número de onde a chamada estava sendo feita. Conseguiu em nove segundos.

No subsolo da embaixada americana, o homem da INFEL deu um berro quando a lâmpada de alarme se acendeu no consolo e a campainha do telefone soou nos seus fones de ouvido. Kevin Brown, Patrick Seymour e Lou Collins se levantaram das camas de lona onde cochilavam e correram para o posto de escuta.

— Passe o som para os alto-falantes — disse Seymour com urgência.

No apartamento, Sam Somerville cochilava no sofá preferido de Quinn, porque ficava perto do telefone exclusivo. McCrea dormia numa das poltronas. Era a segunda noite que passavam daquele modo.

Quando o telefone tocou, Sam acordou imediatamente, mas só depois de dois segundos identificou a direção da campainha. A luz vermelha pulsava no telefone exclusivo. Ela o atendeu no terceiro toque.

– Sim?

– Sam?

A voz profunda era inconfundível.

– Oh, Quinn – disse ela. – Você está bem?

– Quinn que se foda. Onde está o garoto? – bufou Brown, sem ser ouvido, no subsolo da embaixada.

– Estou bem. Eles me soltaram. Vão soltar Simon agora, talvez já tenham soltado. Mais adiante na estrada.

– Quinn, onde você está?

– Não sei. Numa garagem velha numa estrada muito longa. Não é possível ler o número deste telefone.

– Bletchley – disse o técnico na central de Kensington. – Aqui está... peguei: 7450.

Seus companheiros já estavam falando com Nigel Cramer, que passara a noite na Scotland Yard.

– Onde diabo fica isso? – sibilou ele.

– Um momento... aqui está. Posto Tubbs Cross, na A421, entre Fenny Stratford e Buckingham.

Nesse momento, Quinn viu um talão de recibos do posto. Tinha o endereço também e ele passou para Sam. Segundos depois, desligou. Sam e Duncan McCrea desceram correndo para a rua, onde um carro da CIA fora deixado por Lou Collins para os dois. Partiram, McCrea dirigindo e Sam acompanhando o mapa.

Nigel Cramer e seis homens da Scotland Yard saíram em dois carros-patrulha, as sirenes gritando por toda Whitehall e pelo Mall, seguindo por Park Lane e entrando na estrada para o norte de Londres. Duas grandes limusines saíram a toda velocidade de Grosvenor Square na mesma hora, com Kevin Brown, Lou Collins, Patrick Seymour e seis homens de Brown do FBI de Washington.

A ESTRADA A421 entre Fenny Stratford e a cidade de Buckingham, 19 quilômetros a oeste, é longa, quase reta, sem cidades nem povoados, atravessando uma região agrícola quase plana, com um ou outro grupo de árvores. Quinn continuou a correr para oeste, a direção tomada pelo carro. A primeira luz do dia filtrava-se entre as nuvens, proporcionando alguma visibilidade, que aumentou gradualmente até trezentos metros. Foi quando ele viu o vulto magro correndo para ele na luz sem brilho, e ouviu o ronco do motor aproximando-se rapidamente por trás. Virou a cabeça. Um carro de polícia britânico, um dos dois, duas limusines negras americanas bem na frente e um carro da Companhia atrás. O primeiro carro o viu e diminuiu a marcha. A estrada era estreita e os outros tiveram de diminuir também.

Ninguém nos carros viu o vulto cambaleante, mais adiante na estrada. Simon Cormack também tinha passado os pulsos algemados para a frente do corpo e percorrido 8 quilômetros, enquanto Quinn fazia seis. Mas não dera nenhum telefonema. Enfraquecido pelo longo cativeiro, atordoado com a liberdade, não ia muito depressa, balançando o corpo de um lado para o outro. O carro da embaixada estava ao lado de Quinn.

— Onde está o garoto? — rugiu Brown do banco da frente.

Nigel Cramer saltou do carro-patrulha vermelho e branco e gritou a mesma pergunta. Quinn parou, respirou fundo e indicou com a cabeça a estrada, mais adiante.

— Ali — disse ofegante.

Foi então que todos o viram. Já fora dos carros, na estrada, o grupo de americanos e britânicos começou a correr para o vulto a duzentos metros deles. Atrás de Quinn o carro de McCrea e Sam Somerville freou bruscamente.

Quinn estava parado. Não podia fazer mais nada, Sam correu para ele e segurou seu braço. Ela disse algo, mas Quinn jamais conseguiu lembrar o quê.

Simon Cormack, vendo seus salvadores, diminuiu o passo até quase parar. Menos de cem metros o separavam dos policiais de duas nações quando ele morreu.

Mais tarde as testemunhas disseram que o brilho cegante do flash pareceu durar vários segundos. Os cientistas afirmam que na realidade durou apenas três milissegundos, mas a retina humana retém a claridade daquele tipo de flash por alguns segundos. A bola de fogo que acompanhou o flash durou meio segundo e envolveu todo o corpo cambaleante do rapaz.

Quatro homens experientes que estavam no local, que não se chocavam com facilidade, foram submetidos a terapia depois de descrever como o corpo do garoto foi erguido do chão e atirado a uns vinte metros de distância na direção deles, como uma boneca de trapos, primeiro voando, depois saltando e rolando, braços e pernas retorcidos. Todos sentiram o impacto do deslocamento de ar.

Ao lembrarem do ocorrido, quase todos disseram que tudo aconteceu em câmera lenta, durante e depois do assassinato. As lembranças chegavam aos poucos, em pedaços, e os interrogadores ouviam pacientes, anotando tudo até conseguir uma seqüência, geralmente com partes superpostas.

Lá estava Nigel Cramer, completamente imóvel, pálido como um lençol, repetindo "Oh, Deus, oh, meu Deus" sem parar. Um mórmon do FBI ajoelhou-se e começou a rezar. Sam Somerville gritou uma vez, escondeu o rosto nas costas de Quinn e chorou. Lá estava Duncan McCrea, atrás dos dois, de joelhos, a cabeça abaixada sobre a vala, apoiando o peso do corpo nas mãos mergulhadas na água, vomitando as entranhas.

Quinn, disseram, estava de pé, imóvel, atrás do grupo, mas vendo o que acontecia na estrada, balançando a cabeça incrédulo, murmurando "Não... não... não".

Um sargento britânico grisalho quebrou o encanto daquela imobilidade de choque, aproximando-se do corpo desfigurado a sessenta metros. Alguns homens do FBI o acompanharam, entre eles Kevin Brown, pálido e trêmulo, depois Nigel Cramer e três homens da Yard. Olharam para o corpo em silêncio, e então o treino e a experiência entraram em campo.

– Desocupem a área, por favor – disse Nigel Cramer, num tom que não admitia discussão. – Andem com cuidado.

Todos voltaram para os carros

– Sargento, ligue para a Yard. Quero a Seção de Explosivos aqui, de helicóptero, dentro de uma hora. Fotógrafos, laboratório, a melhor equipe de Fulham. Vocês – disse aos homens do segundo carro –, examinem a estrada dos dois lados. Bloqueiem as saídas. Chamem a polícia local... quero barreiras além do posto de gasolina naquela direção e até Buckingham, na outra. Ninguém entra nesse trecho da estrada até nova ordem, a não ser as pessoas autorizadas por mim.

Os policiais designados para patrulhar a estrada além de onde estava o corpo tiveram de dar uma volta a pé, passando pelas plantações para não pisar em fragmentos, correndo depois para a estrada para impedir a passagem de carros. O segundo carro-patrulha foi para oeste, na direção do posto Tubbs Cross, para bloquear a estrada naquela direção. O primeiro carro da polícia ficou onde estava para que pudessem usar seu rádio.

Dentro de sessenta minutos a polícia de Buckingham, a oeste, e a de Benchley, a leste, bloquearam completamente a estrada com barreiras de aço. Um grupo de policiais locais começou a percorrer os campos, em formação de leque para afastar os curiosos. Pelo menos dessa vez não teriam a imprensa por algum tempo. Conseguiram estender o bloqueio até uma adutora de água rompida – o suficiente para deter os repórteres locais.

Em cinqüenta minutos, um helicóptero da Polícia Metropolitana chegou ao local, pairou sobre o campo, guiado pelo rádio, e depositou atrás dos carros um homenzinho que parecia um passarinho, chamado Dr. Barnard, chefe da Seção de Explosivos da Met, um homem que, graças aos ataques do IRA na Grã-Bretanha, já havia examinado maior número de cenas de explosões do que desejava ter feito. Além da sua "caixa de mágicas" carregava também o que gostava de chamar de "reputação espantosa".

Diziam que, com fragmentos minúsculos, quase invisíveis, sob lente de aumento, o Dr. Barnard podia reconstituir uma bomba a ponto de identificar o fabricante dos componentes e o homem que a havia montado. Ele ouviu o que Nigel Cramer explicou durante alguns minutos, fez um gesto afirmativo e deu ordens aos 12 homens que tinham descido do segundo e terceiro helicópteros. A equipe dos laboratórios de análise legal de Fulham.

Impassíveis, começaram a trabalhar, e a máquina da ciência pós-crime entrou em ação.

Muito antes de tudo isso, Kevin Brown deu as costas ao corpo de Simon Cormack e aproximou-se de Quinn. Seu rosto estava cinzento de choque e de raiva.

– Seu filho-da-puta disse com voz rascante. Os dois homens altos entreolharam-se. – Culpa sua. De um modo ou de outro, você foi o causador e vou fazer com que pague por isto.

O murro repentino surpreendeu os dois jovens do FBI ao lado dele, que seguraram os braços de Brown, tentando acalmá-lo. Quinn talvez tivesse pressentido. Mas não fez nada para se desviar. Ainda com as mãos algemadas na frente do corpo, foi atingido diretamente no queixo. Cambaleou para trás, sua cabeça bateu na ponta da capota do carro mais próximo e ele caiu inconsciente.

– Ponham ele no carro – resmungou Brown, controlando-se.

Cramer não podia deter o grupo de americanos. Seymour e Collins tinham imunidade diplomática. Deixou que voltassem para Londres nos seus dois carros, 15 minutos mais tarde, avisando que ia querer Quinn, que não tinha status diplomático nenhum e podia ser interrogado em Londres. Seymour deu sua palavra de que Quinn estaria à disposição de Cramer. Depois que eles partiram, Cramer telefonou do posto de gasolina para a casa de Sir Harry Marriott com a chocante notícia – o telefone era mais seguro do que o rádio do carro da polícia.

O político ficou extremamente chocado. Mas ainda era um político.

– Sr. Cramer, nós, as autoridades britânicas, estamos de algum modo envolvidos nisso tudo?

– Não, Sr. Secretário. Desde o momento que Quinn saiu do apartamento, o caso passou a ser inteiramente dele. Ele o conduziu como quis, sem nos envolver, nem aos americanos. Ele resolveu fazer o jogo sozinho, e falhou.

– Compreendo – disse o secretário do Interior. – Preciso informar imediatamente a primeira-ministra. Sobre todos os aspectos... – Queria dizer, o fato da polícia britânica nada ter a ver com o desfecho do caso. – Mantenha a imprensa fora disso a todo custo, no momento. Na pior das hipóteses, teremos de dizer que Simon Cormack foi encontrado assassinado. Mas não agora. E naturalmente mantenha-me informado de qualquer fato, por menor que seja.

DESSA VEZ a notícia chegou a Washington por intermédio de suas próprias fontes em Londres. Patrick Seymour telefonou para o vice-presidente Odell pessoalmente, numa linha segura. Pensando que seu homem em Londres ia anunciar a libertação de Simon Cormack, Michael Odell não se importou com a hora – 5 horas em Washington. Quando ouviu o que Seymour tinha a dizer ficou desolado.

– Mas como? Por quê? Em nome de Deus, por quê?

– Não sabemos, senhor – disse a voz de Londres. – O garoto foi libertado são e ileso. Corria para nós, a noventa metros, quando aconteceu. Nem sabemos o *que* foi usado. Mas ele está morto, Sr. Vice-Presidente.

O comitê foi reunido em uma hora. Todos sentiram-se mal quando ouviram a notícia. O problema era: quem ia contar a John Cormack? Como presidente do comitê, o homem a quem fora confiada a tarefa de "traga meu filho de volta para mim", Michael Odell foi o escolhido. Com o coração pesado, caminhou da Ala Oeste para a mansão.

Não foi preciso acordar o presidente Cormack. Quase não dormira naquelas últimas três semanas e meia, geralmente acordando antes do nascer do dia e dirigindo-se ao seu escritório particular, tentando concentrar-se nos negócios de Estado. Quando soube que o vice-presidente estava lá embaixo e queria vê-lo, o presidente Cormack disse que o receberia no Salão Oval Amarelo.

O Salão Oval Amarelo, no segundo andar, é uma espaçosa sala de recepção entre o escritório particular e o Salão dos Tratados. Além das suas janelas, olhando-se sobre os gramados que vão até Pennsylvania Avenue, avista-se o Balcão Truman. Ambos são o centro geográfico da mansão, sob a cúpula e acima do pórtico sul.

Odell entrou. O presidente Cormack estava no centro da sala, de frente para ele. Odell ficou em silêncio. Não conseguia falar. A expressão de expectativa no rosto de Cormack desapareceu.

— Muito bem, Michael? — perguntou com voz inexpressiva.

— Ele... Simon... foi encontrado. Infelizmente está morto.

O presidente Cormack não fez nenhum movimento. Quando falou, a voz continuava inexpressiva, clara, mas sem emoção.

— Por favor, deixe-me só.

Odell deu meia-volta e saiu para o corredor central. Fechou a porta e dirigiu-se para a escada. Atrás da porta ouviu um único grito, como o de um animal mortalmente ferido. Estremeceu e continuou a andar.

Lepinsky, do Serviço Secreto, estava no fim do corredor, sentado à sua mesa encostada na parede, com o fone na mão.

— A primeira-ministra britânica, Sr. Vice-Presidente — disse ele.

— Eu atendo. Alô, Michael Odell falando. Sim, primeira-ministra, acabo de dizer a ele. Não, senhora, ele não está atendendo telefonemas agora. *De ninguém.*

Houve uma pausa na linha.

— Eu compreendo — disse ela então, em voz baixa. — O senhor tem lápis e papel?

Odell fez um gesto para Lepinsky, que entregou a ele seu bloco de anotações. Odell escreveu o que a primeira-ministra mandou.

O presidente Cormack recebeu o papel na hora em que a maior parte dos moradores de Washington, ignorando o que havia acontecido, tomava o café-da-manhã. Ele estava ainda com o roupão de seda, no escritório particular, olhando imóvel para a manhã cinzenta que começara lá fora. Sua mulher dormia. Saberia da notícia quando acordasse, mais tarde. Despediu o empregado com um gesto e abriu a folha de papel dobrada do bloco de Lepinsky.

Dizia apenas: II Samuel 18:33.

Depois de alguns minutos, levantou-se e foi até a estante onde guardava alguns livros pessoais, entre eles a Bíblia da família com assinatura do seu pai, do seu avô e do seu bisavô. Encontrou o versículo quase no fim do Livro II de Samuel.

"E o rei ficou muito comovido, e foi para o quarto sobre o portão e chorou. E chorando disse: 'Oh, Absalão, meu filho, meu filho. Por que Deus não me deixou morrer por ti, ó Absalão, meu filho, meu filho.'"

11

O Dr. Barnard recusou o oferecimento da polícia do Vale do Tâmisa de centenas de jovens policiais para ajudar a procurar pistas na estrada e nos campos próximos. Era de opinião que a busca em massa é boa para descobrir o corpo escondido de uma criança assassinada, ou a arma do crime, como uma faca, revólver ou objeto contundente. Mas para aquele trabalho precisavam de habilidade, paciência e extrema delicadeza. Usou apenas seus especialistas treinados de Fulham.

Isolaram uma área de cem metros de diâmetro ao redor da cena da explosão – na verdade, foi demais. Todas as provas foram encontradas dentro de um círculo de trinta metros de diâmetro. Literalmente de quatro, seus homens percorreram cada centímetro da área designada, com sacos de plástico e pinças.

Cada minúsculo fragmento de fibra, fazenda e couro era apanhado e colocado na sacola. Alguns tinham cabelo, tecido ou outros pedaços de matéria orgânica grudados neles. Hastes de grama manchadas foram incluídas. Detectores de metais ultra-sensíveis examinaram cada centímetro da estrada, as valas e os campos próximos, fornecendo a inevitável coleção de pregos, latas, parafusos enferrujados, ferrolhos e uma grade de arado enferrujada.

A escolha e separação seriam feitas depois. Encheram oito grandes latas de lixo com as sacolas de plástico e as enviaram para Londres. A área oval, do ponto onde Simon Cormack estava quando morreu até o ponto em que seu corpo parou de rolar, no centro do círculo maior, foi tratada com cuidados especiais. Só depois de quatro horas o corpo foi removido.

Primeiro foi fotografado de todos os ângulos possíveis, em plano geral, plano médio e primeiríssimo plano. Só depois de toda a relva do acostamento ter sido vasculhada, faltando examinar a área sob o corpo, Dr. Barnard permitiu que pés humanos caminhassem pelo local.

Então colocaram o saco de plástico com zíper ao lado do corpo, e o que restava de Simon Cormack foi cuidadosamente retirado, posto numa maca, num estrado sob o helicóptero e levado para a autópsia.

A morte ocorrera no condado de Buckinghamshire, um dos três sob jurisdição da Polícia do Vale do Tâmisa. Assim, na morte, Simon Cormack voltou para Oxford, para a Enfermaria Radcliffe, cujos equipamentos eram tão bons quanto os do Guy's Hospital de Londres.

Um colega e amigo do Dr. Barnard, do Guy's, que havia trabalhado com o chefe da Seção de Explosivos da Metropolitana em muitos casos, e que mantinha com o cientista de Fulham um amistoso relacionamento profissional, chegou de Londres para colaborar nas pesquisas. Os dois homens, na verdade, formavam uma equipe, embora especialistas em áreas diferentes, O Dr. Ian Macdonald era consultor-patologista no grande hospital de Londres, patologista do Ministério do Interior e muito requisitado pela Scotland Yard sempre que estava disponível. Foi ele quem recebeu o corpo de Simon Cormack na Enfermaria Radcliffe.

Durante todo o dia, enquanto os homens revistavam a relva no acostamento da A421, houve várias consultas entre Londres e Washington sobre a comunicação do fato para a imprensa e para o mundo. Concluíram que a comunicação oficial deveria ser feita pela Casa Branca, com imediata confirmação de Londres. O comunicado diria simplesmente que uma troca fora combinada em condições de absoluto segredo, segundo exigências dos seqüestradores, um resgate não especificado fora pago e que eles haviam faltado com a palavra dada. As autoridades britânicas, em resposta a um telefonema anônimo, foram a uma estrada em Buckinghamshire, onde encontraram Simon Cormack morto.

Não era preciso dizer que as condolências da rainha, do governo e da população britânica foram extremamente sinceras e profundas, e que uma investigação rigorosa sem precedentes estava em progresso, agora para identificar, encontrar e deter os culpados.

337

Sir Harry Marriott fez questão de acrescentar sete palavras à frase sobre as condições do resgate: "entre as autoridades americanas e os seqüestradores". E a Casa Branca, embora com relutância, concordou.

– A imprensa vai tirar nossa pele – resmungou Odell.

– Muito bem, você preferiu Quinn – disse Philip Kelly.

– Na verdade, *vocês* quiseram Quinn – disse Odell, irritado, para Lee Alexander e David Weintraub, na Sala da Situação. – A propósito, onde ele está agora?

– Detido – disse Weintraub. – Os britânicos não permitiram que ficasse em território americano dentro da embaixada. O pessoal do MI-5 alugou uma casa de campo no Surrey. É lá que ele está.

– Muito bem, Quinn tem de explicar muita coisa – disse Hubert Reed. – Os diamantes desapareceram, os seqüestradores também e o pobre garoto está morto. Como exatamente ele morreu?

– Os ingleses estão tentando descobrir – disse Brad Johnson. – Kevin Brown diz que foi quase como se tivesse sido atingido por uma bazuca. Ou pisado em uma mina terrestre.

– Numa rodovia no meio de lugar nenhum? – perguntou Stannard.

– Como eu já disse, a autópsia vai dizer o que aconteceu.

– Quando os britânicos terminarem o interrogatório de Quinn, acho que devemos trazê-lo para cá – disse Kelly. – Precisamos falar com ele.

– O diretor-assistente da nossa divisão já está fazendo isso – revelou Weintraub.

– Se ele se recusar a voltar, podemos obrigá-lo? – perguntou Bill Walters, secretário da Justiça.

– Sim, Sr. Secretário, podemos – disse Kelly. – Kevin Brown acredita que ele deve estar envolvido de algum modo. Não sabemos como... ainda. Mas se for expedida uma intimação para uma testemunha fundamental, acredito que os britânicos o despacharão para nós.

– Vamos dar mais 24 horas aos britânicos para ver o que descobrem – concluiu Odell.

O comunicado de Washington foi liberado às 17 horas, hora local, e abalou violentamente os Estados Unidos, como poucas situações haviam abalado desde os assassinatos de Bobby Kennedy e Martin Luther King. A imprensa agitou-se em um verdadeiro furor, agravado pela recusa do assessor de imprensa, Craig Lipton, de responder a duzentas perguntas complementares dos repórteres. Quem havia combinado o resgate, qual a quantia exigida, qual a forma de pagamento, como foi entregue, por quem, por que não fizeram nenhuma tentativa de prender os seqüestradores na ocasião da troca, se o pacote ou pasta que continha o pagamento estava "grampeado", se os seqüestradores tinham sido seguidos inabilmente e mataram o refém na fuga, qual o nível de negligência demonstrado pelas autoridades, se a Casa Branca culpava a Scotland Yard, se tinham alguma descrição dos seqüestradores, se a polícia britânica estava apertando o cerco... As perguntas eram intermináveis. Craig Lipton estava definitivamente decidido a renunciar antes que o linchassem.

Em Londres, eram cinco horas a mais que em Washington, mas a reação foi semelhante. Transmissões tardias da televisão foram interrompidas por noticiários de última hora, que estarreceram a nação. As mesas telefônicas da Scotland Yard, do Ministério do Interior, de Downing Street e da embaixada americana ficaram sobrecarregadas. Equipes de jornalistas, preparando-se para voltar para casa, às 22 horas, receberam ordens de trabalhar a noite toda, pois novas edições estavam sendo preparadas para estar na rua, no máximo às 5 horas. De madrugada, a imprensa assediava a Enfermaria Radcliffe, Grosvenor Square, Downing Street e a Scotland Yard. Em helicópteros alugados, pairavam sobre o trecho da estrada entre Fenny Stratford e Buckingham para fotografar o asfalto vazio, as últimas poucas barreiras policiais e os carros-patrulha ainda no local ao nascer do dia.

Pouca gente dormiu. Estimulado por um pedido de urgência de Sir Harry Marriott em pessoa, Dr. Barnard trabalhou com sua equipe durante toda a noite. O cientista só deixou o local quando estava certo de que não encontrariam mais nada que pudesse ser útil. Dez horas de busca meticulosa haviam deixado o círculo de trinta metros de diâmetro mais limpo do que qualquer outro pedaço de terra inglês. O que tinham acumulado estava agora numa série de tambores cinzentos de plástico, encostados na parede do laboratório. Para o Dr. Barnard e sua equipe, foi a noite dos microscópios.

NIGEL CRAMER passou a noite numa sala vazia de uma granja em estilo Tudor, escondida da estrada próxima por um cinturão de árvores, no coração do Surrey. Apesar do elegante aspecto exterior, a velha casa estava bem equipada para interrogatórios. O serviço de segurança britânico usava os porões antigos da granja como centro de treinamento para essa arte delicada.

Brown, Collins e Seymour insistiram em assistir ao interrogatório. Cramer não fez objeção – as ordens recebidas de Sir Harry Marriott eram para cooperar com os americanos sempre que possível. De qualquer modo, qualquer informação que Quinn pudesse ter seria transmitida aos dois governos. Uma bateria de gravadores estava instalada sobre a mesa, ao lado deles.

Quinn tinha uma escoriação longa e arroxeada no lado do queixo, um galo e um curativo atrás da cabeça. Estava ainda com a mesma camisa, imunda agora, e calça jeans. Os sapatos foram removidos, com o cinto e a gravata. Sua barba estava crescida, e ele parecia exausto. Mas respondeu às perguntas com calma e precisão.

Cramer começou do princípio: por que ele havia deixado o apartamento em Kensington. Quinn explicou. Brown olhou furioso para ele.

— Sr. Quinn, tem algum motivo para acreditar que alguém ou algum desconhecido possa ter procurado interferir no resgate, com intuito de pôr em perigo a segurança de Simon Cormack?

Nigel Cramer estava usando a terminologia legal.

— Instinto – disse Quinn.

— Só instinto, Sr. Quinn?

— Posso fazer uma pergunta, Sr. Cramer?

— Não prometo responder.

— A pasta com os diamantes. Estava grampeada, não?

A resposta foi dada pelas expressões dos homens.

— Se eu tivesse aparecido no local da troca com aquela pasta – disse Quinn –, eles teriam descoberto e matariam o garoto.

— Eles o mataram do mesmo modo, espertalhão – rosnou Brown.

— Sim, mataram – disse Quinn sombriamente. – Admito que não imaginei que pudessem fazer aquilo.

Cramer voltou ao momento em que Quinn saiu do apartamento. Ele contou tudo sobre Marylebone, a noite no hotel, os termos de Zack para o encontro, e como Quinn havia chegado a tempo. Para Cramer, a parte essencial estava no confronto no armazém abandonado. Quinn descreveu o Volvo tipo passeio e o número da placa. Os dois homens supunham, com razão, que as placas haviam sido trocadas para o encontro, e trocadas novamente para a fuga, bem como o selo de pedágio colado no vidro lateral. Aqueles homens foram realmente muito cautelosos.

Quinn só podia descrever os homens como os havia visto, com capuzes e roupas folgadas. Um deles Quinn não vira nenhuma vez, o quarto homem, o que havia ficado no esconderijo para matar Simon Cormack se recebesse ordem por telefone ou se os companheiros não aparecessem até determinada hora. Descreveu fisicamente os dois homens que vira de pé, Zack e o atirador: "Altura média, envergadura média. Sinto muito".

Quinn identificou a Skorpion e, é claro, o armazém Babbidge. Cramer saiu da sala para dar um telefonema. Uma segunda equipe de laboratoristas de Fulham chegou no armazém ao nascer do dia e trabalhou ali durante toda a manhã. Acharam somente uma bolinha de maçapão e marcas perfeitas de pneus, na poeira. Essas marcas identificaram o Volvo abandonado, mas só duas semanas mais tarde.

A casa utilizada pelos seqüestradores era importante. Uma entrada de cascalho para veículos – Quinn ouvira o ruído dos pneus no cascalho – cerca de dez metros do portão até a garagem com portas que se abriam por controle remoto e que ficava no interior da casa, um porão de concreto – os corretores de imóveis podiam ajudar. Mas em que direção saindo de Londres, nada. Na primeira vez, ele estava na mala do carro; na segunda, encapuzado, no chão da parte detrás. Tempo de viagem: uma hora e meia da primeira vez, duas horas na segunda. Se seguissem por via indireta, podiam sair em qualquer lugar. No coração de Londres ou a mais de 70 quilômetros, em qualquer direção.

– Não podemos acusá-lo de nada, Sr. Secretário – disse Cramer ao secretário do Interior na manhã seguinte. – Não podemos nem mesmo detê-lo por mais tempo. E, francamente, acho que não devemos. Não acredito que esteja criminalmente envolvido na morte.

– Bem, ao que parece ele fez uma completa confusão – disse Sir Harry. A pressão de Downing Street no sentido de conseguir novas pistas era cada vez mais intensa.

– É o que parece – replicou o policial. – Mas se os criminosos estavam resolvidos a matar o garoto, e tudo parece indicar que estavam, podiam ter feito a qualquer hora, antes ou depois de receber os diamantes. No porão, na estrada, ou em algum remoto pântano de Yorkshire. E Quinn com ele. O mistério está no fato de deixarem Quinn vivo, e terem libertado o garoto para depois matá-lo. É quase como se fizessem questão de ser o grupo mais odiado e caçado do mundo.

– Muito bem – suspirou o secretário do Interior –, não temos mais nenhum interesse no Sr. Quinn. Os americanos ainda o mantêm prisioneiro?

– Tecnicamente, ele é um hóspede voluntário – disse Cramer cautelosamente.

– Pois podem deixar que volte para a Espanha quando quiserem.

Nesse momento, Sam Somerville pedia a Kevin Brown para ver Quinn. Collins e Seymour estavam presentes, na elegante sala de estar da embaixada.

– Para que diabo quer ver Quinn? – perguntou Brown. – Ele falhou. Fez uma grande besteira.

– Escute – disse ela –, nas últimas três semanas fiquei mais íntima dele do que qualquer outra pessoa. Se ele está escondendo algo, talvez eu possa descobrir, senhor.

Brown parecia indeciso.

– Não faria mal algum – disse Seymour.

Brown assentiu com um gesto.

– Ele está lá embaixo. Três minutos.

Naquela tarde, Sam Somerville embarcaria no vôo comercial de Heathrow para Washington, aterrissando no começo da noite.

QUANDO SAM Somerville embarcou em Heathrow, o Dr. Barnard estava sentado no seu laboratório em Fulham, olhando para uma pequena coleção de pedaços de lixo espalhados sobre o papel rugoso em cima da mesa. Estava muito cansado. Desde o chamado urgente em sua modesta casa em Londres, no começo do dia anterior, vinha trabalhando sem parar. Grande parte do seu trabalho forçava demais a vista, ao examinar tudo com lentes de aumento e no microscópio. Mas naquela tarde, o Dr. Barnard esfregava os olhos não tanto por cansaço, mas por surpresa.

Sabia agora o que tinha acontecido, como e qual o efeito. A análise química das manchas nos pedaços de fazenda e de couro havia revelado os componentes do explosivo; a extensão das queimaduras e do impacto demonstravam a quantidade usada, onde foi colocado e como foi disparado. É claro que faltavam alguns itens. Alguns jamais apareceriam, vaporizados, perdidos para sempre, deixaram de existir. Outros apareceriam com o exame do corpo, e o Dr. Barnard estava em contato constante com o Dr. Ian Macdonald, em Oxford. Os resultados de Oxford chegariam em breve. Mas ele sabia o que estava vendo, embora para olhos destreinados fosse apenas uma pilha de fragmentos minúsculos.

Alguns eram restos de uma minúscula pilha, origem identificada. Outros eram pequenos fragmentos de revestimento plástico de PVC isolado, origem identificada. Pedaços de fio de cobre, origem identificada. E uma porção de metal ligado com o que fora antes um pequeno mas eficiente receptor de pulso. Nenhum detonador. Ele estava plenamente convencido, mas queria estar mais ainda. Talvez precisasse voltar à estrada e começar tudo de novo. Um dos assistentes apareceu na porta.

– Dr. Macdonald no telefone, de Radcliffe.

O patologista também estava trabalhando desde a tarde do dia anterior, fazendo algo que para muitos pode parecer extremamente terrível, mas que para ele possuía mais fascinação pericial do que qualquer coisa que pudesse imaginar. Ele vivia para a profissão, tanto que, em vez de limitar suas atividades ao exame dos restos de vítimas de bombas, dava cursos e palestras – de freqüência limitada – sobre fabricação e desarmamento de bombas, em Fort Halstead. Não queria simplesmente saber que estava procurando algo, mas sim o que procurava e qual a sua aparência.

Começou examinando as fotografias durante duas horas, antes de tocar no cadáver. Então, removeu cuidadosamente as roupas, não confiando a tarefa a nenhum assistente. Tirou primeiro o tênis de corrida, depois as meias. Para o restante, usou tesoura fina e afiada. Cada item foi colocado em um saco plástico e enviado diretamente para Barnard, em Londres. Chegou a Fulham no começo do dia.

Quando o corpo estava despido, foi radiografado da cabeça aos pés. O médico estudou as chapas durante uma hora e identificou quarenta partículas não orgânicas. Então passou um pó aderente no cadáver que removeu uma dezena de partículas infinitamente pequenas inseridas na pele. Algumas eram resquícios de relva e lama, outras não. Um segundo carro de polícia levou essa terrível colheita para o Dr. Barnard, em Fulham.

Fez então a autópsia externa, ditando num gravador com seu sotaque cantado e calmo de escocês. Só começou a cortar de madrugada. A primeira tarefa consistia em retirar todo "tecido relevante". Isso correspondia à seção média do corpo, que havia perdido quase tudo, das duas últimas costelas (inclusive) até a parte superior da pelve. Dentro do tecido retirado estavam as pequenas partículas de 15 centímetros que restavam do final da espinha, que havia atravessado o corpo e a parede abdominal, localizando-se na frente da calça jeans.

A autópsia – para estabelecer a causa da morte – não era problema. Tratava-se de um ferimento maciço explosivo da espinha e do abdome. A autópsia completo precisava de mais informações. O Dr. Macdonald mandou radiografar o tecido retirado, com chapas de grão muito mais fino. Havia algo ali, sem dúvida, minúsculas partículas que desafiavam a pinça. Finalmente, a carne e osso retirados foram "digeridos" numa mistura de enzimas para formar uma "sopa" espessa de tecido humano dissolvido, incluindo os ossos. Foi a centrífuga que forneceu o último refugo, uma pequena quantidade de pedaços de metal.

Quando esse metal estava pronto para exame, o Dr. Macdonald escolheu o maior fragmento, que havia descoberto na segunda radiografia, profundamente impactado num pedaço de osso e enterrado dentro do baço do cadáver. Ele o estudou por algum tempo, assobiou e telefonou para Fulham. Barnard atendeu o telefone.

— Stuart, ainda bem que telefonou. Alguma novidade para mim?

– *Ay*. Tenho algo aqui que você precisa ver. Se não estou enganado, é algo que nunca vi antes. Acho que sei o que é, mas quase não posso acreditar.

– Use um carro da polícia. Mande agora – disse Barnard sombriamente.

Duas horas depois, os cientistas falavam outra vez ao telefone. Dessa vez quem telefonou foi Barnard.

– Se você estava pensando o que eu imagino, estava certo – disse ele.

Barnard estava mais do que convencido agora.

– Não podia ter vindo de nenhum outro lugar? – perguntou Macdonald.

– Não. De modo algum algo assim pode ir parar nas mãos de alguém que não seja o fabricante.

– Incrível – disse o patologista em voz baixa.

– Boca fechada é a ordem do dia, companheiro – disse Barnard. – Só para nós, ninguém mais. Vou fazer meu relatório ao secretário do Interior de manhã. Pode fazer o mesmo?

Macdonald consultou o relógio. Há 36 horas estava trabalhando. Tinha mais 12 horas pela frente.

– Dormir nunca mais, Barnard. Faz o crime dormir – disse ele, parodiando Macbeth. – Está bem, estará na sua mesa logo cedo.

Naquela noite ele liberou o corpo, ou as duas partes do corpo, para a DIC. De manhã, o inquérito seria aberto e fechado, permitindo que o corpo fosse entregue ao parente mais próximo, neste caso o embaixador Fairweather em pessoa, representando o presidente John Cormack.

ENQUANTO OS DOIS cientistas passavam a noite redigindo seus relatórios, Sam Somerville era recebida, a seu próprio pedido, pelo comitê, na Sala da Situação, sob a Ala Oeste. Ela havia encaminhado seu pedido ao diretor do FBI, e após telefonar para o vice-presidente Odell, ele concordou em levá-la à reunião.

Quando Sam entrou na sala, todos estavam sentados. Só faltava David Weintraub, que estava em Tóquio, conferenciando com o homem que ocupava o posto igual ao seu na capital japonesa. Aqueles homens que só eram vistos na televisão e nos jornais, os mais poderosos do país, a intimidavam. Sam respirou fundo, ergueu a cabeça e caminhou até a extremidade da mesa. O vice-presidente Odell mostrou uma cadeira.

— Sente-se, jovem.

— Pelo que sabemos, quer nos pedir a liberdade do Sr. Quinn — disse o secretário da Justiça, Bill Walters.

— Cavalheiros, sei que alguns suspeitam que o Sr. Quinn esteve, de algum modo, envolvido na morte de Simon Cormack. Peço que acreditem em mim. Fiquei em contato com ele naquele apartamento durante três semanas e estou convencida de que ele tentou realmente garantir a liberdade do jovem são e salvo.

— Então, por que ele fugiu? — perguntou Philip Kelly. Não gostava da idéia de um dos seus agentes não graduados dirigir-se ao comitê.

— Porque houve dois "vazamentos" de segurança no noticiário, nas 48 horas que precederam sua fuga do apartamento. Porque ele havia passado três semanas tentando conquistar a confiança daquele animal e conseguiu. Porque estava convencido de que Zack estava se preparando para desistir e fugir, se Quinn não conseguisse chegar até ele, sozinho e desarmado, sem intervenção de autoridades americanas ou britânicas.

Ninguém deixou de notar que com "autoridades americanas" ela referia-se a Kevin Brown. Kelly franziu a testa.

– Permanece a suspeita de que ele estava envolvido de algum modo – disse ele. – Não sabemos como, mas precisamos verificar.

– Ele não podia estar, senhor – disse Sam. – Se tivesse se oferecido como negociador, talvez. Mas a escolha foi feita aqui. Ele nem queria vir. E desde o momento em que o Sr. Weintraub se encontrou com ele na Espanha, não esteve nem um momento sozinho. Cada palavra dita ao seqüestrador foi ouvida por todos.

– Exceto durante as 48 horas antes de ele aparecer na estrada – disse Morton Stannard.

– Mas por que ele iria fazer algum trato com os seqüestradores durante aquele tempo? – perguntou ela. – A não ser pelo resgate de Simon Cormack?

– Porque dois milhões de dólares é um bocado de dinheiro para um homem pobre – sugeriu Hubert Reed.

– Mas se ele quisesse desaparecer com os diamantes – insistiu ela –, estaríamos ainda à sua procura.

– Bem – disse Odell inesperadamente, com sua voz arrastada –, ele foi ao encontro do seqüestrador sozinho e desarmado... exceto por um pouco de maldito maçapão. Se não os conhecia ainda, foi preciso muita coragem.

– Mesmo assim, as suspeitas do Sr. Brown podem ter algum fundamento – disse Jim Donaldson. – Ele pode ter feito contato, entrado num acordo. Eles matavam o rapaz, deixavam Quinn vivo, levavam as pedras. Mais tarde, se encontrariam para dividir o dinheiro.

– Por que eles fariam isso? – perguntou Sam, mais ousada agora, com o vice-presidente aparentemente do seu lado. – Tinham os diamantes, podiam ter matado o Sr. Quinn também. Se não matassem, por que iriam dividir com ele? Os *senhores* confiariam naqueles homens?

Nenhum dos presentes confiaria nos seqüestradores de modo nenhum. Fez-se silêncio enquanto eles pensavam no assunto.

– Se nós o deixarmos ir, o que ele pretende fazer? Voltar para suas uvas na Espanha? – perguntou Reed.

– Não, senhor. Quer ir atrás deles. Quer caçá-los.

– Ei, espere um pouco, agente Somerville – disse Kelly, indignado. – Isso é tarefa do FBI. Cavalheiros, não precisamos mais ser discretos para proteger a vida de Simon Cormack. O crime é indiciável pelas nossas leis, como o assassinato naquele navio de cruzeiro, o *Achille Lauro*. Mandaremos equipes para a Grã-Bretanha e a Europa com a cooperação de todas as autoridades policiais nacionais. Queremos aqueles homens e vamos apanhá-los. O Sr. Brown controla nossa operação com base em Londres.

Sam Somerville jogou seu último trunfo:

– Mas, cavalheiros, se Quinn não se achava envolvido, esteve mais perto deles do que ninguém, e sabe onde procurar. Pode ser nossa melhor pista.

– Está sugerindo que deixemos que ele comece a caçada e segui-lo? – perguntou Walters.

– Não, senhor, sugiro que me deixem ir com ele.

– Minha jovem... – Michael Odell inclinou-se para a frente a fim de observá-la melhor. – Sabe o que está dizendo? Esse homem já matou antes... certo, em combate. Se ele estiver envolvido, você pode acabar morta.

– Sei disso, Sr. Vice-Presidente. Essa é a questão. Acredito que ele é inocente e estou preparada para enfrentar o risco.

– Hummm. Está certo, fique na cidade, Srta. Somerville. Nós a informaremos. Precisamos discutir o assunto... em particular – disse Odell.

O SECRETÁRIO do Interior, Sir Harry Marriot, passou uma manhã atribulada lendo os relatórios dos doutores Barnard e Macdonald. Depois, levou os dois cientistas a Downing Street. Voltou ao seu escritório na hora do almoço. Nigel Cramer o esperava.

– Viu estes relatórios? – perguntou Sir Harry.

– Li as cópias, Sr. Secretário.

– É impressionante, completamente espantoso. Se alguém souber... Sabe onde está o embaixador Fairweather?

– Sei. Em Oxford. O magistrado liberou o corpo há uma hora. Acredito que o Air Force One esteja esperando em Upper Heyford a fim de levá-lo para os Estados Unidos. O embaixador o acompanhará até o avião e depois volta para Londres.

– Hummm. Preciso pedir ao Ministério do Exterior para combinar um encontro. Não quero que sejam enviadas cópias disto para ninguém. Impressionante. Alguma notícia da caçada?

– Não muito, senhor. Quinn deixou bem claro que nenhum dos dois outros homens que ele viu disse uma palavra. Podem ser estrangeiros. Estamos concentrando a procura do Volvo nos principais portos e aeroportos com conexão européia. Receio que os homens tenham escapado. Continuamos procurando a casa, é claro. Não precisamos mais de discrição. Esta noite faremos um apelo público, se o senhor concordar. Uma casa isolada com garagem interna, porão e um Volvo daquela cor... alguém deve ter visto algo.

– Sim, faça isso. Mantenha-me informado – disse o secretário do Interior.

NAQUELA NOITE, em Washington, Sam Somerville, muito tensa, recebeu um telefonema no seu apartamento em Alexandria, pedindo sua presença no prédio Hoover.

Entrou no escritório de Philip Kelly, o chefe-geral do seu departamento, para ouvir a decisão da Casa Branca.

– Muito bem, agente Somerville, você conseguiu. As autoridades máximas decidiram pela sua volta à Inglaterra e a libertação do Sr. Quinn. Mas desta vez fique com ele, bem ao lado dele, o tempo todo. E mantenha o Sr. Brown informado de tudo que ele fizer, e onde.

– Sim, senhor. Obrigada, senhor.

Sam tomou o Red Eye noturno para Heathrow em cima da hora. Houve um pequeno atraso na partida do avião no aeroporto Dulles. A poucos quilômetros dali, na Base Andrews, o Air Force One aterrissava com o caixão de Simon Cormack. Naquela hora, todos os aeroportos da América suspenderam os vôos para dois minutos de silêncio.

Sam chegou em Heathrow de madrugada. Era a madrugada do quarto dia desde o assassinato.

IRVING MOSS foi acordado cedo naquele dia pela campainha do telefone. Só podia ser de um lugar – só num lugar tinham seu número. Verificou a hora. Quatro da manhã, dez da noite anterior, em Houston. Apanhou a longa lista de preços, todos em dólares e centavos americanos, erradicou os zeros ou "nulos" que indicavam um espaço na mensagem, de acordo com o dia do mês, colocou as linhas de números ao lado das linhas preparadas de letras.

Quando terminou, mordeu as bochechas. Algo extra, algo não previsto, mais uma coisa para resolver. Sem demora.

ALOYSIUS "AL" Fairweather Jr., embaixador dos Estados Unidos junto à Corte de St. James, havia recebido a mensagem no Ministério do Exterior britânico quando voltava da base de Upper Heyford. Foi um dia triste, pesado. Depois de receber permissão do Departamento de Homicídios para retirar o corpo do filho do seu presidente, apanhou o caixão no serviço funerário local, onde haviam feito o melhor possível, sem resultado, e despachou a trágica carga de volta para Washington no Air Force One.

Há quase três anos ocupava aquele posto, nomeado pelo novo governo, e sabia que estava fazendo um bom trabalho, mesmo como sucessor do incomparável Charles Price, do governo Reagan. Mas as últimas quatro semanas foram um pesadelo que nenhum embaixador merecia enfrentar.

O pedido do Ministério das Relações Exteriores o intrigou, pois não era para ver o secretário das Relações Exteriores, com quem geralmente se comunicava, mas o secretário do Interior, Sir Harry Marriott. Conhecia Sir Harry, como a maioria dos ministros britânicos, o suficiente para o uso de primeiros nomes em entrevistas privadas. Mas comparecer ao escritório do secretário do Interior, na hora do café, não era comum e a mensagem nada mais explicava. Seu longo Cadillac negro entrou na Victoria Street às 8h55.

— Meu caro Al — Marriott era cortês, sem esquecer a sobriedade exigida pelas circunstâncias –, sei que não preciso dizer o quanto este país está chocado com os últimos acontecimentos.

Fairweather fez um gesto de assentimento. Não duvidava da sinceridade da reação do governo e da população britânica. Durante dias, a fila para assinar o livro de condolências da embaixada dera duas voltas em Grosvenor Square. No topo da primeira página estava escrito simplesmente "Elizabeth R", seguido de todo o Gabinete, os dois arcebispos, os líderes de todas as outras igrejas e milhares de nomes dos grandes e dos sigilosos. Sir Harry empurrou o envelope pardo com os relatórios da perícia sobre a mesa, na direção do embaixador.

– Quero que leia isto antes de tudo, em particular, e sugiro que leia agora. Precisamos discutir alguns pontos.

Fairweather começou pelo relatório do Dr. Macdonald, que era mais curto. Simon Cormack morrera devido à explosão maciça da coluna e do abdome, provocada por uma detonação de efeito pequeno mas concentrado, perto da base da sua espinha. Ao morrer, a bomba estava no seu corpo. Havia mais, anotações na linguagem técnica sobre seu físico, estado de saúde, a última refeição e assim por diante.

O Dr. Barnard dizia mais. A bomba que Simon Cormack levava no corpo estava escondida no cinto largo, dado pelos seqüestradores para usar com a calça jeans, também dada por eles.

O cinto tinha seis centímetros de largura e era feito com duas tiras de couro costuradas uma na outra. Tinha uma fivela de cobre com oito centímetros de comprimento, um pouco mais larga que o cinto e decorada com uma cabeça de boi de chifres compridos. Era o tipo de cinto vendido nas lojas especializadas em equipamento para acampamento. Embora parecesse sólida, na verdade a fivela era oca.

O explosivo consistia de uma placa muito fina de 56 gramas de Semtex, composto de 45% de pentaerythritol (ou PETN), 45% de RDX e 10% de plastificador. A placa media 6 x 2,5cm, e fora inserida entre as duas tiras de couro, exatamente onde o cinto tocava a coluna do rapaz.

Dentro do plástico explosivo havia um detonador em miniatura, ou minidet, mais tarde retirado do interior de um fragmento de vértebra enterrado no baço. Estava distorcido mas reconhecível – e identificável.

Um fio saía do explosivo e detonador seguindo pelo lado do cinto, onde ligava-se a uma pilha de lítio, semelhante e do mesmo tamanho das pilhas usadas em relógios de pulso, inserida entre as duas camadas de couro do cinto. O mesmo fio ligava-se então ao receptor de impulso dentro da fivela. Do receptor saía outro fio, a antena, que percorria o cinto todo, por dentro do couro duplo.

O receptor de impulso não devia ser maior do que uma caixa de fósforos, recebendo provavelmente numa onda de 72,15 megahertz o sinal de um pequeno transmissor. Este, evidentemente, não foi encontrado na cena do crime, mas devia ser uma caixa plana de plástico, menor do que um maço de cigarros de papelão, com um único botão para ser detonado. E com alcance de pouco mais de trezentos metros.

Al Fairweather ficou profundamente chocado.

– Meu Deus, Harry, isto é... satânico.

– É uma tecnologia muito complexa – concordou o secretário do Interior. – O ponto crítico está no fim do relatório. Leia o sumário.

– Mas por quê? – perguntou o embaixador, terminando a leitura. – Em nome de Deus, por que, Harry? E como fizeram isso?

– Quanto e como fizeram, só há uma explicação. Aqueles animais pretendiam soltar Simon Cormack. Devem tê-lo seguido por algum tempo, voltaram e aproximaram-se do trecho da estrada onde o deixaram, a pé, atravessando o campo. Estariam na área de alcance do detonador. Temos homens percorrendo os bosques da área neste momento, à procura de pegadas.

"Quanto ao motivo, não sei, Al. Ninguém sabe. Mas os cientistas afirmam com absoluta certeza suas conclusões. Eu sugiro que esse relatório seja altamente confidencial, no momento. Até conseguirmos maiores informações. Estamos investigando. Tenho certeza de que seus homens desejarão investigar também, antes que o fato se torne público.

Fairweather levantou-se com as cópias dos relatórios na mão.

– Não vou mandar por mensageiro – disse ele. – Vou tomar um avião esta tarde e levar pessoalmente.

O secretário do Interior o acompanhou até o térreo.

– Tem idéia do que pode acontecer se isto vier a público? – perguntou.

– Nem é bom pensar – disse Fairweather. – Teremos uma verdadeira revolução. Preciso levar isto para Jim Donaldson e talvez para Michael Odell. *Eles* se encarregarão de contar ao presidente. Meu Deus, que terrível!

O CARRO alugado de Sam Somerville estava no estacionamento de Heathrow. Ela foi diretamente para a mansão no Surrey. Kevin Brown leu a carta e franziu a testa.

– Está cometendo um erro, agente Somerville – disse ele. – O diretor Edmonds está cometendo um erro. Aquele homem lá embaixo sabe mais do que contou. Sempre soube, sempre saberá. A idéia de libertá-lo me deixa furioso. Devia estar voando para casa... com braceletes.

Mas a assinatura da carta era autêntica. Brown mandou Moxon descer ao porão e levar Quinn ao seu escritório. Ele estava ainda algemado, e as algemas foram retiradas. E estava sujo, barbado e com fome. A equipe do FBI começou a se retirar, devolvendo o prédio aos seus anfitriões. Na porta, Brown voltou-se para Quinn.

– Não quero ver você outra vez, Quinn. A não ser atrás das grades. E acho que verei isso algum dia.

A caminho de Londres, Quinn ouviu em silêncio todos os detalhes sobre a viagem de Sam a Washington e a decisão da Casa Branca de permitir que ele começasse sua caçada, desde que ela o acompanhasse.

– Quinn, tenha cuidado. Aqueles homens são uns animais. O que fizeram com o garoto foi um ato de selvageria...

– Pior do que isso – disse Quinn. – Foi ilógico. É com isso que não me conformo. Não faz sentido. Eles conseguiram tudo. Saíram livres e desimpedidos. Por que voltar para matar o garoto?

– Porque são sádicos – disse Sam. – Você conhece essa gente, tem lidado com esse tipo de homens durante anos. Não têm misericórdia, nem piedade. Sentem prazer em provocar sofrimento nos outros. Pretendiam matá-lo desde o começo...

– Então, por que não no porão? Por que não eu também? Por que não com um revólver, uma faca, uma corda? Por que tudo isso?

– Nunca saberemos. A não ser que sejam encontrados. E têm o mundo inteiro para se esconder. Aonde você quer ir?

– Ao apartamento – declarou Quinn. – Minhas coisas estão lá.

– As minhas também – disse Sam. – Fui a Washington só com a roupa do corpo.

Ela dirigia para o norte em Warwick Road.

– Está dando uma volta muito grande – notou Quinn, que conhecia Londres como um chofer de táxi. – Entre à direita em Cromwell Road, no primeiro cruzamento.

357

O sinal estava fechado. No outro lado da rua, na frente deles, passou um longo Cadillac negro com a pequena bandeira americana nos dois pára-lamas. O embaixador Fairweather, no banco traseiro, relia os relatórios, a caminho do aeroporto. Ergueu os olhos, viu rapidamente o casal no outro carro, mas não os reconheceu.

Duncan McCrea estava ainda no apartamento, como se esquecido no caos dos últimos dias. Recebeu Quinn como um filhote de labrador revendo o dono.

Informou que naquele mesmo dia Lou Collins tinha mandado os faxineiros. Não para tirar a poeira, e sim recolher os microfones e escutas. O apartamento estava "queimado" para a Companhia e não tinha mais utilidade para eles. McCrea recebeu ordens para fazer as malas, arrumar tudo e devolver as chaves ao proprietário quando saísse, na manhã seguinte. Começava a arrumar os pertences de Quinn e de Sam quando eles chegaram.

— Muito bem, Duncan, é aqui ou um hotel. Importa-se se ficarmos mais uma noite?

— Ora, é claro que podem ficar, não tem problema. Por conta da Agência. Eu sinto muito, mas temos de sair de manhã.

— De manhã está ótimo – disse Quinn. Teve vontade de despentear o cabelo do jovem num gesto paternal. O sorriso de McCrea era contagiante – Preciso de um banho, fazer a barba, comida e umas dez horas de sono.

McCrea atravessou a rua, entrou na loja do Sr. Patel e voltou com duas sacolas cheias de compras. Fez bife, batata frita e salada, com duas garrafas de vinho tinto. Quinn notou que ele havia escolhido um vinho espanhol *Rioja*, não da Andaluzia, porém o mais parecido que encontrou.

Sam não via mais necessidade de esconder seu caso com Quinn. Foi ao quarto dele e fizeram amor. Se McCrea estava ouvindo, paciência. Depois da segunda vez, ela dormiu de bruços, o rosto no peito dele. Quinn pôs a mão na sua nuca e Sam murmurou sem acordar.

Apesar do cansaço, Quinn não conseguiu dormir. Deitado de costas, como em tantas noites anteriores, olhou para o teto e pensou. Havia algo naqueles homens do armazém, algo que ele não tinha notado. Descobriu nas primeiras horas da manhã. O homem atrás dele empunhava a Skorpion com naturalidade, não como uma pessoa pouco acostumada com armas de fogo. Relaxado, confiante, certo de que podia erguer a arma e atirar numa fração de segundo. Sua atitude, sua pose – Quinn já vira antes.

– Um ex-soldado – disse Quinn em voz baixa na escuridão do quarto.

Sam murmurou "mmmmm" mas não acordou. Mais uma coisa, quando ele passou pela porta do Volvo para entrar na mala. Não conseguiu lembrar e finalmente adormeceu.

De manhã, Sam levantou-se antes dele e voltou ao seu quarto para se vestir. Duncan McCrea provavelmente a viu sair do quarto de Quinn, mas não disse nada. Estava mais preocupado em preparar um bom café para seus convidados.

– A noite passada... eu me esqueci dos ovos – disse ele, descendo as escadas a caminho da leiteria da esquina.

Sam levou o café para Quinn. Ainda na cama, ele estava absorto em seus pensamentos. A moça, acostumada àqueles devaneios, deixou-o sozinho. Os faxineiros de Lou Collins certamente não haviam feito um serviço completo, pensou ela. Os quartos estavam empoeirados depois de quatro semanas sem uma limpeza adequada.

Quinn não se preocupava com o pó. Observava uma aranha no canto do teto do quarto. Com esforço, a criaturinha amarrou os dois últimos fios da teia perfeita, verificou se tudo estava em ordem, foi para o centro e ficou à espera. O último movimento da aranha fez com que Quinn lembrasse o que tentava identificar.

Os MEMBROS do comitê da Casa Branca tinham à frente os relatórios do Dr. Barnard e Macdonald. Liam o do cientista de Fulham. Um a um, terminaram de ler o sumário e se recostaram nas cadeiras.

— Sacanas malditos — disse Michael Odell. Falava por todos. O embaixador Fairweather estava na cabeceira da mesa.

— É possível que os cientistas britânicos estejam enganados? — perguntou o secretário de Estado Donaldson. — Sobre as origens?

— Eles garantem que não — respondeu o embaixador. — Disseram que podemos mandar verificar, mas os dois são bons. Acho que estão 100% certos.

Como Sir Harry Marriott dissera, o ponto crucial estava no fim, no sumário. Todos os componentes, sem exceção, dizia o Dr. Barnard, com total concordância dos seus colegas militares de Fort Halstead, os fios de cobre, o isolante plástico, o Semtex, o receptor de impulsos, a pilha, a fivela e o couro do cinto eram de fabricação soviética.

Ele admitia que esses itens, embora fabricados na União Soviética, podiam cair nas mãos de outras pessoas, fora daquele país. Mas o problema era o minidet. Não era maior do que um grampo de papel, esse tipo de detonador em miniatura era usado *exclusivamente* pelo programa espacial da União Soviética, em Baikonur. São empregados para orientação infinitesimal dos veículos Salyut e Soyuz na manobra de abordagem no espaço.

– Mas não faz sentido – protestou Donaldson. – Por que fariam isso?

– Muitos pontos nesta confusão não faz sentido – replicou Odell. – Se isto for verdade, não vejo como Quinn podia estar envolvido. Parece-me que ele foi enganado o tempo todo, como nós também.

– O problema é: o que vamos fazer? – perguntou Reed, do Tesouro.

– O funeral é amanhã – disse Odell. – Vamos tratar disso primeiro. Depois decidiremos como cuidar de nossos amigos russos.

Há mais de quatro semanas, Michael Odell vinha sentindo que a responsabilidade de substituir o presidente tornava-se cada vez mais leve para ele. Os homens do comitê aceitavam sua liderança, como se ele fosse o presidente.

– Como está o presidente? – perguntou Walters –, depois... dos últimos acontecimentos?

– Segundo o doutor, muito mal – revelou Odell. – Muito mal. O seqüestro o abalou, mas a morte do filho, nessas circunstâncias, foi como uma bala nas suas entranhas.

A palavra "bala" fez com que todos tivessem o mesmo pensamento. Ninguém ousou dizer o que tinha pensado.

JULIAN HAYMAN tinha a mesma idade que Quinn e conheceram-se quando Quinn morava em Londres e trabalhava para a empresa especializada em proteção e resgate de reféns. Seus mundos se cruzaram porque Hayman, ex-major do SAS, dirigia uma companhia de sistemas de alarme anticrime e proteção pessoal, incluindo guarda-costas. Sua clientela era exclusiva, rica e cautelosa. Pessoas com motivos autênticos para querer proteção, do contrário não pagariam os preços de Hayman.

Os escritórios em Victoria, onde Quinn levou Sam na manhã daquele dia, após deixar o apartamento, despedindo-se de McCrea, era bem protegido e discreto.

Quinn mandou Sam ficar sentada ao lado da janela de uma cafeteria na mesma rua e esperar por ele.

— Por que não posso ir com você? – perguntou ela.

— Porque ele não a receberia. É possível que nem me receba. Mas espero que sim, nós nos conhecemos há muito tempo. Ele não gosta de estranhos, a não ser os que pagam bem, e nós não estamos pagando. Quando se trata de senhoras do FBI, ele é arisco como um animal caçado.

Quinn disse seu nome no interfone da porta, sabendo que o viam numa câmera de vídeo. Quando a porta se abriu com um estalido, seguiu diretamente para o fundo do prédio, passou por duas secretárias que nem levantaram a cabeça. Julian Hayman estava no seu escritório na extremidade do andar térreo. A sala era tão elegante quanto ele. Não tinha janelas. Hayman também não.

— Ora, ora, ora – disse ele com sua voz arrastada. – Há quanto tempo, soldado. – Estendeu a mão languidamente. – O que o traz à minha humilde loja?

— Informação – disse Quinn, revelando então o que queria.

— Antigamente, meu caro, não haveria problema. Mas tudo muda, você sabe. O fato é que você está na berlinda, Quinn. *Persona non grata*, é o que estão dizendo no clube. Não exatamente o funcionário padrão do mês, especialmente para sua própria gente. Desculpe, meu velho, você é má notícia, não posso fazer nada.

Quinn tirou o fone do gancho e digitou vários números. O telefone no outro lado da linha começou a tocar.

— O que está fazendo? – perguntou Hayman. A voz não estava mais arrastada.

– Ninguém me viu entrar aqui, mas metade de Fleet Street vai me ver sair – disse Quinn.

– *Daily Mail* – disse uma voz no telefone.

Hayman estendeu a mão e cortou a ligação. Grande parte da sua clientela era de companhias americanas na Europa, para as quais ele não queria ter de dar muitas explicações.

– Você é um escroto, Quinn – disse Hayman com voz esganiçada. – Sempre foi. Muito bem, umas duas horas nos arquivos, mas fica trancado. Não quero que tire nada.

– Acha que eu faria isso com você? – perguntou Quinn amigavelmente.

Hayman o levou aos arquivos no porão.

Em parte por interesse dos negócios, em parte por interesse pessoal. Julian Hayman havia, durante anos, formado um arquivo completo de criminosos de todo o tipo. Assassinos, ladrões, trapaceiros, traficantes de drogas, de armas, terroristas, seqüestradores, banqueiros "desonestos", contadores, advogados, políticos e policiais. Mortos, vivos, presos ou simplesmente desaparecidos – se seus nomes tivessem aparecido nos jornais, e muitas vezes sem que tivessem aparecido, estavam no arquivo de Hayman. A caverna estendia-se por toda a área do prédio.

– Alguma seção em particular? – perguntou Hayman, acendendo a luz.

Os arquivos estavam dispostos em todas as direções e eram somente as fichas e as fotografias. Os dados principais estavam no computador.

– Mercenários – disse Quinn.

– Como no Congo? – quis saber Hayman.

– Congo, Iêmen, Sudão, Biafra, Rodésia.

– Daqui até lá – disse Hayman, mostrando dez metros de arquivos de aço. – A mesa fica na outra extremidade.   363

Quinn demorou quatro horas, mas ninguém o perturbou. A fotografia mostrava quatro homens, quatro brancos. Estavam na frente de um jipe numa estrada estreita e empoeirada, ladeada por vegetação que parecia africana. Vários soldados negros apareciam atrás deles. Todos usavam uniforme de camuflagem e botas de couro. Três estavam com capacetes de cortiça. Todos empunhavam fuzis automáticos FLN belgas. A camuflagem era do tipo pele de leopardo, preferido pelos europeus à variedade listrada, usada pelos britânicos e americanos.

Quinn levou a fotografia para a mesa, colocou-a sob a lâmpada e apanhou uma lente da gaveta. Sob a lente, o desenho na mão de um dos homens era mais claro, apesar da sépia desbotada do retrato antigo. Um motivo de teia de aranha, nas costas da mão esquerda, a aranha agachada no centro da teia.

Examinou os arquivos, porém não encontrou mais nada que o interessasse. Nada que despertasse alguma lembrança. Apertou o botão para sair.

No escritório, Julian Hayman estendeu a mão para a fotografia.

– Quem? – disse Quinn.

Hayman examinou as costas da foto. Como todas as fotografias e fichas do seu arquivo, tinha um número de sete algarismos. Digitou o número do seu computador. A ficha completa apareceu na tela.

– Hum, você *escolheu* uma gente encantadora, meu velho. – Leu o que estava escrito na tela. – É quase certo que a fotografia foi tirada na província de Maniema, Congo oriental, hoje Zaire, durante o inverno de 1964. O homem da esquerda é Jacques Schramme, Black Jack Schramme, o mercenário belga.

Concentrou-se na narrativa. Era sua especialidade.

– Schramme foi um dos primeiros. Lutou contra as tropas das Nações Unidas na tentativa de secessão em Catanga, de 1960 a 1962. Quando perderam, teve de se refugiar em Angola, naquele tempo portuguesa e ultra-direitista. Voltou, a convite, no outono de 1964 para acabar com a revolta dos simbas. Reuniu novamente o antigo Grupo Leopardo e lutaram para pacificar a província de Maniema. É ele, sem dúvida. Mais alguém?

– Os outros – disse Quinn.

– Hummm. O da extrema direita é outro belga, comandante Wauthier. Nesse tempo comandava o contingente de catangueses recrutados e cerca de vinte mercenários brancos em Watsa. Devia estar de visita. Está interessado em belgas?

– Talvez.

Quinn lembrou-se do Volvo no armazém. Quando passou pela porta sentiu cheiro de cigarro. Não Marlboro, não Dunhill. Parecia mais Gauloise francês. Ou Bastos, belga. Zack não fumava. Quinn sentira seu hálito.

– O que está no meio, sem chapéu, é Roger Lagaillarde, também belga. Morto numa emboscada dos simbas na estrada de Punia. Não há dúvida sobre sua morte.

– O grandão – disse Quinn. – O gigante.

– Sim, ele é grande – concordou Hayman. – Deve ter mais de um metro e noventa. Parece um armário. Vinte e poucos anos, ao que parece. É uma pena que esteja com o rosto virado. Com a sombra da selva, não se vê muito. Provavelmente por isso não temos seu nome. Apenas o apelido. Big Paul. É só o que diz aqui.

Desligou a tela. Quinn estava desenhando numa folha de papel. Passou o desenho para Hayman.

– Já viu isto antes?

Hayman olhou para o desenho da teia com a aranha no centro. Deu de ombros.

– Uma tatuagem? Usada por jovens desordeiros, punks, valentões jogadores de futebol. Muito comum.

– Pense melhor – pediu Quinn. – Bélgica, uns trinta anos atrás.

– Ah, espere um pouco. Como é que chamavam? *Arraignée*, era isso. Não me lembro da palavra em flamengo para aranha, só a francesa.

Dedilhou o teclado do computador durante algum tempo.

– Teia negra, aranha vermelha no centro, usada nas costas da mão esquerda?

Quinn tentou lembrar. Estava passando pela porta aberta do Volvo para entrar na mala. Zack atrás dele. O homem ao volante inclinou-se para observá-lo através das aberturas da tampa. Um homem grande com a cabeça quase encostada no teto do carro. Inclinado para o lado, a mão esquerda apoiada sobre a porta. E para fumar tinha tirado a luva da mão esquerda.

– É – disse Quinn. – Isso mesmo.

– Coisa insignificante – comentou Hayman, lendo na tela. – Organização de extrema direita fundada na Bélgica no fim dos anos 1950, começo dos anos 1960. Opunha-se à descolonização da única colônia da Bélgica, o Congo. Racista, é claro, e anti-semita... não é novidade. Recrutava jovens fugitivos e bandidos, desordeiros de rua e escória. Especializada em jogar pedras nas vitrines dos judeus, espancar oradores da esquerda e um ou dois liberais membros do Parlamento. Desapareceu depois de algum tempo. Naturalmente, a dissolução dos impérios europeus fez desaparecer muitos grupos semelhantes.

– Movimento flamengo ou valão? – perguntou Quinn. Ele sabia que havia dois grupos culturais na Bélgica. Os flamengos, especialmente na parte norte, perto da Holanda, que falavam flamengo, e os valões do sul, mais próximos da França, que falavam francês. A Bélgica é um país bilíngüe.

– Na verdade, os dois – disse Hayman, após consultar sua tela. – Mas diz aqui que começou na cidade de Antuérpia, onde sempre foi mais forte. Portanto, flamengo, suponho.

QUALQUER OUTRA mulher ficaria furiosa por esperar quatro horas e meia. Felizmente para Quinn, Sam era uma agente treinada, e durante o aprendizado havia feito muita vigilância, a tarefa mais tediosa da profissão. Estava na sua quinta xícara de café horrível.

– Quando tem de entregar o carro? – perguntou Quinn.

– Esta noite. Posso prorrogar o aluguel.

– Pode devolver no aeroporto?

– É claro. Por quê?

– Vamos voar para Bruxelas.

Sam fez cara triste.

– Por favor, Quinn, precisamos voar? Eu ando de avião quando é inevitavelmente necessário, mas evito sempre que posso, e ultimamente tenho voado muito.

– Tudo bem – disse ele. – Entregue o carro em Londres. Tomamos o trem e o barco para cruzar o canal. De qualquer modo vamos alugar um carro belga. Pode muito bem ser em Ostende. E precisamos de dinheiro. Não tenho cartões de crédito.

– Não tem o quê? – Sam nunca ouvira alguém dizer aquilo.

– Não preciso deles em Alcántara del Río.

– Muito bem, vamos ao banco. Faço um cheque e espero ter dinheiro suficiente na minha conta nos Estados Unidos.

A caminho do banco ela ligou o rádio. A música era sombria. Quatro horas de uma tarde londrina e começava a escurecer. Ao longe, no outro lado do Atlântico, a família Cormack enterrava seu filho.

12

Eles o enterraram em Prospect Hill, o cemitério da ilha de Nantucket, e o vento frio de novembro soprava do norte através do Sound.

A cerimônia aconteceu na igrejinha episcopal em Fair Street, pequena demais para todos que queriam estar presentes. A família estava nas duas primeiras filas, com todo o Gabinete atrás, e logo em seguida vinham vários outros dignitários. A pedido da família, foi uma cerimônia simples e privada – embaixadores estrangeiros e delegados foram convidados para a cerimônia que seria realizada em Washington, mais tarde.

O presidente havia pedido privacidade também à imprensa, mas ela se fez presente mesmo assim. Os moradores da ilha – ninguém estava passando as férias na ilha naquela época do ano – seguiram o desejo do presidente ao pé da letra. Os próprios homens do Serviço Secreto, que não se destacavam pelas boas maneiras, foram suplantados pela população tristonha e silenciosa de Nantucket, que literalmente carregou para longe vários operadores de câmera e deixou dois deles protestando contra a destruição do seu equipamento.

O caixão foi levado para a igreja, saindo do único serviço funerário da ilha, em Union Street, onde estivera desde a chegada num C-130 militar – o pequeno campo de pouso não podia receber o Boeing 747 – até o começo da cerimônia.

No meio da cerimônia religiosa a chuva chegou, batendo no telhado cinzento da igreja, lavando os vitrais e a pedra rosada e cinzenta.

Quando terminou, o caixão foi colocado no carro funerário, que percorreu lentamente os seiscentos metros até a colina. Saindo de Fair Street, passando pelas pedras que calçavam Main e New Mill Street até Cato Lane. Os acompanhantes caminharam na chuva, liderados pelo presidente, que olhava tristemente para o caixão coberto pela bandeira a poucos metros dele. Seu irmão mais novo amparava Myra Cormack, que não parava de chorar.

A população de Nantucket enfileirava-se nas calçadas, cabeças descobertas, em silêncio. Lá estavam os homens que sempre vendiam peixe, carne, ovos e vegetais para a família, os homens que os haviam servido nos bons restaurantes da ilha. Lá estavam os rostos bronzeados e enrugados dos pescadores que haviam ensinado o garoto louro de New Haven a nadar, mergulhar e pescar, ou que o levavam para apanhar mariscos ao largo de Sankaty Light.

O caseiro e o jardineiro estavam na esquina de Fair Street e Main, chorando, vendo pela última vez o garoto que aprendera a correr naquelas praias de areia dura, banhada pelas ondas, de Coatue até Great Point, voltando para Siasconset Beach. Mas vítimas de bombas não são para os olhos dos vivos e o caixão estava fechado.

Em Prospect Hill dirigiram-se para a parte protestante do cemitério, passando por túmulos centenários de homens que pescavam baleias nos seus pequenos barcos e trabalhavam o marfim à luz dos lampiões a óleo, nas longas noites de inverno. Chegaram à parte nova, onde o túmulo já estava aberto e preparado.

Os acompanhantes entraram e encheram o cemitério, fileira após fileira, e naquele lugar descampado o vento sibilava sobre o Sound e sobre a cidade, despenteando cabelos, fazendo voar lenços. Nenhuma loja abriu naquele dia, nenhum posto de gasolina, nenhum bar. Nenhum avião aterrissou, nenhuma balsa chegou à ilha. A população de Nantucket se isolou do mundo para chorar um dos seus, embora por adoção. O sacerdote começou a recitar as antigas palavras e sua voz era carregada pelo vento.

Lá no alto, um falcão solitário, trazido do Ártico pelo vento, como um floco de neve, olhou para baixo, observou cada detalhe com seus olhos incríveis e seu grito doloroso de alma penada desceu com o vento.

A chuva, que tinha diminuído, ficou mais intensa agora, com rajadas fortes. As pás trancadas do velho moinho estalavam na estrada. Os homens de Washington estremeceram, agasalhando-se mais nos seus sobretudos. O presidente olhava imóvel para o que restava do seu filho, sem sentir o frio nem a chuva.

A um metro dele estava a primeira-dama, o rosto molhado de chuva e de lágrimas. Quando o sacerdote chegou ao trecho "a ressurreição e a vida eterna", ela cambaleou como se fosse cair.

Ao seu lado, um homem do Serviço Secreto, o paletó aberto para alcançar rapidamente a arma sob o braço esquerdo, cabelo cortado rente e o físico de um jogador de futebol americano, deixou de lado o protocolo e a disciplina e passou um braço pelos ombros dela. A primeira-dama, inclinada para ele, encostou o rosto no paletó molhado e chorou.

John Cormack ficou sozinho, isolado na sua compreensão e no seu sofrimento, incapaz de estender a mão, uma ilha.

Um fotógrafo, mais esperto que os outros, apanhou uma escada num quintal, a duzentos metros de distância, subiu no velho moinho de madeira, na esquina de South Prospect Street com South Mill Street, e apenas com a luz de uma abertura nas nuvens tirou uma fotografia, sobre as cabeças dos que estavam no cemitério, do grupo ao lado do túmulo.

A fotografia apareceu em todos os cantos da América e no mundo todo. Mostrava o rosto de John Cormack como ninguém jamais vira. O rosto de um homem envelhecido, doente, cansado, exausto. Um homem que não podia suportar nada mais, um homem pronto para partir.

Depois os Cormack ficaram na entrada do cemitério, recebendo as condolências. Ninguém tinha palavras. O presidente balançava a cabeça como se compreendesse e apertava as mãos formalmente.

Após os poucos membros da família, vieram os amigos mais íntimos e colegas, liderados pelos seus membros do Gabinete que formavam o centro do comitê que procurava debelar a crise.

Michael Odell parou por um momento, procurou dizer algo, balançou a cabeça e afastou-se. A chuva caía sobre sua cabeça inclinada, ensopando o cabelo grisalho.

A diplomacia impecável de Jim Donaldson foi desarmada também pela emoção. Ele também só conseguiu olhar em silêncio para o amigo, apertar a mão seca e flácida e sair.

Bill Walters, o jovem secretário de Justiça, escondeu sob a formalidade o que estava sentindo. Murmurou:

— Sr. Presidente, meus pêsames. Sinto muito, senhor.

Morton Stannard, o banqueiro de Nova York transferido para o Pentágono, era o mais velho do grupo. Comparecera a muitos funerais, de amigos e colegas, mas nenhum como aquele. Ia dizer algo convencional, mas só conseguiu murmurar:

— Meu Deus, John, eu sinto tanto!

Brad Johnson, o acadêmico negro e conselheiro da Segurança Nacional, apenas balançou a cabeça, como que atordoado.

Hubert Reed, do Tesouro, surpreendeu os que estavam perto dos Cormack. Não era um homem efusivo, tímido demais para manifestações de afeição, um solteirão que nunca sentira a falta de mulher ou filhos. Mas olhou para cima, para John Cormack, com seus óculos molhados pela chuva, estendeu a mão e então, impulsivamente, abraçou com carinho o velho amigo. Como que surpreso com o próprio ato, voltou apressadamente para junto dos outros que entravam nos carros que os levariam ao aeroporto.

A chuva diminuiu outra vez e dois homens fortes começaram a jogar pás de terra no túmulo. Estava acabado.

QUINN VERIFICOU os horários da barca que saía de Dover para Ostende. Tinham perdido a última daquele dia. Passaram a noite num hotel tranquilo e de manhã tomaram o trem em Charing Cross.

Atravessaram o canal sem incidentes. No fim da manhã, Quinn alugou um Ford azul numa agência local e seguiram para o antigo porto comercial flamengo que funcionava no Schelde desde antes de Colombo sair para o mar.

A Bélgica é cruzada por um sistema muito moderno de rodovias de alta classe. As distâncias são pequenas e o tempo de viagem menor ainda. Quinn escolheu a E5 que saía do leste de Ostende, atravessava o sul de Bruges e Gand, depois seguia para nordeste até a E3, que ia direto ao coração de Antuérpia, onde chegaram pouco depois do almoço.

A Europa era território desconhecido para Sam, mas Quinn parecia conhecer bem. Sam o ouviu falar francês, rápida e fluentemente, várias vezes durante o pouco tempo que estavam no país. O que ela não sabia era que, em todas as vezes, Quinn perguntava se o flamengo não se *importaria* se ele falasse francês, antes de começar. Os flamengos de modo geral falam um pouco de francês, mas gostam de ser consultados antes. Só para ficar estabelecido que não são valões.

Hospedaram-se num pequeno hotel no Italie Lei e foram a pé a um dos muitos restaurantes existentes nos dois lados do De Keyser Lei.

— O que exatamente você está procurando? – perguntou Sam.

— Um homem – disse Quinn.

— Que tipo de homem?

— Vou saber quando o encontrar.

Depois do almoço, Quinn consultou um chofer de táxi, em francês, e partiram. Parou numa loja de arte, comprou dois artigos, depois um mapa da cidade num quiosque na esquina, e teve outra conferência com um chofer de táxi. Sam ouviu as palavras "Falcon Rui" e depois "Schipperstraat". O chofer de táxi olhou para ela com expressão maliciosa.

Falcon Rui era uma rua com várias lojas de roupas baratas, entre outras. Numa delas, Quinn comprou um suéter de marinheiro, calça de brim e botas pesadas. Enfiou tudo numa mochila de lona e partiram para Schipperstraat. Acima dos telhados ela via os bicos de grandes guindastes, sinal de que estavam perto das docas.

Quinn deixou a Falcon Rui e entrou num labirinto de ruas estreitas e pobres, uma zona de pequenas casas entre Falcon Rui e o rio Schelde. Passaram por vários homens mal-encarados, aparentemente marinheiros mercantes. À sua esquerda, Sam viu uma janela iluminada. Olhou para dentro. Uma mulher jovem e grande, só de calcinba e sutiã, pequenos demais para seu corpo, estava sentada numa poltrona.

— Puxa, Quinn, esta é a zona do meretrício – protestou ela.

— Eu sei, foi o que perguntei ao chofer do táxi.

Ele continuou, olhando para a esquerda e para a direita, lendo os nomes das lojas. Além dos bares e das janelas iluminadas, atrás das quais sentavam-se as prostitutas, havia poucas lojas. Mas ele encontrou três do tipo que procurava, todas num espaço de duzentos metros.

— Tatuagens? – perguntou ela.

— Docas – respondeu ele simplesmente. – Docas significam marinheiros, marinheiros significam tatuagens. Significam também bares, mulheres e os bandidos que vivem à custa delas. Voltaremos hoje à noite.

O SENADOR Bennett Hapgood levantou-se no Senado e dirigiu-se à tribuna. No dia seguinte ao funeral de Simon Cormack as duas casas do Congresso americano registraram mais uma vez seu choque e repulsa pelo crime na estrada solitária na Inglaterra, na semana anterior.

Orador após orador havia exigido ação para descobrir os culpados e levá-los a julgamento, nos tribunais americanos, custasse o que custasse. O líder do plenário bateu o martelo.

– O senador de Oklahoma tem a palavra – entoou ele.

Bennett Hapgood não era considerado um homem de peso no Senado. Não teria muitos ouvintes se não fosse pelo assunto em debate. Todos pensavam que o senador de Oklahoma não teria muito a acrescentar. Mas tinha. Depois das palavras habituais de condolências ao presidente, revolta contra o crime e desejo de ver os culpados no banco dos réus, fez uma pausa e pensou no que ia dizer.

Sabia que era um jogo, um jogo infernal. Não tinha provas do que lhe haviam contado. Se estivesse errado, seus companheiros do Senado o dispensariam como outro leviano qualquer que usa palavras sérias sem um objetivo sério. Mas tinha de falar para não perder o apoio do seu novo e impressionante patrocinador financeiro.

– Mas talvez não precisemos ir muito longe para encontrar os culpados deste ato diabólico.

Os murmúrios cessaram. Homens que saíam da sala pararam e voltaram-se para o orador.

– Eu gostaria de fazer uma pergunta. Não é verdade que a bomba que matou aquele jovem, o filho único do nosso presidente, foi fabricada e montada inteiramente dentro da União Soviética? O dispositivo mortal não veio da Rússia?

Sua demagogia natural o teria levado a falar por mais algum tempo. Mas o debate se transformou em desordem e confusão. A imprensa levou a pergunta a toda a nação em poucos minutos. Durante duas horas o governo procurou se defender e evitar os repórteres. Depois teve de dar a público o conteúdo do sumário do Dr. Barnard.

Ao cair da noite, a fúria cega contra os estranhos, que havia dominado a população de Nantucket como uma corrente de revolta, na véspera, tinha agora um alvo. Numa manifestação espontânea de repulsa, eles atacaram e destruíram os escritórios da linha aérea soviética, a Aeroflot, na Quinta Avenida, 630, Nova York, antes que a polícia pudesse formar um cordão de isolamento ao redor do prédio. O pessoal do escritório, tomado de pânico, correu para cima, fugindo da multidão, mas foi expulso pelos que trabalhavam nos outros escritórios. Conseguiram escapar, com a ajuda dos bombeiros, quando atearam fogo no grupo de salas da Aeroflot e o edifício foi evacuado.

A polícia de Nova York chegou aos escritórios da missão soviética junto às Nações Unidas, na rua 67, a tempo de evitar que a multidão a invadisse. Felizmente para os russos, o cordão humano dos homens de azul conseguiu deter aquelas pessoas. A polícia estava lutando contra uma multidão que pretendia fazer algo com o que muitos dos policiais concordavam.

O mesmo aconteceu em Washington. A polícia da capital fora avisada com antecedência e isolou a embaixada soviética e o consulado em Phelps Place no momento exato. Telefonemas frenéticos do embaixador soviético para o Departamento de Estado receberam a garantia de que o relatório britânico ainda estava sendo estudado e podia ser falso.

– Queremos ver esse relatório – insistiu o embaixador Yermakov. – É uma mentira. Afirmo isso categoricamente. É uma mentira.

As agências Tass e Novosti, bem como todas as embaixadas soviéticas do mundo, fizeram um comunicado, tarde da noite, negando terminantemente a veracidade do relatório Barnard, acusando Londres e Washington de calúnia maldosa e deliberada.

– Como diabo ficaram sabendo? – perguntou Michael Odell. – Como esse senador Hapgood soube do relatório?

Ninguém tinha a resposta. Qualquer organização importante, e mais ainda um governo, não pode funcionar sem um exército de secretários, estenógrafos, funcionários de escritório, mensageiros. Qualquer um deles pode deixar vazar o conteúdo de um documento secreto.

– Uma coisa é certa – disse Stannard, da Defesa. – Depois disso, o tratado de Nantucket está tão morto quanto um fóssil. Temos de fazer uma revisão nas verbas da Defesa, considerando que não haverá reduções, nenhum limite.

QUINN COMEÇOU uma romaria pelos bares do labirinto de ruas estreitas atrás de Schipperstraat. Chegou às 22 horas e saiu quando os bares fecharam as portas, de madrugada. Um marinheiro alto, que parecia embriagado, falava francês arrevesado, mas tomava uma pequena cerveja em cada bar. Estava frio lá fora e as prostitutas, com suas roupas leves, tremiam em volta do aquecedor elétrico de duas barras ou do aparelho de ar quente, atrás das suas janelas fechadas. Quando terminavam o seu dia de trabalho, vestiam um casaco e iam até um dos bares para um drinque e a troca de piadas pesadas com o barman e os fregueses.

Quase todos os bares tinham nomes como Las Vegas, Hollywood, Califórnia, sem dúvida refletindo a esperança dos donos de que os nomes sofisticados sugerissem ao marinheiro errante a promessa de opulência por detrás das portas lascadas. A maioria se constituía de antros sórdidos, mas eram aquecidos e com boa cerveja.

Quinn disse a Sam que ela teria de esperar, no hotel ou no carro estacionado a duas esquinas adiante, em Falcon Rui. Ela preferiu o carro, o que não a impediu de receber várias propostas através dos vidros fechados.

Quinn bebia devagar, observando os fregueses, locais e estrangeiros, que entravam e saíam. Na sua mão esquerda, feita com nanquim comprado na loja de arte, levemente borrado, para dar a impressão de antiguidade, estava a teia negra com a aranha vermelha no centro. Durante toda a noite ele examinou as mãos esquerdas dos homens, mas não viu nada parecido.

Andou pela Guit Straat e a Pauli Plein, tomou uma pequena cerveja em cada bar, voltou a Schipperstraat e recomeçou a busca. As mulheres pensavam que ele queria uma delas, mas não conseguia se decidir. Os homens o ignoravam, uma vez que estavam sempre em movimento também. Uns dois barmen, na sua terceira visita, o cumprimentaram com um aceno e um largo sorriso.

– Você aqui outra vez? Não teve sorte?

Estavam certos, só que falavam de outra coisa. Quinn não teve sorte, e antes da madrugada voltou para o carro e para Sam. Ela estava quase dormindo com o motor ligado para o aquecimento.

– E agora? – ela perguntou quando voltavam para o hotel.

– Comer, dormir, comer, recomeçar amanhã à noite.

Passaram a manhã na cama e Sam procurou ser o mais erótica possível, pensando que talvez Quinn estivesse excitado depois de ver aquelas mulheres seminuas em Shipperstraat. Ele não estava, mas não viu nenhum motivo para desapontá-la.

NO MESMO dia, Peter Cobb pediu uma entrevista com Cyrus Miller na cobertura do edifício da Pan-Global, em Houston.

– Quero sair – disse ele sem preâmbulos. – Isto foi longe demais. O que aconteceu com aquele rapaz foi horrível.

Meus sócios estão comigo. Cyrus, você disse que nunca chegariam a esse ponto. Disse que o seqüestro seria suficiente para... as mudanças. Nunca pensamos que ele ia morrer... mas o que aqueles animais fizeram com ele... foi horrível... imoral...

Miller levantou-se e fulminou o jovem com o olhar.

– Não me faça sermões sobre moralidade, garoto. Nunca faça isso. Eu também não queria que acontecesse, mas nós todos sabíamos que talvez fosse preciso. Você também, Peter Cobb, perante Deus, você também. E foi preciso. Ao contrário de você, rezei a Deus para que me orientasse. Ao contrário de você, passei noites ajoelhado, orando por aquele rapaz. E o Senhor respondeu, meu amigo, e o Senhor disse: "É melhor que aquele jovem cordeiro vá para o matadouro do que todo o rebanho." Não estamos falando de um homem, falamos da segurança, da sobrevivência, da vida de todos os americanos. E o Senhor me disse que o que tem de ser será. Aquele comunista em Washington precisa ser vencido antes que destrua o templo do Senhor, o templo que é toda esta terra. Volte para sua fábrica, Peter Cobb, volte e transforme os arados nas espadas de que vamos precisar para defender nossa nação e destruir o anticristo de Moscou. E fique calado. Não me fale mais de moralidade, pois isto é obra do Senhor e Ele falou comigo.

Peter Cobb voltou para sua fábrica extremamente abalado.

MIKHAIL GORBACHEV teve também um confronto importante naquele dia. Mais uma vez os jornais ocidentais estavam espalhados na longa mesa de conferências que ocupava quase todo o comprimento da sala, as fotografias contando parte da história, as manchetes enormes contando o restante. Só estas últimas ele precisava que fossem traduzidas para o russo. As traduções do Ministério das Relações Exteriores estavam anexadas aos jornais.

Sobre sua mesa havia relatórios que não precisavam de tradução. Eram redigidos em russo e vinham de todos os embaixadores da URSS, dos consulados gerais e dos correspondentes estrangeiros. Até os estados satélites da Europa Oriental tiveram suas manifestações anti-soviéticas. Os desmentidos de Moscou foram constantes e sinceros, mas sem efeito...

Como russo e *apparatchik* do partido com anos de prática, Mikhail Gorbachev não era novato em *realpolitik*. Conhecia a contra-informação. O Kremlin não tinha um departamento só para isso? Não havia no KGB um diretório inteiro cuja finalidade era implantar sentimentos antiocidentais com mentiras oportunas ou com meias-verdades, muito mais perigosas? Mas este ato de contra-informação era incrível.

Esperou com impaciência o homem que havia chamado. Era quase meia-noite e ele cancelara um fim de semana para caçar patos nos lagos do norte, além de abrir mão da saborosa comida da Geórgia, uma das suas grandes paixões.

O homem chegou um pouco depois da meia-noite.

Um secretário-geral da URSS, mais do que qualquer outra pessoa, jamais pode esperar que o chefe do KGB seja um homem caloroso e amável, mas a fria crueldade do rosto do general Vladimir Kriuchkov desagradava extremamente a Gorbachev.

Era verdade que o homem devia a ele sua promoção. Quando ocupava o posto de terceiro-diretor no KGB, assegurando a deposição do seu velho antagonista Chebrikov, há três anos, Gorbachev não teve escolha. Um dos quatro assistentes teria de ocupar o posto e a carreira do advogado Kriuchkov parecia indicação suficiente. Desde então, o secretário-geral começou a ter sérias dúvidas.

Reconhecia que talvez tivesse sido levado pelo desejo de transformar a URSS num "estado socialista com base na lei", onde a lei fosse suprema, um conceito antigamente considerado burguês pelo Kremlin. Aqueles primeiros dias de outubro de 1988 foram de grande tensão, quando ele convocou uma reunião extraordinária do Comitê Central e inaugurou sua própria Noite das Longas Facas contra seus oponentes. Talvez, com a pressa, tivesse deixado passar muitos detalhes. Como a história da carreira de Kriuchkov.

Kriuchkov havia trabalhado no escritório do promotor público de Stalin, um cargo inadequado para pessoas sensíveis, e participara da repressão selvagem ao levante húngaro, em 1956, tendo entrado para o KGB em 1967. Na Hungria conheceu Andropov, que foi chefe do KGB durante 15 anos. Andropov escolheu Chebrikov para sucedê-lo e Chebrikov escolheu Kriuchkov para chefiar a divisão de espionagem no exterior, chefe do Primeiro Diretório. Talvez ele, o secretário-geral, tivesse subestimado as antigas lealdades.

Olhou para a testa redonda, os olhos gelados, as costeletas espessas e grisalhas, a boca sombria com os cantos voltados para baixo. E compreendeu, afinal, que aquele homem poderia ser seu oponente.

Gorbachev levantou-se, contornou a mesa e apertou a mão seca e firme do homem. Como sempre que conversava com alguém, mantinha os olhos intensamente fixos nos do interlocutor, como que procurando evasiva ou timidez. Ao contrário da maioria dos seus predecessores, ficava satisfeito quando não encontrava nenhuma das duas. Com um gesto indicou os noticiários estrangeiros. O general balançou a cabeça afirmativamente. Já vira todos, e mais ainda. Evitou os olhos de Gorbachev.

— Vamos resumir o assunto — disse Gorbachev. — Sabemos o que eles estão dizendo. É uma mentira. Continuaremos com nossos desmentidos. Esta mentira não deve sobreviver. Mas de onde ela vem? No que se baseia?

Kriuchkov bateu com a mão aberta nos jornais, com expressão de desprezo. Embora tivesse morado na América, como *rezident* do KGB, odiava os americanos.

— Camarada Secretário-Geral, aparentemente baseiase num relatório de cientistas britânicos que fizeram a perícia do crime. Ou esses homens mentiram, ou outros alteraram os relatórios. Acho que se trata de um truque dos americanos.

Gorbachev voltou para sua cadeira, atrás da mesa. Escolheu cuidadosamente as palavras.

— Poderia haver... sob quaisquer circunstâncias... alguma verdade nessas acusações?

Vladimir Kriuchkov sobressaltou-se. Dentro da sua organização havia um departamento especializado no desenho, invenção e fabricação dos dispositivos mais diabólicos para liquidar pessoas, ou simplesmente incapacitar. Mas esse não era o caso. Não haviam montado nenhuma bomba para ser escondida no cinto de Simon Cormack.

— Não, camarada, não, é claro que não.

Gorbachev inclinou-se para a frente e bateu com a mão de leve no mata-borrão.

— Descubra — ordenou ele. — De uma vez por todas, sim ou não, descubra.

O general fez um gesto afirmativo e saiu. O secretáriogeral olhou para a longa sala. Precisava — talvez fosse mais certo dizer "tinha precisado" — do tratado de Nantucket muito mais do que o Salão Oval podia imaginar. Sem ele, seu país enfrentava o fantasma do invencível bombardeiro "Stealth" B2, e nos seus pesadelos ele tentava arranjar trezentos bilhões de rublos para reconstruir a rede de defesa aérea. Até que o petróleo acabasse.

QUINN O VIU na terceira noite. Era baixo e atarracado, com orelhas e nariz de pugilista. Estava sozinho numa das extremidades do balcão do bar Montana, um lugarzinho sórdido em Oude Mann Straat, um nome bastante adequado: Rua do Homem Velho. Havia uma dezena de pessoas no bar, mas ninguém falou com ele e, ao que parecia, o homem não queria falar com ninguém. O copo de cerveja estava na mão direita. Nas costas da esquerda, que segurava o cigarro feito a mão, via-se a teia negra. Quinn andou devagar até a extremidade do balcão e, deixando uma banqueta entre os dois, sentou-se.

Ambos ficaram em silêncio por algum tempo. O sujeito apenas olhou de relance para Quinn e não demonstrou maior interesse. Dez minutos se passaram. O homem enrolou outro cigarro. Quinn o acendeu. O outro agradeceu com um movimento da cabeça, mas sem uma palavra. Um homem desconfiado e grosseiro, sem disposição para conversar.

Quinn olhou para o barman e fez um gesto, pedindo outra cerveja. Ele levou outra garrafa. Quinn apontou para o copo vazio do homem ao seu lado e ergueu uma sobrancelha interrogativamente. O sujeito balançou a cabeça, enfiou a mão no bolso, tirou o dinheiro e pagou sua cerveja.

Quinn suspirou intimamente. Trabalho difícil. O homem parecia um desordeiro de bar e ladrão oportunista, sem o mínimo de inteligência necessário para explorar mulheres. Provavelmente não falava francês, e sem dúvida era mal-humorado. Mas a idade estava certa, quase 50 anos e tinha a tatuagem. Tinha de servir.

Quinn saiu e encontrou Sam deitada no banco do carro, a dois quarteirões do bar. Disse o que pretendia fazer.

– Você está doido? – disse Sam. – Eu não posso fazer isso. Quero que saiba, Sr. Quinn, que sou filha de um pregador religioso de Rockcastle – terminou, com um sorriso.

Dez minutos depois, Quinn estava na mesma banqueta do bar quando ela entrou. Sua saia estava tão curta que provavelmente a cintura fora puxada até as axilas, cobertas pela camiseta de gola alta. Tinha usado todos os lenços de papel do porta-luvas do carro para aumentar os seios já generosos por natureza. Caminhou gingando e sentou na banqueta entre Quinn e o homem. Ele olhou para ela, como todos os outros. Quinn a ignorou.

Sam ergueu-se um pouco na banqueta e beijou o rosto de Quinn, depois enfiou a língua na orelha dele. Quinn continuou impassível. O homem agora olhava para o próprio copo, com rápidos olhares para os seios que descansavam sobre o bar. O barman aproximou-se, sorriu e ergueu as sobrancelhas interrogativamente.

– Uísque – pediu ela. É uma palavra internacional que não trai a origem de ninguém. O homem perguntou, em flamengo, se ela queria com gelo. Sam não entendeu, mas fez um gesto afirmativo. Ganhou o gelo. Levantou o copo para Quinn, que continuava ignorando sua presença. Com um erguer de ombros, ela voltou-se para o cara de pugilista, propondo um brinde. Surpreso, o desordeiro de bar retribuiu.

Deliberadamente, Sam abriu a boca e passou a língua sobre o lábio inferior vermelho e brilhante. Estava tentando o homem desavergonhadamente. Ele a brindou com um sorriso de dentes quebrados. Sem esperar maior encorajamento, Sam inclinou-se e o beijou na boca.

Com as costas da mão, Quinn a atirou no chão, levantou-se e caminhou para o homem.

– Que merda pensa que está fazendo, se metendo com minha dona? – rosnou ele, num francês de bêbado.

Sem esperar resposta, acertou um murro de esquerda no queixo do homem, atirando-o de costas na serragem que cobria o chão do bar.

Ele caiu, piscou os olhos, levantou-se agilmente e arremeteu sobre Quinn. Sam, seguindo as instruções, saiu rapidamente do bar. O barman apanhou o telefone sob o balcão, discou 101, o número da polícia, e quando atenderam murmurou "briga de bar" e deu o endereço.

Os carros da polícia estavam sempre rodando por aquele distrito, especialmente à noite, e o primeiro Sierra branco, com a palavra POLITIE escrita em azul nos dois lados, chegou em quatro minutos. Dele saíram dois policiais uniformizados, seguidos por mais dois do segundo carro, vinte segundos depois.

Contudo, é espantoso o estrago que dois bons lutadores podem fazer num bar, em quatro minutos. Quinn sabia que era mais rápido do que o brutamontes cheio de bebida e cigarro, e tinha braços mais compridos. Mas deixou que o homem acertasse alguns murros nas suas costelas, a título de encorajamento, e então acertou-o um pouco abaixo do coração, para acalmá-lo. Quando parecia que o homem mais baixo ia desistir, Quinn agarrou-se a ele para estimular um pouco a luta.

Como dois ursos abraçados, foram presos ali mesmo. A central de polícia da área fica na Zona Oeste P/1, e o posto policial mais próximo situa-se na Blindenstraat. Os carros-patrulha chegaram ao posto com os prisioneiros, um em cada carro, dois minutos depois, entregando-os ao oficial de dia, sargento Klopper. O barman avaliou os estragos e fez uma declaração atrás do seu balcão. Não precisavam prender o homem, ele tinha um negócio para cuidar. Os policiais dividiram por dois o cálculo das avarias e o fizeram assinar.

Em Blindenstraat sempre separam homens presos por briga. O sargento Klopper atirou o pugilista, que conhecia muito bem de encontros anteriores, no *wachtkamer* vazio, atrás da sua mesa. Mandou Quinn sentar num banco duro na área de recepção, enquanto examinava seu passaporte.

— Americano, hem? — disse Klopper. — Não devia se meter em brigas, Sr. Quinn. Este Kuyper, nós conhecemos. Está sempre metido em encrencas. Desta vez ele fica aqui. Ele o agrediu primeiro, não foi?

Quinn balançou a cabeça.

— Na verdade, eu o ataquei.

Klopper examinou o depoimento do dono do bar.

— Hum. *Ja*, o barman diz que os dois são culpados. Uma pena. Agora tenho de deter os dois. De manhã vão para o *magistraat*. Por causa dos estragos no bar.

O *magistraat* significava burocracia. Quando, às 5 horas, uma senhora americana muito elegante, vestida discretamente, entrou no posto policial com um maço de dinheiro para pagar os estragos no Montana, o sargento Klopper ficou aliviado.

— A senhora paga a metade, a parte deste americano, *ja*? — perguntou ele.

— Paga tudo — disse Quinn, do seu banco.

— Paga a parte de Kuyper também, Sr. Quinn? Ele é um bandido, entra e sai da cadeia desde menino. Uma longa ficha, sempre miudezas.

– Pague por ele também – ordenou Quinn a Sam.

Ela obedeceu.

– Agora que ninguém deve nada, quer registrar a queixa, sargento?

– Na verdade, não. Pode ir.

– Ele também? – Quinn apontou para o *wachtkamer*, para o homem que roncava e que podia ser visto através da porta.

– O senhor quer o *homem*?

– É claro, somos amigos.

O sargento ergueu uma sobrancelha, sacudiu Kuyper, disse que o americano havia pago por ele, o que era uma sorte, pois do contrário Kuyper ia passar uma semana na cadeia outra vez. Mas agora podia ir. Quando o sargento ergueu a cabeça, a senhora americana tinha desaparecido. O americano passou o braço pelos ombros de Kuyper e desceram juntos, cambaleando pela escada do posto policial. Para grande alívio do sargento.

EM LONDRES os dois homens silenciosos encontraram-se num restaurante discreto, onde os garçons, depois de servir o almoço, os deixaram sozinhos. Eles se conheciam de vista, ou melhor, por fotografia. Um sabia a profissão do outro. Um curioso qualquer, se tivesse a ousadia de perguntar, talvez ficasse sabendo que o inglês era funcionário público do Ministério das Relações Exteriores e o outro era assistente do adido cultural na embaixada soviética.

Mas jamais saberia, por mais que consultasse os arquivos, que o homem do Ministério das Relações Exteriores era chefe da seção soviética em Century House, quartel-general do Serviço de Informações Secreto da Grã-Bretanha, nem que o homem que organizava visitas do Coral Estatal da Geórgia era assistente do *rezident* do KGB dentro da missão. O encontro dos dois homens tinha a aprovação dos seus respectivos governos e era resultado de um pedido dos russos. O chefe do SIS havia pensado profundamente antes de concordar. O britânico tinha uma vaga idéia do que o russo ia pedir.

Quando o que restava das costeletas de carneiro foi retirado da mesa e o garçom afastou-se para providenciar o café, o russo fez a pergunta.

— Infelizmente sim, Vitali Ivanovich – respondeu o inglês sombriamente. Falou durante alguns minutos, fazendo um sumário dos resultados da perícia de Barnard.

O russo ficou abalado.

— Isto é impossível – disse ele, por fim. – Os desmentidos do meu governo são sinceros.

O homem do SIS ficou calado. Podia dizer que, quando se contam muitas mentiras, na hora em que se diz a verdade ninguém acredita. Mas não disse. Tirou uma fotografia do bolso interno do paletó. O russo a examinou.

Era uma cópia muito ampliada do original, do tamanho de um clipe de papel. Na fotografia, o dispositivo tinha 16 centímetros de comprimento. Um minidetonador de Baikonur.

— Isto foi encontrado no corpo?

O inglês fez um gesto afirmativo.

— Dentro de um fragmento de osso que estava enfiado no baço.

— Não sou tecnicamente qualificado – disse o russo. – Posso ficar com a fotografia?

— Para isso eu a trouxe – disse o homem do SIS.

O russo suspirou e tirou um papel do bolso O inglês olhou rapidamente e ergueu uma sobrancelha. Era um endereço em Londres. O russo deu de ombros.

– Um pequeno gesto de boa vontade – disse ele –, algo que chegou ao nosso conhecimento.

Os homens pagaram a conta e separaram-se. Quatro horas depois, a Divisão Especial e o esquadrão antiterrorista invadiram uma casa isolada em Mill Hill, prendendo quatro membros de uma unidade ativa do IRA e apreendendo material para fabricação de bombas suficiente para uma dúzia de ataques na capital.

QUINN SUGERIU a Kuyper que deviam procurar um bar ainda aberto e comemorar sua liberdade com um drinque. Dessa vez não houve objeção. Kuyper não guardava ressentimento pela briga no bar. Na verdade, estava entediado e a briga servira para animar seu espírito. O pagamento feito pelo americano era um bônus extra. Além disso, sua ressaca precisava do consolo de uma ou duas cervejas, e se o homem alto estava pagando...

Seu francês era lento, mas passável. Parecia entender melhor do que falava. Quinn apresentou-se como Jacques Degueldre, cidadão francês de origem belga, há muitos anos trabalhando nos navios da marinha mercante francesa.

Na segunda cerveja Kuyper notou a tatuagem nas costas da mão de Quinn e orgulhosamente estendeu a sua para a comparação.

– Aqueles é que foram os bons tempos, hem? – disse Quinn com um largo sorriso.

Kuyper deu uma risada rouca, lembrando.

– Quebrei algumas cabeças naqueles dias – disse o homem, satisfeito. – Onde você se alistou?

– Congo, 1962 – disse Quinn.

Kuyper franziu a testa, tentando compreender como o homem tinha entrado para a organização da Aranha no Congo. Quinn inclinou-se para ele, com ar conspiratório.

— Lutei lá de 1962 a 1967 – disse ele. – Com Schramme e Wauthier. Naquele tempo eram todos belgas por lá. A maioria, flamengos. Os melhores soldados do mundo.

Kuyper gostou disso. Balançou a cabeça afirmativa e sombriamente, confirmando a verdade do que o outro dizia.

— Dei uma lição naqueles negros miseráveis, pode estar certo.

Kuyper gostou mais ainda.

— Eu quase fui – disse, com mágoa. Evidentemente, lamentava ter perdido uma grande oportunidade de matar uma porção de africanos. – Mas eu estava em cana, na época.

Quinn serviu outra cerveja. A sétima.

— Meu melhor amigo no Congo era daqui – disse Quinn. – Éramos quatro com a tatuagem da aranha. Mas ele era o melhor. Uma noite fomos à cidade, encontramos o tatuador e eles me tornaram membro, pois já havia passado nos testes, por assim dizer. Você deve se lembrar dele... Big Paul.

Kuyper absorveu a informação lentamente, pensou por algum tempo, franziu a testa e balançou a cabeça.

— Paul do quê?

— Ah, eu nem me lembro mais. Tínhamos vinte anos na ocasião. Faz muito tempo. Nós o chamávamos só de Big Paul. Um cara grandão, com mais de um metro e noventa. Largo como um caminhão. Devia pesar uns cento e vinte quilos. Diabo... como era mesmo seu sobrenome?

Kuyper desfranziu a testa.

— Eu me lembro dele. Isso mesmo, bom na luta. Teve de ir embora, sabe. Saiu um passo na frente dos tiras. Por isso foi para a África. Os sacanas queriam pegar ele sob acusação de estupro. Espere um pouco... Marchais. É isso, Marchais.

– É claro – disse Quinn. – Bom e velho Paul.

STEVE PYLE, gerente-geral do BIAS em Riyad, recebeu a carta de Andy Laing dez dias após ser posta no correio. Leu na privacidade do seu escritório, e ao terminar sua mão tremia. Aquilo estava se transformando num pesadelo.

Sabia que os novos registros no computador do banco resistiriam a uma verificação eletrônica – o trabalho do coronel, apagando um grupo de registros e substituindo por outro, era uma obra quase genial, mas... E se acontecesse algo ao ministro, o príncipe Abdul? E se o ministério fizesse sua auditoria em abril e o príncipe negasse que havia sancionado a coleta de fundos? E ele, Steve Pyle, tinha somente a palavra do coronel...

Tentou se comunicar com o coronel Easterhouse por telefone, mas o homem não estava. Sem que Pyle soubesse, nas montanhas do norte, perto de Ha'il, o coronel fazia seus planos com um Iman xiita, o qual acreditava que a mão de Alá estava sobre ele e os sapatos do Profeta nos seus pés. Só conseguiu falar com o coronel três dias depois.

QUINN ENCHEU Kuyper de cerveja até o meio da tarde. Precisava ter cuidado. Com pouca bebida, a língua do homem não se soltaria o bastante para sobrepujar sua desconfiança natural e sua estupidez com bebida demais, ele simplesmente apagaria. Era desse tipo.

– Eu o perdi de vista em 1967 – disse Quinn, referindo-se ao amigo comum Paul Marchais. – Saí quando tudo começou a piorar para o nosso lado, para os mercenários. Aposto que ele não saiu. Provavelmente acabou morrendo em alguma vala cheia d'água.

Kuyper deu uma risada de bêbado e levou a ponta do indicador ao lado do nariz, o gesto do idiota que acha que sabe algo muito especial.

– Ele voltou – disse ele, feliz. – Ele saiu. Voltou para cá.

– Para a Bélgica?

– Isso mesmo. Acho que foi em 1968. Eu acabava de sair de cana. Vi com meus olhos.

Vinte e três anos, pensou Quinn. O homem podia estar em qualquer lugar.

– Bem que eu gostaria de tomar uma cerveja com Big Paul, pelos velhos tempos – disse Quinn, pensativo.

Kuyper balançou a cabeça.

– Não tem jeito – disse com voz arrastada. – Ele desapareceu. Tinha de desaparecer, com aquele negócio da polícia e tudo o mais. A última vez que ouvi falar nele, estava trabalhando num parque de diversões em algum lugar no sul.

Cinco minutos depois, ele estava dormindo. Quinn voltou para o hotel um pouco tonto. Ele também precisava dormir.

– Está na hora de justificar o que ganha – disse a Sam. – Vá ao escritório de informações para turistas e pergunte sobre parques de diversões, parques infantis, qualquer coisa assim. No sul do país.

Eram 18 horas. Quinn dormiu 12 horas.

– Existem dois – disse Sam, enquanto tomavam café no quarto. – O Bellewaerde, nos arredores da cidade de Ieper, no extremo oeste, perto da costa e da fronteira da França. E o Walibi, nos arredores de Wavre, ao sul de Bruxelas. Eu trouxe os folhetos.

– Acho que os folhetos não dizem que há um antigo mercenário do Congo entre seu pessoal – disse Quinn. –

Aquele cretino disse "sul". Vamos tentar Walibi primeiro. Faça o itinerário e vamos verificar.

Pouco antes das 10 horas, Quinn pôs no carro sua mochila de lona e a nova sacola de pano, junto com a bagagem mais volumosa de Sam. Uma vez chegados ao sistema rodoviário a viagem foi rápida, para o sul passando por Mechelen, contornando Bruxelas, na estrada circular, e sul outra vez na E40 para Wavre. A partir daí, o parque de diversões era anunciado nos lados da estrada.

Estava fechado, é claro. Todos os parques de diversões parecem tristonhos no frio inclemente do inverno, com os carros amortalhados sob as capas de lona, os pavilhões frios e vazios, a chuva cinzenta caindo sobre os trilhos da montanha-russa e o vento jogando folhas marrons para dentro da caverna de Ali Babá. Por causa da chuva fora suspenso também o trabalho de manutenção. O escritório da administração estava vazio. Pararam para um café um pouco mais adiante, na estrada.

– E agora? – perguntou Sam.

– O Sr. Van Eyck, em sua casa – disse Quinn, pedindo a lista telefônica local.

O rosto jovial do diretor do parque, Bertie Van Eyck, sorria na primeira página do folheto, acima da sua saudação de boas-vindas a todos os visitantes. Sendo um nome flamengo e ficando a cidade de Wavre na região de língua francesa, havia só três Van Eyck na lista. Um chamava-se Albert. Bertie. Um endereço fora da cidade. Almoçaram e seguiram para lá, Quinn perguntando o caminho várias vezes.

Era uma casa de aspecto agradável, isolada, numa longa estrada no campo chamada Chemin des Charrons. A Sra. Van Eyck atendeu a porta e chamou o marido, que logo apareceu com um cardigã e chinelos de pano. Do interior da casa vinha o som de um programa de esportes na televisão.

Embora de origem flamenga, Bertie Van Eyck estava no negócio de turismo e falava francês e flamengo. Seu inglês também era perfeito. Imediatamente percebeu que os visitantes eram americanos e disse:

— Sim, sou Van Eyck. Posso ajudá-los?

— Espero que possa, senhor, sim, espero que possa – disse Quinn, no papel de inocente homem do povo que havia enganado a moça do Hotel Blackwood. – Eu e minha mulher aqui estamos percorrendo a Bélgica, tentando encontrar parentes do velho país. Sabe, meu avô materno era belga, por isso tenho primos por aqui. Aí pensei que, se pudesse encontrar um ou dois, ia ser muito bom para contar para a família lá na América...

Ouviram um rugido da televisão. Van Eyck ficou genuinamente preocupado. O melhor time da Bélgica, o Tournai, jogava contra o campeão francês, o Saint-Etienne, uma partida realmente dura que nenhum torcedor podia perder.

— Infelizmente, acho que não tenho parentes americanos – disse ele.

— Não, o senhor não compreendeu. Em Antuérpia me disseram que o sobrinho da minha mãe talvez estivesse trabalhando por estes lados, num parque de diversões. Paul Marchais?

Van Eyck franziu a testa e balançou a cabeça.

— Conheço todos que trabalham para mim. Não temos ninguém com esse nome.

— Um cara grande, forte. Chamam de Big Paul. Mais de um metro e noventa, largo assim, com uma tatuagem na mão esquerda...

– *Ja, ja*, mas ele não é Marchais. Paul Lefort, quer dizer.

– Ora, vai ver que é isso mesmo – replicou Quinn. – Se não me engano, a mãe dele, irmã da minha mãe, *se casou* outra vez. Então vai ver que ele mudou de nome. Por acaso sabe onde ele mora?

– Espere, por favor.

Bertie Van Eyck voltou em dois minutos com um papel na mão. Depois correu de volta para sua partida de futebol. O Tournai tinha feito um gol e ele não vira.

– Nunca em minha vida vi uma caricatura tão perfeita de um americano idiota em visita à Europa – comentou Sam quando voltavam para a cidade de Wavre.

Quinn sorriu.

– Funcionou, não foi?

Encontraram a pensão de madame Garnier atrás da estação. Começava a escurecer. A viúva, magérrima e pequenina, começou a dizer que não havia quartos desocupados, mas ficou mais amável quando ele disse que não era isso que queria. Simplesmente queria falar com seu amigo Paul Lefort. Seu francês era tão fluente que ela pensou que fossem franceses.

– Mas ele saiu, *monsieur*. Foi trabalhar.

– No Walibi? – perguntou Quinn.

– É claro. Na roda-gigante. Ele faz a manutenção do motor durante o inverno.

Quinn fez um gesto muito francês de frustração.

– Eu nunca acerto – queixou-se ele. – No começo do mês passado fui ao parque e ele estava de férias.

– Ah, não de férias, *monsieur*. Sua pobre mãe morreu. Uma longa doença. Ele cuidou dela até o fim. Em Antuérpia.

Isso era o que tinha contado. Durante a segunda metade de setembro e todo o mês de outubro ele se ausentara da pensão e do trabalho. Aposto que sim, pensou Quinn, mas despediu-se com um largo sorriso de madame Garnier e os dois refizeram os 4 quilômetros da cidade até o parque.

Estava tão abandonado quanto seis horas atrás, mas agora, no escuro, parecia uma cidade-fantasma. Quinn pulou a cerca externa e ajudou Sam a pular também. Contra o profundo veludo do céu noturno ele via as armações da roda-gigante, a mais alta estrutura do parque.

Passaram pelo carrossel desmontado, os cavalos de madeira armazenados, a barraca de cachorro-quente fechada. A roda-gigante erguia-se imensa na noite.

– Fique aqui – murmurou Quinn.

Deixando Sam, ele adiantou-se para a base das máquinas.

– Lefort – chamou em voz baixa.

Nenhuma resposta.

As cadeirinhas de dois lugares, dependuradas nas barras de aço, estavam cobertas com lona para proteger a parte interna. Não havia ninguém dentro ou perto das mais baixas. Talvez o homem estivesse agachado no escuro à espera deles. Quinn olhou para trás.

A casa de máquinas ficava ao lado da estrutura, um grande galpão de aço com o motor elétrico e em cima dele a cabine de controle pintada de amarelo. As duas portas estavam abertas. Quinn não ouviu o som do gerador. Tocou-o com a ponta dos dedos. Estava frio.

Subiu para a cabine de controle, acendeu uma lâmpada-piloto sobre o consolo, examinou as alavancas e apertou um botão. Sob seus pés o motor ronronou. Ele ligou a velocidade e pôs a alavanca de movimento para a frente, em marcha lenta. Lá em cima, a roda-gigante começou a girar no escuro. Quinn encontrou o controle das luzes, ligou, e toda a área ao redor da base da roda-gigante foi banhada por luz branca.

Quinn desceu e ficou ao lado da rampa de embarque, enquanto as cadeirinhas passavam silenciosamente por ele. Sam aproximou-se.

– O que você está fazendo? – perguntou em voz baixa.

– Há uma cobertura de lona sobrando na casa de máquinas – disse ele.

À direita deles, a cadeirinha no topo da roda começou a aparecer. O homem dentro dela não desfrutava o prazer do passeio.

Estava deitado, o corpo enorme enchendo quase todo o espaço destinado a dois passageiros. A mão com a tatuagem repousava flácida sobre a barriga, a cabeça balançava batendo no banco, olhos sem vida olhavam para a armação da roda e para o céu. O carrinho passou devagar a poucos metros deles. A boca estava entreaberta, os dentes manchados de nicotina brilhando, molhados, à luz do holofote. No centro da sua testa havia um orifício redondo, as bordas escurecidas por marcas de queimadura. Ele passou e recomeçou a subir para o céu escuro.

Quinn voltou à cabine de controle e parou a roda-gigante no mesmo lugar de antes, a única cadeirinha ocupada bem no alto, no centro, invisível. Desligou o motor, apagou as luzes, fechou as duas portas. Tirou a chave da ignição e a da porta e jogou-as longe, no lago ornamental. A capa de lona estava trancada na cabine do motor. Quinn foi muito cuidadoso. Olhou para Sam. Ela estava pálida e abalada.

Na estrada, saindo de Wavre, a caminho da rodovia, passaram pelo Chemin des Charrons, pela casa do diretor do parque que acabava de perder um empregado. E a chuva recomeçou.

Quinhentos metros adiante viram o hotel Domaine des Champs, suas luzes um convite acolhedor na escuridão chuvosa.

Quando chegaram no quarto, Quinn sugeriu que Sam tomasse banho primeiro. Ela não fez nenhuma objeção. Enquanto ela estava no banheiro, Quinn examinou sua bagagem. O *valpak* não foi problema, a valise era de couro macio e em trinta segundos ele a revistou.

A frasqueira quadrada e sólida estava pesada. Quinn retirou a coleção de sprays, xampus, perfumes, produtos de maquiagem, espelhos, escovas e pentes. Continuava pesada. Há vários motivos pelos quais as pessoas detestam voar. A máquina de raios-X pode ser um deles. Havia uma diferença de cinco centímetros de altura entre o fundo interno e o externo. Com o canivete ele encontrou a abertura.

Sam saiu do banheiro dez minutos depois, escovando o cabelo molhado. Ia dizer algo quando viu o que estava sobre a cama e parou. Seu rosto se contraiu.

Não era o que tradicionalmente se chama de uma arma feminina. Era um Smith & Wesson.38, cano longo, e as balas ao lado do revólver sobre a coberta da cama eram de ponta oca. Uma arma para fazer parar um homem.

13

– Quinn, juro por Deus. Brown me obrigou a trazer a arma, antes de permitir que eu viesse com você. Para o caso de algo se complicar, disse ele.

Quinn fez um gesto afirmativo, brincando com a comida no prato, que por sinal estava excelente. Mas ele perdera o apetite.

— Escute, você sabe que a arma não foi usada. E estive sempre com você desde Antuérpia.

Ela estava certa. Embora Quinn tivesse dormido 12 horas na noite anterior, tempo suficiente para ir de carro de Antuérpia a Wavre e voltar, folgadamente. Madame Garnier dissera que seu hóspede saíra para trabalhar na roda-gigante de manhã, após o café. Sam estava na cama quando ele acordou, às 6 horas. Mas existem telefones na Bélgica.

Sam não havia encontrado Marchais antes dele, mas alguém o encontrara. Brown e seus caçadores do FBI? Quinn sabia que estavam na Europa, com o apoio de toda a força policial. Mas Brown ia querer o homem vivo, capaz de falar, de identificar seus cúmplices. Talvez. Quinn empurrou o prato.

— Foi um longo dia – disse ele. – Vamos dormir.

Mas ficou acordado, no escuro, olhando para o teto. Só foi adormecer à meia-noite, resolvido a acreditar em Sam.

Partiram de manhã, depois do café, Sam dirigindo.

— Para onde, mestre?

— Hamburgo – disse Quinn.

— Hamburgo? O que temos em Hamburgo?

— Conheço um homem em Hamburgo – foi só o que ele disse.

Estavam na estrada outra vez, para o sul, entraram na E41 ao norte de Namur, depois a longa e reta rodovia para leste, passando por Liège e cruzando a fronteira com a Alemanha em Aachen. O sistema rodoviário belga entrosa-se suavemente com as *autobahns* alemãs, e depois da fronteira Sam seguiu para o norte, atravessando a incrível área

399

industrial do Ruhr, passando por Düsseldorf, Duisburg e Essen, chegando finalmente às planícies agrícolas da Baixa Saxônia.

Quinn a substituiu na direção depois de três horas, e duas horas depois pararam para almoçar as suculentas salsichas da Westfália com salada de batatas, numa das várias *Gasthaus* que aparecem de cinco em cinco quilômetros nas principais rodovias alemãs. Começava a escurecer quando entraram no tráfego pesado em direção aos subúrbios de Hamburgo.

A antiga cidade portuária hanseática no rio Elba estava exatamente como Quinn a conhecera. Encontraram um hotel pequeno, anônimo mas confortável, atrás do Steindammtor.

— Eu não sabia que você falava alemão também — disse Sam, quando chegaram ao quarto.

— Você nunca perguntou — respondeu ele.

Na verdade, aprendera a falar alemão sozinho há alguns anos, porque quando o grupo terrorista Baader-Meinhof estava no auge da atividade, bem como seu sucessor, a Facção do Exército Vermelho, os seqüestros eram freqüentes na Alemanha, e em geral muito sangrentos. Nos anos 1970, Quinn havia trabalhado na República Federal da Alemanha duas vezes.

Quinn deu dois telefonemas e foi informado de que a pessoa que procurava só estaria no escritório na manhã seguinte.

O GENERAL Vadim Vassilievich Kirpichenko esperava na ante-sala. A aparência impassível escondia uma ponta de nervosismo. Não que o homem que desejava ver fosse inacessível. Sua fama dizia exatamente o contrário e haviam se encontrado várias vezes, embora sempre formalmente e em público. Sua preocupação tinha outra origem. Passar por cima dos seus superiores no KGB, pedir uma audiência particular e pessoal com o secretário-geral, sem avisar seus chefes, era arriscado. Se algo saísse errado, muito errado, sua carreira estava liquidada.

Um secretário apareceu na porta do escritório particular.

— O secretário-geral vai recebê-lo agora, Camarada General — disse ele, afastando-se para dar passagem. Kirpichenko entrou e o homem saiu, fechando a porta.

O primeiro-assistente do chefe do Primeiro Diretório, membro superior da divisão de informações, atravessou a longa sala dirigindo-se diretamente para o homem sentado à mesa, na outra extremidade. Se Mikhail estranhou o pedido de entrevista, não demonstrou. Cumprimentou o general do KGB de modo informal, chamando-o pelo primeiro e segundo nomes, e esperou que o visitante falasse.

— O senhor recebeu o relatório da nossa sede em Londres sobre as supostas provas extraídas pelos britânicos do corpo de Simon Cormack.

Era uma afirmação, não uma pergunta. Kirpichenko sabia que o secretário-geral vira os relatórios. Ele havia pedido o resultado da reunião em Londres logo que chegou. Gorbachev assentiu com um gesto.

— E deve saber, Camarada Secretário-Geral, que nossos colegas militares afirmam que o objeto da fotografia não faz parte do seu equipamento.

Os programas espaciais de Baikonur estavam sob a jurisdição das forças armadas. Outro gesto de assentimento. Kirpichenko reuniu toda a sua coragem.

— Quatro meses atrás, entreguei um relatório do meu *rezident* em Belgrado que, por sua importância, pedi que fosse transmitido pelo camarada diretor para este escritório.

Gorbachev ficou tenso. A coisa estava dita. O oficial à sua frente, embora graduado, agia sem conhecimento de Kriuchkov. Acho bom que seja importante, camarada, pensou Gorbachev. Seu rosto continuou impassível.

– Eu esperava receber instruções para investigar o caso detalhadamente. Mas não recebi nenhuma. Ocorreume então que talvez o senhor não tivesse visto o relatório de agosto – afinal, é o mês das férias...

Gorbachev lembrou-se das suas férias interrompidas. Aqueles *refusemiks* judeus espancados na frente de toda a imprensa ocidental numa rua de Moscou.

– Tem uma cópia do relatório, Camarada General? – perguntou calmamente.

Kirpichenko tirou duas folhas de papel do bolso interno do paletó. Sempre andava à paisana, detestava uniformes.

– Talvez não haja nenhuma ligação, Sr. Secretário-Geral. Espero que não tenha. Mas não gosto de coincidências. Fui treinado para não gostar...

Mikhail Gorbachev examinou o relatório do major Kerkorian, de Belgrado, e franziu a testa intrigado.

– Quem são esses homens? – perguntou.

– Cinco industriais americanos. O tal Miller verificamos ser um extremista de direita, um homem que odeia nosso país e tudo que ele representa. Scanlon é um empreendedor, o que os americanos chamam de oportunista. Os outros três fabricam armamentos extremamente sofisticados para o Pentágono. Com os detalhes técnicos que eles conhecem de cor, não deviam se expor ao perigo de um interrogatório, visitando o solo da URSS.

– Mas eles vieram? – perguntou Gorbachev. – Às escondidas, usando transporte militar? Desceram em Odessa?

– Essa é a coincidência – disse o chefe da espionagem. – Verifiquei com o pessoal do controle de tráfego da Força Aérea. Quando o Antonov deixou o espaço aéreo romeno para entrar na área de controle de Odessa, modificou seu plano de vôo, passou por Odessa e aterrissou em Baku.

– Azerbaijão? Que diabo eles estavam fazendo no Azerbaijão?

– Baku, Camarada Secretário-Geral, é a sede do Alto Comando do Sul.

– Mas é uma base militar secreta. O que eles fizeram lá?

– Não sei. Desapareceram assim que saíram do avião, passaram duas horas dentro da base e voltaram para a mesma base na Iugoslávia, no mesmo avião. Depois voltaram para a América. Nada de caçada de ursos, nada de férias.

– Mais alguma coisa?

– Uma última coincidência. Naquele dia o marechal Koslov fazia uma visita de inspeção ao quartel-general de Baku. Apenas rotina. É o que dizem.

Quando o oficial saiu, Gorbachev mandou suspender todos os telefonemas e meditou sobre o que acabava de saber. Era péssimo, realmente péssimo, mas nem tudo. Havia uma recompensa. Seu adversário, o general reacionário que dirigia o KGB, acabava de cometer um erro muito grave.

AS MÁS notícias não se limitavam à Praça Nova, em Moscou. Invadiam também o elegante escritório de Steve Pyle em Riyad. O coronel Easterhouse terminou de ler a carta de Andy Laing.

– Compreendo – disse ele.

– Puxa, aquele merdinha pode nos arranjar muita encrenca – protestou Pyle. – Muito bem, os registros no computador negam o que ele diz. Mas se insistir em dizer, talvez os contadores do Ministério resolvam dar uma olhada, muito cuidadosa. Antes de abril. Quero dizer, eu sei que tudo é sancionado pelo próprio príncipe Abdul, e por uma boa causa, mas, diabo, você conhece essa gente. Suponhamos que ele retire sua proteção, diga que não sabe de nada... Eles podem fazer isso, você sabe. Escute, eu acho que talvez seja melhor você restituir o dinheiro, procurar em outro lugar...

Easterhouse continuou a olhar para o deserto com seus olhos azuis pálidos. É pior do que isso, meu amigo, pensou ele. *Não há* nenhuma conivência do príncipe Abdul, nenhuma sanção da casa real. E metade do dinheiro já foi gasto para pagar os preparativos de um golpe que algum dia levaria ordem e disciplina, sua ordem e sua disciplina, à economia enlouquecida e às estruturas políticas desequilibradas de todo o Oriente Médio. Duvidava que a casa de Saud visse a situação desse modo, ou o Departamento de Estado.

– Fique calmo, Steve – disse ele, com voz tranqüilizadora. – Você sabe quem eu represento aqui. Tudo será resolvido. Pode ter certeza.

Pyle o acompanhou até a porta, mas não estava calmo. A própria CIA cometia erros às vezes, meditou ele, tarde demais. Se Pyle tivesse mais conhecimentos e não lesse tanta ficção a respeito, saberia que um membro graduado da Companhia jamais teria o posto de coronel. Langley não emprega ex-oficiais do Exército. Mas ele não sabia. Só se preocupava.

Saindo do prédio, Easterhouse concluiu que precisava voltar aos Estados Unidos para consulta. De qualquer modo, estava na hora. Tudo posicionado, tiquetaqueando como uma paciente bomba-relógio. Estavam até adiantados na execução dos planos. Precisava fazer um relatório aos seus patrões. Então, mencionaria Andy Laing. Sem dúvida, o homem podia ser comprado, convencido a ficar quieto, pelo menos até abril.

Easterhouse nem imaginava o quanto estava errado.

— DIETER, você me deve e estou aqui para cobrar.

Quinn e seu contato estavam num bar, a dois quarteirões do escritório em que Dieter trabalhava. O homem parecia preocupado.

— Mas, Quinn, por favor, procure entender. Não é uma questão de regras da casa. A lei federal proíbe o acesso de estranhos ao "necrotério" da revista.

Dieter Lutz tinha dez anos menos que Quinn, mas era muito mais próspero. Tinha todo o brilho de uma carreira em ascensão. Pertencia ao primeiro time de repórteres da revista *Der Spiegel*, a maior e mais prestigiada revista de variedades do país.

Mas nem sempre fora assim. Dieter começara como freelance, mal ganhando para se sustentar, procurando estar sempre um passo à frente da oposição quando surgiam grandes reportagens. Naquele tempo houve um seqüestro que apareceu na primeira página de todos os jornais da Alemanha durante muitos dias seguidos. No ponto mais delicado das negociações com os seqüestradores, inadvertidamente ele deixou "vazar" uma informação que quase destruiu todo o trabalho feito até ali.

A polícia, furiosa, queria saber de onde partiu a informação. A vítima era um grande industrial, patrocinador do partido, e Bonn confiava inteiramente na ação da polícia. Quinn sabia quem era o culpado, mas ficou calado. O mal estava feito, tinha de ser reparado, e a destruição da carreira de um jovem repórter com muito entusiasmo e pouca sabedoria de vida não ia ajudar em nada.

– Eu não preciso invadir – disse Quinn com paciência. – Você trabalha lá dentro. Pode conseguir o material, se estiver nos arquivos.

Os escritórios da revista *Der Spiegel* ficam no número 19 da Brandstwiete, uma rua curta entre o canal Dovenfleet e a Ost-West-Strasse. Nos porões do moderno prédio de 11 andares está o maior "necrotério" jornalístico da Europa. Mais de 18 milhões de documentos estão arquivados ali. Dez anos antes do encontro de Quinn e Dieter para uma cerveja, naquela tarde de novembro, no bar da Dom-Strasse, os arquivos começavam a ser computadorizados. Lutz suspirou.

– Tudo bem – disse ele. – Qual é o nome dele?

– Paul Marchais – disse Quinn. – Mercenário belga. Lutou no Congo de 1964 a 1968. Quero também todas as informações gerais dos acontecimentos desse período. – Os arquivos de Julian Hayman, em Londres, deviam ter alguma coisa sobre Marchais, mas em Londres Quinn ainda não tinha o nome. Lutz voltou uma hora depois com uma pasta.

– Isto não deve sair das minhas mãos – disse ele. – E deve ser devolvido ao cair da noite.

– Bobagem – disse Quinn tranqüilamente. – Vá trabalhar. Volte dentro de quatro horas. Estarei aqui. Eu devolvo a pasta então.

Lutz obedeceu. Sam não compreendeu a conversa em alemão, mas inclinou-se para ver o que havia na pasta.

– O que você está procurando? – perguntou.

– Quero ver se o sacana tinha amigos, amigos realmente chegados – disse Quinn. Começou a ler.

A primeira matéria era de um jornal de Antuérpia de 1965, uma apresentação geral dos belgas que haviam se alistado para lutar no Congo. Naquele tempo era um assunto de grande carga emocional na Bélgica – as histórias dos rebeldes simbas estuprando, torturando e matando padres, freiras, fazendeiros, missionários, mulheres e crianças, muitos deles belgas, conferiam uma aura de encanto aos mercenários que dominaram a revolta. O artigo era escrito em flamengo, com a tradução para o alemão ao lado.

Marchais, Paul: nascido em Liège em 1943, de pai valão e mãe flamenga – isso explicava o nome francês do homem criado em Antuérpia. Pai morto na libertação da Bélgica em 1944-45. A mãe voltou para sua cidade natal, Antuérpia.

Infância pobre, na zona das docas. Problemas com a polícia desde a adolescência. Uma série de pequenas condenações até a primavera de 1964. Apareceu no Congo com o grupo Leopardo de Jacques Schramme.

Não havia menção da acusação de estupro. Talvez a polícia de Antuérpia estivesse esperando sua volta para apanhá-lo.

A segunda matéria fazia apenas uma menção rápida. Em 1966, aparentemente, ele deixou Schramme e juntou-se ao Quinto Comando, nesse tempo liderado por John Peters, sucessor de Mike Hoare. O comando era quase todo de sul-africanos – Peters tratou de se livrar de todos os britânicos de Hoare – portanto o flamengo falado por Marchais na certa permitia sua sobrevivência entre os africânderes, uma vez que o idioma africâner e o flamengo são muito semelhantes.

As outras matérias mencionavam Marchais, ou simplesmente um belga gigantesco chamado Big Paul, que permaneceu na África após a dispersão do Quinto Comando e a partida de Peters, tendo voltado para Schramme por ocasião do motim de Stanleyville, em 1967, e a longa marcha até Bukavu.

Lutz havia finalmente anexado cinco fotocópias de páginas do clássico de Anthony Mockler, *Histoire des Mercenaires*, que informavam sobre os últimos meses de Marchais no Congo.

Logo depois da supressão da revolta simba, por meio de um golpe na capital congolesa, o general Mobutu tomou o poder. Imediatamente tratou de dispersar e repatriar os vários comandos de mercenários brancos. O Quinto, o grupo britânico-sul-africano, concordou com a medida. O Sexto, liderado pelo francês Bob Denard, se opôs. Em junho de 1967 amotinaram-se em Stanleyville. Denard recebeu um tiro na cabeça e foi evacuado para a Rodésia. Jacques Schramme assumiu o lugar dele. Comandou um grupo misto de remanescentes do Quinto Comando, homens do Sexto Comando, sem um chefe, e seus belgas. Além de várias centenas de catangueses desordeiros.

No fim de julho, impossibilitados de se manter em Stanleyville, seguiram para a fronteira, abrindo caminho, vencendo toda a oposição até Bukavu, antigamente uma excelente estação de águas para os belgas, uma região de clima ameno nas margens do lago. Ali estabeleceram seu esconderijo.

Sustentaram a posição por três meses até acabar a munição. Então atravessaram a ponte sobre o lago e entraram na república vizinha, Ruanda.

Quinn sabia do restante. Embora estivessem sem munição, o governo de Ruanda ficou apavorado, certo de que, se não fossem atendidas suas exigências, aqueles homens podiam simplesmente "tomar todo o país". O cônsul belga ficou arrasado. A maior parte dos mercenários belgas havia perdido seus documentos de identidade, acidentalmente ou de propósito. O homem, atribuladamente, emitiu documentos provisórios de identidade belga, de acordo com os nomes dados. Provavelmente foi nessa época que Marchais se tornou Paul Lefort. Não estava além da capacidade humana converter aqueles documentos provisórios em permanentes mais tarde, em especial se um Paul Lefort tivesse existido e fora morto na África.

No dia 23 de abril de 1968, dois aviões da Cruz Vermelha repatriaram afinal os mercenários. Um foi diretamente para Bruxelas com todos os belgas a bordo. Todos, menos um. O público belga estava disposto a saudar seus mercenários como heróis, mas o mesmo não acontecia com a polícia. Os policiais verificaram todos os que desembarcaram, consultando sua lista de "procurados". Marchais certamente havia tomado o outro DC-6 que deixara sua carga humana em Pisa, Zurique e Paris. Os dois aviões transportaram ao todo 123 mercenários europeus de origens diversas e sul-africanos para a Europa.

Quinn estava convencido de que Marchais seguira no segundo avião, e que durante 23 anos esteve praticamente desaparecido, com empregos diversos e provisórios em parques de diversões, até ser recrutado para seu último trabalho. Não havia nada nos jornais que indicasse uma pista. Lutz voltou.

– Mais uma coisa – disse Quinn.

– Não posso – protestou Lutz. – Já estão dizendo que pretendo escrever um artigo sobre os mercenários. O que não é verdade... estou cobrindo a reunião dos ministros da Agricultura do Mercado Comum.

– Amplie seus horizontes – sugeriu Quinn. – Quantos mercenários alemães estiveram no motim de Stanleyville, na marcha sobre Bukavu, no cerco de Bukavu e no campo em Ruanda?

Lutz anotou o pedido de Quinn.

– Tenho mulher e filhos me esperando em casa, sabe?

– Você é um homem de sorte – disse Quinn.

A área de informação pedida era menor e Lutz voltou após vinte minutos. Dessa vez esperou que Quinn acabasse de ler.

O que Lutz acabava de trazer era tudo que havia no arquivo sobre mercenários alemães, de 1940 em diante. Apenas seis. Wilhelm esteve no Congo, em Watsa. Morreu dos ferimentos recebidos na cilada da estrada de Pauli. Rolf Steiner esteve em Biafra, morava ainda em Munique, mas nunca esteve no Congo. Quinn virou a página. Siegfried "Congo" Muller esteve no Congo do começo ao fim, morrendo na África do Sul em 1983.

Havia mais dois alemães, ambos morando em Nurembergue, conforme os endereços fornecidos, mas haviam deixado a África quando foi dispersado o Quinto Comando, na primavera de 1967, e não estavam presentes por ocasião do motim do Sexto em Stanleyville em julho. Sobrava um.

Werner Bernhardt estava com o Quinto Comando, mas saiu para juntar-se a Schramme quando sua unidade foi eliminada. Esteve no motim, na marcha sobre Bukavu e no cerco da cidade nas margens do lago. Não mencionava nenhum endereço atual.

– Onde ele estará agora? – perguntou Quinn.

– Se não está na lista, desapareceu – disse Lutz. – Isso foi em 1968, você sabe. Estamos em 1991. Pode estar morto... ou em qualquer lugar. Gente desse tipo... você sabe... América do Sul ou Central, África do Sul...

– Ou aqui na Alemanha – sugeriu Quinn.

Como resposta, Lutz pediu emprestada a lista telefônica do bar. Havia quatro colunas de Bernhardt. Só em

Hamburgo. A República Federal tem dez estados, e cada um tem sua lista telefônica.

— Ficha criminal? — perguntou Quinn.

— A não ser que seja federal, são dez autoridades policiais diferentes para investigar — disse Lutz. — Você sabe, depois da guerra, quando os Aliados tiveram a bondade de escrever a nossa constituição, tudo foi descentralizado. Assim, jamais poderemos ter outro Hitler. Por isso, procurar alguém por aqui é extremamente divertido. Eu sei, é parte do meu trabalho. Mas um homem como este... pouca chance. Se ele quer desaparecer, desaparece. E este quis, do contrário teria dado alguma entrevista, seria citado nos jornais, nestes 23 anos. Mas não há nada, se não está nos nossos arquivos.

Quinn tinha uma última pergunta. De onde era esse tal Bernhardt? Lutz procurou nos papéis.

— Dortmund — disse ele —, nascido e criado em Dortmund. Talvez a polícia de lá saiba algo. Mas não dirá nada. Direitos civis, você sabe. Na Alemanha todos gostam muito dos direitos civis.

Quinn agradeceu e o deixou ir. Andou com Sam lentamente, à procura de um bom restaurante.

— Onde vamos agora? — ela perguntou.

— Dortmund. Conheço um homem em Dortmund.

— Meu bem, você conhece um homem em toda a parte.

EM MEADOS de novembro, Michael Odell teve um encontro particular com o presidente Cormack no Salão Oval. O vice ficou chocado com a aparência do amigo. Longe de ter se recuperado um pouco depois do enterro, John Cormack parecia ter encolhido.

Não era só a aparência física que preocupava Odell. O antigo poder de concentração havia desaparecido, a antiga atitude decidida não existia mais. Tentou fazer com que o presidente se interessasse pela agenda.

— Ah, sim — disse Cormack, tentando seguir em frente com sua vida. — Vamos dar uma olhada.

Ele leu a página de segunda-feira.

— John, hoje é terça-feira — disse Odell suavemente.

Quando o presidente virou a página, Odell viu linhas vermelhas largas cancelando compromissos. Um chefe de Estado da OTAN estava na cidade, o presidente devia recebê-lo no jardim da Casa Branca. Não teria de negociar com ele — o europeu compreenderia —, apenas cumprimentá-lo.

Além disso, o problema não era o fato de o europeu entender ou não — era saber se a imprensa americana compreenderia o não comparecimento do presidente. Odell temia que compreendessem bem demais.

— Vá no meu lugar, Michael — pediu Cormack.

— Certo — disse Odell, sombrio.

Era o décimo compromisso cancelado em uma semana. O trabalho burocrático podia ser feito pelos funcionários da Casa Branca. Tinham uma boa equipe agora. Cormack havia escolhido bem. Mas os americanos investem de grande poder o homem que é seu presidente, chefe de Estado, chefe do Executivo, comandante supremo das forças armadas, o homem com o dedo no botão nuclear. Sob certas condições... e uma delas é o direito que a população tem de ver esse homem com freqüência. Uma hora mais tarde, o secretário da Justiça tocou no assunto, após ouvir Odell na Sala da Situação:

— Ele não pode ficar lá sentado na mansão para sempre — disse Walters.

Odell descrevera o estado do presidente uma hora atrás. Apenas os seis estavam presentes – Odell, Stannard, Walters, Donaldson, Reed e Johnson – além do Dr. Armitage, convidado como conselheiro.

– O homem parece uma palha oca, uma sombra do que foi. Diabo, só se passaram cinco semanas – disse Odell.

Todos ouviram com tristeza e desânimo.

O Dr. Armitage explicou que o presidente Cormack sofria de choque traumático profundo, retardado, do qual estava custando muito para se recobrar.

– O que significa isso, trocado em miúdos? – rosnou Odell.

Significava, disse o Dr. Armitage pacientemente, que o profundo sofrimento pessoal do chefe do executivo o privava da vontade de continuar.

Logo depois do seqüestro, informou o psiquiatra, ele havia sofrido um trauma semelhante, mas não tão profundo. Então o problema era estresse e ansiedade causados pela preocupação e por não saber o que estava acontecendo com o filho, se estava vivo ou morto, em boas condições físicas ou sendo maltratado, quando seria libertado.

Durante as negociações, a ansiedade diminuiu um pouco. Soube indiretamente, através de Quinn, que o filho ao menos estava vivo. À medida que se aproximava o dia do resgate, o presidente melhorou consideravelmente.

A morte do seu único filho, a selvageria e brutalidade daquela morte, foi como um golpe físico no corpo do presidente. Introvertido demais para compartilhar seu sofrimento, muito inibido para demonstrar emoção, recalcou a dor e entrou num estado de melancolia que minava suas forças mentais e físicas, as qualidades humanas que chamamos de vontade.

O comitê ouvia preocupado. Confiavam no psiquiatra para dizer o que se passava na mente do presidente. Nas poucas ocasiões em que o haviam visto, não precisavam de nenhuma explicação para o que viam. Um homem apagado e desligado, cansado ao ponto de profunda exaustão, envelhecido antes do tempo, sem energia nem interesse. Outros presidentes haviam ficado doentes durante o mandato, a máquina estatal conseguira enfrentar a crise. Mas não houve nada igual a isso. Mesmo sem o crescente questionamento da imprensa, vários daqueles homens começavam a perguntar a si mesmos se John Cormack podia, ou devia, continuar por mais tempo na presidência.

Bill Walters ouviu impassível as explicações do psiquiatra. Com 42 anos, era o homem mais novo do Gabinete, um decidido e brilhante advogado civil da Califórnia. John Cormack o levara para Washington como secretário de Justiça para que usasse seu talento contra o crime organizado, agora quase todo escondido atrás das fachadas de grandes corporações. Os seus admiradores concordavam em dizer que ele era impiedoso, mas sempre procurando aplicar a supremacia da lei. Seus inimigos, e havia feito alguns, temiam sua inflexibilidade.

Possuía boa aparência, às vezes parecia muito mais moço, com suas roupas jovens e o cabelo na moda, artisticamente despenteado pelo barbeiro. Por trás do encanto podia haver uma frieza e uma impassividade que escondiam o verdadeiro homem. Os que tinham convivido profissionalmente com ele só podiam dizer que, quando Bill Walters estava preparado para uma decisão, ele parava de piscar. Então, seu olhar fixo era insuportável. Quando o Dr. Armitage saiu da sala, ele quebrou o tristonho silêncio.

— Talvez, cavalheiros, seja oportuno estudar a Vigésima Quinta...

Todos sabiam disso, mas Walters foi o primeiro a expressar em palavras. De acordo com a 25ª Emenda, um grupo composto pelo vice-presidente e os principais membros do governo podia, por escrito, comunicar ao presidente do Senado e ao porta-voz da Câmara sua opinião de que o presidente não tinha mais capacidade de exercer os poderes e os deveres do seu cargo. Seção quatro da 25ª Emenda, para ser mais exato.

— Acredito que já sabe de cor, Bill — disse Odell secamente.

— Calma, Michael — aparteou um Donaldson. — Bill apenas mencionou a emenda.

— Ele renunciará antes disso — disse Odell.

— Sim — falou Walters com voz suave —, por motivos de saúde, com absoluta justificativa, e com a simpatia e gratidão de toda a nação. Basta propormos isso a ele. Não é preciso nada mais.

— Mas não ainda — protestou Stannard.

— Ouçam, ouçam. Temos tempo — disse Reed. — O sofrimento vai se abrandar, sem dúvida. Ele vai se recuperar. Voltar a ser o que era.

— E se não voltar? — perguntou Walters. Seu olhar fixo percorreu, um a um, os rostos dos homens presentes.

Michael Odell levantou-se bruscamente. Enfrentara algumas lutas políticas no seu tempo, mas havia uma frieza em Walters que Odell detestava. O homem não bebia e, pela aparência da sua mulher, fazia amor com data marcada.

— Muito bem, vamos continuar pensando nisso — disse ele. — Vamos adiar um pouco a decisão sobre o assunto. Certo?

Todos concordaram, levantando-se. Adiariam a decisão de aplicar a 25ª Emenda. Por enquanto.

A COMBINAÇÃO das terras ricas em trigo e cevada da Baixa Saxônia e Westfália, ao norte e a leste, com a água cristalina que descia das montanhas próximas fizeram de Dortmund a capital da cerveja. Isso foi em 1293, quando o rei Adolfo de Nassau concedeu aos habitantes da cidadezinha na ponta sul da Westfália o direito de fazer cerveja.

Aço, seguros, bancos e comércio chegaram mais tarde, muito mais tarde. A cerveja era a base, e durante muitos séculos os habitantes se encarregaram de consumir a maior parte da sua produção. A revolução industrial, a partir da segunda metade dos anos 1800, forneceu o terceiro ingrediente para o grão e a água – os sedentos operários das fábricas que surgiram como cogumelos em todo o vale do Ruhr. Na entrada do vale, com vista para o sudoeste, até as altas chaminés de Essen, Duisburgo e Düsseldorf, a cidade ficava entre as pradarias de trigo e cevada e os consumidores. Os patriarcas da cidade aproveitaram a vantagem e Dortmund tornou-se a capital européia da cerveja.

Sete cervejarias gigantescas dominavam o comércio: Brinkhoff, Kronen, DAB, Stifts, Ritter, Thier e Moritz. Hans Moritz era dono da penúltima cervejaria em tamanho e chefe da dinastia de oito gerações. Mas era o último indivíduo a controlar pessoalmente seu império, o que o fazia extremamente rico. A combinação de riqueza com a fama do nome foi responsável pelo seqüestro de sua filha Renata pelos selvagens do Baader-Meinhof. Há dez anos.

Quinn e Sam hospedaram-se no Roemischer Kaiser Hotel, no centro da cidade, e Quinn procurou na lista telefônica mas sem resultado. Naturalmente o telefone particular não constava na lista. Escreveu uma carta usando o papel do hotel, chamou um táxi e mandou que a entregasse no escritório principal da cervejaria.

– Acha que seu amigo ainda mora aqui? – perguntou Sam.

– Oh, mora sim – disse Quinn. – Mas pode estar viajando ou em uma das suas cinco residências.

– Ele gosta de estar sempre em movimento – observou Sam.

– É. Sente-se mais seguro assim. A Riviera francesa, o Caribe, o chalé de esqui, o iate.

Quinn estava certo ao supor que a *villa* no lago Constança, cenário do seqüestro, fora vendida.

Estava também com sorte. Na hora do jantar foi chamado ao telefone.

– *Herr* Quinn?

Reconheceu a voz, profunda e educada. O homem falava quatro idiomas, poderia ter sido um grande pianista. Talvez tivesse sido melhor.

– *Herr* Moritz. Está na cidade?

– Lembra-se da minha casa? Deve lembrar. Passou duas semanas nela.

– Sim, senhor, eu me lembro. Não sabia se ainda morava nela.

– A mesma. Renata a adora, não permite que eu mude nada. O que posso fazer pelo senhor?

– Eu gostaria de vê-lo.

– Amanhã cedo. Café às 10h30.

– Estarei lá.

Quinn saiu de Dortmund dirigindo para o sul pela Ruhr Strasse até deixar para trás o centro comercial e industrial e entrar no subúrbio de Syburg. Aí começavam as montanhas cobertas de florestas, e nos terrenos no interior dos bosques ficavam as mansões dos ricos.

A mansão Moritz ficava no centro de 1,5 hectare de terra, com entrada pela alameda rural de Hohensyburg

Strasse. No outro lado do vale, o monumento Syburger olhava para o Ruhr lá embaixo, voltado para as torres das igrejas de Sauerland.

A casa era uma fortaleza. O terreno estava circundado por uma cerca alta e os portões eram de aço de alta ducti-bilidade, operados por controle remoto e com uma câmera de TV discretamente instalada no tronco de um pinheiro. Alguém observava Quinn quando ele desceu do carro para anunciar sua presença na grade de aço ao lado do portão. Dois segundos depois, os portões foram abertos por meio de sistema elétrico. Quando o carro entrou, fecharam-se novamente.

— *Herr* Moritz gosta de privacidade — disse Sam.

— Tem motivos para isso — respondeu Quinn.

Estacionou no caminho de cascalho diante da casa e um empregado de libré abriu a porta para eles. Hans Moritz os recebeu na elegante sala de estar, onde o café esperava num bule de prata. O cabelo do industrial estava mais branco do que da última vez em que Quinn estivera com ele, o rosto mais enrugado, porém o aperto de mão era tão firme quanto antes e o sorriso mantivera-se grave.

Acabavam de sentar quando a porta se abriu e uma jovem parou, hesitante. O rosto de Moritz se iluminou. Quinn virou a cabeça para ver quem era.

De uma maneira vaga, a jovem era bonita e tímida a ponto de auto-eclipsar-se. Não possuía parte dos dedos mínimos das duas mãos. Devia ter 25 anos, calculou Quinn.

— Renata, gatinha, este é o Sr. Quinn. Lembra-se do Sr. Quinn? Não, é claro que não.

Moritz levantou-se, foi até onde estava a filha, mur-murou algumas palavras no ouvido dela, beijou-a no alto da cabeça. A jovem virou-se e saiu. Moritz voltou à sua cadeira. Seu rosto estava impassível, mas o movimento das mãos traía agitação interior.

– Ela... bem... nunca se recuperou totalmente. Continua com a terapia. Prefere ficar dentro de casa, raramente sai. Nem pensa em casamento... depois do que aqueles animais fizeram...

Uma fotografia enfeitava o piano Steinbeck de cauda, mostrando uma menina de 14 anos risonha, feliz, com esquis. Um ano antes do seqüestro. Um ano depois, Moritz encontrou a mulher na garagem, os gases do escape conduzidos por uma mangueira para dentro do carro fechado. Quinn soube disso em Londres. Moritz controlou-se.

– Desculpem-me. O que posso fazer pelo senhor?

– Estou procurando um homem. Que viveu em Dortmund há muito tempo. Pode estar ainda aqui, ou na Alemanha, ou morto, ou no exterior. Eu não sei.

– Bem, existem agências especializadas. Naturalmente, posso contratar... – Moritz pensou que Quinn precisava de dinheiro para contratar investigadores particulares. – Ou podia se informar com o Einwohnermeldeamt.

Quinn balançou a cabeça.

– Duvido que saibam. O homem certamente não é do tipo que coopera com as autoridades. Mas acredito que a polícia o mantenha sob vigilância.

Tecnicamente falando, os cidadãos alemães que mudam de residência dentro do país são obrigados por lei a notificar o novo endereço ao Departamento de Registro de Habitantes, informando o endereço anterior e o novo. Como a maior parte dos sistemas burocráticos, funciona melhor na teoria do que na prática. Aqueles que a polícia ou o imposto de renda gostariam de localizar geralmente são os que se abstêm de prestar essas informações.

Quinn descreveu de forma sucinta o passado de Werner Bernhardt.

— Se estiver na Alemanha — disse Quinn —, por sua idade, deve ainda estar trabalhando. A não ser que tenha mudado de nome, deve possuir carteira de trabalho, pagar imposto... ou alguém paga por ele. Por causa do seu passado, deve ter problemas com a lei.

Moritz pensou por algum tempo.

— Se for um cidadão cumpridor da lei, pois mesmo um ex-mercenário pode não ter praticado nenhum crime dentro da Alemanha, não tem ficha policial — disse ele. — Quanto ao pessoal do imposto de renda e da previdência social, consideram isto uma informação sigilosa que não pode ser divulgada a pedido seu, nem meu.

— Mas *responderão* a uma pergunta da polícia — disse Quinn. — Pensei que o senhor talvez tivesse um amigo ou dois na polícia da cidade ou do estado.

— Ah — disse Moritz. Nem tinha idéia do quanto já havia doado para as festas de caridade da polícia da cidade de Dortmund e do estado da Westfália. Como em qualquer país do mundo, o dinheiro é poder e ambos compram informação. — Dê-me 24 horas. Eu telefono.

Cumpriu o prometido, mas seu tom de voz quando telefonou para o Roemischer Kaiser na manhã seguinte estava distante, como se junto com a informação tivesse recebido algum aviso.

— Werner Richard Bernhardt — disse ele, como se estivesse lendo. — Quarenta e oito anos, ex-mercenário no Congo. Sim, está vivo, aqui na Alemanha. Trabalha para Horst Lenzlinger, o comerciante de armas.

— Muito obrigado. Onde posso encontrar *Herr* Lenzlinger?

– Não é fácil. Ele tem um escritório em Bremen, mas mora fora de Oldenburg, no condado de Ammerland. Como eu, é um homem que gosta de privacidade. Mas aí termina a semelhança. Tome cuidado com Lenzlinger, *Herr* Quinn. Meus informantes dizem que, apesar da pátina de respeitabilidade, ainda é um gângster.

Deu os dois endereços.

– Muito obrigado – disse Quinn, anotando.

Fez-se uma pausa embaraçosa.

– Mais uma coisa. Desculpe-me – disse Moritz. – Um recado da polícia de Dortmund. Por favor, saia de Dortmund. Não volte. Isso é tudo.

A história do papel desempenhado por Quinn na solitária estrada de Buckinghamshire começava a se espalhar. Logo as portas começariam a se fechar em muitos lugares.

– Quer dirigir? – perguntou a Sam quando estavam prontos para partir.

– Claro, para onde?

– Bremen.

Ela consultou o mapa.

– Meu Deus, é metade do caminho de volta para Hamburgo!

– Na verdade, dois terços da estrada. Tome a rodovia E37 para Osnabrück e siga as setas. Você vai adorar.

NAQUELA NOITE, o coronel Robert Easterhouse tomou o avião em Jeddah para Londres, e de lá outro avião para Houston. No Boeing continental que cruzava o Atlântico encontrou todos os jornais e revistas americanos importantes.

Em três deles havia artigos sobre o mesmo assunto, apresentados quase sob o mesmo ponto de vista. Dentro de 12 meses seria realizada a eleição para presidente, em novembro de 1992. No curso normal dos acontecimentos, a escolha do Partido Republicano praticamente não existiria. O presidente Cormack sem dúvida seria candidato para o segundo mandato.

Mas o curso dos acontecimentos nas últimas seis semanas não fora normal, diziam os articulistas, como se a população não soubesse. Descreviam então o efeito da perda do filho como traumático e incapacitante para o presidente.

Os três artigos faziam uma lista dos lapsos de concentração, compromissos e aparições em público cancelados nos últimos 15 dias, desde os funerais na ilha de Nantucket. Um dos articulistas chamava o chefe do executivo de Homem Invisível.

Todos levavam a uma conclusão semelhante. Não seria melhor o presidente passar o cargo ao vice-presidente Odell, concedendo a este último 12 meses no poder para os preparativos da reeleição, em novembro de 1992?

Afinal, dizia a revista *Time*, a parte essencial da plataforma de Cormack sobre política externa, de defesa e econômica, a redução de cem bilhões de dólares no orçamento da Defesa, com uma redução igual por parte do governo da URSS, tinha ido por água abaixo.

"Empurrando com a barriga", era como a revista *Newsweek* descrevia as possibilidades de ratificação do tratado pelo Congresso, após o recesso de Natal.

Easterhouse chegou a Houston quase à meia-noite, depois de 12 horas de vôo e duas em Londres. As manchetes das bancas de jornais no aeroporto de Houston eram mais escancaradas – Michael Odell era texano e seria o primeiro presidente texano desde Johnson, se substituísse Cormack no cargo.

A reunião com o Grupo Álamo estava programada para dentro de dois dias no edifício da Pan-Global. Uma limusine da companhia levou Easterhouse ao Remington, onde uma suíte fora reservada. Antes de se deitar, viu um resumo dos últimos acontecimentos. A pergunta repetia-se.

O coronel não fora informado sobre o Plano Travis. Não precisava saber. Mas sabia que a mudança do chefe do Executivo significaria a remoção do último obstáculo para a realização de todo o seu trabalho – a tomada de Riyad e dos campos de petróleo de Hasa por um contingente da Força de Deslocamento Rápido do Exército americano, ordenada por um presidente preparado para essa ação.

Coincidência, pensou ele, antes de adormecer, uma grande coincidência.

A PEQUENA placa de bronze na parede do armazém reformado, ao lado da porta de madeira, dizia simplesmente: "Thor Spedition AG." Aparentemente, Lenzlinger escondia a verdadeira natureza do seu negócio sob o disfarce de uma companhia de transportes, embora não houvesse nenhum caminhão à vista e tudo indicasse que o cheiro do óleo diesel jamais havia penetrado a privacidade acarpetada da suíte no quarto andar, onde ficavam os escritórios.

Havia um interfone na porta de entrada do prédio e outro com uma câmera de circuito fechado de TV no corredor do quarto andar. A adaptação do armazém na rua lateral do velho porto, onde o rio Weser faz uma pausa na sua viagem para o norte, justificando assim a existência da velha Bremen, devia ter sido bastante dispendiosa.

A secretária na sala externa era mais genuína. Se Lenzlinger tivesse caminhões, sem dúvida ela podia dar partida neles com um pontapé.

— *Já'bitte?*— perguntou ela, embora sua expressão dissesse claramente que o solicitante era ele, não ela.

— Gostaria de falar com *Herr* Lenzlinger – disse Quinn.

Ela anotou o nome e desapareceu no santuário particular, fechando a porta. Quinn teve a impressão de que o espelho na parede que separava as duas salas só refletia de um lado. A secretária voltou em trinta segundos.

— Qual o assunto, por favor, *Herr* Quinn?

— Eu gostaria de encontrar um empregado de *Herr* Lenzlinger, um certo Werner Bernhardt – disse ele.

Ela voltou para os bastidores. Dessa vez demorou mais de um minuto. Quando voltou, fechou com firmeza a porta do escritório principal.

— Sinto muito. *Herr* Lenzlinger não pode recebê-lo agora – anunciou ela. A decisão parecia final.

— Eu espero – disse Quinn.

A mulher olhou para ele como se lamentasse o fato de ser jovem demais na época para comandar um campo de concentração onde ele fosse prisioneiro, e desapareceu pela terceira vez. Quando voltou, ignorou Quinn e começou a escrever à máquina com raiva concentrada.

Outra porta se abriu e um homem apareceu. O perfeito chofer de caminhão, um freezer comercial ambulante. O corte impecável do terno cinza claro quase disfarçava a massa de músculos que vestia. O cabelo artisticamente despenteado, a loção de barba e a pátina de boas maneiras eram produto de cuidados dispendiosos. Sob tudo aquilo havia apenas um pugilista.

— *Herr* Quinn – disse ele com voz controlada. – *Herr* Lenzlinger não pode recebê-lo nem responder suas perguntas.

— Não pode agora – concordou Quinn.

– Nem agora, nem nunca, *Herr* Quinn. Por favor, vá embora.

Quinn teve a impressão de que a entrevista estava terminada. Desceu e atravessou a rua para o carro onde Sam o esperava.

– Ele não pode atender no horário de trabalho – disse Quinn. – Tenho de procurá-lo em casa. Vamos para Oldenburg.

Outra cidade muito antiga, com seu porto comercial funcionando há séculos no rio Hunte, no passado a sede dos condes de Oldenburg. Bem no centro, na Cidade Velha, erguem-se ainda partes do antigo muro e do fosso formado por uma série de canais interligados.

Quinn encontrou um hotel do tipo que gostava: uma tranqüila estalagem com pátio murado, chamada Graf von Oldenburg, na rua do Espírito Santo.

Antes que o comércio fechasse naquela tarde, Quinn fez compras em duas lojas, uma de ferragens, a outra de artigos para acampamento. Numa banca de jornais comprou o mapa de maior escala daquela área que encontrou. Depois do jantar, Sam o observou intrigada durante uma hora, enquanto ele fazia nós com cinqüenta centímetros de intervalo na corda de seis metros comprada na loja de ferragens e depois amarrou um gancho de três pontas numa das extremidades.

– Aonde você vai? – perguntou ela.

– Acho que vou subir numa árvore.

Quinn saiu do hotel quando Sam dormia ainda, antes do nascer do sol.

Chegou à casa de Lenzlinger uma hora depois, a oeste da cidade, ao sul do grande lago Bad Zwischenahn, entre os povoados de Portsloge e Janstrat. A região era toda plana, seguindo para oeste sem nenhuma elevação, atravessando o Ems, como norte da Holanda a 9 quilômetros de distância.

Cortada por vários rios e canais que deságuam no mar, a região entre Oldenburg e a fronteira é pontilhada por bosques de faias, carvalhos e coníferas. A propriedade de Lenzlinger ficava entre duas florestas, uma antiga mansão fortificada, agora construída no centro de um parque de quase dois hectares cercado por um muro de 2,5 metros de altura.

Vestido dos pés à cabeça com roupa verde de camuflagem, o rosto coberto por um pano rendado, Quinn passou a manhã deitado no galho de um imponente carvalho, no lado oposto da estrada onde ficava a casa. Os binóculos de definição noturna permitiam que visse tudo que queria ver.

A mansão de pedra cinzenta e os anexos formavam um L. A casa principal era a perna mais curta do L, com dois andares e sótão. A perna mais longa, onde antes ficavam os estábulos, continha os alojamentos dos empregados. Quinn contou quatro empregados domésticos, o mordomo, o cozinheiro e duas arrumadeiras. Sua atenção concentrou-se nos dispositivos de segurança. Eram vários e caros.

Lenzlinger começara a vida como vendedor de armas excedentes da guerra. Sem licença, os certificados que fornecia eram falsos e ele não fazia perguntas. Estavam no tempo das guerras anticoloniais e das revoluções do Terceiro Mundo. Mas, operando clandestinamente, ele ganhava para viver, não muito mais do que isso.

Sua grande oportunidade surgiu com a guerra civil da Nigéria. Extorquiu mais de 500 mil dólares dos biafrenses, que pagaram por bazucas e receberam canos de ferro fundido para calhas. Lenzlinger tinha certeza de que estavam muito ocupados, lutando pela vida, para pensar em acertar as contas com ele, no norte.

No começo dos anos 1970 conseguiu uma licença para o comércio de armas – Quinn podia imaginar o preço dessa licença – podendo assim fornecer a uma meia dúzia de guerrilhas da África, América Central e Oriente Médio, com tempo de sobra para uma ou outra transação de mercado negro (muito mais lucrativo) com o ETA, o IRA e alguns outros. Na Tchecoslováquia, Iugoslávia e Coréia do Norte ele conseguia a mercadoria que vendia para os desesperados. Em 1985 estava fornecendo armamentos norte-coreanos para os dois lados da guerra Irã-Iraque. Até mesmo certas agências governamentais faziam uso dos seus estoques quando desejavam armas não identificáveis para algumas revoluções em território estrangeiro.

Esse negócio teve como resultado uma grande fortuna. E também muitos inimigos. Ele pretendia desfrutar a primeira e frustrar os segundos.

Todas as janelas eram eletronicamente protegidas. Embora não pudesse ver os dispositivos, Quinn sabia que as portas também eram. Esse era o círculo de proteção interno. O externo era o muro. Circundava todo o terreno sem nenhuma interrupção, encimado por duas camadas de rolos de arame farpado, e as árvores do parque eram podadas de modo a crescer inclinadas para dentro, evitando galhos acessíveis do lado de fora. Havia outra coisa, que cintilava aos raios ocasionais do sol de inverno. Um fio esticado, como uma corda de piano, que percorria toda a parte superior do muro, preso a botões de cerâmica. Um fio eletrificado, ligado aos sistemas de alarme, sensível ao toque.

Entre o muro e a casa ficava o espaço aberto. Cinqüenta metros no lugar mais estreito, varrido por câmeras de circuito fechado e patrulhado por cães. Quinn observou os dobermans, com focinheira e presos a correias, fazendo o exercício matinal. O homem que os levava era jovem demais para ser Bernhardt.

Quinn viu o Mercedes 600 com vidro fumê sair para Bremen às 8h55. O freezer ambulante acompanhou um vulto agasalhado, com chapéu de pele, até o banco traseiro do carro. Entrou na frente, ao lado do motorista, e o Mercedes atravessou os portões de aço para a estrada. Passaram bem embaixo do galho onde Quinn estava.

Quinn contou quatro guarda-costas, talvez cinco. O motorista parecia ser um deles, o armário ambulante era outro. Mais o homem dos cachorros e provavelmente um dentro da casa. Bernhardt?

O centro nervoso da segurança parecia ficar numa sala do térreo, onde a ala dos empregados se juntava à casa principal. O homem dos cachorros entrou e saiu várias vezes daquela sala, usando uma porta que dava diretamente para o jardim. Quinn supôs que o vigia noturno provavelmente controlava os holofotes, os monitores de TV e os cães de dentro dela. Ao meio-dia Quinn tinha planejado sua operação. Desceu da árvore e voltou para Oldenburg.

Ele e Sam passaram a tarde fazendo compras. Quinn alugou um furgão e comprou várias ferramentas. Sam completou uma lista dada por ele.

— Posso ir com você? — perguntou ela. — Espero do lado de fora.

— Não. Um veículo naquela estrada estreita no meio da noite já é muito. Dois, é um engarrafamento.

Explicou o que pretendia fazer.

— Apenas esteja lá quando eu chegar — disse ele. — Acho que chegarei com muita pressa.

Às 2 horas, Quinn estava do lado de fora do muro de pedras, com o furgão estacionado na estrada estreita.

O furgão de teto alto estava bem perto do muro, permitindo uma boa visibilidade da casa, de cima da capota. O lado do carro, para o caso de aparecer algum curioso, tinha o logotipo, feito com decalque, de uma casa especializada em antenas de televisão, que explicava também a escada de alumínio no suporte sobre a capota.

Olhando por cima do muro, Quinn via, à luz da lua, as árvores desfolhadas do parque, os gramados que iam até a casa e a luz fraca da janela da sala de controle, onde estava o vigia noturno.

O ponto escolhido para a operação de despistamento era a árvore isolada, dentro do parque, a dois metros do muro. De pé na capota do furgão, Quinn balançou uma pequena caixa de plástico na ponta de uma linha de pesca. Quando conseguiu impulso suficiente, lançou a linha. A caixa de plástico fez uma parábola suave e desceu entre os galhos da árvore. A linha de pesca retesou-se. Quinn deu linha suficiente para que a caixa ficasse balançando a dois metros do chão do parque e amarrou a outra ponta.

Ligou o motor e, sempre ao lado do muro, dirigiu por cem metros até chegar bem na frente da sala de controle. O furgão tinha agora ganchos de aço pregados dos dois lados, o que sem dúvida surpreendeu a companhia locadora, na manhã seguinte. Quinn prendeu neles a escada de alumínio que ficou bem acima do muro. Do último degrau ele podia saltar para dentro do parque, evitando os rolos de arame farpado e o sensor. Subiu na escada, amarrou sua corda de fuga no último degrau e esperou. Viu um dos dobermans atravessando uma mancha de luar dentro do parque.

Os sons eram baixos demais para seus ouvidos, mas não para os cães. Quinn viu um deles parar, esperar, escutar, e então correr para a caixa de plástico dependurada na linha de náilon entre os galhos da árvore. Os outros o seguiram alguns segundos depois. Duas câmeras na parede da casa giraram, apontando para a mesma direção. Não voltaram à antiga posição.

Depois de cinco minutos, a porta estreita se abriu e o homem apareceu. Não o dos cães, o vigia da noite.

– Lothar, Wotan, *was ist denn los?* – chamou ele despreocupadamente.

Agora, ele e Quinn ouviam os dobermans rosnando raivosos em algum lugar, perto das árvores. O homem entrou, examinou os monitores e não viu nada. Apareceu com uma lanterna, tirou um revólver do cinto e foi para onde estavam os cães. A porta ficou aberta.

Quinn saltou da capota do carro, como uma sombra, deu impulso para a frente e depois para baixo, descendo quatro metros até o chão. Aterrissou como um pára-quedista, rolando o corpo. Levantou-se, correu por entre as árvores, entrou na sala de controle e trancou a porta por dentro.

Os monitores mostravam o guarda ainda tentando afastar os dobermans a cem metros da sala de controle. O homem, sem dúvida, logo encontraria o gravador dependurado na linha de pesca a dois metros do solo. Os cães saltavam furiosos tentando alcançar o objeto que latia e rosnava para eles. Quinn levara uma hora preparando a gravação no quarto do hotel, para consternação dos outros hóspedes. Quando o guarda percebesse que fora enganado seria tarde demais.

Uma porta ligava a sala de controle ao corpo principal da casa. Quinn subiu para o segundo andar, onde ficavam os quartos. Seis portas de carvalho, provavelmente seis quartos. Mas as luzes que ele havia visto de madrugada indicavam que o quarto principal ficava no fim do corredor. Acertou.

Horst Lenzlinger acordou com uma coisa dura e dolorosa enfiada na sua orelha esquerda. Então a lâmpada de cabeceira foi acesa. Ele berrou furioso, depois olhou em silêncio para o rosto acima do seu. Seu lábio inferior tremeu. Era o homem que fora ao seu escritório, o homem de cuja cara não tinha gostado. Gostou menos ainda naquele momento, mas o que realmente o incomodava era o cano do revólver enfiado quase até a metade no seu ouvido.

— Bernhardt — disse o homem com uniforme de camuflagem. — Quero falar com Werner Bernhardt. Use o telefone. Traga-o aqui. Agora.

Lenzlinger estendeu a mão trêmula para o telefone na mesa-de-cabeceira, discou o número de extensão e foi atendido por uma voz sonolenta.

— Werner — disse ele com voz esganiçada. — Venha já para cá. Sim, meu quarto. Rápido.

Enquanto esperavam, Lenzlinger observou Quinn com um misto de medo e ódio. Sob o lençol de seda negra ao lado dele, a garotinha vietnamita comprada choramingou sem acordar, uma pobre boneca morena e magra. Bernhardt chegou com um suéter de gola alta sobre o pijama. Percebeu o que estava acontecendo e parou, atônito.

A idade estava certa, quase 50 anos. Um rosto pálido e cruel, cabelo louro grisalho nas têmporas, olhos cinzentos e frios.

— *Was ist denn hier, Herr Lenzlinger?*

— Eu faço as perguntas — disse Quinn em alemão. — Mande o homem responder. Quero a verdade e bem depressa. Do contrário vai precisar de uma colher para retirar seu cérebro da lâmpada. Nenhum problema, seu capacho imundo. Diga isso a ele.

Lenzlinger disse. Bernhardt assentiu com a cabeça.

– Você esteve no Quinto Comando de John Peters?

– *Ja.*

– No motim de Stanleyville, a marcha contra Bukavu e o cerco?

– *Ja.*

– Conheceu um belga enorme, chamado Paul Marchais? Big Paul, como todos o chamavam?

– Sim. Lembro-me dele. Era antes do 12º Comando, o grupo de Schramme. Depois que Denard levou o tiro na cabeça, nós todos ficamos sob o comando de Schramme. E daí?

– Fale-me sobre Marchais.

– Falar o quê?

– Tudo. Como era ele?

– Grande, imenso, 1,90m ou mais, bom na luta, um ex-mecânico de carros.

E, pensou Quinn, alguém precisava arrumar aquele furgão Transit, alguém que conhecesse motores e solda. Então, o belga era o mecânico.

– Quem era o melhor amigo dele, do começo ao fim?

Quinn sabia que soldados combatentes, como policiais de ronda, geralmente formam duplas. Confiam um no outro mais do que em qualquer pessoa quando a situação se complica. Bernhardt franziu a testa, pensando.

– Isso mesmo, havia um. Estavam sempre juntos. A amizade começou quando Marchais estava no Quinto. Um sul-africano, falavam a mesma língua, compreende? Flamengo ou africâner.

– Nome?

– Pretorius, Janni Pretorius.

Quinn sentiu um aperto no peito. A África do Sul ficava muito longe e Pretorius era um nome muito comum.

– O que aconteceu com ele? Voltou para a África do Sul? Morreu?

– Não. A última vez que tive notícias estava na Holanda. Já faz muito tempo. Escute, não sei onde ele está agora. É verdade, *Herr* Lenzlinger. Ouvi isso há uns dez anos.

– Ele não sabe – protestou Lenzlinger. – Agora tire isso do meu ouvido.

Quinn compreendeu que não ia conseguir mais nada de Bernhardt. Agarrou a frente do paletó de seda de Lenzlinger e o tirou da cama.

– Agora vamos andar até a porta da frente – disse Quinn. – Devagar e com calma. Bernhardt, mãos na cabeça. Você vai primeiro. Um movimento em falso e seu patrão ganha um segundo umbigo.

Desceram em fila indiana a escada escura. Na porta da frente ouviram alguém batendo do lado de fora – o homem dos cães, tentando entrar.

– A saída dos fundos – disse Quinn.

De repente, no corredor que levava à sala de controle, Quinn tropeçou numa cadeira e quase caiu. Largou Lenzlinger. Imediatamente, o homenzinho atarracado saiu correndo para o hall, gritando pelos guardas. Quinn desacordou Benhardt, atingindo-o na cabeça com o cano do revólver, e correu para a sala de controle e para o parque.

Estava no meio do gramado quando Lenzlinger apareceu gritando na porta, chamando os cães para cortar sua retirada. Quinn se virou, apontou e apertou o gatilho uma vez. O vendedor de armas gritou e desapareceu dentro da casa.

Quinn enfiou a arma no cinto e agarrou a corda a dez metros de dois dobermans. Voou por cima do muro com **433** os cães saltando atrás dele, bateu com o pé no fio do sensor – ligando todos os alarmes da casa – e caiu sobre a capota do furgão. Soltou a escada, ligou o motor e saiu rapidamente antes que pudessem organizar um grupo de caça.

Sam estava esperando como havia prometido, dentro do carro, com toda a bagagem, o hotel pago, na frente do Graf von Oldenburg. Quinn saiu do furgão e entrou no carro, ao lado dela.

– Vá para oeste – disse ele. – A rodovia E22 para Lier e Holanda.

Os homens de Lenzlinger estavam em dois carros, comunicando-se pelo rádio entre eles e com a mansão. Alguém na casa telefonou para o melhor hotel da cidade, o City Club, mas foi informado de que Quinn não havia se hospedado lá. Depois de dez minutos, seguindo a lista de hotéis da cidade, conseguiu a informação do Graf von Oldenburg de que *Herr* e *Frau* Quinn acabavam de sair. Mas o homem conseguiu uma descrição aproximada do carro que estavam usando.

Sam acabava de sair da Ofener Strasse e entrava na rodovia circular 293 quando um Mercedes cinzento apareceu atrás deles. Quinn se agachou no banco até ficar com a cabeça abaixo da janela. Sam saiu da 293 para a estrada interestadual E22. O Mercedes foi atrás.

– Vai nos passar – disse ela.

– Dirija normalmente – disse Quinn. – Dê um largo sorriso e acene para eles.

O Mercedes emparelhou com o carro deles. Estava escuro ainda e não se via o interior do Ford. Sam virou a cabeça. Não conhecia nenhum dos dois, nem o armário ambulante nem o homem dos cachorros.

Acenou amistosamente com um largo sorriso. Os homens olharam impassíveis. Gente assustada e fugindo não sorri nem acena. Alguns segundos depois, o Mercedes acelerou, passou o Ford, deu meia-volta no primeiro cruzamento e voltou para a cidade. Quinn esperou dez minutos e sentou-se outra vez.

— *Herr* Lenzlinger aparentemente não gosta muito de você — disse Sam.

— Aparentemente não — disse Quinn, triste. — Acabo de dar um tiro no pau dele.

14

— Foi confirmada a data da festa comemorativa do Jubileu de Diamante da Fundação Reino. Será no próximo dia 17 de abril — disse o coronel Easterhouse para o Grupo Álamo, naquela manhã.

Estavam reunidos no espaçoso escritório de Cyrus Miller, no último andar da torre da Pan-Global, em Houston.

— A construção do estádio, inteiramente recoberto por uma cúpula de acrílico com duzentos metros de largura, que custou meio bilhão de dólares, está mais adiantada do que se esperava. A outra metade do bilhão dessa autoglorificação será gasta em comida, jóias, presentes, hospitalidade, hotéis e mansões para os estadistas de todo o mundo, e no espetáculo.

"Sete dias antes da festa propriamente dita, antes da chegada dos cinqüenta mil convidados internacionais esperados, haverá um ensaio geral. O ponto alto do espetáculo de quatro horas é o ataque a uma réplica em tamanho natural da antiga fortaleza Musmak, em 1902. A estrutura será feita pelos construtores e projetistas mais conceituados de Hollywood. Os "defensores" são homens da Guarda, vestidos como os turcos daquela época. O grupo atacante é composto de cinqüenta jovens príncipes da Casa, todos a cavalo, comandados por um jovem parente do rei que se parece com o xeque Abdul Aziz, que chefiou o ataque em 1902.

– Ótimo – disse Scanlon, com sua fala arrastada. – Gosto dessa cor local. E o golpe?

– É exatamente aí que acontece – disse o coronel. – No vasto estádio, na noite do ensaio, os únicos espectadores serão os seiscentos membros mais importantes da casa real e o próprio rei. Todos pais, mães, tios e tias dos participantes. Todos estarão no camarote real. Quando os últimos participantes do número anterior saírem de cena, eu tranco todas as portas de saída por meio do computador. As entradas se abrem para admitir os cinqüenta cavaleiros. O que não está previsto, a não ser por mim, é que serão seguidos por dez caminhões velozes, disfarçados de veículos militares, que ficarão estacionados nas entradas dos portões. Esses portões ficam abertos até a passagem do último caminhão e então são fechados pelo computador. Depois disso, ninguém sai.

"Os assassinos saltam dos caminhões, correm para o camarote real e começam a atirar. Só um grupo fica na arena, para despachar os cinqüenta príncipes e os 'defensores' da fortaleza de Musmak, todos armados com balas de festim.

"Os quinhentos homens da Guarda Real em volta do camarote tentarão defender os membros da família. Sua munição é deficiente. Em muitos casos as armas explodirão matando os que as empunham. Em outros casos, elas emperram. A destruição total da casa real deverá levar quarenta minutos. Cada etapa será gravada pelas câmeras de vídeo ligadas à TV saudita. A partir desse momento, o espetáculo poderá ser visto pela maior parte dos países do golfo.

– Como vai conseguir que a Guarda Real concorde com uma nova distribuição de munição? – perguntou Moir.

– Na Arábia Saudita, a segurança é uma obsessão – respondeu o coronel. – Por esse motivo, mudanças arbitrárias são uma constante. Desde que a autoridade da ordem pareça genuína, eles obedecem sem objeção. Eu darei as ordens por escrito, num documento preparado por mim com a assinatura autêntica do ministro do Interior, que consegui numa folha em branco. Não importa como. O general-de-divisão Al-Shakry, do Egito, é encarregado do paiol de armamentos. Ele fornecerá as armas defeituosas. Mais tarde, o Egito terá acesso ao petróleo saudita pelo preço que pode pagar.

– E o exército regular? – perguntou Salkind. – São cinqüenta mil homens.

– Sim, mas não estão todos em Riyad. As unidades locais estarão em manobras a mais de 100 quilômetros, devendo voltar a Riyad um dia antes do ensaio geral. A manutenção dos veículos do Exército é feita por palestinos, parte da grande presença no país de técnicos estrangeiros que fazem o que os sauditas não sabem fazer. Eles imobilizarão os transportes, fazendo com que nove mil homens fiquem sem condução no deserto.

– O que os palestinos levam nisso? – perguntou Cobb.

– Uma oportunidade de naturalização – disse Easterhouse. – Embora a infra-estrutura técnica da Arábia Saudita dependa dos 250 mil palestinos empregados em vários níveis de atividades, sempre lhes foi negada a nacionalidade.

Por mais leais que sejam ao país, não podem se naturalizar. Mas sob o regime pós-Iman poderão conseguir, com seis meses de residência. Só essa medida servirá para tirar um milhão de palestinos do sul, da margem ocidental e de Gaza, Jordânia e Líbano, que passarão a residir na sua própria pátria ao sul do Nefud, o que levará a paz ao Oriente Médio.

— E depois do massacre? – perguntou Cyrus Miller. Ele não perdia tempo com eufemismos.

— Nos últimos estágios da luta armada o estádio será incendiado – disse o coronel Easterhouse. – Tudo está providenciado. As chamas envolverão as estruturas rapidamente, destruindo membros restantes da Casa Real e dos assassinos. As câmeras continuarão a funcionar até que tudo esteja derretido, seguida de uma imagem do próprio Iman na tela.

— O que ele vai dizer? – perguntou Moir.

— O bastante para apavorar todo o Oriente Médio e o Ocidente. Ao contrário do falecido Khomeini, que sempre falava calmamente, este homem é um agitador. Quando fala se entusiasma, pois está transmitindo a mensagem de Alá e Maomé, e quer ser ouvido.

Miller fez um gesto afirmativo. Ele compreendia o ardor do porta-voz da divindade.

— Depois das ameaças de destruição iminente de todos os regimes seculares e sunitas ortodoxos, nas vizinhanças da Arábia Saudita, da promessa de usar os 450 milhões de dólares de renda diária a serviço do Santo Terror e da destruição dos campos de petróleo de Hasa, se procurarem impedi-lo, todos os reinos árabes, emirados, domínios dos xeques e repúblicas de Omã no sul, e até no norte, na fronteira com a Turquia, estarão pedindo a ajuda do Ocidente. Isto é, da América.

– E esse príncipe saudita pró-Ocidente que o substituirá? – perguntou Cobb. – Se ele falhar...

– Não vai falhar – disse o coronel com absoluta certeza. – Os veículos de transporte do Exército e os bombardeiros da Força Aérea imobilizados no momento do golpe voltarão ao serviço a tempo de atender o chamado do príncipe. Os palestinos se encarregarão disso.

"O príncipe Khalidi bin Sudari deverá passar por minha casa antes do ensaio geral. Tomará um drinque... isso é certo, o homem é alcoólatra. O drinque estará drogado. O príncipe ficará detido por três dias no porão da minha casa, guardado por dois dos meus criados iemenitas. Nesse tempo, ele deverá preparar uma gravação em vídeo e rádio anunciando que está vivo, que é o sucessor legítimo do tio e pedindo à América para restaurar sua legalidade. Notem a frase, cavalheiros. Os Estados Unidos intervirão não para realizar um contragolpe, mas para restaurar a legalidade, com o apoio incondicional do mundo árabe.

"Então o príncipe será transferido para a proteção da embaixada americana, forçando assim o envolvimento dos Estados Unidos, uma vez que a embaixada terá de se defender dos grupos xiitas que exigirão a entrega do príncipe. A Polícia Religiosa, o Exército e a população precisarão de uma motivação para se voltarem contra os xiitas e eliminá-los até o último homem. Essa motivação será a chegada das primeiras unidades americanas aerotransportadas.

– E as conseqüências finais, coronel? – perguntou Miller com voz pausada. – Conseguiremos o que queremos, o petróleo para a América?

– Nós todos teremos o que desejamos, cavalheiros. Os palestinos, uma pátria; os egípcios, uma cota de petróleo para alimentar seu povo; Tio Sam, o controle das reservas sauditas e do Kuwait. E, conseqüentemente, o preço global do petróleo para benefício de toda a humanidade. O príncipe torna-se o novo rei, um bêbado, que terá minha presença ao seu lado todos os minutos do dia. Só os sauditas serão deserdados e voltarão aos seus rebanhos.

"Os estados árabes sunitas aprenderão a lição. Ameaçados pela fúria xiita, por terem sido derrotados quando estavam tão perto da vitória, os estados seculares não terão escolha senão caçar e exterminar os fundamentalistas antes que estes os exterminem. Dentro de cinco anos haverá um imenso crescente de paz e prosperidade, do mar Cáspio à baía de Bengala."

Os cinco do Álamo ficaram silenciosos. Dois deles queriam desviar o fluxo do petróleo para a América, nada mais. Os outros três haviam concordado. Acabavam de ouvir um plano para redesenhar um terço do mundo. Ocorreu a Moir e Cobb, mas não aos outros três, e certamente não ao coronel, que Easterhouse era um egomaníaco completamente desequilibrado. Tarde demais compreenderam que estavam numa montanha-russa e que não podiam desembarcar.

Cyrus Miller ofereceu um almoço particular a Easterhouse na sala ao lado do escritório.

– Nenhum problema, coronel? – perguntou enquanto deliciavam-se com os pêssegos da sua estufa. – Realmente, não há nenhum problema?

– Pode haver um, senhor – disse o coronel cautelosamente. –Tenho 140 dias para a hora H. O bastante para que um pequeno "vazamento" ponha tudo a perder. Há um jovem, um ex-funcionário de banco... mora em Londres agora. Chama-se Laing. Eu gostaria que alguém conversasse com ele.

– Conte tudo – disse Cyrus Miller. – Fale sobre o Sr. Laing.

QUINN E SAM chegaram à cidade de Groningen, no norte da Holanda, duas horas e meia depois da sua fuga de Oldenburg. Capital da província do mesmo nome, Groningen, como a cidade alemã do outro lado da fronteira, data da época medieval, com seu centro, a Cidade Velha, protegido por um canal circular. Antigamente, os habitantes podiam fugir para o centro da cidade e levantar as 14 pontes, protegendo-se atrás da muralha de água.

A sabedoria do conselho municipal decretou que a Cidade Velha não devia ser profanada pelo complexo industrial e pela obsessão de concreto armado em meados do século XX. Em vez disso, o centro da Cidade Velha foi restaurado e renovado, um círculo de meio quilômetro de ruelas, mercados, avenidas, praças, igrejas, restaurantes, hotéis e galerias para pedestres, quase todas calçadas de pedras. Por orientação de Quinn, Sam seguiu para o De Doelen Hotel, em Grote Markt, onde se hospedaram.

Existem poucos prédios novos na Cidade Velha, mas um deles é o edifício de tijolos vermelhos, de cinco andares, em Rade Markt, sede da polícia local.

– Você conhece alguém aqui? – perguntou Sam quando estavam perto do prédio.

– Conheci há tempos – admitiu Quinn. – Pode estar aposentado. Espero que não.

Não estava. O jovem policial louro na recepção confirmou isso, sim, o inspetor De Groot era agora inspetor-chefe, comandante da Gemeente Politie. Quem ele devia anunciar?

Quinn ouviu a exclamação sonora no telefone. O jovem da recepção sorriu.

– Aparentemente, ele o conhece, minjneer.

Foram conduzidos sem demora ao escritório do inspetor-chefe De Groot. O policial estava à espera e adiantou-se   *441* para cumprimentá-los, um homem enorme e corado, com cabelo ralo, de uniforme, mas com chinelos de pano para dar alívio aos pés que, durante trinta anos, haviam percorrido muitos quilômetros nas ruas calçadas de pedras.

A polícia holandesa tem duas divisões, a Gemeente, ou Polícia da Comunidade, e a divisão criminal, conhecida como Recherche. De Groot era perfeito para o papel, um chefe da Polícia da Comunidade, cuja aparência e modos avunculares faziam com que a populção e seus auxiliares o chamassem de Tio De Groot.

— Quinn, mas que bela surpresa! Há tanto tempo, desde Assen!

— Quatorze anos — admitiu Quinn.

Após o aperto de mãos, ele apresentou Sam, sem mencionar seu cargo no FBI. Sam não tinha jurisdição no reino dos Países Baixos e a visita deles não era oficial. Tio De Groot mandou que servissem café e perguntou por que estavam na sua cidade.

— Estou procurando um homem — disse Quinn. — Acredito que esteja morando na Holanda.

— Um velho amigo, talvez? Dos velhos tempos?

— Não, não o conheço.

A jovialidade dos olhos vivos de De Groot não se alterou, mas ele mexeu o café com mais vagar.

— Ouvi dizer que você se aposentou da Lloyd's — disse ele.

— É verdade — concordou Quinn. — Minha amiga e eu estamos tentando fazer um favor para alguns amigos.

— Procurando pessoas desaparecidas? — perguntou De Groot. — Um novo ramo para você. Muito bem, qual é o nome dele e onde mora?

De Groot devia-lhe um favor. Em maio de 1977, um grupo de fanáticos sul-molucanos, na tentativa de restabelecer a antiga pátria na antiga colônia holandesa da Indonésia e procurando dar publicidade à sua causa, seqüestrou um trem e invadiu uma escola em Assen. Havia 54 passageiros no trem e 100 crianças na escola. Era algo novo na Holanda, não tinham equipes treinadas para resgate de reféns naquele tempo.

Era o primeiro ano de Quinn na empresa Lloyd's, que se especializava nesses casos. Foi enviado como consultor, com dois sargentos do SAS britânico, a contribuição oficial de Londres.

Sendo Assen um pequeno povoado perto da fronteira com a província de Groningen, De Groot comandava a polícia local e os homens do SAS trabalhavam com o Exército holandês.

De Groot ouviu com atenção o americano alto que parecia compreender os homens violentos que estavam no trem e na escola. Ele sugeriu o que provavelmente aconteceria quando os soldados atacassem e os terroristas abrissem fogo. De Groot mandou que seus homens seguissem a sugestão do americano, e graças a isso todos sobreviveram. O trem e a escola foram finalmente atacados. Seis terroristas e dois passageiros do trem morreram no tiroteio, mas nenhum policial ou soldado.

— O nome dele é Pretorius, Janni Pretorius — disse Quinn.

De Groot franziu os lábios.

— Não é um nome muito comum por aqui – disse ele. – Se estiver registrado, deve constar na lista telefônica. Você sabe... em que cidade ou povoado ele mora?

— Não. Mas não é holandês. É sul-africano e acredito que nunca se naturalizou.

— Então você tem um problema – disse De Groot. – Não temos uma relação central de todos os estrangeiros não-naturalizados que moram na Holanda. Direitos civis, você sabe.

– Ele é um ex-mercenário do Congo. Pensei que um passado desse tipo, além de ser originário de um país que não tem a aprovação da Holanda, fizesse com que fosse fichado em algum lugar.

De Groot balançou a cabeça.

– Não necessariamente. Se estiver no país ilegalmente, não possui nenhum registro, ou já teria sido expulso por entrada ilegal. Se está aqui legalmente, foi registrado quando entrou; mas depois disso, se não infringiu nenhuma de nossas leis, pode circular livremente sem qualquer outra verificação. Parte dos nossos direitos civis.

Quinn fez um gesto afirmativo. Conhecia a obsessão da Holanda pelos direitos civis. Embora fosse vantajoso para cidadãos cumpridores da lei, criava também um mar de rosas para os viciados e decrépitos. Por isso a bela Amsterdã era a capital européia dos traficantes de drogas, terroristas e especialistas em filmes pornográficos.

– Como um homem desse tipo poderia conseguir entrada e residência na Holanda? – Perguntou.

– Bem, casando-se com uma mulher holandesa. Isso dará a ele até direito à naturalização. Então, pode simplesmente desaparecer.

– Seguro social, imposto de renda, imigração?

– Não dariam a informação – disse De Groot. – O homem tem direito à privacidade. Eu mesmo teria de apresentar uma acusação criminal contra ele para justificar o pedido de informação. Acredite, não posso fazer isso.

– Não pode me ajudar de modo nenhum? – perguntou Quinn.

De Groot olhou para fora, pela janela.

– Tenho um sobrinho no BVD – disse ele. – Teria de ser extra-oficial... Seu homem pode estar fichado no arquivo deles.

– Por favor, pergunte a ele – pediu Quinn. – Eu ficaria muito grato.

Enquanto Sam e Quinn passeavam pela Oosterstraat, procurando um lugar para almoçar, De Groot telefonou para o sobrinho, em Haia. O jovem Kos De Groot era um oficial subalterno da Binnenlandse Veiligheids Dienst, o serviço de segurança interna da Holanda. Embora gostasse muito do tio grandalhão, que costumava lhe dar algumas notas de 10 florins quando era pequeno, De Groot teve de usar muita persuasão. Consultar o computador da BVD não era algo que um policial da comunidade de Groningen fazia comumente.

De Groot telefonou para Quinn na manhã seguinte e encontraram-se uma hora depois na central de polícia.

– Seu Pretorius é um cara e tanto – disse De Groot, consultando suas anotações. – Ao que parece, nosso BVD estava bastante interessado, há dez anos, quando ele chegou à Holanda, para registrar e arquivar os detalhes, por segurança. Alguns foram fornecidos por Pretorius... os lisonjeiros... outros, por recortes de jornais. Jan Pieter Pretorius, nascido em Bloemfontein, em 1942... 49 anos agora. Informa sua profissão como pintor de letreiros.

Quinn fez um gesto afirmativo. Alguém havia pintado o Ford Transit, desenhado o nome "Produtos do Pomar Barlow" e pintado as caixas de maçãs na parte interna das portas traseiras do furgão. Supunha que Pretorius fosse também o fabricante da bomba que queimou o Transit no celeiro. Quinn sabia que não podia ser Zack. No armazém Babbidge, Zack cheirou o maçapão e pensou que fosse Semtex. Semtex não tem cheiro.

– Ele voltou para a África do Sul em 1968, após deixar Ruanda, depois trabalhou durante algum tempo como guarda de segurança numa mina de diamantes De Beers, em Serra Leoa.

Sim, o homem é capaz de distinguir diamantes verdadeiros de imitações, conhecia zircônia cúbica.

– Há 12 anos esteve em Paris, conheceu uma holandesa que trabalhava para uma família francesa, casaram-se. Isso lhe proporcionou acesso à Holanda. O sogro lhe deu o emprego de barman... parece que o sogro tem dois bares. O casal divorciou-se há cinco anos, mas Pretorius tinha economias suficientes para abrir seu bar. Ele dirige o bar e mora no andar de cima.

– Onde? – perguntou Quinn.

– Numa cidade chamada Den Bosch. Conhece?

Quinn assentiu com a cabeça.

– E o bar?

– De Goude Leeuw... o Leão de Ouro – disse De Groot.

Quinn e Sam agradeceram profusamente e saíram. De Groot, da sua janela, viu quando atravessaram a Rade Markt, a caminho do hotel. Gostava de Quinn, mas preocupava-se com o motivo da sua visita. Talvez fosse tudo legítimo, não precisava se preocupar. Mas não queria Quinn empenhado numa caçada humana, chegando à *sua* cidade para surpreender um mercenário sul-africano... Com um suspiro, apanhou o telefone.

– ENCONTROU? – perguntou Quinn, ao volante, seguindo para o sul, para fora de Groningen.

Sam estudava o mapa.

– Achei. Para o sul, perto da fronteira com a Bélgica. Viaje com Quinn e conheça os Países Baixos – disse ela.

– Estamos com sorte – disse Quinn. – Se Pretorius foi mesmo o segundo seqüestrador do grupo de Zack, podíamos estar a caminho de Bloemfontein.

A rodovia E35 seguia reta como uma flecha para sul-sudeste até Zwolle, onde Quinn entrou na A50 que ia em direção ao sul, para Apeldoorn, Arnhem, Nijmegen e Den Bosch. Em Apeldoorn, Sam o substituiu ao volante. Com as costas do banco quase na horizontal, Quinn adormeceu. Dormia ainda e foi salvo pelo cinto de segurança quando o carro bateu.

Ao norte de Arnhem e a oeste da rodovia fica o clube de vôo livre de Terlet. Apesar da estação do ano, o dia estava claro e ensolarado, bastante raro na Holanda em novembro, e os entusiastas do esporte aproveitavam o bom tempo. O motorista do caminhão que descia em sentido contrário estava tão distraído olhando para a asa-delta bem acima da estrada, preparando-se para descer, que não viu o carro no outro lado.

Sam viu-se espremida entre as estacas fincadas na beirada da estrada, onde o terreno descia para o pântano arenoso à direita, e o imenso caminhão à esquerda. Tentou frear e quase conseguiu. A parte traseira do caminhão bateu na frente do Sierra, jogando-o para fora da estrada como um inseto afastado com um piparote. O motorista nem notou e continuou seu caminho.

O Sierra passou para o acostamento enquanto Sam tentava levá-lo de volta para a estrada, o que teria conseguido não fossem as estacas alinhadas verticalmente logo depois do acostamento. Uma delas amassou a roda dianteira direita e ela perdeu o controle do carro. O Sierra deslizou pelo acostamento, quase virou, depois aprumou e parou com o eixo enterrado na areia macia e molhada do pântano.

Quinn endireitou seu banco e olhou para ela. Os dois estavam abalados, mas ilesos. Desceram do carro. Lá em cima, carros e caminhões passavam a caminho de Arnhem. O terreno era todo plano, podiam ser vistos perfeitamente da estrada.

– A peça – disse Quinn.

– O quê?

– O Smith.

Quinn enrolou o revólver e a munição num lenço de seda de Sam e enterrou sob uma moita a dez metros do carro, marcando o lugar na memória. Dois minutos mais tarde, um Range Rover vermelho e branco da Patrulha Rodoviária da Holanda parou lá em cima no acostamento.

Demonstrando preocupação, os patrulheiros ficaram aliviados ao constatarem que não estavam feridos, e pediram os documentos. Trinta minutos depois, chegavam com toda a bagagem ao pátio dos fundos do prédio de concreto cinzento do quartel da polícia de Arnhem, na Beek Straat. Um sargento os levou para uma sala de entrevistas e fez inúmeras perguntas. Já passava da hora do almoço quando tudo terminou.

Aquele dia não tinha sido muito promissor para o representante da agência locadora de carros – em meados de novembro é fraco o movimento de turistas – por isso ficou satisfeito quando uma senhora americana telefonou para seu escritório no Heuvelink Boulevard dizendo que queria alugar um carro. A satisfação do agente diminuiu bastante quando ela explicou que acabava de bater com um Sierra da sua companhia na A50, em Terlet, mas lembrou-se da advertência dos seus superiores para ser mais ativo e resolveu atender o pedido.

Chegou à central de polícia e conversou com o sargento. Quinn e Sam não entenderam uma palavra, mas felizmente os dois holandeses falavam inglês.

– A equipe de socorro da polícia trará o Sierra de onde ele está... estacionado – disse o homem da agência. – Eu o levarei então para a oficina da nossa companhia. De acordo com seus papéis, têm seguro total. É um carro alugado na Holanda?

– Não, Ostende, Bélgica – disse Sam. – Somos turistas.

– Ah – disse o homem. Papelada, uma porção de papelada, pensou. – Querem alugar outro carro?

– Queremos – disse Sam.

– Posso ceder um belo Opel Ascona, mas só amanhã de manhã. Está na revisão, no momento. Em que hotel estão?

O prestativo sargento de polícia deu um telefonema e reservou um quarto para dois no Rijn Hotel. O céu estava nublado outra vez. Começou a chover. O homem da agência levou-os até o hotel que ficava a 2 quilômetros na margem do Rijnkade, deixou-os na porta e prometeu estar com o Opel ali mesmo às 8 horas.

O hotel estava com dois terços de seu espaço desocupados e conseguiram um quarto espaçoso de frente, dando para o rio. A tardinha estava no fim, a chuva castigava as janelas, a grande massa cinzenta do Reno passava rápida para o mar. Quinn sentou-se numa poltrona ao lado da janela e ficou um longo tempo olhando para fora.

– Eu devia telefonar para Kevin Brown – disse Sam. – Contar o que descobrimos.

– Eu não faria isso – preveniu Quinn.

– Ele vai ficar furioso.

– Tudo bem, você pode dizer que encontramos um dos seqüestradores e o deixamos no alto da roda-gigante com uma bala na cabeça. Pode dizer que estamos viajando por toda a Bélgica, Alemanha e Holanda com uma arma ilegal. Quer dizer tudo isso numa linha aberta?

– Certo. Então, eu devia tomar notas.

– Faça isso – disse Quinn.

Sam achou meia garrafa de vinho tinto no pequeno bar e levou um copo para Quinn. Depois, sentou-se à escrivaninha e começou a escrever no papel do hotel.

A cinco quilômetros rio acima, embaçada pela neblina do fim da tarde, Quinn via a grande estrutura negra da velha ponte Arnhem, a ponte longe demais, onde, em setembro de 1944, o coronel John Frost e um punhado de pára-quedistas ingleses morreram tentando, durante quatro dias, deter as divisões *Panzer* da SS com rifles não-automáticos e espingardas Sten, enquanto o 30º Corpo lutava inutilmente no sul para abrir passagem na extremidade norte da ponte. Quinn ergueu o copo, saudando a estrutura de aço que subia para o céu chuvoso.

Sam percebeu o gesto e foi até a janela. Olhou para a margem do rio.

– Está vendo algum conhecido? – perguntou.

– Não – disse Quinn. – Já passaram.

Sam inclinou-se para olhar a rua.

– Não vejo ninguém.

– Foi há muito tempo.

Ela franziu a testa, intrigada.

– É um homem muito enigmático, Sr. Quinn. O que você pode ver que eu não posso?

– Não muita coisa – disse Quinn, levantando-se. – E nada que seja muito promissor. Vamos ver o que eles têm para o jantar.

O Ascona estava diante do hotel às 8 horas em ponto, com o sargento e dois policiais de motocicleta.

– Para onde vai, Sr. Quinn? – perguntou o sargento.

– Vlissingen, Flushing – declarou Quinn, para surpresa de Sam. – Pegar o barco.

– Ótimo – disse o sargento. – Façam boa viagem. Meus homens o acompanham até a rodovia para sudoeste. Na entrada da estrada, os motociclistas pararam e ficaram olhando o Opel até ele desaparecer. Quinn sentiu voltar aquela sensação de Dortmund.

O GENERAL Zvi ben Shaul, sentado à sua mesa de trabalho, ergueu os olhos do relatório para os dois homens à sua frente. Um era o chefe do departamento do Mossad responsável pela Arábia Saudita e toda a parte da península, desde a fronteira do Irã, ao norte, até as praias do Iêmen, ao sul. Era um feudo territorial. A especialidade do outro homem não conhecia fronteiras e era, de certo modo, mais importante, principalmente para a segurança de Israel. Ele era responsável por todos os palestinos, onde quer que estivessem. O relatório na mesa do chefe era de sua autoria.

Muitos palestinos gostariam imensamente de conhecer o prédio onde aqueles homens se reuniam. Como a maioria dos curiosos, incluindo um grande número de governos estrangeiros, os palestinos pensavam ainda que o quartel-general do Mossad ficava no subúrbio no norte de Tel-Aviv. Mas, desde 1988, sua nova casa era um edifício grande e moderno, bem no centro de Tel-Aviv, logo depois da esquina da Rehov Shlomo Ha'melekh (Rua Rei Salomão) e perto do prédio ocupado pelo AMAN, o serviço militar de informações.

– Pode conseguir mais alguma informação? – perguntou o general a David Gur Arieh, o especialista em palestinos.

O homem deu de ombros, com um largo sorriso.

– Você sempre quer mais, Zvi. Minha fonte é um operador de nível, um técnico das oficinas mecânicas do

Exército saudita. Foi isso que lhe disseram. O Exército deve ser imobilizado no deserto por três dias no mês de abril.

– Isso me cheira a golpe – disse o homem do departamento saudita. – Acha que devemos tirar as batatas deles do fogo?

– Se alguém pretende derrubar o rei Fahd e tomar o poder, quem poderia ser? – perguntou o diretor.

O especialista em sauditas ergueu os ombros.

– Outro príncipe – disse ele. – Não um dos irmãos. Mais provável da geração mais nova. Eles são gananciosos. Não importa quantos milhões consigam reter da cota do petróleo, sempre querem mais. Sim, pode ser, eles querem tudo. E é claro que os mais jovens são mais... modernos, mais ocidentalizados. Pode ser até melhor. Já está na hora de os velhos saírem de circulação.

Não era a idéia de um jovem governando em Riyad que intrigava Ben Shaul. Mas sim o que o técnico palestino dissera quando transmitiu as ordens para o informante de Gur Arieh. No próximo ano, gabou-se ele, nós palestinos teremos direito de nos naturalizar aqui.

Se fosse verdade, se era isso o que os conspiradores anônimos pretendiam, as perspectivas eram espantosas. Um oferecimento desse tipo de um novo governo saudita representaria a saída de milhões de palestinos sem lar e sem terra de Israel, Gaza, da Margem Ocidental e do Líbano para uma nova vida no sul. Com a chaga palestina cauterizada, Israel, com sua energia e tecnologia, podia criar um relacionamento benéfico e proveitoso com seus vizinhos. Era o sonho dos fundadores, desde Weizmann e Ben Gurion. Ben Shaul sabia do sonho desde menino, mas nunca pensou que o veria realizado. Mas...

– Você vai contar aos políticos? – perguntou Gur Arieh.

O diretor pensou nos homens que viviam tagarelando no Knesset, discutindo semântica e teologia enquanto sua divisão tentava dizer a eles de que lado do horizonte o sol nascia. Faltava muito tempo para abril. Se ele contasse, alguém deixaria vazar a informação. Fechou a pasta do relatório.

– Ainda não – disse. – Temos pouca informação. Quando tivermos mais, eu conto a eles.

Pessoalmente, estava decidido a guardar segredo.

A NÃO SER que peguem no sono, os visitantes de Den Bosch encontram uma adivinhação, um jogo inventado pelos homens que planejaram a cidade. O jogo chama-se Encontre o Caminho para o Centro da Cidade. Se ganhar, o visitante encontra a praça do mercado e um lugar para estacionar o carro. Se perder, um labirinto de ruas de mão única o joga de novo na perimetral.

O centro da cidade é um triângulo; a noroeste fica o rio Dommel, a nordeste o canal Zuid-Willemsvaart e no terceiro lado, ao sul, o muro da cidade. Sam e Quinn conseguiram vencer o sistema na terceira tentativa, chegaram ao mercado e reclamaram o prêmio, um quarto no Central Hotel, na praça do mercado.

No quarto, Quinn consultou a lista telefônica. Encontrou só um bar Leão de Ouro, na Jans Straat. Saíram a pé. A recepção do hotel forneceu um mapa do centro da cidade, mas não constava a Jans Straat. Vários cidadãos na praça balançaram a cabeça. Não conheciam a rua. O próprio policial na esquina teve de consultar seu mapa da cidade, muito usado. Finalmente, a encontraram.

Era uma ruazinha estreita entre o St. Jans Singel, a antiga passagem onde puxavam os barcos de terra, nas margens do Dommel, e Molenstraat, que corria paralela. Toda a área era antiga, com mais de trezentos anos. Uma parte fora restaurada e modernizada com bom gosto, conservando as belas estruturas de tijolos, com suas portas e janelas, mas contendo agora apartamentos modernos. Não a St. Jans Straat.

Mal dava para passar um carro e os prédios inclinavam-se uns para os outros, procurando apoio. Havia dois bares na rua, pois no passado os tripulantes das barcaças que negociavam por todo o Dommel e nos canais aportavam ali para saciar sua sede.

O Goude Leeuw ficava na extremidade sul da rua, a vinte metros da passagem junto ao rio, uma casa estreita de dois andares com uma tabuleta desbotada anunciando seu nome. No andar térreo havia uma única janela abaulada com vidros pequenos opacos e coloridos. Ao lado dela ficava a porta. Estava trancada. Quinn tocou a campainha e esperou. Nenhum som, nenhum movimento. O outro bar estava aberto. Todos os bares em Den Bosch estavam abertos.

– E agora? – perguntou Sam.

Um homem ao lado da janela do outro bar abaixou o jornal que lia, viu os dois e ergueu o jornal outra vez. Ao lado do Leão de Ouro havia uma porta de madeira com dois metros de altura, que aparentemente dava acesso à entrada dos fundos.

– Espere aqui – disse Quinn.

Pulou o portão de madeira e num segundo estava na passagem ao lado do bar. Alguns minutos depois, Sam ouviu o tinir de copos, passos, e Quinn abriu a porta da frente.

– Saia da rua – disse ele.

Sam entrou, fechando a porta. O bar estava sombrio, iluminado apenas pela luz que entrava através das cortinas da única janela.

Era pequeno. O balcão formava um L em volta da janela abaulada. Uma passagem ia da porta até a outra extremidade do bar, abrindo-se numa área mais espaçosa nos fundos. Atrás do bar estavam as fileiras de garrafas. Copos de cerveja virados para baixo alinhavam-se sobre uma toalha em cima do balcão, ao lado de três alavancas de chope de louça Delft. A porta dos fundos dava para um pequeno lavabo cuja janela Quinn havia quebrado para entrar. Dali saía também a escada para o andar superior.

— Talvez ele esteja lá em cima — disse Sam.

Não estava. Era um apartamento conjugado, muito pequeno, com a quitinete numa alcova e um pequeno banheiro. Na parede, uma fotografia que podia ser no Transval. Uma porção de lembranças da África, uma televisão, a cama desfeita. Nenhum livro. Quinn examinou todos os armários e o pequeno jirau perto do teto. Nada de Pretorius. Voltaram para baixo.

— Já que invadimos o bar do homem, podemos também tomar uma cerveja — sugeriu Sam.

Foi para trás do balcão, apanhou dois copos e moveu as manivelas de louça. A cerveja espumosa encheu os copos.

— De onde vem essa cerveja? — perguntou Quinn.

Sam olhou embaixo do balcão.

— Os canos atravessam o assoalho — disse ela.

Quinn encontrou o alçapão debaixo de um tapete, na extremidade da sala. Degraus de madeira levavam ao porão e havia um interruptor de luz ao lado deles. Ao contrário do bar, o porão era espaçoso.

Toda a casa e as casas vizinhas eram sustentadas pelos arcos de tijolos que formavam as abóbadas dos porões. Os canos que levavam a cerveja para cima estavam ligados a barris modernos, de aço, evidentemente descidos pelo alçapão antes de ter sido feita a ligação. Mas nem sempre fora assim.

Numa das extremidades do porão havia uma grade de aço. Atrás dela, passava o canal Dieze, que seguia por baixo da Molenstraat. Há muitos anos, homens transportavam os grandes barris de cerveja em barcaças abertas, pelo canal, empurrando-os pela grade e colocando-os sob o bar. Isso no tempo em que os empregados tinham de correr para cima e para baixo com canecas e jarras de cerveja para os fregueses.

Três desses antigos barris permaneciam sobre seus pilares de tijolo, no espaço mais largo criado pelos arcos, cada um com uma torneirinha na base. Quinn distraidamente abriu uma delas. Um jato de cerveja velha e azeda espirrou do barril. No segundo, o mesmo aconteceu. Quinn deu um pontapé no terceiro. O líquido que saiu era amarelo opaco, depois ficou rosado.

Só no terceiro empurrão Quinn conseguiu derrubar o barril de lado. Caiu espatifando-se, jogando o que havia dentro dele no piso do porão. Uma parte do conteúdo eram os últimos dois galões de cerveja velha que jamais haviam chegado ao bar. Numa poça de cerveja estava o homem, de costas, olhos abertos e opacos à luz da lâmpada, o orifício de entrada da bala numa das têmporas e o de saída na outra. Pela altura e envergadura podia ter sido o homem atrás de Quinn, no armazém, com a Skorpion. Se era ele, tinha assassinado um sargento britânico e dois agentes do Serviço Secreto americano em Shottover Plain.

O outro homem no porão apontava a arma para as costas de Quinn e falou, em holandês. Quinn voltou-se. Os passos. Os passos do homem nos degraus do porão foram abafados pelo barulho do barril quando caiu. O que o homem disse foi:

– Muito bem, *mijneer*, encontrou o seu amigo. Sentimos falta dele.

Dois outros desciam a escada, ambos com o uniforme da Polícia da Comunidade. O homem armado estava à paisana, um sargento da Recherche.

– Gostaria de saber – disse Sam, quando entravam na central de polícia em Tolbrug Straat – se existe mercado para uma antologia definitiva das delegacias de polícia holandesas.

Coincidentemente, a central de polícia em Den Bosch fica bem diante da Groot Zieken Gasthaus – literalmente a Grande Hospedaria para Doentes – em cujo necrotério o corpo de Jan Pretorius ia esperar a autópsia.

O inspetor-chefe Dykstra não dera muita importância ao aviso de Tio Groot no telefone na manhã anterior. Um americano procurando um sul-africano não significava necessariamente problema. Mandou um dos seus sargentos averiguar, na hora do almoço. O homem encontrou o Leão de Ouro fechado e informou o chefe.

Um serralheiro local abriu a porta para eles, mas tudo parecia em ordem. Nenhum sinal de briga, nenhuma desordem. Se Pretorius queria fechar o bar e viajar, tinha todo o direito. O dono do bar mais abaixo, no outro lado da rua, achava que o Leão de Ouro estivera aberto até o meio-dia. Quando o tempo não estava bom, a porta ficava fechada. Não viu ninguém entrar ou sair, mas isso não era estranho. Os negócios andavam fracos.

O sargento pediu para vigiar o bar por mais algum tempo e Dykstra concordou. Valeu a pena. O americano chegou 24 horas depois.

Dykstra enviou uma mensagem para o Gerechtelijk Laboratorium, em Voorburg, o laboratório patológico central do país. Informados que se tratava de ferimento a bala e que a vítima era estrangeira, mandaram o próprio Dr. Veerman, o melhor patologista pericial da Holanda.

À tarde, o inspetor-chefe Dykstra ouviu pacientemente a explicação de Quinn de que conhecera Pretorius há 14 anos em Paris e queria aproveitar sua viagem pela Holanda para relembrar os velhos tempos. Se Dykstra duvidou, não deixou transparecer. Mas verificou. A BVD do seu próprio país confirmou que o sul-africano estivera em Paris naquela época. Os antigos patrões de Quinn disseram que, sim, Quinn dirigia seu escritório em Paris naquele ano.

O carro alugado foi levado do Hotel Central e revistado. Nenhuma arma. A bagagem também foi retirada e revistada. Nenhuma arma. O sargento admitiu que nem Quinn nem Sam estavam armados quando os encontrou no porão. Dykstra achava que Quinn havia assassinado o sul-africano no dia anterior, um pouco antes de o sargento começar a vigilância do bar, e voltou para apanhar algo que havia esquecido, talvez no bolso do homem morto. Mas, se fosse esse o caso, por que o sargento o vira tentar entrar pela porta da frente? Se tivesse trancado a porta após o crime, podia ter entrado depois. Era um enigma. De uma coisa Dykstra tinha certeza: não acreditava que o relacionamento em Paris fosse o motivo da visita.

O professor Veerman chegou às 18 horas e terminou seu trabalho à meia-noite. Atravessou a rua e tomou um café com o exausto inspetor-chefe Dykstra.

— E então, professor?

— Terá meu relatório completo no momento adequado – disse o médico.

— Só uma idéia geral, por favor.

— Está bem. Morte por laceração maciça do cérebro provocada por uma bala, provavelmente nove milímetros, tiro quase à queima-roupa na têmpora esquerda, com saída pela têmpora direita. Devem procurar um orifício na parede do bar, em algum lugar.

Dykstra fez um gesto afirmativo.

— Hora da morte? — perguntou. — Estou detendo dois americanos que descobriram o corpo, supostamente numa visita de amizade. Mas invadiram o bar para encontrá-lo.

— Meio-dia, ontem — declarou o professor. — Uma ou duas horas antes ou depois. Vou saber com certeza mais tarde, quando os testes estiverem completos.

— Mas ontem ao meio-dia os americanos estavam na central de polícia de Arnhem — replicou Dykstra. — Isso é certo. Bateram com o carro às 10 horas e foram deixados no Rijn Hotel às 16 horas. Não podiam ter saído do hotel à noite, dirigido até aqui, cometido o crime e voltado de madrugada?

— De modo nenhum — disse o professor, levantando-se. — Aquele homem não morreu depois das 14 horas de ontem. Se eles estavam em Arnhem, são inocentes. Desculpe. São os fatos.

Dykstra praguejou. Seu sargento começou a vigiar o bar trinta minutos depois da saída do assassino.

— Meus colegas de Arnhem disseram que pretendiam tomar a barca em Vlissingen quando saíram do hotel ontem — disse ele para Sam e Quinn quando os soltou, tarde da noite.

— Certo — confirmou Quinn, apanhando sua bagagem muito revistada.

— Eu agradeceria se seguissem para lá — disse o inspetor-chefe. — Sr. Quinn, meu país gosta de receber bem os visitantes estrangeiros, mas onde quer que o senhor vá parece que arranja muito trabalho para a polícia holandesa.

— Sinto muito — disse Quinn com sinceridade. — Uma vez que perdemos a última barca e estamos cansados e com fome, podemos passar o restante da noite no hotel e partir de manhã?

– Está bem – concedeu Dykstra. – Meus homens os acompanharão amanhã até a saída da cidade.

– Começo a me sentir como a realeza – disse Sam, entrando no banheiro do hotel. Quando ela saiu, Quinn não estava no quarto. Ele voltou às 5 horas, escondeu o Smith & Wesson no fundo falso da frasqueira de Sam e dormiu duas horas antes de servirem o café-da-manhã.

A viagem para Flushing foi tranqüila, Quinn absorto nos seus pensamentos. Alguém estava liquidando os mercenários, um depois do outro, e agora ele não tinha onde procurar. Exceto talvez... de volta aos arquivos. Devia haver mais alguma coisa, mas era pouco provável. Com a morte de Pretorius, a pista estava fria como um bacalhau pescado há uma semana, e com o mesmo fedor.

Um carro de polícia de Flushing estava estacionado perto da rampa da barca para a Inglaterra. Os dois policiais dentro dele viram o Opel Ascona entrar lentamente na fila de carros, mas esperaram que as portas fossem fechadas e a barca se afastasse do píer, dirigindo-se para o estuário do Wester Schelde, para se comunicarem com a central.

A viagem decorreu sem incidentes. Sam escreveu suas anotações, agora um verdadeiro diário de viagem pelas centrais de polícia da Europa. Quinn leu o primeiro jornal londrino que via em dez dias. Não notou o parágrafo que dizia: Reformas no KGB? Era uma notícia da Reuter, enviada pelo correspondente em Moscou, dizendo que as fontes habituais de informação insinuavam futuras mudanças na chefia da polícia secreta soviética.

QUINN ESPEROU no pequeno jardim escuro da Carlyle Square durante duas horas, imóvel como uma estátua, sem ser visto por ninguém. Uma grande árvore o protegia da lâmpada da rua. Sua jaqueta de couro negro e sua imobilidade faziam o restante. As pessoas passavam a poucos centímetros dele, mas não viam o homem escondido na sombra.

Eram dez e meia. Os habitantes da elegante praça em Chelsea voltavam dos restaurantes de Knightsbridge e Mayfair. David e Carina Frost passaram no banco traseiro do antigo Bentley a caminho de casa. Às 23 horas chegou o homem que Quinn esperava.

Estacionou o carro na vaga de morador no outro lado da rua, subiu os três degraus e pôs a chave na fechadura. Quinn estava ao lado dele antes que o homem tivesse tempo de virar a chave.

— Julian.

Julian Hayman girou o corpo, sobressaltado.

— Meu Deus, Quinn, não faça isso! Eu podia matar você!

Depois de tantos anos fora do regimento, Hayman continuava em ótima forma. Mas a vida na cidade havia embotado levemente os sentidos mais aguçados. Quinn passara aqueles anos trabalhando nas suas vinhas sob o sol escaldante. Não sugeriu que podia ter acontecido o contrário, se chegassem a tanto.

— Preciso consultar seus arquivos outra vez, Julian.

Hayman já havia recobrado o controle. Balançou a cabeça com firmeza.

— Desculpe, meu velho. Não outra vez, não é possível. A palavra de ordem é que você é tabu. Andam falando... no circuito, você sabe... sobre o caso Cormack. Não posso me arriscar. Isso é definitivo.

Quinn compreendeu que era. A pista tinha acabado. Voltou-se para partir.

— A propósito – disse Hayman, do topo dos degraus. – Ontem almocei com Barney Simkins. Lembra do velho Barney?

Quinn fez um gesto afirmativo. Barney Simkins, diretor da Broderick-Jones, os concessionários da Lloyd's, para quem ele havia trabalhado durante dez anos.

– Ele disse que alguém tem telefonado, perguntando por você.

– Quem?

– Não sei. Barney disse que o homem é muito misterioso. Disse apenas que, se quiser fazer contato com ele, deve pôr um anúncio no *International Herald-Tribune*, edição de Paris, em qualquer um dos próximos dez dias e assinar Q.

– Ele não deu nenhum nome? – perguntou Quinn.

– Só um, meu velho. Um nome estranho. Zack.

15

Quinn entrou no carro ao lado de Sam, que o esperava na esquina de Mulberry Walk. Ele parecia pensativo.

– Ele não vai cooperar?

– Hummm?

– Hayman. Não deixou você consultar os arquivos?

– Não. Isso está descartado. E é definitivo. Mas parece que outra pessoa quer entrar no jogo. Zack tem telefonado.

Sam ficou atônita.

– Zack? O que ele quer?

– Um encontro.

– Como diabo ele o encontrou?

Quinn engatou a marcha e pôs o carro em movimento.

– Uma tentativa. Anos atrás houve uma menção ocasional do meu nome quando eu trabalhava para Broderick-

Jones. Tudo que ele tem é o meu nome e meu emprego. Aparentemente, não sou o único que pesquisa recortes de jornais. Por acaso, Hayman estava almoçando com alguém da minha antiga companhia quando o assunto veio à tona.

Entrou na Old Church Street e depois outra vez à direita, na King's Road.

— Quinn, ele vai matar você. Já liquidou dois dos seus homens. Com a morte deles, fica com todo o resgate. Com você fora do caminho, a caçada acaba. Obviamente, ele sabe que você tem mais probabilidade de encontrá-lo do que o FBI.

Quinn deu uma risada breve.

— Se ele soubesse. Não tenho a menor idéia de quem ele é, ou de onde está.

Quinn não acreditava mais que Zack tivesse assassinado Marchais e Pretorius, mas não disse a Sam. Não que Zack fosse do tipo capaz de hesitar em eliminar os próprios companheiros por um preço justo. No Congo, muitos mercenários foram liquidados pelos companheiros. O que o preocupava era a coincidência do tempo.

Ele e Sam encontraram Marchais algumas horas depois de sua morte. Felizmente não havia polícia por perto. Mas se não fosse a batida fora de Arnhem, estariam no bar de Pretorius, com uma arma carregada, uma hora após a morte dele. Ficariam detidos durante semanas, enquanto a polícia de Den Bosch investigava o caso.

Entrou à esquerda na Beaufort Street, dirigindo-se para Battersea Bridge, e caíram direto num engarrafamento. Não é estranho um engarrafamento no tráfego de Londres, mas àquela hora, numa noite de inverno, o movimento para o sul, atravessando Londres, devia ser pouco.

A fila de carros na qual estavam adiantou-se e Quinn viu um policial londrino uniformizado dirigindo o tráfego e uma fileira de cones cor de laranja isolando metade da rua. Os carros que iam para o norte e os que iam para o sul passavam em grupos pela mesma faixa da rua.

Quando chegaram ao lugar do bloqueio viram dois carros da polícia com as luzes azuis girando nas capotas, ao lado da ambulância com as portas abertas. Dois atendentes saíram da ambulância com uma maca e aproximaram-se de uma massa informe na calçada, sob um cobertor.

O policial que controlava o tráfego os mandou seguir, impaciente. Sam olhou para a fachada do prédio na frente do qual estava a vítima. As janelas do último andar estavam abertas e ela viu a cabeça de um policial olhando para baixo.

— Acho que alguém caiu do oitavo andar — observou ela. — O tira está olhando lá da janela.

Quinn resmungou e concentrou-se na direção para não bater no carro da frente, cujo motorista olhava também para a calçada. Segundos depois, tudo estava terminado e Quinn seguiu para a ponte sobre o Tâmisa, deixando para trás o corpo de um homem de quem nunca ouvira falar e jamais ouviria. O corpo de Andy Laing.

— Para onde estamos indo? — perguntou Sam.

— Paris — respondeu Quinn.

Para Quinn, voltar a Paris era voltar para casa. Embora tivesse passado muito tempo em Londres, Paris era um lugar especial.

Foi em Paris que namorou e conquistou Jeannette, foi em Paris que se casaram. Por dois maravilhosos anos viveram no pequeno apartamento na rue de Grenelle, sua filha nasceu no Hospital Americano em Neuilly.

Quinn conhecia bares em Paris, dezenas de bares, onde, depois da morte de Jeannette e da filha Sophie na estrada para Orléans, ele tentara esquecer na bebida. Foi feliz em Paris, viveu no céu em Paris, desceu aos infernos em Paris, acordou nas sarjetas de Paris, conhecia a cidade.

Passaram a noite num motel perto de Ashford e pegaram a barca das 9 horas de Dover para Calais, chegando a Paris na hora do almoço.

Quinn registrou os dois num pequeno hotel perto dos Champs Elysées e desapareceu com o carro à procura de um estacionamento. O oitavo Arrondissement em Paris tem muitos encantos, mas lugar para estacionar não é um deles. Deixar o carro na frente do Hotel du Colisée, na rua do mesmo nome, seria arriscar-se a um cadeado de roda. Foi direto para o estacionamento subterrâneo, aberto 24 horas, na rue Chauveau-Lagarde, bem atrás da Madeleine, e tomou um táxi para o hotel. De qualquer modo, pretendia andar de táxi. Na área da Madeleine, Quinn viu do que iria precisar.

Depois do almoço, Quinn e Sam tomaram um táxi para os escritórios do *International Herald-Tribune*, no 181 da Avenue Charles de Gaulle, em Neuilly.

– Infelizmente não podemos publicar na edição de amanhã – disse a moça no balcão de anúncios. – Terá de ser depois de amanhã. Só publicamos no dia seguinte os classificados que chegam até às 1h30.

– Está bem – disse Quinn, pagando em dinheiro. Aceitou o presente de um número do jornal, que leu no táxi de volta para os Champs Elysées.

Dessa vez ele não deixou passar a reportagem de Moscou, com a manchete: "General Kriuchkov demitido." O subtítulo dizia: "Cai o chefe do KGB despedido na grande modificação da segurança." Quinn leu a notícia, mas nada significava para ele.

O correspondente contava que o Politburo soviético havia recebido "com pesar" a renúncia do diretor do KGB, general Vladimir Kriuchkov. Um assistente dirigiria interinamente o comitê até o Politburo designar um sucessor.

O repórter era de opinião que as mudanças se deviam ao fato de o Politburo não estar satisfeito com o desempenho do Primeiro Diretório, do qual Kriuchkov era presidente. Terminava sugerindo que o Politburo – uma leve referência ao próprio Gorbachev – queria sangue novo e jovem na liderança do serviço de espionagem externa da URSS.

Naquela noite e no dia seguinte, Quinn serviu de guia turístico para Sam, que nunca estivera em Paris. Foram ao Louvre, aos jardins das Tulherias sob chuva, ao Arco do Triunfo e à Torre Eiffel, terminando seu dia livre no Lido.

O anúncio apareceu na manhã seguinte, Quinn levantou cedo e comprou o jornal numa banca nos Champs Elysées às 7 horas. Dizia simplesmente: "Z, estou aqui. Telefone para... Q." O número era do hotel e Quinn avisou à telefonista no pequeno saguão que esperava um telefonema. Esperou no quarto. O telefone tocou às 9h30.

– Quinn?

A voz era inconfundível.

– Zack, antes que diga algo, este número é de um hotel. Não gosto de telefones de hotéis. Ligue para este telefone público dentro de trinta minutos.

Ditou o número de uma cabine ao lado da Place de la Madeleine. Saiu então, dizendo para Sam:

– Volto dentro de uma hora.

Sam estava ainda de camisola e não foi convidada para o passeio.

O telefone na cabine pública tocou às 10 horas em ponto.

– Quinn, quero falar com você.

– Estamos falando, Zack.

– Pessoalmente.

– Certo, sem problema. Diga quando e onde.

– Nada de truques, Quinn. Desarmado, sem guarda-costas.

– Certo.

Zack disse a hora e o lugar. Quinn não anotou, não precisava. Voltou para o hotel. Sam estava na lanchonete do hotel, comendo croissants e tomando café com leite. Ergueu os olhos, ansiosa.

– O que ele queria?

– Um encontro, face a face.

– Quinn, meu bem, tenha cuidado. Ele é um assassino. Quando e onde?

– Não aqui – disse Quinn. Outros turistas tomavam café. – No nosso quarto. – Quando estavam na privacidade dos aposentos, ele informou: – Amanhã às 8 horas. O quarto dele no Hotel Roblin. Reservado em nome de... não vai acreditar... Smith.

– Preciso estar lá, Quinn. Não estou gostando disso. Não esqueça que sei atirar também. E você naturalmente vai levar o revólver.

– É claro – disse ele.

Alguns minutos mais tarde, Sam deu uma desculpa e foi até a lanchonete. Voltou para o quarto dez minutos depois. Quinn lembrou que havia um telefone na extremidade do bar da lanchonete.

À meia-noite, quando Quinn saiu, Sam dormia com o despertador ligado para às 6 horas. Movendo-se como uma sombra, Quinn apanhou os sapatos, as meias, a calça, a cueca, suéter, a jaqueta e a arma. Vestiu-se no corredor vazio, pôs o revólver no cinto, fechou a jaqueta de couro e desceu silenciosamente as escadas.

Achou um táxi nos Champs Elysées e dez minutos depois estava no Hotel Roblin.

– *La chambre de Monsieur Smith, si'l vous plaît* – disse para o porteiro da noite.

O homem verificou uma lista e entregou uma chave. Número dez. Segundo andar. Quinn subiu pela escada e entrou no quarto.

O banheiro era o melhor lugar para se esconder. A porta ficava no canto do quarto e dali podia ver todos os ângulos, especialmente a porta do corredor. Retirou a lâmpada central do quarto, apanhou uma cadeira e levou para o banheiro. Com a porta do banheiro meio aberta, começou sua vigília. Depois que seus olhos se acostumaram ao escuro, via perfeitamente o quarto vazio, mal iluminado pela luz da rua que entrava pela janela cuja cortina ele havia deixado aberta.

Até às 6 horas não apareceu ninguém. Quinn não ouviu nenhum passo no corredor. Às 6h30 o porteiro da noite levou café para um hóspede madrugador. Os passos passaram pela porta e voltaram para a escada que levava ao saguão. Ninguém entrou, ninguém tentou entrar.

Às 8 horas Quinn sentiu um imenso alívio. Saiu do quarto às 8h20, pagou e tomou um táxi para o Hotel du Colisée. Sam estava no quarto, extremamente nervosa.

– Quinn, onde você esteve? Fiquei desesperada de preocupação. Acordei às cinco horas... você não estava... Pelo amor de Deus, perdemos o encontro.

Quinn podia ter mentido, mas estava genuinamente arrependido. Contou a ela o que havia feito. Ela se sentiu como se fora esbofeteada por ele.

– Você pensou que eu...?

Sim, admitiu, depois de Marchais e Pretorius ficara obcecado com a idéia de que alguém estava avisando o assassino ou assassinos. Como podiam, duas vezes, ter descoberto os mercenários um pouco antes dele e de Sam? Ela engoliu em seco, controlou-se, escondendo a mágoa.

– Muito bem. Então quando é de fato o encontro, posso perguntar? Isto é, se ainda confia em mim.

– Dentro de uma hora, às 10 horas – disse ele. – Num bar na rue de Chalon, atrás da Gare de Lyon. É uma longa viagem, vamos.

Outro táxi. Sam guardou um silêncio magoado enquanto seguiam pelo cais da margem norte do Sena, atravessando a cidade de noroeste para sudeste. Desceram do táxi na esquina da rue de Chalon com a passagem de Gatbois. Quinn resolveu fazer o resto do caminho a pé.

A rue de Chalon é paralela aos trilhos do trem que vai para o sul da França. Do outro lado do muro ouviam o barulho metálico dos trens que saíam do terminal. Era uma rua estreita.

Da rue de Chalon saíam várias vielas, todas chamadas "passage", que iam dar na movimentada avenue Daumesnil. A um quarteirão de onde haviam descido do táxi, Quinn encontrou a rua que procurava, a passage de Vautrin. Entrou nela.

– É um lugar lúgubre – disse Sam.

– É, bem, foi o que ele escolheu. O encontro é num bar.

Havia dois bares na rua, nenhum deles uma ameaça para o Ritz.

Chez Hugo era o segundo, do outro lado da rua, a cinqüenta metros do primeiro. Quinn empurrou a porta. O balcão ficava à esquerda, à direita havia duas mesas perto da janela, coberta com cortina pesada de renda. As duas mesas se achavam vazias. Todo o bar estava vazio, exceto pelo dono com a barba por fazer, postado ao lado da máquina de café expresso, atrás do balcão. Com a porta aberta atrás dele e Sam na entrada, Quinn estava bem visível e sabia disso. Se houvesse alguém no interior escuro do bar ele não podia ver. Então viu o único freguês. Bem no fundo, sozinho numa mesa, uma xícara de café à sua frente. Olhava para Quinn.

Quinn atravessou o bar, seguido por Sam. O homem não se moveu. Seus olhos não deixaram Quinn um instante sequer, a não ser para uma rápida olhada em Sam. Finalmente, Quinn chegou perto dele. O homem usava paletó de veludo canelado e camisa aberta no pescoço. Cabelo cinzento e ralo, quase 50 anos, rosto magro e malévolo, marcas profundas de varíola.

– Zack? – disse Quinn.

– É, senta aí. Quem é ela?

– Minha companheira. Eu fico, ela fica. Você quis o encontro. Vamos conversar.

Sentou na frente de Zack, as mãos sobre a mesa. Nada de truques. O homem olhou para ele com malevolência. Quinn sabia que já vira aquela cara antes. Procurou lembrar dos arquivos de Hayman e os de Hamburgo. E então se lembrou. Sidney Fielding, um dos comandantes de divisão de John Peters no Quinto Comando em Paullis, ex-Congo Belga. O homem tremia com emoção mal controlada. Alguns segundos depois, Quinn percebeu que era raiva, porém com algo mais. Quinn vira aquela expressão muitas vezes no Vietnã e em outros lugares. O homem estava com medo, amargo e furioso, mas extremamente assustado. Zack estava a ponto de perder o controle.

– Quinn, você é um escroto. Você e sua gente, uns sacanas mentirosos. Prometeram que não nos perseguiriam, disseram que devíamos desaparecer, que dentro de duas semanas tudo estaria terminado... Porra nenhuma. Agora ouvi dizer que Big Paul está desaparecido e Janni no necrotério, na Holanda. Estamos sendo liquidados.

– Vá com calma, Zack. Eu não lhe disse nada disso. Estou do outro lado. Por que não começamos do princípio? Por que você seqüestrou Simon Cormack?

Zack olhou para Quinn com se ele tivesse perguntado se o sol era quente ou frio.

– Porque me pagaram.

– Foi pago com antecedência? Não com parte do resgate?

– O resgate foi extra. Meio milhão de dólares foi o pagamento. Recebi duzentos, cem para cada um dos outros três. Disseram que o resgate era extra, que podíamos pedir quanto quiséssemos e ficar com o montante.

– Certo. Quem pagou? Juro que não fui um deles. Fui chamado no dia seguinte ao seqüestro para tentar resgatar o garoto. Quem organizou?

– Não sei o nome dele. Nunca soube. Americano, é tudo que sei. Baixo, gordo. Fez contato comigo aqui. Só Deus sabe como me encontrou, deve ter bons contatos. Sempre nos encontramos em quartos de hotel. O homem estava sempre mascarado. Mas o pagamento foi adiantado e em dinheiro.

– E as despesas? Seqüestros custam caro.

– Separadas do pagamento. Também em dinheiro. Outros cem mil dólares que tive de gastar.

– Isso incluía a casa onde se esconderam?

– Não, a casa estava providenciada. Nós nos encontramos em Londres, um mês antes do trabalho. Ele me deu as chaves, o endereço, mandou que a preparasse como um abrigo antiaéreo.

– Quero o endereço.

Zack disse, Quinn anotou. Mais tarde, Nigel Cramer e os cientistas dos laboratórios da Met haviam visitado a casa e a revistaram à procura de pistas. Os registros demonstraram

471

que não tinha sido alugada, mas comprada legitimamente por 200 mil libras, por intermédio de uma firma de advocacia britânica representando uma companhia registrada em Luxemburgo.

A companhia era uma sociedade anônima representada legalmente por um banco de Luxemburgo que o fazia sem saber exatamente quem era o dono da empresa. O dinheiro usado para comprar a casa chegara a Luxemburgo sob a forma de uma retirada feita num banco suíço. Os suíços declararam que a retirada fora feita em dinheiro, em dólares americanos, no seu banco de Genebra, mas ninguém lembrava por quem.

Além disso, a casa não ficava na região norte de Londres, mas em Sussex, ao sul, perto de East Grinstead. Zack simplesmente percorria a M25 marginal para dar os telefonemas do lado norte da capital.

Os homens de Cramer examinaram a casa de alto a baixo. Apesar dos esforços dos quatro mercenários, encontraram algumas impressões digitais, mas pertenciam a Marchais e Pretorius.

– E o Volvo? – perguntou Quinn. – Pagou por ele também?

– Paguei pelo furgão e pela maior parte das outras coisas. Só a Skorpion foi dada pelo homem gordo. Em Londres.

Sem que Quinn soubesse, o Volvo já fora encontrado fora de Londres. Seu tempo de estacionamento estava vencido no aeroporto de Heathrow. Os mercenários, após atravessarem Buckingham na manhã do crime, voltaram para Londres pelo sul. Em Heathrow tomaram o ônibus para o outro terminal. Em Gatwick, em vez de pegarem um avião, tomaram o trem para Hastings e a costa. Táxis separados os levaram a Newhaven para pegar a barca do meio-dia para Dieppe. Uma vez na França, separaram-se e saíram de circulação.

A polícia do aeroporto de Heathrow verificou que o Volvo tinha orifícios na mala para entrada de ar e um persistente cheiro de amêndoas. A Scotland Yard foi chamada e descobriram o proprietário original. Mas o carro fora pago em dinheiro vivo, a transferência da documentação de propriedade não havia sido completada e a descrição do comprador combinava com a do homem de cabelo vermelho que comprara o Ford Transit.

— O homem gordo era quem dava a vocês todas as informações secretas? — perguntou Quinn.

— Que informações secretas? — quis saber Sam bruscamente.

— Como você sabe disso? — perguntou Zack, desconfiado. Evidentemente, acreditava ainda que Quinn era um dos homens do seu empregador que agora o perseguia.

— Você foi bom demais — disse Quinn. — Esperou que eu estivesse instalado para pedir para falar com o negociador em pessoa. Nunca vi isso antes. Você sabia quando parecer furioso e quando ceder. Passou de dólares para diamantes, sabendo que ia provocar uma demora, quando estávamos prontos para a troca.

Zack balançou a cabeça afirmativamente.

— Antes do seqüestro fui informado sobre o que devia fazer, quando e como. Enquanto estávamos no esconderijo tive de dar outros telefonemas. Sempre de fora da casa, sempre em cabines diferentes, de acordo com uma lista que recebi. Era para o homem gordo. Àquela altura eu conhecia a voz dele. Às vezes ele fazia algumas mudanças... para melhorar a sintonia, como dizia. Eu fazia o que ele mandava.

– Tudo bem – disse Quinn –, e o homem gordo disse que não ia haver problemas depois. Uma caçada durante um mês, mais ou menos, mas, sem pistas, tudo ficaria por isso mesmo e vocês viveriam felizes para sempre. Acreditou mesmo nisso? Pensou mesmo que podia seqüestrar e matar o filho do presidente dos Estados Unidos e escapar? Então diga: por que matou o garoto? Não precisava.

Os músculos do rosto de Zack contraíram-se freneticamente. Os olhos quase saltaram das órbitas.

– É esse o negócio, seu merda. Nós não matamos o garoto. Deixamos ele na estrada, como mandaram. Ele estava vivo e bem, nós não o machucamos nem um pouco. E fomos embora. Soubemos que estava morto no dia seguinte. Eu não podia acreditar. Era mentira. Nós não o matamos.

Lá fora, na rua, um carro apareceu na esquina da rue de Chalon. Um homem na direção, o outro no banco de trás com o fuzil. O carro entrou na rua como se procurasse alguém, parou na frente do primeiro bar, avançou quase até a porta do Chez Hugo, depois deu uma ré e parou entre os dois. O motor ficou ligado.

– O garoto foi morto por uma bomba colocada no cinto de couro – disse Quinn. – Ele não estava usando cinto quando foi seqüestrado em Shotover Plain. Vocês deram a roupa e o cinto para ele.

– Eu não – disse Zack. – Eu não dei nada. Foi Orsini.

– Muito bem, fale-me sobre Orsini.

– Corso, um assassino profissional. Mais jovem do que nós. Quando nós três fomos nos encontrar com você no armazém o garoto estava com a mesma roupa do seqüestro. Quando voltamos, estava com outra. Fiquei furioso com Orsini por causa disso. O cretino saiu da casa, contra nossas ordens, para comprar a roupa.

Quinn lembrou-se da gritaria quando os mercenários subiram naquela noite para examinar os diamantes. Na ocasião, pensou que era por causa das pedras.

— Por que ele fez isso? — perguntou Quinn.

— Disse que o garoto tinha se queixado de frio. Pensou que não ia fazer nenhum mal, foi até East Grinstead e comprou tudo numa loja de artigos para acampamento. Fiquei furioso porque ele não fala inglês e, com aquela cara, ia na certa chamar a atenção.

— É quase certo que a roupa foi entregue durante a sua ausência — disse Quinn. — Tudo bem, como é esse Orsini?

— Trinta e três anos, mais ou menos. Um profissional, mas nunca esteve em combate. Barba muito negra, olhos negros, cicatriz de faca no lado do rosto.

— Por que você o contratou?

— Não contratei. Eu procurei Big Paul e Janni porque eram meus conhecidos dos velhos tempos e tínhamos nos mantido em contato. O corso foi imposto pelo homem gordo. Agora ouvi dizer que Janni está morto e Big Paul desapareceu.

— Então, o que pretende com este encontro? — perguntou Quinn. — O que acha que posso fazer?

Zack inclinou-se para frente e agarrou o braço de Quinn.

— Quero sair desta — disse ele. — Se está com o pessoal que arranjou tudo, diga que não precisam ter medo, não precisam me procurar. Eu jamais irei falar, nunca. Não para os tiras, pelo menos. Portanto, eles estão seguros.

— Mas não estou com eles — replicou Quinn.

— Então diga para sua gente que não matei o garoto — pediu Zack. — Isso não fazia parte do trato. Juro por minha vida que nunca pensei em matar o garoto.

Se Nigel Cramer ou Kevin Brown pusessem as mãos em Zack, pensou Quinn, ele ia virar hóspede de Sua Majestade ou do Tio Sam pelo restante da vida.

– Mais alguns detalhes, Zack. Os diamantes. Se quer pedir clemência, acho melhor começar por devolver o resgate. Já gastou tudo?

– Não – disse Zack bruscamente. – De jeito nenhum. Estão aqui, todos eles.

Apanhou uma pesada sacola de lona do chão e jogou sobre a mesa. Sam arregalou os olhos.

– Orsini – disse Quinn, impassível. – Onde ele está agora?

– Só Deus sabe, provavelmente voltou para a Córsega. Ele veio de lá há dez anos para trabalhar com os quadrilheiros de Marselha, Nice e depois Paris. Foi tudo o que fiquei sabendo. Ah, ele veio de uma cidadezinha chamada Castelblanc.

Quinn levantou-se, apanhou a sacola de lona e olhou para Zack.

– Você está encrencado, meu chapa. Até as orelhas. Vou falar com as autoridades. Talvez aceitem seu testemunho a favor do Estado. Mesmo assim não vai ser fácil. Mas direi que havia *outros* por trás de tudo, e se você contar o que sabe talvez o deixem viver. Os outros, os homens que o contrataram... nenhuma chance.

Voltou-se para sair. Sam levantou-se também. Como se preferisse a proteção do americano, Zack fez o mesmo e os três caminharam para a porta. Quinn parou.

– Mais uma coisa. Por que o nome Zack?

Durante o seqüestro, os psiquiatras e criptógrafos ficaram intrigados com o nome escolhido, esperando encontrar nele uma pista para a identidade real do homem.

Trabalharam com variações de Zacarias, Zacariah, procuraram parentes de criminosos conhecidos com esses nomes ou iniciais.

– Na verdade era ZAK – disse Zack. – As letras da placa do meu primeiro carro.

Quinn ergueu uma sobrancelha. Lá se vai a psiquiatria, pensou ele. Saiu para a rua. Zack vinha atrás. Sam estava ainda na porta quando o som do fuzil quebrou o silêncio da pequena rua.

Quinn não viu o carro nem o atirador. Mas ouviu o "zumbido" típico de uma bala passando por seu rosto e o frio do ar deslocado em sua pele. A bala passou a um centímetro de sua orelha, mas acertou Zack em cheio. O mercenário foi atingido na base do pescoço.

A reação de Quinn salvou sua vida. Aquele som não lhe era estranho. O corpo de Zack foi atirado para trás, contra o batente da porta, depois para a frente com o impacto. Quinn estava de volta ao arco de entrada antes que os joelhos de Zack se dobrassem. Naquele segundo em que o corpo do mercenário continuou de pé, serviu de escudo entre Quinn e o carro estacionado a trinta metros.

Quinn atirou-se para dentro, girando o corpo, agarrando Sam e lançando-se no chão com ela num único movimento. Quando sentiram os azulejos sujos contra o rosto, outra bala atravessou a porta que começava a se fechar, atingindo a parede lateral do café. Então, a porta se fechou.

Quinn começou a se arrastar rapidamente, apoiando-se nos cotovelos e nas pontas dos pés, atravessando o bar, arrastando Sam atrás dele. O carro andou um pouco para ajustar o ângulo de tiro e uma saraivada de balas espatifou os vidros da janela e esburacou a porta. O dono do bar, provavelmente Hugo, foi mais lento. Ficou parado boquiaberto atrás do balcão até ser derrubado por uma chuva de cacos de garrafas da prateleira atrás dele.

Os tiros cessaram – o homem estava recarregando a arma. Quinn levantou-se e correu para a porta dos fundos, puxando Sam pelo pulso com a mão esquerda, a direita segurando a sacola com os diamantes.

A porta nos fundos do bar dava para o corredor, com os banheiros, um de cada lado. No fim ficava a cozinha imunda. Quinn atravessou a cozinha, abriu a porta com um pontapé e saíram para um pátio.

Os engradados de cerveja estavam empilhados num canto. Usando-os como degraus, Quinn e Sam pularam o muro, indo cair em outro pátio, pertencente ao açougue na rua paralela à do bar, a passage Gatbois. Três segundos depois, saíram do açougue para a rua, ante os olhos espantados do açougueiro. Por sorte viram um táxi a trinta metros. Uma senhora descia do carro com dificuldade, ao mesmo tempo procurando o dinheiro na bolsa. Quinn aproximou-se rapidamente, carregou a velha senhora para a calçada e disse:

– *C'est payé, madame.*

Mergulhou para dentro do táxi sem largar o pulso de Sam, jogou a sacola no banco e sacudiu um maço de francos sob o nariz do motorista.

– Vamos sair daqui depressa – disse. – O marido da minha garota apareceu com um capanga alugado.

Marcel Dupont era um velho com bigode de foca que há quarenta anos dirigia seu táxi pelas ruas de Paris. Antes disso, lutara ao lado dos Franceses Livres. No seu tempo, mais de uma vez tinha voado de algum lugar um passo à frente dos seus perseguidores. Era também francês, e a jovem loura que estava sendo arrastada para dentro do seu táxi era uma beleza. Era também parisiense e reconhecia um maço de notas quando o via tão perto dos olhos. Já se fora o tempo em que os americanos davam gorjetas de dez dólares. A maioria deles agora parecia estar em Paris com um orçamento de dez dólares por dia. Deixou uma marca preta de borracha derretida quando arrancou da passagem para a avenue Daumesnil.

Quinn passou o braço pela frente de Sam e puxou com força a porta que balançava aberta. Algo a estava prendendo, mas fechou-se na segunda tentativa. Sam recostou-se no banco, branca como cera. Então viu sua querida bolsa de crocodilo da Harrods. A porta, fechada à força, espremera a base da bolsa, arrebentando a costura. Ela examinou a avaria e franziu a testa, intrigada.

– Quinn, que diabo é isto?

"Isto" era a ponta de uma pilha fina como uma hóstia preta e laranja, do tipo usado em câmeras Polaroid. O canivete de Quinn desfez o resto da costura na base da bolsa, revelando um conjunto de três, com cinco centímetros de largura e oito de comprimento. O transmissor e o receptor estavam no quadro impresso do circuito, também na base com um fio que levava ao microfone, no botão que formava o fundo da dobradiça. A antena ficava na alça a tiracolo. Era um dispositivo profissional, miniaturizado, da mais moderna tecnologia, e ativado pela voz para economizar energia.

Quinn examinou os componentes no banco traseiro, entre os dois. Mesmo que ainda estivesse funcionando seria impossível transmitir agora qualquer tipo de informação. A exclamação de surpresa de Sam certamente havia alertado os ouvintes sobre a descoberta do dispositivo. Esvaziou a bolsa, mandou o motorista parar junto ao meio-fio e atirou a bolsa e o aparelho eletrônico numa lata de lixo.

– Muito bem, isso explica Marchais e Pretorius – disse Quinn. – Na certa eram dois, um muito perto de nós, seguindo o progresso da nossa investigação e telefonando para o companheiro que assim chegava ao alvo antes de nós. Mas por que diabo não apareceram ao encontro falso desta manhã?

– Eu não estava com ela – disse Sam, lembrando-se.

– Não estava com o quê?

– Com a bolsa. Estava tomando café na lanchonete, você quis conversar no quarto. Esqueci a bolsa na banqueta. Voltei para apanhá-la, pensando que podia ter sido roubada. Antes alguém a tivesse roubado...

– É isso. Só me ouviram dizer ao chofer do táxi para nos deixar na esquina da rue de Chalon. E a palavra "bar". Havia dois naquela rua.

– Mas como fizeram isso com minha bolsa? – perguntou ela. – Está sempre comigo, desde que comprei.

– Não era a sua bolsa, era uma duplicata – disse Quinn. – Alguém a viu, arranjou uma igual e trocou. Quantas pessoas foram ao apartamento em Kensington?

– Depois que você fugiu? O mundo todo e mais alguém. Cramer e os ingleses, Brown, Collins, Seymour e mais três ou quatro homens do FBI. Eu estive na embaixada, naquela mansão no Surrey, onde eles o detiveram por algum tempo, fui aos Estados Unidos... diabo, fui a toda parte com a bolsa!

E bastam cinco minutos para passar tudo para outra bolsa e fazer a troca.

– Para onde vai, meu chapa? – perguntou o motorista.

O Hotel du Colisée estava fora de cogitação. Os assassinos deviam saber que estavam hospedados lá. Mas não conheciam o estacionamento onde deixara o Opel. Quinn estava sozinho, sem Sam e sua bolsa letal.

– Place de la Madeleine – disse ele –, esquina de Chauveau-Lagarde.

– Quinn, talvez seja melhor eu voltar para os Estados Unidos com o que já descobrimos. Posso ir à nossa embaixada aqui e pedir uma escolta. Washington precisa saber o que Zack nos contou.

Quinn olhou para a rua. Passavam agora pela rue Royale. O táxi deu a volta na Madeleine e parou na entrada do estacionamento. Quinn deu uma gorjeta generosa ao chofer.

– Para onde vamos? – perguntou Sam, já no Opel, seguindo para o sul, atravessando o Sena na direção do Quartier Latin.

– Você vai para o aeroporto – disse Quinn.

– Para Washington?

– De modo nenhum para Washington. Escute, Sam, especialmente agora não deve voltar para Washington sem proteção. Quem quer que esteja por trás disso, é gente muito mais poderosa do que um bando de mercenários. Os mercenários não passam de contratados. Zack era informado de tudo que acontecia conosco. Era avisado do progresso da investigação policial, das providências tomadas pela Scotland Yard, do que se fazia em Londres e Washington. Tudo foi coreografado, até o assassinato de Simon Cormack.

"Quando o garoto corria naquela estrada alguém estava entre as árvores com o detonador. Como sabia o lugar exato? Porque Zack recebia ordens definitivas sobre cada estágio da operação, incluindo onde e como libertar nós dois. Ele não me matou porque não tinha ordens para isso. Pensou que não ia matar ninguém.

– Mas, como ele disse – protestou Sam –, foi o americano quem organizou tudo, quem pagou, o que ele chamou de homem gordo.

– E quem informava o homem gordo?

– Oh, deve existir alguém por trás dele.

– Tem de existir – disse Quinn. – E alto, muito alto. Poderoso. Sabemos o que aconteceu e como, mas não quem ou por quê. Se você voltar para Washington agora com o que ouvimos de Zack, o que tem para contar? As afirmações de um seqüestrador, criminoso e mercenário, agora convenientemente morto. Um homem em fuga, apavorado com as conseqüências dos seus atos, tentando comprar a liberdade com a entrega dos seus amigos e a devolução dos diamantes, com uma história fantástica de ter sido obrigado a fazer tudo o que fez.

– Então, para onde vamos agora?

– Você vai se esconder. Eu vou atrás do corso. Ele é a chave, o empregado do homem gordo, o que deu o cinto da morte para Simon. Aposto quanto quiser que mandaram Zack estender as negociações por mais seis dias, mudando o resgate de dinheiro para diamantes porque a roupa não estava pronta. Tudo estava indo muito depressa, adiantando-se aos planos deles. Precisavam de tempo. Se eu encontrar Orsini vivo e conseguir fazê-lo falar, provavelmente vai me dizer o nome do seu contratante. Quando tivermos esse nome podemos ir a Washington.

– Deixe-me ir com você, Quinn. Foi o que combinamos.

– Foi o que Washington combinou. O acordo acabou. Tudo que Zack nos contou foi gravado por aquele dispositivo na sua bolsa. Eles sabem o que sabemos. Agora nós dois somos a caça. A não ser que eu consiga o nome do homem gordo. Então os caçadores se transformarão em caça. O FBI se encarrega disso. E a CIA.

– Então, onde vou me esconder? E por quanto tempo?

– Até eu telefonar dizendo que a barra está limpa. Quanto ao lugar... Málaga. Tenho amigos no sul da Espanha que tomarão conta de você.

Paris, como Londres, é uma capital com dois aeroportos. Noventa por cento dos vôos transatlânticos partem do Charles de Gaulle, no norte da cidade. Mas Espanha e Portugal ainda são servidos pelos vôos do velho aeroporto de Orly, no sul. Para aumentar a confusão, Paris tem dois terminais diferentes, cada um servindo um aeroporto. Os ônibus para Orly saem de Maine-Montparnasse, no Quartier Latin. Quinn chegou no terminal trinta minutos após sair da Madeleine, estacionou o carro e entrou com Sam no saguão principal.

– E minhas roupas, minhas coisas no hotel? – queixou-se ela.

– Esqueça. Se os bandidos não estiverem vigiando o hotel agora, são muito burros. E sabemos que não são. Está com seu passaporte e cartões de crédito?

– Sim. Sempre trago comigo.

– Eu também. Vá até aquele banco e retire o máximo que sua conta dos cartões de crédito permitir.

Enquanto Sam estava no banco, Quinn gastou o que tinha para comprar uma passagem Paris–Málaga. Tinham perdido o vôo das 12h45, mas havia outro às 17h35.

– Sua amiga tem cinco horas de espera – disse a moça no balcão das passagens. – Os ônibus saem do portão J de 12 em 12 minutos para o terminal Orly sul.

Quinn agradeceu, atravessou o saguão, entrou no banco e entregou a passagem para Sam. Ela havia retirado 5 mil dólares e Quinn ficou com 4 mil.

– Vou levar você até o ônibus agora – disse ele. – Estará mais segura em Orly do que aqui, se estiverem verificando os aeroportos. Quando chegar lá, passe imediatamente pelo controle de passaportes para a área franca. É mais difícil entrar lá. Compre uma bolsa, uma frasqueira, algumas roupas, você sabe do que precisa. Então, espere a hora da partida e não perca o avião. Estarão à sua espera em Málaga.

– Quinn, eu não falo espanhol.

– Não se preocupe, eles falam inglês.

No degrau do ônibus, Sam passou os braços em volta do pescoço de Quinn.

– Quinn, sinto muito. Você teria ficado melhor sozinho.

– A culpa não é sua, meu bem. – Ergueu o rosto dela e a beijou. Ninguém notou, uma cena bastante comum nos terminais. – Além disso, sem você eu não teria o Smith. Acho que vou precisar dele.

– Tome cuidado – murmurou ela.

Um vento frio vinha do boulevard de Vaugirard. A última bagagem foi embarcada e o último passageiro subiu no ônibus. Sam estremeceu nos braços dele. Quinn acariciou os cabelos louros e brilhantes contra o peito.

– Tudo vai dar certo. Confie em mim. Dentro de alguns dias eu telefono. Então, poderemos voltar para casa em segurança.

Quinn viu o ônibus se afastar e acenou para a mão pequenina na janela. O ônibus virou a esquina e desapareceu.

A duzentos metros do terminal, no outro lado do Vaugirard, há um grande correio. Quinn comprou papelão de embalagem e papel de embrulho numa papelaria próxima e entrou no correio. Com o canivete, durex, papel, barbante, fez um pacote reforçado dos diamantes e mandou registrado, expresso, para o embaixador Fairweather, em Londres.

No balcão dos telefones internacionais ligou para a Scotland Yard e deixou um recado para Nigel Cramer. Era um endereço perto de East Grinstead, Sussex. Por fim, telefonou para um bar em Estepona. O homem que atendeu não era espanhol, mas um *cockney* londrino.

– Certo, tudo bem, companheiro – disse o homem, ao telefone. – Vamos tomar conta da mocinha para você.

Tudo providenciado, Quinn apanhou o carro, encheu o tanque no primeiro posto e acompanhou o tráfego na direção da estrada circular. Uma hora depois do telefonema para a Espanha, estava na rodovia A6 a caminho da Marselha.

Parou para jantar em Beaune. Depois, recostado no banco traseiro do carro, recuperou um pouco do sono perdido. Às 3 horas continuou sua viagem para o sul.

Enquanto Quinn dormia, um homem estava sentado no restaurante em frente ao Hotel du Colisée, vigiando a porta do hotel. Estava ali desde o meio-dia, para surpresa e finalmente aborrecimento do pessoal do restaurante. Pediu almoço, passou toda a tarde ali sentado e depois pediu o jantar. Para os garçons parecia estar apenas lendo tranqüilamente ao lado da janela.

Às 23 horas o restaurante fechou as portas. O homem saiu e foi para o Royal Hotel, ao lado. Explicando que esperava um amigo, sentou-se perto da janela do saguão e continuou sua vigília. Às 2 horas desistiu.

Foi de carro até o correio da rue do Louvre, aberto 24 horas, subiu ao primeiro andar, onde ficava o balcão dos telefones, e pediu uma ligação. Ficou na cabine até o telefone tocar.

– *Allo, monsieur* – disse a telefonista. – Sua chamada. A pessoa está na linha. Pode falar, Castelblanc.

16

A Costa do Sol é há muito tempo um dos lugares preferidos pelos membros aposentados e muito procurados do submundo britânico. Dezenas desses indivíduos, depois de esvaziar o conteúdo de bancos e de carros-fortes, ou os bolsos de investidores, fogem da terra dos seus avós a um centímetro dos dedos ávidos da Scotland Yard e procuram refúgio no sul da Espanha, para desfrutar a nova fortuna. Alguém já disse que num dia de sol em Estepona pode-se ver mais homens da categoria A do que na prisão de Sua Majestade, em Parkhurst, durante a chamada.

Naquela noite, quatro desses homens estavam no aeroporto de Málaga após o telefonema de Quinn, de Paris. Lá se achavam Ronnie, Bernie e Arthur – pronuncia-se "Arfur" –, todos homens maduros, e o jovem Terry, conhecido como Tel. A não ser Tel, usavam ternos de cor clara e chapéus panamá, e apesar da noite estar adiantada, óculos escuros. Verificaram o quadro de chegadas, viram que o avião de Paris acabava de aterrissar e colocaram-se discretamente ao lado da porta de saída da alfândega.

Sam figurava entre os três primeiros passageiros a desembarcar. Sua bagagem consistia numa bolsa recém-comprada em Orly e uma pequena frasqueira de couro, nova também, com artigos de toalete e algumas peças de roupa. Além disso, tinha apenas a roupa usada para o encontro no bar Chez Hugo.

Ronnie tinha uma descrição de Sam, mas ela não fazia justiça à moça. Como Bernie e Arthur, ele era casado, e como as dos outros sua mulher era uma loura oxigenada, o cabelo quase branco pela exposição ao sol, com uma pele de lagarto resultante de excesso de radiação ultravioleta.

Ronnie observou a pele pálida do norte e o corpo escultural da recém-chegada.

– Gordon Bennett – murmurou Bernie.

– Saborosa – disse Tel. Era seu adjetivo favorito, se não o único. Qualquer coisa que o agradava era "saborosa".

Ronnie adiantou-se.

– Srta. Somerville?

– Sim.

– Boa noite. Sou Ronnie. Estes são Bernie, Arfur e Tel. Quinn pediu para tomarmos conta da senhorita. O carro está logo ali.

QUINN CHEGOU a Marselha na madrugada chuvosa do último dia de novembro. Podia voar até Ajaccio, capital da Córsega, saindo do aeroporto de Marignane, chegando no mesmo dia, ou tomar a barca noturna que transportaria o carro também.

Escolheu a barca. Assim não precisaria alugar um carro em Ajaccio, podia levar o Smith & Wesson na cintura sem problemas e, além disso, por precaução, precisava comprar alguns artigos para sua estada na Córsega.

A sinalização indicava claramente o caminho para o Quai de la Joliette. O porto estava quase vazio. A barca que chegara naquela manhã de Ajaccio estava ancorada, os passageiros tendo desembarcado uma hora atrás. A bilheteria do SNCM no boulevard des Dames estava ainda fechada. Quinn estacionou o carro e tomou café enquanto esperava.

Às 9 horas comprou passagem para aquela noite, na barca *Napoleon*, que partia às 20 horas, chegando às 7 horas da manhã seguinte. Com a passagem comprada podia deixar o Ascona no estacionamento dos passageiros, próximo do cais J4, de onde partia a barca. Feito isso, foi a pé até a cidade para fazer compras.

A bolsa de lona foi fácil de encontrar, e numa farmácia comprou os artigos de toalete para substituir os que haviam ficado na rue du Colisée, em Paris. A procura de uma casa de artigos masculinos foi mais demorada, mas finalmente encontrou numa rua só para pedestres, rue St.-Ferreol, ao norte do Velho Porto.

Com a ajuda do jovem vendedor não foi difícil escolher as botas, jeans, cinto, camisa e chapéu. Quando Quinn pediu o último item, as sobrancelhas do jovem se ergueram.

– O que deseja, *m'sieur*?

Quinn repetiu.

– Sinto muito, não acredito que esteja à venda.

Olhou as duas notas entre os dedos de Quinn.

– Talvez no depósito? Um antigo, que não esteja mais em uso? – sugeriu Quinn.

O homem olhou em volta.

– Vou ver, senhor. Posso levar a sacola?

Depois de dez minutos no depósito nos fundos da loja, voltou e abriu a sacola para que Quinn olhasse seu interior.

– Maravilhoso – disse Quinn. – Exatamente do que preciso.

Pagou, deu a gorjeta prometida ao vendedor e saiu da loja. O céu clareou e ele almoçou num café ao ar livre no Velho Porto, aproveitando para estudar um mapa de grande escala da Córsega. A única informação do folheto anexo sobre Castelblanc era que ficava na Cordilheira Ospedale, no sul da ilha.

Às 20 horas a *Napoleon* desencostou da Gare Maritime de marcha a ré. Quinn tomava um copo de vinho no Bar des Aigles, quase vazio naquela época do ano. Quando a *Napoleon* virou a proa para o mar, as luzes de Marselha passaram pela janela, sendo substituídas pelo vulto da velha fortaleza-prisão do Château d'If, a pouca distância da barca.

Quinze minutos depois, passavam por Cap Croisette e a escuridão do mar aberto os envolveu. Quinn jantou na Malmaison, voltou para sua cabine no convés D e deitou-se depois das 23 horas com o despertador regulado para as 6 horas.

MAIS OU MENOS a essa hora Sam estava com seus anfitriões numa antiga casa de fazenda nas montanhas atrás de Estepona. Nenhum deles morava na casa. Era usada para depósito e quando um dos amigos precisava de "privacidade", longe dos detetives com papéis de extradição.

Os cinco jogavam pôquer numa sala fechada, o ar azul com fumaça de cigarro. O jogo fora sugestão de Ronnie e já durava três horas, agora com dois parceiros apenas, Ronnie e Sam. Tel não jogava, servia cerveja, que era bebida diretamente na garrafa, do grande suprimento de caixas encostadas numa das paredes. As outras paredes estavam tomadas também, mas com fardos de uma folha exótica recém-chegada do Marrocos, e que seria exportada para os países do norte.

Arthur e Bernie haviam sido limpos e observavam sorumbáticos os dois que continuavam jogando. O monte de notas de 1.000 pesetas no centro da mesa era tudo que eles tinham, mais metade do dinheiro de Ronnie e metade dos dólares de Sam, trocados por pesetas ao ágio do dia.

Sam olhou o restante do dinheiro de Ronnie, empurrou quase todo o seu para o centro da mesa, dobrando a aposta. Ronnie deu um largo sorriso, e pagou para ver. Sam virou quatro cartas. Dois reis, dois dez. Ronnie, sempre sorrindo, virou seu jogo: *fullhand*, três damas e dois valetes. **489**

Estendeu a mão para a pilha de notas, que continha todo seu dinheiro, o de Bernie e o de Arthur, além de nove décimos dos 1.000 dólares de Sam. Ela virou sua última carta. O terceiro rei.

– Diabo! – disse Ronnie, recostando-se na cadeira.

Sam juntou as notas, arrumando-as numa pilha.

– É verdade – disse Bernie.

– Ei, no que você trabalha, Sam? – perguntou Arthur.

– Quinn não disse? Sou agente especial do FBI.

– Gordon Bennett – disse Ronnie.

– Saborosa – disse Tel.

A *NAPOLEON* ancorou às 7 horas em ponto na Gare Maritime de Ajaccio, entre os ancoradouros Capucins e Citadelle. Dez minutos depois, Quinn saía com o Ascona descendo a rampa para a antiga capital daquela ilha selvagemente bela e misteriosa.

O mapa indicava claramente que devia seguir para o sul da cidade, pelo boulevard Sampiero até o aeroporto, daí entrar à esquerda, na direção das montanhas, pela N196. Dez minutos após passar pelo aeroporto, a estrada começava a subir, como sobem todas as estradas na Córsega, quase toda montanhosa. A estrada sinuosa seguia, passando por Cauro até o Col St.-Georges, de onde, por um segundo, olhando para trás, avistou a estreita planície da costa lá embaixo. Então as montanhas o envolveram outra vez, com encostas íngremes e rochedos, recobertos por florestas de carvalho, oliveira e faia. Depois de Bicchisano a estrada começava a descer, sempre sinuosa, voltando para a costa em Propriano. Não havia como evitar o desvio para o Ospedale – uma linha reta atravessaria o vale do Baraci, uma região tão selvagem que nenhuma estrada podia ser construída nela.

Depois de Propriano, acompanhou a planície da costa outra vez por alguns quilômetros até a entrada da D268, para as montanhas de Ospedale. Deixou a estrada N (nacional), entrando agora nas rodovias D (departamentais), estreitas passagens, porém largas ainda comparadas às trilhas no alto das montanhas à frente. A D268 seguia a encosta norte do vale de Fiumicicoli já fora do alcance da visão, lá embaixo à direita.

Quinn passou por pequenos povoados com casas de pedra cinzenta na encosta das montanhas, com uma vista vertiginosa, e imaginou como aqueles fazendeiros sobreviviam com seus pequenos campos e pomares.

A estrada continuou subindo, sinuosa e estreita, com algumas descidas bruscas e breves, para atravessar uma dobra do terreno, mas subindo sempre. Além de St. Lucie de Tallano as árvores desapareciam, substituídas por aquele lençol espesso e cerrado de urze e murta que chamam de *maqui*. Na Segunda Guerra, fugir para as montanhas para não ser preso pela Gestapo era "ir para os maquis". Por isso, a resistência francesa ficou conhecida como os *maquisards*, ou simplesmente maquis.

A Córsega é tão antiga quanto suas montanhas, onde o homem tem vivido desde as eras pré-históricas. Como a Sardenha e a Sicília, foi disputada em lutas inúmeras vezes, e eram sempre os estrangeiros os conquistadores, invasores e coletores de impostos, para governar e roubar, nunca para doar. Com tão pouco para sobreviver, os corsos reagiram fugindo para as montanhas, suas fortalezas e santuários naturais. Gerações de rebeldes e bandidos, guerrilheiros e *partisans* procuraram as montanhas, fugindo das autoridades que vinham da costa para receber impostos de pessoas que não podiam pagar.

Nesses séculos de experiência, o povo das montanhas criou uma filosofia exclusiva e secreta. A autoridade representava injustiça e Paris cobrava impostos tão altos quanto qualquer outro conquistador. Embora a Córsega seja uma parte da França, e tenha dado à França Napoleão Bonaparte e centenas de homens notáveis, para o povo das montanhas o estrangeiro é sempre estrangeiro, porta-voz da injustiça e dos impostos, seja da França ou de qualquer outro lugar. A Córsega pode mandar centenas de milhares dos seus filhos para trabalhar na França, mas se um deles tiver algum problema, as velhas montanhas estão ali para oferecer santuário.

As montanhas, a pobreza e a perseguição deram origem à solidariedade inquebrantável entre o povo e a União Corsa, segundo alguns, mais secreta e mais perigosa que a Máfia. Foi para esse mundo, que o século XX não conseguiu mudar com seu Mercado Comum e parlamentos europeus, que Quinn entrou no último mês de 1991.

Pouco antes do povoado de Levie havia uma pequena estrada chamada D59 e uma placa apontando para Carbini. Depois de 6 quilômetros para o sul, atravessava o Fiumicicoli, agora um pequeno regato descendo a vertente de Ospedale. Em Carbini, um povoado com uma rua onde velhos com blusões azuis sentavam-se na porta das cabanas de pedra e algumas galinhas ciscavam a poeira, o guia turístico do mapa de Quinn fazia um ponto final. Duas estradas saíam do povoado; a D148 seguia de volta para oeste, para a direção de onde ele viera, mas pela encosta sul do vale. Em frente seguia a D59 para Orone e, bem para o sul, para Sotta. De onde estava, Quinn via o pico do monte Cagna a sudoeste, a massa silenciosa do Ospedale à esquerda, com o ponto mais alto da Córsega, a Punta della Vacca

Morta, assim chamada porque vista de determinado ângulo parece uma vaca morta. Resolveu seguir a D59.

Logo depois de Orone as montanhas estavam mais próximas, à esquerda, e a entrada para Castelblanc ficava a 3 quilômetros. Era uma trilha estreita de terra e, como nenhuma estrada atravessava o Ospedale, certamente era um beco sem saída. Da estrada ele avistava o imenso rochedo cinza claro na encosta da serra que parecia um castelo, e deu origem ao nome do lugar, há muito tempo. Quinn seguiu lentamente pela estradinha de terra. Cinco quilômetros adiante, bem acima da D59, entrou em Castelblanc.

A estrada terminava na praça, no fim da cidadezinha, encostada na montanha. A rua estreita era flanqueada por casas baixas de pedra, todas fechadas. Nenhuma galinha ciscava o chão. Nenhum velho estava sentado na porta da casa. O lugar era silencioso. Quinn parou o carro na praça, desceu e espreguiçou-se. Nesse momento ouviu que ligavam o motor de um trator no fim da rua. O trator apareceu entre duas casas, foi até o centro da rua e parou. O homem que o dirigia tirou a chave da ignição, desceu e desapareceu no meio das casas. Entre a traseira do veículo e o muro havia espaço suficiente para uma moto, mas nenhum carro entraria naquela rua sem que tirassem o trator.

Quinn olhou em volta. A praça tinha três lados, fora o da estrada. À direita havia quatro casas, na frente uma igrejinha de pedra. À esquerda ficava o que devia ser o centro da vida em Castelblanc, uma taverna de dois andares coberta com telhas e uma ruazinha que levava para o resto de Castelblanc que não estava ali na estrada – um amontoado de casas pequenas, celeiros e quintais que terminavam na encosta da montanha.

Um padre muito velho apareceu na porta da igreja, não viu Quinn e voltou-se para trancar a porta.

– *Bonjour, mon père* – disse Quinn, jovial. O homem de Deus saltou como uma lebre assustada, olhou para Quinn quase em pânico e atravessou a praça, desaparecendo na viela ao lado do bar. Enquanto andava ele se benzia.

A aparência de Quinn teria espantado qualquer padre corso, pois a loja de artigos masculinos em Marselha fizera um bom trabalho. Botas de vaqueiro, jeans azul pálido, uma camisa xadrez vermelho vivo, jaqueta de pele com franjas e um alto chapéu de vaqueiro. Se Quinn queria parecer uma caricatura de cowboy, tinha conseguido. Tirou a chave do carro, apanhou a sacola de lona e entrou no bar.

Dentro do bar estava escuro, e o dono do lugar se encontrava atrás do balcão, enxugando copos ativamente, uma novidade naquelas paragens, Quinn imaginou. Viu quatro mesas de carvalho, cada uma com quatro cadeiras. Só uma estava ocupada. Quatro homens jogavam cartas.

Quinn aproximou-se do balcão, pôs a sacola na banqueta, mas não tirou o chapéu. O barman ergueu os olhos.

– *Monsieur?*

Nenhuma curiosidade, nenhuma surpresa. Quinn fingiu não perceber.

– Um copo de vinho tinto, por favor – pediu formalmente, com um largo sorriso. O vinho era do lugar, rascante porém bom. Quinn tomou um gole, saboreando. A mulher do dono, gorducha, apareceu e pôs vários pratinhos com azeitonas, queijo e pão sobre o balcão, não olhou nem uma vez para Quinn e, a uma rápida palavra do marido, em dialeto, desapareceu outra vez na cozinha. Os homens que jogavam cartas também se recusavam a olhar para ele. Quinn dirigiu-se ao barman.

– Estou procurando um cavalheiro – disse ele –, que deve morar aqui. O nome dele é Orsini. O senhor conhece?

O homem olhou para os homens na mesa como que esperando uma deixa. Ninguém disse nada.

– Seria o Sr. Dominique Orsini? – perguntou o barman.

Quinn ficou pensativo. Eles tinham bloqueado a saída, admitindo a existência de Orsini. Evidentemente, queriam que ele ficasse. Até quando? Até o anoitecer, talvez. Quinn olhou para trás. O céu lá fora continuava com um tom azul, pálido como o sol de inverno. Quinn voltou-se novamente para o bar e passou a ponta do dedo no rosto.

– Um homem com uma cicatriz de facada? Dominique Orsini?

O barman fez um gesto afirmativo.

– Pode me dizer onde fica a casa dele?

Mais uma vez, o homem olhou urgentemente para os outros quatro. Dessa vez deram a deixa. Um dos jogadores, o único com terno comum, ergueu os olhos das cartas e disse:

– *Monsieur* Orsini está fora hoje, *monsieur*. Volta amanhã. Se esperar pode encontrá-lo.

– Muito bem, obrigado, amigo. Muito gentil de sua parte. – Virou-se para o barman. – Pode me arranjar um quarto por esta noite?

O homem apenas acenou afirmativamente. Dez minutos mais tarde, Quinn foi conduzido ao quarto pela mulher do dono, que se recusava ainda a olhar para ele. Quando ela saiu, Quinn examinou o quarto. Ficava nos fundos e dava para um quintal cercado por celeiros. O colchão da cama era fino, de palha encaroçada, mas adequado para seu objetivo. Com o canivete, Quinn soltou duas tábuas do assoalho sob a cama e escondeu um dos objetos que trazia na sacola. O restante deixou para a inspeção.

Fechou a sacola, deixou-a na cama, arrancou um fio de cabelo e grudou com saliva sobre o zíper.

De volta ao bar, almoçou queijo de leite de cabra, pão fresco e torrado, patê de porco da casa e azeitonas carnudas, tudo regado a vinho. Então, deu uma volta pela cidadezinha. Sabia que estava seguro até o cair da noite. Seus anfitriões tinham compreendido as ordens recebidas.

Não havia muito para ver. Ninguém saiu à rua para falar com ele. Viu uma criança puxada apressadamente para dentro de casa por um par de mãos calejadas de mulher. O trator na rua principal estava com as enormes rodas traseiras a poucos passos da rua da qual tinha saído, deixando uma passagem de sessenta centímetros. A frente encostava num celeiro de madeira.

Mais ou menos às 17 horas o ar ficou mais frio. Quinn entrou no bar, onde um fogo acolhedor de troncos de oliveira estalava na lareira. Foi apanhar um livro no quarto, certificou-se de que a sacola fora revistada, nada retirado, e que a tábua sob a cama estava intacta.

Passou duas horas lendo no bar, sem tirar o chapéu, comeu outra vez, um saboroso ensopado de porco, vagens e ervas das montanhas, com lentilhas, pão, torta de maçã e café. Tomou água em vez de vinho, às 21 horas foi para o quarto. Às 10 horas, todas as luzes da cidade estavam apagadas. Ninguém assistiu à televisão no bar naquela noite – a cidade possuía apenas três aparelhos. Ninguém jogou cartas. Às 10 horas tudo estava escuro a não ser pela lâmpada no quarto de Quinn.

Era uma lâmpada fraca, que pendia do fio sem nenhuma outra proteção. A parte mais iluminada do quarto ficava diretamente sob a lâmpada, e foi ali que o homem com o alto chapéu de cowboy sentou para ler.

A lua apareceu à 1h30, subindo atrás do Ospedale e banhando Castelblanc com sua fantasmagórica luz branca trinta minutos depois. O vulto magro e silencioso caminhou pela rua à luz da lua como se soubesse exatamente para onde estava indo. Passou por duas ruazinhas estreitas, entrando no complexo de celeiros e quintais atrás do bar.

Sem qualquer som, saltou para uma carroça de feno em um dos quintais e daí para o alto do muro. Correu com leveza sobre o muro e saltou outra rua estreita, aterrissando agilmente no telhado de meia-água do celeiro, bem na frente da janela de Quinn.

As cortinas estavam fechadas pela metade – completamente puxadas, chegando à metade da janela. Pela abertura de vinte centímetros, Quinn podia ser visto claramente, o livro no colo, um pouco inclinado para ler com aquela luz fraca, os ombros, com a camisa xadrez, visíveis acima do parapeito da janela, o chapéu branco na cabeça.

O jovem no telhado sorriu. Aquela atitude tola do homem evitava que tivesse de entrar pela janela para fazer o que devia ser feito. Tirou do ombro a lupara, soltou o pino de segurança e apontou. A 12 metros a cabeça com o chapéu enchia o espaço entre as duas paralelas da mira; os gatilhos estavam atados para detonar os dois canos simultaneamente.

Quando ele atirou, o estrondo certamente acordou toda a cidade, mas nenhuma luz se acendeu. O chumbo grosso dos dois canos estilhaçou os vidros da janela e fez em pedaços a cortina de algodão. Atrás da janela, a cabeça do homem sentado explodiu. O atirador viu o chapéu branco voar com o impacto, e fragmentos de osso e sangue vermelho vivo se espalharam por todas as direções. Sem cabeça, o torso com a camisa de xadrez vermelho caiu para o lado no chão, fora da visão do atirador.

Satisfeito, o jovem primo do clã dos Orsini, que acabava de prestar um serviço à família, desceu rapidamente do telhado, saltou da carroça de feno para o chão em direção à ruazinha pela qual viera. Sem pressa, seguro no seu triunfo, o jovem atravessou a cidade para a casa onde o homem que ele idolatrava o aguardava. Não viu nem ouviu o homem alto e silencioso que saiu de um portal escuro e o seguiu.

A devastação no quarto acima do bar, mais tarde, foi arrumada pela mulher do taverneiro. O colchão não tinha conserto, aberto de cima a baixo, a palha sendo usada para encher a camisa xadrez, o peito e os braços, para poder ficar firme na cadeira. Encontrou longas tiras de fita adesiva transparente e as usou para manter o torso e parte do chapéu e do livro em posição vertical.

Ela apanhou, peça por peça, o restante da cabeça de manequim que Quinn convencera o homem da loja a tirar do depósito. Das duas camisinhas-de-vênus cheias de ketchup, que trouxera da sala de jantar da barca e foram colocadas dentro da cabeça de manequim, ela encontrou pequenos traços, apenas o líquido vermelho espalhado por todo o quarto, que saía facilmente com o pano molhado.

O taverneiro mais tarde perguntaria a si mesmo como não havia encontrado a cabeça de manequim ao revistar as coisas do americano e provavelmente encontraria as tábuas soltas sob a cama onde Quinn a escondera assim que chegou.

Por fim, ele mostrou ao homem furioso de terno escuro, que jogava cartas no bar, naquela tarde, as botas de vaqueiro, a calça jeans, a jaqueta de couro com franjas, dizendo ao *capu* local que o americano devia estar usando sua outra muda de roupas, calça escura, jaqueta de couro com zíper, botas de cano baixo com sola crepe e suéter de gola alta. Todos examinaram a sacola e viram que estava vazia. Isso tudo aconteceu uma hora antes do nascer do sol.

O jovem chegou à pequena casa e bateu na porta. Quinn se abrigou na sombra de outra porta, a cinqüenta metros dele. Alguém deu ordem para entrar, porque o jovem ergueu a maçaneta e entrou. Quando a porta se fechou, Quinn chegou mais perto, contornou a casa e encontrou uma janela com a veneziana de madeira fechada e uma abertura entre as tábuas suficiente para olhar lá dentro.

Dominique Orsini estava sentado a uma mesa rústica de madeira, cortando fatias de um grosso salame com uma faca afiada. O rapaz com a lupara estava de pé na frente dele. Conversavam em corso, nada parecido com francês, incompreensível para qualquer estrangeiro. O rapaz descrevia os eventos dos últimos trinta minutos. Orsini várias vezes balançou a cabeça afirmativamente.

Terminada a história, Orsini levantou-se e abraçou o garoto, que pareceu cintilar de orgulho. Quando virou o rosto, a luz da lâmpada iluminou a cicatriz que ia desde o alto do rosto até o maxilar. Tirou um maço de notas do bolso. O rapaz balançou a cabeça protestando. Orsini enfiou o dinheiro no bolso da camisa do garoto, deu um tapinha nas costas dele e o dispensou. O menino saiu da sala e desapareceu.

Teria sido fácil matar o assassino corso. Mas Quinn queria o homem vivo, no banco traseiro do seu carro e numa cela da cadeia da central de polícia de Ajaccio antes do nascer do sol. Tinha notado a moto potente no celeiro do armazém de madeira.

Trinta minutos mais tarde, na sombra escura lançada pelo celeiro de madeira e pelo trator, Quinn ouviu o barulho do motor. Orsini saiu lentamente de uma viela escura e entrou na praça, depois seguiu pela estrada que saía da cidade. O espaço era suficiente para a moto entre o trator e o muro da casa mais próxima. Quando a moto passou por uma mancha clara de luar, Quinn saiu das sombras, fez pontaria e atirou. O pneu dianteiro da moto ficou em pedaços, a máquina derrapou violentamente e rodopiou. Caiu de lado, atirou o homem para longe e rolou, parando finalmente.

Orsini, com o impulso, foi atirado contra o lado do trator, mas voltou com notável rapidez. Quinn ficou parado a dez metros dele, o Smith & Wesson apontado para o peito do corso. Orsini ofegava, sentindo dor, procurando poupar uma perna apoiando-se no trator. Quinn via os olhos negros brilhantes, a barba curta e negra no queixo. Lentamente, Orsini ergueu as mãos.

— Orsini — disse Quinn calmamente. — *Je m'appelle Quinn. Je veux te parler.*

A reação de Orsini foi apoiar o corpo na perna machucada, gemer de dor e levar a mão esquerda ao joelho. O homem era bom. A mão esquerda moveu-se lentamente, massageando o joelho, desviando a atenção de Quinn por um segundo. A mão direita moveu-se com rapidez, deslizou para baixo e atirou a faca que trazia na manga no mesmo segundo. Quinn viu o brilho do aço à luz da lua, desviou para o lado. A lâmina passou a um milímetro do seu pescoço, atravessou o ombro da jaqueta e penetrou profundamente nas tábuas do celeiro atrás dele.

Num segundo, Quinn agarrou o cabo de osso e arrancou a faca da madeira para soltar sua jaqueta. Mas foi o bastante para Orsini. Ele estava atrás do trator, correndo pela ruazinha como um gato. Um gato ferido.

Se Orsini estivesse ileso, Quinn o teria perdido. Por melhor preparado que estivesse, quando um corso alcança os maquis, poucos podem segui-lo. As hastes fortes de urze, da altura da cintura de um homem, agarram e puxam a roupa como milhares de dedos. A sensação é de andar na água. Depois de duzentos metros, toda a energia é consumida, as pernas ficam pesadas como chumbo. Um homem pode cair no chão no meio daquele mar de maquis e desaparecer, invisível a três metros de distância.

Mas Orsini estava lento. Seu outro inimigo era o luar. Quinn viu a sombra do homem chegar ao fim da rua, e entrar no meio da urze na encosta da montanha. Quinn foi atrás, pela rua estreita que se transformava numa trilha e penetrava nos maquis. Ouvia o farfalhar dos ramos e seguiu o som.

Então avistou novamente a cabeça de Orsini, a vinte metros, movendo-se na direção da encosta da montanha, subindo. Depois de cem metros os sons cessaram. Orsini estava parado, escondido, Quinn fez o mesmo. Continuar com o luar atrás dele seria loucura.

Quinn já havia caçado e sido caçado antes, à noite. Na mata cerrada às margens do Mekong, na selva densa ao norte de Khe San, nas montanhas com seus guias *montagnard*. Todos os nativos são bons no seu ambiente, o vietcongue na selva, os nômades do Kalahari no deserto. Orsini estava em seu ambiente, prejudicado pelo joelho ferido, sem a faca, mas certamente com seu revólver. E Quinn o queria vivo. Assim, os dois homens agachados entre a urze escutavam os ruídos noturnos, certificando-se de que um som diferente não era de uma cigarra, uma lebre ou um pássaro assustado, pois só podia ser feito por um homem. Quinn olhou para a lua. Uma hora para desaparecer. Depois disso não ia enxergar nada até o nascer do sol, quando chegaria o socorro para o corso, do povoado a quatrocentos metros abaixo de onde estavam.

Durante 45 minutos nenhum dos dois se moveu. Ambos procurando ouvir o primeiro movimento do outro. Quinn ouviu o barulho inconfundível de metal contra pedra. Tentando aliviar a dor no joelho, Orsini deixou a arma raspar a pedra. Só havia uma rocha, 15 metros à direita de Quinn, e Orsini estava atrás dela. Quinn começou a se arrastar lentamente entre a urze, rente ao chão. Não na direção da rocha – isso significaria levar um tiro no rosto. Mas em direção a uma grande touceira de urze a dez metros da rocha.

Ainda tinha no bolso da calça o restante da linha de pesca usada em Oldenburg para dependurar o gravador na árvore. Amarrou uma das pontas numa moita de urze, a sessenta centímetros do solo, e retornou para sua antiga posição, esticando a linha. Quando calculou que era suficiente, começou a puxar a linha devagar.

A moita de urze balançou, farfalhando. Quinn deixou de puxar a linha para que o som fosse identificado. Puxou mais uma vez, outra ainda. Então, ouviu Orsini arrastando-se.

O corso finalmente ficou de joelhos a um metro da moita. Quinn viu a nuca dele, deu o último puxão na linha. A moita sacudiu violentamente, Orsini ergueu a arma, segurando-a com as duas mãos, e deu sete tiros, um depois do outro no chão, na base da moita. Quando parou, Quinn estava atrás dele, de pé, a Smith & Wesson apontada para as costas do homem.

Quando os ecos dos últimos tiros morreram ao longe, entre as montanhas, o corso percebeu que havia sido enganado. Voltou-se lentamente e viu Quinn.

– Orsini..

Ele ia dizer: só quero falar com você. Qualquer homem naquela posição precisava ser louco para tentar. Ou estar desesperado. Ou ainda, convencido de que ia morrer se não tentasse. Girou rapidamente e deu seu último tiro. Inútil. A bala subiu para o céu, porque, meio segundo antes de ele atirar, Quinn fez o mesmo. Não tinha escolha. Sua bala atingiu o corso no peito, atirando-o para trás, de costas nos maquis.

A bala não atingiu o coração, mas o ferimento era grave. Quinn não teve tempo de apontar para o ombro, e a distância era muito pequena para meias medidas. Orsini ficou ali deitado, olhando para o americano. Sua cavidade torácica enchia-se de sangue que escorria dos pulmões feridos, enchendo a garganta.

– Eles disseram que eu vim para matá-lo, não foi? – perguntou Quinn.

O corso fez um sinal afirmativo.

– Mentiram – disse Quinn. – Ele mentiu para você. E sobre a roupa do garoto. Vim para saber o nome dele. O homem gordo. O que arranjou tudo. Você não deve nada a ele agora. Nenhum código se aplica. Quem é ele?

Quinn nunca soube se nos seus últimos momentos Dominique Orsini fora fiel ao código de silêncio, ou se tinha sido por causa do sangue que pulsava em sua garganta. O homem abriu a boca num esforço para falar ou talvez para um sorriso de desprezo. Tossiu surdamente, o sangue vivo encheu sua boca e escorreu pelo peito. Quinn ouviu o som que já ouvira antes e que conhecia tão bem: o ruído surdo dos pulmões esvaziando pela última vez. A cabeça de Orsini rolou para o lado e Quinn viu o brilho desaparecer dos olhos negros.

A aldeia continuava silenciosa e escura quando ele chegou à praça. Deviam ter ouvido o tiro da espingarda de caça, o único tiro na rua principal, a fuzilaria na montanha. Mas se as ordens eram para ficar dentro de casa, todos obedeciam. Mas alguém, provavelmente o rapaz com a espingarda, ficou curioso. Talvez tenha visto a moto caída ao lado do trator e imaginou o pior. Independentemente do motivo, ele estava esperando.

Quinn entrou no Opel. Ninguém havia tocado no carro. Apertou o cinto de segurança e ligou o motor. Quando bateu na lateral do celeiro de madeira, bem na frente das rodas do trator, as tábuas se partiram. O carro colidiu violentamente com alguns fardos de feno dentro do celeiro e seguiu no impulso, atravessando a parede de tábuas do outro lado.

O tiro atingiu a traseira do Ascona ao sair do celeiro, uma carga de chumbo que abriu buracos na mala mas não atingiu o tanque. Quinn disparou pela trilha sob uma chuva de pedaços de madeira e tufos de palha, virou a direção e seguiu para a estrada de Orone e Carbini. Eram quase 4 horas e ele teria uma viagem de três horas até Ajaccio.

SEIS FUSOS horários a oeste, eram quase 22 horas em Washington, do dia anterior, e os ministros convocados por Odell para ouvir os relatórios dos especialistas profissionais estavam irritados.

— O que quer dizer com nenhum progresso até agora? — perguntou o vice-presidente. — Faz um mês, vocês têm recursos ilimitados, todos os homens que pediram, toda a cooperação dos europeus. O que está acontecendo?

O alvo dessas perguntas era Don Edmonds, diretor do FBI, sentado ao lado do diretor-assistente Philip Kelly e de Lee Alexander, da CIA, que estava acompanhado por David Weintraub. Edmonds tossiu, olhou para Kelly e fez um gesto afirmativo.

– Cavalheiros, estamos muito mais adiantados do que estávamos há trinta dias – disse Kelly em tom defensivo. – O pessoal da Scotland Yard, neste momento, examina a casa onde Simon Cormack esteve preso. Esse exame já nos forneceu várias provas para a perícia, incluindo dois grupos de impressões digitais que estão para ser identificadas.

– Como encontraram a casa? – perguntou Jim Donaldson, do Departamento de Estado.

Philip Kelly consultou suas notas.

– Quinn telefonou de Paris e deu o endereço – disse Weintraub.

– Ótimo – disse Odell com sarcasmo. – E quais são as outras notícias de Quinn?

– Parece que tem andado muito ativo em vários lugares da Europa – disse Kelly diplomaticamente. – Esperamos um relatório completo a qualquer momento.

– O que quer dizer com... ativo? – perguntou Bill Walters, o secretário de Justiça.

– Podemos ter problemas com o Sr. Quinn – disse Kelly.

– Sempre tivemos problemas com o Sr. Quinn – observou Morton Stannard, da Defesa. – Qual é o novo problema?

– Devem saber que há muito tempo meu colega, o Sr. Kevin Brown, desconfia que Quinn sabia, desde o começo, muito mais sobre o seqüestro do que deixou transparecer, e podia até mesmo estar envolvido em alguma fase. Parece que agora existem provas que apóiam essa teoria.

– Que provas? – perguntou Odell.

– Bem, desde que foi libertado, por ordem deste comitê, para investigar por conta própria a identidade dos seqüestradores, ele tem sido localizado em vários lugares da Europa, desaparecendo em seguida. Foi detido na

Holanda na cena de um crime, e liberado pela polícia holandesa por falta de provas...

– Foi liberado – disse Weintraub tranqüilamente –, porque provou que estava a quilômetros de distância quando o crime foi cometido.

– É, mas o morto era um ex-mercenário do Congo, cujas impressões digitais foram encontradas na casa em que Simon Cormack esteve preso – disse Kelly. – Consideramos esse fato suspeito.

– Mais alguma coisa sobre Quinn? – perguntou Hubert Reed, do Tesouro.

– Sim, senhor. A polícia belga acaba de informar que encontrou um corpo com uma bala na cabeça no alto de uma roda-gigante. Morto há três semanas. Um casal cuja descrição coincide com a de Quinn e da agente Somerville esteve perguntando sobre o homem mais ou menos na ocasião em que ele desapareceu.

"Em Paris, outro mercenário foi morto a tiros na rua. Um chofer de táxi descreveu os dois americanos que fugiram da cena do crime no seu carro. Quinn e a agente Somerville.

– Maravilhoso – disse Stannard. – Uma beleza. Deixamos o homem investigar e ele deixa uma trilha de cadáveres por todo o norte da Europa. Nós temos, ou tínhamos, aliados nesses países.

– Três corpos em três países – observou Donaldson. – Mais alguma coisa que devemos saber?

– Um negociante alemão está no Hospital Geral de Bremen em convalescença de uma cirurgia plástica. Diz que o culpado foi Quinn – informou Kelly.

– O que foi que ele fez? – perguntou Walters.

Kelly contou.

– Meu Deus, o homem é um maníaco – exclamou Stannard.

– Muito bem, sabemos o que Quinn anda fazendo – disse Odell. – Está liquidando o bando antes que possam falar. Ou talvez ele os faça falar antes. O que o FBI tem feito?

– Cavalheiros – disse Kelly –, o Sr. Brown está seguindo a melhor pista que temos: os diamantes. Todos os negociantes de diamantes e joalheiros da Europa e Israel, para não falar dos Estados Unidos, estão alertas para identificar as pedras. Embora pequenas, temos certeza de que apanharemos o vendedor assim que elas aparecerem.

– Diabo, Kelly, já apareceram – gritou Odell. Com um gesto dramático, apanhou a sacola de lona do chão e a virou sobre a mesa de conferências. Um rio de pedras escorreu pela superfície de mogno. Fez-se um silêncio atônito. – Enviado pelo correio para o embaixador Fairweather em Londres há dois dias. De Paris. A letra foi identificada como sendo de Quinn. Agora, que droga está acontecendo por lá? Queremos que nos tragam Quinn para contar o que aconteceu a Simon Cormack, quem foi e por quê. Ao que parece ele é o único que tem alguma informação. Certo, cavalheiros?

Todos concordaram em silêncio.

– O senhor tem razão, Sr. Vice-presidente – disse Kelly. – Nós... bem... podemos ter um probleminha.

– Que problema? – perguntou Reed com ironia.

– Ele desapareceu outra vez – disse Kelly. – Sabemos que estava em Paris e alugou um Opel na Holanda. Vamos pedir à polícia francesa para procurar o Opel, vigiar todas as saídas da Europa pela manhã. O carro ou o passaporte dele devem aparecer dentro de 24 horas. Então será extraditado para cá.

– Por que não se comunicam com a agente Somerville? – perguntou Odell, desconfiado. – Ela está com Quinn. É o nosso cão de caça.

Kelly tossiu, embaraçado.

– Temos um probleminha aí também, senhor...

– Não vá dizer que a perderam? – perguntou Stannard, incrédulo.

– A Europa é muito grande, senhor. Aparentemente, ela está no momento fora de contato. Os franceses confirmaram que ela viajou de Paris para o sul da Espanha. Quinn tem uma casa lá. A polícia espanhola verificou. Ela não apareceu. Provavelmente está num hotel. Estão verificando os hotéis também.

– Muito bem, escutem – disse Odell. – Encontrem Quinn e tragam o homem para cá. E a Srta. Somerville. Queremos falar com a Srta. Somerville.

A reunião foi encerrada.

– Eles não são os únicos – resmungou Kelly, acompanhando os ministros pouco satisfeitos às suas limusines.

QUINN percorria sombriamente os últimos 20 quilômetros de Cauro até a planície da costa. Com Orsini morto, a pista estava finalmente congelada. Eram apenas quatro homens no grupo, todos mortos. O homem gordo, fosse quem fosse, e os homens por trás dele, se é que existiam outros, podiam desaparecer para sempre, suas identidades estavam seguras. O que de fato havia acontecido com o filho do presidente, por que, como e quem fez passaria à história como o assassinato de Kennedy e o do *Mary Celeste*. Fariam o relatório oficial para encerrar o caso e então surgiriam as teorias tentando explicar as ambigüidades... eternamente.

A sudeste do aeroporto de Ajaccio, onde a estrada das montanhas encontra a rodovia da costa, Quinn atravessou o rio Prunelli, muito caudaloso com as chuvas de inverno que desciam das montanhas para o mar. A Smith & Wesson tinha servido em Oldenburg e Castelblanc, mas agora não podia esperar o barco e teria de embarcar – sem bagagem. Atirou a arma licenciada pelo FBI no rio, criando outra dor de cabeça burocrática para o Edifício Hoover. Então, dirigiu os últimos 6 quilômetros até o aeroporto.

É UMA CONSTRUÇÃO baixa, ampla e moderna, arejada e clara, dividida em duas partes ligadas por um túnel, uma para chegada, outra para partida. Deixou o Opel Ascona no estacionamento e dirigiu-se para o terminal de partida. O aeroporto estava abrindo as portas. Logo à direita, depois da banca de revistas, encontrou o balcão de informações de vôos e perguntou qual seria o primeiro. Nenhum vôo para a França nas duas horas seguintes, mas tinha algo melhor. Segundas, terças e domingos há um vôo às 9 horas da Air France direto para Londres.

De qualquer modo, era para onde queria ir, a fim de fazer um relatório completo para Kevin Brown e Nigel Cramer. Achava que a Scotland Yard tinha tanto direito quanto o FBI de saber dos acontecimentos dos meses de outubro e novembro, metade na Grã-Bretanha, metade na Europa. Comprou passagem de ida para Heathrow e perguntou onde ficavam os telefones. Precisava de moedas e foi trocar o dinheiro na banca de revistas. Passava um pouco das 7 horas, tinha duas horas ainda.

Trocou o dinheiro e foi direto para os telefones, sem notar o homem de negócios britânico que entrou no terminal, vindo de fora. O homem aparentemente também não o notou. Passou a mão nos ombros do terno completo muito elegante para tirar as gotas de chuva, dobrou o sobretudo cinzento sobre um dos braços, dependurou o guarda-chuva no mesmo braço e foi olhar as revistas. Depois de comprar uma delas, examinou em volta e escolheu um dos oito bancos que circundam as oito colunas que sustentam o teto.

De onde estava, o homem via as portas principais, o balcão de checagem dos passageiros, a fileira de cabines telefônicas e os portões de embarque que levavam à sala de espera de partida. O homem cruzou as pernas e começou a ler a revista.

Quinn procurou na lista e telefonou para a locadora de carros. O agente já estava a postos àquela hora da manhã. Ele também tentou ser atencioso.

— Certamente, *monsieur*. No aeroporto? As chaves sob o tapete da frente? Podemos apanhar. Agora, sobre o pagamento... a propósito, qual é o carro?

— Um Opel Ascona – disse Quinn.

Uma pausa de dúvida.

— *Monsieur*, não temos nenhum Opel Ascona. Tem certeza de que alugou na nossa agência?

— É claro que tenho, mas não aqui, em Ajaccio.

— Ah, talvez na nossa filial em Bastia? Ou Calvi?

— Não, Arnhem.

Agora o homem estava realmente se esforçando.

— Onde fica Arnhem, *monsieur*?

— Na Holanda – disse Quinn.

Foi aí que o homem deixou de ser educado.

— Como diabo vou levar um Opel registrado na Holanda daqui para o aeroporto de Ajaccio?

— Pode ir dirigindo – disse Quinn com lógica. – O carro vai ficar ótimo depois do conserto.

Uma longa pausa.

– Conserto? O que há de errado com ele?

– Bem, a frente atravessou um celeiro e a traseira tem uma dúzia de buracos de bala.

– E o pagamento desse conserto? – murmurou o homem.

– Mande a conta para o embaixador americano em Paris – disse Quinn, desligando. Parecia o mais caridoso a fazer.

Telefonou para o bar em Estepona e falou com Ronnie, que deu o número da *villa* onde Bernie e Arthur estavam tomando conta de Sam, mas fazendo questão de não jogar pôquer com ela. Ele telefonou para o novo número e Arthur chamou Sam.

– Quinn, meu querido, você está bem? – A voz parecia muito distante, mas clara.

– Estou ótimo. Escute, meu bem, acabou. Pode tomar um avião de Málaga para Madri e para Washington. Eles com certeza querem falar com você, provavelmente aquele comitê elegante quer ouvir a história. Você estará segura. Diga isto a eles: Orsini morreu sem falar. Não disse uma palavra. Seja quem for o homem gordo mencionado por Zack, ou os que estão por trás dele, nunca mais poderão ser apanhados. Preciso ir. Até logo.

Quinn desligou, interrompendo a torrente de perguntas.

Vagando silenciosamente no espaço interno, um satélite da Agência de Segurança Nacional captou o telefonema, com um milhão de outros, naquela manhã, e enviou as palavras para os computadores em Fort Meade. Levou algum tempo para serem processadas, escolher o que podia ser descartado ou não, a palavra "Quinn", dita por Sam, garantiu o registro da mensagem. A ligação foi estudada no começo da tarde, hora de Washington, e passada para Langley.

Passageiros do vôo para Londres estavam sendo chamados quando o caminhão parou diante do terminal de partida. Os quatro homens que desceram e entraram no terminal não pareciam passageiros para Londres, mas ninguém notou. Exceto o elegante homem de negócios. Ergueu os olhos, dobrou a revista, levantou-se com o sobretudo no braço e o guarda-chuva na outra mão, olhando para aqueles homens.

O que ia na frente, de terno negro e camisa aberta, estivera jogando cartas na noite anterior no bar em Castelblanc. Os outros três vestiam camisa azul e calça do tipo usada pelos trabalhadores das vinhas e olivais. As camisas estavam fora da calça, um detalhe que não passou despercebido ao homem de negócios. Eles examinaram o terminal, ignoraram o homem de negócios, olharam atentamente os outros passageiros que começavam a fazer fila no portão de embarque. Quinn estava no banheiro. O sistema de alto-falantes repetiu a chamada final para embarque. Quinn apareceu.

Dirigiu-se depressa para a direita, na direção das portas, tirando a passagem do bolso da camisa, e não viu os quatro homens de Castelblanc. Eles começaram a se aproximar de Quinn pelas costas. Um carregador, empurrando uma longa fileira de carrinhos ligados uns aos outros, atravessava o saguão.

O homem de negócios aproximou-se do carregador e caminhou ao lado dele. Esperou o momento exato e empurrou com força a fileira de carrinhos. No chão liso de mármore os carrinhos ganharam impulso, indo na direção dos quatro homens. Um deles viu o perigo a tempo e desviou para o lado, tropeçou e estatelou-se no chão. A fileira de carrinhos atingiu o segundo homem na altura do quadril, jogando-o no chão; em seguida dividiu-se em várias partes e correu em três direções. O *capu* de terno negro dobrou o corpo para a frente. O quarto homem foi ajudá-lo. Levantaram-se por fim a tempo de ver as costas de Quinn desaparecendo na sala de espera de embarque.

Os quatro homens correram para a porta de vidro. A comissária da companhia, com seu belo sorriso profissional, sugeriu que não podiam mais se despedir de ninguém, a chamada para embarque fora feita há muito tempo. Através do vidro eles viram o americano alto passar pelo chek in e entrar na área de embarque. Foram afastados para o lado por um toque delicado.

— Com licença, meu velho — disse o homem de negócios, passando por eles.

O homem sentou-se na área de fumantes, dez fileiras atrás de Quinn, tomou suco de laranja e café e fumou dois cigarros longos com filtro numa piteira de prata. Como Quinn, não tinha bagagem. Em Heathrow ele era o quinto depois de Quinn na fila dos passaportes e estava logo atrás dele quando atravessaram a área da alfândega, onde os outros esperavam a bagagem. Viu Quinn tomar um táxi e fez sinal para um carro comprido que se achava no outro lado da rua. Subiu no carro em movimento, e quando entraram no túnel que vai do aeroporto à rodovia M4 em direção a Londres, a limusine era o quarto carro depois do táxi de Quinn.

Quando Philip Kelly disse que ia pedir aos britânicos para vigiarem o passaporte de Quinn de manhã, estava falando da hora de Washington. Devido à diferença de horário, os britânicos receberam o pedido às 11 horas, hora de Londres. Meia hora depois, a ordem de vigilância foi levada por um colega ao encarregado dos passaportes em Heathrow que vira Quinn passar por ele — meia hora antes. Entregou a ordem e avisou seu superior.

Dois agentes da Divisão Especial, de serviço no balcão de Imigração, perguntaram ao homem da Alfândega. Um dos homens lembrou-se de um americano alto que ele fizera parar por não levar nenhuma bagagem. Mostraram a fotografia e ele identificou Quinn.

No ponto de táxi, os fiscais fizeram o mesmo. Mas não anotaram o número do táxi de Quinn.

Motoristas de táxi são muitas vezes fonte de informação vital para a polícia, e como em geral são homens cumpridores da lei, salvo por um ou outro lapso na declaração do imposto de renda, que não é da alçada da Met, as relações são boas e mantidas desse modo. Além disso, os motoristas que trabalham em Heathrow, uma área lucrativa, mantêm um sistema rígido de corridas. Levaram mais uma hora para identificar e contactar o taxista que conduziu Quinn, e ele também reconheceu o passageiro.

– Isso mesmo – disse ele. – Eu o levei ao Hotel Blackwood's, em Marylebone.

Na verdade, deixara Quinn diante do hotel vinte minutos antes das 13 horas. Ninguém notara a limusine negra que seguiu o táxi. Quinn pagou o táxi e subiu os degraus do hotel. Um homem de negócios com terno completo escuro subiu ao lado dele. Chegaram juntos à porta giratória. Era uma questão de quem entraria primeiro. Quinn semicerrou os olhos quando viu o homem. O homem de negócios adiantou-se a ele.

– Diga, você não é o cara que estava no avião da Córsega esta manhã? Meu Deus, eu também estava. O mundo é pequeno, não é mesmo? Estava atrás de você, meu caro.

Fez um gesto, convidando Quinn a entrar primeiro. A agulha na ponta do guarda-chuva apareceu. Quinn quase não sentiu a picada na barriga da perna esquerda. A agulha foi retirada em meio segundo. E ele atravessava as portas giratórias. Elas enguiçaram antes que ele pudesse sair, e Quinn ficou preso entre a entrada e o saguão por cinco segundos. Quando saiu, teve a impressão de sentir uma leve tontura. O calor, sem dúvida.

O inglês permanecia ao lado dele, ainda tagarelando.

— Malditas portas, jamais gostei delas. Escute, meu velho, está se sentindo bem?

A vista de Quinn escureceu e ele cambaleou. Um porteiro uniformizado apareceu com ar preocupado.

— Está bem, senhor?

O homem de negócios tomou conta da situação com suave eficiência. Inclinou-se para o porteiro, segurando Quinn por um braço com força surpreendente, e escorregou uma nota de dez libras para a mão do homem.

— Efeito dos martínis antes do almoço, eu acho. Isso e mais a fadiga da viagem de avião. Escute, meu carro está aí fora... Se tiver a bondade... vamos, Clive, vamos para casa, meu filho...

Quinn tentou resistir, mas seus membros pareciam feitos de geléia. O porteiro conhecia seus deveres para com o hotel e sabia reconhecer um verdadeiro cavalheiro. O verdadeiro cavalheiro segurou Quinn de um lado, o porteiro do outro. Passaram pela porta de bagagem, que não era giratória, e desceram os três degraus até a calçada. Ali, dois colegas do verdadeiro cavalheiro desceram do carro e ajudaram Quinn a sentar no banco traseiro. O cavalheiro agradeceu com um aceno de cabeça e o porteiro afastou-se para atender novos hóspedes. A limusine partiu.

Nesse momento, dois carros da polícia surgiram na esquina de Blandford Street e dirigiram-se para o hotel. Quinn recostou a cabeça no banco, sua mente ainda alerta, mas o corpo indefeso e a língua grossa e pesada. Então, ondas de escuridão o envolveram e ele desmaiou.

17

Quinn acordou num quarto branco e vazio, de costas numa cama baixa com rodas. Sem se mover, olhou em volta. Uma porta sólida, também branca, uma lâmpada embutida, protegida por uma grade de aço, para evitar que o ocupante do quarto quebrasse a lâmpada e cortasse os pulsos. Lembrou-se do inglês muito delicado, a picada na barriga da perna, o mergulho na inconsciência. Malditos britânicos.

Ouviu o estalido da portinhola da vigia e um olho espiou para dentro. Não adiantava fingir que continuava inconsciente ou adormecido. Empurrou o cobertor e girou as pernas para o lado da cama. Só então percebeu que estava apenas de cueca.

Dois ferrolhos se moveram com um ruído irritante e a porta se abriu. Ele viu entrar um homem baixo, atarracado, com cabelo cortado rente e paletó branco de camareiro, carregando uma mesa de armar que encostou na parede oposta à cama. O homem saiu e voltou com uma vasilha grande de alumínio e uma jarra da qual saía um filete de fumaça, colocando-as na mesa. Saiu outra vez, mas ficou no corredor. Quinn pensou se devia dominar o sujeito e tentar fugir. Resolveu não fazer isso. A falta de janelas indicava que devia estar num subterrâneo. Estava apenas de cueca, o empregado parecia capaz de se defender muito bem; e provavelmente havia outros "gorilas" lá fora, em algum lugar.

O homem voltou com uma toalha felpuda, esponja, sabonete, creme dental, uma escova de dentes nova, ainda na embalagem, aparelho e sabão de barbear e um espelho com pé metálico. Arrumou tudo como um perfeito criado de quarto, parou na porta, apontou para a mesa e saiu. Os ferrolhos se fecharam.

Muito bem, pensou Quinn, se o serviço de espionagem britânica queria que ele se apresentasse decentemente a Sua Majestade, devia cooperar. Além disso, precisava se lavar.

Não se apressou. A água quente estava agradável e Quinn lavou o corpo todo. Tomara um banho de chuveiro na barca *Napoleon*, 48 horas atrás. Ou seriam mais? Seu relógio havia desaparecido. Sabia que o tinham seqüestrado mais ou menos na hora do almoço, mas isso significaria 4, 12 ou 20 horas atrás? Fosse como fosse, o gosto de hortelã da pasta de dentes era agradável. Quando apanhou o aparelho de barbear, ensaboou o queixo e olhou no pequeno espelho redondo, Quinn levou um choque. Os sacanas haviam cortado seu cabelo.

Não tinha sido um mau trabalho. O cabelo castanho estava aparado e acertado, mas com um estilo diferente. Não havia pente entre os artigos de toalete, só podia tentar fazer o penteado antigo com a ponta dos dedos. Então, o cabelo ficou todo espetado, e Quinn o fez voltar ao estilo do barbeiro desconhecido. Tinha terminado quando o camareiro voltou.

— Bem, muito obrigado, companheiro — disse Quinn.

O homem não deu sinal de ter ouvido. Retirou os objetos de toalete e reapareceu com uma bandeja. Suco de laranja, cereal, leite, açúcar, um prato com ovos e bacon, torrada, manteiga, geléia de laranja e café. O café era fresco e cheiroso. O camareiro encostou uma cadeira de madeira na mesa, fez uma curvatura e saiu.

Quinn lembrou-se de uma antiga tradição britânica. Quando levavam alguém para a Torre, para ser decapitado, sempre serviam um perfeito café-da-manhã. Comeu, assim mesmo. Tudo.

Mal havia terminado e o sujeito estava de volta, dessa vez com uma pilha de roupas, lavadas e passadas. Mas não as dele. Uma camisa branca engomada, gravata, meias, sapatos e um terno. Tudo serviu como se feito sob medida. O empregado apontou para a roupa e bateu com a mão no relógio de pulso, indicando que não tinham tempo a perder.

Quando Quinn já estava vestido, a porta abriu-se outra vez. Então surgiu o elegante homem de negócios, que pelo menos falava.

— Meu caro, está 100% melhor, e sentindo-se melhor também, espero. Minhas sinceras desculpas pelo método pouco convencional. Achamos que de outro modo não atenderia ao nosso convite.

O homem ainda tinha a aparência de um modelo profissional e falava como um oficial do regimento da guarda.

— Tenho de reconhecer — disse Quinn. — Vocês têm estilo.

— Quanta bondade — murmurou o homem. — E agora, se quiser me acompanhar, meu oficial superior quer dar uma palavrinha com o senhor.

Quinn o acompanhou pelo corredor vazio até o elevador. Enquanto subiam silenciosamente, Quinn perguntou as horas.

— Ah, sim — disse o homem —, a obsessão dos americanos com a hora. Na verdade, é quase meia-noite. Acontece que nosso cozinheiro noturno só sabe preparar café-da-manhã.

Saíram do elevador em um corredor coberto com um carpete espesso, para o qual davam algumas portas de madeira almofadadas. No fim do corredor, o homem abriu a última delas, fez Quinn entrar e saiu, fechando a porta.

A sala podia ser um escritório ou uma sala de estar. Sofás e poltronas estavam arrumados em volta da lareira da gás, mas havia uma majestosa mesa de trabalho na frente da janela de sacada. O homem sentado à mesa se levantou e adiantou-se para cumprimentar Quinn. Era mais velho que ele, cinqüenta e poucos anos, Quinn calculou, e vestia um terno de Saville Row. Havia também um ar de autoridade no seu porte e no rosto severo. Mas o tom de voz era bastante amistoso.

— Meu caro Sr. Quinn, sua presença é um prazer.

Quinn começou a ficar irritado. Havia um limite para qualquer brincadeira.

— Tudo bem, vamos parar com a adivinhação? Vocês me espetaram com uma agulha no saguão do hotel, deixaram-me inconsciente, me trouxeram para cá. Ótimo. Totalmente desnecessário. Se vocês, seus espiões britânicos, queriam falar comigo, bastava mandar uns dois *tiras* me apanhar. Não precisavam de agulhas e toda essa bobagem.

O homem diante dele parecia genuinamente surpreso.

— Oh, entendo. Pensa que está nas mãos do MI-5 ou MI-6? Temo que não. O outro lado, por assim dizer. Eu sou o general Vadim Kirpichenko, o novo chefe do Primeiro Diretório, o KGB. Geograficamente, o senhor ainda está em Londres; tecnicamente está em território da soberania soviética... nossa embaixada em Kensington Park Gardens. Quer sentar?

PELA SEGUNDA vez em sua vida, Sam Somerville entrou na Sala da Situação no subsolo da Ala Oeste da Casa Branca. Há menos de cinco horas havia desembarcado do avião vindo de Madri. Fosse o que fosse o que os homens no poder desejavam perguntar, era certo que tinham pressa.

O vice-presidente estava acompanhado dos seus quatro principais secretários e de Brad Johnson, consultor da Segurança Nacional. Estavam presentes também o diretor do FBI e Philip Kelly. Lee Alexander, da CIA, estava sozinho. O outro homem era Kevin Brown, chamado de Londres para o relatório pessoal que acabava de fazer quando Sam entrou. Ela sentiu a hostilidade geral.

— Sente-se, jovem — disse o vice-presidente Odell.

Sam sentou-se na outra extremidade da mesa, onde podia ser vista por todos. Kevin Brown olhou carrancudo para sua agente. Preferia interrogar Sam sozinho, depois fazer o relatório para o comitê. Não gostava da idéia daquele interrogatório direto.

— Agente Somerville — disse o vice-presidente —, este comitê permitiu sua volta a Londres e libertou Quinn, sob sua responsabilidade, apenas por um motivo. Sua garantia de que ele podia conseguir algum progresso na identificação dos seqüestradores de Simon Cormack, porque os tinha visto. Recebeu ordens também para manter contato conosco. Desde então... nada. Contudo, temos recebido relatórios sobre corpos espalhados por toda a Europa, sempre que a senhorita e Quinn estavam perto da cena do crime. Bem, podia, por favor, nos dizer que diabo estiveram fazendo?

Sam contou. Começou do início, da vaga lembrança de Quinn da tatuagem com a teia de aranha nas costas da mão de um dos homens no armazém Babbidge. A pista seguida por intermédio do assassino de Antuérpia até Marchais, que encontraram morto, com sobrenome diferente, numa roda-gigante em Wavre. Falou do palpite de

Quinn de que Marchais podia ter levado um velho companheiro para a operação e da descoberta de Pretorius no bar em Den Bosch. Falou sobre Zack, o mercenário comandante Sidney Fielding. O que ele falou, minutos antes de ser morto, criou um silêncio atônito na sala. Sam terminou com a história de sua bolsa e a partida de Quinn, sozinho, para a Córsega, a fim de encontrar e interrogar o quarto homem, o misterioso Orsini, que, segundo Zack, tinha dado a Simon Cormack o cinto fatal.

— Então, ele me telefonou, há vinte horas, e disse que estava tudo acabado, a pista congelada. Orsini morto, sem ter dito o nome do gordo.

Fez-se silêncio quando ela acabou de falar.

— Puxa, isso é incrível – disse Reed. – Temos alguma prova concreta disso tudo?

Lee Alexander ergueu os olhos.

— Os belgas informaram que a bala que matou Lefort, aliás Marchais, era de uma arma calibre.45, não.38. A não ser que Quinn tivesse outra arma...

— Não tinha – disse Sam rapidamente. – Nós dois tínhamos apenas meu .38, o que o Sr. Brown me deu. E Quinn não se separou de mim o tempo suficiente para ir de Antuérpia a Wavre, e voltar, ou de Arnhem a Den Bosch e voltar. Quanto ao café em Paris, Zack foi morto a tiros de fuzil, de um carro parado na rua.

— Isso confere – disse Alexander. – Os franceses recuperaram as balas disparadas naquele café. Fuzil Armalite.

— Quinn podia ter um cúmplice – sugeriu Walters.

— Então não seria preciso pôr aquele dispositivo na minha bolsa – observou Sam. – Ele podia sair quando eu estivesse no banheiro e dar um telefonema. Peço que acreditem, cavalheiros, Quinn está limpo. Ele quase chegou perto da verdade. Mas havia alguém na nossa frente o tempo todo.

– O homem gordo citado por Zack? – perguntou Stannard. – Aquele que Zack jurou ser o organizador de tudo, que fez os pagamentos? Mas... um americano?

– Posso fazer uma sugestão? – perguntou Kevin Brown. – Posso ter me enganado pensando que Quinn estava envolvido desde o começo. Admito isso. Mas há um outro cenário que parece mais lógico.

Todos estavam atentos.

– Zack afirmou que o homem gordo era americano. Como? Por seu sotaque. O que um britânico sabe sobre sotaques americanos? Eles confundem canadense com americano. Digamos que o homem gordo fosse russo. Então, tudo se encaixa, O KGB tem dezenas de agentes que falam perfeitamente o inglês e com impecáveis sotaques americanos.

Várias cabeças balançaram em concordância.

– Meu colega tem razão – disse Kelly. – Temos o motivo. A desestabilização e desmoralização dos Estados Unidos há muito é assunto da mais alta prioridade em Moscou, não há nenhuma dúvida. Oportunidade? Nenhum problema. A publicidade sobre o fato de Simon Cormack estar estudando em Oxford, permitindo que o KGB organizasse uma grande operação "letal", para nos atingir. Financiamento? Eles não têm problema nessa parte. Fazem uso dos mercenários. O emprego de gente de fora do KGB para o trabalho sujo é prática comum. A própria CIA faz isso. Quanto à liquidação dos quatro mercenários uma vez terminado o serviço, é típico das quadrilhas de crime organizado, das nossas gangues, e o KGB tem muita semelhança com as gangues.

– Se aceitarmos a premissa de que o homem gordo era russo – acrescentou Brown –, tudo confere. Com base no relatório da agente Somerville, aceito o fato de que *existiu* um homem que pagou, deu ordens e orientou Zack e seus assassinos. Mas, para mim, esse homem já voltou ao lugar de onde veio: Moscou.

– Mas por que – perguntou Jim Donaldson – Gorbachev ia encaminhar o tratado de Nantucket e depois destruir tudo de modo tão chocante?

Lee Alexander tossiu delicadamente.

– Sr. Secretário, sabemos que existem forças poderosas dentro da União Soviética contrárias à *glasnost*, à *perestroika*, às reformas, ao Sr. Gorbachev e especialmente ao tratado de Nantucket. Não nos esqueçamos de que o antigo chefe do KGB, o general Kriuchkov, acaba de ser destituído. Talvez o motivo tenha sido exatamente o que estamos discutindo.

– Acho que você está certo – disse Odell. – Aqueles espiões safados do KGB montam a operação para desestabilizar a América e invalidar o tratado com um só golpe. Talvez o Sr. Gorbachev não seja responsável por nada disso.

– Não faz nenhuma diferença – disse Walters. – A população americana não vai acreditar. E isso inclui o Congresso. Se foi obra de Moscou, o Sr. Gorbachev é culpado, tenha ou não tomado conhecimento. Lembrem-se do *Irangate*.

Sim, todos lembravam do *Irangate*. Sam ergueu os olhos.

– E a minha bolsa? – perguntou. – Se o KGB organizou tudo, por que precisava de nós para encontrar os mercenários?

– Não é problema – sugeriu Brown. – Os mercenários não sabiam que Simon Cormack ia morrer. Quando ele morreu, entraram em pânico e sumiram de circulação. Talvez nem tenham aparecido no lugar combinado, onde o KGB esperava que aparecessem. Além disso, tentaram implicar você e Quinn, o negociador americano e a agente do FBI, em dois dos assassinatos. Aqui também é o procedimento padrão. Jogam areia nos olhos da opinião pública, fazendo parecer que os americanos estão silenciando os assassinos antes que eles possam falar.

— Mas minha bolsa foi trocada por outra igual com a escuta dentro dela — protestou Sam. — Em algum lugar de Londres.

— Como sabe disso, agente Somerville? — perguntou Brown. — Podia ter sido no aeroporto, na barca para Ostende. Que diabo, podia ter sido um dos britânicos... eles estiveram no apartamento depois que Quinn fugiu. E na mansão no Surrey. Muitos deles trabalharam para Moscou, no passado. Lembrem-se de Burgess, Maclean, Philby, Vassall, Blunt, Blake... todos traidores trabalhando para Moscou. Talvez tenham outro.

Lee Alexander examinou as pontas dos dedos. Considerou que seria pouco diplomático mencionar Mitchell, Marshall, Lee, Boyce, Harper, Walker, Lonetree, Conrad, Howard ou qualquer um dos outros vinte americanos que haviam traído o Tio Sam por dinheiro.

— Muito bem, cavalheiros — disse Odell, uma hora mais tarde. — Queremos um relatório. De A a Z. Tudo que foi descoberto deve estar bem claro. O cinto era de fabricação soviética. A suspeita continua não comprovada, mas definitiva de qualquer modo: foi uma operação do KGB e termina com o agente desaparecido que é conhecido apenas como "o homem gordo", agora provavelmente já atrás da Cortina de Ferro. Sabemos o "o quê" e "como". Julgamos saber "quem" e o "porquê" parece claro. O tratado de

Nantucket está morto para sempre, e temos um presidente destruído pela dor. Puxa, nunca pensei que veria isso, embora não seja um liberal, desejaria poder mandar aqueles comunas safados de volta à Idade da Pedra.

Dez minutos mais tarde, a reunião terminou. Sozinha no carro, de volta ao seu apartamento em Alexandria, Sam descobriu a falha naquela solução perfeita. Como o KGB podia fazer uma cópia exata da bolsa de crocodilo da Harrods?

Philip Kelly e Kevin Brown voltaram juntos para o Edifício Hoover.

– Aquela moça esteve mais perto de Quinn, muito mais perto do que eu pretendia – disse Kelly.

– Senti isso em Londres, durante as negociações – concordou Brown. – Ela defendeu o refúgio dele o tempo todo e, segundo minhas regras, ainda queremos falar com Quinn, quero dizer, falar de verdade. Os franceses ou os britânicos já o encontraram?

– Não, eu ia falar sobre isso. Os franceses o seguiram quando saiu do aeroporto de Ajaccio num avião para Londres. Ele deixou o carro cheio de furos de balas no estacionamento. Os britânicos encontraram sua pista, em Londres, até um hotel. Quando chegaram ele havia desaparecido, nem chegou a se registrar.

– Droga, o homem escorrega que nem uma enguia – disse Brown.

– Exatamente – concordou Kelly. – Mas se você estiver certo, só pode ter um contato: Somerville. Não gosto de fazer isso com um dos nossos, mas quero o apartamento dela grampeado, o telefone com escuta, a correspondência interceptada. A partir desta noite.

– Imediatamente – disse Brown.

QUANDO FICARAM sozinhos, o vice-presidente e os cinco membros do Gabinete discutiram outra vez a 25ª emenda.

O assunto foi trazido à baila novamente pelo secretário de Justiça. Sombrio e abatido, Odell colocou-se na defensiva. Via, mais, do que os outros a reclusão do presidente. Tinha de admitir que John Cormack estava mais apagado do que nunca.

– Ainda não – disse ele. – Vamos dar mais tempo.

– Quanto? – perguntou Morton Stannard. – O enterro foi há três semanas.

– No próximo ano teremos eleições – observou Bill Walters. – Se tiver de ser você, Michael, precisa estar liberado a partir de janeiro.

– Jesus! – explodiu Odell. – Aquele homem na mansão está arrasado e vocês falam em eleições!

– Estamos apenas sendo práticos, Michael – disse Donaldson.

– Todos sabem que depois do *Irangate*, Ronald Reagan ficou tão confuso durante algum tempo que quase foi aplicada a 25ª emenda – observou Walters. – O relatório Cannon, na época, demonstrou claramente que esteve por um fio. Mas esta crise é pior.

– O presidente Reagan se recuperou – disse Hubert Reed. – Reassumiu suas funções.

– Sim, bem em cima da hora – observou Stannard.

– Esse é o problema – sugeriu Donaldson. – Quanto tempo nos resta?

– Não muito – admitiu Odell. – A imprensa tem sido paciente até agora. Ele é um homem muito popular. Mas está deteriorando rapidamente.

– Prazo definitivo? – perguntou Walters em voz baixa.

Submeteram o assunto a votação. Odell absteve-se. Walters levantou sua caneta de prata. Stannard fez um gesto afirmativo. Brad Johnson balançou a cabeça negativamente. Walters concordou. Jim Donaldson pensou um pouco e apoiou a recusa de Johnson. Estava empatado, dois a dois. Hubert Reed olhou para os outros cinco com a testa franzida. Então deu de ombros.

— Sinto muito, mas se tem de ser, será.

Deu o voto de desempate, afirmativo. Odell soltou o ar dos pulmões ruidosamente.

— Muito bem — disse ele — a maioria concorda que, na véspera de Natal, se não houver nenhuma alteração importante, devo informar o presidente de que vamos aplicar a 25ª emenda no primeiro dia do ano.

Odell começou a se levantar e todos o imitaram. O vice-presidente gostou do que viu.

— NÃO ACREDITO — falou Quinn.

— Por favor — disse o homem com o terno Savile Row. Apontou para as janelas com cortinas. Quinn examinou a sala. Sobre a lareira, Lenin discursava para as massas. Foi até a janela e olhou para fora.

Através dos jardins de árvores nuas e por sobre o muro, viu a parte superior de um ônibus vermelho de dois andares seguindo na direção de Bayswater Road. Quinn voltou a sentar-se.

— Bem, se estiver mentindo, é um cenário cinematográfico de primeira classe.

— Nada de cenários — disse o general do KGB. — Prefiro deixar isso para o seu pessoal de Hollywood.

— Então, por que estou aqui?

— O senhor nos interessa, Sr. Quinn. Por favor, não se coloque assim na defensiva. Por estranho que pareça, acredito que estamos do mesmo lado neste momento.

– É estranho – disse Quinn. – Estranho demais.

– Muito bem, então deixe-me explicar. Sabemos há algum tempo que o senhor foi o homem escolhido para negociar o resgate de Simon Cormack com os seqüestradores. Sabemos também que depois da morte dele o senhor passou um mês na Europa tentando localizá-los, aparentemente com algum sucesso.

– Isso nos põe do mesmo lado?

– Talvez, Sr. Quinn, talvez. Minha tarefa não consiste em proteger jovens americanos que insistem em correr no campo sem proteção adequada. *Consiste* em proteger meu país contra conspirações hostis que podem prejudicá-lo profundamente. E isto... esse caso Cormack... é uma conspiração de pessoas desconhecidas para prejudicar e desacreditar meu país aos olhos do mundo. Não gostamos disso, Sr. Quinn, não gostamos nem um pouco. Portanto, como vocês americanos dizem, vou pôr as cartas na mesa.

"O seqüestro e assassinato de Simon Cormack não foi uma conspiração soviética. Mas estamos sendo acusados disso. Desde que aquele cinto foi analisado, estamos no banco dos réus perante a opinião pública. As relações com seu país, que nosso líder tentava genuinamente melhorar, foram envenenadas. Um tratado para reduzir os níveis de armamentos, que representava muito para nós, foi destruído.

– Ao que parece vocês não gostam de contra-informação quando funciona contra a URSS, embora sejam especialistas nesse tipo de coisa – disse Quinn.

O general teve a graça de erguer os ombros, aceitando a censura.

– Muito bem, usamos contra-informação uma vez ou outra. A CIA também. Faz parte do ramo. E admito que não é bom sermos acusados de algo que tenhamos *feito*. Mas é intolerável sermos acusados deste crime que não instigamos.

– Se eu fosse mais generoso – disse Quinn –, teria pena de vocês. Mas o fato é que não posso fazer nada a respeito. Não mais.

– Possivelmente – replicou o general, fazendo um gesto afirmativo. – Vejamos. Acredito que é bastante inteligente para ter concluído que não armamos essa conspiração. Se eu tivesse planejado isso, por que diabo mataria Cormack com um dispositivo evidentemente soviético?

Quinn balançou a cabeça, concordando.

– Tudo bem. Acho que vocês não estão por trás disso.

– Obrigado. Agora, tem alguma idéia de quem pode ter sido?

– Acho que foi planejado na América. Talvez radicais de direita. Se o objetivo era impedir que o Congresso ratificasse o tratado de Nantucket, conseguiram.

– Exatamente.

O general Kirpichenko foi até sua mesa e voltou com quatro fotografias ampliadas, que pôs na frente de Quinn.

– Já viu algum desses homens antes, Sr. Quinn?

Quinn examinou as fotografias de passaportes de Cyrus Miller, Melvin Scanlon, Lionel Moir, Peter Cobb e Ben Salkind. Balançou a cabeça.

– Não, nunca vi.

– Uma pena. Os nomes estão atrás das fotografias. Visitaram meu país há alguns meses. O homem com quem estiveram... o homem que *acredito* que tenham procurado... estava em posição de fornecer aquele cinto. Acontece que é um marechal.

– Já está preso? Já o interrogaram?

O general Kirpichenko sorriu pela primeira vez.

— Sr. Quinn, seus escritores ocidentais de ficção e jornalistas gostam de sugerir que a organização para a qual trabalho tem poderes ilimitados. Não é bem assim. Mesmo para nós, prender um marechal soviético sem provas definitivas é ilegal. Bem, fui franco com o senhor. Poderia retribuir essa delicadeza? Poderia me dizer o que descobriu nestes últimos trinta dias?

Quinn considerou o pedido. Que diabo, no que se referia a qualquer pista que ele ainda pudesse seguir, o caso estava encerrado. Contou a história desde sua fuga do apartamento para se encontrar com Zack. Kirpichenko ouviu atentamente, balançando a cabeça num gesto afirmativo várias vezes, como se o que estava ouvindo coincidisse com algo que já sabia. Quinn terminou o relato com a morte de Orsini.

— A propósito — acrescentou ele —, posso perguntar como me descobriu no aeroporto de Ajaccio?

— Oh, compreendo. Bem, meu departamento, obviamente, desde o começo está muito interessado neste caso. Depois da morte do garoto e do "vazamento" deliberado sobre os detalhes do cinto, começamos a trabalhar com afinco. O senhor não foi exatamente muito discreto na sua passagem pelos Países Baixos. O tiroteio em Paris saiu em todos os jornais noturnos. A descrição feita pelo dono do bar, do homem que fugiu da cena do crime, conferia com a sua.

"Uma verificação nas listas de embarque de passageiros das empresas aéreas... sim, temos agentes em Paris... mostrou que sua amiga do FBI estava indo para a Espanha, mas nada sobre o senhor. Achei que devia estar armado, e por isso tinha evitado o aeroporto. Então verifiquei as barcas. Meu homem em Marselha teve sorte e encontrou sua pista na barca para a Córsega. O homem que o senhor viu no aeroporto partiu de avião na manhã da sua chegada, mas o perdeu de vista. Agora sei que esteve nas montanhas. Ele ficou de vigia no ponto em que a estrada do aeroporto cruza a estrada para as docas, viu seu carro entrar na estrada do aeroporto logo após o nascer do sol. A propósito, sabia que quatro homens armados chegaram ao terminal enquanto o senhor telefonava?

– Não, não os vi.

– Hummm. Aparentemente não gostam do senhor. Pelo que acaba de contar sobre Orsini, compreendo por quê. Não importa. Meu colega... se encarregou deles.

– Seu inglês maneiroso?

– Andrei? Ele não é inglês. Na verdade, não é nem russo. É cossaco. Eu não subestimo sua capacidade de se defender, Sr. Quinn, mas, por favor, nunca procure medir forças com Andrei. Ele é realmente um dos meus melhores homens.

– Agradeça a ele por mim – disse Quinn. – Escute, general, a conversa está muito boa, mas isso é tudo. Só me resta voltar para meu vinhedo na Espanha e procurar recomeçar.

– Não concordo, Sr. Quinn. Acho que deve voltar para a América. A chave do problema está lá, em algum lugar da América. Deve voltar.

– Eu seria apanhado em menos de uma hora – disse Quinn. – O FBI não gosta de mim, alguns deles pensam que estou implicado nisso tudo.

O general Kirpichenko voltou para sua mesa e fez um sinal para Quinn se aproximar. Entregou um passaporte canadense, não novo, um bem usado, com uma dúzia de carimbos de entrada e saída. O rosto de Quinn, quase irreconhecível com o corte de cabelo diferente, óculos de aros grossos e barba crescida, olhava para ele na primeira página do passaporte.

Infelizmente a fotografia foi tirada quando o senhor estava drogado – disse o general. – Mas não são todos? O passaporte é autêntico, um dos nossos melhores trabalhos. Vai precisar de roupas com etiquetas canadenses, bagagem, esse tipo de coisa. Andrei tem tudo preparado. E, é claro, mais isto.

Pôs três cartões de crédito, uma licença de motorista canadense e 20 mil dólares canadenses sobre a mesa. O passaporte, a carteira de motorista e os cartões de crédito eram em nome de Roger Lefevre. Franco-canadense. Para um americano que falava francês, o sotaque não era problema.

– Sugiro que Andrei o leve de carro a Birmingham para tomar o primeiro vôo para Dublin. De lá pode ir para Toronto. Com um carro alugado, a fronteira do Canadá com os Estados Unidos pode ser cruzada facilmente. Está pronto para ir, Sr. Quinn?

– General, acho que não me fiz entender. Orsini não disse uma palavra antes de morrer. Se sabia quem era o homem gordo, não disse. Não sei por onde começar. A pista está fria. O homem gordo está a salvo, seus chefes também, e o renegado que eu acredito que trabalhe no governo, o informante. Todos estão a salvo, porque Orsini não falou. Não tenho ases, reis, damas, nem valetes. Não tenho jogo nenhum.

– Ah, a analogia das cartas. Vocês americanos sempre se referindo aos ases de espadas. Joga xadrez, Sr. Quinn?

– Um pouco, não muito bem – disse Quinn.

O general soviético foi até a estante de livros e passou o dedo pelas lombadas, procurando.

– Devia jogar – disse ele. – Tal como a minha profissão, é um jogo de astúcia e sagacidade, não força bruta. Todas as peças estão visíveis, contudo... há mais trapaça no xadrez do que no pôquer. Ah, aqui está.

Ofereceu o livro a Quinn. O autor era russo, o texto em inglês. Uma tradução, edição exclusiva. *Great Grand Masters: A Study*.

– O senhor está em xeque, Sr. Quinn, mas talvez não seja ainda xeque-mate. Volte para a América, Sr. Quinn. Leia o livro durante o vôo. Permita-me recomendar que preste atenção especial ao capítulo sobre Tigran Petrosian. Um armênio, morto há muito tempo, mas talvez o maior gênio tático do xadrez que já existiu. Boa sorte, Sr. Quinn.

O general Kirpichenko chamou seu agente Andrei e deu uma série de ordens em russo. Andrei levou Quinn para outra sala, entregou-lhe roupas novas, todas canadenses, bagagem e passagens de avião. Foram de carro até Birmingham, e Quinn tomou o primeiro vôo da British Midland para Dublin. Depois que o avião levantou vôo, Andrei voltou para Londres.

Quinn tomou o ônibus de Dublin para Shannon, esperou algumas horas e embarcou na Air Canada para Toronto.

Cumprindo a promessa, leu o livro no saguão de espera de Shannon e durante a travessia do Atlântico. Leu o capítulo sobre Petrosian seis vezes. Antes de desembarcar em Toronto, compreendeu por que tantos oponentes despeitados chamavam o esperto grande-mestre armênio de Grande Embusteiro.

Em Toronto, seu passaporte não foi mais questionado do que em Birmingham, Dublin ou Shannon. Esperou a bagagem na esteira rolante e passou pelo portão depois de uma rápida verificação. Quinn não tinha motivo para notar o homem discreto que o viu sair da Alfândega, o seguiu até a estação ferroviária e tomou o mesmo trem para Montreal.

Num revendedor da primeira cidade do Quebec, Quinn comprou um jipe Renegade com pneus reforçados para inverno, e depois, numa loja de *camping* próxima, botas, calças e jaquetas acolchoadas com capuz, necessárias para aquela estação do ano no Canadá. Depois de abastecer o jipe, seguiu para sudeste, atravessando St. Jean para Bedford, depois para o sul, na direção da fronteira com os Estados Unidos.

No posto da fronteira às margens do lago Champlain, onde a rodovia estadual 89 passa do Canadá para Vermont, Quinn voltou para o território americano.

Há uma região no extremo norte do estado de Vermont chamada pelos habitantes simplesmente de Reino do Nordeste. Compreende grande parte do condado de Essex, com pedaços de Orléans e Caledônia, um espaço selvagem e montanhoso cheio de lagos e rios, montanhas e desfiladeiros, com ocasionais estradinhas de terra esburacadas e pequenos povoados. No inverno o Reino do Nordeste é castigado severamente pelo frio como se fosse submetido – literalmente – a um estado de congelamento geral. O lago transforma-se em gelo, as árvores ficam rígidas com a geada, o chão estala sob os pés. Durante o inverno nada vive nas montanhas, a não ser em hibernação, ou um ocasional alce solitário atravessando a floresta quebradiça. Piadistas do sul dizem que só há duas estações no Reino – agosto e o inverno. Os que conhecem o lugar afirmam que é tolice: são 15 de agosto e inverno.

Quinn passou por Swanton e St. Albans até a cidade de Burlington, então deixou o lago Champlain, tomando a rodovia 89 para a capital do estado, Montpelier. Saiu da rodovia principal, entrando na rodovia 2 para East Montpelier, seguindo o vale do Winooski, passando por Plainfield e Marshfield para West Danville.

As montanhas pareciam se fechar sobre ele, aconchegadas umas às outras contra o frio. Os poucos veículos que cruzavam com o jipe eram outras bolhas anônimas de calor, com os sistemas de aquecimento no máximo, os seres humanos sobrevivendo, graças à tecnologia, ao frio que em poucos minutos mata o corpo desprotegido.

A estrada estreitou-se outra vez depois de Danville, com pilhas de neve acumulada nos dois lados. Depois de passar pela comunidade toda fechada de Danville propriamente dita, Quinn engrenou a tração nas quatro rodas para a fase final até St. Johnsbury.

A cidadezinha na margem do rio Passumpsic parecia um oásis entre as montanhas geladas, com lojas, bares, luzes e calor. Quinn encontrou um corretor de imóveis na rua principal e disse o que queria. O homem não estava muito ocupado naquela estação do ano. Considerou o pedido com certa estranheza.

– Uma cabana de madeira? Bem, sim, alugamos cabanas de madeira no verão. A maioria dos proprietários gosta de passar um mês, talvez seis semanas nas suas cabanas, e alugam no restante da temporada. Mas agora?

– Agora – disse Quinn.

– Em algum lugar especial? – perguntou o homem.

– No Reino.

– Está mesmo querendo desaparecer, moço.

Mas verificou a lista e coçou a cabeça.

– Talvez haja alguma coisa – disse ele. – Pertence a um dentista de Barre, da região quente.

A região quente, naquela época do ano, significava 15 graus abaixo de zero, enquanto que a fria significava 20 graus. O corretor telefonou para o dentista, que concordou em alugar por um mês. Ele deu uma olhada no jipe lá fora.

– Tem correntes para neve naquele Renegade, moço?

– Ainda não.

– Vai precisar.

Quinn comprou as correntes, colocou-as e os dois homens saíram. A cabana de madeira ficava a 25 quilômetros, mas levaram mais de uma hora.

– Fica em Lost Ridge – disse o corretor. – O dono só usa a cabana no verão, para pescar e caminhar. Está fugindo dos advogados da sua mulher, ou algo assim?

– Preciso de paz e silêncio para escrever um livro – disse Quinn.

– Oh, escritor – disse o corretor, satisfeito. Tudo é permitido aos escritores e aos outros lunáticos.

Tomaram o caminho de volta para Danville, depois seguiram para o norte por uma estrada menor ainda. Em North Danville, o corretor conduziu Quinn pelo meio do mato. Mais adiante, as montanhas Kittredge subiam para o céu, impenetráveis. A estradinha levava para a direita das montanhas, na direção do monte Bear. Na encosta, o corretor apontou para um caminho bloqueado pela neve. Quinn precisou de toda a força do motor, da tração nas quatro rodas e das correntes para chegar à cabana.

Era feita de enormes troncos colocados horizontalmente sob o telhado baixo com um metro de neve em cima. Mas era bem construída, com revestimento interno e verniz triplo. O corretor apontou para a garagem anexa – um carro deixado ao ar livre naquele clima de manhã estaria transformado num monte sólido de metal com gasolina congelada – e o fogão a lenha que aquecia a água e os canos de aquecimento da casa.

– Fico com ela – disse Quinn.

– Vai precisar de óleo para os lampiões, botijão de gás para cozinhar, machado para cortar lenha – disse o corretor. – E comida. E gasolina de reserva. Não convém deixar faltar nada aqui. E as roupas certas. O que está usando é um pouco fino. Não esqueça de cobrir o rosto para não ser queimado pelo frio. Não tem telefone. Tem *certeza* de que é isto que quer?

– Fico com ela – repetiu Quinn.

Voltaram para St. Johnsbury. Quinn deu seu nome e nacionalidade e pagou adiantado.

O corretor era muito educado ou muito indiferente para perguntar por que um *quebecois* ia procurar um santuário em Vermont quando havia tantos lugares tranqüilos no Quebec.

Localizou vários telefones públicos que poderia usar a qualquer hora e passou a noite num hotel local. De manhã, carregou o jipe com o que precisava e voltou para as montanhas.

Num determinado momento, quando parou depois de North Danville para se orientar, teve a impressão de ouvir um motor lá embaixo, mas achou que o som devia vir do povoado ou era um eco do seu próprio motor.

Ligou o aquecimento e lentamente a cabana começou a descongelar. O fogão eficiente roncava atrás das suas portas de aço, e quando Quinn as abriu parecia uma fornalha. A caixa-d'água descongelou e aqueceu, esquentando os canos nos quatro cômodos da cabana e a outra caixa, para banho. Ao meio-dia, Quinn usava apenas uma camisa de mangas curtas e, ainda assim, sentia calor. Depois do almoço, apanhou o machado e, dos troncos de pinheiro empilhados no fundo da casa, cortou lenha para uma semana.

Havia apenas um rádio, estava sem televisão e telefone. Depois de cortar lenha, sentou-se diante da máquina e começou a escrever. No dia seguinte foi a Montpelier, voou para Boston e de lá para Washington.

Seu destino era a Union Station, na Massachusetts Avenue com a Second Street, uma das mais elegantes estações da América, de pedra branca, brilhando ainda da reforma recente. Havia algo no visual da estação que estava diferente do que Quinn lembrava. Mas os trilhos permaneciam lá, saindo da plataforma de partida subterrânea sob o saguão principal.

Encontrou o que queria na frente dos portões H e J para o Amtrak. Entre a porta do escritório da polícia do Amtrak e o toalete de senhoras havia uma fileira de oito cabines telefônicas. Todos os números tinham o prefixo 789. Quinn anotou os oito, pôs sua carta no correio e saiu.

Quando o seu táxi seguia pelas margens do Potomac, a caminho do Aeroporto Nacional de Washington, e entrou na rua 14 e à direita, Quinn viu a grande cúpula da Casa Branca. Imaginou como estaria o homem que morava na mansão sob a cúpula, o homem que dissera "traga-o de volta para nós", o pedido não atendido.

NOS MESES seguintes ao enterro do filho, os Cormack haviam sofrido uma grande mudança, assim como o relacionamento do casal, fato que só um psiquiatra poderia entender ou explicar.

Durante o seqüestro, embora o presidente tivesse sofrido uma deterioração causada pelo estresse, preocupação, ansiedade e insônia, conseguira se controlar. No fim do seqüestro, quando as notícias de Londres pareciam indicar que o resgate estava iminente, ele chegou a se recuperar.

Mas sua mulher, menos intelectual e sem deveres administrativos para ocupar sua mente, entregou-se por completo à dor e aos sedativos.

Entretanto, desde aquele dia terrível em Nantucket, quando enterraram o filho único na terra fria, os papéis se inverteram. Myra Cormack tinha chorado encostada no peito do homem do Serviço Secreto, ao lado do túmulo e no avião, de volta a Washington. Mas, com a passagem dos dias, ela começou a se recuperar. Talvez compreendesse que, tendo perdido um filho que necessitava dela, adquiria outro agora, o marido que jamais fora dependente.

Seu instinto maternal e protetor parecia dar a ela a energia negada ao homem de cuja inteligência e força de vontade ela jamais havia duvidado. Quando o táxi de Quinn passava pelo complexo da Casa Branca naquela tarde de inverno, John Cormack estava no seu escritório particular, entre o Salão Oval Amarelo e o quarto. Myra Cormack estava de pé ao lado dele, segurando a cabeça do marido arrasado contra o corpo e acalentando-o suavemente.

Sabia que seu homem estava mortalmente ferido e que não ia suportar por muito tempo. Sabia que o que o tinha destruído, tanto ou mais do que a morte do filho, era o fato de não saber quem ou por quê. Se o garoto tivesse morrido num acidente de carro, ou de esporte, sem dúvida John Cormack aceitaria a lógica daquela morte pouco lógica. O modo pelo qual Simon fora morto destruiu o pai tanto quanto se a bomba tivesse explodido no corpo de John Cormack.

Ela acreditava que jamais teriam a resposta e que o marido não podia continuar naquele estado. Myra agora odiava a Casa Branca e o cargo do marido, que antes a deixava tão orgulhosa. Tudo que desejava agora era que ele se desfizesse daquele fardo e voltasse com ela para New Haven, para que pudesse tomar conta dele na velhice.

A CARTA enviada por Quinn para Sam Somerville, no endereço em Alexandria, foi interceptada antes que ela a visse e levada em triunfo para o comitê da Casa Branca, que se reuniu para discutir suas implicações. Philip Kelly e Kevin Brown a mostraram aos seus patrões como se fosse um troféu.

— Tenho de admitir, cavalheiros – disse Kelly –, que foi muito a contragosto que submeti um dos meus agentes a este tipo de vigilância. Mas acho que hão de concordar que valeu a pena.

Pôs a carta na mesa.

— Esta carta, cavalheiros, foi enviada ontem, daqui de Washington. Isso não significa, necessariamente, que Quinn esteja em Washington, nem mesmo nos Estados Unidos. Outra pessoa poderia ter posto a carta no correio para ele. Mas, na minha opinião, Quinn trabalha sozinho, sem cúmplices. Como desapareceu de Londres e surgiu aqui, não sabemos. Contudo, meus colegas e eu acreditamos que ele próprio pôs esta carta no correio.

— Leia – ordenou Odell.

— É... bem... um tanto dramática – disse Kelly. Ajustou os óculos e começou a ler. – "Minha querida Sam..." Bem, isto parece indicar que meu colega Kevin Brown estava certo. Havia um relacionamento mais íntimo, além do relacionamento profissional desejado, entre a Srta. Somerville e Quinn.

— Muito bem, então seu cão de caça apaixonou-se pelo lobo – disse Odell. – Muito bem. Muito inteligente. O que ele diz?

Kelly continuou.

– "Aqui estou finalmente, de volta aos Estados Unidos. Gostaria muito de te ver outra vez, mas temo que por enquanto não seja seguro. Estou escrevendo para descrever o que realmente aconteceu na Córsega. O fato é que, quando telefonei do aeroporto de Ajaccio, menti para você. Pensei que se dissesse o que tinha realmente acontecido você ficaria com medo de voltar. Porém, quanto mais penso no assunto, mais me convenço de que deve saber. Quero que me prometa uma coisa: não conte a ninguém o que estou escrevendo nesta carta. Ninguém mais deve saber. Não por enquanto. Não enquanto eu não terminar o que estou fazendo.

"A verdade é que Orsini e eu lutamos. Eu não tinha escolha. Alguém telefonou dizendo que eu estava a caminho da Córsega para matá-lo, quando tudo que eu queria era falar com ele. Foi atingido por uma bala da minha arma – na verdade da sua – mas não morreu. Quando soube que fora enganado, compreendeu que seu juramento de silêncio não tinha mais valor. Contou então tudo que sabia, e não era pouco.

"Para começar, os russos não tiveram nada a ver com o caso, pelo menos não o governo soviético. A conspiração começou aqui mesmo nos Estados Unidos. Os verdadeiros mandantes estão ainda protegidos pelo segredo, mas agora sei quem é o homem que contrataram para organizar o seqüestro e a morte de Simon Cormack, o que Zack chamava de 'homem gordo'. Orsini o reconheceu e me disse seu nome. Quando ele for capturado, o que certamente vai acontecer, dará os nomes dos homens que pagaram para que ele fizesse tudo isso.

"Neste momento, Sam, estou escondido escrevendo tudo, todos os detalhes, nomes, datas, lugares, acontecimentos. Toda a história, do começo ao fim. Quando terminar enviarei cópias do manuscrito para várias autoridades. O vice-presidente, o FBI, a CIA. Então, se algo me acontecer depois disso, será tarde demais para parar o mecanismo que terei acionado.

"Não entrarei mais em contato com você até terminar. Por favor, compreenda, não digo onde estou para sua proteção. Todo meu amor, Quinn."

Houve um minuto de silêncio. Um dos homens na sala suava profusamente.

– Jesus – disse Michael Odell. – Este cara existe mesmo?

– Se o que ele diz é verdade – sugeriu Morton Stannard, o ex-advogado –, certamente não devia estar solto por aí. Devia dizer o que sabe para nós, aqui mesmo.

– Concordo – disse o secretário de Justiça Bill Walters. – Independentemente de qualquer outra coisa, ele acaba de se comprometer como testemunha material. Temos um programa de proteção a testemunhas. Ele devia ser colocado sob custódia protetora.

Todos concordaram. Ao cair da noite, o Departamento de Justiça autorizou a emissão de um mandado de prisão e detenção de Quinn. O FBI ativou todos os recursos do sistema nacional de informação sobre crimes, alertando todos os seus departamentos do país para a procura de Quinn. Como reforço, essas mensagens foram transmitidas pelo Sistema Nacional de Manutenção da Lei para todos os outros ramos de policiamento – departamentos municipais de polícia, escritórios de xerifes, magistrados e patrulhas rodoviárias. O retrato de Quinn acompanhava todas as mensagens. O "motivo" alegado era que ele estava sendo procurado em conexão com um grande roubo de jóias.

UM ALERTA geral. A América é um país imenso com muitos esconderijos. Os procurados conseguem burlar a lei durante anos apesar do alerta geral nacional. Além disso, era um alerta para a captura de Quinn, um cidadão americano com números de passaporte e de carteira de motorista conhecidos. Não era um alerta para um cidadão canadense chamado Lefevre com documentos em perfeita ordem, penteado diferente, óculos de aros grossos e barba ligeiramente crescida. Quinn tinha deixado crescer a barba após ter saído da embaixada soviética em Londres, e embora não estivesse muito comprida, era possível cobrir o queixo.

De volta à cabana nas montanhas, deu três dias para o comitê da Casa Branca se acalmar depois de sua carta para Sam Somerville e começou a se comunicar com ela secretamente. A pista estava em como ela se referira a si mesma em Antuérpia. "Filha de um pregador de Rockcastle."

O guia comprado numa livraria em St. Johnsbury indicava três Rockcastles nos Estados Unidos. Mas uma era no interior do sul, outra no extremo oeste. O sotaque de Sam era mais da Costa Leste. A terceira Rockcastle ficava no condado de Goochland, Virgínia.

Uma pesquisa por telefone deu resultado. Descobriu um reverendo Brian Somerville de Rockcastle, Virgínia. Havia só um – a grafia diferente do nome o diferenciava dos Summerville e Sommerville.

Quinn deixou o esconderijo outra vez, voou de Montpelier para Boston e daí para Richmond, descendo em Byrd Field, agora rebatizado com glorioso otimismo de Aeroporto Internacional de Richmond. A lista telefônica de Richmond do aeroporto informava numa seção da última página que o reverendo era o encarregado da igreja de Sta. Maria de Esmirna, na Three Square Road, e morava em Rockcastle Road, 290. Quinn alugou um carro e seguiu pela rodovia 6, percorrendo os 55 quilômetros até Rock-castle. O próprio reverendo Somerville atendeu a porta quando Quinn tocou a campainha.

Na sala de estar, o tranqüilo pastor de cabelos brancos serviu chá e confirmou que sua filha se chamava Samantha e trabalhava para o FBI. Então ouviu o que Quinn tinha a dizer e ficou preocupado.

— Por que acha que minha filha está em perigo, Sr. Quinn?

Quinn explicou

— Mas sob vigilância? Do próprio FBI? Ela fez algo errado?

— Não, senhor, não fez. Mas algumas pessoas suspei-tam dela injustamente. E ela não sabe disso. O que eu que-ro é avisá-la.

O bondoso homem olhou para a carta que tinha nas mãos e suspirou. O mundo que existia sob a cortina cuja ponta Quinn acabava de erguer era desconhecido para ele. Imaginou o que sua falecida esposa teria feito. Ela era a parte dinâmica do casal. Decidiu que ela levaria a carta para a filha em apuros.

— Muito bem – disse ele. – Vou visitar Samantha.

Cumpriu a promessa. No seu velho carro, viajou cal-mamente até Washington e visitou a filha sem avisar. Se-guindo as instruções, falou só de coisas triviais, tendo antes entregue a ela uma folha de papel que dizia simplesmente: "Continue falando com naturalidade. Abra o envelope e leia com vagar. Depois, queime a carta e siga as instruções, Quinn."

Sam quase engasgou quando leu, compreendendo que seu apartamento estava grampeado. Algo que ela mesma fizera anteriormente, no decorrer do seu trabalho, mas nunca imaginou ser a vítima. Olhou para o rosto preocupado do pai, continuou a falar naturalmente e apanhou o envelope que ele estendia. Quando seu pai saiu, Sam o levou até a calçada e o beijou demoradamente.

A carta também era breve. À meia-noite ela devia estar perto dos telefones, diante das plataformas H e J do Amtrak, na Union Station, e esperar. Um telefone ia tocar. Seria Quinn.

Sam atendeu a ligação no telefone público de St. Johnsbury à meia-noite em ponto. Quinn contou sobre a Córsega, Londres e a carta falsa que havia mandado para ela, certo de que seria levada para o comitê da Casa Branca.

– Mas Quinn – protestou ela –, se Orsini não falou nada, está acabado, como você disse. Por que dizer que ele falou, se não é verdade?

Quinn mencionou Petrosian que, mesmo quando se via em situação difícil, com os oponentes olhando atentos para o tabuleiro, conseguia convencê-los de que estava preparando um golpe de mestre que os derrotaria, levando-os a cometer erros.

– Acho que, seja quem for, vai sair do buraco por causa daquela carta – disse ele. – Apesar do que falei sobre não nos comunicarmos mais, você é ainda a única pessoa que pode levá-los à minha pista. Com o passar dos dias, vão ficar cada vez mais nervosos. Quero que mantenha os ouvidos alertas e os olhos bem abertos. Vou telefonar de dois em dois dias, à meia-noite, para um desses telefones. Passaram-se seis dias.

– Quinn, você conhece um homem chamado David Weintraub?

– Conheço.

– É da Companhia, certo?

– Isso mesmo, é o diretor-assistente de Operações. Por quê?

– Pediu para se encontrar comigo. Disse que algo está para acontecer. Muito em breve. Diz que não compreende, mas acha que você deve compreender.

– Vocês se encontraram em Langley?

– Não, ele disse que chamaria muita atenção. Nós nos encontramos num carro da Companhia estacionado perto da Tidal Basin. Enquanto conversávamos, o carro ficou dando voltas.

– Ele disse o que era?

– Não, disse apenas que não podia confiar em ninguém, não mais. Só em você. Quer se encontrar com você. Nos seus termos, a qualquer hora, em qualquer lugar. Pode confiar nele, Quinn?

Quinn pensou. Se David Weintraub fosse um traidor, não havia mais esperança para a raça humana.

– Sim – disse ele. – Eu confio. – Disse a hora e o lugar do encontro.

18

Sam Somerville chegou ao aeroporto de Montpelier na noite seguinte. Estava com Duncan McCrea, o jovem agente da CIA que havia transmitido a ela o pedido de Weintraub para o encontro.

Chegaram no PBA Beechcraft 1900, linha doméstica, de Boston, alugaram um Dodge Ram no aeroporto e registraram-se num motel na entrada da capital do estado. Ambos estavam com as roupas mais pesadas que Washington tinha para vender, por sugestão de Quinn.

O diretor de Operações, alegando uma reunião de alto nível em Langley que não podia perder, devia chegar na manhã seguinte, a tempo para o encontro com Quinn na estrada.

Chegou às 7 horas num jato executivo de dez lugares cujo logotipo Sam não reconheceu. McCrea explicou que era um avião de comunicação da Companhia, e que o nome na fuselagem era um disfarce da CIA. O homem os cumprimentou brevemente, mas com cordialidade, ao descer do jato. Estava com botas pesadas para neve, calça grossa e jaqueta acolchoada com capuz. Carregava uma valise. Entrou no banco traseiro do Ram e partiram. McCrea dirigia, Sam indicava o caminho marcado no mapa.

Saindo de Montpelier, entraram na rodovia 2, até o pequeno povoado de Montpelier, e tomaram a estrada para Plainfield. Logo depois do cemitério Plainmont, mas antes dos portões do Goddard College, há um ponto em que o rio Winooski afasta-se da estrada, virando para o sul. Nessa meia-lua de terra entre a estrada e o rio há um grupo de pequenas árvores, naquela época do ano silenciosas e cobertas de neve. Entre as árvores há algumas mesas de piquenique para os veranistas, um acostamento largo e estacionamento para veículos de camping. Quinn dissera que estaria ali às 8 horas.

Sam o viu primeiro. Ele saiu de trás de uma árvore a vinte metros deles, quando o Ram parou com os pneus rangendo na neve. Sem esperar pelos outros, ela saltou, correu para ele e o abraçou.

— Está bem, menina?

— Estou ótima. Oh, Quinn, graças a Deus você está livre!

Quinn olhava para os homens por sobre a cabeça de Sam. Ela sentiu que o corpo dele enrijecia.

— Quem veio com você? – perguntou ele em voz baixa.

— Oh, eu me esqueci... – Voltou-se para os outros dois. – Lembra de Duncan McCrea? Foi ele quem me levou a Weintraub...

McCrea estava a dez metros, com seu sorriso tímido.

— Alô, Sr. Quinn. – O cumprimento foi respeitoso, acanhado como sempre. Não havia nada de acanhado no Colt.45 automático na mão direita dele. Apontava firme para Sam e Quinn.

O segundo homem desceu do Ram. Empunhava um rifle desmontável que tirou da valise logo após entregar o Colt a McCrea.

— Quem é ele? – perguntou Quinn.

A voz de Sam soou muito fraca e muito assustada.

— David Weintraub – disse ela. – Oh, meu Deus, Quinn, o que eu fiz?

— Você foi enganada, querida.

A culpa era toda sua, pensou Quinn. Um descuido. Quando falou com Sam no telefone não pensou em perguntar se ela já vira alguma vez o diretor de Operações da CIA. Sam havia sido chamada duas vezes pelo comitê da Casa Branca. Quinn imaginou que Weintraub estivesse presente, pelo menos uma vez. Na verdade, o discreto diretor de Operações, que fazia um dos trabalhos mais secretos da América, não gostava muito de ir a Washington e estivera ausente nas duas ocasiões. Em combate, como Quinn sabia muito bem, suposições representam sério perigo para a saúde.

O homem pequeno e atarracado com o rifle, parecendo mais gordo por causa da roupa acolchoada, colocou-se ao lado de McCrea.

— Então, sargento Quinn? Voltamos a nos encontrar. Lembra-se de mim?

Quinn balançou a cabeça. O homem bateu com o dedo no nariz chato.

— Você me deu isto, seu sacana. Agora vai pagar.

Quinn semicerrou os olhos, lembrando, e aí viu outra vez uma clareira no Vietnã, muito tempo atrás. Um camponês vietnamita, ou o que restava dele, vivo ainda, pregado ao chão.

— Eu me lembro — respondeu.

— Ótimo — disse Moss. — Agora, vamos andando. Onde está morando?

— Numa cabana de madeira, nas montanhas.

— Escrevendo um pequeno manuscrito, ao que sei. Acho que precisamos dar uma olhada nele. Nada de truques. Quinn. O revólver de Duncan pode não acertá-lo, mas então a moça leva o dela. Quanto a você, não vai escapar dessa.

Sacudiu o cano do rifle, como para dizer que ninguém poderia andar dez metros na direção das árvores antes de ser abatido.

— Vá se foder — disse Quinn.

Moss deu uma risada rouca e baixa, o ar sibilando nas narinas defeituosas.

— O frio deve ter congelado seu cérebro, Quinn. Vou dizer o que pretendo. Levamos você e a moça até a margem do rio. Não há ninguém para nos incomodar, ninguém a quilômetros. Vamos amarrá-lo numa árvore, e você observa, Quinn, você observa. Juro que essa moça vai levar duas horas para morrer, e a cada segundo vai rezar para que a matem. Bem, agora mostre o caminho.

Quinn pensou na clareira na selva, o camponês com o pulso, o cotovelo, o joelho e o tornozelo esfacelados pelas balas de chumbo, choramingando, dizendo que era apenas um camponês, que não sabia de nada. Quando compreendeu que o gorducho interrogador já sabia disso, e sabia há horas, Quinn se voltou e o mandou, com um murro, para o hospital.

Sozinho, tentaria lutar, contra todas as desvantagens, tentaria pelo menos morrer de forma limpa com uma bala no coração. Mas com Sam... Fez um gesto afirmativo.

McCrea os separou e algemou as mãos deles nas costas. McCrea dirigiu o Renegade com Quinn ao lado. Moss os acompanhava no Ram, Sam deitada no banco traseiro.

Em West Danville, os moradores estavam acordando, mas ninguém achou estranho dois carros que se dirigiam para St. Johnsbury. Um homem ergueu a mão, o cumprimento entre amigos sobreviventes naquele frio rigoroso. McCrea respondeu com seu largo sorriso amigo e virou para o norte em Danville, na direção de Lost Ridge. Quando chegaram ao cemitério Pope. Quinn indicou que deviam entrar à esquerda, na direção do monte Bear. Atrás deles, o Ram, sem correntes para neve, seguia com dificuldade.

Quando a estrada de cascalho terminou, Moss deixou o Ram e subiu na parte de trás do Renegade, empurrando Sam na frente dele. Ela estava pálida e tremia de medo.

— Você queria mesmo desaparecer – disse Moss, quando chegaram à casa de madeira.

Lá fora a temperatura era de 5 graus negativos, mas a cabana estava ainda acolhedora e quente como Quinn a havia deixado. Ele e Sam foram obrigados a sentar numa cama de lona, bem separados, numa extremidade da sala principal. McCrea continuou apontando a arma para eles enquanto Moss examinava rapidamente os outros cômodos, certificando-se de que estavam sozinhos.

— Muito bom – disse ele afinal, satisfeito. – Agradável e isolada. Não podia ter escolhido, Quinn.

O manuscrito estava numa gaveta da mesa de trabalho. Moss tirou o agasalho, sentou-se numa poltrona e começou a ler. McCrea, embora os prisioneiros estivessem algemados, ocupou uma cadeira de frente para eles. Seu sorriso era ainda o do garoto bonzinho. Tarde demais Quinn compreendeu que era uma máscara, algo que, quando jovem, McCrea descobrira possuir, decidindo aperfeiçoar e conservar para encobrir sua verdadeira personalidade.

— Você venceu — disse Quinn, depois de algum tempo. — Ainda estou interessado em saber como.

— Sem problema — disse Moss, lendo ainda. De qualquer modo, não vai mudar nada.

— Como McCrea foi escolhido para o trabalho, em Londres?

Quinn começava com uma pergunta sem importância.

— Por sorte — disse Moss. Um golpe de sorte. Nunca pensei que teria meu garoto ali para me ajudar. Um bônus, cortesia da maldita Companhia.

— E como vocês se conheceram?

Moss ergueu os olhos.

— América Central — disse simplesmente. — Onde passei anos e onde Duncan foi criado. Quando o conheci era apenas um garoto. Descobrimos que tínhamos os mesmos gostos. Que diabo, eu então o recrutei para a Companhia.

— Mesmos gostos? — perguntou Quinn.

Conhecia as preferências de Moss. Queria que ele continuasse falando. Os psicopatas adoram falar sobre si mesmos quando sentem que estão seguros.

— Bem, quase — disse Moss. — Só que Duncan aqui prefere mulheres, eu não. É claro que ele gosta de maltratar as mulheres um pouco antes, não gosta, garoto?

— Claro, Moss. Sabe que esses dois ficavam trepando naqueles dias em Londres? Pensavam que eu não ouvia. Acho que preciso recuperar o tempo que perdi.

— Como você quiser, garoto — disse Moss. — Mas Quinn é meu. Você vai morrer devagar, Quinn. Vou me divertir um pouco.

Continuou a ler. De repente, Sam inclinou a cabeça com espasmos de ânsia de vômito. Mas não subiu nada do seu estômago. Quinn vira recrutas fazendo o mesmo no Vietnã. O medo provoca um fluxo de ácido no estômago que irrita as membranas sensíveis e produz espasmos de vômito seco.

— Como se comunicavam em Londres? — perguntou Quinn.

— Fácil — disse Moss. — Duncan saía para comprar comida e outras coisas. Lembra? A gente se encontrava nos mercados. Se você fosse mais esperto, Quinn, teria notado que ele sempre fazia as compras de comida na mesma hora.

— E a roupa de Simon, o cinto com a bomba?

— Levei tudo à casa em Sussex, enquanto você estava com os outros três no armazém. Entreguei a Orsini, depois de combinar tudo. Bom homem, Orsini. Eu o usei umas duas vezes na Europa, quando estava com a Companhia. E depois.

Moss pôs o manuscrito na mesa e começava a soltar o verbo.

— Você me assustou, fugindo do apartamento daquele jeito. Eu quis liquidar você, mas Orsini foi contra. Disse que os outros três não iam permitir. Então, deixei como estava, sabia que quando o garoto morresse suspeitariam de você. Mas fiquei surpreso quando aqueles ioiôs do departamento o soltaram. Pensei que iam te botar em cana, só por suspeita.

— Foi então que teve a idéia de grampear a bolsa de Sam?

— É claro. Duncan me contou sobre a bolsa. Comprei uma igual e arrumei tudo. Dei para Duncan na manhã que você saiu de Kensington pela última vez. Lembra que ele saiu para comprar ovos? Voltou com a bolsa e trocou, enquanto vocês comiam, na cozinha.

— Por que não liquidar os quatro mercenários num encontro combinado? — perguntou Quinn. — Poupava o trabalho de andar todo aquele tempo atrás de nós.

— Porque três deles entraram em pânico — disse Moss com desprezo. — Deviam aparecer na Europa para receber suas recompensas. Orsini ia liquidar os três. E eu ia liquidar Orsini. Quando souberam que o garoto estava morto, separaram-se e desapareceram. Felizmente você estava por perto para me mostrar o caminho.

— Você não pode ter feito tudo sozinho — disse Quinn. — McCrea na certa o ajudou.

— Claro. Eu estava na frente, Duncan com vocês o tempo todo, ele até dormia no carro. Não gostava disso, não é, Duncan? Quando soube que você havia descoberto Marchais e Pretorius, ele me telefonou do carro, dando-me algumas horas de vantagem.

Quinn queria fazer mais perguntas. Moss recomeçou a ler, cada vez mais furioso.

— O garoto, Simon Cormack. Quem o matou? Foi você, McCrea, não foi?

— É claro. Estava com o transmissor no bolso há dois dias.

Quinn lembrou da cena na estrada de Buckinghamshire: os homens da Scotland Yard, o FBI, Brown, Collins, 553

Seymour perto do carro, Sam com o rosto escondido nas suas costas, depois da explosão. Lembrou-se de McCrea, ajoelhado perto de uma vala, fingindo vomitar, enfiando o transmissor na água, na lama.

— Muito bem, então Orsini informava o que acontecia no esconderijo, o bebê Duncan aqui informava sobre Kensington. E o homem em Washington?

Sam ergueu a cabeça e olhou incrédula para Quinn. Até McCrea se espantou. Moss virou a cabeça, examinando Quinn com curiosidade.

A caminho da cabana, Quinn concluiu que Moss havia se arriscado muito fazendo-se passar por David Weintraub. Só havia um modo pelo qual Moss podia saber que Sam não conhecia David Weintraub.

Moss levantou o manuscrito e espalhou as folhas pelo chão.

— Você é um escroto, Quinn – disse com fúria contida. – Não tem nada de novo aqui. Em Washington estão convencidos de que foi uma operação comunista organizada pelo KGB. Apesar do que aquele merda do Zack disse. Agora pensam que você tem alguma informação nova, algo para negar isso. Nomes, datas, lugares... *prova*. Tudo droga. Sabe o que você tem? Nada. Orsini não disse uma palavra, certo?

Levantou-se e começou a andar de um lado para o outro, furioso. Perdera tempo e energia, tinha se preocupado. Tudo por nada.

— Aquele corso devia ter liquidado você, como mandei. Mesmo vivo, você não tem nada. A carta que mandou para esta cadela aqui foi uma mentira. Quem lhe deu essa idéia?

— Petrosian – disse Quinn.

— Quem?

— Tigran Petrosian. Um armênio. Já está morto.

— Ótimo. E você vai seguir o mesmo caminho, Quinn.

— Outro cenário teatral?

— Isso mesmo. Como não faz diferença agora, é um prazer explicar. O Dodge Ram foi alugado por sua amiguinha aqui. A moça da agência não viu Duncan. A polícia vai encontrar esta cabana incendiada, com ela dentro. A agência tem o nome dela. As fichas do dentista identificarão o corpo. O Renegade será deixado no aeroporto. Dentro de uma semana vão expedir um mandado de busca contra você, acusado de assassinato, e tudo está acabado.

"Mas a polícia não vai encontrá-lo. Esta região é perfeita. Deve haver desfiladeiros nessas montanhas onde um homem pode desaparecer para sempre. Na primavera você será um esqueleto, no verão será coberto e perdido para sempre. Não que a polícia vá procurar por aqui. Vão procurar um homem que tomou um avião no aeroporto de Montpelier.

Apanhou o rifle, sacudiu o cano na direção de Quinn.

— Vamos, seu merda, ande. Duncan, divirta-se. Volto numa hora, talvez antes. É o tempo que você tem.

O frio cortante o agrediu como um tapa no rosto. Com as mãos algemadas nas costas, Quinn foi empurrado pela neve atrás da casa, na direção do monte Bear. Ouvia a respiração sibilante de Moss, percebia que o homem estava fora de forma. Mas com as mãos algemadas era impossível ser mais rápido do que o rifle. E Moss era esperto, não se aproximava muito de Quinn para evitar um pontapé violento do antigo boina-verde.

Depois de dez minutos, Moss encontrou o que procurava. Na borda de uma clareira entre os abetos e pinheiros, o solo descia íngreme, logo abaixo da borda, formando uma fenda que se estreitava até atingir 15 metros de profundidade. O fundo estava coberto por uma camada espessa de neve onde um corpo afundaria mais um ou dois metros. A neve das duas últimas semanas de dezembro, mais a de janeiro, fevereiro, março e abril, encheria o desfiladeiro. Terminado o inverno, com o degelo, a fenda transformava-se num regato gelado. Os camarões e caranguejos de água doce fariam o restante. Quando a fenda estivesse repleta com a vegetação do verão, tudo que estava no fundo ficaria coberto por outra estação, e outra e outra.

Quinn sabia que não ia morrer com um tiro no coração ou na cabeça. Conhecia Moss, sabia seu nome. Sabia dos seus prazeres doentios. Imaginava se seria capaz de agüentar a dor sem dar ao homem a satisfação de gritar. E pensou em Sam e no que ela ia passar antes de morrer.

– De joelhos – disse Moss.

A respiração do homem era entrecortada, com guinchos e assobios. Quinn ajoelhou. Imaginou onde Moss ia atirar primeiro. Ouviu quando ele armou o rifle, a dez metros, o estalido ressoando no ar claro e gelado. Respirou fundo, fechou os olhos e esperou.

O estampido, quando afinal chegou, encheu a clareira com o eco das montanhas. Mas a neve o abafou rapidamente e ninguém na estrada podia ter ouvido, muito menos no povoado a 16 quilômetros de distância.

A primeira sensação de Quinn foi de espanto. Como o homem podia errar de tão perto? Então compreendeu que fazia parte do jogo de Moss. Virou a cabeça. Moss estava de pé, o rifle apontado para ele.

– Acabe com isso, seu fresco – disse Quinn.

Com um sorriso estranho, Moss começou a abaixar o rifle. Caiu de joelhos, estendeu as duas mãos para a frente, sobre a neve.

Em retrospecto, tudo parecia ter levado mais tempo, porém Moss olhou para Quinn por dois segundos apenas, ajoelhado, com as mãos na neve, antes de se inclinar para a frente e abrir a boca, deixando escapar um jorrc de sangue vermelho vivo. Então, com um suspiro, rolou de lado na neve, morto.

Quinn levou mais alguns segundos para ver o homem, tão perfeita era a sua camuflagem. Estava de pé na outra extremidade da clareira, entre duas árvores, completamente imóvel. O terreno não era adequado para esquis, mas o homem usava raquetes de neve nos dois pés. A roupa comprada em Montpelieɪ estava coberta de neve, a calça acolchoada e a jaqueta com capuz azul claro, quase da cor da neve. Os fios da pele da borda do capuz estavam cobertos de gelo, bem como as sobrancelhas e a barba do homem, a pele do rosto protegida com gordura e carvão, a proteção do soldado do Ártico contra temperaturas de 30 graus negativos. Segurava o rifle contra o peito, certo de que não precisava atirar novamente.

Quinn imaginou como o homem havia sobrevivido acampado em algum buraco na encosta atrás da casa. Certamente quem pode suportar o inverno na Sibéria é capaz de sobreviver em Vermont.

Retesou os braços e, com esforço, levou as mãos abaixo das nádegas, depois passou uma perna de cada vez por dentro dos braços algemados. Com as mãos na frente do corpo procurou a chave no bolso de Moss e abriu as algemas. Apanhou o rifle de Moss e esperou. O homem, no outro lado da clareira observava, impassível.

Quinn gritou.

– Como dizem no seu país... *Spasibo*.

Um leve sorriso apareceu no rosto semicongelado do homem. Andrei, o cossaco, falou, com a cadência do inglês educado.

– Como dizem no seu país, meu velho... tenha um bom-dia.

Uma raquete farfalhou na neve, depois a outra, e o homem desapareceu. Quinn compreendeu que, depois de deixá-lo em Birmingham, o russo fora para Heathrow, em Londres, tomando o vôo direto para Toronto, e o seguiu até as montanhas. Tinha algum conhecimento sobre segurança dupla. Aparentemente, o KGB também sabia. Deu meia-volta e começou a correr para a cabana com neve até os joelhos.

Parou do lado de fora e olhou por uma pequena abertura na janela embaçada pelo calor interno da casa. Ninguém na sala. Com o rifle pronto para atirar, abriu a tranca e empurrou a porta da frente devagar, com o pé. Ouviu um gemido vindo do quarto. Atravessou a sala e parou na porta.

Sam estava nua, de bruços na cama, pernas abertas, mãos e pés amarrados nos quatro cantos. McCrea de cueca, de costas para a porta, segurava dois fios elétricos finos na mão direita.

Sorria ainda. Quinn viu rapidamente o rosto dele no espelho sobre a cômoda. McCrea ouviu os passos e voltou-se. A bala o atingiu no estômago, dois centímetros acima do umbigo. Atravessou o corpo e destruiu a espinha. Quando caiu, McCrea parou de sorrir.

DURANTE DOIS dias Quinn cuidou de Sam como se ela fosse uma criança. O medo paralisante que experimentara a fazia tremer e chorar, enquanto Quinn a embalava nos braços. Quando não estava chorando, Sam dormia e o sono, esse grande remédio, produziu efeito.

Quando achou que podia deixá-la, Quinn foi de jipe até St. Johnsbury e telefonou para o departamento de pessoal do FBI, dizendo que era o pai de Sam, em Rockcastle. Disse que Sam fora visitá-lo e tinha apanhado um forte resfriado. Voltaria ao trabalho em três ou quatro dias.

À noite, enquanto ela dormia, ele escreveu o segundo e verdadeiro manuscrito dos últimos setenta dias. Podia contar a história do seu ponto de vista, sem omitir nada, nem os próprios erros. Acrescentaria a história vista do lado dos soviéticos, contada pelo general do KGB em Londres. Os papéis lidos por Moss não falavam sobre isso. Quinn não chegara a esse ponto da história quando Sam disse que Weintraub queria se encontrar com ele.

Podia acrescentar a história do ponto de vista dos mercenários, contada por Zack antes de morrer, e finalmente, juntar as respostas dadas por Moss. Tinha tudo — quase tudo.

No centro da teia estava Moss, atrás dele os cinco mandantes. Ajudando Moss estavam os informantes, Orsini no esconderijo dos seqüestradores, McCrea no apartamento de Kensington. Mas havia mais um. Alguém que sabia tudo que as autoridades americanas e britânicas sabiam, alguém que monitorava o progresso da investigação de Nigel Cramer na Scotland Yard e de Kevin Brown, no FBI, alguém que sabia as deliberações do COBRA britânico e do comitê da Casa Branca. A única pergunta que Moss não tinha respondido.

Quinn arrastou o corpo de Moss, deixando-o ao lado do corpo de McCrea no depósito de madeira para lenha, onde logo enrijeceram como os troncos que os rodeavam. Examinou os bolsos dos dois homens. Nada era útil para ele, a não ser provavelmente o livro com telefones no bolso interno de Moss.

Moss era um homem misterioso, bem treinado e com a experiência de anos de sobrevivência à margem da lei.

O livrinho continha mais de 120 números, todos referindo-se a iniciais ou a apenas um primeiro nome.

Na manhã do terceiro dia, Sam saiu do quarto, depois de dez horas seguidas de sono sem pesadelos.

Enrodilhou o corpo no colo de Quinn e apoiou a cabeça no ombro dele.

— Como está se sentindo? — perguntou Quinn.

— Estou bem agora, Quinn, está tudo bem. Para onde vamos?

— Temos de voltar para Washington — disse ele. — O último capítulo vai ser escrito lá. Preciso da sua ajuda.

— Como você quiser.

Naquela tarde, Quinn deixou o fogo apagar no fogão, fechou os sistemas de aquecimento, limpou e fechou a cabana de madeira. O rifle de Moss e o Colt .45 de McCrea ficaram. Mas ele levou o caderninho de telefones.

Amarrou o Dodge Ram no Renegade e o rebocou até St. Johnsbury. Na oficina local reativaram o motor do Dodge e Quinn deixou o jipe com placas canadenses para ser vendido pelos mecânicos.

Devolveram o Ram no aeroporto de Montpelier e voaram para Boston e de lá para Washington. O carro de Sam estava no Aeroporto Nacional.

— Não posso ficar com você — disse Quinn. — Seu apartamento ainda está grampeado.

Encontraram uma pensão modesta a 2 quilômetros do apartamento dela em Alexandria, e a dona, satisfeita, alugou o quarto de frente no segundo andar para o turista canadense. Tarde da noite, Sam voltou ao seu apartamento pela porta dos fundos e, para a satisfação da escuta no telefone, avisou o FBI que voltaria ao trabalho de manhã.

Encontraram-se para jantar na segunda noite. Sam levou o livro de telefones de Moss e os dois o examinaram.

Os números estavam destacados com caneta fosforescente, coloridos de acordo com os países, estados ou cidade.

— Esse cara viajou um bocado — disse ela. — Os números com um risco amarelo são do exterior.

— Esqueça — disse Quinn —, o homem que eu quero está aqui mesmo, ou muito perto. Distrito de Columbia, Virgínia ou Maryland. Tem de estar perto de Washington.

— Certo. Os riscos vermelhos significam território dos Estados Unidos, mas fora dessa área. No Distrito e nesses dois estados há 41 números. Verifiquei todos. A análise da tinta indica que a maioria é muito antiga, provavelmente quando ele trabalhava para a Companhia. Incluem bancos, lobistas, vários números das residências de funcionários da CIA e casas corretoras. Tive de cobrar um grande favor que fiz a um funcionário do laboratório para conseguir isso.

— O que o seu técnico diz sobre as datas?

— Mais de sete anos.

— Antes de ser expulso. Não, precisamos de uma coisa recente.

— Eu disse, "a maioria" — lembrou ela. — Quatro foram escritos nos últimos 12 meses. Uma agência de viagens, duas de passagens aéreas e uma de táxis.

— Droga.

— Há um outro número, anotado entre três e seis meses atrás. O problema é que ele não existe.

— Desligado? Com defeito?

— Não, nunca existiu. O código é 202, de Washington, mas os outros sete algarismos não formam um número de telefone e nunca formaram.

Quinn anotou o número e trabalhou nele dois dias e duas noites. Se estivesse em código, podia ter variações suficientes para provocar dor de cabeça num computador, quanto mais num cérebro humano. Dependia do quanto

Moss queria manter o número em segredo, do quanto ele confiava na inviolabilidade do seu livrinho. Quinn experimentou primeiro os códigos mais simples, escrevendo os números resultantes do processo para Sam verificar.

Começou com o mais óbvio, o código das crianças. Inverter simplesmente a ordem dos números. Depois, trocou o primeiro algarismo pelo último, o segundo a partir da esquerda e o segundo a partir da direita. Experimentou dez variações de transposição. Passou então para adição e subtração.

Tirou um de cada algarismo, depois dois e assim por diante. Depois, um do primeiro, dois do segundo, três do terceiro, até o sétimo. Depois repetiu o processo somando os algarismos. Depois da primeira noite examinou as colunas que havia conseguido. Moss podia ter somado ou subtraído a data do seu nascimento, ou até do nascimento da mãe, o número da placa do seu carro ou a medida da sua perna. Quando conseguiu uma lista de 107 das mais óbvias possibilidades, entregou-a a Sam. Na tarde seguinte ela telefonou, com voz cansada. A conta de telefone do FBI devia estar enorme.

— Muito bem, 41 desses números não existem. Os outros 66 incluem lavanderias automáticas, cidadãos respeitáveis, uma casa de massagens, quatro restaurantes, uma lanchonete, duas prostitutas e uma base aérea militar. Acrescente cinqüenta cidadãos que parecem não ter nada a ver com coisa alguma. Mas um talvez seja o que procuramos. O quadragésimo quarto na sua lista.

Quinn olhou para a lista. Quarenta e quatro. Era resultado da inversão da ordem do número falso, depois a subtração de 1,2,3,4,5,6,7, nessa ordem.

— De onde é? – perguntou ele.

– Número particular que não consta na lista com "etiqueta" de confidencial – disse Sam. – Tive de cobrar alguns favores para identificar o número. É de uma casa muito grande em Georgetown. Adivinha de quem?

Sam disse. Quinn respirou fundo. Podia ser coincidência. Brincando algum tempo com um número de sete algarismos pode-se encontrar o número particular de uma pessoa importante, por puro acaso.

– Obrigado, Sam. É tudo que temos. Vou tentar, depois digo o que consegui.

Às OITO e meia daquela noite, o senador Bennett Hapgood estava na sala de maquiagem de uma importante emissora de televisão de Nova York, enquanto uma bela jovem passava um pouco mais de base ocre no seu rosto. Ele ergueu o queixo para que ela pudesse passar também na parte inferior.

– Só um pouco mais de fixador aqui, meu bem – pediu ele, apontando para uma mecha de cabelo branco penteado com secador, caída juvenilmente sobre o lado da testa, que podia sair do lugar sem um pouco mais de fixador.

A moça fez um belo trabalho. As veiazinhas em volta do nariz tinham desaparecido, os olhos azuis cintilavam com o colírio aplicado, o bronzeado de homem da fronteira, adquirido durante muitas horas sob uma lâmpada de raios ultravioleta, brilhava saudavelmente. Uma assistente de direção apareceu na porta, a prancheta como uma insígnia.

– Estamos prontos para o senhor, senador – disse ela.

Bennett Hapgood levantou-se, esperou que a moça tirasse a capa protetora que cobria seus ombros e escovasse os últimos vestígios de pó do terno cinza-pérola, e acompanhou a assistente de direção pelo corredor do estúdio.

Sentou à esquerda do apresentador e um técnico de som prendeu o microfone na sua lapela. O apresentador, conduzindo um dos programas de horário nobre mais importantes do país, no momento estava ocupado com seus papéis. A tela mostrou o comercial de comida para cães. O apresentador ergueu os olhos e saudou Hapgood com um largo sorriso.

– É um prazer vê-lo, senador.

Hapgood respondeu com o sorriso obrigatório de um metro de largura.

– É um prazer estar aqui, Tom.

– Temos só mais duas mensagens depois desta. Então entramos no ar.

– Ótimo, ótimo. Eu o acompanho.

Acompanha uma ova, pensou o apresentador, que pertencia ao jornalismo tradicional da Costa Leste e considerava o senador de Oklahoma uma ameaça à sociedade. O comercial de comida de cães foi substituído por um comercial de caminhões e depois por outro de cereal. Quando desapareceu a última imagem de uma família delirantemente feliz, engolindo um produto que parecia um tijolo de lareira e provavelmente tinha o mesmo gosto, o diretor de cena apontou um dedo para Tom. A luz vermelha sobre a câmera 1 acendeu e o apresentador olhou para as lentes com uma expressão preocupada.

– Apesar dos contínuos desmentidos do secretário da Casa Branca, Craig Lipton, continuamos a receber informações de que o estado de saúde do presidente Cormack é ainda motivo de grande preocupação. Isto duas semanas antes da data em que o projeto mais estreitamente identificado com seu nome e seu governo, o tratado de Nantucket, deverá ser ratificado pelo Congresso.

"Um dos que mais se opõem ao tratado é o presidente do movimento Cidadãos para uma América Forte, o senador Bennett Hapgood."

À palavra "senador", a luz da câmera 2 acendeu, enviando a imagem de Hapgood para trinta milhões de lares. A câmera três mostrou aos espectadores os dois homens, quando o apresentador voltou-se para seu convidado.

– Senador, na sua opinião, quais são as chances de ratificação em janeiro?

– O que posso dizer, Tom? Não podem ser boas. Não depois do que aconteceu nestas últimas semanas. Porém, mesmo excluindo esses acontecimentos, o tratado não deverá ser aprovado. Como milhões de meus compatriotas americanos, não vejo motivo nenhum, neste momento, para confiarmos nos russos... e é nisso que se resume o tratado.

– Contudo, senador, a questão de confiança não está em jogo. Existem procedimentos de verificação inclusos no tratado que dão aos nossos especialistas militares acesso sem precedentes ao programa de destruição de armamentos dos russos...

– Talvez, Tom, talvez. O fato é que a Rússia é muito grande. Precisamos ter certeza de que não vão fabricar outras armas, mais modernas, no interior do país. Para mim, é simples. Quero ver a América forte, e isso significa conservar todos os armamentos que temos...

– E colocar outros, senador?

– Se for preciso, se for preciso.

– Mas as verbas para esses armamentos começam a prejudicar nossa economia, os déficits estão se tornando incontroláveis.

– É o que você diz, Tom. Outros acham que o prejuízo causado à nossa economia é resultado do excesso de cheques de auxílio social, de importação, de ajuda federal a programas no exterior. Aparentemente, gastamos mais com críticos estrangeiros do que com nossas forças armadas. Acredite, Tom, não é uma questão de dinheiro para as indústrias de armamentos, nada disso.

Tom Granger mudou de assunto.

— Senador, além de se opor à ajuda dos Estados Unidos aos que morrem de fome no Terceiro Mundo e de apoiar as tarifas protecionistas do comércio, o senhor pediu também a renúncia de John Cormack. Pode justificar esse pedido?

Hapgood teria de bom grado estrangulado o apresentador. As palavras "fome" e "protecionistas" usadas por Granger indicavam a opinião do apresentador sobre o assunto. Mas Hapgood manteve a expressão de irmão preocupado e balançou a cabeça numa afirmação tristonha e sóbria.

— Tom, só quero dizer uma coisa: fui contra vários projetos apresentados pelo presidente Cormack. É meu direito neste país livre. Mas...

Desviou os olhos do apresentador, encontrou a câmera que queria com a luz vermelha apagada e olhou para ela durante o meio segundo que o diretor na cabine de controle levou para trocar as câmeras, dando ao senador um close-up.

— ... nenhum homem respeita mais do que eu a integridade e a coragem de John Cormack na adversidade. Exatamente por isso eu digo...

O rosto bronzeado teria exsudado sinceridade por todos os poros se não estivesse coberto de maquilagem.

— John, você suportou mais do que um homem pode suportar. Pelo bem da nação, pelo partido, mas acima de tudo por você e por Myra, livre-se do peso intolerável da presidência, eu peço.

No seu escritório particular na mansão, o presidente Cormack apertou o botão do controle remoto, desligando a televisão na outra extremidade da sala. Não gostava de Hapgood, embora pertencessem ao mesmo partido. Sabia que o homem jamais teria coragem de chamá-lo de John pessoalmente.

Contudo... Sabia também que o homem tinha razão. Reconhecia que não podia continuar por muito tempo o seu esforço de governar a América. Seu sofrimento era tanto que não sentia mais entusiasmo pelo cargo que ocupava, nem mesmo pela vida.

O que John Cormack não sabia era que o Dr. Armitage, nas duas últimas semanas, vinha notando certos sintomas alarmantes. Certa vez o psiquiatra, provavelmente procurando provas do que suspeitava, vira o presidente na garagem subterrânea, descendo do carro depois de uma de suas raras saídas. O chefe do executivo olhava pensativamente para o cano de descarga da limusine, como se fosse um velho amigo ao qual devia recorrer para aliviar sua dor.

John Cormack voltou ao livro que estava lendo antes de ligar a televisão novamente. Era um livro de poesia, uma matéria que ele havia lecionado em Yale. Lembrava-se de uma estrofe. Um trecho de John Keats. O poeta inglês, a quem foi negado o amor de sua vida por ser baixo demais, morto aos 26 anos, conheceu a melancolia como poucos homens, e como nenhum outro a definia em palavras. John Cormack encontrou a passagem que procurava. "Ode a um Rouxinol":

> *... e por mudas vezes,*
> *Quase amei a Morte libertadora,*
> *Chamando-a de nomes carinhosos em muitos*
> *versos inspirados*
> *Para levar aos ares minha respiração tranqüila.*
> *Agora mais do que nunca morrer parece a glória*
> *Passar para a noite sem dor.*

Sem fechar o livro, recostou a cabeça no espaldar da poltrona, olhou para as belas volutas e arabescos nas cornijas do escritório particular do homem mais poderoso do mundo. Passar para a noite sem dor. Uma idéia tentadora, pensou ele, muito tentadora...

QUINN ESCOLHEU o horário de 22h30, quando a maioria das pessoas estava em casa, e ainda acordadas. Estava na cabine telefônica de um bom hotel, do tipo antigo, com portas que garantiam a privacidade do telefonema. O telefone no outro lado tocou três vezes. Então devia constar da lista.

– Sim?

Quinn já ouvira o homem falar, mas uma única palavra não era suficiente para identificá-lo. Falou com a voz baixa, quase murmurante, de Moss, as palavras pontuadas pelo silvo ocasional do ar passando pelas narinas defeituosas.

– É Moss – disse ele.

Uma pausa.

– Não deve telefonar para cá, a não ser numa emergência. Já disse isso.

O alvo certo. Quinn soltou um longo suspiro.

– É uma emergência – disse suavemente. – Quinn está liquidado. A moça também. E McCrea foi... apagado.

– Acho que não quero saber disso – disse a voz.

– Pois devia – observou Quinn, antes que o homem pudesse desligar. – Ele deixou um manuscrito. Quinn. Está aqui comigo.

– Manuscrito?

– Isso mesmo. Não sei onde conseguiu os detalhes, como descobriu, mas está tudo aqui. Os cinco nomes, você sabe, os homens sem importância. Eu, McCrea, Orsini, Zack, Marchais, Pretorius. Tudo. Nomes, datas, lugares, horas. O que aconteceu, o motivo... e quem

Uma longa pausa.

– Isso inclui meu nome? – perguntou a voz.

– Eu disse tudo.

Ouvia a respiração do homem.

– Quantas cópias?

– Só o original. Ele estava numa cabana nas montanhas do norte de Vermont. Não há copiadoras lá. Só o original que está aqui comigo.

– Compreendo. Onde você está?

– Em Washington.

– Acho melhor me entregar isso.

– Certo – disse Quinn. – Não tem problema. Eu também estou nisso. Eu podia destruir agora, mas é que...

– O que é, Sr. Moss?

– É que vocês me devem.

Outra longa pausa. O homem no outro lado da linha engoliu saliva várias vezes.

– Pelo que sei, você foi muito bem recompensado – disse ele. – Se tem mais a receber providenciaremos.

– Nada disso – disse Quinn. Tive de ajeitar uma porção de coisas que não estavam no trato. Aqueles caras na Europa, Quinn, a moça... Tudo isso foi trabalho... extra.

— O que deseja, Sr. Moss?

— Acho que devo receber o que me foi oferecido no começo, outra vez. Em dobro.

Ouviu o homem respirar fundo. Sem dúvida começava a aprender que quem se mete com assassinos pode acabar sendo chantageado.

— Tenho de consultar outras pessoas a respeito – disse o homem em Georgetown. – Se... for preciso... preparar alguns papéis, vai levar algum tempo. Por favor, não faça nada impensado. Tenho certeza de que tudo será resolvido.

— Vinte e quatro horas – disse Quinn. – Telefono amanhã a esta hora. Diga aos cinco que é melhor estarem preparados. Eu recebo o pagamento, vocês recebem o manuscrito. Então, desapareço e vocês todos estarão a salvo... para sempre.

Desligou o telefone deixando que o outro homem escolhesse entre pagar ou se destruir.

Quinn alugou uma moto e comprou botas de cano alto e uma jaqueta pesada de couro para se proteger do frio.

Seu telefonema na noite seguinte foi atendido no primeiro toque.

— Então? – fungou ele.

— Seus... termos, embora exagerados, foram aceitos – disse o dono da casa em Georgetown.

— Tem a papelada? – perguntou Quinn.

— Tenho. Aqui comigo. O manuscrito está com você?

— Está. Vamos fazer a troca e acabar com isto.

— Concordo. Não aqui. No lugar de sempre, às 2 horas.

— Sozinho, desarmado. Se arranjar algum capanga para me dominar, você acaba dentro de um caixão.

— Nada de truques, tem minha palavra. Uma vez que estamos dispostos a pagar, não há necessidade disso. Uma transação puramente comercial, por favor.

– Para mim está bem. Só quero o dinheiro – disse Quinn.

O homem desligou.

Às 22h55, John Cormack, sentado à sua mesa, releu a carta escrita a mão para o povo americano. Era discreta e sincera. Outros a leriam em voz alta, reproduziriam as palavras nos jornais e revistas, nos programas de rádio e televisão. Depois da sua partida. Faltavam oito dias para o Natal. Mas nesse ano outro homem comemoraria o dia festivo na mansão. Um bom homem, um homem em quem ele confiava, Michael Odell, 41º presidente dos Estados Unidos. O telefone tocou. Cormack olhou para o aparelho com certa irritação. Era seu número particular e privado, que só dava para amigos íntimos em quem confiava, que podiam telefonar sem nenhuma apresentação, a qualquer hora.

– Sim?

– Sr. Presidente?

– Sim.

– Meu nome é Quinn. O Negociador.

– Ah... sim, Sr. Quinn.

– Não sei o que o senhor pensa de mim, Presidente. Mas agora não importa. Falhei, não devolvi seu filho. Mas descobri por quê. E quem o matou. Por favor, senhor, apenas ouça, tenho pouco tempo.

"Amanhã, às 5 horas, um homem numa motocicleta vai parar no posto do Serviço Secreto na entrada da Casa Branca em Alexander Hamilton Place. Vai entregar um volume, uma caixa de papelão. Contém um manuscrito. Assim que chegar, por favor dê ordens para que seja levado ao senhor pessoalmente. Depois de ler o manuscrito, o senhor tomará as providências que considerar adequadas.

Confie em mim, Sr. Presidente. Mais uma vez. Boa noite, senhor.

John Cormack olhou por algum tempo para o telefone mudo. Ainda perplexo, desligou e apanhou outro, dando as ordens para o homem do Serviço Secreto.

QUINN TINHA um pequeno problema. Não sabia onde era o "lugar de sempre" e admitir isso seria destruir suas chances do encontro. À meia-noite encontrou o endereço dado por Sam, estacionou a grande Honda mais adiante e ficou numa área escura entre duas outras casas, no outro lado da rua, a vinte metros do seu alvo.

A casa que estava vigiando era bem construída, elegante, uma mansão alta com cinco andares, de tijolo vermelho, no alto, isto é, na extremidade oeste da rua N, uma avenida tranqüila que termina no campus da Universidade de Georgetown. Quinn calculou que devia valer mais de 2 milhões de dólares.

Ao lado da mansão, no subsolo, ficavam as portas da garagem dupla, que abriam para cima e para fora, operadas eletronicamente. Três andares da casa estavam iluminados. Logo depois da meia-noite, as luzes do último andar, o alojamento dos empregados, se apagaram. À 1 hora só um andar continuava iluminado. Alguém continuava acordado.

À 1h20, apagaram-se as últimas luzes dos andares superiores e foram acesas outras no térreo. Dez minutos depois, uma faixa amarela apareceu sob as portas da garagem e as portas começaram a se levantar. Uma longa limusine Cadillac apareceu, saiu para a rua e as portas se fecharam. Quando o carro passou, afastando-se da universidade, Quinn viu que havia só um homem dentro dele, dirigindo cuidadosamente. Foi até sua Honda, ligou o motor e partiu atrás da limusine. O carro foi para o sul na Wisconsin Avenue. O centro sempre movimentado de Georgetown, com seus bares, bistrôs e lojas que fechavam tarde, estava quieto àquela hora tardia de meados de dezembro. Quinn manteve a maior distância possível, seguindo as lanternas traseiras do Cadillac, que virou para leste na rua M e depois à direita, na rua 23. Ele o acompanhou no Washington Circle, depois para o sul até entrar na Constitution Avenue e parar sob as árvores, logo depois de Henry Bacon Drive.

Quinn saiu rapidamente da avenida, subiu na calçada e entrou com a moto numa moita, desligando o motor e apagando as luzes. As lanternas do Cadillac se apagaram e o homem saltou. Olhou em volta, observou um táxi que passava lentamente, procurando passageiros, não viu nada mais e começou a andar. Passou o pé por cima da grade baixa do gramado do Mall e começou a atravessar o jardim na direção da Reflecting Pool.

Fora do círculo de luz das lâmpadas da rua, a escuridão envolvia o vulto com sobretudo e chapéu negros. À direita de Quinn as luzes vivas do Lincoln Memorial iluminavam o fim da rua 23, mas quase não chegavam ao outro lado do gramado e às árvores do Mall. Quinn conseguiu ficar a cinqüenta metros sem perder de vista o vulto que continuava a andar.

O homem contornou a extremidade oeste do Memorial dos Veteranos do Vietnã, depois virou para a esquerda para a parte mais alta, coberta de árvores, entre o lago dos Constitution Gardens e as margens do Reflecting Pool.

Ao longe, à sua esquerda, Quinn via a luz fraca das duas barracas onde os veteranos mantinham vigília permanente pelos homens desaparecidos em ação naquela guerra distante. Sua presa estava dando uma volta para não passar perto daquele único sinal de vida no Mall àquela hora.

O Memorial é um muro longo de mármore negro, com vinte centímetros de altura em cada extremidade, mas com dois metros de profundidade no centro, embutido no solo do Mall e com a forma de uma divisa militar muito rasa. Quinn passou sobre o muro, perseguindo sua presa, onde o monumento tinha um metro de altura, depois se agachou na sombra da pedra quando o homem voltou-se como se tivesse ouvido passos atrás dele. Com a cabeça um pouco acima da relva que o rodeava, Quinn viu o homem examinar o Mall antes de prosseguir.

A lua minguante pálida apareceu entre as nuvens. Ao luar, Quinn via todo o muro de mármore com os cinqüenta mil nomes dos homens mortos no Vietnã. Inclinou-se um pouco para beijar o mármore frio e continuou, atravessando a outra parte do gramado até o pequeno bosque de imensos carvalhos, onde estão as estátuas em tamanho natural dos veteranos da guerra.

Na frente de Quinn, o homem de sobretudo negro parou e virou para trás outra vez, examinando atentamente o caminho que percorrera. Não viu nada, o luar iluminava os carvalhos, desfolhados e nus contra o brilho das luzes do Lincoln Memorial distante, e cintilava nos vultos de bronze dos quatro soldados.

Se ele soubesse, ou se importasse mais, o homem de negro teria sabido que só há três soldados no pedestal. Quando ele virou para continuar seu caminho, o quarto homem separou-se dos outros e o seguiu.

Finalmente, o homem chegou ao "lugar de sempre".

No topo da colina, entre o lago do jardim e o Reflecting Pool, rodeado por árvores discretas, há um banheiro público, iluminado por uma única lâmpada, acesa ainda àquela hora. O homem parou sob a lâmpada e esperou. Dois minutos depois, Quinn surgiu entre as árvores. O homem olhou para ele. Provavelmente empalideceu, estava escuro demais para confirmar. Mas suas mãos tremeram, isso Quinn notou. Entreolharam-se por um momento. O homem lutava contra o pânico crescente.

– Quinn – disse ele. – Você está morto

– Não – replicou Quinn desnecessariamente. – Moss está morto. E McCrea. E Orsini, Zack, Marchais e Pretorius. E Simon Cormack... oh, sim, ele está morto. E você sabe por quê.

– Calma, Quinn. Vamos agir como pessoas razoáveis. Ele tinha de ir. Ia arruinar a todos. Sem dúvida, você compreende isso. – Sabia que agora estava falando pela própria vida.

– Simon? Um estudante de Oxford?

A surpresa do homem de sobretudo negro superou seu nervosismo. Ele estivera na Casa Branca, sabia com detalhes do que Quinn era capaz.

– Não o garoto. O pai. Ele tem de ir.

– O tratado de Nantucket?

– É claro. Os termos do tratado iam arruinar milhares de homens, centenas de corporações.

– Mas por que você? Ao que sei, é um homem extremamente rico. Sua fortuna particular é enorme.

O homem na frente de Quinn deu uma risada rápida.

– Até agora – disse ele. – Quando herdei a fortuna da minha família usei meus talentos de corretor da bolsa em Nova York para colocar o dinheiro em várias carteiras de ações. Boas ações, de crescimento rápido, carteiras muito rentáveis.

– Na indústria de armamentos.

– Escute, Quinn, eu trouxe isto para Moss. Agora pode ser seu. Já viu isto antes?

Tirou um papel do bolso do paletó e estendeu para Quinn. À luz da única lâmpada e do luar, Quinn olhou para o papel. Uma ordem de pagamento num banco suíço de reputação impecável, ao portador. Valendo 5 milhões de dólares americanos.

— Fique com isso, Quinn. Nunca viu tanto dinheiro em sua vida. Nunca mais verá. Pense no que pode fazer com ele, na vida que pode ter. Conforto, luxo até, até o fim da vida. Dê-me o manuscrito e é todo seu.

— Na verdade, era dinheiro o tempo todo, não era? — disse Quinn pensativamente. Segurou o cheque, como quem procura se decidir.

— É claro. Dinheiro e poder. A mesma coisa.

— Mas você era amigo dele. Ele confiava em você.

— Por favor, Quinn, não seja ingênuo. Esta nação inteira significa dinheiro. Ninguém pode mudar isso. Sempre foi, sempre será. Nós adoramos o deus Dólar. Tudo e todos nesta terra podem ser comprados, comprados e pagos.

Quinn fez um gesto afirmativo. Pensou nos cinqüenta mil nomes no mármore negro, a quatrocentos metros de onde estavam. Comprados e pagos. Suspirou e enfiou a mão na jaqueta de couro. O homem, mais baixo, saltou para trás, assustado.

— Não precisa fazer isso, Quinn. Você disse, sem armas. Mas a mão de Quinn apareceu segurando duzentas laudas datilografadas. Estendeu o volume para o homem, que relaxou e o apanhou.

— Não vai se arrepender, Quinn. O dinheiro é seu. Aproveite.

Quinn fez outro gesto afirmativo.

— Só uma coisa...

— Qualquer coisa...

– Paguei o táxi na Constitution Avenue. Podia me dar uma carona até o Circle?

Pela primeira vez o homem sorriu. Com alívio.

– Não tem problema – disse ele.

19

Os homens com longos casacos de couro resolveram cumprir suas ordens naquele fim de semana. Havia menos movimento e suas instruções eram para agir com discrição. Havia observadores na rua transversal do quarteirão dos escritórios, em Moscou, que informaram, pelo rádio, o momento em que sua presa deixou a cidade, na noite de sexta-feira.

O grupo que devia efetuar a prisão esperava pacientemente na longa e estreita estrada perto da curva do rio Mosckva, a 2 quilômetros da entrada da aldeia de Peredelkino, onde os membros graduados do comitê central, os acadêmicos mais prestigiados e os chefes militares tinham suas dachas para os fins de semana.

Quando o carro que esperavam apareceu, o primeiro veículo do grupo foi atravessado na estrada, bloqueando-a completamente. O Chaika diminuiu a velocidade, depois parou. O motorista e o guarda-costas, homens experientes do GRU, treinados no Spetsnaz, não tiveram a menor chance. Homens com metralhadoras portáteis apareceram nos dois lados da estrada e os dois soldados, olhando através dos vidros do carro, viram-se à frente dos canos das armas.

O chefe do grupo, à paisana, aproximou-se da porta traseira direita do carro, abriu-a rapidamente e olhou para dentro. O homem no carro ergueu os olhos do dossiê que lia com indiferença, parecendo mal-humorado.

– Marechal Koslov? – disse o homem do KGB.

– Sim.

– Por favor, desça do carro. Não tente resistir. Mande que seus soldados façam o mesmo. O senhor está preso.

O marechal carrancudo resmungou uma ordem para o motorista e o guarda-costas e desceu do carro. Sua respiração quase se solidificou no ar gelado. Imaginou quando ia respirar o ar puro do inverno outra vez. Se estava com medo, não demonstrou.

– Se não tiver autoridade para o que está fazendo vai se responsabilizar perante o Politburo, seu chekista. – Usou o termo pejorativo para a polícia secreta.

– Cumprimos ordens do Politburo – disse o homem do KGB, satisfeito. Era coronel do Segundo Diretório. Nesse momento, o velho marechal compreendeu que sua munição havia acabado definitivamente.

DOIS DIAS mais tarde, a polícia saudita de segurança cercou silenciosamente uma casa particular modesta em Riyad, na profunda escuridão que precede a aurora. Não tão silenciosamente. Um dos homens tropeçou numa lata e um cão latiu. Um empregado iemenita, acordado àquela hora para fazer o primeiro café forte do dia, olhou para fora e foi informar o patrão.

O coronel Easterhouse recebera bom treinamento nas unidades de pára-quedistas dos Estados Unidos. Conhecia também sua Arábia Saudita, onde a ameaça de traição para um conspirador devia ser sempre levada em conta. Tinha sua defesa preparada. Quando o grande portão de madeira do seu jardim foi derrubado e seus dois protetores iemenitas morreram por ele, Easterhouse escolheu o caminho para se livrar das agonias que o esperavam. Os policiais ouviram o único tiro quando subiam correndo a escada para o segundo andar.

Eles o encontraram de bruços na sala de trabalho, arejada, mobiliada com o melhor gosto árabe, o sangue arruinando o belo tapete persa. O coronel que comandava o grupo de captura olhou em volta e sua atenção foi atraída pela palavra bordada no quadro de seda, atrás da mesa de trabalho. Dizia, em árabe, *Insh'Allah* – se for a vontade de Alá.

NO DIA SEGUINTE, Philip Kelly em pessoa conduziu a equipe do FBI que cercou a mansão na encosta de Hill Country, nos arredores de Austin. O próprio Cyrus Miller recebeu Kelly com cortesia e ouviu atentamente quando ele leu seus direitos. Recebendo ordem de prisão, começou a rezar em voz muito alta e urgente, invocando a vingança divina do seu Amigo pessoal para os idólatras e anticristos que não compreendiam a vontade do Todo-Poderoso expressa pelas ações dos escolhidos.

Kevin Brown comandava a equipe que efetuou a prisão de Melvin Scanlon quase no mesmo minuto, na sua casa luxuosa nos arredores de Houston. Outras equipes do FBI visitaram Lionel Moir em Dallas, e procuraram prender Ben Salkind em Palo Alto e Peter Cobb, em Pasadena. Por intuição ou coincidência, Salkind havia tomado um avião, no dia anterior, para o México. Cobb devia estar no escritório na hora escolhida para sua prisão. Mas um resfriado o reteve em casa naquela manhã. Um desses acasos que levam ao fracasso as mais bem planejadas operações. Policiais e soldados os conhecem muito bem. Uma secretária leal telefonou enquanto a equipe do FBI dirigia-se para a casa dele. Cobb se levantou da cama, beijou a mulher e os filhos e foi para a garagem junto da casa. Os homens do FBI o encontraram lá vinte minutos depois.

QUATRO DIAS mais tarde, o presidente John Cormack entrou na Sala do Gabinete e ocupou o lugar no centro, reservado para o chefe do Executivo. Seus ministros e conselheiros já estavam presentes, dos dois lados dele. Notaram seu corpo ereto, a cabeça erguida, os olhos claros.

No outro lado da mesa estavam Lee Alexander e David Weintraub, da CIA. Ao lado deles, Don Edmonds, Philip Kelly e Kevin Brown, do FBI. John Cormack balançou a cabeça afirmativamente.

— Seus relatórios, por favor, cavalheiros.

Kevin Brown falou primeiro, a um olhar do seu diretor.

— Sr. Presidente, a cabana em Vermont. Encontramos um rifle Armalite e um Colt.45 automático, como nos foi descrito. Além dos corpos de Irving Moss e Duncan McCrea, ambos ex-agentes da CIA. Foram identificados.

David Weintraub fez um gesto afirmativo.

— O Colt foi testado em Quantico. A polícia belga nos enviou impressões ampliadas da bala retirada do banco de uma roda-gigante em Wavre. São idênticas. O Colt foi o mesmo usado para matar o mercenário Marchais, aliás Lefort. A polícia holandesa encontrou uma bala na madeira de um velho barril, no porão do bar em Den Bosch. Levemente distorcida, mas as ranhuras ainda visíveis. O mesmo Colt.45. Finalmente, a polícia de Paris retirou seis balas intactas da parede de um bar na Passage de Vautrin. Nós as identificamos como disparadas pelo Armalite. As duas armas foram compradas, sob nome falso, em uma loja em Galveston. O proprietário identificou uma fotografia de Irving Moss como do homem que as comprou.

– Então, confere.

– Sim, Sr. Presidente, tudo.

– Sr. Weintraub?

– Eu sinto muito, mas devo confirmar que Duncan McCrea foi na verdade recrutado na América Central por recomendação de Irving Moss. Foi usado para pequenos trabalhos naquele continente durante dois anos, depois trazido para cá e enviado a Camp Peary para treinamento. Depois do desligamento de Moss, todos os seus protegidos deviam ter sido investigados. Não foram. Um lapso. E peço desculpas.

– O senhor não era chefe de Operações naquele tempo, Sr. Weintraub. Por favor, continue.

– Muito obrigado, Sr. Presidente. Soubemos de... fontes... o suficiente para confirmar o que o *rezident* do KGB em Nova York nos contou confidencialmente. Um certo marechal Koslov foi detido para interrogatório sobre o fornecimento do cinto que matou seu filho. Oficialmente, ele renunciou por motivos de saúde.

– Acha que vai confessar?

Na prisão de Lefortovo, senhor, o KGB tem seus "jeitinhos" – admitiu Weintraub.

– Sr. Kelly?

– Algumas coisas, Sr. Presidente, jamais poderão ser provadas. Não existem vestígios do corpo de Dominique Orsini, mas a polícia da Córsega confirma que dois tiros de espingarda de caça foram disparados num quarto dos fundos sobre um bar em Castelblanc. O Smith que entregamos à agente especial Somerville está supostamente perdido para sempre no rio Prunelli. Mas tudo que pode ser provado foi provado. Tudo. O manuscrito é preciso em todos os detalhes, senhor.

— E os cinco homens? O chamado Grupo Álamo?

— Temos três em custódia, Sr. Presidente. É quase certo que Cyrus Miller não vá a julgamento. Foi considerado clinicamente insano. Melville Scanlon confessou tudo, incluindo os detalhes de outra conspiração para derrubar a monarquia da Arábia Saudita. Acredito que o Departamento de Estado tenha se encarregado dessa questão.

— Exatamente. O governo saudita foi informado e tomou as medidas necessárias. E os outros homens?

— Salkind aparentemente desapareceu. Acreditamos que esteja na América do Sul. Cobb enforcou-se na garagem de sua casa. Moir confirma o que foi admitido por Scanlon.

— Nenhum detalhe omitido, Sr. Kelly?

— Nenhum que possamos ver, Sr. Presidente. No tempo que nos foi dado, verificamos tudo que está contido no manuscrito do Sr. Quinn. Nomes, datas, horas, locais, aluguel de carros, passagens aéreas, aluguel de apartamentos, hospedagem em hotéis, veículos usados, armas, tudo. A polícia e as autoridades de imigração da Irlanda, Grã-Bretanha, Bélgica, Holanda e França nos enviaram todos os registros. Tudo confere.

O presidente Cormack olhou rapidamente para a cadeira vazia ao seu lado.

— E... meu antigo colega?

O diretor do FBI fez um gesto de cabeça para Philip Kelly.

— As últimas três páginas do manuscrito citam uma conversa entre os dois homens na noite em questão, da qual não temos confirmação, Sr. Presidente. Ainda não sabemos onde está o Sr. Quinn. Mas interrogamos a criadagem da mansão em Georgetown. O motorista oficial foi mandado para casa sob a alegação de que o carro não seria mais usado naquela noite. Dois empregados foram acordados à 1h30 com o barulho da porta da garagem. Um deles olhou para fora e viu o carro saindo. Pensou que estava sendo roubado e foi acordar o patrão. Ele tinha saído... com o carro.

"Verificamos as carteiras de ações. É um grande acionista de várias firmas que fornecem armas para o governo, que seriam muito prejudicadas pelos termos do tratado de Nantucket. O que Quinn descreve é verdade. Quanto ao que o homem disse, jamais teremos certeza. Podemos acreditar em Quinn ou não.

O presidente Cormack levantou-se.

— Então eu acredito, cavalheiros. Suspendam o alerta contra ele, por favor. É uma ordem executiva. Muito obrigado por seus esforços.

Saiu pela porta oposta à lareira, atravessou o escritório do seu secretário particular, recomendou que não queria ser incomodado, entrou no Salão Oval e fechou a porta.

Sentou-se diante da grande mesa sob as janelas de vidro verde à prova de bala, com dez centímetros de espessura, que davam para o gramado sul e se recostou na cadeira giratória. Há 73 dias não se sentava nela.

Sobre a mesa estava uma fotografia com moldura de prata. Simon em Yale, no outono antes de ir para Oxford, com 20 anos, o rosto cheio de vitalidade, de prazer de viver e grandes expectativas, sorrindo para a câmera.

O presidente segurou a fotografia com as duas mãos e olhou para ela por um longo tempo. Finalmente, abriu uma gaveta da mesa.

— Adeus, filho.

Pôs a fotografia virada para baixo na gaveta, fechou e apertou o botão do interfone.

— Mande Craig Lipton ao meu escritório, por favor.

Quando o porta-voz chegou, o presidente disse que queria uma hora do horário nobre nos principais canais de televisão no dia seguinte, para falar à nação.

A PROPRIETÁRIA da pensão em Alexandria lamentou perder seu hóspede canadense, o Sr. Roger Lefevre. Era tão quieto e educado, não dava nenhum trabalho. Não como alguns que ela podia mencionar.

Na noite em que ele desceu para acertar as contas, ela notou que havia tirado a barba. Ela aprovou. Ele parecia bem mais moço assim.

A televisão estava ligada como sempre na sala do primeiro andar. O homem alto parou na porta para se despedir. Na tela, o apresentador, muito sério, anunciou: "Senhoras e senhores, o presidente dos Estados Unidos."

— Tem certeza de que não pode ficar um pouco mais? – perguntou a dona da pensão. – O presidente vai falar. Dizem que o pobre homem vai anunciar sua renúncia.

— Meu táxi está lá fora – disse Quinn. – Preciso ir.

Então apareceu o rosto do presidente. Estava sentado à sua mesa no Salão Oval, sob o signo do Estado. Quase não fora visto pelo público nos últimos oitenta dias e todos notaram que parecia mais velho, mais abatido. Mas a expressão de homem vencido da fotografia no cemitério de Nantucket desaparecera. John Cormack, o corpo ereto, olhava para a câmera, estabelecendo contato direto, embora eletrônico, com mais de cem milhões de americanos e milhões de espectadores no mundo todo via satélite. Não havia nenhuma sugestão de esgotamento ou fracasso em sua atitude. A voz era lenta, mas firme.

— Meus amigos americanos... – começou ele.

Quinn fechou a porta da frente da pensão e desceu os degraus, entrando no táxi.

– Aeroporto Dulles – disse ele.

O táxi seguiu para sudoeste pela rodovia Henry Shirley Memorial, entrando à direita na barreira de pedágio do rio, e outra vez à direita, para o Capital Beltway. Nos dois lados as luzes cintilavam nas decorações de Natal, os homens vestidos de Papai Noel, na frente das lojas, continuavam seu trabalho com fones junto aos ouvidos.

Alguns minutos depois, Quinn notou que vários carros estacionavam para ouvir melhor a transmissão da fala do presidente. O chofer do táxi escutava com fones de ouvido.

– Puxa, cara, não acredito no que estou ouvindo! – gritou. –Virou-se para trás, ignorando a estrada. – Quer que passe para o alto-falante?

– Eu ouço a repetição mais tarde – disse Quinn.

– Posso parar, cara.

– Continue – disse Quinn.

No aeroporto Dulles, Quinn pagou o táxi e a passos largos dirigiu-se ao balcão da British Airways. A maior parte dos passageiros no saguão e metade do pessoal do aeroporto agrupavam-se diante da televisão. Quinn encontrou uma funcionária no balcão.

– Vôo 216 para Londres – disse ele, apresentando a passagem. A moça desviou os olhos lentamente da televisão e examinou a passagem, digitando seu terminal de computador para confirmar a reserva.

– Em Londres vai fazer escala para Málaga? – ela perguntou.

– Isso mesmo.

A voz de John Cormack dominava o saguão silencioso.

"Para destruir o tratado de Nantucket, esses homens acreditavam que precisavam me destruir primeiro...

585

A moça deu a Quinn a ficha de embarque, olhando a tela.

– Posso passar pelo portão de embarque? – perguntou Quinn.

– Oh... sim... é claro... um bom-dia para o senhor.

Depois do controle de imigração ficava a sala de espera, com um bar *duty-free* com outra televisão. Todos os passageiros assistiam.

"Como não podiam me alcançar, tomaram meu filho, meu único e muito amado filho, e o mataram."

No transporte que levou os passageiros até o Boeing, um homem com o uniforme vermelho, azul e branco da BA estava com o fone no ouvido. Ninguém falava. Na entrada do avião, Quinn entregou a ficha de embarque ao comissário, que indicou a primeira classe. Quinn estava se permitindo ficar na primeira classe, gastando o que restava do dinheiro dado pelo russo. Ouviu a voz do presidente quando abaixou a cabeça para entrar na cabine.

"Foi o que aconteceu. Agora acabou. Mas dou minha palavra, amigos americanos, vocês têm outra vez seu presidente..."

Quinn se sentou perto da janela, afivelou o cinto de segurança, recusou a taça de champanha e pediu vinho tinto. Aceitou o *Washington Post* e começou a ler. O lugar ao seu lado continuava vazio.

O 747 levantou vôo e virou o nariz para o Atlântico e a Europa. Os passageiros comentavam incrédulos o que o presidente acabava de contar, uma história que levara quase uma hora. Quinn lia o jornal.

A manchete na primeira página anunciava a transmissão a que o mundo acabava de assistir e ouvir, garantindo aos leitores que o presidente aproveitaria a ocasião para anunciar sua renúncia.

– Posso lhe oferecer mais alguma coisa, senhor, qualquer coisa? – perguntou uma voz suave junto do ouvido de Quinn.

Ele voltou-se com um largo sorriso de alívio. Sam estava de pé na passagem, inclinada para ele.

– Só você, meu bem.

Dobrou o jornal no colo. Na última página havia um parágrafo que nenhum dos dois notou. Dizia, no estranho código dos jornalistas americanos: VIET VETS PRESENTE NATAL. O subtítulo ampliava o código: HOSPITAL PARAPLÉGICOS RECEBE ANÔNIMOS 5 MILHÕES.

Sam sentou-se ao lado de Quinn.

– Recebi sua mensagem, Sr. Quinn. Sim, vou para a Espanha com você. E, sim, eu me caso com você.

– Ótimo – disse ele. – Detesto indecisão.

– Esse lugar onde você mora... como é?

– Pequeno, casas pequenas e brancas, uma velha igrejinha, um pequeno e velho padre...

– Desde que lembre as palavras da cerimônia de casamento... Segurou a cabeça dele com as duas mãos e beijaram-se longamente. O jornal escorregou para o chão. Uma comissária, sorrindo indulgentemente, o apanhou. Ela não viu, e se visse não daria importância, a manchete na última página.

FUNERAL DISCRETO DO SECRETÁRIO DO TESOURO HUBERT REED. CONTINUA O MISTÉRIO DA QUEDA DO CARRO ONTEM À NOITE NO POTOMAC.

fim

EDIÇÕES
BestBolso

Este livro foi composto na tipologia Minion, em
corpo 10,5/13, e impresso em papel Off-set 56g/m² no
Sistema Cameron da Divisão Gráfica da Distribuidora Record.